# अन्तर्राष्ट्रीय सम्बन्ध

# अन्तर्राष्ट्रीय सम्बन्ध

मुन्द्रिका प्रसाद

अर्जुन पब्लिशिंग हाऊस

**अन्तर्राष्ट्रीय सम्बन्ध**



संस्करण, 2025

ISBN 81-88775-96-7

***प्रकाशक :***

**अर्जुन पब्लिशिंग हाउस**

4831/24, गोविन्द लेन,
अंसारी रोड, दरियागंज,
नई दिल्ली—110002
फोन : 23272541, 23242541
e-mail : arjunbooks2001@gmail.com

*टाइपसेटिंग :*

**डिम्पल कम्प्यूटर्स**

दिल्ली

*प्रिन्टर्स :*

**बालाजी डिजीटल**

दिल्ली

# भूमिका

आधुनिक राष्ट्र के उदय के साथ-साथ अन्तर्राष्ट्रीय राजनीति में आमूलचूल परिवर्तन हुए और अनेक नये प्रतिमानों का निर्धारण हुआ। एक लोकतांत्रिक प्रणाली का विकास हुआ और देशों के आपसी सहयोग के आधार पर एक अन्तर्राष्ट्रीय बिरादरी अस्तित्व में आई। इसी के साथ अन्तर्राष्ट्रीय संबंधों की शुरूआत हुई। इसके मद्देनजर अनेक नई संस्थाओं-सार्क, संयुक्त राष्ट्र संघ, दक्षेस इत्यादि का जन्म हुआ और कुछ ऐसे मानक निर्धारित किए गए जिनको मानना सभी के लिए आवश्यक था। वर्तमान समय में अन्तर्राष्ट्रीय संबंध राजनय की एक शाखा के रूप में राजनीतिशास्त्र के पाठ्यक्रम में शामिल है।

यह पुस्तक विद्यार्थियों की जरूरत को ध्यान में रखकर तैयार की गई है। यह इस विषय पर एक समग्र पुस्तक है। अन्तर्राष्ट्रीय संबंधों को लेकर विश्व के अनेक देशों में अलग-अलग तरह से अध्ययन और अनुसंधान किए गए है तथा इसे एक महत्वपूर्ण स्थान दिया गया है। समकालीन वैश्विक राजनीति, कूटनीति एवं भूमंडलीकरण के दौर के राजनयिक संकटों और समस्याओं को भी इसमें पर्याप्त जगह दी गई है।

यह पुस्तक हिन्दी प्रदेश के प्रायः सभी विश्वविद्यालयों के छात्रों की जरूरतों को ध्यान में रखकर तैयार की गई हैं प्रतियोगी परीक्षाओं के लिए भी यह एक उपादेय पुस्तक है।

इसको तैयार करते हुए अनेक मित्रों ने अपने अमूल्य सुझाव और सहयोग दिया है जिनके प्रति कृतज्ञता ज्ञापित करता हूँ। अर्जुन पब्लिशिंग हाऊस ने इसे सुंदर और किफायती संस्करण के रूप में प्रकाशित किया इसके लिए वे भी धन्यवाद के पात्र हैं

*मुन्द्रिका प्रसाद*

# विषय-सूची

# 1

# अन्तर्राष्ट्रीय सम्बन्धों की पृष्ठभूमि

अन्तर्राष्ट्रीय संबंधों का इतिहास 1492 से माना जाता है। इससे पहले विश्व के विभिन्न देशों के संबंध अपने पड़ोसी देशों तक ही सीमित थे। अन्तर्राष्ट्रीय संबंधों के इतिहास में 1492 से लेकर प्रथम विश्व-युद्ध (1914 - 1918) तक के समय को यूरोपीय प्रभुत्व के काल से जाना जाता है। इस दौरान यूरोपीय शक्तियों ने विश्व में बड़े-बड़े साम्राज्यों की रचना की और वे सम्पूर्ण विश्व की राजनीति का सूत्रधार बनी रहीं। उन्नीसवीं सदी की अन्तर्राष्ट्रीय राजनीति को सामान्यतः तीन शब्दों में रेखांकित किया जाता है – राष्ट्रीयता, आर्थिक साम्राज्यवाद और शक्ति सन्तुलन। फ्रांसीसी क्रांति (1789) के बाद राष्ट्रीयता का विचार अत्यन्त लोकप्रिय हो गया था। प्रत्येक जाति के लोग अपने लिए राष्ट्रीय राज्य की स्थापना की कामना करने लगे थे। राष्ट्रीय महत्वकांक्षाओं ने महाशक्तियों के हितों और अनेक जातियता वाले राज्यों के स्थायित्व के लिए संकट उत्पन्न किया, जिससे अन्तर्राष्ट्रीय संबंधों के क्षेत्र में नए संघर्षों ने जन्म लिया। बाल्कन प्रदेश की राष्ट्रीय महत्वांकाक्षाओं की सन्तुष्टि के लिए आस्ट्रिया और तुर्की के साम्राज्यों का विघटन आवश्यक था, अतः बाल्कन प्रदेश अन्तर्राष्ट्रीय संबंधों के क्षेत्र में एक संकट स्थल बन गया।

आर्थिक साम्राज्यवाद उग्र और संकुचित राष्ट्रवाद तथा औद्योगिक क्रांति और पूंजीवाद का परिणाम था। अपने औद्योगिक विकास से प्राप्त शक्ति के बल पर यूरोप के देशों ने एशिया और अफ्रीका में बड़े-बड़े साम्राज्यों की रचना की। औद्योगिक क्रांति सर्वप्रथम इंग्लैंड में हुई थी। इंग्लैंड ने उन्नीसवीं शताब्दी के मध्य तक कनाडा, आस्ट्रेलिया और भारत आदि में विशाल उपनिवेशों और साम्राज्यों की स्थापना की थी। धीरे-धीरे औद्योगिक क्रांति यूरोप के लगभग सभी देशों में फैल गई और वे कच्चे माल और बाजारों की आवश्यकता, अतिरिक्त पूंजी के निर्यात की आवश्यकता आदि समस्याओं के समाधान के लिए एशिया और अफ्रीका के औद्योगिक दृष्टि से पिछड़े देशों की सामरिक दुर्बलता का लाभ उठा कर उन पर अपना आधिपत्य स्थापित करने को

लालायित हो उठे। 1914 तक मिश्र और इथोपिया को छोड़ कर सम्पूर्ण अफ्रीका पर यूरोपीय शक्तियों का शासन स्थापित हो गया था। एशिया में इंग्लैंड ने भारत के अतिरिक्त बर्मा, लंका, मलाया आदि पर अधिकार कर लिया। फ्रांस ने दक्षिणी-पूर्वी एशिया में हिन्द चीन में एक विशाल साम्राज्य की स्थापना की। संयुक्त राज्य अमेरिका की मुक्त द्वार नीति के कारण चीन की स्वतन्त्रता औपचारिक रूप से बनी रही परन्तु व्यवहार में यूरोप की शक्तियों ने उसे भी अपने प्रभाव क्षेत्र में विभाजित कर लिया था। उन्नीसवीं शताब्दी के अन्तिम दशक में एक एशियाई देश जापान भी औद्योगिक विकास और साम्राज्यवाद के पथ पर अग्रसर था।

**प्रथम विश्व-युद्ध**

कहा जाता है कि 28 जून, 1914 को पिस्तौल से छूटी दो गोलियों ने कुछ ही सप्ताहों में प्रथम विश्व-युद्ध को जन्म दे दिया। प्रत्यक्ष रूप से प्रथम विश्व-युद्ध का कारण बोसनिया के एक छात्र द्वारा आस्ट्रिया के युवराज आर्चड्यूक फ्रांसिस फर्डीनेण्ड और उनकी पत्नी सोफिया की हत्या थी। प्रथम विश्व-युद्ध के तात्कालिक कारण और उसके बाद की घटनाओं को समझने के लिए उसके मूल कारणों पर विचार करना आवश्यक है। इन मूल कारणों में मुख्य थे – राष्ट्रीयता, आर्थिक साम्राज्यवाद और गुटबन्दी। इनके अतिरिक्त सैन्यवाद, जर्मनी के सम्राट कैसर विलियम द्वितीय के चरित्र, समाचार-पत्र, गुप्त राजनय और अन्तर्राष्ट्रीय विधि को कार्यान्वित करने वाले संगठन के अभाव आदि को भी प्रथम विश्व युद्ध के मूल कारणों में स्वीकार किया जाता है।

***(क) राष्ट्रीयता*** – 1789 की फ्रांसीसी राज्य क्रांति के बाद राष्ट्रीयता अन्तर्राष्ट्रीय सम्बन्धों का सर्वाधिक महत्वपूर्ण निर्धारक तत्त्व बन गया। इस तत्त्व ने एक महान् एकताकारी शक्ति के रूप में कार्य करके महान राष्ट्रों की स्थापना में योग दिया परन्तु साथ ही यह साम्राज्यों के विघटन, राष्ट्रीय मुक्ति युद्धों और प्रथम विश्व युद्ध का मुख्य कारण भी सिद्ध हुआ। राष्ट्रीयता की अतिशयोक्ति और उपेक्षा दोनों ही युद्ध की विस्फोटक सामग्री के जमा होने के कारण रहे हैं। राष्ट्रीय भावना की उग्रता के कारण विश्व की विभिन्न राष्ट्रीयताओं के लोगों में अपने-अपने को विश्व की सर्वश्रेष्ठ जाति मानने की प्रवृत्ति उत्पन्न हुई। जर्मन लोगों ने विशेष रूप से आर्य जाति की श्रेष्ठता के सिद्धान्त का प्रतिपादन करके अपने को विश्व की सर्वश्रेष्ठ जाति तथा अन्य जातियों का शासक होने का अधिकारी कहना प्रारम्भ कर दिया। ब्रिटेन का "श्वेत लोगों के भार" का सिद्धान्त, फ्रांसीसी लोगों का "सभ्यता प्रसार कार्य" का सिद्धान्त भी जर्मन उग्र राष्ट्रीयता सदृश थे। इसी प्रकार की उग्र राष्ट्रीयता की भावना का प्रदर्शन अन्य राष्ट्रों ने भी किया। अपने इस उग्रवादी रूप में राष्ट्रीयता ने साम्राज्यवाद को जन्म दिया तथा अन्तर्राष्ट्रीय जगत में अशांति का एक प्रधान कारण बन गई। राष्ट्रीयता का अर्थ 'केवल अपने देश से प्रेम ही नहीं अपितु सभी देशों के प्रति घृणा' समझा जाने लगा था।

राष्ट्रीयता के सिद्धांत की उपेक्षा प्रथम विश्व युद्ध के मूल कारण के रूप में उसकी अतिशयोक्ति से भी अधिक महत्वपूर्ण है। 1815 में वियना सम्मेलन की व्यवस्थाओं में प्रथम विश्व युद्ध के बीज निहित थे। इस सम्मेलन में राजनीतिज्ञों ने लोकतन्त्र और राष्ट्रीयता की घोर उपेक्षा की थी। राष्ट्रीयता के सिद्धान्त की उपेक्षा करते हुए बेल्जियम को हालैण्ड के साथ मिला दिया, फिनलैण्ड को रूस के साथ मिला दिया, स्वीडन और नार्वे को मिला दिया, रूस के जार को पोलैण्ड का भी जार (सम्राट) मान लिया; आस्ट्रिया-हंगरी के साम्राज्य में अनेक ऐसी जातियों को साथ-साथ रहने पर विवश किया जो एक दूसरे से घृणा करती थीं। यूरोप के दक्षिणी-पश्चिमी में स्थित बाल्कन प्रदेश में अनेक गैर-तुर्की जातियों को तुर्क साम्राज्य के अधीन रहने को विवश किया।

अपने स्वार्थों की पूर्ति के लिए रूस बाल्कन प्रदेश के राष्ट्रवादियों को तुर्की आधिपत्य के विरुद्ध लगातार भड़काता रहता था। इंग्लैंड, फ्रांस और आस्ट्रिया रूस की शक्ति बढ़ने नहीं देना चाहते थे। अत: उन्होंने रूस के विरुद्ध तुर्की का समर्थन करने की नीति अपनाई। इससे बाल्कन प्रदेश अन्तर्राष्ट्रीय संबंधों का विस्फोट स्थल बन गया। 1912 में यूनान, सर्विया, मांटेनीग्रो और बल्गारिया ने बाल्कन लीग की स्थापना करके तुर्की के विरुद्ध युद्ध प्रारम्भ कर दिया, जो बाल्कन का प्रथम बाल्कन युद्ध कहलाता है इसमें तुर्की पराजित हुआ, मई 1913 में लन्दन की सन्धि के द्वारा उसने कान्सटेंटिनोपल (कुस्तुनतुनिया) को छोड़ कर अपने सभी यूरोपीय प्रदेश बाल्कन लीग को दे दिए। इसके अतिरिक्त स्वतन्त्र राज्य की स्थापना अल्बानिया में की गई। परन्तु बाल्कन लीग के सदस्य तुर्की से प्राप्त प्रदेशों के बटवारे के विषय में निर्णय न कर सके। फलस्वरूप 1913 में दूसरा बाल्कन युद्ध हुआ जिसमें एक ओर बल्गारिया और दूसरी ओर रुमानिया, यूनान, सर्विया और मांटीनीग्रो थे। बल्गारिया पराजित हुआ और उससे अनेक क्षेत्र विजेताओं ने अधिकृत कर लिए। इन युद्धों में विजय से उत्साहित होकर सर्विया ने बोसनिया को आस्ट्रिया से पृथक् कराने के प्रयत्न और तेज कर दिए। रूस ने पुन: बाल्कन राज्यों के 'संरक्षक' की भूमिका निभानी प्रारम्भ कर दी। अब यह 'संरक्षता' तुर्की के विरुद्ध न होकर आस्ट्रिया के विरुद्ध थी। आस्ट्रिया भी सर्विया के षडयन्त्रों से क्षुब्ध होकर उसे युद्ध से नष्ट कर देने के लिए व्यग्र हो रहा था। 28 जून, 1914 को बोसनिया के सेराजेवो नगर में एक सर्वियन अराजकतावादी छात्र ने आस्ट्रिया के युवराज फ्रांसिस फर्डीनेण्ड की हत्या कर दी। इससे आस्ट्रिया को सर्विया के विरुद्ध युद्ध का बहाना मिल गया।

***(ख) आर्थिक साम्राज्यवाद*** – प्रथम विश्व युद्ध के मूल कारणों में विभिन्न महाशक्तियों की साम्राज्यवादी महत्वाकांक्षाओं के संघर्ष का भी बहुत बड़ा योगदान है, एस० बी०फे० के अनुसार "आर्थिक साम्राज्यवाद के अन्तर्गत अन्तर्राष्ट्रीय प्रतिद्वन्द्विताओं की शृंखला आती है जो एक बड़ी सीमा तक इंग्लैंड में औद्योगिक क्रांति और बाद में

विश्व के महान देशों में उसके प्रारम्भ हो जाने से उत्पन्न हुई थी।" इसके परिणामस्वरूप इन देशों में वस्तुओं का उत्पादन बहुत बढ़ गया, जिसकी खपत के लिए उन्हें नये बाजारों की आवश्यकता अनुभव हुई। उनकी जनसंख्या में तेजी से बृद्धि हुई जिसको बसाने के लिए वे उपनिवेशों की स्थापना करने के लिए प्रेरित हुए। उनके पास अतिरिक्त पूंजी संचित हो गई जिसे वे विदेशों में लगाने के अवसर ढूंढ़ने लगे। उन्हें कच्चे माल की निरन्तर प्राप्ति के लिए कच्चे माल के उत्पादक प्रदेशों पर आधिपत्य स्थापित करने की आवश्यकता अनुभव हुई। इन कारणों से यूरोपीय देशों ने उन्नीसवीं शताब्दी के उत्तरार्द्ध में अफ्रीका में बड़े-बड़े साम्राज्यों की स्थापना की। दक्षिणी-पूर्वी एशिया में ब्रिटेन, फ्रांस और हालैंण्ड के विस्तृत साम्राज्य स्थापित हुए। चीन में यूरोपीय महाशक्तियों ने आर्थिक रियायतें और अधिकार प्राप्त कर लिए। बीसवीं शताब्दी के दूसरे दशक के प्रारम्भ तक विश्व भर में यूरोपीय शक्तियों के साम्राज्यों का जाल फैल गया।

***(ग) गुप्त मैत्रियों की पद्धति*** – प्रोफेसर एस॰बी॰फे॰ के अनुसार, "युद्ध का सबसे बड़ा अकेला मूल कारण गुप्त मैत्रियों की पद्धति थी, जो फ्रांस और प्रशा के युद्ध के पश्चात् विकसित हुई।" इस पद्धति के कारण यूरोप दो सशस्त्र गुटों में विभाजित हो गया। ऐसी परिस्थिति में इन दो गुटों से सम्बन्धित किन्हीं भी राज्यों के युद्ध का यूरोप के सारे राज्यों के युद्ध में बदल जाना अनिवार्य हो गया। प्रथम विश्व युद्ध जिस विवाद से प्रारम्भ हुआ वह मूल रूप से आस्ट्रिया और सर्विया के मध्य था, परन्तु गुप्त मैत्रियों की पद्धति के कारण यूरोप के सभी प्रमुख राज्य युद्ध में सम्मिलित हो गए। 1907 तक यूरोप दो विरोधी गुटों में विभाजित हो गया – एक ओर जर्मनी, आस्ट्रिया और इटली त्रिराष्ट्रीय संघ (ट्रिपल एलायंस) था, दूसरी ओर फ्रांस, रूस और इंग्लैण्ड की त्रिराष्ट्रीय मैत्री (ट्रिपल इन्टेन्टे) थी। इन गुटबन्दियों के कारण बाल्कन प्रदेश में आस्ट्रिया और सर्विया का विवाद एक गम्भीर अन्तर्राष्ट्रीय प्रश्न बन गया।

***(घ) सैन्यवाद*** -- सैन्यवाद प्रथम विश्व युद्ध का एक अन्य प्रमुख कारण था। उन्नीसवीं शताब्दी में किसी राज्य की प्रतिष्ठा उसकी सैनिक शक्ति के आधार पर आंकी जाने लगी थी। राज्यों के मध्य सेना और शस्त्रास्त्रों को बढ़ाने की होड़ लगने लगी। बीसवीं शताब्दी के प्रारम्भ में शस्त्रास्त्रों की यह होड़, विशेष रूप से इंग्लैण्ड और जर्मनी की नौ सैनिक प्रतियोगिता, अन्तर्राष्ट्रीय सम्बन्धों को विषाक्त करने वाला एक प्रधान तत्व बन गई। इससे प्रत्येक देश में सैनिक और नौसैनिक अधिकारियों का एक ऐसा वर्ग उत्पन्न हो गया जो अत्यन्त प्रभावशाली था और युद्ध की अनिवार्यता में विश्वास रखता था। जर्मनी की जनता का युद्ध की श्रेष्ठता में विश्वास था। मिराब्यू के शब्दों में, "युद्ध प्रशा का राष्ट्रीय उद्योग है।" ऐसे वातावरण में युद्ध को टालना सम्भव नहीं हो सका और युद्ध आवश्यम्भावी हो गया।

***(च) राजनीतिज्ञों की नीतियां*** – प्रथम विश्व युद्ध के लिए रूस, फ्रांस, सर्विया, जर्मनी, आस्ट्रिया और इंग्लैंड के राजनीतिज्ञ भी उत्तरदायी थे। बीसवीं शताब्दी के आरम्भ से ही यूरोप के लगभग सभी राज्यों के कर्णधार इस पूर्व धारणा के आधार पर अपनी नीतियों का निर्धारण कर रहे थे कि देर-सवेर युद्ध अवश्य होगा। उन्होंने ऐसी स्थिति का सामना करने को तैयार रहने के लिए सैन्यवादी नीति अपनाई। सैनिक आवश्यकताओं के कारण प्रत्येक देश के राजनीतिक और सैनिक नेताओं ने कुछ ऐसी बातें कीं, धमकियों और चेतावनियों की ऐसी भाषा का प्रयोग किया जिनका परिणाम लामबन्दियों और युद्ध की घोषणाओं के रूप में सामने आया।

***(छ) गोपनीय राजनय*** – गोपनीय राजनय को भी प्रथम विश्व युद्ध के मूल कारणों में स्वीकार किया जाता है। विभिन्न देशों के राजनीतिज्ञों ने परस्पर गुप्त समझौते करके ऐसी परिस्थितियां उत्पन्न कर दीं जिनसे एक ओर तो भ्रान्तिपूर्ण आशाएं उत्पन्न हो गईं और दूसरी ओर अनावश्यक आशंकाएं। इन आशाओं और आशंकाओं ने युद्ध के लिए अत्यन्त उपजाऊ पृष्ठभूमि तैयार कर दी।

***(ज) प्रभावशाली अन्तर्राष्ट्रीय संस्था का अभाव*** – नेपोलियन बोनापार्ट की पराजय के बाद से यूरोप के राजनीतिज्ञ इस बात को गम्भीरता से अनुभव कर रहे थे कि भविष्य में व्यापक युद्ध को रोकने के लिए किसी प्रभावशाली अन्तर्राष्ट्रीय संस्था का होना आवश्यक है। यूरोपीय सहयोग (कन्सर्ट ऑफ यूरोप) नामक संस्था इसी अनुभूति का परिणाम थी। यूरोपीय सहयोग का तात्पर्य यह था कि जब भी कोई ऐसा अन्तर्राष्ट्रीय संकट उत्पन्न हो जो शान्ति के भंग होने की आशंका उत्पन्न कर दे, तब यूरोप की महाशक्तियां एक सम्मेलन में एकत्रित होकर उसका समाधान खोजें। प्रोफेसर मोबात के अनुसार, यह संस्था 1871 और 1914 के मध्य महान योरोपीय युद्धों को बचाने में सफल हुई थी परन्तु यह संस्था किसी संवैधानिक आधार पर स्थापित नहीं की गई थी, तथा उसकी सफलता महाशक्तियों के प्रबुद्ध स्वार्थ पर आधारित थी। स्थायी शान्ति की स्थापना के लिए यह व्यवस्था सन्तोषजनक नहीं थी। उसके लिए अन्तर्राष्ट्रीय विधि और नैतिकता की एक मान्य संहिता तथा उनको कार्यान्वित करने के लिए एक प्रभावशाली यन्त्र की आवश्यकता थी। 1899 और 1907 के हेग सम्मेलनों में इस प्रकार की संहिता की रचना की दिशा में काफी प्रगति की गई परन्तु उसको कार्यान्वित करने के लिए किसी प्रभावशाली अन्तर्राष्ट्रीय संगठन की स्थापना नहीं की जा सकी।

***(झ) समाचार-पत्रों द्वारा लोकमत को विषाक्त बनाना*** – समाचार पत्रों के द्वारा लगभग सभी देशों में लोकमत को विषाक्त बना देना भी प्रथम विश्व युद्ध का एक मूल कारण था। प्रथम विश्व युद्ध से पहले 40 वर्षों के कूटनीतिक पत्र-व्यवहार में इस बात के अनेकानेक उदाहरण प्राप्त होते हैं जब सरकारें मधुरतर सम्बन्धों और मैत्रीपूर्ण

व्यवस्थाओं की स्थापना के लिए उत्सुक थीं, परन्तु अपने-अपने देशों के समाचार पत्रों के उद्धत राष्ट्रवादी प्रचार के कारण ऐसा करने में सफल नहीं हो सकीं।

## तात्कालिक कारण

प्रथम विश्व युद्ध का तात्कालिक कारण आस्ट्रिया और सर्विया की प्रतिद्वन्द्विता थी। सर्विया में स्लाव जाति को बाहुल्य था। आस्ट्रिया के कुछ भागों में, विशेष रूप से बोसनिया और हर्जेगोविना में भी अधिकांश जनता स्लाव जाति की थी। सर्विया और इन प्रदेशों के कुछ स्लाव नेता इन प्रदेशों को सर्विया के साथ मिलाना चाहते थे। परन्तु आस्ट्रिया एक बहुजातीय राज्य था तथा उसके कर्णधारों को इस प्रकार के पृथक्तावादी आन्दोलनों में उसके विघटन की सम्भावना प्रतीत होती थी। वे प्रत्येक कीमत पर इस आन्दोलन का दमन करने के लिए दृढ़प्रतिज्ञ थे। स्लाव आतंकवादियों ने आस्ट्रिया को आतंकित करने के लिए "काला हाथ" (ब्लेक हैंड) का संगठन किया था। इस संगठन ने आस्ट्रिया के युवराज फ्रांसिस फर्डीनेण्ड की हत्या की योजना बनाई। 28 जून, 1914 को बोसनिया की राजधानी सेराजेवो में एक स्लाव छात्र ने फ्रांसिस फर्डीनेंण्ड और उनकी पत्नी सोफिया की गोली मार कर हत्या कर दी। इस हत्याकांड ने आस्ट्रिया को क्रुद्ध कर दिया। आस्ट्रिया के विदेशमंत्री बर्खटोल्ड और प्रधान सेनापति कोन्टराड सर्विया पर आक्रमण करने के लिए कटिबद्ध हो गए। 6 जुलाई, 1914 को आस्ट्रिया को जर्मनी से एक पत्र प्राप्त हुआ जिसमें जर्मनी ने आस्ट्रिया की सहायता करने का आश्वासन दिया था। इस परिस्थिति में 20 जुलाई, 1914 को आस्ट्रिया ने सर्विया को 48 घण्टे की चेतावनी (अल्टीमेटम) देते हुए उससे कुछ शर्तों को स्वीकार करने का आग्रह किया। प्रमुख शर्तें थीं –

(क) आस्ट्रिया विरोधी सम्पूर्ण प्रचार सर्विया तत्काल बन्द कर दे।

(ख) "काला हाथ" संगठन समाप्त कर दिया जाए।

(ग) कुछ ऐसे सर्वियन अधिकारियों को गिरफ्तार करके उन पर मुकदमा चलाया जाए जिन पर हत्या में सहयोग देने का सन्देह था।

(घ) आस्ट्रिया के अधिकारियों को हत्या के अभियुक्तों के मुकदमे में 'सर्विया में जाकर सहयोग' करने की अनुमति दी जाए।

सर्विया सम्भवतः इन शर्तों को स्वीकार कर लेता, परन्तु उसी समय उसे रूस के द्वारा एक पत्र में यह आश्वासन प्राप्त हुआ कि "रूस किसी भी स्थिति में सर्विया के विरुद्ध आस्ट्रिया के आक्रमण को स्वीकार नहीं करेगा।" इससे प्रोत्साहित होकर सर्विया ने आस्ट्रिया की अन्तिम शर्त को, जो किसी भी स्वतंत्र राष्ट्र के लिए अपमानजनक प्रतीत होती थी, अस्वीकार कर दिया। अतः 28 जुलाई, 1914 को आस्ट्रिया ने सर्विया के विरुद्ध युद्ध की घोषणा कर दी।

आस्ट्रिया के द्वारा युद्ध की घोषणा ने जर्मनी को अत्यन्त द्विविधापूर्ण स्थिति में डाल दिया। वह युद्ध को स्थानीय बनाना चाहता था, परन्तु अन्य महाशक्तियों के युद्ध में भाग लेने की अवस्था में जर्मनी की सफलता श्लीफेन योजना पर निर्भर करती थी। फ्रांस और रूस दोनों सर्विया के मित्र थे। श्लीफेन योजना की मुख्य बात यह थी कि जर्मनी को फ्रांस और रूस दोनों से एक साथ युद्ध करना पड़ता है तो वह जनशक्ति की दृष्टि से दुर्बल होगा। इसी समय 30 जुलाई, 1914 को रूस ने सामान्य लामबन्दी का आदेश दे दिया। इस पर जर्मनी ने युद्ध की धमकी के साथ रूस को 12 घण्टे के अन्दर लामबन्दी बन्द करने की चेतावनी दी। रूस निर्धारित समय के अन्दर कोई उत्तर न दे सका। इस पर जर्मनी ने 1 अगस्त, 1914 को सर्विया और रूस के विरुद्ध युद्ध की घोषणा कर दी। इस प्रकार रूस के द्वारा जल्दबाजी में की गई लामबन्दी ने अन्तत: यूरोपीय युद्ध अनिवार्य बना दिया। श्लीफेन योजना के अनुसार जर्मनी को रूस से भिड़ने से पहले बेल्जियम से होकर फ्रांस पर आक्रमण करके 6 सप्ताह के अन्दर पेरिस पर अधिकार कर लेना था और उसके बाद रूस से मुकाबला करना था। अत: उसने 3 अगस्त, 1914 को फ्रांस के विरुद्ध युद्ध की घोषणा कर दी।

इंग्लैंड फ्रांस की सहायता के लिए गुप्त रूप से वचनबद्ध था परन्तु ब्रिटिश जनता एक बाल्कन समस्या को लेकर युद्ध करने के विरुद्ध थी। परन्तु अपनी सैनिक आवश्यकताओं के कारण जर्मनी ने बेल्जियम की तटस्थता का उल्लंघन करते हुए उस पर आक्रमण कर दिया। इंग्लैंड बेल्जियम की तटस्थता की रक्षा का आश्वासन दे चुका था। अत: बेल्जियम पर जर्मनी के आक्रमण ने ब्रिटिश जनता को जर्मनी के विरुद्ध कर दिया। ब्रिटिश सरकार ने 4 अगस्त, 1914 को जर्मनी के विरुद्ध युद्ध की घोषणा कर दी। इस प्रकार जैसा कि डी०एम० केटलबी का मत है, "अन्तत: यूरोप युद्धाग्नि में घिर गया।"

## युद्ध और उसकी प्रगति तथा युद्ध की समाप्ति

4 अगस्त, 1914 में प्रारम्भ हुआ यह युद्ध 11 नवम्बर, 1918 को समाप्त हुआ। अपनी विशालता, विस्तार, प्रकृति, कार्य-क्षेत्र और तकनीक में इस महान युद्ध ने मानव इतिहास के सभी ज्ञात युद्धों को पीछे छोड़ दिया। युद्ध में छ: यूरोपीय देशों (जर्मनी, आस्ट्रिया एक ओर तथा सर्विया, रूस, फ्रांस, इंग्लैंड दूसरी ओर) के अतिरिक्त शनै: शनै: विश्व के अधिकांश देश इस युद्ध में सम्मिलित होते चले गए। इससे यह युद्ध एक यूरोपीय युद्ध मात्र न रह कर विश्व के इतिहास का प्रथम विश्व युद्ध बन गया। यह युद्ध पुराने युद्धों की तरह केवल सैनिकों का युद्ध नहीं था, अपितु एक ऐसा युद्ध था जिसमें प्रतिपक्षों ने एक-दूसरे के सैन्यबल को ही नहीं अपितु अर्थव्यवस्था को भी क्षति पहुंचाने की पूर्ण चेष्टा की थी। इस युद्ध में नये-नये साधनों, नयी-नयी तकनीकों और नये-नये शस्त्रों का प्रयोग किया गया था। इस युद्ध में धन और जन की अपार क्षति हुई थी।

इस युद्ध में मृतक सैनिकों की संख्या 100 लाख; मृतक मान लिए गए लापता सैनिकों की संख्या तीस लाख; मृतक असैनिक 130 लाख; घायल 200 लाख; बन्दी 30 लाख; युद्ध अनाथ 90 लाख; युद्ध विधवाएं 50 लाख; शरणार्थी 100 लाख थे।

इस युद्ध में नवम्बर, 1914 में टर्की और अक्तूबर, 1915 में बल्गारिया केन्द्रीय शक्तियों (जर्मनी, आस्ट्रिया, हंगरी) के साथ युद्ध में सम्मिलित हो गया। इटली मित्र राष्ट्रों (इंग्लैंड, फ्रांस, रूस आदि) के पक्ष में मई, 1915 में युद्ध में सम्मिलित हुआ। जर्मनी ने मित्र राष्ट्रों, विशेषत; इंग्लैंड के समुद्री व्यापार को नष्ट करने का प्रयत्न किया। 1917 के प्रारम्भ में दो अत्यन्त महत्वपूर्ण घटनाएं हुईं जिनका प्रथम विश्व युद्ध की प्रगति और अन्तर्राष्ट्रीय सम्बन्धों पर गहरा प्रभाव पड़ा। इनमें से पहली घटना थी; 15 मार्च, 1917 को रूसी क्रान्ति। इस क्रान्ति के कारण रूसी सेनाएं युद्ध में कोई प्रभावशाली भाग लेने में सर्वथा असमर्थ हो गईं। साम्यवादी सरकार (रूस) ने जर्मनी के साथ युद्ध-विराम कर लिया। 14 मार्च, 1918 को ब्रेस्ट लिटोवस्क की सन्धि के द्वारा रूस अन्तिम रूप से पृथक् हो गया।

1917 की दूसरी अत्यन्त महत्वपूर्ण घटना थी, संयुक्त राज्य अमेरिका का 6 अप्रैल, 1917 को मित्र राष्ट्रों की ओर से युद्ध में सम्मिलित होना। 1914 में युद्ध छिड़ने के बाद अमेरिका ने पूर्ण तटस्थता की नीति अपनाई थी परन्तु जर्मनी द्वारा प्रारम्भ पनडुब्बी युद्ध ने अमेरिका को क्रुद्ध कर दिया। जर्मनी ने चेतावनी दी थी कि इंग्लैंड के पास के समुद्र तट में वह तटस्थ राष्ट्रों के जहाजों को डुबो देगा, इससे अमेरिका में उत्तेजना छा गई और उसे जर्मनी के विरुद्ध युद्ध के लिए प्रेरित होना पड़ा। इसके अतिरिक्त अमेरिकन ऋण जो मित्र राष्ट्रों को दिया गया था, उसकी अदायगी की समस्या थी: यदि मित्र राष्ट्र पराजित हो जाते तो अमेरिकन ऋण डूब जाता अत: अमेरिका ने मित्र राष्ट्रों के पक्ष में युद्ध में सम्मिलित होने का प्रयत्न किया। शक्ति संतुलन का सिद्धान्त एक अन्य पहलू था, अमेरिका का मित्र राष्ट्रों के पक्ष में युद्ध में सम्मिलित होने का। अमेरिका का युद्ध में सम्मिलित होना प्रथम विश्व युद्ध की सबसे अधिक निर्णयात्मक घटना थी। इससे मित्र राष्ट्रों का पक्ष धन, जन और सैनिक शक्ति सभी दृष्टियों से केन्द्रीय शक्तियों की तुलना में इतना अधिक शक्तिशाली हो गया कि उसकी विजय निश्चित थी। सितम्बर, 1918 में बल्गारिया ने, अक्तूबर, 1918 में टर्की ने आत्मसमर्पण कर दिया। 3 नवम्बर, 1918 को आस्ट्रिया-हंगरी भी युद्ध से पृथक् हो गया, 4 नवम्बर, 1918 को जर्मनी की नौ सेना ने विद्रोह कर दिया। जर्मनी में एक क्रान्ति हुई। कैसर विलियम द्वितीय ने राजसिंहासन त्याग दिया। जर्मन सरकार ने मित्र राष्ट्रों से युद्ध-विराम की प्रार्थना की और फिर 11 नवम्बर, 1918 को ठीक 11 बजे समस्त रणक्षेत्रों में युद्ध-विराम की घोषणा कर दी गई। प्रथम विश्व युद्ध समाप्त हो गया।

# 2

# राष्ट्र संघ

राष्ट्र संघ का उद्‌भव प्रथम विश्व युद्ध के गर्भ से हुआ था। प्रथम महायुद्ध 28 जुलाई, 1914 को प्रारम्भ हुआ था; इसकी विनाशकारी लीला ने शीघ्र ही अनेक देशों में यह मांग उत्पन्न कर दी कि किसी ऐसे संघ की रचना की जाए जो ऐसे दुखान्त की पुनरावृत्ति को रोक सके। 1 मई 1915 को ब्रिटेन में 'लीग ऑफ नेशन्स सोसाइटी' की स्थापना हुई। जून, 1915 में अमेरीका में 'लीग टू एनफोर्स पीस' नामक संगठन की स्थापना हुई। दिसम्बर, 1916 में राष्ट्रपति विल्सन ने सम्पूर्ण विश्व में शान्ति और न्याय की सुरक्षा के लिए एक अन्तर्राष्ट्रीय संघ की स्थापना का सुझाव रखा। दक्षिणी अफ्रीका के प्रधानमन्त्री जनरल स्मट्स ने भी राष्ट्रसंघ के विचार का समर्थन किया। 1917 में पोप वेनेडिक्ट ने अन्तर्राष्ट्रीय विवादों को निपटाने के लिए अनिवार्य पंच निर्णयों की व्यवस्था अपनाने की अपील की। मार्च, 1918 में ब्रिटिश विदेश मन्त्री बालफोर ने फिलमोर की अध्यक्षता में राष्ट्रसंघ की संविदा की रचना के लिए एक समिति की स्थापना की। इसी प्रकार के प्रयत्न अन्य देशों में भी किए गए। राष्ट्रपति वुडरो विल्सन को राष्ट्रसंघ का धर्मपिता कहा जा सकता है, यद्यपि राष्ट्रसंघ की मांग करने वाले वे पहले व्यक्ति नहीं थे, परन्तु 1916 में इस मांग को अपना समर्थन प्रदान करने के पश्चात् उन्होंने राष्ट्रसंघ की स्थापना के लिए अथक प्रयत्न किए। 22 जनवरी, 1917 को उन्होंने अमरीकन सीनेट के सामने भाषण करते हुए "शान्ति के लिए विश्व संघ" की मांग की। 8 जनवरी, 1918 को उन्होंने अपने प्रसिद्ध 14 सूत्रों का प्रतिपादन किया।

पेरिस के शान्ति सम्मेलन में उन्होंने अपने इस सूत्र पर सर्वाधिक बल दिया। उनकी अध्यक्षता में 19 सदस्यों के एक आयोग ने राष्ट्रसंघ के संविदा का प्रारूप तैयार किया। 28 अप्रैल, 1919 को सम्मेलन ने संशोधित प्रारूप को सर्वसम्मति से स्वीकार कर लिया। उसे वर्साय की सन्धि सहित सभी शान्ति सन्धियों में सम्मिलित कर दिया गया। 10 जनवरी, 1920 को औपचारिक रूप से राष्ट्रसंघ की स्थापना हो गई। इस प्रकार विल्सन का स्वप्न साकार हुआ; परन्तु भाग्य की विडम्बना रही, कि स्वयं उसके देश संयुक्त राज्य अमेरिका ने राष्ट्रसंघ का सदस्य बनने से इन्कार कर दिया।

यह राष्ट्रसंघ एक प्रकार का राष्ट्रमंडल था, जिसकी शक्तियां अत्यन्त सीमित थीं तथा जो अधिकांशतः अपने सदस्यों के माध्यम से कार्य करता था। इसकी अपनी शक्तियां सदस्य राज्यों से प्राप्त थीं, सीधे जनता से नहीं। इसमें केवल राज्यों को प्रतिनिधित्व प्राप्त था, जनता को नहीं। यह राज्यों का ऐच्छिक समुदाय था और किसी राज्य को इसका सदस्य बनने के लिए बाध्य नहीं किया जा सकता था। यह प्राचीन और नवीन का एक विचित्र समन्वय था। एक ओर तो यह इस सत्य की स्वीकृति पर आधारित था कि "शान्ति एक नकारात्मक स्थितिमात्र नहीं है जो अन्तर्राष्ट्रीय संघर्ष के विस्फोटों के मध्य के समय में पाई जाती है, अपितु एक सकारात्मक दृष्टिकोण है, जिसका विश्व के राष्ट्रों में शनैः शनैः तथा परिश्रमपूर्वक निर्माण करना होगा।" दूसरी ओर यह छठवीं सदी से लेकर उन्नीसवीं सदी तक के अन्तर्राष्ट्रीय सम्बन्धों के समस्त सिद्धान्तों और व्यवहारों का प्रतिफल था। उदाहरणार्थ, इसकी साधारण सभा के निर्माण में हेग सम्मेलनों से, परिषद् के निर्माण में कन्सर्ट ऑफ यूरोप से तथा अन्तर्राष्ट्रीय न्याय के स्थाई न्यायालय के निर्माण में हेग न्यायाधिकरण से प्रेरणा ली गई थी। यह एक नवीन संस्था थी, परन्तु इसे एक क्रान्तिकारी रचना नहीं कहा जा सकता। संसार के राज्यों ने इसकी स्थापना एक 'राज्यों के राज्य' के रूप में नहीं की थी, अपितु एक ऐसे साधन के रूप में की थी जिसके माध्यम से वे अन्तर्राष्ट्रीय सम्बन्धों का अधिक सन्तोषपूर्ण संचालन कर सकें। इसे राष्ट्रसंघ का नाम दिया गया था, परन्तु यह वास्तव में राष्ट्रों का नहीं अपितु राज्यों का संघ था। केवल राज्य ही इसकी सदस्यता के पात्र थे, राष्ट्र नहीं। प्रारम्भ में यह एक प्रकार से "एक विजेता गोष्ठी" थीं, क्योंकि एक ओर तो इसे शान्ति-सन्धियों का एक अनिवार्य अंग बना दिया गया था और दूसरी ओर जर्मनी और आस्ट्रिया आदि पराजित राष्ट्रों को इसकी सदस्यता से वंचित रखा गया। प्रारम्भ से अन्त तक कभी भी इसके प्रमुख सदस्यों ने इसे एक निष्पक्ष अन्तर्राष्ट्रीय नियामक नहीं माना अपितु अपनी राष्ट्रीय विदेशी नीतियों के साधन के रूप में इसका उपयोग किया।

### उद्देश्य

राष्ट्रसंघ की संविदा की प्रस्तावना के अनुसार राष्ट्रसंघ के प्रमुख उद्देश्य थे –

(क) अन्तर्राष्ट्रीय सहयोग को प्रोत्साहित करना तथा अन्तर्राष्ट्रीय शान्ति व सुरक्षा को बनाए रखना।

(ख) युद्ध का आश्रय न लेने के उत्तरदायित्व की स्वीकृति।

(ग) राष्ट्रों के मध्य स्पष्ट, उचित तथा सम्मानपूर्ण सम्बन्धों की स्थापना।

(घ) अन्तर्राष्ट्रीय विधि के समझौतों की सरकारों के व्यवहार के उचित नियमों के रूप में दृढ़तापूर्वक स्थापना।

(च) संगठित जातियों के पारस्परिक व्यवहार में न्याय तथा सन्धि-दायित्वों के प्रति पूर्ण सम्मान की स्थापना।

## राष्ट्रसंघ की सदस्यता

राष्ट्रसंघ के सदस्यों को दो वर्गों में विभाजित किया जाता था – मौलिक तथा प्रविष्ट। मौलिक सदस्य वे स्वशासित राज्य, डोमिनियन या उपनिवेश थे, जिन्होंने या तो शान्ति सन्धियों पर हस्ताक्षर किए थे या जो राष्ट्रसंघ का सदस्य बनने के लिए आमन्त्रित किए गए थे। राष्ट्रसंघ की साधारण सभा किसी भी स्वशासित राज्य, डोमिनियन या उपनिवेश को राष्ट्रसंघ का सदस्य बना सकती थी। ये राज्य प्रविष्ट सदस्य कहलाते थे। कोई भी सदस्य परिषद् के सर्वसम्मत मत द्वारा राष्ट्रसंघ से निकाला जा सकता था और वह स्वयं भी दो वर्ष का नोटिस देकर अपनी सदस्यता का परित्याग कर सकता था। राष्ट्रसंघ के मौलिक सदस्यों की संख्या 42 थी। 1927 में राष्ट्रसंघ के सदस्यों की संख्या बढ़ कर 56 तथा 1935 में 62 हो गई थी परन्तु इसी बीच इसके कुछ सदस्यों ने राष्ट्रसंघ को छोड़ना आरम्भ कर दिया। अन्त में राष्ट्रसंघ में केवल 43 सदस्य रह गए और जब अप्रैल, 1946 में राष्ट्रसंघ की साधारण सभा की अन्तिम बैठक जेनेवा में हुई, तब उसमे केवल 34 राज्यों के प्रतिनिधि उपस्थित थे।

## राष्ट्रसंघ के अंग

1. साधारण सभा
2. परिषद्
3. सचिवालय

अन्तर्राष्ट्रीय न्याय का स्थाई न्यायालय तथा अन्तर्राष्ट्रीय श्रमसंघ की गणना भी राष्ट्रसंघ की महत्वपूर्ण संस्थाओं में की जाती है। इनके अतिरिक्त राष्ट्रसंघ के अन्तर्गत अनेक प्राविधिक संस्थाएं कार्य करती थीं जैसे आर्थिक तथा वित्तीय संघ, स्वास्थ्य संघ आदि।

1. ***साधारण सभा*** – साधारण सभा में सभी सदस्य देशों के प्रतिनिधि सम्मिलित थे। प्रत्येक राज्य तीन प्रतिनिधि तक भेज सकता था, परन्तु उनमें से केवल एक को ही मत देने का अधिकार प्राप्त होता था। साधारण सभा का वर्ष में कम से कम एक अधिवेशन होता था। आवश्यकता पड़ने पर विशेष अधिवेशन भी बुलाए जा सकते थे। इसका प्रथम अधिवेशन 15 नवम्बर, 1920 का आरम्भ हुआ था तथा अन्तिम अधिवेशन 18 अप्रैल, 1946 को समाप्त हो गया था। 19 अप्रैल, 1946 को राष्ट्रसंघ को समाप्त कर दिया गया।

साधारण सभा प्रतिवर्ष एक अध्यक्ष और आठ उपाध्यक्षों का निर्वाचन करती थी। उसकी एक सामान्य समिति, कुछ विशेष समितियां और 6 स्थाई समितियां भी थीं।

साधारण सभा में मतदान की चार पद्धतियां थीं। कुछ विषयों पर निर्णय के लिए सर्वसम्मति की आवश्यकता होती थी। कुछ विषयों पर साधारण बहुमत से प्रस्ताव पारित किए जा सकते थे। कुछ विषयों पर निर्णय के लिए दो-तिहाई बहुमत की तथा कुछ के लिए पूर्ण बहुमत की आवश्यकता होती थी।

साधारण सभा के कार्य अत्यधिक विस्तृत थे। यह राष्ट्रसंघ के कार्य-क्षेत्र में आने वाले किसी भी विषय पर अथवा संसार की शान्ति पर प्रभाव डालने वाले किसी भी विषय पर अपनी बैठक में विचार कर सकती थी।

इन कार्यों को तीन वर्गों में विभाजित किया जा सकता है – निर्वाचन सम्बन्धी, विचार सम्बन्धी, संवैधानिक निर्वाचन संस्था के रूप में साधारण सभा दो-तिहाई बहुमत से राष्ट्रसंघ में नये सदस्यों के प्रवेश की अनुमति दे सकती थी। प्रतिवर्ष बहुमत से परिषद् के अस्थाई सदस्यों में से एक-तिहाई का निर्वाचन करती थी। प्रति नौ वर्ष के पश्चात् परिषद् की सहमति से अन्तर्राष्ट्रीय न्याय के स्थाई न्यायालय के लिए 15 न्यायाधीशों का निर्वाचन करती थी। इसके अतिरिक्त परिषद् द्वारा महासचिव के पद पर की गई नियुक्ति पर साधारण सभा की सहमति आवश्यक थी।

विचारात्मक संस्था के रूप में साधारण सभा अन्तर्राष्ट्रीय महत्व के राजनीतिक, आर्थिक तथा प्राविधिक प्रश्नों पर विचार कर सकती थी। वह राष्ट्रसंघ के सदस्यों को ऐसी परिस्थितियों पर विचार करने तथा ऐसी सन्धियों पर पुनर्विचार करने का परामर्श दे सकती थी जो अन्तर्राष्ट्रीय शान्ति के लिए संकट उपस्थित करें।

साधारण सभा बहुमत से राष्ट्रसंघ के नियमों में परिवर्तन कर सकती थी, परन्तु इन सब संशोधनों पर परिषद् की सर्वसम्मति से सहमति तथा सदस्य राज्यों द्वारा पुष्टि आवश्यक थी।

2. *परिषद्* – राष्ट्रसंघ की साधारण सभा सदस्य राज्यों की समानता के सिद्धान्त पर आधारित थी, परन्तु परिषद् के संगठन का आधार महाशक्तियों की उच्चता का सिद्धान्त था। साधारण सभा में सभी राज्यों को समान प्रतिनिधित्व प्राप्त था, परन्तु परिषद् में पांच महाशक्तियों को स्थाई प्रतिनिधित्व देने की व्यवस्था की गई थी, जबकि छोटे राज्यों में से 4 सदस्य समय-समय पर साधारण सभा द्वारा परिषद् की अस्थाई सदस्यता के लिए निर्वाचित किए जाने थे। ये पांच स्थाई सदस्य अमेरीका, ब्रिटेन, फ्रांस, इटली तथा जापान थे; परन्तु अमेरीका ने राष्ट्रसंघ में सम्मिलित होने से इन्कार कर दिया। इससे प्रारम्भ में परिषद् के स्थाई तथा अस्थाई सदस्यों की संख्या चार-चार रह गई थी। बाद में 1926 में जर्मनी को तथा 1934 में रूस को परिषद् का स्थाई सदस्य बना दिया गया था, जिससे स्थाई सदस्यों की संख्या 6 हो गई। अस्थाई सदस्यों की संख्या में भी अनेक बार वृद्धि की गई और 1936 में उनकी संख्या 11 हो गई; परन्तु जापान, जर्मनी और इटली द्वारा क्रमशः 1934, 1935 तथा 1937 में राष्ट्रसंघ का

परित्याग कर देने से तथा 1939 में रूस को निष्कासित कर दिए जाने से परिषद् में केवल दो स्थाई सदस्य (ब्रिटेन और फ्रांस) रह गए।

परिषद् के अधिकांश निर्णयों के लिए सर्वसम्मति आवश्यक थी। परन्तु प्रक्रिया सम्बन्धी विषयों पर बहुमत से निर्णय लिया जा सकता था। शान्ति सन्धियों की अल्प-संख्यक धाराओं में संशोधन सम्बन्धी सिफारिशें तथा न्यायाधीशों के निर्वाचन भी बहुमत से किए जा सकते थे। राज्यों के पारस्परिक विवादों पर निर्णय लिए जाते समय संबंधित पक्षों को मत देने का अधिकार नहीं रहता था।

परिषद् के कार्य अत्यन्त विस्तृत थे। यह राष्ट्रसंघ के अधिकार क्षेत्र में आने वाले किसी भी विषय पर विचार कर सकती थी। एक प्रकार से जहां साधारण सभा को राष्ट्रसंघ की व्यवस्थापिका सभा कहा जा सकता था वहां परिषद् को उसकी कार्यकारिणी कहा जा सकता था। इसके मुख्य कार्य थे –

(क) साधारण सभा के प्रस्तावों को क्रियान्वित करना;

(ख) राष्ट्रसंघ के नाम पर कुछ विशिष्ट प्रदेशों के प्रशासन की व्यवस्था करना, जैसे डेनजिंग, सार प्रदेश आदि।

(ग) मैन्डेट सम्बन्धी कार्य;

(घ) महासचिव तथा उसके अधीनस्थ कर्मचारियों की नियुक्ति;

(च) अल्पसंख्यकों का हित;

(छ) अन्तर्राष्ट्रीय विवादों का निबटारा;

(ज) अन्तर्राष्ट्रीय शान्ति बनाए रखने के लिए सैनिक कार्यवाही का निश्चय करना आदि।

परिषद् की प्रथम बैठक 16 जनवरी, 1920 को तथा अन्तिम बैठक 14 दिसम्बर, 1939 को हुई थी।

3. ***सचिवालय*** – सचिवालय को राष्ट्रसंघ का सर्वाधिक उपयोगी तथा निस्सन्देह सबसे कम विवादस्पद अंग कहा गया है। यह एक प्रकार की अन्तर्राष्ट्रीय नागरिक सेवा थी। इसका प्रधान एक महासचिव था। उसके अधीन 2 उपमहासचिव, 2 अवर सचिव तथा लगभग 750 अन्य कर्मचारी कार्य करते थे। महासचिव की नियुक्ति साधारण सभा की सहमति से परिषद् के द्वारा की जाती थी। राष्ट्रसंघ के प्रथम महासचिव ब्रिटेन के श्री जेम्स एरिक ड्रमण्ड, दूसरे महासचिव फ्रांस के जोसेफ एवनोल तथा तीसरे महासचिव आयरलैण्ड के सिमेन लैस्टर थे, जिन्होंने क्रमशः 1920 से 1933 तक, 1933 से 1940 तक तथा 1940 से 1946 तक इस पद पर कार्य किया।

***अन्तर्राष्ट्रीय न्याय का स्थायी न्यायालय*** – अन्तर्राष्ट्रीय न्याय के स्थाई न्यायालय में प्रारम्भ में 11 न्यायाधीश होते थे, परन्तु 1930 में इनकी संख्या बढ़ा कर 15 कर दी गई। ये न्यायाधीश 9 वर्ष की अवधि के लिए साधारण सभा तथा परिषद् की संयुक्त

बैठक में निर्वाचित किए जाते थे। न्यायालय का प्रधान कार्यालय हेग में स्थित था। यह न्यायालय अन्तर्राष्ट्रीय विधि की व्याख्या करता था और संधियों तथा अन्य पारस्परिक दायित्वों से सम्बन्धित प्रश्नों पर निर्णय देता था। 1922 से 1939 तक इसने 15 विवादों पर विचार किया, 12 विवादों में निर्णय दिए तथा 17 मामलों में परामर्श दिया।

***अन्तर्राष्ट्रीय श्रम संघ*** – औपचारिक रूप से अन्तर्राष्ट्रीय श्रम संघ राष्ट्रसंघ का अंग नहीं था, परन्तु व्यवहार में यह राष्ट्रसंघ की व्यवस्था का एक भाग था और उसके एक स्वायत्त अंग के रूप में कार्य करता था। इसका व्यय राष्ट्रसंघ द्वारा दिया जाता था। परन्तु ऐसे राष्ट्र भी इसके सदस्य हो सकते थे, जो राष्ट्रसंघ के सदस्य नहीं थे। अन्तर्राष्ट्रीय श्रम संघ के तीन प्रमुख अंग थे –

(क) सामान्य सम्मेलन,

(ख) शासक सभा,

(ग) अन्तर्राष्ट्रीय श्रम कार्यालय।

सामान्य सम्मेलन में प्रत्येक सदस्य राज्य के 4 प्रतिनिधि होते थे, जिनमें से एक श्रमिकों द्वारा, 1 मालिकों द्वारा तथा 2 सरकार द्वारा चुने जाते थे। सामान्य सम्मेलन श्रमिक समस्याओं के संबंध में 2/3 बहुमत से समझौतों अथवा सिफारिशों को पारित करता था। सदस्य राज्यों से यह आशा की जाती थी कि वे इन समझौतों को संपुष्ट तथा कार्यान्वित करेंगे। शासक सभा तथा अन्तर्राष्ट्रीय श्रम कार्यालय क्रमशः श्रम संघ की कार्यकारिणी तथा सचिवालय के रूप में कार्य करते थे। श्रम संघ का प्रधान कार्यालय जेनेवा में स्थित था।

श्रम संघ के प्रधान उद्देश्य थे –

(क) विश्वभर में श्रमिकों के लिए काम की दशाओं में सुधार कराना;

(ख) श्रमिकों की आर्थिक सुरक्षा की व्यवस्था कराना तथा उनके वेतन, पेंशन आदि की व्यवस्थाओं में सुधार करना,

(ग) उत्पादक संस्थाओं के संचालन में श्रमिकों को सक्रिय साझीदार बनवाना,

(घ) श्रमिकों तथा इनके परिवार के लिए कल्याण सेवा की व्यवस्था करना।

श्रम संघ राष्ट्रसंघ की सर्वाधिक सफल संस्था थी। 1940 में इसने अपना प्रधान कार्यालय मांट्रियल को स्थानान्तरित कर दिया और द्वितीय विश्व युद्ध के काल में भी अपना कार्य जारी रखा। दिसम्बर, 1946 में यह संयुक्त राष्ट्र का विशेष संगठन बन गया।

## राष्ट्रसंघ के कार्य तथा गतिविधियां

राष्ट्रसंघ तथा उसकी सभा और परिषद् के कार्य तथा गतिविधियों को 5 वर्गों में विभाजित किया जा सकता है –

(क) प्रशासनात्मक कार्य,
(ख) मैन्डेट संबंधी कार्य,
(ग) अल्पसंख्यकों के हितों की सुरक्षा संबंधी कार्य,
(घ) आर्थिक तथा सामाजिक कार्य,
(च) अन्तर्राष्ट्रीय शान्ति तथा सुरक्षा संबंधी कार्य।

**प्रशासनात्मक कार्य**

वर्साय की सन्धि के द्वारा राष्ट्रसंघ को सार की घाटी तथा डैन्जिग के स्वतन्त्र नगर के प्रशासन की व्यवस्था का दायित्व ग्रहण करना पड़ा था –

***सार घाटी का प्रशासन*** – सार घाटी लगभग 3200 वर्ग कि॰मी॰ का कोयले की खानों से सम्पन्न एक व्यावसायिक क्षेत्र था, जिसकी लगभग 8 लाख जनता का अधिकांश भाग जर्मन था। वर्साय की सन्धि में इस बात की व्यवस्था की गई कि इस प्रदेश पर 15 वर्ष तक राष्ट्रसंघ द्वारा नियुक्त एक आयोग का शासन रहेगा और 15 वर्ष के पश्चात् सार की जनता इस बात का निर्णय करेगी कि सार घाटी जर्मनी को वापस कर दी जाए अथवा फ्रांस को दे दी जाए अथवा राष्ट्रसंघ के द्वारा शासित होती रहे। 13 जून, 1935 को वर्साय की सन्धि की व्यवस्था के अनुसार सार घाटी में जनमत संग्रह लिया गया। लगभग 90% ने सार प्रदेश जर्मनी को सौंप देने के पक्ष में मत दिया। परिणामस्वरूप 1 मार्च, 1935 को सार प्रदेश जर्मनी को सौंप दिया गया।

***डैन्जिग का प्रशासन*** – सार घाटी के समान डैन्जिग भी एक जर्मन बहुल प्रदेश था। पोलैण्ड को संतुष्ट करने के लिए डैन्जिग के सम्बन्ध में विशेष व्यवस्थाएं की गईं। ये विशेष व्यवस्थाएं थीं –

(क) डैन्जिग को जर्मनी से अलग कर राष्ट्रसंघ के संरक्षण में एक स्वतन्त्र नगर बना दिया गया।
(ख) डैन्जिग को अपने आन्तरिक मामलों में पूर्ण स्वाशासन प्रदान कर दिया गया। परन्तु एक सन्धि द्वारा उसे पोलैण्ड के साथ एक बहिःशुल्क संघ (कस्टम्स यूनियन) में सम्मिलित कर दिया गया तथा पोलैण्ड को उसके विदेशी सम्बन्धों के संचालन का अधिकार भी दे दिया गया।
(ग) डैन्जिग के शासन की देख-रेख के लिए राष्ट्रसंघ द्वारा नियुक्त एक उच्च आयुक्त की व्यवस्था की गई। इस उच्च आयुक्त को डैन्जिग तथा पोलैण्ड के विवादों का निर्णय करने का अधिकार भी दिया गया।

सार घाटी के प्रशासन की गणना राष्ट्रसंघ की सफलताओं में की जाती है परन्तु डैन्जिग के प्रशासन में राष्ट्रसंघ को सफलता प्राप्त नहीं हो सकी, आरम्भ से ही डैन्जिग और पोलैण्ड के सम्बन्ध कटुतापूर्ण हो गए। डैन्जिग और पोलिश गलियारे के प्रश्नों ने

जर्मनी और पोलैण्ड के सम्बन्धों को भी तनावपूर्ण और कटु बना दिया। अन्ततः जर्मनी और पोलैण्ड की कटुता इतनी उग्र हो गई कि 1 सितम्बर, 1939 को जर्मनी ने पोलैण्ड पर आक्रमण कर दिया और दो सप्ताह के अन्दर डैन्जिग सहित पोलैण्ड के अधिकांश भाग पर जर्मनी का अधिकार हो गया।

## मैन्डेट सम्बन्धी कार्य

मैन्डेट व्यवस्था जनरल स्मट्स की एक ऐसी खोज थी, जिसका उद्देश्य विल्सन के आदर्शवाद तथा अन्य मित्र राष्ट्रों की साम्राज्यवादी आकांक्षाओं में समन्वय स्थापित करना था। राष्ट्रपति विल्सन चाहते थे कि आत्मनिर्णय के सिद्धान्त के अनुसार भूतपूर्व जर्मन उपनिवेशों को स्वतन्त्रता प्रदान की जाए; परन्तु अन्य मित्र राष्ट्र इन उपनिवेशों को क्षतिपूर्ति के रूप में अपने साम्राज्यों का एक अंग बना लेना चाहते थे। जनरल स्मट्स की योजना के अनुसार इन प्रदेशों को न तो पूर्ण स्वतन्त्रता प्रदान की जानी थी और न ही उनको मित्र राष्ट्रों के साम्राज्यों में सम्मिलित कर दिया जाना था, अपितु एक विशेष व्यवस्था के अधीन राष्ट्रसंघ के संरक्षण में उनके शासन को मित्र राष्ट्रों को सौंप दिया जाना था। यह व्यवस्था मैन्डेट व्यवस्था के नाम से प्रख्यात हुई। राष्ट्रसंघ की संविदा में कहा गया था कि, "उन उपनिवेशों और क्षेत्रों पर, जोकि पिछले महायुद्ध के परिणामस्वरूप उन राज्यों की प्रभुसत्ता में नहीं रह गए हैं, जिनका पहले उन पर शासन था तथा जिनमें ऐसे लोग बसते हैं जो आधुनिक विश्व की कठिन परिस्थितियों में अपने पैरों पर खड़े होने योग्य नहीं हैं, यह सिद्धान्त लागू किया जाए कि ऐसे लोगों का कल्याण और विकास सभ्य देशों का पवित्र कर्त्तव्य है। इस सिद्धान्त को व्यावहारिक रूप देने का सर्वोत्तम उपाय यह है कि ऐसे लोगों का संरक्षण उन समुन्नत राष्ट्रों को सौंपा जाए, जो इस जिम्मेदारी को सबसे अच्छी तरह निभा सकते हों तथा इस संरक्षण अधिकार का उपयोग ये राष्ट्रसंघ की ओर से संरक्षक राज्य के रूप में करें।"

इस प्रकार मैन्डेट व्यवस्था के अर्न्तगत मित्र राष्ट्रों द्वारा शत्रु राष्ट्रों से छीने गए प्रदेशों का शासन राष्ट्रसंघ के संरक्षण में विभिन्न मित्र राष्ट्रों को सौंप दिया गया तथा उन्हें इस बात का निर्देश दिया गया कि वे इन प्रदेशों का इस प्रकार शासन करें जिससे ये प्रदेश शीघ्र स्वशासन के योग्य हो जाएं। इन प्रदेशों को मैन्डेट तथा उनके शासन के लिए उत्तरदायी राज्य को मैन्डेटरी राज्य कहा जाता था।

मैन्डेटों को तीन वर्गों में विभाजित किया गया था –

1. प्रथम श्रेणी में इराक, सीरिया, लेबनान, फिलिस्तीन तथा ट्रांसजोर्डन रखे गए। ये सभी युद्ध से पहले तुर्की के अधीन थे। इनके सम्बन्ध में राष्ट्रसंघ संविदा में कहा गया कि ये प्रदेश "विकास की ऐसी अवस्था तक पहुंच चुके हैं कि उनके अस्तित्व को अस्थायी रूप से स्वतन्त्र राष्ट्रों के रूप में माना जा सकता है। परन्तु कोई एक मैन्डेटरी राज्य उन्हें तब तक प्रशासकीय सलाह व सहायता देता रहेगा, जब तक कि

वे अपने पैरों पर स्वयं खड़े न हो जाएं। एक मैन्डेटरी शक्ति के चुनाव में इन समुदायों की इच्छाओं पर मुख्य रूप से विचार करना आवश्यक है।" प्रथम श्रेणी के मैन्डेटों में से इराक, फिलिस्तीन तथा ट्रांस जोर्डन – ग्रेट ब्रिटेन की तथा सीरिया और लेबनान फ्रांस की संरक्षता में रखे गए।

2. द्वितीय श्रेणी में मध्य अफ्रीका में स्थित जर्मनी के भूतपूर्व उपनिवेश रखे गए। इनमें से केमेरुन्ज का 1/6 भाग, टोगोलैण्ड का 1/3 भाग तथा टांगानिक ग्रेट ब्रिटेन को, केमेरुन्ज का 5/6 भाग और टोगोलैण्ड का 2/3 भाग फ्रांस को तथा रुआंडा उरुन्डी बेल्जियम को सौंपे गए। इनके विषय में राष्ट्रसंघ संविदा में कहा गया कि ये लोग "विकास की उस सीढ़ी तक पहुंच पाए हैं जिसमें कि मैन्डेटरी शक्ति द्वारा उनके प्रदेश का इस प्रकार से शासन किया जाए कि जिसमें धर्म एवं सदाचार सम्बन्धी स्वतन्त्रता प्राप्त हो सके। इसका उद्देश्य सार्वजनिक व्यवस्था एवं सदाचार की रक्षा करना, दास व्यवसाय शस्त्रों तथा शराब आदि के व्यापार जैसी बुराइयों को रोकना, पुलिस तथा प्रदेश की रक्षा के लिए आवश्यक सेना के अतिरिक्त सैनिक किलेबन्दी तथा समुद्री सेना के अड्डों पर प्रतिबन्ध लगाना तथा राष्ट्रसंघ के अन्य सदस्यों को व्यापार के लिए उचित अवसर प्रदान करना होना चाहिए।"

3. तृतीय श्रेणी में दक्षिणी-पश्चिम अफ्रीका तथा प्रशान्त महासागर के कुछ ऐसे द्वीपों को रखा गया जिनकी जनसंख्या अत्यन्त कम थी या जिनका आकार बहुत छोटा था या जो सभ्यता के केन्द्रों से बहुत दूर स्थित थे। इनको पृथक् राज्य का रूप लेने हेतु अनुपयुक्त समझा गया। मैन्डेटरी राज्यों को इसके सम्बन्ध में लगभग पूर्ण अधिकार प्रदान कर दिए गए। जिससे ये एक प्रकार से मैन्डेटरी राज्यों के अंग बन गए। केवल स्थानीय जनता के हितों की सुरक्षा के लिए कुछ विशेष संरक्षणों की व्यवस्था भी कर दी गई। इनमें से दक्षिणी-पश्चिम अफ्रीका दक्षिण अफ्रीका को, जर्मन टापू समोआ न्यूजीलैण्ड को, नौरु द्वीप ग्रेट ब्रिटेन को प्राप्त हुए। प्रशान्त महासागर के अन्य भूतपूर्व जर्मन द्वीप जापान तथा आस्ट्रेलिया में विभाजित कर दिए गए। भूमध्य रेखा से उत्तर के द्वीप जापान को प्राप्त हुए और दक्षिण के आस्ट्रेलिया को।

राष्ट्रसंघ को मैन्डेटों के सम्बन्ध में तीन प्रकार के अधिकार प्राप्त थे –

(क) मैन्डेटरी राज्यों को मैन्डैटों की प्रगति के सम्बन्ध में प्रतिवर्ष राष्ट्रसंघ की परिषद् को एक वार्षिक प्रतिवेदन भेजना होता था।

(ख) प्रत्येक मैन्डेट के शासन के सम्बन्ध में राष्ट्रसंघ की परिषद् निर्देश दे सकती थी।

(ग) मैन्डेटरी राज्यों के वार्षिक प्रतिवेदनों की जांच राष्ट्रसंघ द्वारा नियुक्त एक स्थायी मैन्डेटस आयोग करता था तथा उनके सम्बन्ध में राष्ट्रसंघ की परिषद् को परामर्श देता था।

इन अधिकारों के अनुसार 1920 में राष्ट्रसंघ ने स्थायी मैन्डेटस आयोग की नियुक्ति की। यह मैन्डेटस आयोग राष्ट्रसंघ की परिषद् के अभिकर्ता के रूप में कार्य करता था। इसके प्रमुख कार्य थे –

(क) मैन्डेटरी राज्य के प्रतिवेदन की जांच करना।

(ख) मैन्डेटरों के निवासियों के आवेदन पत्रों पर विचार करना।

(ग) मैन्डेट व्यवस्था सम्बन्धी विषयों पर राष्ट्रसंघ को परामर्श देना।

व्यवहार में मैन्डेट व्यवस्था साम्राज्यवाद का एक नवीन रूप ही सिद्ध हुई। मैन्डेटरी राज्यों ने मैन्डेटों का शासन उनके कल्याण के उद्देश्य से नहीं अपितु अपने हितों की रक्षा के उद्देश्य से किया। ब्रिटेन ने इराक में इराकियों की स्वतन्त्रता प्राप्ति की महत्वा-कांक्षाओं के प्रति एक दमनपूर्ण नीति का अवलम्बन किया, उसने फिलिस्तीन में "फूट डालो और राज्य करो" की नीति अपनाई। फ्रांसीसियों ने सीरिया तथा लेबनान में राष्ट्रवाद का निर्दयतापूर्वक दमन किया। टोगोलैण्ड तथा कैमरुन्स में भी जनता की इच्छाओं की अवहेलना की गई। तृतीय श्रेणी की मैन्डेटों में मैन्डेटरी राज्यों में "मुक्त द्वार" की नीति को नहीं अपनाया और मैन्डेटों के साथ साधारण उपनिवेशों का व्यवहार किया। मैन्डेटरी शक्तियों ने राष्ट्रसंघ को केवल एक परामर्शदात्री संस्था माना, निदेशक संस्था नहीं। लार्ड बालफोर ने 1922 में कहा था – "एक मैन्डेट विजेता राष्ट्र द्वारा विजित प्रदेश में अपनी प्रभुसत्ता पर स्वेच्छापूर्वक लगाई हुई मर्यादा है। मानव जाति के सामान्य हितों के लिए मित्रराष्ट्रों ने अपने ऊपर ये मर्यादाएं लगा लीं और राष्ट्रसंघ से यह देखने में, कि सामान्य नीति पर आचरण किया जाए, सहायता देने की प्रर्थाना की। परन्तु राष्ट्रसंघ मैन्डेट व्यवस्था का रचयिता नहीं था राष्ट्रसंघ का प्रथम कर्त्तव्य यह देखना था कि मैन्डेट की शर्तें संविदा के सिद्धान्तों के अनुकूल हों तथा दूसरा कर्त्तव्य यह देखना था कि ये शर्तें वास्तव में मैन्डेट प्रदेशों में मैन्डेटरी शक्ति की नीति को निर्धारित करें।"

**अल्पसंख्यकों के हितों के सुरक्षा सम्बन्धी कार्य**

पेरिस शान्ति सम्मेलन में इस बात का प्रयास किया गया था कि यूरोप को सभी राष्ट्रीय अल्पसंख्यकों को, "एक राष्ट्र एक राज्य" के सिद्धान्त के आधार पर राज्यों का पुनर्गठन कर, स्वशासन और स्वतंत्रता प्रदान कर दी जाए। परन्तु व्यवहार में ऐसा करना असम्भव सिद्ध हुआ और सभी सम्भव प्रयत्नों के बावजूद यूरोप में लगभग 17000000 राष्ट्रीय अल्पसंख्यक रह गए। इनकी सुरक्षा के लिए शान्ति सम्मेलन ने अल्पसंख्यक सन्धियों का उपाय अपनाया। इसके अनुसार अधिकांश ऐसे राज्यों को, जिनमें राष्ट्रीय अल्पसंख्यक रह गए थे, अल्पसंख्यकों के अधिकारों और हितों का सम्मान करने के लिए वचनबद्ध किया गया। इन सन्धियों की व्यवस्थाओं को कार्यान्वित करने का भार राष्ट्रसंघ को सौंपा गया। परन्तु राष्ट्रसंघ इस कार्य में अधिक सफलता प्राप्त नहीं कर सका और विभिन्न देशों में राष्ट्रीय अल्पसंख्यकों को अनेक अत्याचारों का शिकार होने से नहीं बचाया जा सका।

## आर्थिक तथा सामाजिक कार्य

यद्यपि राष्ट्रसंघ प्रधानतः एक राजनीतिक संस्था थी परन्तु इसे वास्तविक सफलताएं आर्थिक तथा सामाजिक क्षेत्र में प्राप्त हुईं। राष्ट्रसंघ ने आर्थिक और सामाजिक क्षेत्र में अन्तर्राष्ट्रीय सहयोग के नीवन युग का सूत्रपात किया। विश्व के इतिहास में प्रथम बार अन्तर्राष्ट्रीय सम्मेलनों में राजनीतिक और कूटनीतिक ही नहीं, अपितु आर्थिक और सामाजिक विषयों पर भी गम्भीर विचार-विमर्श होने लगा।

***आर्थिक सहयोग*** – सर्वप्रथम राष्ट्रसंघ ने इस बात का प्रयास किया कि विश्व के सभी देश स्वस्थ आर्थिक नीतियों को अपनाएं ताकि महायुद्ध से विध्वंसित विश्व का आर्थिक पुनर्निर्माण सफलतापूर्वक किया जा सके। इसके लिए राष्ट्रसंघ ने अनेक आर्थिक तथा वित्तीय समितियों की स्थापना की जिन्होंने न केवल आंकड़ों तथा तथ्यों के संकलन का प्रारम्भिक कार्य किया, अपितु अनेक समस्याओं पर महत्वपूर्ण और उपयोगी शोध कार्य भी किया।

अन्तर्राष्ट्रीय आर्थिक सहयोग की वृद्धि के लिए राष्ट्रसंघ की परिषद् ने अनेक सम्मेलनों का आयोजन किया। इनमें से 1920 का ब्रूसेल्स अन्तर्राष्ट्रीय आर्थिक सम्मेलन; अक्तूबर, 1923 का अन्तर्राष्ट्रीय बहि:शुल्क सम्मेलन; 1927 का जेनेवा विश्व आर्थिक सम्मेलन तथा 1932-33 का विश्व अर्थसम्मेलन प्रमुख थे। इन सम्मेलनों में चुंगी, कच्चे मालों की पहुंच; आयात कर नियमावली, आर्थिक पुनर्निर्माण तथा आर्थिक संकट आदि विषयों पर विचार-विमर्श किया गया। इन सम्मेलनों के परिणामस्वरूप प्रोफेसर लियोनार्ड के शब्दों में, "केवल दो दशकों के अन्दर ही सरकारों ने तुलनात्मक 'एकान्त' से अपनी सामान्य आर्थिक तथा राजस्व सम्बन्धी समस्याओं पर अन्तर्राष्ट्रीय संगठन के द्वारा गम्भीर सहकारिता की ओर कदम रखा।"

***वित्तीय सहायता*** – राष्ट्रसंघ ने अनेक देशों को आर्थिक संकट से सामना करने तथा पुनर्निर्माण के लिए वित्तीय सहायता प्रदान की। 1923 में राष्ट्रसंघ ने आस्ट्रिया को आर्थिक पुनर्निर्माण के लिए वित्तीय सहायता देकर अपने उद्देश्य को सफल बनाया। आस्ट्रिया का पुनर्निर्माण सम्भव हो गया। 1924 में राष्ट्रसंघ ने हंगरी को भी इसी प्रकार की सहायता दी। इससे हंगरी की अर्थव्यवस्था सुदृढ़ हो गई। इसी प्रकार राष्ट्रसंघ ने 1924, 1928, 1932, 1933 में यूनान को तथा 1926, 1928 में बल्गारिया को अनेक प्रकार की वित्तीय सहायता देकर उनकी आर्थिक व्यवस्था को सुदृढ़ किया। सार की घाटी तथा डैन्जिग के लोगों को वित्तीय सहायता प्रदान कर राष्ट्रसंघ ने उनकी आर्थिक प्रगति का पथ-प्रशस्त किया।

***शरणार्थी सहायता कार्य*** – राष्ट्रीय अल्पसंख्यकों की समस्या ने यूरोप में एक गम्भीर शरणार्थी समस्या को जन्म दिया। युद्ध के कारण लाखों रूसी, यूनानी, तुर्क तथा अर्मेनियन लोग बेघरबार हो गए थे। राष्ट्रसंघ ने इस समस्या के समाधान के लिए

डॉ नानसेन को उच्च आयुक्त नियुक्त किया। उनके निर्देशन में लाखों रूसी, यूनानी तथा आर्मेनियन पुनः बसाए गए। परन्तु नाजीवाद के उदय के पश्चात् जर्मनी तथा अन्य अनेक देशों में यहूदियों पर घोर अत्याचार किए गए, जिनके कारण लाखों यहूदियों को अपना घरबार छोड़ कर भागना पड़ा। इससे शरणार्थी समस्या अधिक जटिल हो गई और राष्ट्रसंघ इस समस्या के समाधान के लिए कोई प्रभावशाली कार्यवाही करने में असमर्थ रहा।

***मार्ग तथा आवागमन*** – राष्ट्रसंघ की मार्ग समिति ने भी अपने क्षेत्र में महत्वपूर्ण कार्य किया। इस समिति के तत्वाधान में रेलवे की अन्तर्राष्ट्रीय व्यवस्था, पार-पत्रों के कार्य के सरलीकरण, वाणिज्य और पर्यटक मोटरकारों संबंधी नियम, जलशक्ति का विकास आदि के सम्बन्ध में अनेक अन्तर्राष्ट्रीय अभिसमयों को स्वीकृति प्राप्त हुई।

***स्वास्थ्य सम्बन्धी कार्य*** – राष्ट्रसंघ संविदा के 23वें अनुच्छेद में कहा गया था कि, "राष्ट्रसंघ के सदस्य बीमारी को रोकने तथा नियन्त्रण के लिए, 'अन्तर्राष्ट्रीय दृष्टि से विचारणीय प्रश्नों के विषय में आवश्यक कदम उठाने की चेष्टा करेंगे।" इस उद्देश्य की प्राप्ति के लिए राष्ट्रसंघ ने 1923 में एक स्वास्थ्य संगठन की स्थापना की, जिसका उद्देश्य, "अन्तर्राष्ट्रीय सहयोग द्वारा जन स्वास्थ्य की सुरक्षा को बढ़ावा देना था।" स्वास्थ्य संगठन के निर्देशन में संक्रामक रोगों को रोकने के लिए सिंगापुर में एक ईस्टर्न ब्यूरो की स्थापना की गई, जिसको 113 बन्दरगाह प्रति सप्ताह अपनी जन स्वास्थ्य सम्बन्धी दशा की रिपोर्ट तार से भेजते थे। 1923 में मलेरिया की रोकथाम के लिए एक मलेरिया आयोग की स्थापना की गई। 1931 में स्वास्थ्य संगठन ने ग्रामीण स्वास्थ्य पर एक सम्मेलन का आयोजन किया, जिसमें 23 देशों के प्रतिनिधियों ने भाग लिया।

***नारी कल्याण तथा बाल कल्याण*** – राष्ट्रसंघ संविदा में कहा गया था कि, "राष्ट्रसंघ के सदस्य स्त्रियों एवं बच्चों तथा अफीम एवं अन्य भयंकर औषधियों के व्यापार के सम्बन्ध में समझौतों के सामान्य पर्यवेक्षण के कार्य को राष्ट्रसंघ को सौंप देंगे।"

इस व्यवस्था के आधार पर राष्ट्रसंघ ने 1921 में एक अभिसमय स्वीकार किया, जिसके द्वारा विवाह के लिए सम्मति की आयु बढ़ा दी गई तथा अनैतिक उद्देश्यों के लिए स्त्रियों के व्यापार पर रोक लगा दी गई। 1924 में बच्चों व युवकों के संरक्षण और कल्याण के लिए एक परामर्शदाता आयोग की नियुक्ति की गई। 1929 में राष्ट्रसंघ के निर्देशन में सुदूरपूर्व में बच्चों तथा महिलाओं की स्थिति की जांच की गई। राष्ट्रसंघ ने अश्लील प्रकाशनों को रोकने और वेश्यावृत्ति का अन्त करने के लिए भी विशेष प्रयत्न किए।

***मादक द्रव्यों का नियन्त्रण*** – 1920 में राष्ट्रसंघ ने अफीम तथा अन्य भयंकर औषधियों के व्यापार के सम्बन्ध में एक परामर्शदात्री समिति की नियुक्ति की व्यवस्था

की। 1925, 1931 में इस सम्बन्ध में जेनेवा अभिसमय स्वीकार किए गए। इनके द्वारा यह व्यवस्था की गई कि मादक औषधियों का उत्पादन वैज्ञानिक तथा चिकित्सा संबंधी उद्देश्यों के लिए सीमित रहना चाहिए।

***दासता तथा बेगार की समस्याएं*** – राष्ट्रसंघ ने दासता तथा बेगार की समस्याओं की ओर भी ध्यान दिया। इनको रोकने के उपायों पर विचार करने के लिए राष्ट्रसंघ ने 1924 में एक विशेष तदर्थ समिति की नियुक्ति की। इस समिति की रिपोर्ट के आधार पर 1926 में सभा ने दासता तथा उसके प्रत्येक रूप के क्रमश: तथा शीघ्रातिशीघ्र पूर्ण उन्मूलन के उद्देश्य से "दासता के दमन के अन्तर्राष्ट्रीय अभिसमय" को स्वीकार किया। राष्ट्रसंघ ने विशेषज्ञों की एक अस्थाई समिति की नियुक्ति की जिसने 1931 में अपनी रिपोर्ट में व्यक्त किया कि तिंब्बत तथा मध्य एशिया को छोड़ कर, जिनके विषय में जानकारी प्राप्त नहीं हो सकी, केवल अरब तथा अफ्रीका के कुछ भागों में ही दास प्रथा का उन्मूलन नहीं हो सका था।

***बौद्धिक सहयोग*** – राष्ट्रसंघ ने बौद्धिक सहयोग के लिए अन्तर्राष्ट्रीय समिति की भी स्थापना की। इसका उद्देश्य साहित्य और विज्ञान के क्षेत्र में राष्ट्रों के मध्य अधिकतम एकता और सम्पर्क का विकास कर अन्तर्राष्ट्रीय सहयोग में वृद्धि करना था। 1924 में राष्ट्रसंघ ने पेरिस में "बौद्धिक सहयोग संस्थान" की स्थापना के प्रस्ताव को स्वीकृति दी। 1926 में इस संस्थान की स्थापना हुई।

***युद्धबन्दियों का स्वदेश पुनरागमन*** – युद्धबन्दियों को छुड़ाना तथा उनकी स्वदेश वापसी का प्रबन्ध करना भी राष्ट्रसंघ की एक महत्वपूर्ण सफलता थी। 1919 में लाखों युद्धबन्दी गन्दे तथा अस्वास्थ्यकर कैम्पों में अत्यन्त दु:ख, भय और निराशा का जीवन व्यतीत कर रहे थे। राष्ट्रसंघ के प्रयत्नों से 1922 के अन्त तक लगभग सभी युद्धबन्दी अपने-अपने घरों को वापस पहुंच गए।

इस प्रकार राष्ट्रसंघ ने आर्थिक तथा सामाजिक क्षेत्र में अत्यन्त महत्वपूर्ण उपयोगी तथा बहुमूल्य कार्य किया। उसकी मानवीय तथा वैज्ञानिक गतिविधियां उससे पूर्व के किसी भी मानवीय संगठन की गतिविधियों से अधिक महान थीं। उसने मानव जाति के कष्टों को दूर करने के गम्भीर प्रयत्न किए। लाखों लोगों तक आशा, विश्वास और नवजीवन का सन्देश पहुंचाया। राष्ट्रसंघ ने न केवल कूटनीतिक स्तर पर शान्ति स्थापना के प्रयत्न किए, अपितु इस सत्य को भी स्वीकार किया कि युद्ध के बीज मानव मस्तिष्क में निहित होते हैं और मानव मस्तिष्क में शान्ति की आधारशिला की स्थापना होनी चाहिए।

### अन्तर्राष्ट्रीय शान्ति तथा सुरक्षा के लिए कार्य

राष्ट्रसंघ का सर्वाधिक महत्वपूर्ण कार्य अन्तर्राष्ट्रीय शान्ति और सुरक्षा को बनाए रखना और अन्तर्राष्ट्रीय विवादों का शान्तिपूर्ण उपायों से समाधान करना था। इस सम्बन्ध में राष्ट्रसंघ संविदा में 6 प्रकार की व्यवस्थाएं थीं –

**( क ) *निःशस्त्रीकरण*** – राष्ट्रसंघ संविदा के 8वें अनुच्छेद में इस बात की घोषणा की गई थी कि, "संघ के सदस्य इस बात को स्वीकार करते हैं कि शान्ति की व्यवस्था के लिए राष्ट्रीय शस्त्रों को उस कम से कम कोटि तक घटाना आवश्यक है जो राष्ट्रीय रक्षा एवं अन्तर्राष्ट्रीय उत्तरदायित्वों के सामान्य कार्यवाही के द्वारा प्रवर्तन के अनुकूल हों।"

राष्ट्रसंघ ने निःशस्त्रीकरण के लिए 1920 में स्थाई परामर्शदाता आयोग की स्थापना की; उसकी असफलता के उपरान्त 1921 में अस्थाई मिश्रित आयोग स्थापित किया। इसने 1923 में पारस्परिक सन्धि का प्रारूप तथा 1924 में जेनेवा प्रोटोकोल की संरचना की; परन्तु सफलता प्राप्त न हो सकी। 1925 में राष्ट्रसंघ ने प्रारम्भिक आयोग की नियुक्ति की; इसी की संस्तुति पर जेनेवा का विश्व निःशस्त्रीकरण सम्मेलन 1932 में आयोजित हुआ; परन्तु राष्ट्रसंघ निःशस्त्रीकरण की दिशा में सफल नहीं हो पाया।

**( ख ) *युद्ध-निवारण*** – राष्ट्रसंघ संविदा के 11वें अनुच्छेद का उद्देश्य शान्ति को स्थिर रखना तथा युद्धों का निवारण करना था। किसी भी युद्ध अथवा युद्ध की धमकी को राष्ट्रसंघ की चिन्ता का विषय घोषित कर दिया गया। ऐसी स्थिति में राष्ट्रसंघ को शान्ति की सुरक्षा के लिए आवश्यक कोई भी विवेकपूर्ण और प्रभावशाली कार्यवाही करने का अधिकार दिया गया। राष्ट्रसंघ ने समय-समय पर इस दिशा में सचेत रह कर विश्व-शान्ति को बनाए रखने की चेष्टा की परन्तु अन्त में वह युद्ध निवारण के प्रयत्नों में सफल नहीं हो सका।

**( ग ) *पंच निर्णय तथा न्यायिक समझौता*** – राष्ट्रसंघ संविदा के 12वें अनुच्छेद में सदस्यों को यह निर्देश दिया गया कि वे किसी झगड़े को तय करने के लिए बल प्रयोग का आश्रय न लें, अपितु उसे पंच फैसले या अन्तर्राष्ट्रीय न्याय के स्थायी न्यायालय के निर्णय या परिषद् के विचारार्थ प्रेषित करें। अधिकांश विवादों में राष्ट्रसंघ को समाधान कराने में सफलता प्राप्त हुई, परन्तु महाशक्तियों के विवादों को निर्णीत कराने में वह असफल रहा।

**( घ ) *साधारण सभा अथवा परिषद् द्वारा विवादों का समाधान*** – राष्ट्रसंघ का कोई भी सदस्य पंचायती निर्णय, न्यायिक फैसले अथवा परिषद् द्वारा जांच सम्बन्धी उपबन्धों का उल्लंघन कर युद्ध का आश्रय लेता है तब यह समझा जाएगा कि उसने स्वतः राष्ट्रसंघ के सभी सदस्यों के विरुद्ध युद्ध का कार्य किया है। तदुपरान्त राष्ट्रसंघ के सभी सदस्य तत्काल ही उससे समस्त व्यापारिक तथा आर्थिक सम्बन्ध भंग कर देंगे। 16वें अनुच्छेद की इस व्यवस्था के द्वारा राष्ट्रसंघ ने विवादों के समाधान का प्रयत्न किया परन्तु महाशक्तियों के विवादों में वह सफल नहीं हो पाया।

**( च ) *सन्धियों का पुनर्निरीक्षण*** – साधारण सभा समय-समय पर संघ के सदस्यों से उन सन्धियों के पुनर्विचार के लिए कह सकती थी, जो समयान्तर के कारण अनुपयुक्त हो गई हों।

**(छ) *सामूहिक सुरक्षा*** – राष्ट्रसंघ ने समूहिक सुरक्षा व्यवस्था को सुदृढ़ करने का प्रथम महत्वपूर्ण प्रयास 1923 में किया। पारस्परिक सहायता सन्धि के प्रारूप के द्वारा सामूहिक सुरक्षा को सुदृढ़ करने का यह सशक्त प्रयास था, परन्तु सदस्य राज्य के विरोध के कारण यह असफल हो गया। 1924 में राष्ट्रसंघ का दूसरा प्रयत्न 'जेनेवा प्रोटोकोल' था परन्तु इसे भी सदस्य राष्ट्रों के विरोध का सामना करना पड़ा। इस प्रकार सामूहिक सुरक्षा व्यवस्था को सुदृढ़ करने में राष्ट्रसंघ असफल हो गया।

## राष्ट्रसंघ की विफलता के कारण

राष्ट्रसंघ की स्थापना विश्व इतिहास का एक नया मोड़ थी। यह पहली संस्था थी जिससे अन्तर्राष्ट्रीय जगत में 'विधि शासन' की स्थापना करने की आशा की जाती थी। परन्तु राष्ट्रसंघ उद्दीप्त आदर्शों, महत्वाकांक्षी स्वप्नों तथा गौरवपूर्ण उद्देश्यों की प्राप्ति में सफल नहीं हो सका। वह मानव जाति को युद्ध की विभीषिका से नहीं बचा सका। वह विश्व को जनतन्त्र के लिए सुरक्षित बनाने में सफल नहीं हो सका तथा वह निरन्तर और न्यायोचित शान्ति की स्थापना में असफल रहा। राष्ट्रसंघ के गम्भीर प्रयत्नों के बावजूद निःशस्त्रीकरण का स्वप्न पूरा नहीं हो सका, अपितु शस्त्रीकरण की दौड़ और अधिक तीव्र हो गई। लगभग 44 अन्तर्राष्ट्रीय विवाद राष्ट्रसंघ के समक्ष लाए गए। इनमें से कुछ छोटे विवादों का समाधान करने में राष्ट्रसंघ सफल रहा, परन्तु अधिकांश महत्वपूर्ण विवादों का समाधान करने में राष्ट्रसंघ को सफलता प्राप्त नहीं हुई। जापान, इटली, जर्मनी आदि आक्रामक राष्ट्रों के विरुद्ध राष्ट्रसंघ कोई प्रभावशाली कार्यवाही नहीं कर सका। 1939 में विश्व द्वितीय विश्व युद्ध की विभीषिका का शिकार हो गया। राष्ट्रसंघ की विफलता के प्रमुख कारण थे –

(क) राष्ट्रसंघ ऐसी संस्था थी, जो समय से पूर्व स्थापित हो गई थी क्योंकि इसकी स्थापना के समय तक राज्यों के सम्बन्धों को नियन्त्रित करने वाली एक अन्तर्राष्ट्रीय संस्था का विचार उचित मान्यता प्राप्त नहीं कर सका था। पेरिस शान्ति सम्मेलन में एकत्रित राष्ट्रों ने राष्ट्रसंघ का विचार स्वेच्छा से नहीं अपितु राष्ट्रपति विल्सन के आग्रह के कारण अपनाया था।

(ख) राष्ट्रसंघ की स्थापना को सुनिश्चित बनाने के लिए राष्ट्रपति विल्सन ने इस बात का आग्रह किया कि राष्ट्रसंघ संविदा को शान्ति सन्धियों का अंग बना दिया जाए। यह एक अत्यन्त दुर्भाग्यपूर्ण कार्य सिद्ध हुआ। अनेक राज्य वर्साय की सन्धि को एक कलंकित लेखपत्र मानते थे। उसमें सम्मिलित राष्ट्रसंघ के प्रति भी उनका दृष्टिकोण अनुदार हो गया। उससे, जैसा कि नार्मन बेंटविच का मत राष्ट्रसंघ "एक बदनाम मां की असम्मानित पुत्री" समझा जाने लगा।

(ग) कहा जाता है कि राष्ट्रसंघ अनेक त्रुटिपूर्ण धारणाओं पर आधारित था। प्रथम धारणा यह थी कि सभी राष्ट्र अपनी प्रभुसत्ता का कुछ भाग राष्ट्रसंघ को सौंपने

के लिए प्रस्तुत है; परन्तु यह धारणा गलत सिद्ध हुई, क्योंकि राष्ट्रों ने अपनी प्रभुसत्ता को सीमित करना स्वीकार नहीं किया। दूसरी धारणा थी, कि सभी देशों में प्रजातान्त्रिक पद्धति अपना ली जाएगी परन्तु 1930 के बाद अनेक देशों में अधिनायकवादी और फासीवादी शासनों का विकास हुआ। तीसरी धारणा थी कि विश्व के सभी राष्ट्र, राष्ट्रसंघ के सदस्य हो जाएंगे परन्तु ऐसा सम्भव न हो पाया। चौथी धारणा थी कि अन्तर्राष्ट्रीय समझौतों के द्वारा शस्त्रों में कमी की जा सकेगी; परन्तु ये आशाएं भी वास्तविकता का रूप नहीं ले सकीं।

(घ) राष्ट्रसंघ जिन स्तम्भों पर आधारित था वे समान रूप से शक्तिशाली और उचित रूप से संतुलित नहीं थे। ये स्तम्भ थे – नि:शस्त्रीकरण; आक्रमण के विरुद्ध सुरक्षाएं; विवादों का समाधान; शान्तिपूर्ण परिवर्तन की व्यवस्था। इनमें से आक्रमण के विरुद्ध सुरक्षा और विवादों के समाधान पर अत्यधिक बल दिया गया जबकि नि:शस्त्रीकरण और शान्तिपूर्ण परिवर्तन की व्यवस्था सम्बन्धी उपबन्ध अपेक्षाकृत दुर्बल थे। इससे ऐसा प्रतीत होने लगा कि राष्ट्रसंघ का मुख्य उद्देश्य "यथास्थिति" को बनाए रखना है। परन्तु जैसा कि वेन्डनबोश और होगन का मत है – "शक्ति का कोई भी परिणाम एक ऐसी यथास्थिति को स्थिर नहीं रख सकता, जिसे एक भारी संख्या में लोग अत्यधिक अन्यायपूर्ण समझने लगे हों। व्यवस्था और परिवर्तन स्याम के जुड़वां बच्चों के समान सम्बन्धित हैं जिनमें से एक के बिना दूसरा नहीं रह सकता। राष्ट्रसंघ ने व्यवस्था पर आवश्यकता से अधिक और परिवर्तन पर आवश्यकता से कम बल दिया।"

(च) 1930 की आर्थिक मन्दी ने राष्ट्रसंघ को अत्यधिक क्षति पहुंचाई। इसके फलस्वरूप लगभग सभी देशों में आर्थिक राष्ट्रवाद की शक्तियां प्रबल हो उठीं। उनका अन्तर्राष्ट्रीयतावाद पर से विश्वास उठ गया। वे सामूहिक सुरक्षा और आक्रमण के सामूहिक प्रतिरोध के उन सिद्धान्तों की उपेक्षा करने लगे जो राष्ट्रसंघ रूपी भवन की आधारशिला थे।

(छ) 1922 में इटली तथा 1932 के बाद जर्मनी, स्पेन, पुर्तगाल आदि अनेक यूरोपीय देशों में अधिनायकवादी सरकारें सत्तारूढ़ हो गईं। ये सरकारें शान्ति और समझौते की नीति में नहीं, अपितु युद्ध और हिंसा की नीति में विश्वास रखती थीं। इनका राष्ट्रसंघ के आदर्शों में न केवल कोई विश्वास ही नहीं था, अपितु ये उसे एक व्यर्थ की संस्था समझती थीं।

(ज) विश्व-शान्ति के संरक्षक के रूप में राष्ट्रसंघ की सफलता के लिए आवश्यक था कि विश्व के सभी प्रमुख राष्ट्र इसके सदस्य होते, परन्तु ऐसा नहीं हो सका। प्रारम्भ में ही संयुक्त राज्य अमेरिका ने इसका सदस्य बनना अस्वीकार कर दिया, जबकि जर्मनी और रूस को इसका सदस्य नहीं बनाया गया। 1926 में जर्मनी इसका

सदस्य बना लिया गया, परन्तु इसके कुछ समय पश्चात् ब्राजील और कोस्टारिका ने इसका परित्याग कर दिया। 1934 में रूस राष्ट्रसंघ में प्रविष्ट हुआ, परन्तु 1933 में जापान और जर्मनी तथा 1937 में इटली ने इसका परित्याग कर दिया। 1939 में रूस को फिनलैण्ड पर आक्रमण करने के अपराध में राष्ट्रसंघ से निष्कासित कर दिया गया।

(झ) राष्ट्रसंघ के उत्तरदायित्व अत्यन्त भारी थे परन्तु इसकी शक्तियां अत्यन्त सीमित थीं। इसको विश्वशान्ति की रक्षा का भार सौंपा गया था परन्तु इसको स्वयं कार्यवाही करने की कोई प्रभावशाली शक्ति प्राप्त नहीं थी। यह न तो स्वयं आक्रामक राष्ट्र के विरुद्ध कोई प्रत्यक्ष सैनिक कार्यवाही कर सकता था और न ही अपने सदस्यों को उसके विरुद्ध सैनिक कार्यवाही करने के लिए विवश कर सकता था।

(ट) राष्ट्रसंघ का संविधान अत्यधिक दोषपूर्ण था। प्रथम, राष्ट्रसंघ के पास अपनी कोई अन्तर्राष्ट्रीय पुलिस अथवा सेना नहीं थी, जिसके द्वारा वह स्वयं अपने निर्णयों को कार्यान्वित कर सकता। दूसरे, महत्वपूर्ण विषयों में परिषद् को अपने निर्णय सर्वसम्मति से करने होते थे। इस नियम के कारण राष्ट्रसंघ बहुधा कोई प्रभावपूर्ण निर्णय नहीं ले पाता था। तीसरे, राष्ट्रसंघ की कार्यपद्धति अत्यन्त जटिल थी। किसी समस्या पर इसके वाद-विवाद को इतना लम्बा खींचा जा सकता था कि आक्रामक राष्ट्र के विरुद्ध प्रभावशाली कार्यवाही का समय ही समाप्त हो जाए। चौथे, राष्ट्रसंघ संविदा ने युद्ध का पूर्ण वर्जन नहीं किया था, अपितु आक्रामक और रक्षात्मक युद्ध के मध्य भेद कर रक्षात्मक युद्ध को वैध माना था। इससे यह धारणा बनी रही कि अन्तर्राष्ट्रीय विवादों के समाधान के लिए युद्ध का आश्रय लिया जा सकता है।

(ठ) राष्ट्रसंघ की असफलता का सबसे बड़ा कारण "राष्ट्रों का विश्वासघात" था। सदस्य राष्ट्रों ने राष्ट्रसंघ के प्रति अपने उत्तरदायित्वों का कभी निर्वाह नहीं किया।

(ड) राष्ट्रसंघ के सदस्य उसके प्रति निष्ठावान नहीं थे। शूमां के शब्दों में, "संघ, सत्ताधारी सरकारों के सहयोग का एक उपाय मात्र ही रहा; उनके प्रजाजन तथा नागरिक राष्ट्रीय हितों में संलग्न देशभक्त ही रहे। कहीं पर भी उन्हें सामान्य उद्देश्यों की प्रभावपूर्ण सेवा के लिए एक करने की चेष्टा नहीं की गई। अतएव, जेनेवा की लेमन झील के तटों पर स्थित एरियाना पार्क में संघ का श्वेत भवन, अन्त में एक समाधि बन गया।

(ढ) राष्ट्रसंघ के कर्णधार देश भेड़ की खाल ओढ़े हुए भेड़िये थे। उन्होंने कभी भी राष्ट्रसंघ को न्यायपूर्ण शान्ति की स्थापना का साधन नहीं समझा, अपितु उसका अपनी राष्ट्रीय नीति के उद्देश्यों की पूर्ति के यन्त्र के रूप में प्रयोग किया।

## मूल्यांकन और निष्कर्ष

यद्यपि सदस्य राष्ट्रों की निष्ठाहीनता के कारण राष्ट्रसंघ अन्तर्राष्ट्रीय शान्ति की स्थापना और सुरक्षा करने में सफल न हो सका। जैसाकि शूमां का मत है, "संघ तथा उससे

सम्बन्धित संस्थाएं कभी भी मानवीय भ्रातृ-भावना की प्रतीक नहीं हो सकीं, जो समस्त देशों में अधिकांश लोगों के प्रेम तथा भक्ति को उत्पन्न कर सकतीं, जिसके द्वारा उस प्रतिष्ठा एवं अधिकार का विकास हो सकता, जिसकी एक प्रारम्भिक विश्व सरकार को आवश्यकता थी। फिर भी उसे अनुपयोगी अथवा महत्वहीन नहीं कहा जा सकता। अपने दोषों के बावजूद भी राष्ट्रसंघ ऐतिहासिक महत्व की एक महान संस्था थी –

(क) इसने मानव जाति को अन्तर्राष्ट्रीय सहयोग और सामूहिक कार्यवाही का प्रथम वास्तविक पाठ पढ़ाया। वास्तव में, राष्ट्रसंघ उस प्रयत्न की प्रशंसनीय कृति थी, जिसका उद्देश्य राष्ट्रवाद और अन्तर्राष्ट्रीयतावाद में सामंजस्य स्थापित करना था। यह ऐसी प्रथम संस्था थी, जिसमें एक विश्व संघ के बीज निहित थे।

(ख) इसने कूटनीति के परम्परागत व्यवहार में अनेक परिवर्तन ला दिए। इसकी स्थापना से पूर्व अन्तर्राष्ट्रीय क्षेत्र में एक प्रकार से पूर्ण अराजकता की स्थिति थी और राज्यों की स्वेच्छाचारी गतिविधियों पर कोई प्रभावशाली नियन्त्रण नहीं था परन्तु राष्ट्रसंघ के रूप में एक ऐसी संस्था का जन्म हुआ जिसे आक्रमण के विरुद्ध पारस्परिक बीमा कहा जा सकता है। इसके द्वारा एक अत्यन्त न्यून परन्तु निश्चित मात्रा में राज्यों ने अपनी प्रभुसत्ता पर अन्तर्राष्ट्रीय संगठन का नियंत्रण स्वीकार कर लिया और अन्तर्राष्ट्रीय विधि की प्रभावशीलता का तीव्रता से विकास होना आरम्भ हो गया।

(ग) आर्थिक, सामाजिक और मानवीय क्षेत्रों में राष्ट्रसंघ ने उल्लेखनीय और निश्चित सफलताएं प्राप्त कीं।

(घ) सुरक्षा के क्षेत्र में भी यह भूतकाल की अन्य अन्तर्राष्ट्रीय संगठनों से अत्यधिक उपयुक्त रहा।

अन्त में, राष्ट्रसंघ असफल होते हुए भी मानव जाति के लिए अत्यन्त बहुमूल्य अनुभव सिद्ध हुआ है। इसी अनुभव की आधारशिला पर संयुक्त राष्ट्र का निर्माण हुआ है। अतः एफ॰पी॰ बाल्टर के शब्दों में हम कह सकते हैं –

"कार्य करने वाली संस्था के रूप में राष्ट्रसंघ मृतक के रूप में है। परन्तु वे आदर्श, जिनको इसने बढ़ावा देने का प्रयत्न किया और वे आशाएं जिनको इसने उत्पन्न किया, वे ढंग जिनका निर्माण किया और वे साधन जिनकी इसने रचना की, सभ्य संसार के राजनीतिक विचारों के महत्वपूर्ण भाग बन गए हैं और उनके प्रभाव तब तक जीवित रहेंगे जब तक कि मानव-जाति राज्यों और राष्ट्रों के विभाजनों से ऊपर एकता का अनुभव करती है।"

# 3

# पेरिस में शान्ति सम्मेलन

28 जुलाई, 1914 से 11 नवम्बर, 1918 तक के संघर्ष के पश्चात् 18 जनवरी, 1919 को मित्र राष्ट्रों के प्रतिनिधि यूरोप तथा विश्व के भावी मानचित्र की रचना के उद्देश्य से पेरिस में एकत्रित हुए। पेरिस का यह शान्ति सम्मेलन वियना सम्मेलन के बाद विश्व के इतिहास का सर्वाधिक महत्वपूर्ण सम्मेलन था। यह इतिहास का प्रथम विश्व सम्मेलन था और इसके निर्णयों ने केवल यूरोप को ही नहीं अपितु सम्पूर्ण विश्व को प्रभावित किया। पेरिस सम्मेलन को अपने कार्य को प्रतिकूल वातावरण और परिस्थितियों में सम्पन्न करना पड़ा था।

## त्रुटियां

सम्मेलन स्थल के रूप में पेरिस का चयन एक दुर्भाग्यपूर्ण भूल थी। 1919 में पेरिस शान्ति वार्ता के लिए अत्यधिक अनुपयुक्त था। युद्ध की ज्वालाएं पेरिस के समीपस्थ क्षेत्र को ध्वस्त कर चुकी थीं। उसका वातावरण शान्ति वार्ता के लिए अनुकूल नहीं था। कीन्स के शब्दों में, "पेरिस एक दुःस्वप्न था और वहां प्रत्येक व्यक्ति रोगी था। सम्पूर्ण वातावरण असन्तोष, प्रतिशोध, चिड़चिड़ाहट और घृणा की भावना से उत्तेजित हो रहा था।" शान्ति वार्ता के लिए स्विट्जरलैण्ड जैसे तटस्थ देश का कोई नगर, जैसे जेनेवा अधिक उपयुक्त रहता, परन्तु फ्रेंच नेता हठ कर गए कि शान्ति सम्मेलन पेरिस में ही होना चाहिए क्योंकि जर्मन आक्रमण के प्रतिरोध में उन्होंने सबसे अधिक कार्य किया है; अतः शान्ति सम्मेलन का घटना स्थल होने का सम्मान उनकी राजधानी को ही मिलना चाहिए।

## विजेता राष्ट्रों का प्रभाव

पेरिस का शान्ति सम्मेलन विजेता राष्ट्रों की गोष्ठी मात्र था। यह वास्तविक सम्मेलन नहीं था। पेरिस सम्मेलन की कार्यवाही में पराजित राष्ट्रों के प्रतिनिधियों को भाग नहीं लेने दिया गया। इस प्रकार पेरिस सम्मेलन एक वास्तविक सम्मेलन न रह कर एक विजेता गोष्ठी बन गया और सन्धियां पराजित राष्ट्रों पर थोपी गई थीं।

पेरिस सम्मेलन का संगठन अत्यन्त जटिल था। कार्य पद्धति दोषपूर्ण थी। 18 जनवरी, 1919 को सम्मेलन का प्रथम पूर्ण अधिवेशन हुआ, जिसमें सभी प्रतिनिधियों ने भाग लिया। परन्तु उसके बाद सम्मेलन के केवल 5 और पूर्ण अधिवेशन हुए। सम्मेलन के आरम्भ में ही यह स्पष्ट हो गया कि पूर्ण अधिवेशन कूटनीतिक कार्य के लिए एक उपयुक्त संस्था नहीं थी। सम्मेलन के कार्य को सुचारू रूप से चलाने के लिए एक 'दस सदस्यों की परिषद्' की स्थापना की गई जिसमें संयुक्त राज्य अमेरिका, ब्रिटेन, फ्रांस, इटली और जापान के दो-दो प्रतिनिधि थे। परन्तु यह दस सदस्यों की परिषद् भी कूटनीतिक कार्य के कुशल सम्पादन के लिए उपयुक्त प्रतीत नहीं हुई; अतः मार्च, 1919 में चार सदस्यों की परिषद् की नियुक्ति की गई। इसके सदस्य थे – अमेरीका के राष्ट्रपति विल्सन, ब्रिटिश प्रधान मंत्री लायड जार्ज, फ्रेंच प्रधान मंत्री क्लेमेन्सो तथा इटालियन प्रधानमन्त्री औरलैण्डो। शीघ्र ही फ्यूम के प्रश्न पर विल्सन और औरलैण्डो के मध्य तीव्र मतभेद हो गए, अतः विल्सन, क्लेमेन्सो तथा लायड जार्ज की त्रिसदस्यीय परिषद् ने सम्मेलन के सभी महत्वपूर्ण निर्णय किए। पूर्ण सम्मेलन का कार्य इन निर्णयों पर अपनी स्वीकृति की मोहर लगाने तक सीमित रह गया। इस प्रकार छोटे राष्ट्रों को सम्मेलन के निर्णयों को प्रभावित करने का अवसर नहीं मिला। इस प्रकार सम्मेलन का संगठन दोषपूर्ण था। उसकी कार्यप्रणाली भी सन्तोषजनक नहीं थी। सम्मेलन का अध्यक्ष क्लेमेन्सो अनुपयुक्त सिद्ध हुआ। क्लेमेन्सो सम्मेलन के कार्य के प्रति उदासीन और कलहप्रिय था।

पेरिस सम्मेलन का कार्य तथा समस्याएं अत्यन्त जटिल और कठिन थीं। पेरिस सम्मेलन के कर्णधारों का उद्देश्य था – शाश्वत शान्ति की स्थापना तथा विश्व को जनतंत्र के लिए सुरक्षित बनाना। यह एक ऐसा कार्य था जो किसी भी सम्मेलन के लिए दुष्कर था। पेरिस सम्मेलन के लिए, जहां विभिन्न प्रतिनिधि मंडल अपने-अपने राष्ट्रीय हितों की सुरक्षा के लिए व्यग्र थे, यह लगभग असम्भव ही था।

पेरिस सम्मेलन के कर्णधारों में राजनीतिक दूरदर्शिता और कूटनीतिक योग्यता के गुण पर्याप्त मात्रा में विद्यमान नहीं थे। विल्सन तथा लायड जार्ज में राजनीतिक दूरदर्शिता तो उच्चकोटि की थी, परन्तु इतनी कूटनीतिक योग्यता नहीं थी कि वे अन्य प्रतिनिधियों को पराजित राष्ट्रों के साथ उदार व्यवहार करने के लिए तैयार कर सकते। इसके विपरीत क्लेमेन्सो और औरलैण्डो में उच्चकोटि की कूटनीतिक योग्यता थी परन्तु राजनीतिक दूरदर्शिता नहीं थी। वे यह नहीं समझ सके कि पराजित राष्ट्रों के साथ कठोर व्यवहार करने से स्थायी शान्ति स्थापित नहीं की जा सकती। पेरिस सम्मेलन के नेताओं के व्यक्तित्व परस्पर विरोधी थे। विल्सन एक प्रतिभाशाली वक्ता तथा आदर्शवादी विचारक था। वह हजरत मूसा और ईसा की भांति एक नवीन व्यवस्था का पैगम्बर बनना चाहता था। परन्तु अपरिवर्तनीय विश्वासों का यह राजनीतिज्ञ राजनीतिक सौदेबाजी

की बारीकियों से परिचित नहीं था। वह कूटनीति के क्षेत्र में एक नौसीखिया सिद्ध हुआ। वह न केवल शान्ति समझौते को अपने आदर्शों के अनुरूप बनाने में सफल हो सका, अपितु स्वयं उसके देशवासियों ने भी उसके आदर्शों को ठुकरा दिया।

लायड जार्ज तथा उसकी राष्ट्रीय सरकार ने 1918 का निर्वाचन "जर्मनी से पूर्ण हरजाना लो", "शिलिंग के बदल शिलिंग", "कैसर को फांसी पर लटकाओ" जैसे नारों के आधार पर जीता था, परन्तु उसने पेरिस सम्मेलन में जर्मनी के साथ उदार व्यवहार पर बल दिया क्योंकि वह जानता था कि ब्रिटिश व्यापार के पुनरुत्थान तथा सोवियत साम्यवाद के प्रसार के अवरोध के लिए एक सुदृढ़ आर्थिक व्यवस्था वाले जर्मनी की आवश्यकता थी।

पराजित राष्ट्रों के साथ कठोर व्यवहार के लिए सर्वाधिक उत्तरदायी व्यक्ति था – पेरिस सम्मेलन का अध्यक्ष फ्रेंच प्रधान मंत्री क्लेमेन्सो। फ्रांस के इस 77 वर्षीय चीते ने 1871 में जर्मन प्रशा द्वारा फ्रांस के पराभव और अपमान को अपनी आंखों से देखा था और वह उसका प्रतिशोध लेने के लिए दृढ़ प्रतिज्ञ था। वह एक दयाहीन, अनुभवी और रुक्ष व्यक्ति था। उसे मानव प्रकृति का गहरा ज्ञान था। वह सम्मेलन का सर्वाधिक कुशल कूटनीतिक था। वह विल्सन के आदर्शवाद और लायड जार्ज के उदारवाद दोनों को उपहास की वस्तु समझता था। विल्सन की मजाक उड़ाते हुए वह कहता था कि, "लायड जार्ज अपने को नेपोलियन समझता है, परन्तु विल्सन अपने को ईसा मानता है।" लायड जार्ज के उदारवाद को वह "सौ-सौ चूहें खाय बिल्ली चली हज को" का उदाहरण समझता था। क्लेमेन्सो को इस बात का दृढ़ विश्वास था कि जर्मनी शक्ति के अतिरिक्त और कुछ नहीं समझता, उसका एकमात्र उद्देश्य जर्मनी का इतना दमन करना था कि वह फिर कभी फ्रांस के लिए संकट न बन सके।

इटालियन प्रधानमन्त्री औरलैण्डो एक विद्वान तथा कुशल राजनीतिज्ञ था। विल्सन के आदर्शवाद में उसका कोई विश्वास नहीं था। पेरिस सम्मेलन में उसका एक ही उद्देश्य था – इटली के लिए आधिकाधिक सुविधाएं और प्रदेश प्राप्त करना। उसे केवल एक ही बात की चिन्ता थी और वह बात थी – इटली का हित।

## पेरिस सम्मेलन की सन्धियां (शान्ति समझौता)

पेरिस सम्मेलन में मित्र राष्ट्रों तथा पराजित राष्ट्रों के मध्य 5 शान्ति सन्धियां सम्पन्न हुईं –

(क) 28 जून, 1919 को जर्मनी के साथ वर्साय की सन्धि।
(ख) 10 सितम्बर, 1919 को आस्ट्रिया के साथ सेंट जर्मेन की सन्धि।
(ग) 27 नवम्बर, 1919 को बल्गारिया के साथ न्यूली की सन्धि।
(घ) 4 जून, 1920 को हंगरी के साथ त्रिआनों की सन्धि।
(च) 10 अगस्त, 1920 को टर्की के साथ सेव्र की सन्धि।

इन संधियों में से सेव्र की सन्धि का टर्की ने अनुसमर्थन नहीं किया तथा मित्र राष्ट्रों को 23 जुलाई, 1923 को टर्की के साथ एक नवीन और उदार सन्धि "लोसाने" की सन्धि पर हस्ताक्षर करने पड़े। इनके अतिरिक्त अनेक अल्पसंख्यक सन्धियां भी सम्पन्न हुईं। ये सब सन्धियां सम्मिलित रूप से "शान्ति समझौता" कहलाती हैं।

### वर्साय की सन्धि

पेरिस सम्मेलन की सबसे अधिक महत्वपूर्ण, वृहद और विवादग्रस्त सन्धि वर्साय की सन्धि थी। 200 पृष्ठों तथा 80 हजार शब्दों और 439 धाराओं में विभक्त यह सन्धि 15 अध्यायों में उल्लिखित थी। सन्धि की मुख्य व्यवस्थाएं इस प्रकार थीं –

**(क) *प्रादेशिक व्यवस्थाएं*** – वर्साय सन्धि की प्रादेशिक व्यवस्थाएं निम्नलिखित थीं –

(क) जर्मनी ने अल्सास-लारेन का प्रदेश फ्रांस को वापस कर दिया।

(ख) उत्तरी जर्मनी का श्लेसविग नामक प्रदेश एक जनमत संग्रह के पश्चात् डेनमार्क को दे दिया गया।

(ग) जर्मनी ने मार्सनेट, यूपेन तथा मालमेडी के प्रदेश बेल्जियम को दिए।

(घ) जर्मनी ने पश्चिमी प्रशा, पोसेन तथा साइलीशिया के कुछ भाग पोलैण्ड को दिए। इससे पोलैण्ड को वाल्टिक समुद्र तक एक गलियारा मिल गया जिससे पूर्वी प्रशा शेष जर्मनी से पृथक् हो गया। डैंजिग का जर्मन नगर जर्मनी से छीन कर राष्ट्रसंघ में एक स्वतंत्र नगर बना दिया गया। एक सन्धि द्वारा उसे पोलैण्ड के साथ एक बहि:शुल्क संघ (कस्टमस यूनियन) में सम्मिलित कर दिया गया तथा पोलैण्ड को उसके विदेशी सम्बन्धों का संचालन करने का अधिकार दे दिया गया।

(च) जर्मनी का मेमल बन्दरगाह मित्र राष्ट्रों को दे दिया गया, जिसे मित्र राष्ट्रों ने लिथुआनिआ को दे दिया।

(छ) सार के औद्योगिक प्रदेश पर जर्मनी की प्रभुसत्ता को स्वीकार किया गया, परन्तु 15 वर्ष के लिए उसका शासन-प्रबन्ध राष्ट्रसंघ द्वारा नियुक्त एक आयोग द्वारा किए जाने की व्यवस्था की गई। 15 वर्ष बाद एक जनमत संग्रह का विधान किया गया। जनवरी, 1935 में 90% सारवासियों ने जर्मनी के पक्ष में अपना मत दिया और यह क्षेत्र जर्मनी को पुन: प्राप्त हो गया।

(ज) राइन नदी के बाएं तट को स्थायी रूप से नि:शस्त्र कर दिया गया।

(झ) जर्मनी तथा आस्ट्रिया के संघीकरण का निषेध कर दिया गया।

(ट) जर्मनी के सभी उपनिवेश तथा चीन, मिश्र और मोरक्को में

जर्मन विशेषाधिकार छीन लिए गए। जर्मनी के उपनिवेशों को मित्र राष्ट्रों ने परस्पर मैन्डेटों के रूप में विभाजित कर लिया।

**(ख) *आर्थिक व्यवस्थाएं*** – वर्साय सन्धि की आर्थिक व्यवस्थाएं थीं –

(क) जर्मनी ने स्वीकार किया कि "जर्मनी और उसके मित्रों द्वारा थोपे गए युद्ध के परिणामस्वरूप मित्र राष्ट्रों की सरकारों तथा नागरिकों को होने वाली क्षति के उत्तरदायित्व को जर्मनी स्वीकार करता है।"

(ख) जर्मनी मित्र राष्ट्रों के नागरिकों को हुई सम्पूर्ण हानि की क्षतिपूर्ति करेगा।

(ग) क्षतिपूर्ति की राशि का निर्धारण मित्र राष्ट्रों द्वारा नियुक्त एक क्षतिपूर्ति आयोग करेगा।

(घ) जब तक क्षतिपूर्ति आयोग अपना प्रतिवेदन दे, जर्मनी 1919 से 1921 के मध्य तक एक अरब पौंड अदा करेगा।

(च) जर्मनी अपनी पनडुब्बी, बेतार के तार मित्र राष्ट्रों को सौंप देगा। जर्मनी 1600 टन से अधिक के अपने सब व्यापारिक जहाज मित्र राष्ट्रों को सौंप देगा।

(छ) जर्मनी, फ्रांस तथा बेल्जियम को बड़ी संख्या में घोड़े तथा अन्य पशु देगा। वह दस वर्ष तक फ्रांस को 70 लाख टन कोयला प्रतिवर्ष, बेल्जियम का 80 लाख टन कोयला प्रतिवर्ष, इटली को 60 लाख टन कोयला प्रतिवर्ष देगा।

**(ग) *निःशस्त्रीकरण सम्बन्धी व्यवस्थाएं*** – वर्साय सन्धि में जर्मनी को निःशस्त्र करने तथा सैनिक दृष्टि से पंगु बनाने के लिए निम्न व्यवस्थाएं की गई थीं –

(क) जर्मनी अनिवार्य भर्ती को समाप्त कर देगा और उसकी स्थल सेना एक लाख से अधिक नहीं होगी।

(ख) जर्मनी कोई वायुसेना नहीं रखेगा।

(ग) जर्मनी की जलसेना में 10 हजार टन के 6 युद्धपोतों, 6 क्रूजरों, 12 डेस्ट्रायर जहाजों और 12 टारपीडो नौकाओं से अधिक नहीं होगी। उसमें कोई पनडुब्बी नहीं रहेगी।

(घ) जर्मनी राइन नदी के बाएं तट पर जर्मन क्षेत्र में तथा दाएं तट पर 50 कि०मी० के भीतर किसी प्रकार की किलबन्दी नहीं करेगा।

(च) जर्मनी निश्चित मात्रा से अधिक रणसामग्री का उत्पादन नहीं कर सकेगा तथा आयात करने का भी निषेध कर दिया गया।

**(घ) *युद्ध अपराध तथा दंड सम्बन्धी व्यवस्थाएं*** – जर्मन सम्राट विलियम द्वितीय को अन्तर्राष्ट्रीय नैतिकता तथा सन्धियों की पवित्रता के विरुद्ध सर्वाधिक गम्भीर

अपराध का दोषी ठहराया गया। परन्तु विलियम द्वितीय ने नीदरलैण्ड की सरकार से शरण मांगी और नीदरलैण्ड की सरकार ने मित्र राष्ट्रों की उसके प्रत्यर्पण की मांग को ठुकरा दिया। मित्र राष्ट्रों ने लगभग 100 अन्य जर्मन पदाधिकारियों को युद्ध अपराधी घोषित कर दिया परन्तु वर्साय सन्धि के युद्ध अपराध सम्बन्धी अनुच्छेदों का जर्भन जनता ने उग्र विरोध किया और अन्ततः केवल 12 व्यक्तियों को साधारण दण्ड दिया जा सका।

## सेंट जर्मेन की सन्धि

381 धाराओं वाली यह सन्धि वर्साय की सन्धि के सदृश थी। सन्धि की प्रस्तावना में कहा गया था कि पूर्ववर्ती आस्ट्रो-हंगेरियन राजतन्त्र समाप्त हो गया है। उसके स्थान पर आस्ट्रिया में एक गणतांत्रिक सरकार की स्थापना कर दी गई है। इस सन्धि के परिणामस्वरूप आस्ट्रिया का क्षेत्रफल तथा जनसंख्या क्रमशः 184000 वर्ग कि॰मी॰ से घटकर 51200 वर्ग कि॰मी॰ तथा तीन करोड़ के स्थान पर केवल 65 लाख रह गई। आस्ट्रिया के विशाल साम्राज्य का अधिकांश भाग उससे छीन कर चार नवीन राज्यों की रचना की गई। ये राज्य थे – पोलैण्ड, चेकोस्लोवाकिया, हंगरी तथा यूगोस्लाविया। आस्ट्रियन गैलीशिया पोलैण्ड को; बोहीमिया, मोराविया, आस्ट्रियन साइलीशिया चेकोस्लोवाकिया को; बोसनिया, हर्जेगोविना, डालमेशिया तट का भाग यूगोस्लाविया को; बुकोबिना रूमानिया को; दक्षिणी टिरोल इटली को दे दिए गए। टेशेन का उद्योग प्रधान प्रदेश पोलैण्ड तथा चेकोस्लोवाकिया में विभाजित कर दिया गया। यद्यपि शेष आस्ट्रिया की अधिकांश जनसंख्या जर्मन थी परन्तु आस्ट्रिया तथा जर्मनी के एक संघ के निर्माण का निषेध कर दिया गया।

आस्ट्रिया की स्थल सेना को घटा कर 30 हजार कर दिया गया। उसकी नौसेना को डेन्यूब नदी पर 3 पुलिस नौकाओं तक सीमित कर दिया गया। उसे क्षतिपूर्ति आयोग द्वारा निर्धारित क्षतिपूर्ति का देनदार ठहराया गया। परन्तु मित्र राष्ट्रों ने इस आशंका से कि कहीं आस्ट्रिया को जर्मनी से संयुक्त करने का आन्दोलन उग्र रूप धारण न कर ले, सेंट जर्मेन की सन्धि के क्षेत्रेत्तर उपबंधों को कार्यान्वित करने का विशेष प्रयत्न नहीं किया।

## न्यूली की सन्धि

इस सन्धि के अनुसार बल्गारिया को पश्चिमी बल्गारिया का कुछ भाग यूगोस्लाविया को, पश्चिमी थ्रेंस यूनान को तथा दोब्रुज का प्रदेश रूमानिया को देना पड़ा। उसका सैन्यबल घटा कर 33000 कर दिया गया तथा उसकी क्षतिपूर्ति सम्बन्धी देनदारी 45 करोड़ डालर निश्चित हुई।

## त्रिआनों की सन्धि

इस सन्धि के परिणामस्वरूप हंगरी को स्लोवाकिया का क्षेत्र चेकोस्लोवाकिया को;

क्रोशिया का क्षेत्र यूगोस्लाविया को; ट्रांसिल्वानिया का क्षेत्र रूमानिया को देना पड़ा। हंगरी के सैन्यबल को घटा कर 35000 कर दिया गया।

## सेव्र की सन्धि

इस सन्धि के द्वारा मिश्र, सूडान, साइप्रस, ट्रिपोली, मोरक्को, ट्यूनिस, अरब, फिलिस्तीन, मेसोपोटामिया, सीरिया, पूर्वी थ्रेस, इजियन सागर के द्वीप, स्मर्ना, दक्षिणी पूर्वी लघु एशिया, आर्मीनिया, कुर्दिस्तान आदि के प्रदेश तुर्की से छीन लिए गए। इसके परिणामस्वरूप खलीफा के विशाल साम्राज्य का अन्त हो गया। टर्की केवल अनातोलिया के पहाड़ी प्रदेश और कान्स्टेन्टिनोपल के सीमस्थ क्षेत्र तक में ही सीमित रखा गया।

## लोसाने की सन्धि

सेव्र की सन्धि को क्रियान्वित नहीं किया जा सका। सन्धि से तथा शान्ति सम्मेलन की कार्यवाहियों से टर्की की जनता में रोष तथा क्षोभ व्याप्त था। टर्किश जनता मुस्तफा कमाल के समर्थ और शक्तिशाली नेतृत्व में खलीफा के विरुद्ध विद्रोह कर उठी। एक ही वर्ष के अन्दर एक मित्र राष्ट्रीय सैन्यबल द्वारा रक्षित कुस्तुनतुनिया नगर को छोड़ कर शेष टर्की पर कमाल की राष्ट्रीय सरकार का शासन स्थापित हो गया। कमाल ने सेव्र की सन्धि को मानने से इन्कार कर दिया। अन्त में विवश होकर मित्र राष्ट्रों ने मुस्तफा कमाल की राष्ट्रवादी सरकार को तुर्की की सरकार के रूप में मान्यता दे दी और 9 नवम्बर, 1922 को तुर्की में सुल्तान का पद समाप्त कर दिया। अन्ततोगत्वा मित्र राष्ट्रों तथा राष्ट्रवादी टर्की के मध्य लोसाने नामक स्थान में 23 जुलाई, 1923 को सन्धि सम्पन्न हुई।

लोसाने की सन्धि द्वारा टर्की ने मेसोपोटामिया, अरब, सीरिया, मिश्र, फिलिस्तीन, सूडान, ट्रांसजोर्डन, हेजाज आदि प्रदेशों पर अपने अधिकार त्याग दिए। परन्तु उससे तुर्की को विशेष हानि नहीं हुई क्योंकि तुर्की को नई राष्ट्रवादी सरकार ने आंटोमन साम्राज्य के प्राचीन इस्लामी आधार को त्याग कर राष्ट्रीय आत्म निर्णय तथा धर्म निरपेक्ष राज्य के सिद्धान्तों को अपना लिया था। इन सिद्धान्तों की स्वीकृति के कारण टर्की उपर्युक्त गैर-तुर्क प्रदेशों को अपने अधीन रखने को उत्सुक नहीं था। सेव्र की सन्धि द्वारा छीने गए प्रदेशों में से पूर्वी थ्रेस, इजियन सागर के द्वीप, स्मर्ना आदि प्रदेश तुर्की को वापस कर दिए गए। सेव्र की सन्धि द्वारा तुर्की की स्थलसेना तथा जल सेना पर लगाई गई सीमाएं तथा उसकी वित्त व्यवस्था पर लागए गए नियन्त्रण हटा लिए गए। उससे क्षतिपूर्ति की रकम नहीं मांगी गई परन्तु दर्रे दानियाल तथा बासफोरस के जलडमरूमध्यों के क्षेत्रों को अन्तर्राष्ट्रीय और असैन्यीकृत रहने दिया गया।

प्रथम विश्वयुद्ध के बाद के शान्ति समझौते में लोसाने की सन्धि का एक विशेष स्थान है। यह एकमात्र ऐसी सन्धि थी जो उदार और न्यायपूर्ण थी। केवल यही ऐसी सन्धि थी जिसकी शर्तों को दोनों पक्षों के मध्य वार्ता द्वारा निश्चित किया गया था और जिसे

आरोपित सन्धि नहीं कहा जा सकता। सन्धि को सभी हस्ताक्षरकर्ताओं ने मुक्त हृदय से वैध और प्रभावशाली मानते हुए क्रियान्वित करने का प्रयत्न किया।

## अल्पसंख्यक संधियां

पेरिस सम्मेलन में राष्ट्रीय आत्मनिर्णय के सिद्धान्त को कार्यान्वित करने और राष्ट्रीय अल्पसंख्यकों की संख्या को कम करने का प्रयत्न किया गया था। सात नवीन राष्ट्रों की रचना की गई थी (इस्टोनिया, लैटविया, लिथुआनिया, फिनलैण्ड, पोलैण्ड, चैकोस्लोवाकिया और यूगोस्लाविया), परंतु फिर भी विभिन्न राष्ट्रों में एक करोड़ सत्तर लाख के लगभग अल्पसंख्यक रह गए थे। इन अल्पसंख्यकों को बहुमत जाति के अत्याचार से बचाने के लिए आस्ट्रिया, हंगरी, बल्गारिया और टर्की आदि पराजित राष्ट्रों पोलैण्ड, चैकोस्लोवाकिया आदि नवनिर्मित राष्ट्रों तथा यूगोस्लाविया, रूमानिया, यूनान आदि उन राष्ट्रों, जिनके क्षेत्र में पर्याप्त वृद्धि हुई थी, को मित्र राष्ट्रों से अल्पसंख्यक सन्धियां करनी पड़ीं। लिथुआनिया, लैटविया, इस्टोनिया, फिनलैण्ड, अल्बानिया को भी राष्ट्रसंघ से इसी प्रकार की सन्धियां करनी पड़ी थीं। इन सन्धियों के द्वारा "जातीय, धार्मिक और भाषायी अल्पसंख्यकों को इस बात का आश्वासन दिया गया कि उन्हें धार्मिक और सांस्कृतिक स्वतंत्रता तथा राजनीतिक अधिकार प्राप्त रहेंगे"। इस प्रसंग में यह तथ्य उल्लेखनीय है कि जर्मनी को इस प्रकार की कोई सन्धि करने को विवश नहीं किया गया।

## पेरिस शान्ति सम्मेलन के समझौतों की समीक्षा

स्टीफन किंगहाल के कथनानुसार, "शान्तिवार्ता की घटनाओं को संक्षेप में एक कूटनीतिक ढरकी के चित्र की कल्पना करके जाना जा सकता है, जो एक ऐसा जाल बुनते हुए आगे-पीछे जाती है जिसमें विलसन के चौदह सूत्रों के ताने (वूफ) में बाहर-भीतर पिरोई हुई यूरोपियन शक्तियों की परस्पर विरोधी महत्वाकाक्षाएं बाने के समान थीं।"

प्रथम विश्व युद्ध में मित्र राष्ट्रों की विजय का एक प्रधान कारण संयुक्त राज्य अमेरिका की समयोचित सहायता थी। 1917 की सोवियत क्रान्ति के पश्चात् रूस शनैः शनैः युद्ध से पृथक् हो गया था और ऐसा प्रतीत होने लगा कि मित्र राष्ट्र शीघ्र ही पराजित हो जाएंगे। परन्तु अमरीकन सहायता ने उनकी सम्भावित पराजय को विजय में परिवर्तित कर दिया। अतः यह स्वाभाविक था कि युद्धोत्तर शान्ति समझौते में मुख्य भूमिका अमरीकी राष्ट्रपति विल्सन की हो।

राष्ट्रपति विल्सन एक आदर्शवादी विचारक था। वह अपने को शान्ति और स्वतंत्रता का एक नवीन पैगम्बर समझता था। उसका विश्वास था कि युद्ध कुछ निश्चित उद्देश्यों की प्राप्ति के लिए ही लड़ा जाना चाहिए और युद्धोत्तर शान्ति व्यवस्था कुछ निश्चित सिद्धान्तों पर आधारित होनी चाहिए। 6 अप्रैल, 1917 को अमेरिका ने जर्मनी के विरुद्ध युद्ध की घोषणा की थी; उससे चार दिन पूर्व 2 अप्रैल, 1917 को विल्सन ने कांग्रेस

के समक्ष घोषण की कि – "विश्व को अवश्य ही जनतंत्र के लिए सुरक्षित होना चाहिए। इसकी शान्ति का निर्माण राजनीतिक स्वतन्त्रता के सुपरीक्षित आधार पर होना चाहिए। हमें अपनी कोई स्वार्थपूर्ति नहीं करनी है। हमें किसी विजय के द्वारा प्रदेशों की आकांक्षा नहीं है। हम तो कवल मानव जाति के अधिकारों के संरक्षक हैं।"

इस उद्घोषणा के अतिरिक्त युद्धकाल में विल्सन ने चार अन्य अवसरों पर मित्र राष्ट्रों के युद्ध उद्देश्यों की व्याख्या की। 8 जनवरी, 1918 को कांग्रेस के समक्ष उसने 14 सूत्रों की घोषणा की। 11 फरवरी, 1918 को कांग्रेस में उसने चार सिद्धान्तों का प्रतिपादन किया।

**विल्सन के चौदह सूत्र (8 जनवरी, 1918)**

(क) शान्ति के अनुबन्ध प्रकट रूप से किए जाएंगे; किसी भी प्रकार के गुप्त अन्तर्राष्ट्रीय समझौते नहीं किए जाएंगे।

(ख) शान्ति और युद्धकाल दोनों में ही समान रूप से प्रादेशिक समुद्र से बाहर नौकाचालन की पूर्ण स्वतन्त्रता।

(ग) समस्त राष्ट्रों के लिए आर्थिक प्रतिबन्धों का निराकरण; व्यापारिक परिस्थितियों की समानता की स्थापना।

(घ) राष्ट्रों के शस्त्रास्त्र घरेलू सुरक्षा से संगति रखते हुए न्यूनतम कर दिए जाएं।

(च) सभी औपनिवेशिक दावों का निर्बाध, उदार और निष्पक्ष समायोजन; जिसका आधार इस सिद्धान्त का कठोर पालन हो कि सम्प्रभुसत्ता के ऐसे सभी प्रश्नों का निर्णय करते समय सम्बन्धित जनता के हितों का पूर्ण ध्यान रखा जाए।

(छ) समस्त रूसी क्षेत्र से विदेशी सेनाओं का हटाना और रूस से सम्बन्धित सभी प्रश्नों का इस प्रकार समाधान कि रूस को अपने राजनीतिक विकास और अपनी राष्ट्रीय नीति के निर्धारण के लिए अवसर प्राप्त हो सकें।

(ज) बेल्जियम से विदेशी सेनाएं हटा ली जाएं और उसे पुनः सम्प्रभु राष्ट्र बना दिया जाए।

(झ) आल्सास लारेन का प्रदेश फ्रांस को वापिस दिया जाए।

(ट) इटली की सीमाओं की पुनर्व्यवस्था राष्ट्रीयता के आधार पर की जाए।

(ठ) आस्ट्रिया-हंगरी की जनता को स्वायत्तशासिक विकास का अवसर दिया जाए।

(ड) रूमानिया, सर्विया और मान्टेनीग्रो से विदेशी सेनाएं हटा ली जाएं। अधिकृत क्षेत्र वापिस किए जाएं। सर्विया को निर्बाध और सुरक्षित समुद्री मार्ग दिया जाए।

(ढ) वर्तमान आटोमन साम्राज्य को सुरक्षित प्रभुसत्ता का आश्वासन दिया जाए, परन्तु इस समय जो अन्य राष्ट्रजातियां तुर्की शासन में रह रही हैं, उन्हें पूर्णतया सुरक्षापूर्ण जीवन तथा स्वतन्त्र विकास के निर्बाध अवसर का आश्वासन दिया जाए तथा दर्रे दानियाल के जलडमरूमध्य को अन्तर्राष्ट्रीय प्रत्याभूतियों के अन्तर्गत सभी राष्ट्रों के व्यापार और जहाजों के लिए निर्बाध मार्ग के रूप में स्थायी रूप से खोल दिया जाए।

(त) एक स्वतन्त्र पोलिश राज्य की स्थापना की जाए, जिसमें वे क्षेत्र सम्मिलित किए जाएं जिनमें निर्विवाद रूप से पोल आबादी हो। इस राज्य को निर्बाध समुद्री मार्ग दिया जाए तथा अन्तर्राष्ट्रीय समझौते द्वारा उसकी राजनीतिक और आर्थिक स्वतन्त्रता तथा प्रादेशिक अखण्डता की प्रत्याभूति की जाए।

(थ) छोटे और बड़े दोनों ही प्रकार के राज्यों को राजनीतिक स्वतन्त्रता और प्रादेशिक अखण्डता की पारस्परिक प्रतिभूतियां समान रूप से प्राप्त हो सकें, इस प्रयोजन की पूर्ति के लिए कुछ विशिष्ट समझौतों के अन्तर्गत राष्ट्रों के एक सामान्य संगठन (राष्ट्रसंघ) का निर्माण किया जाए।

**चार सिद्धान्त (11 फरवरी, 1918)**

(क) अन्तिम समझौते की ऐसी व्यवस्था होनी चाहिए जो ऐसी शान्ति की स्थापना कर सके जो स्थायी हो।

(ख) विभिन्न जनसमूहों और प्रान्तों को एक प्रभुसत्ता से दूसरी प्रभुसत्ता को इस प्रकार न दिया जाए मानो वे शक्ति सन्तुलन के खेल के मोहरे मात्र हों।

(ग) इस युद्ध से सम्बन्धित प्रत्येक प्रादेशिक व्यवस्था उस प्रदेश की जनता के हित की दृष्टि में होनी चाहिए।

(घ) राष्ट्रीय महत्वाकांक्षाओं की अधिकतम पूर्ति और सम्पुष्टि होनी चाहिए।

विल्सन के चौदह सूत्रों की व्याख्या करते हुए अनेक राजनीतिज्ञों ने यह कहा था कि वे न्यूनाधिक रूप से अव्यवहारिक थे। विल्सन के चौदह सूत्रों को शान्ति समझौते का आधार स्वीकार किया गया था। राष्ट्रपति विल्सन का यूरोप में अभूतपूर्व स्वागत हुआ था। रोम, लन्दन, पेरिस आदि में उसकी शान्ति दूत के रूप में अभ्यर्थना की गई। विल्सन ने समझा कि पेरिस सम्मेलन में वही महत्वपूर्ण प्रश्नों का वास्तविक निर्णायक होगा, परन्तु वस्तुतः स्थिति दूसरी ही थी। पेरिस सम्मेलन के अन्य कर्णधार एक आदर्श विश्व की स्थापना का स्वप्न नहीं देख रहे थे। अपने-अपने राष्ट्रों की महत्वाकांक्षाओं और स्वार्थों की पूर्ति के लिए दृढ़ प्रतिज्ञ थे। सम्मेलन का अध्यक्ष क्लमेन्सो विल्सन के आदर्शवाद तथा चौदह सूत्रों को उपहास की वस्तु समझता था। क्लेमेन्सो कहा करता था – "भगवान तक दस आदेशों से सन्तुष्ट हो गए थे, परन्तु विल्सन चौदह का आग्रह करता है।" इसी प्रकार अन्य राजनीतिज्ञ भी विल्सन का मजाक उड़ाते रहते थे।

परिणामस्वरूप पेरिस सम्मेलन शान्ति और सहयोग के नवयुग का प्रणता न रह कर अन्तर्राष्ट्रीय आदर्शों तथा राष्ट्रीय स्वार्थों का संघर्ष-स्थल बन गया। लेंगसम के शब्दों में – "सम्मेलन में विल्सन के आदर्शवाद तथा यूरोपीयन भौतिकवाद में तीव्र संघर्ष हुआ और अधिकांशतः भौतिकवाद की विजय हुई।

युद्धकाल में मित्र राष्ट्रों ने परस्पर अनेक गुप्त सन्धियां करके अपने-अपने स्वार्थ अनुकूल व्यवस्थाएं कर ली थीं। 26 अप्रैल, 1915 का लन्दन का समझौता, अगस्त 1916 की रूमानिया के साथ सन्धि, फरवरी, 1917 की ब्रिटिश-जापानी सन्धि, मार्च, 1917 का फ्रांस-रूस समझौता आदि इसी प्रकार की सन्धियां थीं। सम्मेलन में इन सन्धियों को विल्सन के सिद्धान्तों की अपेक्षा अधिक महत्व दिया गया।

विल्सन ने इस बात का आग्रह किया कि सम्मेलन सर्वप्रथम राष्ट्रसंघ की स्थापना करे परन्तु अन्य प्रतिनिधि मण्डल राष्ट्रसंघ के प्रति उत्साहपूर्ण नहीं थे। सम्मेलन के एक पूर्ण अधिवेशन में राष्ट्रसंघ सम्बन्धी धाराएं बिना किसी विरोध के हर्षध्वनि के मध्य स्वीकार कर ली गईं, परन्तु जिस सरलता से उनको स्वीकार किया गया था उससे ऐसा प्रतीत होता था कि सम्मिलित राजनीतिज्ञों ने राष्ट्रसंघ के सम्बन्ध में अधिक विचार नहीं किया था, अपितु राष्ट्रसंघ को एक पवित्र अभिलाषा मान कर स्वीकार कर लिया था।

मैन्डेट व्यवस्था के प्रश्न पर सम्मेलन में तीव्र वाद-विवाद हुआ। विल्सन के अथक प्रयत्नों के बावजूद मैन्डेट की शर्तें और व्यवस्थाएं इस प्रकार बनाई गईं कि उनमें और सम्मेलन में वस्तुतः कोई अन्तर नहीं रह गया।

निःशस्त्रीकरण के प्रश्न पर विल्सन पूर्णतया असफल रहे। क्लेमेन्सो ने जर्मनी और अन्य पराजित राष्ट्रों के निःशस्त्रीकरण का स्वागत किया परन्तु फ्रेंच निःशस्त्रीकरण का डट कर विरोध किया। निःशस्त्रीकरण की दिशा में पेरिस में पेरिस सम्मेलन कोई सारभूत प्रगति नहीं कर सका।

पेरिस सम्मेलन जर्मन को सदा के लिए इतना दुर्बल बना देने के लिए कि वह पुनः फ्रांस के लिए संकट का कारण न बन सके, क्लेमेन्सो ने यह मांग की –

(क) सार का जर्मन प्रदेश फ्रांस को दे दिया जाए।

(ख) राइन नदी के बाएं तट पर स्थित प्रदेश को जर्मनी से छीन लिया जाए।

राष्ट्रपति विल्सन तथा ब्रिटिश प्रधान मन्त्री लायड जार्ज दोनों ने इन मांगों का प्रबल विरोध किया। अन्ततः एक समझौते के द्वारा यह व्यवस्था की गई कि–

(क) राइन नदी के प्रदेश का असैनीकरण कर दिया जाए।

(ख) राइन नदी का बायां तट 25 वर्ष तक मित्र राष्ट्रीय सेनाओं के अधिकार में रहे।

(ग) सार का प्रदेश 15 वर्ष तक राष्ट्रसंघ के अधीन रहे तथा इस प्रदेश की कोयले की खानें फ्रांस को दे दी जाएं।

पूर्वी यूरोप से सम्बन्धित प्रश्नों का निबटारा करते समय पोलैण्ड, चैकोस्लोवाकिया, यूगोस्लाविया आदि नवनिर्मित राज्यों के हितों के पोषण के लिए आत्मनिर्णय के सिद्धान्त को लगभग तिलांजलि ही दे दी गई। लायड जार्ज के विरोध के बावजूद पोलिश गलियारे का निर्माण किया गया और अपर साइलीशिया पोलैण्ड को दे दिया गया। आस्ट्रिया और जर्मनी के संघ का निषेध कर दिया गया।

इसी प्रकार फ्यूम, शांटूंग और क्षतिपूर्ति के प्रश्न पर भी विल्सन की पराजय हुई। विल्सन इटालियन प्रधान मन्त्री ओरलैण्डो की आकांक्षा (फ्यूम नगर इटली को दिया जाए) के विरोधी थे। विल्सन ने आत्मनिर्णय के आधार पर ओरलैण्डों की मांग का विरोध किया पर अन्ततः इटली ने फ्यूम पर अधिकार कर लिया। विल्सन चाहते थे कि शांटुंग प्रदेश के जर्मन अधिकार चीन को वापस दे दिए जाएं परन्तु फ्रांस और इंग्लैंड युद्ध कालीन गुप्त सन्धियों के द्वारा इन अधिकारों को जापान को देने का आश्वासन दे चुके थे। अन्ततः वे अधिकार जापान को दे दिए गए। इसी प्रकार विल्सन "युद्ध का व्यय जर्मनी से लिया जाए" की विचारधारा के विराधी थे, परन्तु उन्हें इस प्रश्न पर भी पराजित होना पड़ा। शान्ति समझौते में क्षतिपूर्ति की अनिश्चित राशि की व्यवस्था कर दी गई और उसके निर्धारण का अधिकार एक मित्र राष्ट्रीय आयोग को दे दिया गया।

इस प्रकार पेरिस सम्मेलन अन्तर्राष्ट्रीय राजनीति के क्षेत्र में विल्सन के सिद्धान्त पर आधारित शान्ति और सहयोग के स्वर्ण युग का सूत्रपात करने में असफल रहा परन्तु यह कहना गलत होगा कि शान्ति समझौते पर विल्सन के आदर्शवाद का कोई भी प्रभाव नहीं पड़ा। अन्तर्राष्ट्रीय विवादों के शान्तिपूर्ण और न्याययुक्त समाधान के लिए राष्ट्रसंघ का निर्माण हुआ। राष्ट्रीयता के आधार पर सात नये राष्ट्रों – पोलैण्ड, चैकोस्लावाकिया, यूगोस्लाविया, फिनलैण्ड, एस्टोनिया, लैटविया, लिथुआनिया का निर्माण हुआ। विल्सन ने राष्ट्रीयता का उल्लंघन करने वाले अनेक प्रस्तावों का विरोध किया था। उसने फ्रांस के राइन प्रदेश में पृथक् राज्य की स्थापना के प्रस्ताव को स्वीकृत नहीं होने दिया था। यूरोप में राष्ट्रीय अल्पसंख्यकों की संख्या 540 लाख से घट कर 170 लाख रह गई थी, इसका श्रेय विल्सन को है। आत्मनिर्णय के सिद्धान्त का अनेक प्रश्नों के समाधान में पालन किया गया। यूपेन, मालमेडी, साइलीशिया, श्लेसविग के भविष्य का निर्णय जनमत संग्रह के द्वारा किया गया। सार प्रदेश में भी जनमत संग्रह की व्यवस्था की गई।

चौदह सूत्रों के आधार पर शान्ति सन्धियों की विवेचना करने पर प्रकट होता है कि 14 सूत्रों में से केवल 4 सूत्रों का पूर्णतः तथा 2 सूत्रों को अंशतः कार्यान्वित किया गया। सूत्र नं० 7 के अनुसार, बेल्जियम को पुनः स्वाधीन कर दिया गया, सूत्र नं० 8 के अनुसार आल्सास लारेन फ्रांस को लौटा दिया गया। सूत्र नं० 10 के अनुसार आस्ट्रिया हंगरी के साम्राज्य में निवास करने वाले अल्पसंख्यक राष्ट्रों के स्वतन्त्र राज्य बना दिए गए। सूत्र नं० 11 के अनुसार रूमानिया, सर्विया और मान्टीनीग्रो को पुनः स्वाधीनता

प्रदान की गई। सूत्र नं० 13 व 14 का आंशिक पालन हुआ। सूत्र नं० 13 के अनुसार एक स्वतन्त्र पोलिश राज्य की स्थापना कर दी गई, परन्तु उसे जो प्रदेश दिए गए थे वे सब निर्विवाद रूप से पोल आबादी वाले नहीं थे। सूत्र नं० 14 के अनुसार राष्ट्रसंघ का निर्माण किया गया, परन्तु राष्ट्र-संघ छोटे और बड़े राष्ट्रों के साथ समान व्यवहार करने में असमर्थ रहा। अन्य सूत्रों को कार्यान्वित नहीं किया गया। शान्ति-परिषद् की सम्पूर्ण कार्यवाही अत्यन्त गुप्त रूप से हुई, जिसे प्रथम सूत्र का उल्लंघन कहा जा सकता है। समुद्रों की स्वतन्त्रता सम्बन्धी दूसरे सूत्र का पालन नहीं हुआ। स्वतन्त्र व्यापार सम्बन्धी तृतीय सूत्र न केवल कार्यान्वित ही नहीं हुआ अपितु युद्ध के पश्चात् विभिन्न राष्ट्रों ने तट कर तथा अन्य आर्थिक प्रतिबन्ध और भी अधिक बढ़ा दिए। निःशस्त्रीकरण सम्बन्धी चौथा सूत्र केवल पराजित राष्ट्रों पर लागू किया गया, विजयी राष्ट्रों पर नहीं। पांचवें सूत्र अर्थात् उपनिवेशों की व्यवस्था को विल्सन की इच्छानुसार क्रियान्वित नहीं किया गया अर्थात् उपनिवेशों की व्यवस्था जनता के हित में नहीं स्थापित हुई। रूस को स्वतन्त्र राष्ट्रों के समाज में सम्मानित स्थान देने से सम्बन्धित छठे सूत्र का भी पालन नहीं किया गया। नवे सूत्र का उल्लघंन करते हुए इटली को टिरोल का जर्मन बहुल प्रदेश दे दिया गया।

इस प्रकार विल्सन के चौदह सूत्रों का पूर्णरूपेण पालन नहीं किया गया। यह कहना युक्तिसंगत नहीं है जैसा कि हार्डी ने लिखा – "वर्साय की सन्धि में 14 सूत्रों का अधिकतम पालन किया गया।" हैरल्ड निकोल्सन का यह मत भी अतिशयोक्तिपूर्ण है कि, "विल्सन के किसी सूत्र का पालन नहीं हुआ।"

विल्सन न केवल पेरिस सम्मेलन में ही पराजित हुआ अपितु स्वयं उसके देशवासियों ने भी उसके सिद्धान्तों और आदर्शों को अस्वीकार कर दिया। अमेरिकन सिनेट ने वर्साय की सन्धि तथा राष्ट्रसंघ को अस्वीकृत कर दिया। अन्तर्राष्ट्रीय सहयोग का पैगम्बर विल्सन मित्रराष्ट्रों द्वारा पराजित और अपने देशवासियों द्वारा उपेक्षित हो गया।

## वर्साय सन्धि की समीक्षा

***वर्साय की सन्धि ( एक कुलषित दस्तावेज )*** – पेरिस के शान्ति समझौते का सर्वाधिक महत्वपूर्ण अंग वर्साय की सन्धि थी। इसके आलोचकों ने इसे एक अन्यायपूर्ण और कलुषित दस्तावेज कहा है। सन्धि मित्रराष्ट्रों के वास्तविक उद्देश्यों का पर्दाफाश करती है।

जवाहरलाल नेहरू का मत था, "मित्रराष्ट्र घृणा और प्रतिशोध की भावना से भरे हुए थे और वे मांस का पौंड ही नहीं चाहते थे अपितु जर्मनी के अर्धमृत शरीर से खून की आखिर बूंद तक ले लेना चाहते थे। इस प्रकार जर्मन ही नहीं, अन्य देशों के विचारकों ने भी वर्साय की सन्धि को अन्यायपूर्ण माना है। फिर भी अनेक राजनीतिज्ञों ने इस सन्धि की प्रशंसा की थी। गेयोर्न हार्डी का मत था कि "ऐसे आदर्शस्वरूप की शान्ति सन्धि आज तक कभी नहीं की गई।"

**वर्साय की सन्धि के दोष**

**(क) *एक विश्वासघाती सन्धि*** – वर्साय की सन्धि को जर्मन जाति ने एक अत्यन्त अन्यायपूर्ण सन्धि माना है। उनका इसके विरुद्ध सर्वाधिक प्रबल तर्क यह था कि उन्होंने विल्सन के 14 सूत्रों के आधार पर आत्म-समर्पण किया था। परन्तु वर्साय की सन्धि में मित्रराष्ट्रों ने उन सिद्धान्तों की नितान्त अवहेलना कर पराज़ित राष्ट्रों के साथ विश्व सघात किया है। सन्धि पर हस्ताक्षर करते समय जर्मन प्रतिनिधि मण्डल के नेता ने स्पष्ट रूप से कहा था, "हमारे प्रति फैलाई गई घृणा से हम आज सुपरिचित हैं। मेरा देश दबाव के कारण आत्म-समर्पण कर रहा है, परंतु जर्मनी कभी नहीं भूलेगा कि यह अन्यायपूर्ण सन्धि है।"

**(ख) *एक आरोपित शान्ति*** – वर्साय की सन्धि एक आरोपित सन्धि थी क्योंकि जर्मनी को उससे सम्बन्धित वार्ताओं में भाग लेने का अवसर प्रदान नहीं किया गया और उसे जर्मनी से तलवार की नोंक पर स्वीकार कराया गया। सन्धि का प्रारूप इस धमकी के साथ जर्मन प्रतिनिधियों को दिया गया कि यदि उन्होंने उसे 5 दिन के अन्दर स्वीकार नहीं किया तो युद्ध पुनः प्रारम्भ कर दिया जाएगा। स्पष्ट है मित्रराष्ट्र जर्मनी पर एक कठोर सन्धि बलात् लादने के लिए दृढ़ प्रतिज्ञ थे, यहां तक कि जर्मनी के साथ उदार व्यवहार के प्रबल समर्थक लायड जार्ज तक का कथन था, "ये शर्तें युद्ध में वीरगति पाने वाले सैनिकों के रक्त से लिखी गई है। हमको भगवान के आदेश को कार्यान्वित करना चाहिए। हमें यह देखना चाहिए कि जिन लोगों ने इस युद्ध को प्रारम्भ किया वे फिर कभी ऐसा करने की स्थिति में न हो सकें। जर्मन कहते हैं कि वे इन पर हस्ताक्षर नहीं करेंगे, उनके समाचार-पत्र और राजनीतिज्ञ भी यही कहते हैं, किन्तु हम कहते हैं सज्जनों! तुम्हें हस्ताक्षर करने होंगे। यदि तुम वर्साय में ऐसा नहीं करते हो तो तुम्हें बर्लिन में ऐसा करना होगा।"

**(ग) *एक कठोर और अपमानजनक सन्धि*** – लेनसिंग ने वर्साय की सन्धि की शर्तों को अपरिमित रूप से कठोर और अपमानजनक कहा है। लैंगसम के अनुसार, "इसने जर्मनी के यूरोपीय प्रदेश के आठवें भाग तथा 65 लाख जनसंख्या को कम कर दिया। इसने उसे उसके समस्त उपनिवेशों तथा विदेशी विनियोगों से वंचित कर दिया। उसकी 15% कृषि योग्य भूमि, 12% पशु तथा लगभग 10% कारखाने छिन गए। उसके व्यापारी जहाज 57 लाख टन से घट कर 5 लाख टन रह गए। उसकी नौ सेना जो पहले केवल ब्रिटेन से ही कम थी, बिल्कुल नष्ट कर दी गई और उसकी स्थल सेना घटा कर फ्रांस की सेना का 1/7 कर दी गई। उसे अपने कोयले के 2/5 भाग से, लोहे के 2/3 भाग से, जस्ते के 7/10 भाग से तथा आधे से अधिक सीसे से हाथ धोना पड़ा। उपनिवेशों के छिन जाने से उसे बड़ी मात्रा में रबड़ और रेशेदार पदार्थों की हानि हुई। क्षतिपूर्ति के लिए उसने कोरे चैक पर हस्ताक्षर कर दिए।

**( घ )** ***व्यक्तिगत जर्मन सम्पत्ति का अधिग्रहण*** – व्यक्तिगत जर्मन सम्पत्ति का अधिग्रहण वर्साय की सन्धि की एक अविवेकपूर्ण मौलिकता थी। 1919 तक यह अन्तर्राष्ट्रीय विधि का एक सर्वमान्य नियम था कि शत्रु राष्ट्रों की सरकारी सम्पत्ति जब्त कर ली जाती थी परन्तु उनके नागरिकों की व्यक्तिगत सम्पत्ति के विरुद्ध ऐसी कोई कार्यवाही नहीं की जाती थी। परन्तु वर्साय की सन्धि के द्वारा मित्रराष्ट्रों ने अपने क्षेत्र में स्थित जर्मन व्यक्तिगत सम्पत्ति को जब्त कर लिया और जर्मन सरकार को अपने नागरिकों को उसका मुआवजा देने के लिए उत्तरदायी बना दिया।

**( च )** ***पारस्परिकता का अभाव*** – वर्साय की सन्धि पारस्परिकता और समानता पर आधारित नहीं थी। यह एक ऐसी सन्धि थी जिसके द्वारा पराजित राष्ट्रों पर निःशस्त्रीकरण, उपनिवेशों का त्याग, संग्रहालयों की लूट की वापसी आदि अनेकानेक ऐसी व्यस्थाएं लाद दी गईं जो विजयी राष्ट्रों पर लागू नही की गईं। जर्मनी नेताओं पर युद्धोपराध के मुकदमे चलाए गए परन्तु युद्ध के नियमों का उल्लंघन करने वाले मित्र राष्ट्रीय नेताओं पर नहीं। जर्मनी को राष्ट्रसंघ की सदस्यता से भी वंचित कर दिया गया। विल्सन के 14 सूत्र जहां उनके विपक्ष में थे वहां तो लागू कर दिए गए परन्तु जहां पक्ष में थे वहां उनकी अवहेलना कर दी गई। जनरल स्मटस के अनुसार वर्साय की सन्धि राजनीतिज्ञों की शान्ति थी, जनता की नहीं।

**( छ )** ***प्रतिशोध के प्राचीन सिद्धान्त पर आधारित*** – वर्साय की सन्धि अन्तर्राष्ट्रीय शान्ति के नवीन सिद्धान्त पर आधारित न होकर प्रतिशोध के प्राचीन सिद्धान्त पर आधारित थी।

इस प्रकार वर्साय की सन्धि में अनेकानेक दोष थे। यह न केवल अन्यायपूर्ण और अमानवीय कही जाती है, अपितु विश्वासघाती, आदर्शहीन और स्वार्थपूर्ण भी कही जाती है। इसकी कठोरता ने न केवल जर्मनी के वाईमार गणतन्त्र के भविष्य को प्रारम्भ से ही अन्धकारमय कर दिया, अपितु अनेकानेक छोटे राष्ट्रों की रचना कर यूरोप की शान्ति के स्थायित्व की सम्भावना को भी नष्टप्राय कर दिया।

## वर्साय सन्धि का औचित्य

जहां अनेक विद्वानों ने वर्साय की सन्धि की कटु आलोचना की है, मित्रराष्ट्रीय नेताओं तथा गेथोर्न हार्डी, लिप्सन, जेसप आदि अनेक विद्वानों ने इस मत का खण्डन किया है कि वर्साय की सन्धि अन्यायपूर्ण थी। इन विद्वानों का पहला तर्क यह है कि वर्साय की सन्धि में 14 सूत्रों का उल्लंघन नहीं किया गया। गेथोर्न हार्डी का मत है कि विल्सन के 14 सूत्रों में केवल चार (5वां, 7वां, 8वां, 13वां) ही जर्मनी से सम्बन्धित थे और इन चारों का पालन किया। दूसरा तर्क यह है कि विल्सन के सिद्धान्त शान्ति समझौते के आधार नहीं थे। मित्रराष्ट्रों ने अपने 5 नवम्बर, 1918 के पत्र में यह स्पष्ट कर दिया था "कि समुद्रों की स्वतन्त्रता" के सिद्धान्त को मान्यता नहीं दी जाएगी तथा जर्मनी

मित्रराष्ट्रों को हुई क्षति की पूर्ति करेगा।" तीसरा तर्क यह था कि विल्सन के सिद्धान्त परस्पर विरोधी थे, अतः उनका पूर्ण रूप से पालन असम्भव था। चौथा तर्क यह था कि जर्मनी ने स्वयं रूस के साथ 3 मार्च, 1918 को की गई ब्रेस्ट लिटोवस्क की सन्धि के द्वारा अत्यन्त कठोर तथा अन्यायपूर्ण व्यवहार किया था, अतः वह उदार व्यवहार का अधिकारी नहीं था। पांचवाँ तर्क यह था कि जर्मन अधिनायक हिटलर ने न केवल वर्साय की "आरोपित" सन्धि का उल्लंघन किया, अपितु उन सन्धियों का भी उल्लंघन किया जो जर्मनी ने बाद में स्वेच्छा से स्वीकार की थीं। अतः उसे विश्वासघात की दुहाई देने का कोई अधिकार नहीं था।

मित्रराष्ट्र यह मानने को भी तैयार नहीं थे कि वर्साय की सन्धि अमानवीय रूप से कठोर थी। लायड जार्ज ने सन्धि को उचित बतलाते हुए कहा था, "इस सन्धि की शर्तें कुछ अंशों में, बड़ी भंयकर हैं, पर जर्मनी के कार्य भी कम भयंकर नहीं थे और यदि जर्मनी जीत जाता तो इसके परिणाम भी कम भयंकर न होते।" जेसप ने स्पष्ट रूप से कहा है – "सम्पूर्णतः राजनीतिक समझौता यूरोप के प्रति आश्चर्यजनक रूप से न्यायपूर्ण था, जर्मनी के प्रति यह बर्बर नहीं अपितु मृदु था।"

अन्त में विल्सन के 14 सूत्रों में से अनेक का उल्लंघन होने पर भी स्टीफन किंगहाल के इस कथन की सत्यता को स्वीकार करना पड़ता है कि "शान्ति स्थापना की जानी थी और यह (वर्साय की सन्धि) वह श्रेष्ठतम वस्तु थी जो जनतांत्रिक पद्धति से निर्वाचित सांसदों के नियन्त्रण के अधीन राजनीतिज्ञ कर सकते थे।"

परन्तु जहां वर्साय की सन्धि के पक्ष में बहुत कुछ कहा जा सकता है, वहां यह दुखद तथ्य अस्वीकार नहीं किया जा सकता कि जर्मन प्रतिनिधियों के साथ अत्यन्त अपमानजनक तथा अन्यायपूर्ण व्यवहार किया गया था। जर्मन प्रतिनिधि मण्डल के नेताओं – विदेशमन्त्री हर्मान्न मुइलर तथा उपनिवेश मन्त्री जोहान्नेस बेल के साथ बन्दियों का-सा व्यवहार किया गया, तथा उन्हें पेरिस के समीप वर्साय के राज-प्रासाद के उसी शीशमहल में सन्धि पर हस्ताक्षर करने के लिए विवश किया गया, जहां इससे 50 वर्ष पूर्व प्रशा के राजा को जर्मन सम्राट घोषित किया था। ई॰एच॰ कार के शब्दों में "इन अनावश्यक अपमानों से जर्मनी में अत्यन्त दूरगामी मनोवैज्ञानिक परिणाम हुए। उन्हीं के कारण आरोपित शान्ति की धारणा ने लोगों के मन में घर कर लिया और जर्मनों में यह विश्वास सामान्य रूप से फैल गया कि उपरोक्त परिस्थितियों में जर्मनी से कराए गए हस्ताक्षर उस पर नैतिक रूप से बन्धनकारी नहीं हैं।"

## वर्साय की सन्धि की विफलता और द्वितीय विश्व युद्ध

वर्साय की सन्धि की गणना विश्व की सर्वाधिक कम सफल सन्धियों में की जाती है। स्थायी शान्ति की स्थापना के उद्देश्य से की गई इस सन्धि के ठीक 20 वर्ष 2 माह 4 दिन बाद द्वितीय विश्व युद्ध प्रारम्भ हो गया। यह 20 वर्ष की अवधि भी यूरोपीय इतिहास

का एक अत्यन्त अशांत युग था। यह कहा गया है कि 1919 से 1939 तक का यूरोपीय इतिहास वर्साय की प्रधान भूलों को सुधारने के प्रयत्नों का इतिहास है। वास्तव में इस अवधि में वर्साय की सन्धि का लगभग सम्पूर्णतः खण्डन हो गया, इसकी भूलों का भी, इसकी सफलताओं का भी। इसकी सर्वाधिक महत्वपूर्ण उपलब्धि राष्ट्रसंघ की स्थापना थी। 1939 तक राष्ट्रसंघ एक प्रभावहीन संस्था रह गया। क्षतिपूर्ति से सम्बन्धित अध्याय शनैः शनैः विफल हो गया। निःशस्त्रीकरण सम्बन्धी अध्याय को हिटलर ने भंग कर दिया। मार्च 1938 में आस्ट्रिया का जर्मनी के साथ एकीकरण कर दिया। सितम्बर, 1938 में चेकोस्लोवाकिया का अंग-भंग कर दिया, तथा मार्च, 1939 में हिटलर ने बोहीमिया और मोराविया पर अधिकार कर लिया। अन्त में जब उसने वर्साय की सन्धि की पोलिश गलियारे सम्बन्धी व्यवस्थाओं को भंग करने के उद्देश्य से पोलैण्ड पर आक्रमण किया तब द्वितीय विश्व युद्ध छिड़ गया। मार्शल फौच का यह कथन सत्य सिद्ध हुआ कि "यह (वर्साय की सन्धि) शान्ति नहीं अपितु बीस वर्ष के लिए युद्ध विराम है।"

इस प्रकार वर्साय की सन्धि के उन्मूलन की प्रक्रिया का अन्त द्वितीय विश्व युद्ध में हुआ। वर्साय की सन्धि को प्रायः द्वितीय विश्वयुद्ध के लिए उत्तरदायी ठहराया जाता है। यह कहा जाता है कि यह सन्धि इतनी अपमानजनक थी कि इससे जर्मन जनता के हृदयों में प्रतिशोध की ज्वाला भड़का दी। इस सन्धि में सम्बन्धित होने के कारण जर्मन में वाईमार गणतन्त्र का चिरस्थायी होना असम्भव हो गया। क्षतिपूर्ति की रकम की अधिकता ने जर्मनी और यूरोप की अर्थव्यवस्था को अस्त-व्यस्त कर दिया तथा ऐसी परिस्थितियां उत्पन्न कर दीं जिससे हिटलर के उदय का मार्ग प्रशस्त हो गया। इस सन्धि ने निःशस्त्रीकरण को एक पक्षीय बना कर उसकी सफलताओं की आशाओं को समाप्त कर दिया। इस सन्धि की रचना के रूप में राष्ट्रसंघ प्रारम्भ से ही एक कलंकित संस्था हो गई और अन्तर्राष्ट्रीय शान्ति को चिरस्थायी बनाने का यह यंत्र अपनी उपयोगिता खो बैठा। इस सन्धि ने जर्मनी के साथ कठोर व्यवहार कर तथा इटली और जापान की आकांक्षाओं की पूर्ति न कर रोम-बर्लिन टोकियो धुरी के बीज बो दिए। इसने यूरोप में आस्ट्रिया, चेकोस्लोवाकिया, लैटविया, इस्टोनिया, लिथुआनिया, हंगरी आदि अनेक ऐसे छोटे राष्ट्रों की सृष्टि कर दी जो जर्मन और रूस के विरुद्ध अपनी रक्षा करने में असमर्थ थे। यही अन्तर्राष्ट्रीय अशान्ति का कारण बन गए।

अपने अनेक दोषों के बावजूद वर्साय की सन्धि विश्व के इतिहास में एक महत्वपूर्ण स्थान रखती है। आत्मनिर्णय के सिद्धानत की स्वीकृति, निःशस्त्रीकरण की आवश्यकता की अनुभूति तथा राष्ट्रसंघ की स्थापना इस सन्धि की महत्वपूर्ण सफलताएं थीं। यह सन्धि अत्यन्त कठोर और बहुत अंशों में अन्यायपूर्ण थी, परन्तु वर्साय की सन्धि के निर्माताओं ने न केवल जर्मनी का विध्वंस ही किया अपितु अपनी शर्तों की कठोरता को कम करने के लिए दो उपायों की व्यवस्था भी की। पहला तो क्षतिपूर्ति आयोग की नियुक्ति थी जो उसकी हर्जाने की राशि को कम कर सकता था और दूसरा राष्ट्रसंघ

था जो उसके अन्याय को हटा सकता था। परन्तु इतना होते हुए भी वर्साय सन्धि की गणना बुद्धिमत्तापूर्ण शान्ति सन्धियों में नहीं की जा सकती। इसमें अनेक गम्भीर दोष थे। वह अन्तर्राष्ट्रीय शान्ति और सहयोग के आधुनिक सिद्धान्तों के अनुकूल नहीं थी। यह ठीक ही कहा गया है कि इस सन्धि के द्वारा चिरस्थायी शान्ति की स्थापना का एक स्वर्णिम अवसर खो दिया गया।

# 4

# विश्वव्यापी आर्थिक संकट

## क्षतिपूर्ति एवं युद्ध ऋण संदर्भ

### क्षतिपूर्ति समस्या का संदर्भ

वर्साय की संन्धि के सम्बन्ध में फिलिप स्नोडेन ने कहा था, "यह एक शान्ति सन्धि नहीं है, अपितु दूसरे युद्ध की घोषणा है।" चर्चिल के अनुसार, "वर्साय की सन्धि की आर्थिक व्यवस्थाएं स्पष्ट रूप से निरर्थक बन जाने की सीमा तक दोषपूर्ण तथा मूर्खता-पूर्ण थीं।" आर्थिक व्यवस्थाओं में सर्वाधिक दुर्भाग्यपूर्ण क्षतिपूर्ति सम्बन्धी व्यवस्थाएं थीं। युद्ध ऋण की समस्या के साथ क्षतिपूर्ति की समस्या 1919 - 1934 के उस विश्व अर्थ संकट का प्रमुख कारण थी जिसने द्वितीय महायुद्ध के बीज बो दिए। इन समस्याओं ने ब्रिटेन, फ्रांस तथा संयुक्त राज्य अमेरिका के सम्बन्धों को कटुतापूर्ण बना दिया। जर्मनी और फ्रांस के सम्बन्धों में तनाव उत्पन्न कर दिया। जर्मन जनता के असन्तोष को इतना प्रबल कर दिया कि वह हिटलर की अविवेकपूर्ण छलनावों के बहकावे में आ गई तथा मित्र राष्ट्रों में ऐसा मनोमालिन्य उत्पन्न कर दिया कि वे नाजी जर्मनी द्वारा अन्तर्राष्ट्रीय सन्धियों और समझौतों के उल्लंघनों के प्रति तुष्टिकरण की एक ऐसी अविवेकपूर्ण नीति पर आचरण करने लगे जिसने अन्ततः विश्व में द्वितीय महायुद्ध को जन्म दिया।

### नैतिक, राजनैतिक तथा आर्थिक पक्ष

क्षतिपूर्ति एक ऐसा शुल्क है जिसके द्वारा युद्ध विजेता पक्ष पराजित पक्ष से युद्ध का व्यय वसूल करने का प्रयत्न करता है। प्राचीन काल से ही विजेता राष्ट्र का यह अधिकार माना जाता रहा है कि वह पराजित राष्ट्र से युद्ध का व्यय वसूल कर सके, बशर्ते कि इसके विपरीत पहले से ही कोई समझौता न हो गया हो। अतः क्षतिपूर्ति की मांग को अपने आप में अनैतिक नहीं कहा जा सकता; परन्तु प्रथम विश्व युद्ध की भीषणता ने क्षतिपूर्ति की मांग को राजनीतिक और आर्थिक रूप से अविवेकपूर्ण और अव्यवहारिक बना दिया था। प्रथम विश्व युद्ध से हुई भीषण क्षति को दृष्टि से रखते हुए पराजित राष्ट्र की जनता पर करों का असहनीय भार डाले बिना प्रभावशाली

क्षतिपूर्ति की वसूली सम्भव नहीं थी। इससे असन्तोष और राष्ट्रीय अपमान की ऐसी भावनाओं का विकास अवश्यम्भावी था। जिनकी उत्पत्ति को रोकने की चेष्टा राजनीतिक विवेक की प्रथम मांग थी। एक सीमा तक मित्रराष्ट्रीय राजनीतिज्ञों ने इस तथ्य को स्वीकार किया था।

आर्थिक दृष्टिकोण से क्षतिपूर्ति विजेता और पराजित दोनों के ही लिए हानिकारक थी। क्षतिपूर्ति की राशि किसी भी दशा में इतनी अधिक होती कि उससे पराजित राष्ट्र की अर्थव्यवस्था का असन्तुलित हो जाना अनिवार्य था। जर्मनी क्षतिपूर्ति की विशाल राशि को केवल तीन प्रकार से चुका सकता था – (1) स्वर्ण; (2) माल; (3) सेवाओं के रूप में। क्षतिपूर्ति की राशि को स्वर्ण के रूप में चुकाने के लिए सर्वथा अभाव था। जर्मनी सेवाओं के रूप में भी क्षतिपूर्ति की राशि नहीं अदा कर सकता था, क्योंकि जर्मनी के लिए सेवाओं का मुख्य रूप अपने जहाजों द्वारा दूसरे देशों के माल की ढुलाई ही हो सकता था। परन्तु जर्मनी ऐसा करने में असमर्थ था क्योंकि उसके व्यापारिक जहाज मित्र राष्ट्रों ने छीन लिए थे। इस प्रकार जर्मनी केवल माल के रूप में अर्थात् कोयला, लोहा, लकड़ी, खनिज पदार्थ, मशीनें आदि देकर ही क्षतिपूर्ति की राशि अदा कर सकता था। परन्तु इस प्रकार की अदायगी स्वयं मित्र राष्ट्रों की अर्थव्यवस्था के लिए घातक थी। क्षतिपूर्ति के रूप में आने वाला सामान स्वभावत: ही सस्ता बिकता था जिससे प्राप्तकर्ता राष्ट्र के उद्योगों पर अत्यन्त हानिकारक प्रभाव पड़ता था। ब्रिटेन ने जो कि प्रधानत: एक व्यापारिक राष्ट्र है, शीघ्र ही इस खतरे को स्वीकार कर लिया और क्षतिपूर्ति के लिए एक उदार नीति का समर्थन किया। परन्तु फ्रांस ने, जो जर्मनी को निर्बल बनाने के लिए व्यग्र था, इस संकट की उपेक्षा की तथा क्षतिपूर्ति के सम्बन्ध में एक कठोर नीति अपनाने के लिए प्रेरित हुआ।

इस प्रकार पेरिस के शान्ति सम्मेलन में क्षतिपूर्ति की समस्या पर एक विवेकपूर्ण आर्थिक दृष्टिकोण से विचार नहीं किया गया था। पेरिस सम्मेलन में क्षतिपूर्ति की पूर्ण राशि का भी निर्धारण नहीं किया जा सका था। फ्रांस के प्रधान मन्त्री क्लेमेन्सो को भय था कि क्षतिपूर्ति की राशि कितनी भी अधिक निर्धारित की जाए; फ्रांसीसी जनता असन्तुष्ट ही रहेगी। अत: अर्थविशेषज्ञों के परामर्श की उपेक्षा कर क्षतिपूर्ति की राशि का निर्धारण भविष्य के लिए छोड़ दिया गया। वर्साय की सन्धि में क्षतिपूर्ति के सम्बन्ध में निम्न व्यवस्थाएं की गई थीं –

(क) जर्मनी और उसके मित्रों द्वारा थोपे गए युद्ध के परिणामस्वरूप मित्र राष्ट्रों की सरकारों तथा नागरिकों को होने वाली क्षति के उत्तरदायित्व को जर्मनी स्वीकार करता है।

(ख) जर्मनी को मित्रराष्ट्रों की जनता की "नागरिक क्षति" की पूर्ति करने के लिए कहा गया।

(ग) नागरिक क्षतिपूर्ति में तीन तथ्य स्वीकार किए गए –
(1) नागरिक सम्पत्ति के विध्वंस और विनाश की क्षतिपूर्ति।
(2) व्यापारिक एवं अन्य जहाजों के नाश की क्षतिपूर्ति।
(3) युद्ध में मारे गए या घायल हुए सैनिकों, उनकी विधवाओं तथा उनके आश्रितों को दी जाने वाली पेंशनों तथा भत्तों की पूर्ति।

(घ) क्षतिपूर्ति की राशि का निर्धारण मित्रराष्ट्रों द्वारा नियुक्त एक क्षतिपूर्ति आयोग करेगा। यह आयोग 1 मई, 1921 तक अपनी रिपोर्ट दे देगा।

(च) 1 मई, 1921 से पूर्व जर्मनी क्षतिपूर्ति के रूप में 1000 मिलियन पौंड अदा करेगा।

**स्पा सम्मेलन ( जुलाई, 1920 )**

1920 में क्षतिपूर्ति की समस्या पर विचार करने के लिए सानरेमो, वोलोन, स्पा तथा ब्रूसेल्स नामक स्थानों पर चार सम्मेलन हुए। इनमें से जुलाई, 1920 का स्पा सम्मेलन सर्वाधिक महत्वपूर्ण था। इस सम्मेलन में प्रथम बार जर्मनी के प्रधानमन्त्री तथा विदेश मन्त्री ने मित्रराष्ट्रों के प्रमुख मन्त्रियों से समानता की हैसियत से वार्ता की। सम्मेलन जर्मनी को समस्त देनदारी के निर्धारण के लिए बुलाया गया था। स्पा सम्मेलन अपने इस उद्देश्य में सफल नहीं हो सका परन्तु इसमें यह निर्धारित हुआ कि क्षतिपूर्ति की राशि किस अनुपात में मित्रराष्ट्रों में विभक्त की जाएगी। यह अनुपात था –

| *राष्ट्र* | *प्रतिशत* |
|---|---|
| फ्रांस | 52 |
| ब्रिटेन | 22 |
| इटली | 10 |
| बेल्जियम | 8 |
| ग्रीस, रूमानिया, यूगोस्लाविया | 6.5 |
| जापान और पुर्तगाल | 1.5 |

**पेरिस सम्मेलन**

जनवरी, 1921 में पेरिस में एक और सम्मेलन हुआ; 29 जनवरी, 1921 को मित्रराष्ट्रों ने इस सम्मेलन में निश्चय किया कि जर्मनी 42 वार्षिकियों में 11300 मिलियन पौंड की राशि चुकाएगा। 1 मार्च, 1921 को इस निर्णय को अस्वीकार करते हुए जर्मनी ने लन्दन सम्मेलन में यह प्रतिस्थापना उपस्थित की कि मित्र राष्ट्र केवल 1500 मिलियन पौंड क्षतिपूर्ति के रूप में स्वीकार कर लें। साथ ही उसने यह शर्त भी रखी कि अनुसूची में नियत राशि पूरी-पूरी अदा होते ही आवेशन सेनाएं हटा ली जाएं तथा अपर

साइलीशिया जर्मनी के पास रहने दिया जाए। जर्मनी के ये प्रस्ताव कूटनीतिक दृष्टिकोण से अत्यन्त विवेकहीन थे। मित्रराष्ट्रों ने इसके प्रत्युत्तर में 8 मार्च, 1921 को रुहरोर्ट, डुइसवर्ग तथा डसेलडर्फ पर अधिकार कर लिया।

## क्षतिपूर्ति आयोग का प्रतिवेदन और कार्य

27 अप्रैल, 1921 को क्षतिपूर्ति आयोग ने अपने प्रतिवेदन में जर्मनी की कुल देनदारी को 6600 मिलियन पौंड निर्धारित किया। इसके आधार पर मित्रराष्ट्रीय सर्वोच्च परिषद् ने मई, 1921 में लन्दन अनुसूची तैयार की। इस अनुसूची के द्वारा जर्मनी की देनदारी को तीन प्रकार के ऋण-पत्रों में विभाजित कर दिया। 'ए' तथा 'बी' ऋण-पत्रों की राशि 2600 मिलियन पौंड तथा 'सी' ऋण-पत्रों की राशि 4 हजार मिलियन पौंड निर्धारित की गई। 'सी' ऋणपत्र तब तक क्षतिपूर्ति आयोग के पास रहने थे जब तक जर्मनी की चुकान क्षमता स्थिर न हो जाए। 'ए' तथा 'बी' ऋणपत्रों के सम्बन्ध में एक चुकान कार्यक्रम तैयार किया गया, जिसके अनुसार जर्मनी को प्रतिवर्ष 100 मिलियन पौंड तथा अपने निर्यात के मूल्य का 52% मित्र राष्ट्रों को देना था। इनमें से 50 मिलियन पौंड 31 अगस्त, 1921 तक चुकाए जाने थे। जर्मनी इस कार्यक्रम को स्वीकार करने के लिए तैयार नहीं था, परन्तु मित्रराष्ट्रों की इस धमकी से कि इन प्रस्तावों को जर्मनी द्वारा अस्वीकृत किए जाने पर वे रूर के प्रदेश पर, जोकि जर्मनी का प्रधान औद्योगिक केन्द्र था, अधिकार कर लेंगे, विवश होकर जर्मनी ने 11 मई, 1921 को ये प्रस्ताव स्वीकार कर लिए।

## जर्मनी में मुद्रा संकट

जर्मन अर्थव्यवस्था क्षतिपूर्ति के इस विशाल भार को सहने में असमर्थ थी। क्षतिपूर्ति की राशि की अदायगी के प्रारम्भ से ही जर्मनी की मुद्रा का मूल्य गिरना प्रारम्भ हो गया। पेरिस शान्ति सम्मेलन के समय 20 जर्मन मार्क एक स्टर्लिंग पौंड के बराबर माने जाते थे। 1920 के मध्य तक 250 मार्क एक पौंड के बराबर हो गए। 31 अगस्त, 1921 को जर्मनी ने लन्दन अनुसूची के अनुसार 50 मिलियन पौंड मित्रराष्ट्रों को अदा किए। इसके साथ ही जर्मन मार्क का मूल्य अत्यन्त तीव्रता से गिरने लगा। नवम्बर, 1921 तक 1000 मार्क एक पौण्ड के बराबर हो गए और 1 जुलाई, 1922 तक 3500 मार्क का मूल्य एक पौण्ड रह गया। ऐसी स्थिति में जर्मनी सरकार ने 13 अगस्त, 1922 को मित्रराष्ट्रों से यह प्रार्थना की कि क्षतिपूर्ति की अदायगी 3 वर्ष के लिए स्थगित कर दी जाए।

## ग्रेट ब्रिटेन और फ्रांस का मतभेद

इस समय तक ग्रेट ब्रिटेन और फ्रांस के क्षतिपूर्ति से सम्बन्धित दृष्टिकोणों में अत्यधिक अन्तर उत्पन्न हो गया था। युद्ध से पूर्व जर्मनी ग्रेट ब्रिटेन के माल का सबसे बड़ा

ग्राहक था। अतः जर्मनी की अर्थव्यवस्था के अस्त-व्यस्त हो जाने से ब्रिटिश अर्थव्यवस्था पर अनिष्टकारी प्रभाव का पड़ना अवश्यम्भावी था। ब्रिटिश सरकार ने यह अनुभव किया की क्षतिपूर्ति की अदायगी जारी रहने से जर्मनी की अर्थव्यवस्था विशृंखलित हो जाएगी और उसका समस्त विश्व की अर्थव्यवस्था पर बुरा प्रभाव पड़ेगा। अतः वह जर्मनी की "चुकान विलम्ब काल" की मांगों को स्वीकार करने के पक्ष में था।

इसके विपरीत फ्रांस, जर्मनी को इतना अधिक दुर्बल बना देना चाहता था कि वह फिर कभी फ्रांस पर आक्रमण न कर सके। क्षतिपूर्ति के प्रश्न के आर्थिक पक्ष की सर्वथा अवहेलना करते हुए फ्रेंच प्रधान मन्त्री प्वायनकारे ने विलम्ब काल देने की शर्तों के रूप में "उत्पादक प्रत्याभूतियों" का प्रस्ताव रखा। इसके अनुसार जर्मनी की चुकान विलम्ब की प्रार्थना तभी स्वीकार की जानी थी जब जर्मन राइनलैंड की खानें तथा रंग बनाने के कारखाने फ्रांस को सौंप दे, जिससे वह उत्पादित माल से हर्जाना वसूल कर सके। फ्रांस की दृष्टि रूर घाटी पर थी। वह चाहता था कि ऋण अदा न करने के अपराध में रूर घाटी पर अधिकार कर लिया जाए, जिससे एक ओर तो जर्मन उद्योगों का लाभ मित्रराष्ट्रों को प्राप्त हो सके और दूसरी ओर फ्रांस की रक्षा व्यवस्था सुदृढ़ हो जाए।

### रूर पर अधिकार

ब्रिटेन ने फ्रांस की आर्थिक दृष्टि से अनिष्टकारी योजनाओं का विरोध किया; परन्तु दुर्भाग्य से अमेरिका क्षतिपूर्ति से पृथक् हो चुका था। इटली तथा बेल्जियम ने फ्रांस का साथ दिया। ब्रिटेन अल्पमत में रह गया तथा दिसम्बर, 1922 के लन्दन सम्मेलन द्वारा जर्मनी की प्रार्थना अस्वीकार कर दी गई; परन्तु मुद्रा संकट के कारण जर्मनी क्षतिपूर्ति अदा करने में असमर्थ था। दिसम्बर, 1920 में जर्मनी नियत मात्रा में इमारती लकड़ी और कोयला अदा नहीं कर सका। इस पर क्षतिपूर्ति आयोग की 26 दिसम्बर, 1922 की बैठक में फ्रेंच प्रतिनिधि बारथो ने यह प्रस्ताव रखा कि जर्मनी को ऐच्छिक बाकीदार घोषित कर दिया जाए तथा रूर प्रदेश पर अधिकार कर लिया जाए। ब्रिटिश प्रतिनिधि सर जान ब्रेडवरी ने प्रस्ताव का घोर विरोध करते हुए कहा – "जब लकड़ी का कपटपूर्ण घोड़ा बना कर ट्राय नगर को जीता गया था तब से लकड़ी का ऐसा दुरुपयोग इतिहास में कभी नहीं किया गया।"

परन्तु फ्रेंच सभापति के निर्णायक मत से प्रस्ताव पास हो गया और 11 जनवरी, 1923 को फ्रांस तथा बेल्जियम की सेना ने डार्टमुंड के पूर्व तक रूर प्रदेश पर अधिकार कर लिया। इस प्रदेश में जर्मनी का कच्चे लोहे, इस्पात और कोयले का 80% उत्पादन होता था। अतः तत्कालीन जर्मन प्रधानमन्त्री कूनो ने इसका उत्तर निष्क्रिय प्रतिरोध से दिया। जर्मन सरकार ने क्षतिपूर्ति की अदायगी पूर्ण रूप से बन्द कर दी तथा

रूर प्रदेश के नागरिकों को यह आदेश दिया कि वे फ्रेंच अधिकारियों को किसी भी प्रकार का सहयोग न दें। यह निष्क्रिय प्रतिरोध इतना सफल हुआ कि खान खोदने तथा रेलों की व्यवस्था ठप्प हो गई। इस पर फ्रांस ने राइन प्रदेशो में एक पृथक्तावादी आन्दोलन को जन्म देने का प्रयत्न किया परन्तु यह आन्दोलन अधिक सफल न हो सका। इससे जर्मनी और फ्रांस दोनों को अत्यधिक हानि हुई।

## रूर संकट के परिणाम

रूर पर अधिकार फ्रांस का एक अत्यन्त अविवेकपूर्ण कार्य सिद्ध हुआ। इसके परिणाम अत्यन्त भयंकर थे। सर्वप्रथम इसने जर्मन अर्थव्यवस्था की कमर तोड़ दी। जर्मन राजकोष बिल्कुल रिक्त हो गया। मार्क का मूल्य तीव्रता से गिरता चला गया। 1923 के अन्त तक 50000 अरब मार्क का मूल्य एक पौण्ड मात्र रह गया। इस प्रकार जर्मन मुद्रा वस्तुत: मूल्यहीन हो गई। इनसे बैंक का प्रत्येक खाता अपनी उपयोगिता खो बैठा और मध्यवर्ग की सब बचत नष्ट हो गई। मध्यवर्ग को निम्न वर्ग की कोटि में आना पड़ा और वर्गच्युति के सभी अपमान झेलने पड़े। इससे उनकी निम्नवर्गीय श्रमिकों के प्रति घृणा और भी गहरी हो गई। साथ ही उनमें यहूदियों के प्रति प्रतिहिंसा के भाव उत्पन्न हो गए क्योंकि उन्हें मुद्रा स्फीति से लाभ उठाने वाले मुनाफाखोर मानता था। इसी अपमानित मध्यम वर्ग से हिटलर को सर्वाधिक अनुयायी प्राप्त हुए थे।

फ्रांस को भी इससे हानि ही हुई। जर्मन निष्क्रिय प्रतिरोध के कारण वह रूर की खानों से कोई भी लाभ नहीं उठा सका और क्षतिपूर्ति की अदायगी भी बिल्कुल बन्द हो गई। साथ ही जर्मन जनता के मन में फ्रांस के प्रति घृणा और भी अधिक तीव्र हो गई।

इससे फ्रांस और ब्रिटेन के सम्बन्धों में कटुता बढ़ गई। ब्रिटेन ने रूर पर अधिकार को एक अवैधानिक और अविवेकपूर्ण कार्य माना। रूर पर अधिकार ने जर्मनी की क्षतिपूर्ति की अदायगी की क्षमता को ही नष्ट कर दिया।

इस प्रकार रूर अधिकार के अत्यन्त दूरगामी परिणाम हुए। ई०एच० कार का कथन युक्तिसंगत है – "रूर पर अधिकार, जिसने जर्मनी को बिल्कुल नष्ट कर दिया, यूरोप के युद्धोत्तर इतिहास में एक नया मोड़ था।"

## जर्मन अर्थव्यवस्था के पुनरुद्धार के प्रयत्न

जर्मन की अर्थव्यवस्था अधिक समय तक रूर संघर्ष का भार नहीं सह सकी। 12 अगस्त, 1923 को कूनो मंत्रिमंडल ने त्यागपत्र दे दिया और गुस्टाव स्ट्रेसमान के नेतृत्व में नवीन मंत्रिमंडल का निर्माण हुआ। उसने 25 सितम्बर, 1923 को निष्क्रिय प्रतिरोध की नीति के परित्याग की घोषणा कर दी तथा क्षतिपूर्ति की राशि की अदायगी को सिद्धान्त रूप में स्वीकार कर लिया। परन्तु मित्रराष्ट्रों से यह प्रार्थना भी की कि वे इस

बात की परीक्षा कर लें कि जर्मनी में क्षतिपूर्ति की अदायगी की क्षमता है भी अथवा नहीं। सौभाग्य से अन्तर्राष्ट्रीय परिस्थितियां भी अनुकूल थीं। फ्रांस और बेल्जियम भी अब तक यह स्वीकार कर चुके थे कि रूर पर अधिकार एक भयंकर भूल थी और समझौते के लिए तैयार थे। यूरोपीय निर्धनता का संयुक्त राज्य अमेरिका की अर्थव्यवस्था पर भी प्रतिकूल प्रभाव पड़ा रहा था, अतः वह भी सहयोग देने को तैयार था। इस प्रकार ब्रिटेन, फ्रांस, अमेरिका, बेल्जियम तथा इटली आदि मित्र राष्ट्र इस बात से सहमत हो गए कि अर्थविशेषज्ञों की एक ऐसी समिति नियुक्त की जाए जो केवल आर्थिक और अराजनैतिक दृष्टिकोण से इस प्रश्न पर विचार करे कि जर्मनी कि आर्थिक स्थिति को सुधारने के लिए कौन-से उपायों का अवलम्बन किया जाए। परिणामस्वरूप क्षतिपूर्ति आयोग ने 21 सितम्बर, 1923 को अमरीकन अर्थविशेषज्ञ जनरल डावेस की अध्यक्षता में एक समिति की नियुक्ति की। 11 मई, 1924 को फ्रांस के प्रधानमन्त्री प्वायनकारे मन्त्रिमण्डल के पतन और एरियो के प्रधान मंत्री बन जाने से परिस्थितियां क्षतिपूर्ति की समस्या के समाधान के लिए और भी अनुकूल हो गईं।

## डावेस योजना

डावेस योजना ने अपना प्रतिवेदन 9 अप्रैल, 1924 को प्रस्तुत किया। इस योजना के मुख्य प्रस्ताव थे –

(क) एक नवीन जर्मन मुद्रा (रीशमार्क) प्रचालित की जाए। 7 जर्मन तथा 7 विदेशी अर्थशास्त्रियों के एक अन्तर्राष्ट्रीय मंडल के अधीन एक केन्द्रीय बैंक की स्थापना की जाए। इस बैंक पर जर्मन सरकार का नियन्त्रण नहीं होगा तथा नवीन मुद्रा के प्रचलन का एकाधिकार इस बैंक में निहित होगा।

(ख) जर्मनी प्रथम पांच वर्षों में 40 मिलियन पौंड प्रतिवर्ष अदा करेगा तथा इसके बाद प्रतिवर्ष अपनी समृद्धि की सूची के अनुपात के अनुसार एक उत्तरोत्तर बढ़ती हुई राशि अदा करेगा। परन्तु यह राशि 125 मिलियन पौंड प्रतिवर्ष से अधिक नहीं होगी।

(ग) क्षतिपूर्ति की अदायगी जर्मन मुद्रा में की जाएगी।

(घ) रूर प्रदेश को तुरन्त खाली कर दिया जाएगा, जिससे जर्मनी को अपनी आर्थिक प्रभुसत्ता पुनः प्राप्त हो जाए।

(च) रेलवे बन्ध पत्रों, यातायात करों, औद्योगिक ऋण-पत्रों तथा शराब, तम्बाकू और चीनी पर लगाए गए करों की आय केवल क्षतिपूर्ति की अदायगी के लिए प्रयुक्त की जाएगी।

(छ) मित्र राष्ट्र जर्मनी को 40 मिलियन पौंड का ऋण देंगे।

(ज) इस समस्त व्यवस्था की देख-भाल का भार क्षतिपूर्ति आयोग पर नहीं होगा, अपितु इस कार्य के लिए एक एजेन्ट जनरल की नियुक्ति की जाएगी।

31 अगस्त, 1924 को सभी सम्बन्धित सरकारों ने डावेस योजना को स्वीकार कर लिया। 31 अक्तूबर, 1924 को योंजना कार्यान्वित की गई और फ्रेंच सेनाओं ने रूर प्रदेश से हटना प्रारम्भ कर दिया। 31 जुलाई, 1925 तक फ्रेंच तथा बेल्जियम सेनाएं पूर्ण रूप से रूर प्रदेश से हट गईं। एजेन्ट जनरल के पद पर अमरीकन अर्थविशेषज्ञ श्री गिलबर्ट की नियुक्ति की गई।

### डावेस योजना का महत्व, गुण

क्षतिपूर्ति के इतिहास में डावेस योजना का एक विशेष महत्व है। सर्वप्रथम यह पहली योजना थी जो इस तथ्य की स्वीकृति पर आधारित थी कि क्षतिपूर्ति का प्रश्न एक आर्थिक प्रश्न है और उस पर अर्थ विशेषज्ञों द्वारा आर्थिक, व्यवहारिक और अराजनैतिक दृष्टिकोण से विचार किया जाना चाहिए। दूसरे, इसने क्षतिपूर्ति की राशि को उस सीमा तक सीमित कर दिया जितनी कि जर्मनी से अनुकूल आर्थिक परिस्थितियों में अदा करने की आशा की जा सकती थी। तीसरे, इसने अदायगी और विनिमय के प्रश्नों को अलग-अलग कर दिया। इसके अनुसार क्षतिपूर्ति की अदायगी जर्मन मुद्रा में की जानी थी और उसके विनिमय की व्यवस्था स्वयं मित्र राष्ट्रों को करनी थी। चौथे, योजना को कार्यान्वित करने का भार एक अर्थ विशेषज्ञ को सौंपा गया था, क्षतिपूर्ति आयोग जैसी राजनीतिक संस्था को नहीं। पांचवें, यह व्यवस्था की गई कि क्षतिपूर्ति आयोग केवल सर्वसम्मति से ही जर्मन को बाकीदार घोषित कर सकता है, ताकि रूर पर अधिकार जैसी दु:खद घटनाओं की पुनरावृत्ति न हो सके। छठे इस योजना ने अन्तर्राष्ट्रीय जगत में सौहार्दपूर्ण सम्बन्धों की स्थापना करने में बहुत सहयोग दिया। लैंगसम के शब्दों में, "वर्साय की सन्धि पर हस्ताक्षर के बाद प्रथम बार यूरोप में कूटनीतिक तनाव कुछ कम हो गया।" डावेस योजना से उत्पन्न परिस्थितियों के फलस्वरूप जर्मनी की मुद्रा स्थिर हो गई और उसका औद्योगिक उत्पादन लगभग युद्ध के पहले स्तर पर पहुंच गया। परन्तु डावेस योजना पूर्णत: दोषहीन नहीं थी।

### डावेस योजना के दोष

प्रथम, इस योजना ने जर्मनी के पूर्ण दायित्व का निर्धारण नहीं किया। दूसरे, इसने जर्मनी को ऋण देने की अविवेकपूर्ण परम्परा स्थापित कर दी। फलस्वरूप जहां जर्मनी एक ओर क्षतिपूर्ति की राशि की अदायगी कर रहा था, वहां दूसरी ओर नये ऋण भी ले रहा था। 1924 से 1928 तक जर्मनी ने क्षतिपूर्ति के रूप में 10.3 खरब रीश मार्क अदा किए। परन्तु साथ ही उसी अवधि में अमेरिका आदि विदेशों से 18.2 खरब रीश मार्क के ऋण भी लिए। अत: जैसा कि एजेन्ट जनरल श्री पार्कर गिलबर्ट का मत था, "डावेस योजना न तो आशय की दृष्टि से और न तथ्य की दृष्टि से समस्या का अन्तिम निपटारा थी। यह तो एक ऐसा निपटारा थी जो क्षतिपूर्ति तथा सम्बद्ध समस्याओं के बारे

में, जितनी जल्दी सम्भव हो, अन्तिम विस्तृत करार की सुविधा के लिए बनाया गया था।"

**यंग योजना**

डावेस योजना की कमियों को दूर करने के लिए तथा क्षतिपूर्ति की समस्या के अन्तिम और स्थायी समाधान के लिए श्री ओवन डी यंग की अध्यक्षता में एक समिति की नियुक्ति की गई। इस समिति की प्रथम बैठक पेरिस में 11 फरवरी, 1929 को हुई और इसने 7 जून, 1929 को अपना प्रतिवेदन प्रस्तुत किया। यंग समिति की योजना के प्रमुख तथ्य थे –

(क) जर्मन क्षतिपूर्ति की कुल राशि 5750 मिलियन पौण्ड निश्चित हुई।

(ख) वार्षिक किश्तों की संख्या निश्चित कर दी गई तथा उनकी मात्रा घटा दी गई। यंग योजना के अनुसार सम्पूर्ण राशि 58½ किश्तों में अदा करनी थी इनमें से पहली 37 किस्तों के लिए प्रति किश्त की राशि 100 मिलियन पौण्ड निश्चित की गई। उसके पश्चात् जर्मनी को कुछ कम राशि की 21½ वार्षिक किश्तें और अदा करनी थी ताकि मित्रराष्ट्र अमेरिका से लिए युद्ध ऋणों को अदा कर सकें।

(ग) प्रत्येक वार्षिक किश्त को दो भागों में विभाजित किया गया था – अविलम्ब और विलम्ब। प्रत्येक किश्त का लगभग 1/3 भाग अविलम्ब था, जिसका भुगतान निश्चित समय पर होना अनिवार्य कर दिया गया। प्रत्येक किश्त के शेष दो-तिहाई भाग का भुगतान 2 वर्ष के लिए विलंबित किया जा सकता था।

(घ) जर्मनी पर से सब राजनीतिक और आर्थिक नियन्त्रण समाप्त कर दिए गए और स्वयं जर्मन सरकार को सभी भुगतानों के लिए उत्तरदायी बना दिया गया।

(च) क्षतिपूर्ति सम्बन्धी भुगतानों को प्राप्त करने तथा उनका मित्र राष्ट्रों में वितरण करने के लिए एक बैंक ऑफ इन्टरनेशनल सेटिलमेंट की स्थापना की गई।

(छ) क्षतिपूर्ति आयोग, क्षतिपूर्ति भुगतान के एजेन्ट जनरल तथा उन विदेशी अधिकारियों को समाप्त कर दिया गया जो उन धरोहरों की देख-रेख करते थे, जिनकी जर्मनी के क्षतिपूर्ति सम्बन्धी दायित्वों को सुरक्षा के आश्वासन के रूप में व्यवस्था की गई थी।

(ज) विदेशी सेनाएं 30 जून, 1930 तक राइन प्रदेश को खाली कर देंगी।

20 जनवरी, 1930 को हेग सम्मेलन में सभी सम्बन्धित राष्ट्रों ने यंग योजना को स्वीकार कर लिया।

**मित्रराष्ट्रों के पारस्परिक युद्धकालीन ऋण**

क्षतिपूर्ति की समस्या से घनिष्ट रूप से सम्बन्धित एक अन्य समस्या थी – "मित्रराष्ट्रों के पारस्परिक युद्धकालीन ऋणों की समस्या।" यह समस्या भी क्षतिपूर्ति की ही भांति एक जटिल समस्या थी। निम्नलिखित आंकड़े इस समस्या की गम्भीरता के द्योतक हैं –

| *देश* | | *ऋण* *(मिलियन पौण्ड में)* |
|---|---|---|
| (क) अमरीकन ऋण | ब्रिटेन को | 920 |
| | फ्रांस को | 805 |
| | अन्य देशों को | 600* |
| | | 2325 |
| (ख) ब्रिटिश ऋण | फ्रांस को | 600 |
| | रूस को | 783 |
| | अन्य देशों को | 800 |
| | | 2183 |
| (ग) फ्रांसीसी ऋण | | 100 |

**विभिन्न दृष्टिकोण**

युद्धकालीन ऋणों के सम्बन्ध में विभिन्न राष्ट्रों के दृष्टिकोण उनके अपने-अपने स्वार्थों पर निर्भर थे। यूरोपीय राष्ट्र युद्ध ऋणों की पूर्ण समाप्ति चाहते थे। उनका तर्क था कि ऋणदाता देशों ने एक ऐसे उद्देश्य के लिए धन के रूप में सहायता पहुंचाई है, जो उनके लिए भी उतना ही लाभपूर्ण था जितना ऋणी देशों के लिए। ऋणी देशों ने युद्ध में रक्त और मांस से योग दिया है, ऋणदाता देशों ने धन से। अतः युद्ध ऋणों की अदायगी की मांग नैतिक रूप से न्याय-संगत नहीं है तथा आर्थिक दृष्टि से भी उनका समाप्त कर दिया जाना ही लाभप्रद है।

फ्रांस चाहता था कि युद्ध ऋणों को समाप्त कर दिया जाए परन्तु क्षतिपूर्ति को नहीं। 1923 तक उसे विश्वास था कि क्षतिपूर्ति की अदायगी हो सकेगी। अतः वह क्षतिपूर्ति और युद्ध ऋणों के प्रश्नों को दो अलग-अलग प्रश्न मानता रहा; परन्तु जब 1923 के पश्चात् उसे क्षतिपूर्ति की अदायगी के सम्बन्ध में सन्देह होने लगा तब उसने इन दोनों को दो अन्योन्याश्रित समस्याएं मानना आरम्भ कर दिया।

ब्रिटेन एक साथ ऋणी और ऋणदाता दोनों था। साथ ही वह एक वाणिज्य प्रधान देश था। अतः वह क्षतिपूर्ति और युद्ध ऋण दोनों की समाप्ति के पक्ष में था। इसका

मत था कि ये दोनों अव्यापारिक और राजनीतिक ऋण थे तथा विश्व के आर्थिक पुनरुद्धार और प्रगति में बाधक थे। 1 अगस्त, 1922 को लार्ड बालफोर ने सभी मित्र राष्ट्रों को एक नोट भेजा, जिसमें कहा गया कि ब्रिटिश सरकार – "वर्तमान स्थिति में विश्व की आर्थिक क्षति की इतनी अधिक कायल है कि यह देश जर्मनी द्वारा क्षतिपूर्ति के प्रश्न पर अपने अन्य सब अधिकार तथा मित्रराष्ट्रों द्वारा प्रतिशोध्य सब दावे त्यागने को तैयार है, परन्तु शर्त यह है कि त्याग एक व्यापक योजना का हिस्सा हो।"

संयुक्त राज्य अमेरिका प्रधान ऋणदाता देश था। उसे जर्मनी या किसी अन्य देश से क्षतिपूर्ति के रूप में कुछ भी नहीं लेना था। अतः वह इन दोनों समस्याओं को दो सर्वथा पृथक् समस्याएं मानता था। अमरीकी जनमत का कहना था कि वे उस युद्ध की कीमतें क्यों चुकाएं जिसे यूरोप की झगड़ालू जनता ने प्रारम्भ किया था। उनका यह भी तर्क था कि जब यूरोपीय राष्ट्र जर्मनी से क्षतिपूर्ति वसूल रहे हैं, तब वे अमेरिका के ऋण की अदायगी से क्यों बचना चाहते हैं। बालफोर नोट को वे ऋण वसूली के सारे अपयश को अमेरिका के सिर पर थोप देने का चालाकीपूर्ण प्रयत्न मानते थे। विकहम स्टीड के शब्दों में बालफोर नोट की अमरीकन व्याख्या थी – "हम आपका धन अदा करेंगे यदि हमारे लिए ऐसा करना आवश्यक होगा, परन्तु यदि आप हमसे ऐसा करने को कहेंगे तब आप नीच और अशिष्ट व्यक्ति होंगे।"

## युद्ध ऋण की वापसी का प्रयत्न

पेरिस शान्ति सम्मेलन में राष्ट्रपति विल्सन ने ब्रिटिश प्रस्तावों को अस्वीकार कर दिया। 9 फरवरी, 1922 को अमरीकन कांग्रेस ने 1947 तक ऋणों की वसूली के उद्देश्य से "विश्व युद्ध विदेशी ऋण आयोग" की स्थापना की। दिसम्बर 1922 में अमेरिका तथा ब्रिटेन के मध्य एक समझौता हुआ, जिसमें यह निश्चित किया गया कि ब्रिटेन अमेरिका को 1923 से 1932 तक 33 मिलियन पौंड प्रतिवर्ष तथा 1933 से 1984 तक 38 मिलियन पौंड प्रतिवर्ष अदा करेगा। 29 अप्रैल, 1926 को अमेरिका और फ्रांस के मध्य एक समझौता हुआ, जिसमें यह निर्धारित हुआ कि फ्रांस 62 वर्ष में अमरीकन ऋण को चुका देगा। इसी प्रकार के समझौते अन्य सम्बन्धित देशों के मध्य भी हुए। इन समझौतों के द्वारा युद्ध ऋण की राशि को काफी कम कर दिया गया। अमेरिका ने ब्रिटेन के ऋण को 19.7%, फ्रांस के ऋण को 52.8% तथा इटली के ऋण को 75.4% कम कर दिया।

यंग योजना के समय तक अमेरिका के अतिरिक्त अन्य सभी सम्बन्धित देशों ने युद्ध ऋणों और क्षतिपूर्ति को एक ही समस्या के दो पहलू मान लिया था। यंग समिति के अमरीकन प्रतिनिधि को छोड़ कर अन्य सभी सदस्यों ने एक स्मरण पत्र भी हस्ताक्षर किया, जिसमें यह कहा गया कि क्षतिपूर्ति का भुगतान और युद्धकालीन मित्रराष्ट्रीय ऋण परस्पर सम्बन्धित समस्याएं हैं। जब तक जर्मनी मित्रराष्ट्रों को क्षतिपूर्ति

की किश्तों का भुगतान करता रहा, तब तक वे भी अमेरिका से प्राप्त ऋणों की किश्तों को चुकाते रहें। जर्मनी क्षतिपूर्ति की किश्तों को अमेरिका से प्राप्त ऋणों द्वारा चुका रहा था।

## आर्थिक मन्दी और हूवर चुकान विलम्ब काल

अमरीकन धन का यह गोल चक्कर हमेशा जारी नहीं रह सकता था। यंग योजना की हेग सम्मेलन में स्वीकृति के कुछ दिन बाद ही अक्तूबर, 1929 में "वाल स्ट्रीट संकट" उत्पन्न हो गया; जिसमें न्यूयार्क स्टाफ एक्सचेंज पर एक ही दिन में शेयरों का मूल्य पचास हजार अरब डालर गिर गया। जर्मनी को अमरीकन ऋण मिलने बन्द हो गए और मार्क का मूल्य तेजी से गिरने लगा। मई, 1931 के अन्त तक जर्मन अर्थव्यवस्था अस्त-व्यस्त हो गई। 20 जून, 1931 को जर्मन राष्ट्रपति हिन्डनबर्ग ने अमरीकन राष्ट्रपति हूवर से सहायता की प्रार्थना की। राष्ट्रपति हूवर ने उसी दिन सभी क्षतिपूर्ति तथा युद्ध ऋण सम्बधी भुगतानों को एक वर्ष के लिए स्थागित करने का प्रस्ताव रखा परन्तु फ्रेंच सरकार ने इस प्रस्ताव को स्वीकार करने में देर कर दी, जिससे उसकी उपयोगिता बहुत कुछ नष्ट हो गई और आर्थिक संकट को नहीं रोका जा सका।

## क्षतिपूर्ति तथा युद्ध-ऋणों का अन्त

23 दिसम्बर, 1931 को बैंक ऑफ इन्टरनेशनल सेटलमेन्ट की विशेष परामर्श समिति ने यह घोषित कर दिया कि जर्मनी में क्षतिपूर्ति के भुगतान की क्षमता नहीं है तथा 9 जनवरी, 1932 को जर्मन चांसलर ब्रूनिंग ने यह घोषित कर दिया कि क्षतिपूर्ति का भुगतान सम्भव नहीं है। इस परिस्थिति पर विचार करने लिए 16 जून, 1932 को ब्रिटेन, फ्रांस, बेल्जियम, इटली तथा जापान के प्रतिनिधि लोसाने में एकत्रित हुए। लोसाने सम्मेलन ने जर्मनी के दायित्व को 150 मिलियन पौंड के केवल एक भुगतान तक सीमित कर दिया। दूसरे एकत्रित देशों ने आपस में 2 जुलाई, 1932 को एक "शिष्ट समझौता" किया, जिसके द्वारा यह निश्चित हुआ कि लोसाने समझोते का पुष्टीकरण तभी किया जाएगा जबकि 'उनके तथा उनके ऋणदाताओं अर्थात् फ्रांस, ब्रिटेन, अमेरिका के मध्य एक सन्तोषपूर्ण समझौता हो जाएगा।"

अमेरिका ने शिष्ट समझौते को एक ब्लैकमेल की संज्ञा दी और युद्ध ऋणों का त्याग करने से इन्कार कर दिया। उसने इस तर्क को नहीं स्वीकार किया कि क्षतिपूर्ति की मंसूखी युद्ध ऋणों की मंसूखी पर निर्भर करती है। परन्तु यूरोप की आर्थिक अवस्था ऐसी नहीं थी, जिनमें क्षतिपूर्ति और युद्ध ऋणों का विशाल राशि का भुगतान किया जा सकता। जर्मनी ने क्षतिपूर्ति का इसके पश्चात् कोई भुगतान नहीं किया। दिसम्बर, 1932 में फ्रांस, बेल्जियम और पोलैण्ड ने युद्ध ऋणों की अदायगी बन्द कर दी। जून तथा दिसम्बर, 1933 में ब्रिटेन तथा इटली ने केवल सांकेतिक भुगतान ही किए। अप्रैल, 1934 में अमरीकन कांग्रेस ने जानसन अधिनियम पास कर सांकेतिक भुगतान बाकीदारी

से बचने के साधन के रूप में प्रयोग निषिद्ध कर दिया। 1934 में फिनलैण्ड को छोड़ कर अन्य किसी भी देश ने युद्ध ऋणों का भुगतान नहीं किया। इस प्रकार बाकीदारी, पारस्परिक दोषारोपण तथा कटुता की परिस्थितियों के बीच क्षतिपूर्ति तथा युद्ध ऋणों का अन्त हो गया।

## क्षतिपूर्ति तथा युद्ध-ऋण की समस्याओं के परिणाम

विन्सटन चर्चिल के शब्दों में – "यह सब गहन मूर्खता की एक दुखद कहानी है जिसके सृजन में अत्यधिक श्रम तथा सदाचार काम आया।" चर्चिल का यह कथन क्षतिपूर्ति और युद्ध ऋण की समस्या का एक नग्न परन्तु सत्य चित्रण है। क्षतिपूर्ति और युद्ध-ऋण की कहानी अजबोगरीब कथा है। वास्तव में कोई भी राष्ट्र इच्छा करते हुए भी आधुनिक युद्ध का व्यय अदा नहीं कर सकता, जर्मनी ने 1921 से 1924 के मध्य केवल 1½ वर्ष क्षतिपूर्ति की राशि का भुगतान किया 1924 से 1926 तक पूरा भुगतान किया। 1926 से 1930 तक कोई भुगतान नहीं किया। 1930 के बाद केवल आधे वर्ष भुगतान किया। इस प्रकार जर्मनी ने केवल 5 वर्ष तक क्षतिपूर्ति की किस्तें अदा कीं। इस सब भुगतानों से जर्मनी को कोई हानि नहीं हुई। जर्मनी ने जितनी राशि अदा की उससे कहीं अधिक अमेरिका से ऋणों के रूप में प्राप्त कर लिया। इन ऋणों के द्वारा जर्मनी अपनी अर्थव्यवस्था को पुनः सुसंगठित कर सका। जर्मनी ने इन ऋणों को अदा नहीं किया। इसके विपरीत, क्षतिपूर्ति तथा युद्ध-ऋणों की समस्याओं के द्वारा वह मित्र राष्ट्रों के बीच मनोमालिन्य उत्पन्न कर लाभ उठाता रहा। इन समस्याओं के प्रति ब्रिटेन का दृष्टिकोण व्यापारिक और सर्वाधिक बुद्धिमत्तापूर्ण था। परन्तु फ्रांस के राजनीतिक दृष्टिकोण तथा अमेरिका की अदूरदर्शिता के कारण समस्या के ब्रिटिश समाधान पर आचरण नहीं किया जा सका। साथ ही, युद्ध-ऋण और क्षतिपूर्ति की प्रभावशाली वसूली भी नहीं हो सकी। उनकी मात्रा में बारम्बार कमी की गई और फिर भी उनका भुगतान नहीं हो सका।

इन समस्याओं के परिणाम अत्यन्त दुर्भाग्यपूर्ण थे – प्रथम, इन समस्याओं ने ब्रिटेन और फ्रांस के मध्य गम्भीर मतभेद और मनोमालिन्य उत्पन्न कर दिया। दूसरे, इन्होंने जर्मनी और फ्रांस के बीच पारस्परिक घृणा और द्वेष को अधिक गहरा करके उनके मध्य किसी स्थायी समझौते को असम्भव बना दिया। तीसरे, इन समस्याओं ने अमेरिका तथा अन्य मित्रराष्ट्रों के सम्बन्ध बिगाड़ दिए। अमेरिका को पार्थक्य की नीति को अपनाने के विचार को दृढ़ कर दिया। चौथे, इन समस्याओं ने फ्रांस की आशाओं के विपरीत जर्मनी को निर्बल बनाने के स्थान पर उसके आर्थिक पुनरुद्धार को सम्भव बनाया। उस आर्थिक पुनरुद्धार के बिना जर्मनी उस प्रसारवादी और आक्रमक नीति को नहीं अपना सकता था, जिसने द्वितीय विश्व युद्ध को अनिवार्य बना दिया। पांचवें, इन समस्याओं के द्वारा जर्मनी ने अपने भूतपूर्व शत्रुओं – ब्रिटेन, फ्रांस और अमेरिका आदि

के बीच मतभेद उत्पन्न कर दिए। इन्हीं मतभेदों के कारण वे जर्मनी द्वारा वर्साय की सन्धि के अनेकानेक उल्लंघनों के विरुद्ध कोई प्रभावशाली कार्यवाही न कर सके। छठे, उन्होंने 1929 के बाद एक ऐसे विश्वव्यापी आर्थिक संकट को जन्म दिया, जिससे उत्पन्न परिस्थितियां द्वितीय विश्वयुद्ध के लिए प्रधानतः उत्तरदायी थीं। विन्सटन चर्चिल ने ठीक ही लिखा है –

> "इतिहास इन सब लेन-देनों को पागलपन की संज्ञा देगा इन्होंने सैन्यवादी श्राप और आर्थिक झंझावात को उत्पन्न करने में सहायता दी। ये सैन्यवाद और आर्थिक झंझावत ही द्वितीय विश्व युद्ध के वास्तविक जन्मदाता थे। इसी से विश्व युद्ध का पथ प्रशस्त हुआ था।"

## आर्थिक संकट

**आर्थिक संकट क्या है** – प्रथम विश्व युद्ध से उत्पन्न परिस्थितियों और क्षतिपूर्ति तथा युद्ध-ऋण की समस्याओं ने 1929 में विश्व में एक भीषण आर्थिक संकट को जन्म दिया। उत्पादन की अधिकता तथा मांग की कमी के कारण अक्तूबर 1929 में न्यूयार्क के शेयर बाजार में शेयरों का मूल्य एकाएक गिर गया। इससे उत्पन्न आर्थिक संकट के कारण अमेरिका ने यूरोपीय राष्ट्रों को ऋण देना बन्द कर दिया। यह घटना उस आर्थिक संकट की प्रथम अन्तर्राष्ट्रीय अभिव्यक्ति थी, जिसने आगामी कुछ वर्षों में विश्व की आर्थिक व्यवस्था की नीवें हिला दीं। अमरीकन ऋणों के बन्द हो जाने से जर्मनी की अर्थव्यवस्था क्षतिपूर्ति के भार को नहीं सह सकी और मार्क का मूल्य तेजी से गिरने लगा। परतु यूरोप में आर्थिक मन्दी की गति को वेगवान बनाने वाली प्रथम महत्वपूर्ण घटना जर्मनी में नहीं, आस्ट्रिया में घटी। 11 मई, 1931 को यह पता लगा कि आस्ट्रिया के सबसे बड़े व्यक्तिगत बैंक क्रेडिट आन्सटाल्ट के दिवालिया होने की आशंका थी। इससे उत्पन्न आर्थिक संकट के प्रसार को रोकने के लिए आस्ट्रिया की सरकार ने एक आज्ञप्ति जारी कर यह गारन्टी दी कि सरकार क्रेडिट आन्सटाल्ट के विदेशी दायित्वों की अदायगी का उत्तरदायित्व अपने ऊपर लेती है। परन्तु इससे आर्थिक संकट को नहीं रोका जा सका। क्रेडिट आन्सटाल्ट का पतन विश्वव्यापी दिवालियापन और विश्वासहीनता का सूत्रपात बन गया। आतंक जर्मनी में भी फैल गया और विदेशी साहूकारों ने तीन सप्ताह के अन्दर जर्मन राज्य बैंक से 50 मिलियन पौंड का सोना निकाल लिया। शीघ्र ही जर्मनी और चेकोस्लोवाकिया को छोड़ कर मध्य और दक्षिण-पूर्वी यूरोप के सभी छोटे राष्ट्र अपने विदेशी ऋणों के भुगतान में असमर्थ हो गए। इसी मध्य दक्षिणी गोलार्द्ध में कृषि वस्तुओं के मूल्य में विनाशकारी गिरावट के कारण आस्ट्रेलिया और अर्जेन्टाइना को 1929 के अन्त में सभी स्वर्ण भुगतान स्थागित कर देने पड़े।

जून, 1931 तक ऐसा प्रतीत होने लगा कि अमेरिका और फ्रांस को छोड़ कर विश्व के अधिकांश देश दिवालिया हो जाएंगे। परन्तु 20 जून, 1931 को अमरीकन

राष्ट्रपति हूवर ने यह प्रस्ताव रखा कि एक वर्ष के लिए सरकारों के पारस्परिक ऋणों, क्षतिपूर्ति ऋणों तथा सहायता ऋणों के मूलधन और ब्याज का भुगतान स्थागित कर दिया जाए। यह योजना जो हूवर विलम्ब काल के नाम से प्रसिद्ध है, ई॰एच॰ कार के शब्दों में, "बड़े साहस तथा राजनीतिक कुशलता का कार्य थी।" इस योजना को फ्रांस के अतिरिक्त अन्य सभी देशों ने उत्साहपूर्वक स्वागत किया।

फ्रांस ने इसको स्वीकार करने में 15 दिन का विलम्ब कर दिया। इससे इसकी प्रभावशीलता तथा उपयोगिता एक बड़ी सीमा तक नष्ट हो गई और आर्थिक संकट के प्रसार को नहीं रोका जा सका। आर्थिक संकट कुछ ही समय में इतना गम्भीर हो गया कि 21 सितम्बर, 1931 को ब्रिटेन को स्वर्णमान का परित्याग करना पड़ा। 19 जनवरी, 1932 को जर्मन चांसलर ब्रूनिंग ने यह घोषित कर दिया कि जर्मनी क्षतिपूर्ति की राशि का भुगतान नहीं कर सकता। जून-जुलाई, 1932 में यूरोपीय राष्ट्रों ने लोसाने सम्मेलन में यह निश्चय किया कि अपने क्षतिपूर्ति के दावों को त्याग देंगे, यदि अमेरिका आदि ऋणदाता देश अपने युद्ध ऋणों को त्याग दें। अमेरिका ने इस योजना को स्वीकार करने से इन्कार कर दिया और हूवर विलम्बकाल की अवधि समाप्ति के पश्चात् युद्ध-ऋणों की अदायगी की मांग की परंतु अधिकांश यूरोपीय राष्ट्रों ने या तो युद्ध-ऋणों को अदा करने से साफ इन्कार कर दिया या केवल अल्प राशि के सांकेतिक भुगतान किए। जर्मनी आदि पराजित राष्ट्रों ने क्षतिपूर्ति की अदायगी से साफ इन्कार कर दिया 1934 के बाद किसी भी देश ने युद्ध-ऋणों या क्षतिपूर्ति से सम्बन्धित कोई राशि अदा नहीं की। आर्थिक संकट के फलस्वरूप लगभग सभी देशों की अर्थव्यवस्था अस्त-व्यस्त हो गई और बेकारी की समस्या ने अत्यन्त भयंकर रूप धारण कर लिया। लगभग सभी देशों में मुद्रा संकट ने गम्भीर रूप धारण कर लिया। 21 सितम्बर, 1931 को ब्रिटेन द्वारा स्वर्णमान के परित्याग के बाद कुछ ही महीनों में नार्वे, स्वीडन, न्यूजीलैण्ड, दक्षिणी अफ्रीका आदि देशों ने भी स्वर्णमान का परित्याग कर दिया। जून, 1933 में लन्दन में एक विश्व अर्थ-सम्मेलन हुआ, जिसमें 64 देशों ने भाग लिया, परन्तु उसे कोई उल्लेखनीय सफलता प्राप्त नहीं हुई। सम्मेलन की असफलता का कारण आर्थिक राष्ट्रीयतावाद था। परन्तु जहां आर्थिक राष्ट्रीयतावाद के प्रभाव से विदेशों ने अपने-अपने निर्यात को बढ़ाने और आयात को कम करने के लिए अपने को तटकरों की प्राचीरों से घेर लिया, वहां व्यापार के राजकीय नियन्त्रण तथा ऐसे सुधारों को भी प्रारम्भ किया, जिनसे आर्थिक संकट की गम्भीरता शनैःशनैः कम होने लगी। ब्रिटेन में इन सुधारों का प्रारम्भ जुलाई, 1932 में हो गया जबकि युद्ध काल में जनता से 5% पर लिए गए ऋण को सफलतापूर्वक 3½% के लोक ऋण में परिवर्तित कर दिया गया। अमेरिका में राष्ट्रपति रूजवेल्ट ने 1933 में अपना "नयी व्यवस्था" के नाम से प्रसिद्ध कार्यक्रम प्रारम्भ किया। अनेक देशों ने, जिनमें ब्रिटेन प्रमुख था, द्विपक्षी समझौतों की नीति का

अनुसरण कर अपनी आयात-निर्यात व्यवस्था का पुनर्गठन किया। इस प्रकार 1933 के अन्त तक आर्थिक संकट का अन्त होना प्रारम्भ हो गया।

## आर्थिक संकट के कारण

**(क)** ***विश्वयुद्ध से उत्पन्न परिस्थितियां*** – यह आर्थिक संकट प्रथम विश्वयुद्ध का स्वाभाविक परिणाम था। युद्ध काल में सैनिक आवश्यकताओं की मांग के कारण उद्योग-धन्धों का तीव्र गति से विस्तार हो जाता है। युद्ध के बाद यह मांग घट जाती है, जिससे उत्पादन आधिक्य और आर्थिक मन्दी की समस्याएं उत्पन्न हो जाती हैं। प्रथम विश्वयुद्ध पहले सभी युद्धों से भीषण था; अतः आर्थिक संकट भी पहले के युद्धों से उत्पन्न आर्थिक संकटों से अधिक गम्भीर था।

**(ख)** ***क्षतिपूर्ति तथा युद्ध ऋणों की समस्याएं*** – क्षतिपूर्ति तथा युद्ध-ऋणों की समस्याओं ने अन्तर्राष्ट्रीय व्यापार और अर्थव्यवस्थाओं को अस्त-व्यस्त कर दिया जिसके कारण आर्थिक संकट की भीषणता इतनी अधिक बढ़ गई कि सामान्य और परम्परागत उपायों से उसका सामना नहीं किया जा सका।

**(ग)** ***स्वर्ण का विषम विभाजन*** – प्रथम विश्व युद्ध के बाद यूरोप के अधिकांश राष्ट्र अमेरिका के ऋणी हो गए थे। इसके कारण संसार के सभी देशों से सोना अमेरिका की ओर प्रवाहित होने लगा। संसार का अधिकांश सोना अमेरिका में संग्रहित हो गया। इससे संसार के अन्य देशों में सोने का एक कृत्रिम अभाव उत्पन्न हो गया, जिससे आर्थिक मन्दी और भी तीव्रतर हो गई। यूरोप के अनेक देशों को सोने के निर्यात पर प्रतिबन्ध लगाने पड़े।

**(घ)** ***उद्योगों का यन्त्रीकरण तथा वैज्ञानिकीकरण*** – युद्धकाल में एक बड़ी संख्या में लोगों के सेनाओं में भर्ती किए जाने के कारण मजदूरों की कमी पड़ने लगी। इस कमी को पूरा करने के लिए कृषि तथा उद्योगों में यन्त्रों का अधिकाधिक प्रयोग किया जाने लगा। परन्तु युद्ध की समाप्ति के बाद जब सेनाओं में भर्ती बन्द हो गई तब बेकारी की समस्या गम्भीर रूप धारण करने लगी, क्योंकि कृषि और उद्योगों के यन्त्रीकरण के कारण अब उनमें पहले के बराबर व्यक्तियों को काम मिलना सम्भव नहीं रहा।

**(च)** ***उत्पादन आधिक्य*** – युद्धकाल में सैनिक तथा अन्य आवश्यकताओं की पूर्ति के लिए उद्योगों का तेजी से विकास हुआ। युद्धकाल के पश्चात् भी पुनर्निर्माण की आवश्यकताओं के कारण इन उद्योगों द्वारा उत्पादित माल की आवश्यकता बनी रही, परन्तु जब ये आवश्यकताएं पूरी हो गईं तब वस्तुओं की मांग उनके उत्पादन से कहीं कम रह गई। इससे वस्तुओं के दाम गिरने लगे। उद्योगों को हानि होने लगी। इससे अनेक उद्योगों को अपना कार्य बन्द करना पड़ा तथा बेकारी की समस्या ने भीषण रूप धारण कर लिया।

**(छ) *क्रय-शक्ति का अभाव*** – बेकारी तथा कृषि की पैदावार का मूल्य गिर जाने से मजदूरों और कृषकों की क्रय-शक्ति अत्यधिक कम हो गई। इससे वस्तुओं की मांग कम हो गई और कारखाने बन्द होकर बेकारी बढ़ने लगी।

**(ज) *आर्थिक राष्ट्रीयता*** – युद्ध के बाद सभी देश सम्पूर्ण विश्व की अर्थव्यवस्था पर उनके प्रभावों की चिन्ता किए बिना अपनी-अपनी आर्थिक उन्नति के लिए अत्यन्त संकीर्ण और स्वार्थपूर्ण नीतियों को अपनाने लगे। उन्होंने निर्यात को बढ़ाने और आयात को कम करने के लिए आयातित माल पर अत्यधिक कर लगाने प्रारम्भ कर दिए। इससे अन्तर्राष्ट्रीय व्यापार अस्त-व्यस्त हो गया। ब्रिटेन, अमेरिका, जर्मनी आदि प्रमुख निर्यातक देशों को अपने माल के लिए बाजार मिलने बन्द हो गए। उनके कारखाने बन्द होने लगे और बेकारी बढ़ने लगी।

**(झ) *आर्थिक संकट का तात्कालिक कारण*** – अक्तूबर, 1929 में न्यूयार्क शेयर बाजार में शेयरों के भाव में असाधारण गिरावट आई। इसके फलस्वरूप अमेरिका ने यूरोपीय देशों को ऋण देने बन्द कर दिए, जिससे एक ओर तो क्षतिपूर्ति और युद्ध-ऋणों की अदायगी के कार्यक्रम विश्रृंखलित हो गए और दूसरी ओर यूरोपीय देशों में आर्थिक पुनर्निर्माण की गति अवरुद्ध हो गई।

## आर्थिक संकट के परिणाम

**(क) *आर्थिक संकट के दुष्परिणाम*** – विश्व में आर्थिक संकट के परिणाम बड़े भयंकर और दूरगामी सिद्ध हुए। इसके कारण अनेक देशों की अर्थव्यवस्था अस्त-व्यस्त हो गई; कारखाने बन्द हो गए और बेकारी चिन्ताजनक रूप से बढ़ गई। व्यापार में लाखों व्यक्तियों और कम्पनियों को विनाशकारी घाटे हुए। इससे न केवल उद्योगपतियों और पूंजीपतियों को हानि हुई अपितु मध्यम वर्ग के उन व्यक्तियों को भी भारी क्षति सहनी पड़ी, जिन्होंने विभिन्न कम्पनियों के शेयर खरीदे थे। इस प्रकार पूंजीपति, मध्यम वर्ग और मजदूर-समाज के सभी वर्गों को भीषण कष्टों का सामना करना पड़ा।

**(ख) *आर्थिक राष्ट्रीयता*** – इस संकट से आर्थिक राष्ट्रीयता की भावना का तीव्र गति से विकास हुआ। लगभग सभी देशों ने इस संकट का सामना करने के लिए आयात को कम करने और निर्यात को बढ़ाने के प्रयास किए। अपने उद्योग-धन्धों को संरक्षण प्रदान करने के लिए उन्होंने तटकरों की ऊंची प्राचीरें खड़ी कर दीं, जिनसे अन्तर्राष्ट्रीय व्यापार को अत्यधिक धक्का पहुंचा।

**(ग) *राजकीय नियन्त्रण में वृद्धि*** – आर्थिक संकट से पूर्व अमेरिका तथा यूरोप के अधिकांश राष्ट्र आर्थिक क्षेत्र में यद्भाव्यम् नीति में विश्वास करते थे; परन्तु आर्थिक संकट का सामना करने के लिए सभी देशों को औद्योगिक और व्यापारिक क्षेत्र में न्यूनाधिक मात्रा में राजकीय नियन्त्रण को अपनाना पड़ा।

**(घ) *प्रजातन्त्र का ह्रास*** – आर्थिक संकट के कारण यूरोप के अधिकांश देशों में जनता को भीषण कष्ट सहने पड़े। इससे उत्पन्न बेकारी, अस्थिरता, भय, असुरक्षा तथा नैराश्य ने यद्‌भाव्यम् नीति को एक असफल और समयातीत नीति बना दिया। उदारवादी पूंजीवाद तथा प्रजातन्त्र, जो इसकी राजनीतिक अभिव्यक्ति माने जाते थे; असफल और दोषपूर्ण व्यवस्थाएं माने जाने लगे। विशेषत: मजदूर तथा मध्यम वर्ग इससे असंतुष्ट होकर साम्यवाद और फासीवाद आदि की ओर आकर्षित होने लगा।

**(च) *जर्मनी में नाजीवाद का उदय*** – सम्भवत: आर्थिक संकट का सर्वाधिक महत्वपूर्ण परिणाम जर्मनी में नाजीवाद का उत्कर्ष था। आर्थिक संकट से पूर्व 1928 के हिटलर के दल को निर्वाचन में केवल 8 लाख 10 हजार मत प्राप्त हुए थे; परन्तु आर्थिक संकट ने, जिसने जर्मनी को गम्भीर क्षति पहुंचाई, जर्मन जनता में यह विश्वास उत्पन्न कर दिया कि वाईमार गणतन्त्र तथा स्ट्रेसमान की फ्रांस और ब्रिटेन से सहयोग की नीति जर्मनी के अन्तर्राष्ट्रीय और आन्तरिक; राजनीतिक और आर्थिक हितों की रक्षा करने में असफल रही है। हिटलर प्रारम्भ से ही इस नीति का विरोध कर रहा था। उसका उग्र-राष्ट्रवादी कार्यक्रम अब जर्मन जनता को आकर्षक प्रतीत होने लगा। 1930 के निर्वाचनों में उसके दल को 64 लाख से अधिक मत प्राप्त हुए। 1932 के निर्वाचनों में इन मतों की संख्या बढ़ कर 1 करोड़ 37 लाख 45 हजार हो गई, जो कुल मतों का 37% थी। नाजी दल को राइकस्टाग (जर्मन संसद) में 608 में से 230 स्थान प्राप्त हुए, जो किसी भी अन्य दल को प्राप्त हुए स्थानों से अधिक थे। 1932 में हिटलर जर्मनी का चांसलर (प्रधानमन्त्री) बन गया।

**(छ) *दक्षिणी-पूर्वी यूरोप में जर्मन प्रभाव की वृद्धि*** – आर्थिक संकट का सामना करने के लिए बहुत से देशों को विनिमय-नियन्त्रण तथा स्थानीय व्यापार व्यवस्थाएं आदि उपाय अपनाने पड़े। दक्षिणी पूर्वी यूरोप के देशों के माल के मुख्य बाजार जर्मनी और आस्ट्रिया थे। जर्मनी ने इन उपायों का ऐसा प्रयोग किया कि इन देशों को जर्मनी से आर्थिक समझौतों के साथ-साथ राजनीतिक समझौते भी करने पड़े और ये देश राजनीतिक दृष्टि से भी जर्मनी पर निर्भर हो गए।

**(ज) *फ्रांस के अन्तर्राष्ट्रीय महत्व का ह्रास*** – आर्थिक संकट ने फ्रांस में आन्तरिक अराजकता और मंत्रिमण्डलीय अस्थिरता को बहुत बढ़ा दिया। इससे फ्रांस की यूरोप के भाग्य निर्माण में प्रबल और निर्णयात्मक भाग लेने की सामर्थ्य में काफी कमी आ गई। 1933 के बाद अन्य देशों में आर्थिक संकट एक सीमा तक समाप्त हो गया था परन्तु फ्रांस की जनता में आर्थिक पुनरुद्धार के लिए वैयक्तिक बलिदान करने के प्रति अत्यधिक अरुचि थी, जिसक कारण ब्रिटेन और अमेरिका के सहयोग के बावजूद भी फ्रांस में आर्थिक स्थिरता न आ सकी और मार्च, 1938 में फ्रेंक का मूल्य पुन: कम करना पड़ा।

**(झ) *फासीवाद का विकास*** – आर्थिक संकट से अनेक देशों में फासीवाद और अधिनायकवादी शक्तियों को बल मिला। विशेषतः आर्थिक संकट के प्रारम्भिक दिनों में दक्षिणी अमेरिका में क्रान्तियों की महामारी उत्पन्न हो गई जिससे पेरू और बोलीविया आदि देशों में फ़ासीवादी सरकारें स्थापित हो गईं।

**(ज) *साम्यवाद का प्रसार*** – आर्थिक संकट ने जहां कुछ देशों में फासीवादी शक्तियों को बल प्रदान किया वहां कुछ देशों में साम्यवाद को भी लोकप्रिय बनाया। फ्रांस तथा यूरोप के पूर्वी देशों में साम्यवादी दलों ने अन्य वामपक्षी दलों से गठजोड़ कर जनमोर्चों की स्थापना की जो कुछ समय तक काफी लोकप्रिय सिद्ध हुए।

**(ट) *अमरीकन पार्थक्यवाद*** – आर्थिक संकट ने संयुक्त राज्य अमेरिका को यूरोपीय विवादों से पृथक् रहने की नीति को बल प्रदान किया अतः अमेरिका में पार्थक्यवाद को लोकप्रिय बनाया।

**(ठ) *राष्ट्रसंघ का दुर्बल होना*** – आर्थिक संकट ने राष्ट्रसंघ के प्रमुख सदस्यों ब्रिटेन, फ्रांस आदि को इतना दुर्बल बना दिया कि वे अपने को सामूहिक सुरक्षा के लिए कोई प्रभावशाली कार्य करने में असमर्थ पाने लगे। अमरीकन पार्थक्यवाद ने उनके साहस को और भी कम कर दिया। इससे राष्ट्रसंघ अत्यन्त दुर्बल हो गया और जर्मन, इटालियन और जापान के साम्राज्यवाद के विरुद्ध अपने निर्बल सदस्यों की रक्षा नहीं कर सका। गोथोर्न हार्डी के शब्दों में – "आर्थिक कठिनाइयों में अति-व्यस्तता के कारण राजनीतिज्ञों के मस्तिष्क उन राजनीतिक खतरों से दूर रहते रहे, जो उस समय मौजूद थे। परिणामतः राष्ट्र-राष्ट्र के बीच ऐसी दीवार खड़ी हो गई, जिनके फलस्वरूप ऐसा कोई संयुक्त प्रयास असम्भव हो गया, जो संसार को सुरक्षा प्रदान कर सकता था।"

**(ड) *शस्त्रीकरण की दौड़*** – अनेक देशों ने आर्थिक संकट से उत्पन्न बेरोजगारी को समाप्त करने के उद्देश्य से अस्त्र-शस्त्रों के उत्पादन पर बल दिया, जिससे लोगों को रोजगार प्राप्त हो सके। इससे शस्त्रीकरण की एक ऐसी दौड़ प्रारम्भ हो गई जिसने अन्ततः विश्व को द्वितीय विश्व युद्ध की ज्वालाओं में झोंक दिया।

**(ढ) *जापान में सैन्यवाद का उदय (जापान का मंचूरिया पर आक्रमण)*** – टायनबी का मत है कि – "विश्व मन्दी के लम्बे मार्ग में आर्थिक प्रतियोगिता की विफलता से परेशान होकर जापान ने सैन्यवाद का पथ प्रशस्त किया और वाणिज्यिक प्रसार की नीति का परित्याग कर सैनिक विजय की नीति अपना ली।" इसी परिप्रेक्ष्य में जापान ने मंचूरिया पर आक्रमण किया था।

**(त) *इटली का एबीसीनिया पर आक्रमण*** – आर्थिक संकट ने इटली की जनता में भीषण असन्तोष उत्पन्न कर दिया था। अतः जनता का ध्यान बंटाने के लिए मुसोलिनी ने साम्राज्यवादी विस्तारवाद की नीति को अपना लिया। इसी नीति के फलस्वरूप इटली ने एबीसीनिया को अधिकृत करने के लिए आक्रमण किया था।

# 5

# संयुक्त राष्ट्र का जन्म और उद्देश्य

## संयुक्त राष्ट्र की उत्पत्ति

1 जनवरी, 1942 की संयुक्त राष्ट्र घोषणा में 26 राष्ट्रों के प्रतिनिधियों ने अटलांटिक चार्टर के सिद्धान्तों को स्वीकार करते हुए प्रगट किया कि विश्व में एक ऐसे अन्तर्राष्ट्रीय संगठन की स्थापना के लिए हमें प्रयत्नशील होना है जो विश्व में स्थाई शान्ति के लिए प्रयत्न कर सके और अन्तर्राष्ट्रीय सहयोग की भावना को उद्दीप्त कर सके तथा युद्ध-त्रस्त मानव को उसके उत्थान के लिए कार्य कर सके। अक्तूबर, 1943 के मास्को सम्मेलन में अमरीकन विदेश मन्त्री कार्डल हल, ब्रिटिश विदेश मन्त्री एन्थनी ईडन और रूस के विदेश मन्त्री मोलतोव ने ऐसे अन्तर्राष्ट्रीय संगठन की स्थापना का दृढ़ निश्चय करते हुए प्रयत्न प्रारम्भ किया। अगस्त-सितम्बर, 1944 के डम्बर्टन ओक्स सम्मेलन में संयुक्त राष्ट्र के चार्टर का प्रथम प्रारूप तैयार किया गया। फिर फरवरी, 1945 के याल्टा सम्मेलन में संयुक्त राष्ट्र की सुरक्षा परिषद् में बड़ी शक्तियों के निषेधाधिकार के सम्बन्ध में अन्तिम निर्णय किया गया। अप्रैल-जून, 1945 के सानफ्रांसिस्को सम्मेलन में संयुक्त राष्ट्र के चार्टर को अन्तिम रूप प्रदान किया गया। 24 अक्तूबर, 1945 को यह चार्टर लागू कर दिया गया, तथा 10 जनवरी, 1946 को संयुक्त राष्ट्र की महासभा का प्रथम अधिवेशन हुआ।

## संयुक्त राष्ट्र के उद्देश्य

संयुक्त राष्ट्र के उद्देश्य उसके चार्टर की प्रस्तावना के प्रथम अनुच्छेद में वर्णित हैं। ये उद्देश्य प्रधानतः पांच प्रकार हैं –

(क) अन्तर्राष्ट्रीय शान्ति एवं सुरक्षा की रक्षा करना तथा भविष्य की पीढ़ियों को युद्ध के अनिष्ट से बचाना।

(ख) मानव के मौलिक अधिकारों और बड़े-छोटे सभी राष्ट्रों के अधिकारों में विश्वास की वृद्धि करना।

(ग) आर्थिक, सामाजिक, सांस्कृतिक अथवा मानवता से सम्बन्धित अन्तर्राष्ट्रीय समस्याओं के विषय में मौलिक स्वतन्त्रताओं को उन्नत तथा उत्साहित करने के लिए अन्तर्राष्ट्रीय सहयोग प्राप्त करना।

(घ) ऐसी परिस्थितियों की स्थापना, जिनके अन्तर्गत सन्धियों तथा अन्तर्राष्ट्रीय विधि के अन्य मूल कारकों से उत्पन्न होने वाले उत्तरदायित्वों के सम्बन्ध में न्याय और सम्मान की रक्षा की जा सके।

(च) राष्ट्रों के कार्यों में, इन सामान्य उद्देश्यों की प्राप्ति हेतु समन्वय स्थापित करना।

इस प्रकार संयुक्त राष्ट्र के उद्देश्य कहे जा सकते हैं –

(क) अन्तर्राष्ट्रीय शान्ति एवं सुरक्षा की रक्षा;

(ख) मानव अधिकारों की रक्षा;

(ग) विश्व का सामाजिक और आर्थिक विकास;

(घ) अन्तर्राष्ट्रीय विधि को शक्तिशाली बनाना;

(च) प्रभावशाली अन्तर्राष्ट्रीय संगठन का विकास करना।

## संयुक्त राष्ट्र के सिद्धान्त

संयुक्त राष्ट्र के चार्टर के दूसरे अनुच्छेद में संयुक्त राष्ट्र और उसके सदस्यों के मार्ग प्रदर्शन के लिए सात सिद्धान्त दिए गए हैं। ये सिद्धान्त हैं –

(क) सभी सदस्यों की सम्प्रभु समानता का सिद्धान्त; परन्तु यह सिद्धान्त सुरक्षा परिषद् में पांच बड़े राज्यों के विशेष अधिकारों से सीमित है।

(ख) सभी सदस्य, वर्तमान चार्टर के अनुसार ग्रहण किए गए उत्तरदायित्वों को ईमानदारी से पूरा करेंगे।

(ग) सभी सदस्य अपने अन्तर्राष्ट्रीय विवादों को शान्तिपूर्ण उपायों से हल करेंगे।

(घ) सभी सदस्य अपने अन्तर्राष्ट्रीय सम्बन्धों में, न तो शक्ति के प्रयोग की धमकी देंगे और न ही शक्ति का प्रयोग करेंगे।

(च) कोई भी सदस्य किसी ऐसे राज्य की सहायता नहीं करेगा, जिसके विरुद्ध संयुक्त राष्ट्र निरोधक अथवा अनुरोधक कार्यवाही कर रहा हो।

(छ) संयुक्त राष्ट्र यह प्रयत्न करेगा कि जो राष्ट्र इसके सदस्य नहीं हैं, वे भी अन्तर्राष्ट्रीय शान्ति और सुरक्षा की रक्षा में चार्टर के नियमों का पालन करें।

(ज) संयुक्त राष्ट्र उन मामलों में हस्तक्षेप नहीं करेगा, जो किसी राज्य के घरेलू क्षेत्राधिकार के अन्तर्गत आते हैं।

## संयुक्त राष्ट्र की सदस्यता

जिन राज्यों ने 1945 के सानफ्रांसिसको सम्मेलन में स्वीकार किए संयुक्त राष्ट्र चार्टर

पर हस्ताक्षर किए तथा उसकी पुष्टि की थी, वे राज्य संयुक्त राष्ट्र के मौलिक अथवा प्रारम्भिक सदस्य कहलाते हैं। ऐसे राज्यों की संख्या 51 थी। सुरक्षा परिषद् की सिफारिश पर महासभा किसी भी ऐसे राज्य को संयुक्त राष्ट्र का सदस्य बना सकती है, जो शान्ति-प्रिय हो; वर्तमान चार्टर में दिए गएं उत्तरदायित्वों को स्वीकार करता हो, तथा संघ की राय में इन उत्तरदायित्वों को पूरा करने योग्य हो और ऐसा करने को तैयार हो। इस प्रकार अनेक नवीन राज्यों को संयुक्त राष्ट्रसंघ का सदस्य बनाया जा चुका है। संसार के लगभग सभी स्वतन्त्र राज्य संयुक्त राष्ट्र के सदस्य हैं।

## संयुक्त राष्ट्र का संगठन

संयुक्त राष्ट्र के 6 प्रधान अंग हैं –

(क) महासभा;
(ख) सुरक्षा परिषद्;
(ग) आर्थिक और सामाजिक परिषद्;
(घ) न्यास परिषद्;
(च) अन्तर्राष्ट्रीय न्यायालय;
(छ) सचिवालय।

इनके अतिरिक्त संयुक्त राष्ट्र सहायक अंगों की स्थापना भी कर सकता है। अत: अपने कर्त्तव्यों के सम्यक् निर्वहन के लिए संयुक्त राष्ट्र ने अनेक विशिष्ट समितियों की स्थापना की है, जैसे अन्तर्राष्ट्रीय श्रम संगठन, यूनेस्को आदि।

***महासभा*** – महासभा संयुक्त राष्ट्र की व्यवस्थापिका सभा कही जा सकती है। इसमें संयुक्त राष्ट्र के सभी सदस्य राज्यों को प्रतिनिधित्व प्राप्त होता है। प्रत्येक राज्य अधिकतम पांच प्रतिनिधि तथा पांच वैकल्पिक प्रतिनिधि भेज सकता है, परन्तु मत एक ही दे सकता है। इसका प्रत्येक वर्ष एक साधारण अधिवेशन होता है, परन्तु सुरक्षा परिषद् के अनुरोध पर महासचिव को इसका विशेष अधिवेशन भी बुलाना होता है। सभा के कार्य चार भागों में विभाजित किए जा सकते हैं –

(क) अन्तर्राष्ट्रीय शान्ति और सुरक्षा संबंधी कार्य;
(ख) निर्वाचन सम्बन्धी कार्य;
(ग) निरीक्षण सम्बन्धी कार्य;
(घ) विविध कार्य।

विविध कार्यों में आर्थिक, सामाजिक, सांस्कृतिक कार्य आते हैं। महासभा ने अन्तर्राष्ट्रीय न्याय, शान्ति एवं सुरक्षा की व्यवस्था को सुदृढ़ बनाने के गम्भीर और सफल प्रयत्न किए हैं।

***सुरक्षा परिषद्*** – संयुक्त राष्ट्र के निर्माताओं ने सुरक्षा परिषद् की रचना उसकी कार्यकारिणी, सर्वाधिक महत्वपूर्ण अंग के रूप में की थी। सुरक्षा परिषद् में प्रारम्भ में

5 स्थाई और 6 अस्थाई सदस्य होते थे, परन्तु अब अस्थाई सदस्यों की संख्या बढ़ा कर 10 कर दी गई है। चीन, फ्रांस, रूस, ग्रेट ब्रिटेन और संयुक्त राज्य अमेरिका इसके स्थाई सदस्य हैं। अस्थाई सदस्यों का निर्वाचन महासभा अपने दो-तिहाई बहुमत से दो वर्ष की अवधि के लिए करती है। सुरक्षा परिषद् का प्रधान कार्य अन्तर्राष्ट्रीय शान्ति एवं सुरक्षा की व्यवस्था करना है। इसके लिए यह स्थाई रूप से निरन्तर कार्य करती है। सुरक्षा परिषद् में स्थाई सदस्यों को निषेधाधिकार प्राप्त है।

***आर्थिक और सामाजिक परिषद्*** – इस परिषद् की अवधारणा यह है, कि अन्तर्राष्ट्रीय शान्ति कवेल राजनीतिक विवादों के समाधान पर ही निर्भर नहीं करती अपितु अन्तर्राष्ट्रीय आर्थिक, सामाजिक और उनसे सम्बन्धित अन्य समस्याओं के संबंध में उचित और प्रभावपूर्ण कार्यवाही पर निर्भर करती है। इस परिषद् में मूलतः महासभा द्वारा निर्वाचित 18 सदस्य होते थे, परन्तु अब सदस्यों की संख्या बढ़ा कर 54 कर दी गई है। इसके एक-तिहाई सदस्य प्रतिवर्ष पदमुक्त होते रहते हैं। यह परिषद् अन्तर्राष्ट्रीय आर्थिक, सामाजिक, सांस्कृतिक शिक्षा, स्वास्थ्य तथा इनसे सम्बन्धित अन्य मामलों के सम्बन्ध में अध्ययन करके रिपोर्ट तैयार करती है। अपना कार्य प्रधानतः कुछ आयोगों के माध्यम से करती है, जैसे यातायात तथा संचार आयोग, वित्तीय आयोग, मानव अधिकारों सम्बन्धी आयोग, नशीले द्रव्यों सम्बन्धी आयोग आदि। इसके अन्तर्गत बहुत-सी विशिष्ट समितियां भी हैं जैसे विश्व डाक संघ, अन्तर्राष्ट्रीय श्रम संघ, अन्तर्राष्ट्रीय मुद्रा कोष, खाद्य और कृषि संगठन, विश्व स्वास्थ्य संघ आदि। इस प्रकार यह अन्तर्राष्ट्रीय सहयोग का एक प्रधान साधन बन गई है।

***न्यास परिषद्*** – इसका प्रमुख कार्य संयुक्त राष्ट्र की न्यास व्यवस्था का परिचालन करना है। न्यास प्रदेशों की राजनीतिक, आर्थिक एवं शिक्षा सम्बन्धी उन्नति में योग देना तथा स्वशासन अथवा स्वतन्त्रता के क्रमिक विकास को प्रोत्साहन देना न्यास परिषद् का मुख्य उद्देश्य रहा है। न्यास व्यवस्था संसार के सभी पराधीन देशों से सम्बद्ध कही जा सकती है। न्यास प्रदेशों के अन्तर्गत वे प्रदेश आते हैं जो न्यास समझौतों के द्वारा न्यास प्रदेश बना दिए जाते हैं। न्यास समझौतों के द्वारा 11 प्रदेश न्याय प्रदेश बनाए गए थे; न्यास परिषद् में पांचों स्थाई सदस्य तथा आस्ट्रेलिया और न्यूजीलैण्ड हैं। यह सर्वाधिक उपयोगी कार्य करने वाली परिषद् है।

***अन्तर्राष्ट्रीय न्यायालय*** – अन्तर्राष्ट्रीय न्यायालय में 15 न्यायाधीश होते हैं। इनका निर्वाचन महासभा तथा सुरक्षा परिषद् दोनों अलग-अलग बहुमत से किया जाता है। न्यायाधीशों की अवधि 9 वर्ष की होती है। परन्तु एक-तिहाई न्यायाधीश प्रति तीन वर्ष के पश्चात् पद-निवृत्त हो जाते हैं। अन्तर्राष्ट्रीय न्यायालय राष्ट्रों से सम्बन्धित विवादों के निपटारे में योग देता है।

***सचिवालय*** – इसमें एक महासचिव तथा आवश्यकतानुसार अन्य कर्मचारी होते हैं। महासचिव की नियुक्ति सुरक्षा परिषद् की सिफारिश पर महासभा करती है। महासचिव संयुक्त राष्ट्र का प्रधान प्रशासकीय अधिकारी होता है।

इस प्रकार संयुक्त राष्ट्र ने अन्तर्राष्ट्रीय शान्ति और सुरक्षा के क्षेत्र में, सामाजिक आर्थिक, मानवीय क्षेत्र में अनेक प्रकार से उपयोगी कार्य किये हैं। अन्तर्राष्ट्रीय सहयोग की भावना को उद्दीप्त कर रहा है। संयुक्त राष्ट्र एक अन्तर्राष्ट्रीय सभामंच का कार्य करता है, जहां आक्रान्ताओं के वास्तविक इरादों का भंडाफोड़ करके उनकी गतिविधियों पर नियन्त्रण लगाता है। संयुक्त राष्ट्र अन्तर्राष्ट्रीय विवादों को उग्र होने से रोकने के लिए एक सेफ्टी बाल्ब का काम करता है। संयुक्त राष्ट्र विश्व के राष्ट्रों को उपलब्ध समझौते और पुनः मैत्री की कूटनीति का सर्वोत्तम साधन है। संयुक्त राष्ट्र विश्व जनमत को जाग्रत करने तथा विश्व की नैतिक आवाज को दृढ़ करने का प्रधान साधन है।

इस प्रकार "संयुक्त राष्ट्र एक पद्धति, एक संस्था तथा एक अवसर प्रस्तुत करता है। संयुक्त राष्ट्र की सफलता आधुनिक सभ्यता के भविष्य से संयुक्त है।

# 6

# शान्ति समझौते के प्रयास

## अटलांटिक चार्टर

अपनी स्थापना के काल से ही आदर्शों और नीति शास्त्र पर बल देने की प्रवृत्ति अमरीकन राजनीति और विदेशनीति की एक प्रमुख विशेषता रही है। प्रथम विश्व युद्ध की भांति द्वितीय विश्व युद्ध में भी अमरीकन राष्ट्रपति मित्रराष्ट्रों के युद्ध सम्बन्धी सिद्धान्तों का प्रमुख प्रवक्ता बन गया। द्वितीय विश्वयुद्ध में मित्रराष्ट्रों के युद्ध उद्देश्यों की प्रथम घोषणा अटलांटिक चार्टर को माना जाता है। यह राष्ट्रपति रूजवेल्ट की चार स्वतन्त्रताओं पर आधारित था। चार स्वतंत्रताओं की घोषणा राष्ट्रपति रूजवेल्ट द्वारा 6 जनवरी, 1941 को कांग्रेस को भेजे एक सन्देश में की गई थी। ये चार स्वतंत्रताएं थीं –

(क) भाषण और अभिव्यक्ति की स्वतंत्रता;

(ख) भगवान की अपने ढंग से उपासना करने की स्वतंत्रता;

(ग) अभाव और दरिद्रता से स्वतंत्रता;

(घ) भय से स्वतंत्रता अर्थात् नि:शस्त्रीकरण द्वारा दूसरे देशों के सम्भावित आक्रमण की आशंका से मुक्ति।

चार स्वतंत्रताओं की इस घोषणा के बाद 14 अगस्त, 1941 को अमरीकन राष्ट्रपति रूजवेल्ट तथा ब्रिटिश प्रधानमन्त्री चर्चिल क्रमशः यू॰एस॰एस॰ ऑगस्टा और एच॰एम॰एस॰ प्रिंस ऑफ वेल्स नामक युद्धपोतों पर अटलांटिक महासागर में प्रथम बार मिले और यह घोषणा की, जिसे अटलांटिक चार्टर की घोषणा कहा जाता है –

(क) ब्रिटेन तथा अमेरिका अपना प्रादेशिक या अन्य प्रकार का विस्तार नहीं चाहते।

(ख) वे ऐसे कोई भी प्रादेशिक परिवर्तन नहीं देखना चाहते, जो उनसे सम्बन्धित लोगों की स्वतंत्रतापूर्वक प्रकट की गई इच्छाओं के अनुकूल न हों।

(ग) वे प्रत्येक राष्ट्र के अपनी शासन प्रणाली को चुनने के अधिकार का सम्मान करते हैं तथा वे यह देखना चाहते हैं कि जिन राज्यों के प्रभुसत्ता एवं

स्वशासन के अधिकारों को बलपूर्वक छीन लिया गया है, वे उन्हें पुनः प्राप्त हो जाएं।

(घ) इस बात का प्रयत्न करेंगे कि सब छोटे-बड़े राष्ट्रों को, चाहे वे विजेता हों या विजित हों, उनकी आर्थिक समृद्धि के लिए आवश्यक व्यापार और कच्चे माल की सुविधाएं समान रूप से प्राप्त हों।

(च वे सभी के लिए मजदूरी के उन्नत स्तरों, आर्थिक उन्नति एवं सामाजिक सुरक्षा की प्राप्ति की दृष्टि से आर्थिक क्षेत्र, सभी राष्ट्रों के मध्य पूर्ण सहयोग प्राप्त करना चाहते हैं।

(छ) नात्सी अत्याचार को अन्तिम रूप से नष्ट करने के उपरान्त वे एक ऐसी शान्ति की स्थापना करने की आशा करते हैं, जो सभी राष्ट्रों को अपनी सीमाओं के भीतर सुरक्षित रहने के साधन दे सके तथा जो यह आश्वासन भी दे सके कि सभी मनुष्य सभी देशों में भय और युद्ध से स्वतंत्र होकर अपना जीवन व्यतीत कर सकें।

(ज) इस प्रकार की शान्ति सब मनुष्यों को महासागरों और समुद्रों पर निर्बाध विचारण की स्वतंत्रता प्रदान करेगी।

(झ) उनका विश्वास है कि संसार के सभी राष्ट्रों को व्यावहारिक एवं आध्यात्मिक कारणों से प्रेरित होकर शक्ति के प्रयोग का परित्याग कर देना चाहिए। उनका विश्वास है कि सामान्य सुरक्षा की एक विस्तृत एवं स्थाई व्यवस्था की स्थापना के लिए निःशस्त्रीकरण आवश्यक है।

अटलांटिक चार्टर द्वितीय विश्व युद्ध के काल की एक अत्यन्त महत्वपूर्ण घोषणा थी। हार्टमैन के अनुसार, 'अटलांटिक चार्टर में ब्रिटिश युद्ध उद्देश्यों की प्रथम अधिकारिक व्याख्या निहित थी। इसने वह सैद्धान्तिक आधार प्रदान किया, जिसके आधार पर संयुक्त राज्य अमेरिका और ग्रेट ब्रिटेन ने द्वितीय विश्व युद्ध लड़ा था।' यद्यपि इस समय तक अमेरिका युद्ध में औपचारिक रूप से सम्मिलित नहीं हुआ, परन्तु अटलांटिक घोषणा से यह सर्वथा स्पष्ट हो गया कि अमेरिका युद्ध की घोषणा किए बिना भी मित्रराष्ट्रों की विजय के लिए चिन्तित था और यदि वह कभी युद्ध में सम्मिलित होगा तो मित्रराष्ट्रों के पक्ष में ही होगा। इस घोषणा ने विश्व की पराधीन जातियों में नूतन आशाओं और आकांक्षाओं का संचार हुआ, क्योंकि विल्सन के 14 सूत्रों के समान इसमें भी आत्मनिर्णय के अधिकार पर बल दिया गया था। साथ ही, इसमें युद्ध के बाद सभी राष्ट्रों को अपनी-अपनी सीमाओं को सुरक्षित रखने के साधन देने का आश्वासन देकर एक अन्तर्राष्ट्रीय संगठन की स्थापना का संकेत भी किया गया था। इसी आधार पर वेनडनवोश और होगन ने इसे "संयुक्त राष्ट्र संघ के सृजन में प्रथम पग" कहा है।

### 1 जनवरी, 1942 की संयुक्त राष्ट्र की घोषणा

यह युद्ध काल की दूसरी महत्वपूर्ण घोषणा थी। इस घोषणा पर 26 राष्ट्रों ने हस्ताक्षर किए थे। उसके द्वारा उन्होंने अटलांटिक चार्टर के सिद्धान्तों की पुष्टि करते हुए धुरी राष्ट्रों के साथ पृथक् सन्धि न करने का संकल्प किया।

### युद्धकालीन सम्मेलन

उपर्युक्त दो घोषणाओं के अतिरिक्त युद्धकाल में अनेक सम्मेलन हुए जिन्होंने शान्ति समझौते की अग्रिम तैयारी में महत्वपूर्ण योग दिया। इनमें से महत्वपूर्ण सम्मेलन थे –

**(क) *कासाब्लांका सम्मेलन (14 जनवरी, 1943 से 24 जनवरी, 1943)*** – इस सम्मेलन में रूजवेल्ट, चर्चिल तथा उनके सैनिक परामर्शदाताओं ने मोरक्को के कासाब्लांका बन्दरगाह में सम्मिलित होकर यह निश्चय किया कि संयुक्त राष्ट्र केवल 'बिना शर्त के आत्मसमर्पण' के आधार पर ही सन्धि करेंगे।

**(ख) *मास्को सम्मेलन (19 अक्तूबर, 1943 से 30 अक्तूबर, 1943)*** – इस सम्मेलन में अमरीकन विदेश मन्त्री कार्डल हल, ब्रिटिश विदेशमन्त्री एन्थनी ईडन तथा सोवियत विदेशमन्त्री मोलोतोव ने भाग लिया। इसमें आस्ट्रिया को स्वतन्त्र और स्वाधीन राज्य बनाने का निश्चय किया गया। इटली में लोकतान्त्रिक सरकार की स्थापना का संकल्प किया गया। जर्मनी के साथ विराम सन्धि करते समय इस बात का ध्यान रखने का निर्णय किया गया कि भीषण क्रूरताएं करने वाले व्यक्तियों को दंड दिया जाए। युद्ध के पश्चात् स्थाई अन्तर्राष्ट्रीय शन्ति और सुरक्षा की प्राप्ति के लिए एक अन्तर्राष्ट्रीय संगठन की स्थापना का निश्चय किया गया। यह निश्चय संयुक्त राष्ट्र संघ की स्थापना की दिशा में एक महत्वपूर्ण पग था। इस सम्मेलन ने अमेरिका, ब्रिटेन और रूस के मध्य सामंजस्य स्थापित करने और यूरोपीय समस्याओं पर विचार करने के लिए लन्दन में एक यूरोपीय परामर्शदाता आयोग की स्थापना करने का निश्चय किया।

**(ग) *काहिरा सम्मेलन (22 नवम्बर, 1943 से 25 नवम्बर, 1943)*** – इस सम्मेलन में सुदूरपूर्व की समस्याओं पर राष्ट्रपति रूजवेल्ट, चर्चिल और च्यांग काई शेक ने विचार-विनिमय किया। इसमें यह निश्चय किया कि जापान द्वारा चीन से छीने गए प्रदेश जैसे मंचूरिया, फारमोसा और पैस्काडोरेज द्वीप चीन को वापस दिलाए जाएंगे तथा कोरिया को एक स्वतंत्र राज्य बनाया जाएगा।

**(घ) *तेहरान सम्मेलन (28 नवम्बर, 1943 से 1 दिसम्बर, 1943)*** – इस सम्मेलन में रूजवेल्ट, चर्चिल तथा स्टालिन प्रथम बार मिले। अतः इसे द्वितीय विश्व युद्ध का प्रथम शिखर सम्मेलन कहा जा सकता है। इस सम्मेलन में तीन बड़े देशों ने ईरान की स्वतंत्रता, सर्वोच्च सत्ता तथा प्रादेशिक अखण्डता का सम्मान करने का निश्चय किया तथा यह संकल्प किया कि हमारे राष्ट्र युद्ध में तथा उसके बाद आने वाली शान्ति में एक साथ कार्य करेंगे।

***(च) डम्बर्टन ओक्स सम्मेलन (21 अगस्त, 1944 से 7 अक्तूबर, 1944) –*** इस सम्मेलन में ब्रिटेन, अमेरिका, रूस और चीन के प्रतिनिधियों ने एक सामान्य अन्तर्राष्ट्रीय संगठन के लिए प्रस्तावों का प्रारूप तैयार किया, जिसे संयुक्त राष्ट्र संघ का प्रथम प्रारूप कहा जा सकता है।

***(छ) याल्टा सम्मेलन (4 फरवरी, 1945 से 11 फरवरी, 1945) –*** इस सम्मेलन में रूजवेल्ट, चर्चिल, स्टालिन ने भाग लिया था। यह द्वितीय विश्व युद्ध का दूसरा शिखर सम्मेलन था। इस सम्मेलन में बड़े महत्वपूर्ण निर्णय लिए गए थे –

(क) संयुक्त राष्ट्रसंघ की स्थापना के प्रयत्न को पूरा करने का निश्चय किया गया। सुरक्षा परिषद् में निषेधाधिकार के सम्बन्ध में निर्णय किया गया कि प्रक्रिया सम्बन्धी प्रश्नों पर वह लागू नहीं होगा। प्रस्तावित विश्व संगठन के सम्बन्ध में सभी संयुक्त राष्ट्रों का एक सम्मेलन सानफ्रांसिसको में बुलाने का निश्चय किया गया।

(ख) नात्सी और फासिस्ट दासता से मुक्त क्षेत्रों में लोकतांत्रिक सरकारों की स्थापना का संकल्प लिया गया।

(ग) जर्मनी को रूस, अमेरिका, ब्रिटेन और फ्रांस के चार अधिकृत क्षेत्रों में विभाजित करने का निश्चय किया गया।

(घ) कर्जन रेखा को कुछ परिवर्तनों के साथ पोलैण्ड की पूर्वी सीमा माना गया।

(च) यूगोस्लाव संसद को टीटो–सुबासिच समझौते के अनुसार युद्ध से पूर्व की संसद के सदस्यों को सम्मिलित कर बढ़ा दिया गया।

(छ) स्टालिन ने यूरोप में युद्ध की समाप्ति के तीन माह के अन्दर जापान से युद्ध छेड़ देने का वचन दिया इसके बदले में रूजवेल्ट और चर्चिल ने रूस को सुदूरपूर्व में अनेक सुविधाएं देने का वचन दिया। यह निश्चय किया गया कि बाह्य मंगोलिया में यथास्थिति कायम रहने दी जाएगी। साखालीन द्वीप का दक्षिणी भाग और उसके समीपवर्ती द्वीप, पोर्ट आर्थर का नौ–सैनिक अड्डा तथा क्यूराइल द्वीप सोवियत रूस को लौटा दिए जाएंगे। डाइरैन के बन्दरगाह का अन्तर्राष्ट्रीयकरण कर दिया जाएगा। चीनी पूर्वी रेलवे और दक्षिण मंचूरियन रेलवे पर सोवियत चीनी कम्पनी का स्वामित्व रहेगा।

याल्टा सम्मेलन युद्धकाल के सर्वाधिक महत्वपूर्ण सम्मेलनों में से एक था। इसने न केवल संयुक्त राष्ट्र संघ, यूरोप और सुदूरपूर्व के सम्बन्ध में अनेक महत्वपूर्ण निर्णय लिए, अपितु ऐसी समस्याएं भी उत्पन्न कर दीं, जिन्होंने मित्रराष्ट्रों में पारस्परिक वैमनस्य, मनोमालिन्य और शीतयुद्ध की स्थिति उत्पन्न कर युद्धोत्तर अन्तर्राष्ट्रीय संबंधों पर गहरा प्रभाव डाला। याल्टा सम्मेलन में रूस को दी गई सुविधाएं और अधिकार इतने महत्वपूर्ण थे कि चर्चिल और रूजवेल्ट पर रूस के

तुष्टीकरण का आरोप लगाया जाने लगा; परन्तु जैसा कि चर्चिल ने कहा – "जब जर्मनी पराजित हो चुका है तब उन लोगों की निन्दा करना सरल है, जिन्होंने रूसी सैनिक प्रयत्नों को प्रोत्साहित करने और अपने महान मित्र से, जिसने इतने भयंकर रूप से हानि उठाई है, मधुर संबंध बनाए रखने का शक्ति भर प्रयत्न किया। यदि हम रूस से तब झगड़ा करते जब जर्मनी की 200-300 डिवीजनें युद्ध-क्षेत्र में बनी हुई थीं तो क्या होता? हमारी आशा भरी धारणाएं शीघ्र ही झूठी होने वाली थीं, फिर भी उस समय केवल वे धारणाएं ही सम्भव थीं।"

**(ज) *सानफ्रांसिसको सम्मेलन (25 अप्रैल, 1945 से 26 जून, 1945)* –** इस सम्मेलन में संयुक्त राष्ट्रसंघ चार्टर को अतिम रूप प्रदान कर इस महान विश्व संगठन की स्थापना कर दी गई।

**(झ) *पोट्सडाम सम्मेलन (17 जुलाई, 1945 से 2 अगस्त, 1945)* –** इसमें स्टालिन, च्यांग काई शेक, अमरीकन राष्ट्रपति ट्रूमैन तथा चर्चिल ने भाग लिया था। इस सम्मेलन के महत्वपूर्ण निर्णय थे –

(क) शान्ति समझौते की प्रारम्भिक तैयारी अमेरिका, रूस, ब्रिटेन, फ्रांस और चीन के विदेश मन्त्रियों की एक परिषद् करेगी, जिसका स्थाई सचिवालय लन्दन में स्थित होगा।

(ख) जर्मनी को निःशस्त्र और सेनाहीन कर दिया जाएगा। नात्सी संगठनों और नात्सी विधियों का अन्त कर दिया जाएगा। युद्ध अपराधियों को दंड दिया जाएगा। जर्मनी में लोकतांत्रिक शासन पद्धति स्थापित की जाएगी। जर्मनी को अमेरिका, ब्रिटेन, फ्रांस और रूस के चार अधिकार क्षेत्रों में विभाजित करके, नियन्त्रण के लिए चारों महाशक्तियों के प्रतिनिधियों का एक सैनिक नियन्त्रक आयोग स्थापित कर दिया गया।

(ग) पोलैण्ड की पश्चिमी सीमा का अन्तिम निश्चय होने तक दक्षिणी-पूर्वी प्रशा तथा ओडर और नाइसे नदियों के पूर्व के प्रदेश पोलिश शासन में रहेंगे। पोलैण्ड में शीघ्रातिशीघ्र स्वतंत्र निर्वाचन कराए जाएंगे।

(घ) जापान के साम्राज्यवादी सैनिक तत्वों का अन्त कर वहां लोकतांत्रिक शासन पद्धति स्थापित की जाएगी। जापान की प्रभुसत्ता केवल होंशू, होकाइदो, क्यूशू, शिकोकू और कुछ अन्य छोटे द्वीपों तक सीमित कर दी जाएगी। जापानी सेना को निःशस्त्र कर दिया जाएगा। युद्ध अपराधियों को दंड दिया जाएगा।

# 7

# मैन्डेट

## संदर्भ

मैन्डेट व्यवस्था जनरल स्मट्स की एक ऐसी खोज थी, जिसका उद्देश्य विल्सन के आदर्शवाद तथा अन्य मित्रराष्ट्रों की साम्राज्यवादी आकांक्षाओं में समन्वय स्थापित करना था। संयुक्त राज्य अमेरिका के राष्ट्रपति चाहते थे कि आत्मनिर्णय के सिद्धान्त के अनुसार भूतपूर्व जर्मन उपनिवेशों को स्वतंत्रता प्रदान की जाए परन्तु अन्य मित्रराष्ट्र इन उपनिवेशों को क्षतिपूर्ति के रूप में अपने साम्राज्यों का एक अंग बना लेना चाहते थे। जनरल स्मट्स की योजना के अनुसार इन प्रदेशों को न तो पूर्ण स्वतन्त्रता प्रदान की जानी थी और न ही उनको मित्र राष्ट्रों के साम्राज्यों में सम्मिलित कर दिया जाना था, अपितु एक विशेष व्यवस्था के अधीन राष्ट्रसंघ के संरक्षण में उनके शासन को मित्रराष्ट्रों को सौंप दिया जाना था। यह व्यवस्था मैन्डेट व्यवस्था के नाम से प्रसिद्ध हुई।

## मैन्डेटों की श्रेणियां

मैन्डेटों को तीन श्रेणियों में विभाजित किया गया था – प्रथम श्रेणी में इराक, सीरिया, लेबनान, फिलिस्तीन तथा ट्रांस जोर्डन रखे गए थे। ये सभी युद्ध से पहले तुर्की के अधीन थे। इनके सम्बन्ध में राष्ट्रसंघ संविदा में कहा गया कि ये प्रदेश विकास की ऐसी अवस्था तक पहुंच चुके हैं कि उनके अस्तित्व को अस्थायी रूप से स्वतन्त्र राष्ट्रों के रूप में माना जा सकता है। लेकिन कोई एक मैन्डेटरी राज्य उन्हें तब तक प्रशासकीय सलाह व सहायता देता रहेगा, जब तक कि वे अपने पैरों पर स्वयं खड़े न हो जाएं। एक मैन्डेटरी शक्ति के चुनाव में इन समुदायों की इच्छाओं पर मुख्य रूप से विचार करना आवश्यक है। प्रथम श्रेणी के मैन्डेटों में से इराक, फिलिस्तीन तथा ट्रांस जोर्डन ग्रेट ब्रिटेन की तथा सीरिया और लेबनान फ्रांस की संरक्षता में रखे गए थे।

द्वितीय श्रेणी में मध्य अफ्रीका में स्थित जर्मन के 6 भूतपूर्व उपनिवेश रखे गए थे। इनमें से केमेरुन्ज का 1/6 भाग, टोगोलैंड का 1/3 भाग तथा टांगानिक ग्रेट ब्रिटेन को;

केमेरुन्ज का 5/6 भाग और टोगोलैंड को 2/3 भाग फ्रांस को तथा रुआंडा उरुंडी बेल्जियम को सौंपे गए। इनके विषय में राष्ट्रसंघ संविदा में कहा गया कि ये लोग "विकास की सीढ़ी तक ही पहुंच पाए हैं, जिसमें कि मैन्डटरी शक्ति द्वारा उनके प्रदेश का इस प्रकार से शासन किया जाए कि जिसमें धर्म एवं सदाचार सम्बन्धी स्वतन्त्रता प्राप्त हो सके। इसका उद्देश्य सार्वजनिक व्यवस्था एवं सदाचार की रक्षा करना, दास व्यवसाय, शस्त्रों तथा शराब आदि के व्यापार जैसी बुराइयों को रोकना, पुलिस तथा प्रदेश की रक्षा के लिए आवश्यक सेना के अतिरिक्त सैनिक किलेबन्दी तथा समुद्री सेना के अड्डों पर प्रतिबन्ध लगाना तथा राष्ट्रसंघ के अन्य सदस्यों को व्यापार के लिए उचित अवसर प्रदान करना होना चाहिए।

तृतीय श्रेणी में दक्षिण-पश्चिम अफ्रीका तथा प्रशान्त महासागर के कुछ ऐसे द्वीपों को रखा गया जिनकी जनसंख्या अत्यन्त कम थी, या जिनका आकार बहुत छोटा था या जो सभ्यता के केन्द्रों से बहुत दूर स्थित थे। इनको पृथक् राज्य का रूप लेने के लिए अनुपयुक्त समझा गया। मैन्डेटरी राज्यों को इसके सम्बन्ध में लगभग पूर्ण अधिकार प्रदान कर दिये गए जिससे ये एक प्रकार से मैन्डेटरी राज्यों के अंग बन गए। केवल स्थानीय जनता के हितों की सुरक्षा के लिए कुछ विशेष संरक्षणों की व्यवस्था भी कर दी गई। इनमें से दक्षिणी-पश्चिम अफ्रीका दक्षिण अफ्रीका को, जर्मन टापू समोआ न्यूजीलैंड को, नौरू द्वीप ग्रेट-ब्रिटेन को प्राप्त हुए। प्रशान्त महासागर के अन्य भूतपूर्व जर्मन द्वीप जापान तथा आस्ट्रेलिया में विभाजित कर दिये गए। भूमध्य रेखा से उत्तर के द्वीप जापान को प्राप्त हुए और दक्षिण के आस्ट्रेलिया को।

## मैन्डेटों पर राष्ट्रसंघ का नियन्त्रण

राष्ट्रसंघ को मैन्डेटों के सम्बन्ध में तीन प्रकार के अधिकार प्राप्त थे –

(क) मैन्डेटरी राज्यों को मैन्डटों की प्रगति के सम्बन्ध में प्रतिवर्ष राष्ट्रसंघ की परिषद् को एक वार्षिक प्रतिवेदन भेजना होता था।

(ख) प्रत्येक मैन्डेट के शासन के सम्बन्ध में राष्ट्रसंघ की परिषद् निर्देश दे सकती थी।

(ग) मैन्डेटरी राज्यों के वार्षिक प्रतिवेदनों की जांच राष्ट्रसंघ द्वारा नियुक्त एक स्थाई मैन्डेट्स आयोग करता था तथा उनके सम्बन्ध में राष्ट्रसंघ की परिषद् को परामर्श देता था।

इन अधिकारों के अनुसार, 1920 में राष्ट्रसंघ ने स्थाई मैन्डेटस आयोग की नियुक्ति की। इस आयोग में प्रारम्भ में 9 सदस्य थे, जिनमें से अधिकांश गैर-मैन्डेटर राज्यों के नागरिक थे। 1924 में सदस्यों की संख्या 11 कर दी गई। एक स्थान राष्ट्रसंघ सचिवालय के मैन्डेट विभाग के अध्यक्ष को दिया गया तथा दूसरा अन्तर्राष्ट्रीय श्रमसंघ

के प्रतिनिधि को। 1927 में सदस्यों की संख्या 12 कर दी गई और बढ़े हुए स्थान पर जर्मनी के नागरिक को नियुक्त किया गया।

यह मैन्डेटस आयोग राष्ट्रसंघ की परिषद् के अभिकर्ता के रूप में कार्य करता था। इसके प्रमुख कार्य निम्न थे –

(क) मैन्डेटरी राज्यों के प्रतिवेदनों की जांच करना;

(ख) मैन्डेटों के निवासियों के आवेदन पत्रों पर विचार करना;

(ग) मैन्डेट व्यवस्था सम्बन्धी विषयों पर राष्ट्रसंघ को परामर्श देना।

### मैन्डेट व्यवस्था का व्यावहारिक रूप

व्यवहार में मैन्डेट व्यवस्था साम्राज्यवाद का एक नवीन रूप ही सिद्ध हुई। मैन्डेटरी राज्यों ने मैन्डेटों का शासन उनके कल्याण के उद्देश्य से नहीं अपितु अपने हितों की रक्षा के उद्देश्य से किया। ब्रिटेन ने इराक में इराकियों की स्वतंत्रता प्राप्ति की महत्वाकांक्षाओं के प्रति एक दमनपूर्ण नीति का अवलम्बन किया। उसने फिलिस्तीन में "फूट डालो और राज्य करो" की नीति अपनाई। फ्रांसीसियों ने सीरिया तथा लेबनान दोनों में राष्ट्रवाद का निर्दयतापूर्वक दमन किया। टोगोलैंड, कैमरुन्स में भी जनता की इच्छाओं की अवहेलना की गई। तृतीय श्रेणी के मैन्डेटों में मैन्डेटरी राज्यों ने "मुक्त द्वार" की नीति को नहीं अपनाया और मैंन्डेटों के साथ साधारण उपनिवेशों का सा व्यवहार किया। मैन्डेटरी शक्तियों ने राष्ट्रसंघ को केवल एक परामर्शदात्री संस्था माना, निदेशक संस्था नहीं। लार्ड बालफोर ने 1922 में स्पष्ट कहा था – "एक मैन्डेट विजेता राष्ट्र द्वारा विजित प्रदेश में अपनी प्रभुसत्ता पर स्वेच्छापूर्वक लगाई हुई मर्यादा है। मानव जाति के सामान्य हितों के लिए मित्रराष्ट्रों ने अपने ऊपर ये मर्यादाएं लगा लीं और राष्ट्रसंघ से यह देखने में, कि सामान्य नीति पर आचरण किया जाए सहायता देने की प्रार्थना की, परन्तु राष्ट्रसंघ मैन्डेट व्यवस्था का रचयिता नहीं था। राष्ट्रसंघ का प्रथम कर्त्तव्य यह देखना था कि मैन्डेट की शर्तें संवदा के सिद्धान्तों के अनुकूल हों तथा दूसरा कर्त्तव्य यह देखना था कि ये शर्तें वास्तव में मैन्डेट प्रदेशों में मैन्डेटरी शक्ति की नीति को निर्धारित करें।"

इस प्रकार मैन्डेट व्यवस्था साम्राज्यवादी अत्याचारों का अन्त नहीं कर सकी। इनग्राम का कथन समीचीन है – "शान्ति समझौते की मैन्डेटरी व्यवस्था एक समझौता थी और एक ऐसा समझौता थी जो साम्राज्यवादी व्यवस्था के लक्षण अपनाए रखने के कारण युद्ध के एक प्रधान कारण का अन्त करने में असफल हो गई।"

### मैन्डेट व्यवस्था का मूल्यांकन

दोषपूर्ण होते हुए भी मैन्डेट व्यवस्था सर्वथा महत्वहीन नहीं थी। फ्रेडरिक एल० शूमां के शब्दों में, "मैन्डेट व्यवस्था पिछड़े प्रदेशों पर अन्तर्राष्ट्रीय निरीक्षण के एक दुस्साहस के कार्य का प्रतिनिधित्व करती थी।" इससे साम्राज्यवादी शक्तियों ने कम-से-कम

सिद्धान्ततः यह स्वीकार कर लिया कि पिछड़े हुए प्रदेशों का शासन सत्ता के हित में नहीं अपितु प्रदेशों के निवासियों के हित में किया जाना चाहिए। यद्यपि राष्ट्रसंघ का शासक राज्यों पर नियन्त्रण अधिक शक्तिशाली नहीं था, फिर भी यह तथ्य मात्र कि उन्हें अपने कार्यों के लिए एक अन्तर्राष्ट्रीय संस्था के सम्मुख उत्तर देना होगा, शासक राज्यों को दमनकारी नीति को अवलम्बन लेने के लिए अनिच्छुक बना देता था। इसी कारण 1932 में इराक तथा द्वितीय महायुद्ध के काल में सीरिया और लेबनान को स्वतन्त्रता प्राप्त हो सकी क्योंकि शासक राज्य दमनकारी नीति अपना कर विश्व के जनमत को अपने विरुद्ध नहीं करना चाहते थे। दूसरे, जैसा कि मैन्डर का मत था, "निस्सन्देह औपनिवेशिक सरकार के स्तरों पर प्रभाव पड़ा है, क्योंकि ब्रिटेन अथवा फ्रांस के लिए अपने औपनिवेशिक आधिपत्यों पर एक प्रकार से और अपने मैन्डेट प्रदेशों पर दूसरे प्रकार से शासन करते रहना सम्भव नहीं था।" अतः प्रोफेसर लियोनार्ड के शब्दों में, हम कह सकते हैं कि, "राष्ट्रसंघीय मैन्डेट व्यवस्था की मान्य दुर्बलताओं के बावजूद, यह औपनिवेशिक नीति तथा प्रशासन में एक स्पष्ट सुधार का प्रतिनिधित्व करती थी।"

# 8

# द्वितीय विश्व युद्ध के कारण

प्रथम विश्व युद्ध की विनाशलीला के उपरांत हुए समझौतों के बावजूद द्वितीय विश्व युद्ध जिन कारणों से हुआ उनमें से मुख्य कारण निम्नलिखित थे –

**( क ) *कट्टर और अन्ध-राष्ट्रीयता ( उग्रराष्ट्रवाद )*** – द्वितीय विश्व युद्ध का मूल कारण कट्टर और अन्ध-राष्ट्रीयता थी। प्रथम विश्व युद्ध की विनाशलीला से क्षुब्ध होकर विश्व के राजनीतिज्ञों ने प्रभुसत्ता सम्पन्न राष्ट्रीय राज्यों की महत्वाकांक्षाओं पर नियन्त्रण रखने के लिए अन्तर्राष्ट्रीयतावाद का पथ प्रशस्त किया तथा राष्ट्रसंघ की स्थापना की थी। परन्तु उनके अन्तर्राष्ट्रीयतावाद में विशेष गहराई न थी। वे अब भी राष्ट्रीयता के निष्ठावान उपासक थे। 'शान्ति की सन्धि' की रचना और नये यूरोप का निर्माण करते समय विजेता राष्ट्रों ने अपने राष्ट्रीय हितों को सर्वोपरि स्थान दिया। जर्मनी आदि पराजित राष्ट्रों ने भी 'मेरा देश' के सिद्धान्त पर आचरण किया। जर्मनी, जापान और इटली, जिनकी आक्रामक गतिविधियों को द्वितीय विश्व युद्ध के लिए विशेष रूप से उत्तरदायी ठहराया जाता है, एक ही स्पष्ट लक्ष्य की प्राप्ति के लिए कार्य कर रहे थे -- राष्ट्रीय प्रतिष्ठा की अभिवृद्धि।

**( ख ) *आर्थिक साम्राज्यवाद*** – द्वितीय विश्व युद्ध के कारणों में आर्थिक साम्राज्यवाद भी अधिक महत्वपूर्ण था। कच्चे माल के स्रोतों, पक्के माल के लिए बाजारों, पूंजी लगाने के लिए प्रदेशों की प्राप्ति के लिए पारस्परिक संघर्ष, जिसने प्रथम विश्व युद्ध की पृष्ठभूमि निर्मित की थी; पेरिस शान्ति सम्मेलन की व्यवस्थाओं के बाद और भी तीव्र हो गया। आर्थिक साम्राज्यवाद के आकांक्षी दो भागों में विभाजित हो गए थे। पहले वर्ग में ब्रिटेन, फ्रांस, बेल्जियम, पुर्तगाल और हालैंड आदि थे, जिन्होंने विश्व के अर्द्ध-विकसित और अविकसित कहे जाने वाले अधिकांश भागों पर अधिकार कर रखा था। दूसरे वर्ग में जर्मनी, जापान, इटली आदि थे, जो उपनिवेशों की दौड़ में देर से सम्मिलित हुए थे तथा जिनका विचार था कि उन्हें विश्व के उपनिवेशों में उनका उचित भाग प्राप्त नहीं हुआ था। प्रथम विश्व युद्ध में पराजित जर्मनी से उसके समस्त

उपनिवेश छीन लिए गए थे। जापान और इटली विजयी राष्ट्रों में थे, परन्तु मित्रराष्ट्रों ने जर्मनी और तुर्की से छीने गए उपनिवेशों का जो बंटवारा किया, उसमें अधिकांश उपनिवेश फ्रांस और ब्रिटेन को प्राप्त हुए थे। कुछ थोड़े से जापान को मिले थे तथा इटली को कुछ भी नहीं मिला था। इसके कारण जहां ब्रिटेन और फ्रांस को अपने उद्योगों के लिए लगभग सभी आवश्यक कच्चा माल उपलब्ध था वहीं जर्मनी, इटली और जापान के पास उसकी बहुत कमी थी। अतः जर्मनी, इटली, जापान ने एक विस्तारवादी, साम्राज्यवादी आक्रामक विदेश नीति अपनाई। जर्मनी ने न केवल आस्ट्रिया चैकोस्लोवाकिया पर आक्रमण किया अपितु म्यूनिख समझौते के बाद विश्व की सम्पत्ति के जर्मनी और इटली के पक्ष में अधिक न्यायोचित वितरण की मांग भी की, जिसका अर्थ प्रथम विश्व युद्ध के जर्मन उपनिवेशों की वापसी मात्र नहीं था। इटली ने इथियोपिया पर आक्रमण किया तथा जापान ने मंचूरिया और चीन में पैर फैलाने की कोशिश की।

**(ग) *गुप्त मैत्रियों की पद्धति और सैन्यवाद*** – गुप्त मैत्रियों की पद्धति और सैन्यवाद द्वितीय विश्व युद्ध के मूल कारणों में से थे। फ्रांस ने बेल्जियम, पोलैण्ड, चैकोस्लोवाकिया, रूमानिया और यूगोस्लाविया से गुप्त मैत्री सन्धियां करके अपने गुट की रचना की थी। जर्मनी, जापान और इटली ने भी अपने गुट का निर्माण किया। सोवियत संघ भी अपने गुट का निर्माण करने के लिए निरन्तर प्रयत्नशील था। इसके साथ ही यूरोप में लगभग सभी देश लगातार अपने सैनिक बल को अधिकाधिक बढ़ाने में दत्तचित्त थे।

**(घ) *वर्साय की सन्धि*** – वर्साय की सन्धि की कठोरता को भी द्वितीय विश्व युद्ध का एक प्रधान कारण माना जाता है। सिरिल फाल्स के अनुसार, द्वितीय विश्व युद्ध सार रूप से जर्मनी द्वारा प्रारम्भ किया गया एक प्रतिशोधात्मक युद्ध था। वर्साय संधि स्वयं प्रतिशोध की भावना पर आधारित थी। जर्मनी को संगीन की नोक पर हस्ताक्षर करने को विवश किया गया था। इसके द्वारा जर्मनी के यूरोपीय प्रदेश का 1/8 भाग उससे छीन लिया गया। उसके सारे उपनिवेश उससे ले लिए गए। पोलिश गलियारे की व्यवस्था करने के लिए उसे दो भागों में विभाजित कर दिया गया। उसकी नौ-सेना नष्ट कर दी गई। उसकी भूमि पर विदेशी सैनिक तैनात किए गए और शन्ति सम्मेलन में उसके प्रतिनिधियों को बुरी तरह से अपमानित किया गया। जर्मनी को युद्ध अपराधी ठहराने वाले उपबन्ध व्यावहारिक दृष्टि से निरर्थक और मनौवज्ञानिक दृष्टि से अनावश्यक रूप से अपमानजनक थे। इसी प्रकार क्षतिपूर्ति के रूप में असम्भव धनराशि की मांग की गई थी। इन सब अनावश्यक कठोरताओं ने जर्मनी में गहरा राष्ट्रीय असन्तोष उत्पन्न कर दिया, जिसका हिटलर ने अत्यन्त कौशलपूर्ण ढंग से लाभ उठा कर जर्मन जनता में प्रतिशोध की तीव्र इच्छा उत्पन्न कर दी।

**(च) *युद्ध-ऋण और क्षतिपूर्ति की समस्या*** – प्रथम विश्व युद्ध के बाद के अन्तर्राष्ट्रीय वातावरण को विषाक्त करके युद्ध-ऋण और क्षतिपूर्ति की समस्याओं ने भी द्वितीय विश्व युद्ध की पृष्ठभूमि तैयार करने में बहुत भाग लिया। विन्सटन चर्चिल के शब्दों में – "इतिहास इन सब लेन-देनों को पागलपन की संज्ञा देगा। इन्होंने सैन्यवादी श्राप और आर्थिक झंझावत को उत्पन्न करने में सहायता दी।"

युद्ध-ऋण और क्षतिपूर्ति ऐसी समस्याएं थीं, जिन पर आर्थिक दृष्टिकोण से विचार किया जाना चाहिए था, परन्तु उन पर अधिकांश विजेता राष्ट्रों ने राजनीतिक दृष्टिकोण से विचार किया, जिसके अनेक दुखद परिणाम हुए। ब्रिटेन और फ्रांस के मध्य गम्भीर मतभेद और मनोमालिन्य उत्पन्न हो गया। जर्मनी और फ्रांस का पारस्परिक द्वेष और भी गहरा हो गया। अमेरिका और अन्य मित्रराष्ट्रों के सम्बन्धों में कटुता उत्पन्न हो गई।

**(छ) *विश्व अर्थ संकट*** – युद्ध-ऋण और क्षतिपूर्ति की समस्याओं का सबसे भयंकर दुष्परिणाम विश्व अर्थ-संकट था, जो अक्तूबर, 1929 में प्रारम्भ हुआ और अनेक वर्षों तक विश्व को सन्तप्त करता रहा। इस अर्थ-संकट ने लगभग सभी देशों में आर्थिक राष्ट्रीयता को उग्र बना दिया, जिससे प्रेरित होकर इन देशों ने ऐसी आर्थिक नीतियां अपनाईं, जिन्होंने अन्तर्राष्ट्रीय क्षेत्र में प्रभावशाली राजनीतिक सहयोग को असम्भव बना दिया। इस अर्थ-संकट के कारण यूरोप के अधिकांश देशों की जनता को भीषण कष्टों का सामना करना पड़ा। इससे उत्पन्न बेकारी और आर्थिक असुरक्षा ने उदारवादी पूंजीवाद और लोकतान्त्रिक शासन पद्धति को एक बड़ी सीमा तक अलोकप्रिय बना दिया। विशेष रूप से मध्यम वर्ग और मजदूर वर्ग इनसे असन्तुष्ट होकर फासीवाद और साम्यवाद की ओर आकर्षित होने लगे। जर्मनी में हिटलर के नेतृत्व में नात्सीवाद का उदय इसी का परिणाम था। जापान और जर्मनी आदि अनेक देशों की सरकारों ने आर्थिक कष्टों के समाधान के रूप में साम्राज्यवाद का मार्ग अपनाया। पामर और परकिन्स के शब्दों में, "अर्थ-संकट का परिणाम आर्थिक राष्ट्रीयता थी, जिसे द्वितीय विश्व युद्ध के बड़े मूल कारणों में गिना जाना चाहिए।"

**(ज) *राष्ट्रीय अल्पसंख्यकों की समस्या*** – दो विश्व युद्धों के मध्य राष्ट्रीय अल्पसंख्यकों की समस्या अन्तर्राष्ट्रीय तनाव का कारण बनी रही। जर्मनी ने यह बहाना करके कि आस्ट्रिया की जर्मन जनता जर्मनी के साथ संयुक्त होना चाहती है, आस्ट्रिया पर अधिकार कर लिया। तत्पश्चात् यह शोर मचा कर कि चैकोस्लोवाकिया और पोलैण्ड में जर्मन अल्पसंख्यकों पर अत्याचार किया जा रहा है, इन देशों को अपनी साम्राज्यलिप्सा का शिकार बनाया। पोलैण्ड पर उसका आक्रमण द्वितीय विश्व युद्ध का तात्कालिक कारण सिद्ध हुआ।

**(झ) *वैचारिकी*** – बीसवीं शताब्दी में अन्तर्राष्ट्रीय सम्बन्धों के क्षेत्र में एक नये तत्व को महत्वपूर्ण स्थान प्राप्त हुआ – यह तत्व था 'वैचारिकी'। 1917 की सोवियत

क्रान्ति के बाद यूरोप के पूंजीवादी देश – विशेष रूप से ब्रिटेन – साम्यवाद के भय से आतंकित हो गए। उन्होंने साम्यवादी रूस के विरुद्ध दुर्ग प्राचीर के रूप में नात्सी जर्मनी को प्रोत्साहन देने की नीति अपनाई। नात्सी और फासीवादी विचारधाराएं स्पष्टत: साम्राज्यवाद और युद्धरत राष्ट्रीयता के सिद्धान्तों में विश्वास करती थीं। अत: उनके विकास ने अन्तत: युद्ध को अनिवार्य बना दिया।

**(ट) *संयुक्त राज्य अमेरिका द्वारा राष्ट्रसंघ का परित्याग*** – पेरिस शान्ति व्यवस्था की अन्तर्राष्ट्रीय राजनीति की सर्वाधिक महत्वपूर्ण देन राष्ट्रसंघ थी। इसकी स्थापना मुख्यत: युद्धों को रोकने के उद्देश्य से की गई थी। परन्तु यह संस्था इस उद्देश्य की पूर्ति में सफल न हो सकी। उसकी असफलता के कारण विषयान्तर से द्वितीय विश्व युद्ध के भी कारण थे। संयुक्त राज्य अमेरिका राष्ट्रसंघ का जन्मदाता था परन्तु प्रारम्भ से मनोवैज्ञानिक और वास्तविक दोनों दृष्टियों से ही युद्ध निवारण के साधन अमेरिका ने राष्ट्रसंघ का सदस्य बनना अस्वीकार कर दिया। इससे राष्ट्रसंघ के रूप में अत्यन्त दुर्बल सिद्ध हुआ। गेथोर्न हार्डी के शब्दों में – "एक ऐसे शिशु को यूरोप के दरवाजे पर छोड़ दिया गया था, जिसका अंग-प्रत्यंग निभ्रान्त रूप से इसके अटलांटिक पार के पितृत्व की उद्घोषणा कर रहा था। उन पर पालनकर्ताओं की देखभाल में छोड़ दिया गया था, जो कि अनिवार्यत: इसे उस बच्चे से हीन कोटि का समझते थे, जैसा उनका विचार था कि वे पैदा कर सकते थे।"

**(ठ) *अन्तर्राष्ट्रीय नैतिकता का निम्न स्तर*** – अमेरिका द्वारा राष्ट्रसंघ के परित्याग ने न केवल राष्ट्रसंघ को दुर्बल बना दिया अपितु प्रथम और द्वितीय विश्व युद्ध के मध्य के युग की एक अत्यन्त दुर्भाग्यपूर्ण प्रवृत्ति को प्रारम्भ करने में भी योग दिया। यह प्रवृत्ति थी अन्तर्राष्ट्रीय दायित्वों की पवित्रता के प्रति एक निर्लज्ज उपेक्षाभाव। अन्तर्राष्ट्रीय नैतिकता का स्तर इतना गिर गया कि जब हिटलर ने चैकोस्लोवाकिया को अपनी साम्राज्यलिप्सा का शिकार बनाना चाहा तब फ्रांस आदि राष्ट्रों ने उसकी सहायता के लिए वचनबद्ध होते हुए भी उसे हिटलर की महत्वाकांक्षा की वेदी पर बलि चढ़ा दिया। गाईतेनो सैलवेमिनी के शब्दों में – "प्रथम और द्वितीय विश्व युद्ध के बीच का राष्ट्रसंघ का इतिहास चालबाजियों, धोखेबाजियों, षड्यंत्रों और पारस्परिक ईर्ष्या व वैमनस्य का इतिहास है, जिसके द्वारा उन्हीं कूटनीतिज्ञों ने, जिन्होंने राष्ट्रसंघ संविदा का निर्माण किया था, उसको विनष्ट करने और उसके प्रभाव को समाप्त करने का यत्न किया।"

**(ड) *शान्तिवाद की बाधा*** – प्रथम विश्व युद्ध के बाद विल्सन के आदर्शवाद से प्रभावित लोकतान्त्रिक देशों का लोकमत अन्तर्राष्ट्रीय राजनीति में विदेश नीति के साधन के रूप में शक्ति के प्रयोग को एक निन्दनीय वस्तु मानने लगा था। इससे साम्राज्यवादी राज्यों की आक्रामक गतिविधियों को उनकी प्रारम्भिक अवस्था में ही रोक देना कठिन हो गया।

**( ढ ) *निःशस्त्रीकरण के प्रति भ्रान्तिपूर्ण दृष्टिकोण*** – अन्तर्राष्ट्रीय तनाव को घटाने के सहयोगी प्रयत्नों के बिना और अन्तर्राष्ट्रीय उत्तरदायित्वों के सामान्य कार्यवाही के द्वारा प्रवर्तन की प्रभावशाली व्यवस्था के अभाव में निःशस्त्रीकरण के प्रयत्न निरर्थक और हानिकारक सिद्ध हुए। इनकी सफलता असम्भव थी। प्रतियोगी आधार पर निःशस्त्रीकरण की असफल वार्ताएं, शस्त्रीकरण की प्रतिद्वन्द्विता के समान ही अविश्वास और तनावों को जन्म देने वाली सिद्ध हुई। इससे निःशस्त्रीकरण के प्रति अविश्वास उत्पन्न हुआ और विश्व शस्त्रीकरण की ओर उन्मुख हो गया; जिसका परिणाम था 'द्वितीय विश्व युद्ध'।

**( त ) *प्रथम विश्व युद्ध से भ्रमपूर्ण निष्कर्ष*** – पेरिस शान्ति सम्मेलन के राजनीतिज्ञों ने प्रथम विश्व युद्ध से गलत निष्कर्ष निकाल कर कुछ ऐसी व्यवस्थाएं स्थापित कीं जो आक्रामकों की गतिविधियों के विरुद्ध शीघ्र और प्रभावशाली कार्यवाही के मार्ग में बाधक सिद्ध हुईं। यह निष्कर्ष निकाला गया था कि यदि छोटे राज्यों की संक्षुब्धता पर नियन्त्रण रखा जा सके तो युद्धों से बचा जा सकता है। परन्तु ये निष्कर्ष एक बड़ी सीमा तक भ्रमपूर्ण थे। अपूर्वानुमेय घटनाओं से उत्पन्न युद्ध के विचार में एक लम्बे काल में धीरे-धीरे नियोजित विकृष्ट आक्रमण, जिसने द्वितीय विश्व युद्ध को जन्म दिया, की सम्भावना पर ध्यान नहीं दिया गया था। इसी प्रकार सामान्य शक्ति को वास्तविक खतरा महाशक्तियों के वैमनस्य से उत्पन्न होता है, छोटी शक्तियों की प्रतिद्वन्द्विता से नहीं; गेथोर्न हार्डी के अनुसार, "किसी न्यूनाधिक आकस्मिक घटना के कारण उत्तेजित मिजाज से उत्पन्न आकस्मिक विस्फोट के रूप में युद्ध के विचार की इस पूर्वधारणा ने राष्ट्रसंघ के यन्त्र को नियोजित और विकृष्ट आक्रमण के मामलों में सुलझाने के लिए आश्चर्यजनक रूप से अनुपयुक्त बना दिया।"

**( थ ) *राष्ट्रसंघ की भ्रामक शक्ति*** – द्वितीय विश्व युद्ध का एक कारण प्रभावशाली अन्तर्राष्ट्रीय संगठन का अभाव था। युद्ध अवरोधक यन्त्र के रूप में राष्ट्रसंघ उससे कम शक्तिशाली था, जितना की इसे समझा गया था। यह विश्वास था कि राष्ट्र संघ की शक्ति आक्रमणकारी को दण्डित और नियन्त्रित करने के लिए पर्याप्त थी। यह विश्वास भ्रामक सिद्ध हुआ। विश्व की महाशक्तियों में संयुक्त राज्य अमेरिका उसका कभी भी सदस्य नहीं रहा। सोवियत संघ अधिकांश समय उसकी निन्दा करता रहा। जर्मनी, जापान और इटली ने आक्रामक और साम्राज्यवादी नीति अपना ली।

**( द ) *एंग्लो फ्रांसीसी मतभेद*** – प्रथम विश्व युद्ध के बाद ब्रिटेन और फ्रांस में गम्भीर मतभेद उत्पन्न हो गए। ये मतभेद एक बड़ी सीमा तक राष्ट्रसंघ की असफलता नात्सी जर्मनी के उदय और द्वितीय विश्व युद्ध के लिए उत्तरदायी थे। जर्मनी ने ब्रिटेन और फ्रांस के मतभेदों का अत्यन्त कौशल से लाभ उठाया तथा एक-एक करके वर्साय की सन्धि की अनेक अप्रिय व्यवस्थाओं को समाप्त करने में सफल हुआ था, उसी की आक्रामक नीति ने द्वितीय विश्व युद्ध का सूत्रपात किया।

**(ध) *रूस की साम्यवादी क्रान्ति*** -- 1917 की रूस की साम्यवादी क्रान्ति भी द्वितीय विश्व युद्ध का कारण थी। इससे एक ओर फ्रांस अपने को जर्मनी के विरुद्ध अरक्षित महसूस करने लगा क्योंकि अब वह अपने परम्परागत मित्र रूस की मैत्री से वंचित हो गया। दूसरी ओर जर्मनी, ब्रिटेन और फ्रांस की साम्यवाद विरोधी भावनाओं का लाभ उठा कर अपने सैनिक पुनर्निर्माण में सफल हुआ।

**(न) *तुष्टीकरण की नीति*** – ब्रिटेन की तुष्टीकरण की नीति द्वितीय विश्व युद्ध के लिए पूर्णरूपेण उत्तरदायी थी। तुष्टीकरण की नीति के फलस्वरूप ही जापान ने मंचूरिया, इटली ने एबीसीनिया तथा जर्मनी ने आस्ट्रिया को अधिकृत कर लिया था। म्यूनिख समझौते में तुष्टीकरण की नीति अपनी पराकष्ठा को पहुंच गई। ब्रिटेन ने जर्मनी के साथ निर्लज्जता का समझौता पर चैकोस्लोवाकिया की बलि चढ़ा दी। इससे उत्साहित होकर हिटलर ने पोलैण्ड पर आक्रमण कर दिया जिससे द्वितीय विश्व युद्ध का सूत्रपात हुआ।

**(प) *हिटलर की विदेशनीति*** – हिटलर की विदेश नीति आक्रामक थी। वह वर्साय सन्धि को नष्ट कर देने के लिए कृतसंकल्प था। जर्मन साम्राज्य का प्रसार उसका लक्ष्य था; शान्ति, सौहार्द से परे दम्भ, क्रूरता उसके साथी थे। उसने मार्च 1938 में आस्ट्रिया का जर्मनी में बलात् विलय किया। सितम्बर, 1938 में चैकोस्लोवाकिया को विनष्ट किया और जब पोलैण्ड के विरुद्ध सितम्बर, 1939 में आक्रामक कार्यवाही की तो द्वितीय विश्व युद्ध का सूत्रपात हुआ, इस प्रकार हिटलर की विदेश नीति द्वितीय विश्व युद्ध के लिए बहुत दूर तक उत्तरदायी थी।

**(फ) *फासीवाद*** – दो विश्व युद्धों के मध्य अन्तर्राष्ट्रीय तनाव को उत्पन्न करने में फासीवाद की अहम् भूमिका थी। फासीवाद का शान्ति में विश्वास नहीं था। मुसोलिनी कहा करता था कि यदि शान्ति चाहते हो तो युद्ध के लिए तैयार रहो। इससे विश्व युद्ध की ओर उन्मुख होता चला गया। इटली ने एबीसीनिया पर आधिकार कर लिया। स्पेन में सैनिक हस्तक्षेप किया। अल्बानिया पर अधिकार कर लिया। रोम–बर्लिन–टोकियो धुरी का निर्माण करके राष्ट्रसंघ, सामूहिक सुरक्षा व्यवस्था, निःशस्त्रीकरण को असफल कर दिया और अन्त में द्वितीय विश्व युद्ध को गति दी।

**(ब) *तात्कालिक कारण*** – जर्मनी ने अपनी सफलताओं से उत्साहित होकर 1 सितम्बर, 1939 को पोलैण्ड पर आक्रमण कर दिया। 3 सितम्बर, 1939 को ब्रिटेन और फ्रांस ने इसके प्रत्युत्तर में जर्मनी के विरुद्ध युद्ध की घोषणा कर दी। इसी से द्वितीय विश्व युद्ध का सूत्रपात हुआ।

# 9

# म्यूनिख समझौता

हिटलर ने आस्ट्रिया का जर्मनी में विलय करने के पश्चात् अपना अगला शिकार चैकोस्लावाकिया को बनाया; परन्तु चैकोस्लोवाकिया पर प्रत्यक्ष आक्रमण अथवा उसका जर्मनी में सीधा विलय सम्भव नहीं था क्योंकि चैकोस्लोवाकिया के फ्रांस और रूस से सम्बन्ध बहुत घनिष्ट मैत्री के थे और दोनों ही उसे जर्मन आक्रमण के विरुद्ध सहायता का वचन दे चुके थे। अत: हिटलर ने धमकियों, वार्ताओं और समझौतों की नीति से चैकोस्लोवाकिया में अधिकार प्राप्त करने का निश्चय किया।

## पृष्ठभूमि

चैकोस्लोवाकिया में हस्तक्षेप करने के लिए हिटलर को एक सुन्दर बहाना भी प्राप्त हो गया। चैकोस्लोवाकिया में एक बड़ी संख्या में जर्मन अल्पसंख्यक रहते थे, जिनकी जनसंख्या 1931 की जनगणना के अनुसार 3231600 थी; इनमें से अधिकांश स्यूडेटनलैण्ड नामक प्रदेश में बसे हुए थे। यह प्रदेश सामरिक दृष्टि से अत्यधिक महत्वपूर्ण था। इस प्रदेश में मध्य यूरोप की डैन्यूब नदी की घाटी को उत्तरी यूरोप के मैदान से पृथक् करने वाली स्यूडेटीज पर्वतमाला थी। इस पर नियन्त्रण प्राप्त हो जाने से हिटलर सम्पूर्ण मध्य यूरोप पर अपना प्रभुत्व स्थापित कर सकता था। यह एक उद्योग प्रधान देश था। इसमें रणसामग्री के निर्माण का प्रसिद्ध स्कोडा कारखाना था। अत: जर्मनी ने इस प्रदेश को जर्मन अल्पसंख्यकों के हितों की रक्षा के बहाने प्राप्त करने की योजना बनाई। अन्तर्राष्ट्रीय दृष्टिकोण से चैकोस्लोवाकिया की स्थिति अत्यधिक दृढ़ थी। वह एक उन्नत औद्योगिक राष्ट्र था, जिसके पास एक सुसंगठित, अनुशासित और शक्तिशाली सेना थी। रूस तथा फ्रांस के साथ उसकी सुरक्षात्मक सन्धियां थीं और ऐसा समझा जाता था कि जर्मन आक्रमण को दशा में ब्रिटेन भी उसकी सहायता करेगा। मध्य यूरोप के एकमात्र प्रजातांत्रिक राज्य के रूप में उसे अमेरिका सहित विश्व के सभी प्रजातांत्रिक राष्ट्रों की सहानुभूति प्राप्त थी। यह स्पष्ट था कि यदि जर्मनी उस पर आक्रमण करता तो जर्मनी की पराजय निश्चित थी।

परन्तु ब्रिटेन इस समय तुष्टीकरण की नीति अपना चुका था और फ्रांस ब्रिटेन के बिना अकेले चैकोस्लोवाकिया की सहायता करने को प्रस्तुत नहीं था। अन्ततः ब्रिटिश-फ्रांसीसी विश्वासघात के कारण चैकोस्लोवाकिया नात्सी आक्रमण का शिकार बन गया।

## घटनाक्रम तथा अन्तर्राष्ट्रीय शक्तियों की प्रतिक्रिया

चैकोस्लोवाकिया का अपने अल्पसंख्यकों के प्रति व्यवहार यूरोप के किसी भी अन्य देश के अपने अल्पसंख्यकों के प्रति व्यवहार से अधिक श्रेष्ठ था, फिर भी हिटलर के उकसाने से स्यूडेटन जर्मनों ने चैक सरकार के विरुद्ध आन्दोलन प्रारम्भ कर दिया। 28 मार्च, 1938 को हिटलर ने स्यूडेटन जर्मनों के नेता कोनार्ड हैनलाइन को बर्लिन बुलाया और उसे चैक सरकार के आगे अत्यन्त उग्र मांगें प्रस्तुत करने को कहा। परिणामस्वरूप हैनलाइन ने 24 अप्रैल, 1938 को चैक सरकार के सम्मुख स्यूडेटन जर्मनी के नाम से 8 सूत्री मांगें प्रस्तुत कीं। इन मांगों के मानने का अर्थ होता – चैक राज्य के खंडित होने की प्रक्रिया का प्रारम्भ, अतः चैक सरकार ने इन मांगों को अस्वीकार कर दिया। इस पर हैनलाइन ने चैक सरकार के विरुद्ध प्रचार करने के लिए लन्दन और बर्लिन की यात्राएं कीं। और स्यूडेटन जर्मनों के लिए आत्मनिर्णय के अधिकार की मांग की। 2 मई, 1938 को हिटलर ने मुसोलिनी का समर्थन प्राप्त करने के लिए रोम की यात्रा की। इसी बीच चैक सरकार को बदनाम करने के लिए स्यूडेटन जर्मन आत्म-निर्णय के नाम पर बराबर अपनी मांगों को बढ़ाते जा रहे थे। परन्तु चैक राजनीतिज्ञ अपने देश की अखण्डता की रक्षा के लिए कटिबद्ध थे। राष्ट्रपति बेनेश, प्रधान मंत्री मीलन होजा तथा विदेश मन्त्री कामिल क्रोप्टा आदि सभी जर्मन मांगों के समक्ष झुक जाने की अपेक्षा लड़ना श्रेयस्कर समझते थे। परन्तु उसके मित्र ब्रिटेन और फ्रांस उसे नात्सी देवता की सन्तुष्टि के लिए बलि देने का निश्चय कर चुके थे।

ऐसी स्थिति में 12 सितम्बर, 1938 को हिटलर ने न्यूरेम्बग में स्पष्ट रूप से कहा कि, "35 लाख जर्मनों पर चैक लोग घोर अत्याचार कर रहे हैं। स्यूडेटन जर्मनों को अन्य जातियों की तरह आत्म-निर्णय का अधिकार प्राप्त होना चाहिए। यदि स्यूडेटन जर्मन अपनी ताकत से अपना यह अधिकार प्राप्त नहीं कर सकते तो हम उनकी सहायता करेंगे," यह स्पष्ट रूप से युद्ध की धमकी थी। 15 सितम्बर, 1938 को ब्रिटिश प्रधानमन्त्री चेम्बरलेन ने बरर्वटेसगाडेन में हिटलर से भेंट की। हिटलर ने स्पष्ट रूप से स्यूडेटन प्रदेश को जर्मनी को दे दिए जाने की मांग की। 18 सितम्बर, 1938 को फ्रांसीसी प्रधानमन्त्री दलादिये तथा विदेशमन्त्री बोनेट ने चेम्बरलेन से भेंट की। 19 सितम्बर, 1938 को एक संयुक्त एंग्लो-फ्रेंच नोट में चैक सरकार को 50% से अधिक जर्मन जनसंख्या वाले चैक प्रदेश जर्मनी को दे देने की सलाह दी।

अपने मित्रों के विश्वासघात के कारण चैक सरकार को यह सलाह माननी पड़ी। 21 सितम्बर, 1938 को चेम्बरलेन ने गोडेसबर्ग में हिटलर से पुनः भेंट की। हिटलर ने

अपनी मांगें फिर बढ़ा दीं। उसने मांग की कि स्यूडेटन जर्मन प्रदेश 1 अक्तूबर, 1938 तक जर्मनी को दे दिया जाए तथा इस प्रदेश की किलेबन्दी, रेलें, कारखाने आदि सभी सुरक्षित रूप से जर्मनी को सौंप दिए जाएं। उसने कहा, "इस प्रदेश से एक भी गाय बाहर नहीं ले जाई जा सकती है।"

चेम्बरलेन इन प्रस्तावों को सुन कर स्तब्ध रह गया। 25 सितम्बर, 1938 ब्रिटिश मन्त्रिपरिषद् ने इन मांगों को रद्द कर दिया। युद्ध आसन्न दिखाई देने लगा। परन्तु ब्रिटिश- फ्रांसीसी शान्तिवादी प्रतिष्ठा खोकर भी शान्ति चाहते थे। चेम्बरलेन ने होरेस विल्सन को अपने वैयक्तिक दूत के रूप में हिटलर के पास भेज कर विवाद के शान्तिपूर्ण समाधान की प्रार्थना की। अन्ततः 29 सितम्बर, 1938 को म्यूनिख में जर्मनी, ब्रिटेन, फ्रांस और इटली के प्रधानमन्त्रियों का सम्मेलन हुआ। अन्त में एक समझौता हुआ। चैक प्रतिनिधि को इस सम्मेलन में भाग नहीं लेने दिया गया। समझौता हो जाने के बाद 30 सितम्बर, 1938 को उसकी प्रतिलिपि चैक प्रतिनिधि मसारिक को दी गई। अपने मित्रों द्वारा विश्वासघात कर दिए जाने के बाद चैक सरकार के पास समझौते को स्वीकार करने के अतिरिक्त कोई और उपाय नहीं रह गया। उसे अपने मृत्युदण्ड को स्वीकार करना पड़ा।

म्यूनिख समझौते की शर्तें –

(क) चैक सेनाएं 1 अक्तूबर, 1938 को स्यूडेटन प्रदेश को खाली करना प्रारम्भ कर देगी।

(ख) खाली करने का कार्य 10 अक्तूबर, 1938 तक पूरा कर दिया जाएगा, चैक सरकार प्रदेश खाली करते हुए खाद्य सामग्री और पशुओं को हटा सकेगी, परन्तु किलेबन्दी को नष्ट नहीं करेगी।

(ग) स्यूडेटन प्रदेश को खाली करने की शर्तों का निर्धारण एक अन्तर्राष्ट्रीय आयोग करेगा, जिसमें जर्मनी, इटली, ब्रिटेन, फ्रांस और चैकोस्लोवाकिया का एक-एक प्रतिनिधि होगा।

(घ) जर्मन सेनाएं असन्दिग्ध जर्मन बहुमत के प्रदेशों पर 1 अक्तूबर, 1938 को अधिकार करना प्रारम्भ करेंगी और 7 अक्तूबर, 1938 तक इस कार्य को पूरा कर लेंगी।

(च) जर्मन बहुमत के सन्दिग्ध प्रदेशों का निर्धारण एक अन्तर्राष्ट्रीय आयोग करेगा। यह आयोग यह भी निश्चित करेगा कि किन-किन प्रदेशों में जनमत संग्रह किया जाए तथा उसकी क्या शर्तें हों। आयोग जनमत संग्रह की तिथि भी निर्धारित करेगा। परन्तु यह तिथि नवम्बर, 1938 के अन्त से पहले होनी चाहिए।

(छ) सीमाओं का अन्तिम निर्धारण एक अन्तर्राष्ट्रीय आयोग करेगा।

(ज) जनता को 6 माह के अन्दर दिए गए प्रदेशों में बसने या छोड़ने की स्वतन्त्रता होगी। जनसंख्या के इस हस्तान्तरण से सम्बन्धित बातों का निर्धारण एक जर्मन-चैकोस्लोवाकिया आयोग करेगा।

(झ) चैक सरकार 4 सप्ताह के अन्दर सभी राजनीतिक जर्मन बन्दियों को मुक्त कर देगी।

**म्यूनिख समझौते का महत्व-परिणाम**

म्यूनिख समझौते को चैकोस्लोवाकिया को छोड़ कर सभी सम्बन्धित पक्षों ने उत्साहपूर्वक स्वागत किया था। फ्रांस और ब्रिटेन की जनता ने म्यूनिख से लौटने पर अपने-अपने प्रधानमन्त्रियों का अभूतपूर्व अभिनन्दन किया था। बर्लिन स्थित ब्रिटिश राजदूत सर हैन्डरसन ने तो चेम्बरलेन को यहां तक लिखा था कि, "संसार की करोड़ों माताएं आज आपको आशीर्वाद दे रही हैं कि आपने उनके बच्चों को युद्ध के मुख से बचा लिया है। कल से आपकी सफलताओं की प्रशंसा में स्याही का समुद्र उमड़ पड़ेगा।"

परन्तु इस उत्साहपूर्ण स्वागत के बावजूद म्यूनिख समझौता ब्रिटेन और फ्रांस की एक भयंकर भूल और कूटनीतिक पराजय थी। रिबनट्राप (जर्मन विदेश मन्त्री) ने ठीक ही कहा था – "बूढ़े आदमी (चेम्बरलेन) ने अपनी मृत्यु के आज्ञापत्र पर हस्ताक्षर कर दिए हैं और अब हमें उस पर केवल उसकी तिथि को लिखना है।"

म्यूनिख समझौता एक अत्यन्त महत्वपूर्ण घटना थी तथा उसके अत्यन्त दूरगामी परिणाम हुए। इसने यूरोप के लगभग सभी प्रमुख देशों की राजनीति पर गम्भीर प्रभाव डाला। ब्रिटेन के लिए म्यूनिख समझौता तुष्टीकरण की नीति का चरम बिन्दु था। केनथ इनग्राम के शब्दों में, "यह पतन की उस प्रक्रिया की, जिसके साथ अब चेम्बरलेन अपने आपको, अपने देश को बांधता पा रहा था। सर्वाधिक अन्धकारमय घड़ी थी क्योंकि इस दुःखद वास्तविकता से कोई छुटकारा नहीं था क्योंकि उस समय ब्रिटेन और फ्रांस हिटलर की मांगों को कार्यान्वित करने वाले अभिकर्ताओं के रूप में कार्य कर रहे थे।"

म्यूनिख समझौते ने फ्रांस की गुटबन्दियों द्वारा सुरक्षा प्राप्ति की योजना को नष्ट कर दिया। अपने सर्वाधिक शक्तिशाली मित्र के विश्वासघात के कारण चैकोस्लोवाकिया जर्मन प्रभाव क्षेत्र में चला गया। पोलैण्ड, रूमानिया और युगोस्लाविया आदि देशों, जिनके साथ फ्रांस 'यथा-स्थिति' की रक्षा के लिए वचनबद्ध था, का फ्रांसीसी मित्रता की उपयोगिता में विश्वास नष्ट हो गया।

जर्मनी के लिए म्यूनिख समझौता एक प्रकार का वरदान था। म्यूनिख हिटलर के कूटनीति जीवन की सबसे बड़ी विजय और चेम्बरलेन की सबसे बड़ी पराजय थी। चेम्बरलेन को हिटलर की लगभग सभी मांगें मान लेनी पड़ी थीं। विन्सटन चर्चिल के शब्दों में, "बर्खटेसगाडेन में पिस्तौल तान कर 1 पौंड मांगा गया, जब यह दे दिया गया

तब गोडेसबर्ग में पिस्तौल दिखा कर 2 पौंड मांगे गए। अन्त में अधिनायक ने 1 पौंड 17 शि० 6 पेन्स लेना स्वीकार कर लिया। हिटलर का इस समझौते से अत्यधिक लाभ हुआ। अब इसके लिए पोलैण्ड पर विजय पर विजय पाना अत्यन्त सरल हो गया। उसके दो प्रधान शत्रुओं (फ्रांस और रूस) में फूट पड़ गई। सम्पूर्ण मध्य यूरोप जर्मन प्रभाव क्षेत्र में आ गया। जर्मन–रूस समझौते का मार्ग प्रशस्त हो गया। इसके अतिरिक्त म्यूनिख समझौते के कारण हिटलर को यह विश्वास हो गया कि ब्रिटेन और फ्रांस उसके विरुद्ध कुछ भी करने का साहस नहीं करेंगे। उसने कहा कि, "मैंने म्यूनिख में उन गरीब कीड़ों (दलादिये और चेम्बरलेन) का अनुभव किया है। वे दोनों आक्रमण करने के लिए अत्यधिक कायर सिद्ध होंगे।"

सोवियत विदेशनीति पर म्यूनिख समझौते का क्रान्तिकारी प्रभाव पड़ा। उसके इतिहास में एक नवीन युग का सूत्रपात हुआ। म्यूनिख वार्ता में उसे आमन्त्रित नहीं किया गया तथा स्वयं म्यूनिख समझौता 1935 को फ्रांसीसी रूसी सन्धि का उल्लंघन था। ब्रान्स हूपर के शब्दों में, "म्यूनिख समझौता एक ब्लैक आउट पराजय था। सोवियत यूनियन की विदेश नीति के दो युगों के मध्य की समय सीमा था।" रूस को विश्वास हो गया कि वह अपने पश्चिमी मित्रों पर विश्वास नहीं कर सकता। वह जर्मनी से समझौता करने की सोचने लगा।

चैकोस्लोवाकिया के लिए म्यूनिख समझौता न केवल एक प्रकार का मृत्युदण्ड का आज्ञापत्र था, अपितु इतिहास का सबसे महान विश्वासघात भी था। चैकोस्लोवाकिया की पराजय का वास्तविक कारण उसकी अपनी कोई दुर्बलता नहीं थी, अपितु उसके मित्रों का विश्वासघात था। म्यूनिख समझौते ने जर्मनी की शक्ति को द्विगुणित कर दिया उसे न केवल स्यूडेटन प्रदेश प्राप्त हुआ, अपितु विशाल मात्रा में औद्योगिक तथा सामरिक महत्व की वस्तुएं भी प्राप्त हुईं। उसे शूबर किलेबन्दी पर चैक सरकार ने 50 मिलियन पौण्ड व्यय किए थे, स्कोडा शस्त्र फैक्टरी और ऑसिग केमिकल वर्क्स प्राप्त हुए। उसे चैक कोयले की खानों का 50%, धातु का 39%, शीशे के उद्योग का 55%, चैकोस्लोवाकिया के 27 बड़े नगरों में से 14 नगर तथा चैकोस्लोवाकिया की औद्योगिक जनसंख्या का 1/3 प्राप्त हुआ। चैकोस्लोवाकिया को शक्तिहीन और सम्पत्तिहीन कर दिया गया। यही नहीं, म्यूनिख समझौते के तुरन्त बाद पोलैण्ड और हंगरी ने भी चैकोस्लोवाकिया के मृत–प्राय शरीर में अपने दांत गड़ा दिए। पोलैण्ड ने टेचन के आस-पास के पोल बहुल प्रदेश पर दावा किया और हंगरी ने स्लोवाकिया के मेगिआर जाति से बसे हुए क्षेत्र पर दावा किया। चैकोस्लोवाकिया को इन दावों को भी स्वीकार करना पड़ा।

म्यूनिख समझौता सम्पूर्ण यूरोप के लिए एक महान कूटनीतिक क्रान्ति सिद्ध हुआ। इसने वर्साय की सन्धि द्वारा स्थापित व्यवस्था को नष्ट कर दिया। फ्रांस तथा ब्रिटेन के

मित्र देशों ने उन पर विश्वास को नष्ट कर दिया। लघु मैत्री संघ के महत्व को समाप्त कर दिया। जवाहरलाल नेहरू के शब्दों में, "इस प्रकार यूरोप का एक नया विभाजन प्रारम्भ हुआ, एक यूरोप जिसमें फ्रांस तथा ब्रिटेन द्वितीय श्रेणी की शक्तियां बनते जा रहे थे और हिटलर के अन्तर्गत नात्सी जर्मनी प्रभुत्व सम्पन्न था।" म्यूनिख समझौता यूरोप तथा विश्व के इतिहास में नया मोड़ था।

राष्ट्रसंघ के लिए म्यूनिख समझौता अत्यन्त घातक सिद्ध हुआ। इसने राष्ट्रसंघ की सामूहिक सुरक्षा व्यवस्था की प्रभावहीनता को सूर्य के प्रकाश के समान स्पष्ट कर दिया। इस प्रकार म्यूनिख समझौता चैकोस्लोवाकिया के प्रति ही नहीं अपितु सामूहिक सुरक्षा के प्रति भी एक निर्लज्ज विश्वासघात था। समझौते के द्वारा जैसा कि महात्मा गांधी ने कहा था, "केवल एक सप्ताह के सांसारिक जीवन के लिए यूरोप ने अपनी आत्मा बेच डाली।"

लन्दन तथा पेरिस की जनता ने म्यूनिख समझौते के बाद चेम्बरलेन और दलादिये का शान्ति दूतों के रूप में स्वागत किया; चेम्बरलेन का मत था कि 1978 के बाद दूसरी बार ब्रिटेन ने सम्मान सहित शान्ति को प्राप्त किया है। परन्तु वास्तव में चैम्बरलेन अपनी शान्तिप्रियता के नशे में अपनी पराजय को देखने में असफल रहा था। चर्चिल ने उसी समय कहा था, "ब्रिटेन और फ्रांस को इस समय युद्ध व अपमान में चुनाव करना पड़ा है। उन्होंने अपमान को चुना है और शीघ्र ही उन्हें युद्ध करना पड़ेगा।" उनका मत था कि "एक छोटे राज्य को भेड़िये के आगे फेंक कर सुरक्षा पाने की आशा घातक भ्रान्ति मात्र है।" चर्चिल की भविष्यवाणी सत्य सिद्ध हुई।

डेविड थाम्पसन के अनुसार – "मित्र राष्ट्रों ने इस मामले में चैकास्लोवाकिया को सामूहिक सुरक्षा प्रदान करने की अपेक्षा उसके प्रदेश पर सामूहिक डकैती की; उसे जबरदस्ती  अपना प्रदेश जर्मनी को सौंपने के लिए बाध्य किया।"

शूमां के शब्दों में – "म्यूनिख समझौता तुष्टीकरण की नीति का सर्वोच्च विकास तथा पश्चिमी लोकतन्त्रों की मृत्यु का आज्ञापत्र था। यह सामूहिक सुरक्षा पद्धति के विनाश का प्रतीक था। यह हिटलर की आतंक की रणनीति की अब तक की सबसे बड़ी विजय थी।"

## चैकोस्लोवाकिया की अंत्येष्टि

26 सितम्बर, 1938 को हिटलर ने कहा था, कि "मैंने चेम्बरलेन को आश्वासन दिया है कि जब स्यूडेटन जर्मनों की समस्या सुलझ जाएगी तो जर्मनी यूरोप में किसी अन्य प्रदेश पर दावा नहीं करेगा।" परन्तु शीघ्र ही यह स्पष्ट हो गया कि हिटलर पर विश्वास नहीं किया जा सकता। म्यूनिख समझौते के बाद जर्मनी ने स्लोवाकिया के प्रदेश को शेष चैकोस्लोवाकिया से पृथक् होने के लिए भड़काया। चैक सरकार ने ज़ब इस विद्रोह को दबाने की चेष्टा की तब हिटलर ने स्लोवाक नेताओं को बर्लिन बुला कर उन्हें

जर्मन संरक्षण प्रदान किया। उसके प्रोत्साहन में 14 मार्च, 1939 को स्लोवाकिया ने अपने को स्वतन्त्र घोषित कर दिया। उसी दिन चैक राष्ट्रपति एमिल हाशा, जो हिटलर से मिलने बर्लिन आए थे, से बलपूर्वक एक ऐसे दस्तावेज पर हस्ताक्षर करा लिए गए, जिसके द्वारा वोहीमिया और मोराविया 'जर्मन संरक्षण' में रख दिए गए, जिससे चैकोस्लोवाकिया का अस्तित्व समाप्त हो गया।

# 10

# आस्ट्रिया का विलय

## पृष्ठभूमि

रोम-बर्लिन-टोकियो धुरी के निर्मित हो जाने के उपरान्त हिटलर ने सर्वप्रथम आस्ट्रिया की ओर ध्यान दिया। इस सम्बन्ध में हिटलर स्पष्ट रूप से मेनकाम्फ में व्यक्त कर चुका था कि:

"1914 की सीमाओं की पुनर्स्थापना की मांग ऐसे विस्तार और प्रभावशाली एक राजनीतिक मूर्खता है कि वह एक अपराध प्रतीत होने लगती है। यह इस तथ्य की पूर्ण उपेक्षा करती है कि 1914 में जर्मन साम्राज्य की सीमाएं न तो जर्मन राष्ट्रीयता के सभी व्यक्तियों को अपने में समेट लेने के दृष्टिकोण से पूर्ण थीं और न ही अपनी भौगोलिक उपयुक्तता की दृष्टि से युक्तिसंगत थीं।"

हिटलर ने अपनी विदेशनीति के उद्देश्यों को प्रकट करते हुए कहा था कि जर्मन जाति के सभी लोगों का एक महान जर्मनी में संगठन; वर्साय और सेंट जर्मेन सन्धियों की समाप्ति तथा जर्मन साम्राज्य का विस्तार उसकी प्रमुख आकांक्षाएं हैं। आस्ट्रिया जर्मन बहुल क्षेत्र था परन्तु वर्साय सन्धि तथा सेंट जर्मेन सन्धियों में यह उल्लिखित किया गया था कि आस्ट्रिया का जर्मनी में विलय नहीं किया जा सकता, क्योंकि इससे जर्मनी के शक्तिशाली हो जाने का खतरा था, जिससे यूरोप का शक्ति संतुलन विनष्ट होने की सम्भावना थी। फ्रांस की सुरक्षा हेतु भी आस्ट्रिया का जर्मनी से पृथक् रहना आवश्यक था।

जर्मनी जर्मन प्रधान आस्ट्रिया को अपने में मिला लेना चाहता था, परन्तु इटली और जर्मनी और आस्ट्रिया के संयोग का प्रबल विरोधी था क्योंकि इससे जर्मनी और इटली की सीमाएं मिल जातीं और इटली की सुरक्षा को खतरा उत्पन्न हो जाता। उधर यद्यपि आस्ट्रिया नात्सी क्रान्ति से पूर्व जर्मनी से संयोग की मांग कर रहा था, परन्तु नात्सियों की अधिनायकवादी गतिविधियों ने उसे सशंकित कर दिया और उसने जर्मनी के साथ संयोग का आन्दोलन बन्द कर दिया। मई, 1934 में एक ओर आस्ट्रिया और

दूसरी ओर इटली और हंगरी के मध्य अनेक राजनीतिक और आर्थिक समझौते हुए; हिटलर का इन सबसे चिन्तित होना स्वाभाविक था। हिटलर 15 जून, 1934 को स्वयं मुसोलिनी से वेनिस में मिला परन्तु इस सम्बन्ध में कोई समझौता नहीं हो सका। परन्तु बाद में एबीसीनिया के संकट के कारण 25 अक्तूबर, 1936 को जर्मन-इटालियन समझौता हुआ। तदुपरान्त हिटलर ने आस्ट्रिया का जर्मनी में विलय करने का सफल प्रयास किया। आस्ट्रिया के जर्मनी में विलय के प्रमुख कारण थे –

(क) आस्ट्रिया जर्मन प्रधान क्षेत्र था और हिटलर की विदेशनीति का उद्देश्य था 'महान जर्मन जाति का संगठन'। इसलिए हिटलर ने आस्ट्रिया का जर्मनी में विलय करने का निश्चय किया।

(ख) वर्साय तथा सेंट जर्मेन सन्धियों की समाप्ति हिटलर की विदेश नीति का दूसरा प्रमुख उद्देश्य था। हिटलर इन दोनों सन्धियों से घृणा करता था अत: उसने आस्ट्रिया का जर्मनी में विलय का निश्चय किया, जिससे इस अपमान का प्रतिशोध लिया जा सके।

(ग) आस्ट्रिया जर्मन साम्राज्य के प्रसार का सचेतक बिन्दु था। आस्ट्रिया के जर्मनी में विलय होने से जर्मन साम्राज्य का विस्तार हो रहा था और वह मध्य यूरोप का सर्वथा विशाल राज्य कहला सकता था। जर्मन साम्राज्य का प्रसार यह हिटलर की विदेशनीति का तीसरा मुख्य उद्देश्य था इसलिए हिटलर ने यह कदम उठाया।

(घ) आस्ट्रिया जर्मन विरोधी गुटबन्दी का केन्द्र बनता जा रहा था अत: हिटलर ने आस्ट्रिया को अधिकृत करने का निश्चय किया।

(च) ब्रिटिश तुष्टीकरण नीति ने हिटलर को प्रोत्साहन प्रदान किया; मंचूरिया काण्ड और इटली-एबीसीनिया काण्ड में ब्रिटेन-फ्रांस की विफलता तथा राष्ट्रसंघ की असफलता ने उसे इस महत्वाकांक्षी योजना की पूर्ति की प्रेरणा दी।

(छ) 1934 की आस्ट्रिया में हुई विफलता, उसे इस विलीनीकरण की उत्तेजना प्रदान कर रही थी।

(ज) आस्ट्रिया में सामरिक महत्व के स्थान, विदेशी मुद्रा और विशाल जनसंख्या तथा कृषि-उद्योग के क्षेत्र मिलने की आशा ने हिटलर को आस्ट्रिया पर अधिकार करने के लिए प्रेरित किया।

**घटनाक्रम**

स्पेन के गृह-युद्ध और नवम्बर, 1937 में लार्ड हैलीफेक्स की बर्लिन यात्रा से हिटलर को यह विश्वास हो गया कि ब्रिटेन और फ्रांस उसे रोकने के लिए सैनिक कार्यवाही करने का साहस नहीं करेंगे। अत: उसने 1938 के प्रारम्भ में आस्ट्रिया को हड़पने का

निश्चय कर लिया। 10 मार्च, 1938 को सम्पूर्ण विश्व बर्लिन रेडियो से यह घोषणा सुन कर अचम्भित रह गया कि वियना में एक साम्यवादी क्रान्ति की आसन्न सम्भावना है और जर्मनी के लिए अपने राष्ट्रबन्धुओं की रक्षा हेतु तुरन्त कार्यवाही करना आवश्यक है। दो दिन बाद जर्मन सेनाओं ने आस्ट्रिया में प्रवेश करना आरम्भ कर दिया। 14 मार्च, 1938 को वियना पर हिटलर का अधिकार हो गया। 10 अप्रैल, 1938 को आस्ट्रिया सहित समस्त जर्मनी में आस्ट्रिया और जर्मनी के संयोग के प्रश्न पर जनमत संग्रह लिया गया, जिसमें 99.73% मतदाताओं ने जर्मनी और आस्ट्रिया के संयोग का समर्थन किया।

ब्रिटेन ने आत्मनिर्णय के अधिकार का प्रयोग मान कर विलय की उपेक्षा कर दी। फ्रांस और राष्ट्रसंघ ने भी इसका कोई विरोध नहीं किया। इटली ने भी इस कार्य का अनुमोदन कर दिया। अपदस्थ चांसलर शुस्निग ने इस स्थिति पर प्रकाश डालते हुए कहा था कि "नाजियों का यह दावा कि उनकी सरकार परिस्थिति को संभाल नहीं सकती आदि से अन्त तक झूठ है। वास्तविकता तो यह है, कि हमें बलात्कार से झुकना पड़ा है, ईश्वर आस्ट्रिया की रक्षा करे।"

## आस्ट्रिया का जर्मनी में विलय का परिणाम, महत्व

आस्ट्रिया का जर्मनी में मिलाया जाना एक बड़े महत्व की घटना थी, क्योंकि इससे जर्मनी की स्थिति मध्य यूरोप में प्रभावपूर्ण हो गई। इससे जर्मनी को ब्रेनर दर्रे द्वारा इटली, यूगोस्लाविया और हंगरी से सीधा सम्बन्ध स्थापित करने का मार्ग स्पष्ट हो गया। नाजियों के सैनिक तथा आर्थिक अभ्युदय में इस विजय का एक बहुत बड़ा हाथ था। चैकोस्लोवाकिया को एकाकी बनाने और उसके सुरक्षा साधनों को निरर्थक बनाने में इस विजय ने हिटलर को बड़ी सहायता पहुंचाई। इस विजय से संतुष्ट होकर हिटलर ने कहा था कि "जर्मनी अब विजय की बेला से गुजर रहा है और जर्मन जनता एक सूत्र में बंध चुकी है। हमें कोई धमकियां, कठिनाइयां या बल अपनी एकता से विचलित नहीं कर सकती है।"

डेरी और जारमेन के अनुसार, "जर्मनी ने इस आक्रमण से देश में सत्तर लाख व्यक्तियों को और बढ़ा लिया, इससे नये आर्थिक तथा सैनिक साधन उपलब्ध हो गए और इसने अपने मध्य-यूरोप के अधिकार से बाल्कन प्रायद्वीप की आर्थिक स्थिति पर प्रभाव स्थापित कर लिया। सबसे महत्वशाली फल था कि अब जर्मनी चैकोस्लोवाकिया का अपना दूसरा शिकार बनाने की स्थिति में हो गया।

# 11

# रोम-बर्लिन-टोकियो धुरी

## पृष्ठभूमि

"आल्पस के दक्षिण के महान व्यक्ति" को मित्र बनाना हिटलर की व्यूह रचना का एक मूलभूत अंग था; परन्तु मुसोलिनी को यह आशंका थी कि हिटलर आस्ट्रिया को जर्मनी में मिलाने का प्रयत्न करेगा, जिसका परिणाम यह होगा कि जर्मनी की सीमा इटली के ब्रेनर दर्रे तक आ जाएगी। इस दर्रे के दक्षिण में लगभग 2½ लाख जर्मन जनसंख्या वाला इटालियन प्रदेश था। मुसोलिनी को भय था कि हिटलर इस प्रदेश को छीनने का प्रयास कर सकता था। इसके अतिरिक्त जर्मनी और आस्ट्रिया के संयोग से बाल्कन देशों में जर्मनी का प्रभाव बढ़ जाने की सम्भावना थी, जबकि इटली इस प्रदेश को अपना प्रभाव क्षेत्र मानता था।

नात्सी क्रान्ति के बाद हिटलर ने अपने निकटवर्ती राज्यों में मित्रों की खोज प्रारम्भ की, पर उसने पाया कि जर्मनी शत्रु राष्ट्रों से ही घिरा हुआ है; उसके पश्चिम में उसका ऐतिहासिक शत्रु फ्रांस था, पूर्व में भावी शत्रु रूस था तथा दक्षिण में प्रतिद्वन्दी राष्ट्र इटली था। इनमें से फ्रांस तथा रूस से मित्रता असम्भव थी। केवल इटली ही सम्भावित मित्र हो सकता था।

जब जर्मनी अपनी शस्त्रीकरण की दौड़ में आगे बढ़ता जा रहा था तो यूरोपीय देशों ने अपनी सुरक्षा के लिए अप्रैल, 1935 में स्ट्रेजा में एक समझौता किया। स्ट्रेजा में तीन देशों (इटली, फ्रांस, ब्रिटेन) के प्रतिनिधियों ने मुसोलिनी के परामर्श से यह घोषणा की कि वे वर्साय की सन्धि और राष्ट्रसंघ के निर्णयों की रक्षा करने में सहयोगी बने रहेंगे। परन्तु यह गुट जो जर्मनी के विरुद्ध बना था, स्थायित्व नहीं रखता था क्योंकि इन देशों के वास्तविक स्वार्थ भिन्न थे और उनके सम्बन्ध भी मधुर न थे। हिटलर ने इस स्थिति का पूर्ण रूप से लाभ उठाने का प्रयत्न किया।

एबीसीनिया युद्ध ने इटली की स्थिति में क्रान्तिकारी परिवर्तन ला दिया। इससे एक ओर इटली तथा दूसरी ओर राष्ट्रसंघ, ब्रिटेन, फ्रांस और रूस के बीच गम्भीर मतभेद

उत्पन्न हो गया। ऐसे समय में अन्तर्राष्ट्रीय परिस्थिति की यथार्थताओं ने इटली के लिए एक ही मार्ग रह जाने दिया और वह मार्ग था जर्मनी से मित्रता। हिटलर ने भी इस अवसर का लाभ उठाने का पूरा-पूरा प्रयत्न किया। उसने राष्ट्रसंघ द्वारा इटली के विरुद्ध लगाए गए प्रतिबन्धों में भाग लेने से इन्कार कर दिया और इटली की एबीसीनिया विजय को स्वीकृति प्रदान करने वाला प्रथम राज्य होकर इटली की सद्भावना जीत ली। 17 जुलाई, 1936 को स्पेन में गृह-युद्ध छिड़ गया। इसमें इटली ने जनरल फ्रांको का पक्ष लिया। हिटलर ने इस सम्बन्ध में इटली का पूरा-पूरा समर्थन किया। इससे जर्मनी और इटली के सम्बन्ध घनिष्टतर होते गए। अन्ततः 25 अक्तूबर, 1936 को दोनों ने एक सन्धि द्वारा परस्पर सहयोग करने का वचन दिया और 1 नवम्बर, 1936 को मुसोलिनी ने रोम-बर्लिन धुरी की चर्चा करनी प्रारम्भ कर दी। इस सन्धि से जर्मनी की एकाकिता का अन्त हो गया। यहीं से दोनों प्रजातन्त्रीय व्यवस्था को सड़ी-गली व्यवस्था समझने लगे। उन्होंने यहीं से अपने को किसी निश्चित कदम उठाने के लिए तैयार कर लिया। इस सन्धि द्वारा यह तय किया गया था कि जिन विषयों में दोनों के समान स्वार्थ रहेंगे, उनमें वे एक-दूसरे को सहयोग देंगे। स्पेन की क्षेत्रीय और औपनिवेशिक एकता को कायम रखने का संकल्प किया। डैन्यूबियन क्षेत्र में उन्होंने सहयोग के लिए तथा साम्यवाद के विरुद्ध नीति बनाए रखने का निश्चय किया।

## एन्टी कोमिन्टर्न पैक्ट

1936 में कुओमिन्तांग और साम्यवादियों के पुनर्मिलन से चीनी राष्ट्रवाद शक्तिशाली हो उठा और उसने जापानी साम्राज्यवाद के विरुद्ध सशक्त मुहिम छेड़ दी इससे जापानी प्रसार के रुक जाने की सम्भावना उत्पन्न हो गई। इस सम्भावना के विरुद्ध अपनी स्थिति को मजबूत करने और एशिया में नवीन व्यवस्था की स्थापना करने के अपने उद्देश्य में सफलता प्राप्त करने के लिए जापान ने जर्मनी के साथ समझौता करने का निश्चय किया। दूसरी ओर इटली से समझौता करने के पश्चात् हिटलर ने 'मीन काम्फ' की योजना के अनुसार जापान से मैत्री स्थापित करने का यत्न किया। सोवियत रूस, जर्मनी और जापान दोनों के ही साम्राज्यों के प्रसार में बाधक था। अन्ततः 25 नवम्बर, 1936 को दोनों ने सोवियत रूस के विरुद्ध एन्टी कोमिन्टर्न पैक्ट किया। 6 नवम्बर, 1937 को इटली ने भी इस समझौते पर हस्ताक्षर कर दिए और इस प्रकार 'रोम-बर्लिन धूरी' 'रोम-बर्लिन-टोकियो धुरी' में परिवर्तित हो गई। इससे दो स्पष्ट गुटों का निर्माण हो गया। एक ओर जर्मनी, इटली और जापान थे जो धुरी राष्ट्र कहलाए; दूसरी ओर फ्रांस, रूस और उनके मित्र राष्ट्र थे। इन दोनों के सैद्धान्तिक और व्यावहारिक मतभेद इतने गम्भीर थे कि मुसोलिनी के शब्दों में – "दोनों संसारों के मध्य संघर्ष किसी समझौते की अनुमति नहीं दे सकता। या तो हम रहेंगे या वे।"

24 फरवरी, 1939 को हंगरी और मंचूकुओं तथा 27 मार्च, 1939 को स्पेन भी इस समझौते में सम्मिलित हो गए। 'रोम-बर्लिन-टोकियो' धुरी के निर्मित हो जाने से हिटलर की आकांक्षा 'मित्रों की खोज' पूर्ण हो गई; इसी के तदन्तर हिटलर ने मार्च, 1938 में आस्ट्रिया का जर्मनी में एकीकरण करके अपनी साम्राज्यवादी महत्वाकांक्षा की पूर्ति की; और इस सफलता से प्रेरित होकर सितम्बर, 1938 में म्यूनिख समझौते में चैकोस्लोवाकिया का अंग-भंग कर दिया तदुपरान्त पोलैण्ड पर 1 सितम्बर, 1939 को आक्रमण कर दिया जिसके तदन्तर विश्व द्वितीय विश्व युद्ध की ज्वालाओं से घिर गया। वह 'रोम-बर्लिन-टोकियो धुरी' का प्रत्यक्ष परिणाम था। केटलबी ने ठीक ही लिखा है – "यहीं से नाजियों की प्रगति बढ़ती गई और उनकी भूख, क्षमता और दृढ़ता की कोई सीमा न रही।"

# 12

# इटली-एबीसीनिया काण्ड

## पृष्ठभूमि

1922 से 1934 तक मुसोलिनी ने अन्तर्राष्ट्रीय जगत में अनेक सफलताएं प्राप्त की थीं, परन्तु इटली के लिए स्थाई गौरव की कोई सफलता नहीं थी। 1930 - 1934 के मध्य इटली आर्थिक संकट के दौर से गुजर रहा था; बेरोजगारों की संख्या ढाई लाख से अधिक हो गई थी। प्रजातान्त्रिक स्वतन्त्रताओं के नष्ट हो जाने के कारण देश में असन्तोष बढ़ता जा रहा था। अतः जापान की मंचूरिया विजय से प्रेरणा ग्रहण कर मुसोलिनी ने आन्तरिक लोकप्रियता और अन्तर्राष्ट्रीय प्रतिष्ठा की अभिवृद्धि के लिए एबीसीनिया विजय का संकल्प किया था। इस अभियान के कुछ प्रमुख कारण निम्नलिखित थे –

(क) इटली साम्राज्य-निर्माण की दौड़ में विलम्ब से सम्मिलित हुआ था; 1934 तक अफ्रीका में एबीसीनिया ही एकमात्र एक ऐसा देश बचा था, जो यूरोपीय शक्तियों के साम्राज्यान्तर्गत नहीं था; अतः इटली एबीसीनिया को ही अधिकृत करने की आशा कर सकता था और उसने ऐसा ही निश्चय किया था।

(ख) एबीसीनिया के समीपस्थ प्रदेश एरिट्रिया और सुमालीलैण्ड पहले से ही इटली के अधिकार में थे।

(ग) एबीसीनिया एक कम जनसंख्या का विशाल देश था; उसकी क्षेत्रफल 560000 वर्ग कि०मी० था जबकि जनसंख्या 60 लाख थी। अतः उससे इटली की अतिरिक्त जनसंख्या की समस्या का समाधान हो सकता था। साथ ही, एबीसीनिया इटली के उद्योग-धन्धों के लिए कच्चे माल का भी एक विशाल स्रोत हो सकता था।

(घ) एबीसीनिया पर अधिकार से इटली का लाल सागर पर नियन्त्रण बढ़ जाता, जिससे उसके भूमध्य सागर को 'हमारा समुद्र' बनाने की आकांक्षा की पूर्ति में सहायता प्राप्त होती।

(च) इटली ने 1896 में एबीसीनिया को विजय करने का असफल प्रयास किया था। अतः एबीसीनिया पर विजय प्राप्त कर मुसोलिनी 1896 के राष्ट्रीय अपमान का प्रतिशोधक बनने का गौरव प्राप्त कर सकता था।

इस प्रकार मुसोलिनी ने एबीसीनिया को विजय करने का संकल्प कर लिया। परन्तु यूरोप के श्रगाल के लिए ब्रिटेन और फ्रांस के आशीर्वाद के बिना ऐसा करना सम्भव नहीं था। प्रारम्भ में फ्रांस और ब्रिटेन दोनों ही इटली के एबीसीनिया पर अधिकार के विरोधी थे क्योंकि एक ओर तो फ्रांस और इटली की भूमध्य सागर में प्रतिद्वन्द्विता थी और दूसरी ओर इससे ब्रिटिश साम्राज्य के पूर्वी प्रदेशों को जाने वाले महामार्ग की सुरक्षा को खतरा उत्पन्न हो जाता; परन्तु मुसोलिनी के सौभाग्य से एक ओर तो जापान की मंचूरिया विजय ने राष्ट्रसंघ की सामूहिक सुरक्षा व्यवस्था के खोखलेपन को सिद्ध कर दिया और दूसरी ओर जर्मनी में नात्सी क्रान्ति ने ब्रिटेन और फ्रांस को इटली की मित्रता प्राप्ति के लिए उत्सुक बना दिया। 7 जनवरी, 1935 के फ्रेंको-इटालियन समझौते द्वारा इटली फ्रांस के जर्मन विरोधी गुट में सम्मिलित हो गया और फ्रांसीसी विदेशमन्त्री लावाल ने गुप्त रूप से मुसोलिनी को एबीसीनिया में मनमानी करने की स्वतन्त्रता दे दी।

### आक्रमण (वलवल की घटना)

5 दिसम्बर, 1934 को इटालियन सुमालीलैण्ड तथा एबीसीनिया के पास वलवल नामक ग्राम के समीप एबीसीनिया और इटली की सेनाओं में मुठभेड़ हो गई, जिसमें दोनों पक्षों के कुछ सैनिक हताहत हुए। वास्तव में, यह मुठभेड़ इटली द्वारा जानबूझ कर कराई गई थी। इटली ने तुरन्त ही एबीसीनिया से क्षमायाचना करने और क्षतिपूर्ति के रूप में एक भारी राशि देने की मांगी की। एबीसीनिया ने स्थिति को संकटपूर्ण होने से बचने के लिए विवाद राष्ट्रसंघ को सौंप दिया। 3 जनवरी, 1935 को परिषद् की बैठक होने पर एबीसीनिया ने 11वें अनुच्छेद के अन्तर्गत कार्यवाही की मांग की परन्तु फ्रांस इस समय इटली की मित्रता प्राप्त करने का प्रयास कर रहा था और वह राष्ट्रसंघ से एबीसीनिया की प्रार्थना पर कार्यवाही को स्थगित करता रहा।

### ब्रिटेन की तुष्टीकरण नीति

एबीसीनिया संकट के सम्बन्ध में ब्रिटेन ने तुष्टीकरण नीति अपनाई। वास्तव में ब्रिटिश नीति अत्यन्त कपटपूर्ण थी। मार्च, 1935 में जर्मनी ने अपनी शस्त्रीकरण की घोषणा कर दी थी। ब्रिटेन और फ्रांस जर्मनी के विरुद्ध इटली का सहयोग चाहते थे और अप्रैल, 1935 के स्ट्रेजा सम्मेलन में इटली ने ऐसा सहयोग देने का वचन भी दिया था। अतः ब्रिटिश सरकार इटली के विरुद्ध कोई प्रभावशाली कार्यवाही नहीं करना चाहती थी। परन्तु ब्रिटिश जनता एक स्वर से आक्रमण के विरोध की मांग कर रही थी। इसके कारण ब्रिटिश सरकार को प्रत्यक्षतः इटली का समर्थन करने का साहस नहीं हुआ। 1935

के सामान्य निर्वाचनों में प्रधानमन्त्री बाल्डविन ने प्रत्येक दशा में आक्रमण का विरोध और राष्ट्रसंघ का समर्थन करने की प्रतिज्ञा की। परन्तु अन्दर ही अन्दर ब्रिटिश सरकार एबीसीनिया, राष्ट्रसंघ और ब्रिटिश जनता के साथ विश्वासघात करने का निश्चय कर चुकी थी। अगस्त, 1935 में लन्दन में एक त्रिशक्ति सम्मेलन हुआ जिसमें फ्रांसीसी विदेशमन्त्री लावाल तथा ब्रिटिश प्रतिनिधि ईडन ने इटालियन प्रतिनिधि बेरोन अलोयसी के सामने इटली के विशेष हितों का ध्यान रखते हुये एबीसीनिया की उन्नति के लिए सामूहिक सहायता और प्रादेशिक पुनर्विभाजन की एक योजना रखी। परन्तु मुसोलिनी ने न केवल इसे अस्वीकार कर दिया, अपितु धृष्टतापूर्वक कहा कि "यदि चांदी की तश्तरी रख कर सम्पूर्ण एबीसीनिया (इथियोपिया) भी हमें भेंट किया जाए तो हम उसे अस्वीकार कर देंगे क्योंकि हमने उसे तलवार के जोर से लेने का निश्चय कर लिया।"

इस प्रकार मुसोलिनी ने यह स्पष्ट कर दिया कि वह एबीसीनिया पर आक्रमण करेगा। ब्रिटिश जनमत को सन्तुष्ट करने के लिए ब्रिटेन ने विदेशमन्त्री सर सेमुअल होर ने 11 सितम्बर, 1935 को यह घोषणा की कि ब्रिटिश सरकार राष्ट्रसंघ संविदा के अन्तर्गत स्वीकार किए गए अपने सभी दायित्वों को पूरा करेगी; परनतु यह घोषणा एक धोखामात्र थी क्योंकि 10 सितम्बर, 1935 को सर सेमुअल होर तथा लावाल के मध्य गुप्त रूप से यह समझौता हो चुका था कि इटली के विरुद्ध न तो सैनिक कार्यवाही की जाएगी, न उसकी समुद्री जहाजों के द्वारा नाकाबन्दी की जाएगी और न ही उसके जहाजों के लिए स्वेज नहर बन्द की जाएगी।

### राष्ट्रसंघ के साथ विश्वासघात

1 अक्तूबर, 1935 को मुसोलिनी ने इटालियन सेनाओं को एबीसीनिया पर आक्रमण करने का आदेश दे दिया। इस पर एबीसीनिया ने राष्ट्रसंघ से 16वें अनुच्छेद के अन्तर्गत कार्यवाही करने का अनुरोध किया। 7 अक्तूबर, 1935 को परिषद् इस निष्कर्ष पर पहुंची की इटली ने संविदा के 12वें अनुच्छेद का उल्लंघन करते हुए युद्ध का आश्रय लिया है। 19 अक्तूबर, 1935 को राष्ट्रसंघ ने इटली के विरुद्ध आर्थिक प्रतिबन्ध लगाने का निश्चय किया। यह राष्ट्रसंघ के इतिहास में आर्थिक प्रतिबन्धों का पहला और अन्तिम प्रयोग था; परन्तु महाशक्तियों ने इनके सम्बन्ध में प्रारम्भ से ही एक कुटिल नीति अपनाई। सामरिक दृष्टि से सर्वाधिक महत्वपूर्ण वस्तु तेल थी। इस पर पाबन्दी लगाने से इटली के एबीसीनिया अभियान की अकाल मृत्यु हो सकती थी। परन्तु फ्रांस के विरोध के कारण उस पर प्रतिबन्ध नहीं लगाया जा सका। राष्ट्रसंघ के बाहर अमेरिका की नीति भी इटली के अनुकूल थी। 5 अक्तूबर, 1935 को अमरीकन राष्ट्रपति ने यह घोषणा की कि "एक युद्ध स्थिति वर्तमान है और युद्ध में अमरीकन शस्त्रों और उपकरणों का किसी भी युद्धरत पक्ष को निर्यात अवैध होगा।" व्यवहार में इस घोषणा का अर्थ था, एबीसीनिया की आक्रमण का प्रतिरोध करने की क्षमता की

वृद्धि की सम्भावनाओं का अत्यन्त सीमित हो जाना। यही नहीं, अमेरिका ने उस एकमात्र वस्तु पर कोई प्रतिबन्ध नहीं लगाया, जिसकी मुसोलिनी को वास्तविक आवश्यकता थी। यह वस्तु थी – तेल। इसीलिए कहा जाता है कि "मुसोलिनी अमेरिका के बड़े व्यवसायियों द्वारा प्रदत्त तेल के समुद्र पर तैर कर विजय की ओर बढ़ा था।"

परन्तु महाशक्तियों की दो-मुखी नीति के बावजूद आर्थिक प्रतिबन्ध काफी प्रभावशाली सिद्ध हुए। संसार के छोटे राष्ट्रों ने राष्ट्रसंघ के निर्णय का उत्साहपूर्वक स्वागत किया और 18 नवम्बर, 1935 तक इटली का "आर्थिक घेरा" जोर-शोर से लागू हो गया। फ्रांस को डर था कि यदि इटली की हार हो गई तब वह सदैव के लिए इटली की मित्रता से हाथ धो बैठेगा। अतः 7 दिसम्बर, 1935 को लावाल ने होर के साथ इटली को सन्तुष्ट करने के लिए एक गुप्त समझौता किया। इस समझौते के अनुसार इटली एबीसीनिया को अस्सब का बन्दरगाह और समुद्रतट जोड़ने के लिए एक छोटा-सा प्रदेश देता और बदले में एबीसीनिया इटली को 96000 वर्ग कि०मी० का एक विशाल भू-भाग प्रदान करता। साथ ही इटली को दक्षिण एबीसीनिया के 250000 वर्ग कि०मी० के विशाल प्रदेश में औद्योगिक विकास का एकाधिकार दिया जाता। इस प्रकार से दो-तिहाई एबीसीनिया इटली के अधिकार में आ जाता। परन्तु यह समझौता क्रियान्वित नहीं हो सका क्योंकि इटली ने इसे स्वीकार नहीं किया। साथ ही, समझौते से ब्रिटिश जनता इतनी अधिक क्षुब्ध हुई कि विदेशमन्त्री होर को पदत्याग करना पड़ा। इस प्रकार महाशक्तियों के विश्वासघात के कारण इटालियन सेनाएं एबीसीनिया में आगे बढ़ती गईं और अप्रैल, 1936 में वे राजधानी आदिस अबाबा के निकट पहुंच गईं। इस समय राष्ट्रसंघ से एक अन्तिम अपील करते हुए सम्राट हेल सिलासी ने कहा कि, "मुझे उस समय तक डटा रहना आवश्यक है जब तक मेरे सुस्त मित्र दिखाई दें। यदि वे कभी नहीं आते, तो मैं बिना क्रोध के यह भविष्यवाणी करता हूं कि पश्चिम का नाश हो जाएगा।" हेल सिलासी की अपील व्यर्थ गई। मई, 1936 के प्रारम्भ में इटालियन सेनाओं ने आदिस अबाबा पर अधिकार कर लिया। हेल सिलासी को देश छोड़ कर भाग जाना पड़ा। 9 मई, 1936 को इटली के राजा को एबीसीनिया (इथियोपिया) सम्राट घोषित कर दिया गया। फिर भी आर्थिक प्रतिबन्धों ने इटली की अर्थ-व्यवस्था की नींव हिला दी थी। इसकी पूरी सम्भावना थी कि यदि आर्थिक प्रतिबन्ध एक वर्ष और जारी रहते तो मुसोलिनी को घुटने टेक देने पड़ते; परन्तु ब्रिटेन और फ्रांस ऐसा न होने देने के लिए कटिबद्ध थे। फलस्वरूप 4 जुलाई, 1936 को राष्ट्रसंघ ने इटली के विरुद्ध लगाए गए आर्थिक प्रतिबन्धों को समाप्त कर दिया।

तत्पश्चात् ब्रिटेन और फ्रास ने एबीसीनिया को राष्ट्रसंघ से निकालने और इटली को उसमें पुनः लाने का कुचक्र रचा। क्योंकि इटली ने राष्ट्रसंघ की सदस्यता का परित्याग कर दिया था। इस पर एबीसीनिया के सम्राट हेल सिलासी ने चेतावनी देते हुए

कहा था कि 'राष्ट्रसंघ स्वयं ही अपनी कब्र खोद लेगा, यदि न्याय के द्वारा शान्ति की स्थापना के लिए बनाए जाने के उपरान्त वह उस सिद्धान्त को स्वीकार कर लेगा। यहां तक कि अपने एक सदस्य राज्य को आक्रमणकारी के चरणों में डाल देने की कीमत चुकाने का प्रयत्न करेगा।" परन्तु उसकी चेतावनी पर किसी ने ध्यान नहीं दिया। 1938 में राष्ट्रसंघ ने अपने सदस्यों की एबीसीनिया पर इटली के स्वत्व को मानने अथवा न मानने की स्वतन्त्रता दे दी। नवम्बर, 1938 में ब्रिटेन तथा फ्रांस ने एबीसीनिया पर इटली के अधिकार को मान्यता दे दी। इस प्रकार एबीसीनिया, राष्ट्रसंघ तथा सामूहिक सुरक्षा की तुष्टीकरण की बलिवेदी पर बलि चढ़ा दिया गया। राष्ट्रसंघ इस धक्के के बाद कभी नहीं संभल सका। उसकी सामूहिक सुरक्षा की व्यवस्था निष्प्राण हो गई। एबीसीनिया काण्ड ने राष्ट्रसंघ की प्रतिष्ठा का लगभग अन्त ही कर दिया। राष्ट्रसंघ फिर कभी नहीं पनप सका।

## एबीसीनिया काण्ड के परिणाम और महत्व

गेथोर्न हार्डी के शब्दों में, "इस (एबीसीनिया विजय के) समय से युद्धोत्तर इतिहास में एक महत्वपूर्ण मोड़ आरम्भ होता है। इटालियन आक्रमण ने, जो नग्न और निर्लज्जता से किया गया था, सारे संसार पर अपना गहरा असर डाला।" इसका अन्तर्राष्ट्रीय क्षेत्र में गहन प्रभाव दृष्टिगत हुआ।

(क) इसका प्रथम और सबसे दुःखद परिणाम था राष्ट्रसंघ और सामूहिक सुरक्षा व्यवस्था का प्रभावहीन हो जाना।

(ख) दूसरे ब्रिटेन की प्रतिष्ठा को इससे बड़ा धक्का लगा। जर्मनी और इटली के फासिस्ट राष्ट्र उसे दुर्बल और कायर मानने लगे, जबकि छोटे राष्ट्रों में यह धारणा उत्पन्न हो गई कि ब्रिटेन के आक्रमण का प्रतिरोध करने सम्बन्धी वचनों पर विश्वास नहीं किया जा सकता।

(ग) तीसरे, फ्रांस के लिए एबीसीनिया काण्ड एक महान पराजय सिद्ध हुआ। उसकी दोगली नीति सर्वथा असफल सिद्ध हुई। लावाल के शब्दों में "प्रतिबन्ध इसलिए लगाए गए थे ताकि ग्रेट-ब्रिटेन और राष्ट्रसंघ से सम्बन्ध न टूट जाएं, और वे सीमित रूप से इसलिए लगाए गए थे ताकि इटली से संबंध न टूटें और युद्ध को रोका जा सके।" परन्तु फ्रांस न केवल राष्ट्रसंघ के सदस्यों का विश्वास खो बैठा, अपितु इटली की मित्रता से भी वंचित हो गया। इटली जर्मनी के विरुद्ध एक मित्र के स्थान में उसके शत्रु जर्मनी का मित्र बन गया। एबीसीनिया विजय से प्राप्त शक्ति और प्रतिष्ठा के कारण वह भूमध्य सागर में फ्रांस का खतरनाक प्रतिद्वन्द्वी बन गया।

(घ) चौथे इटली अपने साम्राज्य और प्रतिष्ठा की वृद्धि में सफल हुआ, परन्तु अन्ततः उसको यह विजय अत्यन्त महंगी पड़ी। अब तक वह फ्रांस और

> जर्मनी के मध्य एक प्रकार की सन्तुलन शक्ति बना हुआ था, परन्तु अब वह जर्मनी पर अधिकाधिक निर्भर हो गया। उसने पतनोन्मुख प्रजातन्त्रों के विरुद्ध शक्तिशाली जर्मनी को मित्र बनाने का निश्चय किया। परन्तु जैसा कि शूमां ने लिखा है, "अमोध मुसोलिनी इस बात को न समझ सका कि यदि वह निश्चित रूप से, एक अधिक शक्तिशाली शक्ति के साथ, विशेषतः उस शक्ति के साथ जिसका शासक एक पागल हो मित्रता कर लेगा तो वह स्वयं एक सेवक बन जाएगा तथा सम्मिलित विजय से बहुत कम लाभ प्राप्त कर सकेगा तथा पराजित होने पर सब कुछ खो देगा।"

इस प्रकार एबीसीनिया अभियान, जो एक जर्मन विरोधी कदम के रूप में प्रारम्भ हुआ था, अन्त में जर्मनी के लिए ही सर्वाधिक लाभदायक सिद्ध हुआ। अब तक वह और इटली आस्ट्रिया पर प्रभुत्व के लिए प्रतिद्वन्द्वी थे, परन्तु राष्ट्रसंघ द्वारा अपराधी घोषित कर दिए जाने पर इटली जर्मनी की मित्रता के लिए उत्सुक हो उठा। जर्मनी ने एबीसीनिया के प्रकरण में इटली का पूर्ण समर्थन किया था। अतः इटली ने आस्ट्रिया की स्वतन्त्रता का आग्रह छोड़ दिया। 25 अक्तूबर, 1936 को जर्मनी और इटली के मध्य एक समझौता हुआ और 1 नवम्बर, 1936 को मुसोलिनी ने रोम-बर्लिन धुरी की घोषणा कर दी।

# 13

# स्पेन का गृह-युद्ध

## पृष्ठभूमि

प्रथम विश्व युद्ध के पश्चात् स्पेन आर्थिक संकट के दौर से गुजर रहा था, जिसके फलस्वरूप संवैधानिक सुधारों का आन्दोलन तीव्र हो उठा और समाजवादी तथा साम्यवादी विचारधाराओं की लोकप्रियता बढ़ने लगी। अन्ततः 14 अप्रैल, 1931 को राजा आलफोन्सो त्रयोदश को राजगद्दी छोड़ कर भाग जाना पड़ा और एक गणतन्त्र की स्थापना हो गई।

प्रधानमन्त्री मानवैल आथान्या के नेतृत्व में नवीन सरकार ने अनेक क्रान्तिकारी सुधार किए। प्राचीन व्यवस्था के अन्तर्गत शक्ति-चर्च, सामन्तों और सेना में केन्द्रित थी। आथान्या सरकार ने चर्च को राज्य द्वारा दी जाने वाली सहायता बन्द कर दी और उसकी सम्पत्ति जब्त कर ली। बड़े सामन्तों की जमींदारियां जब्त कर उन्हें भूमिहीन कृषकों में वितरित करने का निश्चय किया। सेना के 22000 अधिकारियों में से 10000 अधिकारियों को फालतू समझ कर, पेंशन देकर सेवा-निवृत्त कर दिया। परन्तु नवम्बर, 1933 के निर्वाचनों में दक्षिणपन्थी तथा केन्द्रीय दलों की जीत हुई और इन्होंने आथान्या सरकार के सुधारों को रद्द करने का प्रयास किया। फरवरी, 1936 के निर्वाचनों में उदार, समाजवादी, अराजकतावादी और साम्यवादी दलों ने दक्षिणपन्थी दलों के विरुद्ध एक लोकप्रिय मोर्चे की स्थापना की। निर्वाचनों में इस लोकप्रिय मोर्चे को विजय प्राप्त हुई। लोकप्रिय मोर्चे की सरकार ने सत्तारूढ़ होते ही विरोधी दलों का दमन प्रारम्भ कर दिया। दूसरी ओर, पदच्युत सैनिक अधिकारी, पादरी, राजतन्त्रवादी और सामन्त सरकार के सुधारों का प्राणपण से विरोध करने लगे। इससे देश में अर्द्ध-अराजकता की स्थिति उत्पन्न हो गई। ऐसी स्थिति में फासिस्टवादी और सामन्तवादी तत्व विद्रोह की योजनाएं बनाने लगे। इन्हें सेना के एक बड़े भाग का भी समर्थन प्राप्त था। उन्होंने लोकप्रिय मोर्चे की सरकार को उलटने के लिए विदेशी सहायता पाने का प्रयत्न भी किया। 1936 में जनरल सानजुरजो ने अनेक बार रोम और बर्लिन की यात्राएं कीं। मुसोलिनी और

हिटलर दोनों ने उसे सहायता का आश्वासन दिया। 17 जुलाई, 1936 को विद्रोह प्रारम्भ हो गया।

## गृह-युद्ध का प्रारम्भ तथा प्रकृति

गृह-युद्ध का तात्कालिक कारण 12 जुलाई, 1936 को गणतन्त्र की सेनाओं द्वारा एक प्रमुख राजतन्त्रवादी काल्वो सोटेलो की हत्या थी। इससे क्षुब्ध होकर 17 जुलाई, 1936 को स्पेन की मोरक्को स्थित सेनाओं ने विद्रोह कर दिया। जनरल सानजुरजो की एक विमान-दुर्घटना में मृत्यु हो जाने के कारण विद्रोह का नेतृत्व जनरल फ्रांको ने संभाला।

स्पेन का गृह-युद्ध केवल नाममात्र के ही लिए गृह-युद्ध था। प्रारम्भ से ही विदेशी शक्तियों के हस्तक्षेप के कारण इसने एक अन्तर्राष्ट्रीय महत्व प्राप्त कर लिया। यह सिद्धान्तों का संघर्ष और द्वितीय विश्व युद्ध का पूर्वाभ्यास था। स्पेन में युद्ध को एक राष्ट्रीय संघर्ष से कहीं अधिक बड़ी वस्तु समझा गया है। यह प्रजातन्त्र और फासिज्म के मध्य संघर्ष का प्रतीक बन गया और इस कारण इसे व्यापक रुचि और सहानुभूति प्राप्त हुई है।

इस युद्ध में जर्मनी और इटली ने फ्रांको की और रूस ने गणतान्त्रिक सरकार की सक्रिय सहायता की थी। ब्रिटेन, फ्रांस और अमेरिका का रुख कुछ अनिश्चयात्मक था। एक ओर तो वे गणतन्त्र से सहानुभूति रखते थे और दूसरी ओर फासिस्टों ने अपने विद्रोह को साम्यवाद के विरुद्ध धर्म-युद्ध की संज्ञा देकर उसको किंकर्त्तव्यविमूढ़ कर दिया था। फिर भी एक बड़ी संख्या में रूसी, अमरीकन, ब्रिटिश और फ्रेंच स्वयंसेवकों ने गणतन्त्र के पक्ष में हथियार उठाए थे। इटालियन और जर्मन स्वयंसेवकों ने फ्रांको की सहायता की थी। इस प्रकार स्पेन गृह-युद्ध में यूरोपीय शक्ति-संगठन के उस स्वरूप का आभास प्राप्त होने लगा था जो इसने द्वितीय विश्व युद्ध में ग्रहण किया था।

## इटली द्वारा हस्तक्षेप के कारण

स्पेनिश गृह-युद्ध में सर्वाधिक सक्रिय भाग लेने वाली शक्ति इटली था। उसने और जर्मनी ने 18 नवम्बर, 1936 को फ्रांको की सरकार को मान्यता प्रदान कर दी। कहा जाता है कि इस युद्ध में इटली के 2 लाख सैनिकों ने भाग लिया था। इटली ने फ्रांको को प्रचुर मात्रा में रण सामग्री और धन की भी सहायता दी थी। इटली के हस्तक्षेप के तीन कारण थे –

(क) एबीसीनिया विजय से उसे भूमध्य सागर के पूर्वी भाग पर प्रभुत्व प्राप्त हो गया था। अब स्पेन में अपनी कठपुतली सरकार की स्थापना कर वह भूमध्य सागर के पश्चिमी भाग पर अपना प्रभुत्व स्थापित करना चाहता था। इससे उसकी भूमध्य सागर को 'एक रोमन झील' बनाने की इच्छा की एक बड़ी सीमा तक पूर्ति होने की सम्भावना थी। इससे फ्रांस की स्थिति अत्यन्त दुर्बल हो जाती और ब्रिटेन के स्वेज नहर और भारत जाने वाले मार्ग कट जाते।

(ख) स्पेन में लोहा, तांबा, जस्ता और रांगा आदि अनेक युद्धोपयोगी वस्तुओं की खानें थीं, जो इटली की रणसज्जा में अत्यधिक सहायक सिद्ध हो सकती थीं।

(ग) फ्रांको के एक फासिस्ट होने के कारण मुसोलिनी लगभग प्रत्येक मामले में उसके सहयोग के विषय में आश्वस्त रह सकता था।

## जर्मनी द्वारा हस्तक्षेप के कारण

जर्मनी ने भी लगभग 3600 सैनिक, 3000 टैकनीशियन तथा प्रचुर मात्रा में रणसामग्री भेज कर फ्रांको की सहायता की थी। स्पेन में उसके हस्तक्षेप के तीन कारण थे –

(क) इससे उसके प्रधान शत्रु फ्रांस के पृष्ठ भाग में एक फासिस्ट शक्ति की स्थापना हो जाने से फ्रांस की सामरिक स्थिति अत्यन्त निर्बल हो जाती।

(ख) वह स्पेन में सामरिक अड्डे प्राप्त करना चाहता था।

(ग) वह स्पेन को अपनी नवीन रण-पद्धति, नवीन रणसामग्री, यान्त्रिक तथा हवाई सेना आदि के परीक्षण के लिए एक प्रयोगशाला के रूप में प्रयुक्त कर रहा था।

## सोवियत संघ द्वारा हस्तक्षेप के कारण

इटली और जर्मनी के विपरीत रूस ने गणतन्त्र की सैनिकों, रणसामग्री और धन से सहायता की। इसमें रूस का प्रमुख उद्देश्य जर्मनी की शक्ति वृद्धि को रोकना था। इसके अतिरिक्त दो गौण उद्देश्य, अपने मित्र फ्रांस की सुरक्षा व्यवस्था को मजबूत बनाए रखना और साम्यवाद के प्रसार थे।

## ब्रिटेन, फ्रांस और संयुक्त राज्य अमेरिका का दृष्टिकोण

ब्रिटेन, फ्रांस और अमेरिका की सहानुभूति अधिकांशतः गणतन्त्र के साथ थी, परन्तु उनकी सरकारों ने तटस्थतावादी नीति अपनाई। ब्रिटेन द्वारा इस नीति को अपनाने का पहला कारण, जिब्राल्टर को सुरक्षित रखने की चिन्ता थी और दूसरा कारण, चेम्बरलेन का यह विश्वास था कि जर्मनी, इटली तथा जनरल फ्रांको साम्यवाद विरोधी शक्तियां हैं। फ्रांस को यह जानते हुए भी कि स्पेन में फासिस्ट सरकार की स्थापना से उसका अहित ही होगा, ब्रिटेन का अनुसरण करना पड़ा क्योंकि वह किसी भी मूल्य पर ब्रिटेन की मित्रता नहीं खोना चाहता था। अमरीकन सरकार ने यूरोपीय मामलों में पृथक् रहने की अपनी परम्परागत नीति का अनुसरण किया। ब्रिटेन और फ्रांस ने अहस्तक्षेप के नाम पर और अमेरिका ने तटस्थता के नाम पर अपने नागरिकों को स्पेन को शस्त्रास्त्र भेजने पर रोक लगा दी। इस प्रकार उन्होंने अप्रत्यक्ष रूप से धुरी राष्ट्रों को स्पेन के गणतन्त्र की हत्या करने में सहायता पहुंचाई क्योंकि इस प्रतिबन्ध के कारण स्पेन की गणतान्त्रिक सरकार को शस्त्रास्त्र नहीं मिल पाए जबकि फ्रांको और उसके फासिस्टवादी अनुयायियों को जर्मनी और इटली से बराबर अस्त्र-शस्त्र प्राप्त होते रहे। इससे

गणतांत्रिक सेनाओं की पराजय हुई। अन्ततः 27 फरवरी, 1939 को ब्रिटेन और फ्रांस ने 1 अप्रैल, 1939 को अमेरिका ने फ्रांको की सरकार को स्पेन की सरकार मान लिया।

## राष्ट्रसंघ की असफलता

स्पेन में फासिस्टवादियों की विजय से सामूहिक सुरक्षा व्यवस्था और राष्ट्रसंघ की प्रतिष्ठा को फिर एक गहरा आघात लगा। स्पेन की सरकार ने अनेक बार इस मामले को राष्ट्रसंघ की में उठाने का प्रयास किया, परन्तु ब्रिटेन तथा फ्रांस ने हर बार मामले को टालने की कोशिश की। 2 अक्तूबर, 1937 को साधारण सभा ने यह प्रस्ताव पास किया कि स्पेन की भूमि पर विदेशी सैनिक दल निश्चित रूप से हैं और उन्हें फौरन तथा पूर्ण रूप से स्पेन से हट जाना चाहिए। परन्तु जर्मनी और इटली ने इस प्रस्ताव की उपेक्षा की। ब्रिटेन और फ्रांस की किसी भी मूल्यों पर युद्ध से बचने की नीति के कारण राष्ट्रसंघ कोई प्रभावशाली कार्यवाही नहीं कर सका, जैसा कि स्पेन के विदेश मन्त्री सेनॉरवायो ने 8 सितम्बर, 1938 को साधारण सभा के समक्ष कहा – "जेनेवा में एक विचित्र सिद्धांत विकसित हो गया है, जिसके अनुसार शान्ति और संविदा को क्रियान्वित करने से सम्बन्धित सभी प्रश्नों के उसके विचार क्षेत्र से हटा देना राष्ट्रसंघ की सेवा की सर्वोत्तम पद्धति मानी जाती है।" ऐसी स्थिति में राष्ट्रसंघ का असफल हो जाना आवश्यम्भावी था।

## अहस्तक्षेप समिति

स्पेनिश गृह-युद्ध में प्रारम्भ से ही विदेशी शक्तियों की रुचि होने के कारण उसके एक यूरोपीय युद्ध का रूप धारण कर लेने की सम्भावना थी। इस सम्भावना को मूर्तरूप धारण करने से रोकने के लिए 1 अगस्त, 1936 को फ्रांस की ओर से ल्यों ब्लूम ने ब्रिटेन और इटली के समक्ष यह प्रस्ताव रखा कि तीनों देश स्पेन के गृह-युद्ध के किसी भी पक्ष को युद्धोपयोगी सामग्री न दें। ब्रिटेन ने इसका समर्थन करते हुए बेल्जियम, पोलैण्ड, रूस, जर्मनी और पुर्तगाल से भी इसको स्वीकार करने का अनुरोध किया। अगस्त, 1936 के अन्त में यूरोप की मुख्य शक्तियों ने एक अहस्तक्षेप समझौते पर हस्ताक्षर किए और 9 सितम्बर, 1936 को इस समझौते को क्रियान्वित करने के लिए एक अहस्तक्षेप समिति की स्थापना की थी।

परन्तु एक ओर इटली, जर्मनी और पुर्तगाल तथा दूसरी ओर रूस बराबर एक-दूसरे पर समझौते के उल्लंघन का आरोप लगाते रहे, वास्तव में दोनों ही पक्षों को बराबर विदेशी सहायता प्राप्त हुई। व्यवहार में अहस्तक्षेप समिति इस सहायता को रोकने में असमर्थ सिद्ध हुई। सत्यता यह है कि अहस्तक्षेप नीति से फासिस्ट पक्ष को बड़ी सहायता प्राप्त हुई। उसके समर्थक जर्मनी तथा इटली सरलता से उसे गुप्त सहायता भेज

सकते थे, जबकि गणतान्त्रिक पक्ष के मित्रों के लिए ऐसा करना काफी कठिन था। इस प्रकार अहस्तक्षेप नीति गणतान्त्रिक पक्ष की पराजय का एक प्रधान कारण बन गई। नवम्बर, 1936 तक फासिस्ट सेनाएं राजधानी मैड्रिड के बाहरी प्रदेश तक पहुंच गईं और गणतान्त्रिक सरकार को वेलेन्शिया को राजधानी बनाना पड़ा। फिर भी युद्ध 2 वर्ष 3 मास तक और चलता रहा; पर अन्ततः प्रचुर विदेशी सहायता के कारण फ्रांको की सेनाएं 28 मार्च, 1939 को मैड्रिड सहित सम्पूर्ण स्पेन पर अधिकार करने में सफल हो गईं। तुष्टीकरण के पैगम्बर चेम्बरलेन और दलादिये इटली को सन्तुष्ट करने के लिए इससे पहले ही 27 फरवरी, 1939 को फ्रांको की सरकार को वैधानिक मान्यता प्रदान कर चुके थे।

## स्पेनिश गृह-युद्ध का महत्व और परिणाम

स्पेनिश गृह-युद्ध अन्तर्राष्ट्रीय राजनीति के दृष्टिकोण से एक अत्यन्त महत्वपूर्ण घटना थी और इसके परिणाम अत्यन्त दूरगामी हुए –

(क) इसने पाश्चात्य राष्ट्रों और रूस के मध्य मनोमालिन्य उत्पन्न कर दिया। रूस ने शीघ्र ही इस सम्बन्ध में अपनी विदेश नीति परिवर्तित की;

(ख) इसने जर्मनी और इटली की मित्रता को और भी प्रगाढ़ बना दिया। इसी गृह-युद्ध के अन्तर्गत ही जर्मनी-इटली अटूट मैत्री के बन्धन में दृढ़ हुए – रोम बर्लिन धुरी का निर्माण हुआ।

(ग) राष्ट्रसंघ के लड़खड़ाते भवन को स्पेनिश गृह-युद्ध से एक और धक्का लगा। स्पेनिश सरकार के अनेक बार प्रयत्न करने पर भी ब्रिटेन और फ्रांस की तुष्टीकरण की नीति के कारण राष्ट्रसंघ कोई प्रभावशाली कार्यवाही नहीं कर सका। वास्तव में, स्पेन में जर्मनी और इटली ने एक खुला आक्रमण किया था।

(घ) इटली की साम्राज्यवादी नीति को इससे और भी बल मिला। 11 दिसम्बर, 1937 को इटली ने राष्ट्रसंघ का परित्याग कर दिया। अप्रैल, 1939 में उसने अल्बानिया पर अधिकार कर लिया।

(च) हिटलर की विस्तारवादी आकांक्षाओं को भी इससे प्रोत्साहन मिला। इटली ने स्पेनिश गृह-युद्ध में व्यस्तता का लाभ उठा कर उसने आस्ट्रिया को जर्मनी में मिला लिया। अन्त में, जैसा कि काउन्ट स्फोजी का मत है – "इथियोपिया में मुसोलिनी की सफलता ने स्पेन में उसका हस्तक्षेप सम्भव बनाया। स्पेन का गृह-युद्ध और उसके सम्बन्ध में पेरिस और लन्दन की नीति ही मुख्य रूप से यूरोप के बौद्धिक और नैतिक पतन के कारण थे। इससे फ्रांस का म्यूनिख में अपने मित्र चैकोस्लोवाकिया के साथ विश्वासघात उत्पन्न हुआ और उसने पोलैण्ड के विरुद्ध हिटलर के आक्रमण और यूरोपीय युद्ध को जन्म दिया।"

# 14

# मंचूरिया काण्ड

## पृष्ठभूमि

1931 में जापान में तानाका की साम्राज्यवादी नीति को अपना लिया था। तानाका स्मरण-पत्र में कहा गया था कि, "यदि यामतो जाति अपनी विशिष्टता सिद्ध करना चाहती है, तो मंचूरिया ओर मंगोलिया का नियन्त्रण प्राप्त करना पहला कदम है।" मंचूरिया अनेक प्रकार से जापान के लिए महत्वपूर्ण था। आर्थिक दृष्टि से मंचूरिया 608000 वर्ग कि०मी० का एक अत्यन्त उपजाऊ भू-भाग था और उसमें कोयला, लोहा, सोना आदि अनेक महत्वपूर्ण खनिजों की खानें थीं। सामरिक दृष्टि से मंचूरिया चीन और रूस दोनों के विरुद्ध रक्षा और आक्रमण दोनों की दृष्टि से महत्वपूर्ण प्रदेश था। वह जापान की अतिरिक्त जनसंख्या को बसाने के लिए भी एक अत्यन्त महत्वपूर्ण उपनिवेश सिद्ध हो सकता था।

इस समय कुओमिन्तांग दल के नेतृत्व में चीनी राष्ट्रीय एकता का विकास हो रहा था और चीनी राष्ट्रवादी अपनी राष्ट्रीय एकता की पूर्ति और रक्षा के लिए मंचूरिया पर अपनी पकड़ बढ़ा रहे थे; मंचूरिया विशुद्ध चीनी प्रान्त था; परन्तु चीन की निर्बलता का लाभ उठा कर जापान ने 1905 में आर्थिक तथा राजनैतिक लाभ के उद्देश्य से साउथ मंचूरियन रेलवे का निर्माण किया था। चीनी राष्ट्रवादी अपनी यातायात व्यवस्था पर जापानी नियन्त्रण के विरुद्ध थे। इससे जापानी साम्राज्यवाद और चीनी राष्ट्रवाद में संघर्ष अनिवार्य हो गया।

चीन में साम्यवादी रूस का बढ़ता हुआ प्रभाव भी मंचूरिया पर जापानी आक्रमण का प्रेरक तत्व था। 1931 में जापान को यह विश्वास हो गया कि पाश्चात्य शक्तियां उसके चीनी अभियान का संक्रिय सैनिक प्रतिरोध नहीं करेंगी, तब उसने चीन पर आक्रमण करने का निश्चय कर लिया। चीन में च्यांग काई शेक और साम्यवादियों में एक भीषण गृह-युद्ध चल रहा था। चीन की इस असहाय अवस्था से भी जापानी साम्राज्यवादियों को प्रोत्साहन मिला।

1930 का आर्थिक संकट, जिसने जापान को दूसरे देशों में अपने अतिरिक्त जनसंख्या के लिए प्रदेश खोजने के लिए विवश कर दिया, भी मंचूरिया पर जापानी आक्रमण का कारण था।

## मुकदन घटना

1905 की रूसी–जापानी सन्धि द्वारा जापान को साउथ मंचूरियन रेलवे की रक्षा के लिए मंचूरिया में 15000 सैनिक रखने का अधिकार प्राप्त था। 18 सितम्बर, 1931 को जापानी रक्षक दल ने यह बहाना लेकर कि चीनी सैनिकों ने जापानी सेना के मुख्य कार्यालय मुकदन के निकट एक रेलवे लाइन को उड़ा देने का प्रयास किया है, चीनी सेनाओं पर आक्रमण करके 10000 चीनी सैनिकों को नि:शस्त्र कर दिया। 3 जनवरी, 1932 तक जापानियों ने सम्पूर्ण मंचूरिया पर अधिकार कर लिया। 19 फरवरी, 1932 को जापान ने मंचूरिया में मंचूकुओं नाम के एक कठपुतली राज्य की स्थापना करने और 1911 में चीन की गद्दी से पदच्युत किए गए हेनरी प्यूयी को इसका राजा बनाने का निश्चय किया। 9 मार्च, 1932 को इस नवीन राज्य की स्थापना कर दी गई और 15 सितम्बर, 1932 को जापान ने औपचारिक रूप से इसे मान्यता प्रदान कर दी।

***मुकदन घटना की अन्तर्राष्ट्रीय प्रतिक्रियाएं और राष्ट्रसंघ की कार्यवाही*** – मुकदन घटना एक महत्वपूर्ण घटना थी। इस घटना से जिस घटनाचक्र का प्रारम्भ हुआ, उसने न केवल सुदूरपूर्व, अपितु सम्पूर्ण विश्व के इतिहास को एक नया मोड़ दे दिया। इस घटना की प्रतिक्रिया संपूर्ण विश्व में हुई। सम्पूर्ण विश्व में जापानी साम्राज्यवाद की निन्दा की गई। चीन ने इसका उत्तर जापानी वस्तुओं का बहिष्कार करके दिया। 21 सितम्वर, 1931 (मुकदन घटना के तीन दिन बाद) को चीन सरकार ने अनुच्छेद 11 के अन्तर्गत राष्ट्रसंघ से सहायता मांगी। परन्तु जापानी सरकार ने ब्रिटेन को यह आश्वासन देकर कि उसका वास्तविक उद्देश्य साम्यवाद को रोकना है, अपने पक्ष में कर लिया; अत: ब्रिटिश विदेशमन्त्री सर जान साइमन ने जापान के विरुद्ध किसी प्रभावशाली कार्यवाही को नहीं होने दिया। 21 सितम्बर, 1931 को राष्ट्रसंघ परिषद् ने अपने प्रस्ताव में केवल दोनों पक्षों से अपनी सेनाएं लौटा देने का अनुरोध मात्र किया। 10 दिसम्बर, 1931 को परिषद् ने परिस्थिति का अध्ययन करने के लिए लिटन आयोग की नियुक्ति की, जिसने काफी विलम्ब के पश्चात् 3 अक्तूबर, 1932 को अपनी रिपोर्ट प्रस्तुत की। 24 फरवरी, 1933 को साधारण सभा ने जापान की निन्दा की और आयोग की सिफारिशों को स्वीकार करने का प्रस्ताव पारित किया। इस पर जापान ने राष्ट्रसंघ के परित्याग का 27 मार्च, 1933 को नोटिस दे दिया। राष्ट्रसंघ के सदस्यों ने मंचूको को मान्यता न देने के अतिरिक्त कुछ भी नहीं किया।

राष्ट्रसंघ की जापानी आक्रमण को रोकने में असफलता का प्रधान कारण ब्रिटेन की तुष्टीकरण की नीति थी। ब्रिटेन द्वारा इस नीति को अपनाए जाने के अनेक कारण थे –

(क) जापान 1902 के बाद उसका मित्र रहा था।

(ख) ब्रिटेन को भय था कि यदि राष्ट्रसंघ के तत्वाधान में कोई सैनिक कार्यवाही की जाती है, तब रूस और अमेरिका के राष्ट्रसंघ का सदस्य न होने के कारण उसका अधिकांश भार ब्रिटेन को उठाना पड़ेगा।

(ग) ब्रिटेन को डर था कि यदि जापान को मंचूरिया में रोका गया तो इस क्षेत्र में रूस का प्रभाव बढ़ जाएगा।

(घ) ब्रिटेन को आशा थी कि चीन पर जापान के आक्रमण से चीन प्रबल हो रहा विदेशियों के विशेषाधिकारों का विरोधी आन्दोलन दब जाएगा।

(च) ब्रिटेन को भय था कि यदि चीन में जापानी प्रसार को रोका जाएगा तो जापान दक्षिण-पूर्वी एशिया के ब्रिटिश प्रदेशों में घुसपैठ करेगा।

इन कारणों से न केवल ब्रिटेन ने चीन की सहायता करने से इन्कार कर दिया अपितु जापानी आक्रामकों को अप्रत्यक्ष रूप से प्रोत्साहन भी दिया। 1933 में एल॰एम॰ एमरी ने तो कामन्स सभा में स्पष्ट रूप से जापान का नैतिक समर्थन किया। उन्होंने कहा, "मूलभूत यथार्थताओं पर आधारित जापान का एक अत्यन्त शक्तिशाली पक्ष है। जब आप इस तथ्य पर दृष्टि डालते हैं कि जापान को बाजारों की आवश्यकता है और उसके लिए यह अत्यावश्यक है कि जिस संसार में रहता है उसमें किसी प्रकार की शान्ति और सुव्यवस्था हो तब हममे से कौन पहला पत्थर फेंकेगा और कहेगा कि जापान को मंचूरिया में शान्ति और सुव्यवस्था स्थापित करने और प्रबल चीनी राष्ट्रवाद के निरन्तर आक्रमण से अपनी रक्षा करने के उद्देश्य से कार्य नहीं करना चाहिए था? अगर हम जापान की निन्दा करते हैं तब भारत में हमारी सम्पूर्ण नीति, मिश्र में हमारी सम्पूर्ण नीति निन्दित हो जाती है।" ब्रिटिश विदेशमन्त्री सर जान साइमन ने स्पष्ट रूप से कह दिया था कि उसका देश मंचूरिया के प्रश्न पर जापान से युद्ध करने को प्रस्तुत नहीं था, यहीं नहीं, ब्रिटिश सरकार ने आक्रामक और आक्रान्त को एक ही स्तर पर रखते हुये जापान और चीन दोनों को शस्त्रास्त्र भेजने पर प्रतिबन्ध लगा दिया। इसका चीन पर अधिक प्रतिकूल प्रभाव पड़ा। जापान के प्रति तुष्टीकरण की ब्रिटिश नीति के परिणाम अत्यन्त घातक थे। इससे जापानी आक्रमण को प्रोत्साहन मिला। उसने राष्ट्रसंघ की खुलेआम अवहेलना की। चीन में अपने साम्राज्य का निरन्तर प्रयास, प्रसार करने और सुदूरपूर्व में ब्रिटिश प्रभाव को समाप्त करने की जापान ने नीति अपनाई। ब्रिटिश तुष्टीकरण नीति के कारण चीन को जापानी साम्राज्यवाद के विरुद्ध अपने संघर्ष में कोई प्रभावशाली अन्तर्राष्ट्रीय सहायता नहीं मिल सकी।

अमेरिका की दृष्टि में जापान का मंचूरिया पर आक्रमण 1922 की नवशक्ति मुक्त द्वार सन्धि, 1928 के केलॉग-ब्रिआं समझौते, राष्ट्रसंघ की सामूहिक सुरक्षा व्यवस्था तथा विश्व के सभी शान्तिप्रिय राष्ट्रों को एक सीधी चुनौती थी। अमरीकन विदेशमन्त्री

स्टिमसन ने तुरन्त ही जापान् को इन समझौतों के अन्तर्गत उसके दायित्वों का स्मरण कराया; परन्तु जापान ने इस पर ध्यान नहीं दिया तब उसने 7 जनवरी, 1932 को अपने 'अनिभिज्ञान के सिद्धान्त' का प्रतिपादन किया। उसने कहा, "संयुक्त राज्य अमेरिका किसी भी ऐसे समझौते की वैधता को स्वीकार नहीं कर सकता, जो चीन में संयुक्त राज्य अमेरिका अथवा उसके नागरिकों के सन्धियों से प्राप्त अधिकारों, चीनी गणतन्त्र की स्वतन्त्रता अथवा प्रादेशिक और प्रशासनिक अखण्डता का हनन करता हो।" परन्तु अमेरिका की तात्कालिक आर्थिक कठिनाइयां इतनी विकट थीं कि वह जापान के विरुद्ध किसी तरह की और अधिक कठोर कार्यवाही न कर सकी।

रूस ने भी जापानी आक्रमण की स्पष्ट रूप से निन्दा की, परन्तु कोई सैनिक कार्यवाही करने का साहस नहीं किया।

## परिणाम

जापान द्वारा मंचूरिया विजय प्रथम विश्व युद्ध के बाद सर्वाधिक महत्वपूर्ण ऐतिहासिक सीमा चिन्हों में से एक थी। इसने वाशिंगटन सम्मेलन की सफलताओं को नष्ट कर दिया। प्रशान्त महासागर में शक्ति संघर्ष पुनः प्रारम्भ हो गया। मंचूरिया विजय से न केवल जापानी साम्राज्यवाद को प्रोत्साहन मिला, अपितु यूरोप में जर्मनी और इटली के अधिनायक भी इससे सबक लेने में पीछे न रहे। वस्तुतः मुकदन घटना के साथ पेरिस शान्ति सम्मेलन द्वारा स्थापित शान्ति काल का अन्त हो गया और घटनाओं की एक ऐसी श्रृंखला का सूत्रपात हुआ, जिसने राष्ट्रसंघ को प्रभावहीन कर दिया, सामूहिक सुरक्षा व्यवस्था को नष्ट कर दिया और अन्ततः विश्व को द्वितीय विश्व युद्ध की ज्वालाओं में धकेल दिया।

# 15

# लोकार्नो सन्धियां

## पृष्ठभूमि

ब्रिटिश स्वीकृति के अभाव में जेनेवा प्रोटोकोल असफल हो गया था, इससे फ्रांस का राष्ट्रसंघ द्वारा सुरक्षा प्राप्ति का एक महत्वपूर्ण प्रयत्न व्यर्थ हो गया था। अत: फ्रांस ने सुरक्षा की अपनी खोज की दिशा में परिवर्तन किया। अभी तक फ्रांस सामान्य व्यवस्थाओं के द्वारा राष्ट्रसंघ की सामूहिक सुरक्षा की व्यवस्था को दृढ़ करने का प्रयत्न कर रहा था। अब उसने प्रादेशिक समझौते के द्वारा सामूहिक सुरक्षा व्यवस्था को दृढ़ करने का प्रयत्न किया। लोकार्नो सन्धियां इसी प्रयत्न का परिणाम थीं।

तत्कालीन परिस्थितियां भी इसी प्रकार के समझौतों के लिए अनुकूल थीं। यूरोपीय राष्ट्र इस बात से सहमत हो रहे थे कि यूरोपीय शान्ति को भंग करने वाले मुख्य खतरों के विरुद्ध कोई न कोई व्यवस्था आवश्यक है। इस समय तक डावेस योजना के कारण क्षतिपूर्ति की समस्या पर समझौता हो चुका था और ब्रिटेन के रुख से निराश होकर फ्रांस जर्मनी से समझौता करने को उत्सुक था। 1922 की रापेल्लो सन्धि ने रूस और जर्मन की गुटबन्दी की सम्भावना उत्पन्न कर दी थी, जिससे ब्रिटेन भी चिन्तित हो उठा था और फ्रांस के साथ सहयोग करने को तैयार था। सौभाग्य से तत्कालीन फ्रांसीसी विदेशमन्त्री ब्रिआं, ब्रिटिश विदेशमन्त्री आस्टिन चेम्बरलेन तथा जर्मन विदेशमन्त्री गुस्टाव स्ट्रेसमान तीनों ही ऐसे व्यक्ति थे जो समझौतों की नीति में विश्वास रखते थे। परिणामस्वरूप, 1 अक्तूबर, 1925 से 16 अक्तूबर, 1925 तक तीनों देशों के विदेशमन्त्रियों ने स्विट्जरलैण्ड के लोकार्नो नामक नगर में वार्ताएं कीं, जिनके फलस्वरूप लोकार्नो सन्धियों पर हस्ताक्षर हुए। इन वार्ताओं में इटली, बेल्जियम, चैकोस्लोवाकिया और पोलैण्ड के प्रतिनिधियों ने भी भाग लिया।

## कठिनाइयां

वार्ता के दौरान सम्मेलन के समक्ष अनेक कठिनाइयां दृष्टिगत हुईं, परन्तु अन्तत: सभी

कठिनाइयों को हल कर लिया गया। जर्मनी ने यह शर्त रखी कि उसे बिना शर्त राष्ट्रसंघ का सदस्य बना लिया जाए, यह शर्त स्वीकार कर ली गई। एक दूसरी कठिनाई यह थी कि 1922 में रापेल्लो सन्धि द्वारा जर्मनी रूस की मैत्री हुई थी, जर्मनी को भय था कि राष्ट्रसंघ का सदस्य बनने के उपरान्त कहीं उससे रूस के विरुद्ध सैनिक कार्यवाही में भाग लेने के लिए न कहा जाए, इस भय को भी समाप्त कर दिया; मित्र-राष्ट्रों ने जर्मनी को आश्वस्त किया कि उससे रूस के विरुद्ध सैनिक कार्यवाहीं में भाग लेने को नहीं कहा जाएगा। तीसरी कठिनाई थी; जर्मनी वर्साय की सन्धि द्वारा निश्चित अपनी पश्चिमी सीमा की गारन्टी देने को तैयार था, परन्तु पूर्वी सीमा की नहीं। इस कठिनाई को हल करने के लिए यह व्यवस्था की गई कि जर्मनी पूर्वी सीमा के लिए जर्मनी और पोलैण्ड तथा जर्मनी और चैकोस्लोवाकिया के बीच मध्यस्थता सन्धियां की जाएं, जिनके द्वारा पूर्वी सीमा सम्बन्धी सभी विवादों को पंच निर्णय के लिए रखने की व्यवस्था की जाए।

## लोकार्नो सन्धियां

लोकार्नो सम्मेलन में कुल सात सन्धियां की गईं। इनमें से पहली सन्धि जर्मनी, फ्रांस, ब्रिटेन, बेल्जियम और इटली के बीच हुई और पारस्परिक गारन्टी सन्धि कहलाई। यह सन्धि लोकार्नो सम्मेलन की सर्वाधिक महत्वपूर्ण सन्धि थी। इसे राइनलैण्ड समझौता और लोकार्नो सन्धि भी कहा जाता है। इसके द्वारा पांचों शक्तियों ने वर्साय की सन्धि द्वारा निर्धारित जर्मनी, बेल्जियम तथा फ्रांस की सीमाओं और राइन प्रदेश के विसैन्यीकरण सम्बन्धी व्यवस्थाओं के पालन का वचन दिया। दूसरी, जर्मनी, बेल्जियम तथा फ्रांस ने यह वचन दिया कि वे तीन अवस्थाओं को छोड़ कर अन्य किसी अवस्था में न तो एक-दूसरे के विरुद्ध युद्ध छेड़ेंगे और न ही आक्रमण करेंगे। ये तीन अवस्थाएं थीं –

(क) न्यायपूर्ण आत्मरक्षा;

(ख) विसैन्यीकरण का ज्वलन्त उल्लंघन;

(ग) राष्ट्रसंघ द्वारा आदिष्ट सैनिक कार्यवाही, तीसरी, पांचों राज्यों ने पारस्परिक विवादों को शान्तिपूर्ण उपायों से हल करने और सन्धि का उल्लंघन करने वाले राज्य के विरुद्ध सम्मिलित कार्यवाही करने का निश्चय किया। चौथी, यदि इस सम्बन्ध में विवाद हो कि सन्धि का उल्लंघन हुआ है अथवा, नहीं तब इसका निर्णय राष्ट्रसंघ की परिषद् को सौंपा जाएगा। पांचवीं, जर्मनी को राष्ट्रसंघ का सदस्य बनाने की व्यवस्था की गई।

लोकार्नो सम्मेलन की दूसरी, तीसरी, चौथी और पांचवीं सन्धियां मध्यस्थता सन्धियां थीं। ये सन्धियां एक ओर तो जर्मनी तथा दूसरी ओर क्रमश: बेल्जियम, फ्रांस, पोलैण्ड तथा चैकोस्लोवाकिया के मध्य हुई थीं। इनके द्वारा यह व्यवस्था की गई कि जर्मनी तथा इन राष्ट्रों के बीच उत्पन्न होने वाले जो विवाद कूटनीतिक वार्ता से नहीं सुलझाए जा सकेंगे, वे किसी मध्यस्थ अथवा अन्तर्राष्ट्रीय न्यायालय को सौंपे जाएंगे।

छठी सन्धि फ्रांस और पोलैण्ड तथा सातवीं सन्धि फ्रांस और चैकोस्लोवाकिया के मध्य की गई। ये पारस्परिक सहायता सुरक्षा सन्धियां थीं, जिनके द्वारा हस्ताक्षरकर्ताओं ने जर्मन आक्रमण की दशा में परस्पर सहायता का वचन दिया था।

1 दिसम्बर, 1925 को इन सब सन्धियों पर लन्दन में विधिवत् हस्ताक्षर कर दिए गए।

**विशेषता**

लोकार्नो सन्धियों का ब्रिटेन, फ्रांस और जर्मनी में बड़े उत्साह से स्वागत किया गया था। आस्टिन चेम्बरलेन ने गर्व से कहा था कि, "लोकार्नो युद्ध के वर्षों एवं शान्ति के वर्षों के बीच वास्तविक विभाजक रेखा को अंकित करता है।" ब्रिआं का मत था कि, "लोकार्नो से एक नये युग का प्रारम्भ होता है। यह जर्मनी के लिए शान्ति है, यह फ्रांस के लिए शान्ति है। इससे इतिहास के पृष्ठों को काला करने वाले भयंकर एवं रक्त रंजित संघर्षों की एक सुदीर्घ शृंखला का अन्त होता है। राइफलों, मशीनगनों और तोपों का जमाना लद गया, ये समझौते अब मध्यस्थता और शान्ति के लिए मार्ग प्रशस्त कर रहे हैं।" स्ट्रेसमान ने इसमें यूरोपीय एकता के दर्शन किए थे। उसने कहा, "हम सभी अपने-अपने देशों के नागरिक हैं, परन्तु हम लोग यूरोप के भी नागरिक हैं। हम लोगों को समूचे यूरोप के लिए बोलने का अधिकार है।"

(क) निःसन्देह सन्धियां यूरोपीय इतिहास की एक अत्यन्त महत्वपूर्ण घटना थी। इसने फ्रांस और जर्मनी के मध्य शत्रुता के एक बड़े कारण को नष्ट कर दिया था; इसके द्वारा जर्मनी ने आल्सस लारेन पर फ्रांस की प्रभुसत्ता को स्वीकार कर लिया, जिससे फ्रांस एक बड़ी सीमा तक जर्मनी के इरादों के प्रति आश्वस्त हो गया।

(ख) युद्ध के बाद यह पहला अवसर था जब मित्रराष्ट्रों ने जर्मनी से समानता के आधार पर बातचीत की। लोकार्नो में जर्मनी को अन्तर्राष्ट्रीय समाज में पुनः सम्मानित स्थान प्राप्त हो गया। इस प्रकार लोकार्नो सम्मेलन ने पेरिस शान्ति सम्मेलन के अधूरे कार्य को पूरा कर दिया।

(ग) यह सन्धि जर्मनी पर आरोपित नहीं की गई थी, अपितु जिसे उसने स्वेच्छा से स्वीकार किया था।

(घ) इस सम्मेलन में जर्मनी को अपनी शिकायतें तथा अन्यायपूर्ण व्यवस्थाओं के विरुद्ध अपना मत प्रकट करने का अवसर दिया गया था।

(च) ई०एच० कार का मत है, "युद्ध के बाद पहली बार उसने फ्रांस और जर्मनी की आवश्यकताओं के बीच न्यायोचित और निष्पक्ष सन्तुलन स्थापित किया।" इसके द्वारा ब्रिटेन ने न केवल फ्रांस को जर्मन आक्रमण के विरुद्ध सुरक्षा का आश्वासन दिया, अपितु जर्मनी को भी फ्रांसीसी आक्रमण के विरुद्ध सुरक्षा का आश्वासन दिया।

(छ) इसने ब्रिटेन, फ्रांस और जर्मनी के मध्य सहयोग के एक नवयुग को प्रारम्भ किया। फ्रांस इसे ब्रिटिश, फ्रांसीसी मैत्री का नवीनीकरण मानता था। जर्मनी उसे वर्साय की प्रतिशोधपूर्ण नीति का अन्त समझता था। ब्रिटेन का विचार था कि उसने यूरोप में पुनः शक्ति सन्तुलन की स्थापना कर दी है। जिसमें ब्रिटेन की स्थिति जर्मनी और फ्रांस के बीच उस मध्यस्थ की सी है जो समय-समय पर अपने हित के अनुसार उनमें से एक या दूसरे का पक्ष लेने का निर्णय करता है। इस प्रकार लोकार्नो ने तीनों शक्तियों को सन्तुष्ट कर अन्तर्राष्ट्रीय स्नेह और सौहार्द का वातावरण स्थापित कर दिया, जिससे वह "विश्व इतिहास में नवीन युग का मार्ग दर्शक" बन गया।

## दुर्बलताएं

लोकार्नो सन्धियां सर्वथा दोष-रहित नहीं थीं। जहां वे यूरोपीय इतिहास में एक नए युग का प्रारम्भ थीं, वहां वे एक महान कूटनीतिक भ्रम थीं।

(क) उन्होंने जर्मनी की पूरी सीमा के प्रश्न को न केवल हल किया, अपितु और भी असन्तोषजनक बना दिया। जर्मनी ने अपनी पूर्वी सीमा की अखण्डता की गारन्टी देने से इन्कार करके यह स्पष्ट कर दिया कि वह पोलैण्ड और चैकोस्लोवाकिया के उन प्रदेशों पर जिनमें जर्मन लोग बड़ी संख्या में निवास करते थे, फिर से अधिकार करने का प्रयत्न कर सकता था।

(ख) ई०एच० कार के अनुसार, "अंततोगत्वा, लोकार्नो सन्धि से वर्साय सन्धि और अनुबन्ध पत्र दोनों को ही हानि पहुंची।" इसने इस धारणा को उत्पन्न किया कि वर्साय सन्धि से उत्पन्न दायित्व उतने बन्धनशील नहीं हैं, जितने स्वेच्छा से स्वीकृत दायित्व। ब्रिटेन द्वारा जर्मनी की पूर्वी सीमा की गारन्टी देने से इन्कार करने से यह प्रतीत होने लगा कि सुरक्षा की दृष्टि से कुछ सीमाएं प्रथम श्रेणी की हैं और कुछ द्वितीय श्रेणी कीं। इसने यह धारणा भी उत्पन्न की कि यदि जर्मनी की पूर्वी सीमाओं के उल्लंघन से उत्पन्न परिस्थितियों में राष्ट्रसंघ संविदा के अनुसार कार्यवाही का अवसर आता है, तब ब्रिटेन पूर्ण मन से अपने राष्ट्रसंघ सम्बन्धी दायित्वों को नहीं निभाएगा।

(ग) लोकार्नो सन्धि एक बड़ी सीमा तक अवास्तविक थी। ब्रिटेन ने इसके अन्तर्गत जो दायित्व स्वीकार किए थे उनको पूरा करना उसके लिए असम्भव था। ब्रिटेन फ्रांस पर जर्मन आक्रमण की स्थिति में फ्रांस की सहायता कर सकता था; परंतु जर्मनी पर फ्रांस के आक्रमण की स्थिति में वह जर्मनी की कोई वास्तविक सहायता नहीं कर सकता था; क्योंकि एक तो जर्मनी उससे बहुत दूर था और दूसरे उसकी सैन्य क्षमता फ्रांस से कम थी।

(घ) सोवियत रूस को इस सम्मेलन में आमन्त्रित नहीं किया गया, अतः उसके मन में पश्चिमी शक्तियों के इरादों के प्रति शंका उत्पन्न हो गई।

(च) इससे फ्रांस और उसके मित्रों – पोलैण्ड तथा चैकोस्लोवाकिया के बीच मनोमालिन्य उत्पन्न हो गया। पोलैण्ड और चैकोस्लोवाकिया को यह शंका हो गई कि जर्मनी के आक्रमण के विरुद्ध सहायता के अपने वचन के प्रति फ्रांस निष्ठावान नहीं है।

**परिणाम**

लोकार्नो ने जहां अन्तर्राष्ट्रीय सहयोग और सौहार्द की भावना को आगे बढ़ाया वहां इसके अनेक दुखद परिणाम भी हुए। जर्मनी को राष्ट्रसंघ की परिषद् में स्थायी स्थान देने के प्रश्न पर एक संकट उठ खड़ा हुआ। पोलैण्ड, स्पेन, ब्राजील और चीन ने भी स्थायी स्थान की मांग की। ब्राजील ने इस प्रश्न पर राष्ट्रसंघ का परित्याग कर दिया, जिससे न्यूनाधिक मात्रा में राष्ट्रसंघ का विघटन ही प्रारम्भ हो गया। साथ ही फ्रांस द्वारा इस विवाद में पोलैण्ड का पक्ष लेने से जर्मनी पुनः शंकित हो उठा और उसने 24 अप्रैल, 1926 को रूस के साथ एक अनाक्रमण समझौता कर लिया।

**महत्व**

इस सब दोषों के बावजूद भी इसमें सन्देह नहीं कि लोकार्नो सन्धियों ने यूरोप में शान्ति और सौहार्द की स्थापना में बहुत योग दिया। एक दृष्टि से यह कहा जा सकता है कि प्रथम विश्व युद्ध का अन्त 1919 की वर्साय सन्धि से नहीं, अपितु 1925 की लोकार्नो सन्धि से हुआ, क्योंकि लोकार्नो सन्धि के द्वारा फ्रांस और जर्मनी की शत्रुता का अन्त हो गया, यद्यपि यह अन्त केवल अल्पकालीन सिद्ध हुआ। अपने दोषों के बावजूद भी लोकार्नो सदा के लिए राष्ट्रों के बीच "शान्तिपूर्ण सहअस्तित्व" का प्रतीक बन गया।

# 16

# पेरिस का समझौता

## पृष्ठभूमि

फ्रांस की सुरक्षा की खोज का महत्वपूर्ण प्रयास 1928 का केलॉग-ब्रिआं समझौता था। फ्रांसीसी विदेशमन्त्री ब्रिआं ने 6 अप्रैल, 1927 को अमरीकन जनता के नाम एक सन्देश भेज कर यह सुझाव दिया कि अमेरिका के युद्ध में प्रवेश के दसवें वार्षिकोत्सव के अवसर पर फ्रांस और अमेरिका एक समझौता करें, जिसके द्वारा राष्ट्रीय नीति के एक साधन के रूप में युद्धों को अवैध घोषित कर दिया जाए; दिसम्बर, 1927 में अमरीकन विदेशमन्त्री केलॉग ने यह सुझाव दिया कि प्रस्तावित समझौता बहुपक्षीय होना चाहिए, जिसमें विश्व के समस्त राष्ट्र सम्मिलित हो सकें। ब्रिआं ने इस प्रस्ताव को स्वीकार कर लिया और 23 जून, 1928 को 'राष्ट्रीय नीति के साधन के रूप में युद्ध के परित्याग' की घोषणा करने वाली एक सामान्य सन्धि का प्रारूप केलॉग ने जर्मनी, ब्रिटेन, इटली, जापान आदि 14 राष्ट्रों को भेजा। इस प्रारूप पर विचार करने के लिए अमेरिका, ब्रिटेन, फ्रांस, जर्मनी, इटली, जापान, बेल्जियम, पोलैण्ड, चैकोस्लोवाकिया आदि 15 राष्ट्रों के प्रतिनिधि 29 अगस्त, 1928 को पेरिस में एकत्रित हुए। उन राष्ट्रों ने मिल कर एक समझौते को स्वीकार किया, जो केलॉग-ब्रिआं समझौता या पेरिस का समझौता के नाम से प्रसिद्ध हुआ। अरब के नज्द, हजाज और यमन को छोड़ कर विश्व के लगभग सभी राष्ट्रों को इसको स्वीकार करने के लिए आमन्त्रित किया गया था। 1933 तक 65 देशों ने इसे स्वीकार कर लिया, जबकि उस समय राष्ट्रसंघ की सदस्य संख्या केवल 58 थी। केवल अर्जेन्टाइना, ब्राजील, बोलिविया और सेल्वेडोर ही इससे पृथक् रहे।

## समझौते की व्यवस्थाएं

केलॉग-ब्रिआं समझौता, जिसका वास्तविक नाम युद्ध के परित्याग की सामान्य सन्धि था, एक अत्यन्त छोटा लेखपत्र था। इसकी प्रमुख व्यवस्थाएं थीं –

(क) उच्च बन्धेजकर्ता दल गम्भीरतापूर्वक अपने-अपने राष्ट्रों के नाम यह घोषित करते हैं कि वे अन्तर्राष्ट्रीय विवादों के समाधान के लिए युद्ध के आश्रय की निन्दा करते हैं और अपने एक-दूसरे के साथ सम्बन्धों में राष्ट्रीय नीति के एक यन्त्र के रूप में इसका परित्याग करते हैं।

(ख) उच्च बन्धेजकर्ता दल सहमत होते हैं कि सभी विवादों का समाधान शान्तिपूर्ण साधनों की अपेक्षा अन्य किसी भी प्रकार से नहीं होगा।

**समझौते की सीमाएं**

केलॉग-ब्रिआं समझौते ने युद्ध को राष्ट्रीय नीति के एक साधन के रूप में अवैध घोषित कर दिया; परन्तु इस पर हस्ताक्षर करने वाले राष्ट्रों ने इसे पूर्णरूप से स्वीकार नहीं किया था, अपितु कुछ सीमाओं के साथ स्वीकार किया था। अमरीकन विदेशमन्त्री केलॉग ने इसकी रचना के समय यह लिखा था कि, "प्रत्येक राज्य को यह निर्णय करने का एकमात्र अधिकार है कि क्या वर्तमान परिस्थितियों में आत्मरक्षा के लिए युद्ध आवश्यक है।" उन्होंने यह भी स्पष्ट कर दिया कि अमरीकन मुनरो सिद्धान्त की रक्षा के लिए युद्ध कर सकता है। फ्रांस ने भी केलॉग-ब्रिआं समझौते को इन सीमाओं के साथ स्वीकार किया था, कि प्रत्येक हस्ताक्षरकर्ता को वैध आत्मरक्षा का अधिकार प्राप्त रहेगा; और यदि एक हस्ताक्षरकर्ता युद्ध न करने के अपने वचन का उल्लंघन करता है तो अन्य सभी भी अपने दायित्वों से मुक्त समझे जाने चाहिएं। इसके अतिरिक्त फ्रांस ने यह भी जोड़ दिया कि इस समझौते का फ्रांस के राष्ट्रसंघ, लोकार्नो सन्धियों और अन्य सन्धियों के अन्तर्गत पहले दायित्वों पर कोई प्रभाव नहीं पड़ेगा।

ब्रिटिश सरकार ने समझौते को स्वीकार करते समय स्पष्ट कर दिया था कि – "विश्व में अनेक ऐसे प्रदेश हैं, जिनका कल्याण और अखण्डता हमारी शान्ति और सुरक्षा के लिए आवश्यक है। इनको आक्रमणों से सुरक्षित रखना ब्रिटिश साम्राज्य के लिये आत्मरक्षा का कार्य है।"

इसी प्रकार जापान के विदेशमन्त्री ने कहा था कि, "वास्तव में मंचूरिया और मंगोलिया उस क्षेत्र के अन्तर्गत हैं, जहां पर कि हमारा आत्मरक्षा का अधिकार प्रयोग किया जा सकता है।" इसी प्रकार की सीमाएं अन्य देशों ने भी लगा दी थीं। संक्षेप में राष्ट्रों ने युद्ध के परित्याग का वचन दिया; परन्तु साथ ही निम्न तीन अवस्थाओं में युद्ध को उचित माना –

(क) आत्मरक्षा;

(ख) पहले की गई सन्धियों के दायित्वों का पालन;

(ग) राष्ट्रसंघ संविदा के दायित्वों का पालन।

### विशेषताएं

केलॉग-ब्रिआं समझौते की तीन प्रमुख विशेषताएं थीं –

(क) ई॰एच॰ कार के अनुसार, "यह समझौता विश्व इतिहास में एक सीमा चिन्ह था। इतिहास में यह पहला ही राजनीतिक समझौता था, जिसका क्षेत्र लगभग सभी देश थे।" इस पर 65 राष्ट्रों ने हस्ताक्षर किए थे, जबकि राष्ट्रसंघ के सदस्यों की संख्या केवल 58 थी।

(ख) यह समझौता कभी रद्द नहीं किया जा सकता था।

(ग) इसने राष्ट्रीय प्रभुसत्ता के सिद्धान्त को कुछ अंशों में खण्डित कर दिया, क्योंकि इसके द्वारा राष्ट्रों ने यह स्वीकार किया कि वे एक विश्व समाज के सदस्य हैं और उसके हित के लिए युद्ध का परित्याग करने को प्रस्तुत हैं।

### आलोचना

यद्यपि केलॉग-ब्रिआं समझौता सार्वदेशिक मान्यता प्राप्त करने वाले प्रथम समझौते के रूप में एक ऐतिहासिक महत्व का समझौता था, फिर भी अपनी स्वीकृति के कुछ समय बाद ही इसे निरर्थक और अव्यावहारिक कहा जाने लगा। वास्तव में यह एक पूर्णतया अव्यावहारिक अन्तर्राष्ट्रीय चुम्बन रह गया, जिसने भविष्य के लिए कुछ भी आश्वासन नहीं दिया। नार्मन बेन्टविच के शब्दों में, "समझौते ने युद्ध की प्रेत-बाधा को शब्दों से भगाया था, परन्तु जब शैतान (नाजी और फात्सी शक्तियों) ने चुनौती दी तब जादू ने काम नहीं किया।" अपराधी को दण्डित करने की व्यवस्था के अभाव में पेरिस का समझौता एक पवित्र आकांक्षा का घोषणामात्र रह गया। यह एक 'दन्त नख विहीन सिंह' था।

इस समझौते के द्वारा युद्ध का केवल परित्याग किया गया था, उसको पूर्णतः अवैध घोषित नहीं किया गया था। लगभग सभी हस्ताक्षरकर्ताओं ने आत्मरक्षा के लिए युद्ध के अधिकार को सुरक्षित रखा था। परिणाम यह हुआ कि हस्ताक्षरकर्ताओं ने अपने प्रत्येक युद्ध को आत्मरक्षा का युद्ध कह कर उसे उचित सिद्ध करने का प्रयत्न किया।

हस्ताक्षरकर्ता राष्ट्रों ने समझौते को स्वीकार करते समय इतनी सीमाएं लगाई थीं कि समझौते का व्यावहारिक महत्व एक बड़ी सीमा तक नष्ट हो गया।

ई॰एच॰ कार के अनुसार, पेरिस समझौता राष्ट्रसंघ के लिए भी एक चुनौती प्रतीत होने लगा। व्यवहार में पेरिस समझौता शान्ति स्थापना का साधन नहीं अपितु एक पवित्र आकांक्षा ही सिद्ध हुआ। 1931 में जापान के मंचूरियां पर तथा 1935 में इटली के एबीसीनिया पर आक्रमण ने यह स्पष्ट कर दिया कि पेरिस समझौते की कोई व्यावहारिक उपयोगिता नहीं थी।

**महत्व**

पेरिस समझौता अपनी दुर्बलताओं के बावजूद भी एक महत्वपूर्ण और ऐतिहासिक घटना थी। यह एक ओर तो प्रथम अन्तर्राष्ट्रीय समझौता था, जिसे सार्वदेशिक स्वीकृति प्राप्त हुई और दूसरी ओर यह अमेरिका की पार्थक्यवादी नीति की समाप्ति का सूचक था। जिन्मर्न के अनुसार, यह उस समय विश्व के प्रभुतासम्पन्न राज्यों द्वारा किया गया सबसे महत्वपूर्ण समझौता था। हार्डी के शब्दों में, "एक ऐतिहासिक घटना के रूप में, युद्ध का नीति के साधन के तौर से यह प्रायः सार्वजनिक प्रत्याख्यान अभूतपूर्व महत्व रखता प्रतीत होता है। युद्ध के प्रति एक नये नैतिक रुख के संकेत के रूप में यह निःसन्देह प्रभावोत्पादक था।"

# 17

# जेनेवा प्रोटोकोल

जेनेवा प्रोटोकोल वस्तुत: "अन्तर्राष्ट्रीय विवादों के शांतिपूर्ण समझौते का प्रोटोकोल" के नाम से प्रसिद्ध हुआ। सितम्बर, 1924 में ब्रिटिश प्रधानमंत्री रेम्जे मैक्डोनाल्ड और फ्रांसीसी प्रधानमंत्री एरियो ने जेनेवा में राष्ट्रसंघ की साधारण सभा में एक संयुक्त प्रस्ताव द्वारा 'मध्यस्थता, नि:शस्त्रीकरण और सुरक्षा' पर आधारित अन्तर्राष्ट्रीय विवादों के शांतिपूर्ण समाधान की एक योजना के निर्माण का अनुरोध किया। इस प्रस्ताव के आधार पर यूनानी प्रतिनिधि पॉलीटिस तथा चैकोस्लाव प्रतिनिधि बेनेस ने एक योजना तैयार की, जिसे राष्ट्रसंघ की साधारण सभा ने 2 अक्तूबर, 1924 को स्वीकार कर लिया।

## मुख्य विशेषताएं

जेनेवा प्रोटोकोल की मुख्य विशेषता मध्यस्थता और पंचायती निर्णय को अनिवार्य बना देना था। इसकी अन्य प्रमुख विशेषताएं थीं –

(क) आक्रामक युद्ध एक अन्तर्राष्ट्रीय अपराध माना जाएगा और प्रोटोकोल पर हस्ताक्षर करने वाले राष्ट्र आत्मरक्षा तथा राष्ट्रसंघ के आदेशों के पालन इन दो अवस्थाओं को छोड़ कर अन्य किसी अवस्था में युद्ध नहीं करेंगे।

(ख) विभिन्न देशों के सभी वैधानिक झगड़ों का निर्णय अनिवार्य रूप से अंतर्राष्ट्रीय न्याय के स्थायी न्यायालय द्वारा किया जाएगा।

(ग) राजनीतिक विवादों का निर्णय राष्ट्रसंघ की परिषद् अथवा विशेष मध्यस्थता समितियों द्वारा किया जाएगा।

(घ) जिस समय न्यायालय अथवा परिषद् विवाद पर विचार कर रही होगी, उस काल में कोई सैनिक तैयारी नहीं की जाएगी।

(च) न्यायालय के अधिकार क्षेत्र अथवा परिषद् की सर्वसम्मत रिपोर्ट को अस्वीकार करना आक्रमण माना जाएगा और ऐसा करने वाला देश आक्रमणकारी समझा जाएगा।

(छ) राष्ट्रसंघ उन विषयों पर भी विचार कर सकता है जो किसी देश के घरेलू अधिकार क्षेत्र में आते हों।

(ज) परिषद् राष्ट्रसंघ संविदा के 16वें अनुच्छेद के अनुसार आक्रमणकारी के विरुद्ध 'आर्थिक प्रतिबंधों और सैनिक कार्यवाही' की व्यवस्था कर सकती है।

(झ) युद्ध का समस्त व्यय आक्रमणकारी राष्ट्र को अदा करना होगा।

(ट) यदि 1 मई, 1925 तक परिषद् के स्थाई सदस्यों का बहुमत और राष्ट्रसंघ के दस अन्य सदस्य इस प्रोटोकोल को स्वीकार कर लें तब 15 जून, 1925 को जेनेवा में एक अंतर्राष्ट्रीय नि:शस्त्रीकरण सम्मेलन आयोजित किया जाएगा।

**विशेषता**

एल्फर्ड जिम्मर्न के शब्दों में – "यह प्रोटोकोल भूमंडल पर कानून द्वारा शांति स्थापित करने का बड़ा साहसपूर्ण प्रयास था।" इस प्रोटोकोल ने राष्ट्रसंघ के दो महत्वपूर्ण दोषों को दूर करने का प्रयास किया था। पहला दोष था परिषद् के निर्णयों के लिए सर्वसम्मति का नियम तथा दूसरा दोष था घरेलू क्षेत्र के मामलों पर राष्ट्रसंघ के क्षेत्राधिकार का निषेध। इस प्रोटोकोल ने पहले दोष को अनिवार्य मध्यस्थता की व्यवस्था को दूर करना चाहा और दूसरे दोष को दूर करने के लिए यह व्यवस्था की कि राष्ट्रसंघ घरेलू क्षेत्र के मामलों पर भी विवादों के शांतिपूर्ण समाधान के उद्देश्य से विचार कर सकता है।

परंतु जेनेवा प्रोटोकोल में दो महत्वपूर्ण दोष भी थे –

(क) इसमें राष्ट्रसंघ संविदा के 16वें अनुच्छेद के अंतर्गत परिषद् के अधिकारों को सुदृढ़ करने और सैनिक वचनों को दायित्वपूर्ण बनाने के लिए कोई व्यवस्था नहीं की गई।

(ख) इसमें सुरक्षा का अर्थ 1919 की यथास्थिति को कायम रखना मान लिया गया और उसमें आवश्यक संशोधनों के लिए कोई उपयुक्त प्रबंध नहीं किया गया था।

**त्रुटियां**

व्यवहार में जेनेवा प्रोटोकोल असफल हो गया। फ्रांस सहित केवल 17 राज्यों ने ही इसे स्वीकार किया। यद्यपि ब्रिटेन इस योजना के प्रारम्भकर्त्ताओं में से था; परंतु 25 मार्च, 1925 को उसने राष्ट्रसंघ की परिषद् के सामने प्रोटोकोल की अस्वीकृति घोषणा कर दी। ब्रिटिश स्वीकृति के अभाव में जेनेवा प्रोटोकोल का कोई व्यावहारिक मूल्य नहीं रह गया। जेनेवा प्रोटोकोल की ब्रिटिश अस्वीकृति के अनेक कारण थे –

(क) प्रथम कारण था, नवम्बर, 1924 में मैकडोनाल्ड सरकार का पतन हो जाना, जिसके फलस्वरूप वाल्डविन के नेतृत्व में एक अनुदारदलीय मंत्रिमंडल सत्तारूढ़ हुआ।

(ख) दूसरा कारण था, ब्रिटेन की यूरोप के झगड़ों में पड़ने की अनिच्छा।

(ग) तीसरा, ब्रिटेन को यह आशंका थी कि इससे ऐसी परिस्थितियां उत्पन्न हो सकती हैं, जिनमें राष्ट्रसंघ अमेरिका जैसे किसी ऐसे देश को आक्रमणकारी घोषित कर दे, जो राष्ट्रसंघ का सदस्य न हो। ब्रिटेन अमेरिका से झगड़ा मोल लेने को तैयार नहीं था।

(घ) चौथा, ब्रिटेन के विचार से पंचायती निर्णय का सिद्धांत राष्ट्रों की प्रभुसत्ता के सिद्धांत के अनुकूल नहीं था।

(च) पांचवां, हार्डी का मत है, कि ब्रिटिश अस्वीकृति का प्रधानतम कारण उपनिवेशों का विरोध था। इस विरोध का कारण यह था कि ब्रिटेन के स्वायत्तशासी उपनिवेश यूरोपीय संकट स्थलों से बहुत दूर थे और यूरोपीय झंझटों में फंसना नहीं चाहते थे। कनाडियन प्रतिनिधि डैन्डयूरेन्ड ने स्पष्ट कहा था – "युद्ध की अग्नि के विरुद्ध किए जा रहे इस बीमें में विभिन्न देशों के खतरे बराबर नहीं हैं। हम ज्वलनशील सामग्री से दूर अग्नि से सर्वथा सुरक्षित रहते हैं।" दक्षिण अफ्रीका, भारत, आस्ट्रेलिया और न्यूजीलैंड के भी कुछ ऐसे ही विचार थे।

# 18

# वाशिंगटन सम्मेलन

### पृष्ठभूमि

वाशिंगटन सम्मेलन का प्रमुख कारण सुदूरपूर्व और प्रशांत महासागर में जापान और अमेरिका की प्रतिद्वन्द्विता थी। जापान की बढ़ती हुई शक्ति ने अमेरिका को जापानी साम्राज्यवाद के "पीले खतरे" के प्रति चिन्तातुर बना दिया। 1915 में जापान की 21 मांगों ने चीन में 'मुक्त द्वार' के अंत का भय उत्पन्न कर दिया और अमेरिका ने इसका विरोध किया। पेरिस शांति सम्मेलन में अमेरिका ने जापान को शांटुंग दिए जाने का असफल विरोध किया। याप द्वीप के विवाद ने अमरीकन-जापानी संबंधों को कटुता प्रदान की थी। याप द्वीप पर अमरीकन संचार व्यवस्था स्थापित थी परंतु उसे जापान के नियंत्रण में पेरिस शांति सम्मेलन में दे दिया गया था। अमेरिका की चिन्ता का तीसरा कारण एंग्लो-जापानी संधि थी; अमेरिका इस संधि के विरुद्ध था वह चाहता था जापान को इंग्लैंड की मित्रता न प्राप्त हो क्योंकि इससे अमरीकन-जापानी संबंध प्रभावित हो रहे थे; जापानी साम्राज्यवाद को सम्बल मिल रहा था। वाशिंगटन सम्मेलन का चौथा कारण नौ सैनिक होड़ थी; जापान की बढ़ती हुई शक्ति से भयभीत होकर अमेरिका ने प्रथम युद्ध के बाद तीव्रता से अपनी नौ-सेना का विकास करना प्रारम्भ कर दिया था। इससे जापान और ब्रिटेन ने भी अपनी नौ-सेनाओं का विस्तार प्रारम्भ कर दिया। परंतु शीघ्र ही तीनों देशों ने यह अनुभव किया कि यह प्रतिद्वन्द्विता अत्यंत खर्चीली और हानिप्रद थी; अत: तीनों ही देश इस प्रतिद्वन्द्विता को समाप्त करना चाहते थे। इन्हीं कारणों व पृष्ठभूमि में वाशिंगटन सम्मेलन आयोजित हुआ।

### संधियां, समझौते

वाशिंगटन सम्मेलन में 6 संधियां और 12 समझौते सम्पन्न हुए थे; वे संधियां, समझौते इस प्रकार थे –

**(क) *चतुःशक्ति प्रशान्त संधि*** – वाशिंगटन सम्मेलन में यह प्रथम संधि 13 दिसम्बर, 1921 को चार राष्ट्रों (ब्रिटेन, अमेरिका, फ्रांस तथा जापान) के मध्य सम्पन्न हुई थी। इसके द्वारा 1902 की एंग्लो–जापानी संधि को समाप्त कर दिया गया था। इस संधि द्वारा संबंधित राष्ट्रों ने प्रशांत महासागर में एक–दूसरे के अधीन प्रदेशों और द्वीपों का सम्मान करने और प्रशांत महासागर संबंधी विवादों को सम्मेलनों द्वारा सुलझाने का वचन दिया। इस संधि की अवधि 10 वर्ष रखी गई थी।

**(ख) *पंच शक्ति नौ-सैनिक संधि*** – ब्रिटेन, अमेरिका, जापान, फ्रांस तथा इटली द्वारा 6 फरवरी, 1922 को की गई पंचशक्ति नौ–सैनिक संधि वाशिंगटन सम्मेलन की सर्वाधिक महत्वपूर्ण संधि थी। इस संधि द्वारा 10 वर्ष के लिए नवीन युद्धपोतों का निर्माण बंद कर दिया गया। बड़े जहाजों के संबंध में नौ–सैनिक प्रतिद्वन्द्विता समाप्त हो गई और यह निश्चित किया गया कि अमेरिका, ब्रिटेन, जापान, फ्रांस तथा इटली के बड़े जहाजों का अनुपात 5 : 5 : 3 : 1.67 : 1.67 रहेगा। यह भी निश्चित हुआ कि प्रशांत महासागरीय द्वीपों की किलेबंदी के संबंध में 'यथास्थिति' को कायम रखा जाएगा। संधि की अवधि 31 दिसम्बर, 1932 तक रखी गई। उसके पश्चात् कोई भी हस्ताक्षरकर्त्ता राष्ट्र 2 वर्ष का नोटिस देकर संधि को समाप्त कर सकता था।

**(ग) *नवशक्ति मुक्त द्वार संधि*** – ब्रिटेन, अमेरिका, जापान, फ्रांस, इटली, बेल्जियम, हालैण्ड, पुर्तगाल तथा चीन द्वारा 6 फरवरी, 1922 को की गई नवशक्ति मुक्त द्वार संधि वाशिंगटन सम्मेलन की तीसरी महत्वपूर्ण संधि थी। इसके द्वारा सभी राज्यों ने यह वचन दिया कि वे चीन की प्रभुसत्ता, प्रादेशिक तथा प्रशासनात्मक अखंडता का सम्मान करेंगे; चीन में सभी देशों को व्यापार का समान अवसर प्राप्त कराएंगे; चीन के निश्चित भू–भागों में विशेष स्वार्थों की पूर्ति के लिए प्रभाव क्षेत्रों की स्थापना के लिए कोई कार्यवाही नहीं की जाएगी; दूसरी शक्तियों के युद्धों में चीन की तटस्थता का सम्मान किया जाएगा।

**(घ) *नवशक्ति संधि*** – इसके द्वारा सभी नौ राष्ट्रों ने चीन को अपने प्रदेश में आने वाली वस्तुओं पर चुंगी लगाने के पहले से अधिक अधिकार प्रदान किए।

**(च) *पंचशक्ति संधि*** – इसके द्वारा अमेरिका, ब्रिटेन, फ्रांस, जापान तथा इटली ने पनडुब्बियों तथा विषैली गैसों के प्रयोग को नियंत्रित किया।

**(छ) *चतुःशक्ति संधि*** – इसके द्वारा अमेरिका, ब्रिटेन, फ्रांस तथा जापान ने प्रशांत महासागरीय द्वीपों से संबंधित अधिकारों की सुरक्षा दी।

वाशिंगटन सम्मेलन में इन 6 संधियों के अतिरिक्त 12 समझौते भी हुए; इनमें से चीन–जापान समझौता अमरीकन–जापानी याप समझौता अधिक महत्वपूर्ण थे। पहले के द्वारा जापान ने शांटुंग में अपने विशेषाधिकार चीन को लौटा दिये, परंतु उसे कुछ रेलों पर 15 वर्षों तक नियंत्रण रखने का अधिकार प्राप्त रहा। दूसरे समझौते द्वारा याप

द्वीप अमरीकनों को जापानियों के तुल्य समानाधिकार और स्वतंत्र प्रवेश के अधिकार प्राप्त हुए।

**महत्व तथा प्रभाव**

वाशिंगटन सम्मेलन को अपने समय की एक महान् सफलता माना गया है; इसके महत्व तथा प्रभाव को निम्न दृष्टि से समझा जा सकता है :

**(क) *एक शांति युग का प्रारम्भ*** – वाशिंगटन सम्मेलन ने पेरिस शांति सम्मेलन के अधूरे कार्य को पूरा कर दिया। इस सम्मेलन के पश्चात् चीन और जापान और अमेरिका के संबंधों में निश्चित रूप से सुधार हुआ। जापान ने चीन के प्रति एक मित्रतापूर्ण नीति अपनाई जो 1927 तक चलती रही; इसी प्रकार जापान-अमरीकन सद्भाव में तीव्र गति से वृद्धि हुई। प्रशांत महसागर में नौ-सैनिक प्रतिद्वन्द्विता समाप्त हो गई।

**(ख) *सुदूरपूर्व में नौ-सैनिक प्रतिद्वन्द्विता का अंत : निःशस्त्रीकरण की सफलता*** – वाशिंगटन सम्मेलन दो विश्व युद्धों के मध्य एकमात्र सफल निःशस्त्रीकरण सम्मेलन था, जिसने नौ-सैनिक प्रतिद्वन्द्विता को समाप्त करने में सफलता प्राप्त की थी।

**(ग) *चीन की मेग्नाकार्टा*** – वाशिंगटन सम्मेलन से सर्वाधिक लाभ चीन को हुआ। नवशक्ति मुक्त द्वार संधि उसके लिए इतनी अधिक लाभप्रद थी कि उसे चीन की स्वतंत्रता का महान् आज्ञापत्र (मेग्नाकार्टा) कहा जाता है। सकारात्मक रूप से उसे शांटुंग वापस मिल गया। उसे महान् शक्तियों से यह आश्वासन भी मिला कि वे चीन की सम्प्रभुता, अखंडता का सम्मान करेंगी।

**(घ) *अमेरिका की कूटनीतिक विजय*** – अमेरिका के लिए वाशिंगटन सम्मेलन एक महान् कूटनीतिक विजय थी। उसके लगभग सभी उद्देश्य पूरे हो गए थे। शांटुंग का प्रदेश चीन को वापस कर दिया गया था। चीन के संबंध में मुक्तद्वार नीति को मान्यता प्राप्त हुई थी। एंग्लो-जापानी संधि और लैनसिंग-इशी समझौता रद्द हो गए थे। नौ-सैनिक होड़ समाप्त हो गई थी। जापान-अमरीकन संबंधों में सुधार हुआ था।

**(च) *जापानी साम्राज्यवाद का प्रभाव*** – जापान के लिए वाशिंगटन सम्मेलन एक कूटनीतिक पराजय थी। उसे न केवल नौ-सैनिक समानता प्राप्त हो सकी, अपितु चीन में प्राप्त अनेक सुविधाओं का परित्याग भी करना पड़ा। के॰एम॰ पानिक्कर के शब्दों में, "यह एक सुविधा का प्रत्यावर्तन तथा जापानी साम्राज्यवाद का प्रथम सार्वजनिक निवर्तन था।"

**(छ) *ब्रिटेन के लिए दुविधापूर्ण स्थिति का अन्त*** – ब्रिटेन के लिए वाशिंगटन सम्मेलन एक दुविधापूर्ण स्थिति का अंत था; क्योंकि इस सम्मेलन ने उसके दो मित्रों (अमेरिका तथा जापान) की शत्रुता का सफलतापूर्वक अंत कर दिया था। मेकनेअर और लांच ने ठीक ही लिखा है – "चतुःशक्ति प्रशांत संधि और पंचशक्ति नौ-सैनिक

संधि का, शास्त्रास्त्रों पर विशाल व्यय को बचाने के अतिरिक्त यह परिणाम भी हुआ कि अमेरिका और जापान या ग्रेट-ब्रिटेन के मध्य युद्ध की संभावना अनिश्चित काल के लिए टल गई।"

## मूल्यांकन और निष्कर्ष

वाशिंगटन सम्मेलन एक अत्यंत सफल अंतर्राष्ट्रीय सम्मेलन था, परंतु इसकी अधिकांश सफलताएं अल्पजीवी सिद्ध हुईं। इसकी प्रथम सफलता एक मैत्रीपूर्ण युग का उद्घाटन थी। परंतु यह युग केवल 1927 तक ही रहा। इसकी दूसरी सफलता नौ-सैनिक प्रतिद्वन्द्विता का अंत थी। परंतु यह सफलता अपूर्ण और एकांगी थी। वाशिंगटन सम्मेलन में केवल बड़े युद्धपोतों के विषय में ही समझौता हो सका था; छोटे जहाजों और पनडुब्बियों के संबंध में नहीं। तीसरी इन संधियों को चीन का "मेग्नाकार्टा" कहा गया था। परंतु ये संधियां चीन को भी संतुष्ट नहीं कर सकीं क्योंकि चीनी राष्ट्रवाद की विकासोन्मुख शक्तियां नवीन प्रतिबंधों के न लगने से ही संतुष्ट होने को प्रस्तुत नहीं थीं। अपितु पहले से लगे हुए प्रतिबंधों का भी अंत करने के लिए दृढ़प्रतिज्ञ थीं। वास्तव में यह तथाकथित मेग्नाकार्टा बहुत अधिक प्रभावशाली नहीं था, क्योंकि इसको कार्यान्वित करने के लिए कोई विशेष व्यवस्था नहीं की गई थी। जैसा कि क्लाड ए० बस का कथन है – "यह सामूहिक सुरक्षा के एक समझौते की अपेक्षा एक आत्मपरित्यागी घोषणा अधिक था। इसने किसी को कार्य करने के लिए नहीं बांधा, यह पूर्णतया सद्भाव पर आधारित था।" चौथी, वाशिंगटन संधियों को जापानी साम्राज्यवाद का पराभव कहा गया था, परंतु टायनबी का मत है कि पंचशक्ति नौ-सैनिक संधि का परिणाम था – "पश्चिमी प्रशांत महासागर में जापान की सुरक्षात्मक स्थिति को समुद्र के मार्ग से पूर्णरूपेण अभेद्य बना देना।" इसी आधार बुएल का मत रहा – "ऐसी केवल एक शक्ति है जिससे जापानी साम्राज्यवाद को प्रभावित किया जा सकता है – वह शक्ति है, विश्व का लोकमत।" पांचवीं, ये संधियां मुक्त द्वार नीति की विजय मानी जाती थीं। परंतु यह विजय एक भ्रम मात्र सिद्ध हुई। एंग्लो-जापानी संधि का अंत हो गया, परंतु उसकी भावना जीवित रही और जब जापान ने मंचूरिया पर आक्रमण किया तब ब्रिटेन ने उसको अपना नैतिक समर्थन प्रदान किया। इस प्रकार इतिहास का निर्णय वाशिंगटन सम्मेलन के बहुत अनुकूल नहीं कहा जा सकता; फिर भी वाशिंगटन सम्मेलन अपने समय की एक महान् सफलता थी क्योंकि जैसा कि ई०एच० कार का मत है – "यह मूल प्रश्न कि सुदूरपूर्व में एंग्लो-सेकसन प्रभुत्व रहेगा या जापान की ही तूती बजेगी, अभी भी अनिर्णीत था। किन्तु यह वाशिंगटन सम्मेलन का ही परिणाम था कि प्रश्न ठीक 10 वर्षों तक भविष्य के गर्भ में ही पड़ा रहा।"

# 19

# दो विश्व-युद्धों के दौरान नि:शस्त्रीकरण

पेरिस शांति सम्मेलन में यह बात स्वीकार की जा चुकी थी कि नि:शस्त्रीकरण के बिना स्थाई शांति की स्थापना संभव नहीं है। यह स्पष्ट रूप से कहा गया था कि वर्साय की संधि द्वारा जर्मनी को नि:शस्त्र करने का उद्देश्य एक व्यापक नि:शस्त्रीकरण के लिए मार्ग प्रशस्त करना है। लायड जार्ज ने यह प्रयत्न किया था कि राष्ट्रसंघ संविदा पर हस्ताक्षर होने से पूर्व एक नि:शस्त्रीकरण समझौता कर लिया जाए। उनके अनुसार, "राष्ट्रसंघ की सफलता की प्रथम शर्त यह है कि बड़े राज्यों के बीच एक पक्का समझौता हो जाए कि सैनिक क्षेत्रों में एक-दूसरे से होड़ नहीं करेंगे; यदि राष्ट्रसंघ के प्रमुख सदस्य अपने शस्त्रास्त्रों पर पाबंदी लगा दें; तो यूरोप के सभी छोटे-छोटे राज्य भी अपनी सैनिक शक्ति को सीमित रखेंगे।"

पेरिस शांति सम्मेलन में नि:शस्त्रीकरण संबंधी कोई समझौता नहीं हो सका; परंतु इस दिशा में प्रयत्न जारी रहे। इनमें से कुछ प्रयत्न राष्ट्रसंघ से बाहर महाशक्तियों ने किए और कुछ प्रयत्न राष्ट्रसंघ के तत्वावधान में किए गए थे।

## राष्ट्रसंघ के बाहर महाशक्तियों द्वारा किए गए नि:शस्त्रीकरण के प्रयत्न

राष्ट्रसंघ से बाहर महाशक्तियों द्वारा किए गए नि:शस्त्रीकरण की दिशा में सभी प्रयत्न नौ-सेना के क्षेत्र में थे। इन प्रयत्नों में सर्वाधिक उल्लेखनीय वाशिंगटन सम्मेलन था :-

**(क)** ***वाशिंगटन सम्मेलन*** – नि:शस्त्रीकरण के लिए राष्ट्रसंघ से बाहर किए गए प्रयत्नों में प्रथम और सर्वाधिक सफल प्रयत्न 1921-22 का वाशिंगटन सम्मेलन था। यह सम्मेलन अमरीकी राष्ट्रपति हार्डिंग द्वारा नौ-सैनिक शस्त्रों के नियंत्रण के लिए 12 नवम्बर, 1921 को बुलाया गया था। वाशिंगटन सम्मेलन एकमात्र नि:शस्त्रीकरण सम्मेलन था, जिसे सफल कहा जा सकता है। इस सफलता का रहस्य तत्कालीन परिस्थितियों में निहित था जो समझौते के अनुकूल थीं। वाशिंगटन सम्मेलन में केवल नौ-सैनिक नि:शस्त्रीकरण की समस्या पर ही विचार किया गया था। प्रथम विश्वयुद्ध

के पश्चात् ब्रिटेन, अमेरिका, जापान, फ्रांस तथा इटली केवल पांच महत्वपूर्ण नौ-सैनिक शक्तियां थीं। 12 नवम्बर, 1921 से 6 फरवरी, 1922 तक सम्मेलन के नौ-सैनिक होड़ को समाप्त करने के लिए 7 संधियां कीं। इसमें से सर्वाधिक महत्वपूर्ण पंच-शक्ति नौ-सैनिक नि:शस्त्रीकरण संधि थी। इसके द्वारा अमेरिका, ब्रिटेन, जापान, फ्रांस तथा इटली की नौ-सैनिक शक्ति का अनुपात क्रमशः 5 : 5 : 3 : 1.67 : 1.67 निश्चित किया गया। यह अनुपात 10 हजार टन से अधिक भार वाले युद्ध पोतों के संबंध में था। अन्य प्रकार के छोटे जहाजों, क्रूजर, डेस्ट्रायर, पनडुब्बी आदि की सीमा के संबंध में कोई समझौता नहीं हो सका। यह भी निश्चित किया गया कि 10 वर्ष तक महाशक्तियां नौ-सैनिक छुट्टी मनाएंगी अर्थात् 10 वर्ष तक बड़े युद्ध-पोत निर्मित नहीं किए जाएंगे। यह भी निश्चित हुआ कि जापान, ब्रिटेन तथा अमेरिका प्रशांत महासागर के किलेबन्दियों और नौ-सैनिक अड्डों के संबंध में यथास्थिति बनाए रखेंगे। वाशिंगटन सम्मेलन नि:शस्त्रीकरण और अंतर्राष्ट्रीय राजनीति के क्षेत्र में एक महत्वपूर्ण सफलता थी। मेकनेअर और लाच के शब्दों में, "पंच-शक्ति नौ-सैनिक संधि का शस्त्रास्त्रों पर विशाल व्यय को बचाने का उल्लेखनीय योगदान है। इससे यह परिणाम भी हुआ कि एक ओर अमेरिका और दूसरी ओर जापान या ग्रेट-ब्रिटेन के मध्य युद्ध की संभावना अनिश्चित काल के लिए टल गई।"

**( ख ) *जेनेवा नौ-सैनिक सम्मेलन ( 1927 )*** – वाशिंगटन सम्मेलन के अधूरे कार्य को पूरा करने और क्रूजर, डेस्ट्रायर, पनडुब्बी आदि के परिसीमन पर विचार करने के लिए अमरीकन राष्ट्रपति कूलिज ने ब्रिटेन, फ्रांस, इटली और जापान को एक सम्मेलन के लिए आमंत्रित किया। ब्रिटेन और जापान ने निमंत्रण स्वीकार कर लिया, परंतु फ्रांस और इटली ने इस आधार पर सम्मेलन में भाग लेने से इंकार कर दिया कि इससे राष्ट्रसंघ के नि:शस्त्रीकरण के प्रयत्नों में बाधा पड़ती है। अन्ततः अमेरिका, ब्रिटेन और जापान के प्रतिनिधि 20 जून, 1927 को जेनेवा में एकत्रित हुए; परंतु सम्मेलन को कोई सफलता प्राप्त नहीं हो सकी।

**( ग ) *लंदन नौ-सैनिक सम्मेलन ( 1930 )*** – 21 जनवरी, 1930 को पुनः पांचों शक्तियां (अमेरिका, ब्रिटेन, जापान, फ्रांस तथा इटली) लंदन में नौ-सैनिक नि:शस्त्रीकरण पर विचार करने के लिए सम्मिलित हुईं। इसके परिणामस्वरूप "शस्त्रास्त्रों में कटौती और परिसीमन संधि हुई जिस पर ब्रिटेन, अमेरिका और जापान ने हस्ताक्षर किए। इस संधि ने पनडुब्बी युद्ध को नियंत्रित करने का प्रयत्न किया तथा क्रूजर और पनडुब्बियों के संबंध में मर्यादाएं स्थिर कीं। फिर भी लंदन सम्मेलन को एक सफल सम्मेलन नहीं कहा जा सकता। इस सम्मेलन में फ्रांस और इटली में समानता के प्रश्न पर समझौता नहीं हो सका और उन्होंने संधि के नौ-सैनिक शक्ति को मर्यादित करने वाले मुख्य अंश पर हस्ताक्षर नहीं किए।

**( घ )** ***द्वितीय लंदन नौ-सैनिक सम्मेलन ( 1935 )*** – अगला नौ-सैनिक सम्मेलन 1935 में लंदन में आयोजित किया गया; परंतु प्रारम्भ से ही परिस्थितियां इसकी सफलता के लिए अनुकूल नहीं थीं। भूमध्य सागर में फ्रांस और इटली के बीच प्रतिद्वन्द्विता थी। मंचूरिया काण्ड तथा इटली-एबीसीनिया काण्ड ने अंतर्राष्ट्रीय जगत में तनाव उत्पन्न कर दिया था। जापान, ब्रिटेन और अमेरिका के साथ समानता प्राप्ति के लिए कटिबद्ध हो गया था। ऐसी परिस्थिति में लंदन सम्मेलन की विफलता निश्चित थी। समानता के प्रश्न पर जापान सम्मेलन से पृथक् हो गया। इससे सम्मेलन की कार्यवाही स्थगित कर दी गई।

1936 में ब्रिटिश-अमरीकी-जापानी नौ-सैनिक होड़ पुनः प्रारम्भ हो गई। 1937 के मध्य तक दो विश्व-युद्धों के बीच का निःशस्त्रीकरण आंदोलन मृतप्राय हो गया।

## राष्ट्रसंघ द्वारा निःशस्त्रीकरण के प्रयत्न

राष्ट्रसंघ ने दो विश्व-युद्धों के बीच निःशस्त्रीकरण के अथक प्रयास किए थे। वे प्रयास थे :–

**( क )** ***स्थाई परामर्शदाता आयोग ( 1920 )*** – राष्ट्रसंघ संविदा में कहा गया था कि "शांति की स्थापना के लिए राष्ट्रीय सुरक्षा के अनुकूल न्यूनतम बिन्दु तक राष्ट्रीय शस्त्रों में कमी करना आवश्यक है।" इस उद्देश्य की प्राप्ति के लिए जनवरी, 1920 में स्थल, जल और वायुसेना के विशेषज्ञों के एक स्थाई परामर्शदाता आयोग की स्थापना की गई। इस आयोग ने दिसम्बर, 1920 में यह रिपोर्ट दी कि तत्कालीन परिस्थितियों में शस्त्रों में कमी करना उपयुक्त नहीं था।

**( ख )** ***अस्थाई मिश्रित आयोग ( 1920 - 1924 )*** – 1920 में साधारण सभा ने परिषद् से एक नए आयोग की संतुति की, फलस्वरूप अस्थाई मिश्रित आयोग गठित हुआ, जिसमें सैनिक और असैनिक दोनों प्रकार के विशेषज्ञ थे। इसने निःशस्त्रीकरण के लिए 1923 में पारस्परिक सहायता की प्रारूप संधि की योजना प्रस्तुत की, जिसमें सुरक्षा और निःशस्त्रीकरण की समस्याएं परस्पर सम्बद्ध थीं परंतु ब्रिटेन ने इसे स्वीकार नहीं किया और यह प्रयास निष्फल हो गया। तदुपरांत 1924 में एक दूसरा प्रयास 'जेनेवा प्रोटोकोल' के नाम से प्रसिद्ध रहा जिसमें मध्यस्थता, निःशस्त्रीकरण और सुरक्षा पर आधारित अंतर्राष्ट्रीय विवादों के शांतिपूर्ण समाधान की एक योजना के निर्माण का अनुरोध किया गया था; परंतु इसे भी ब्रिटिश अस्वीकृति ने विफल कर दिया। 1924 में अस्थाई मिश्रित आयोग को समाप्त कर दिया गया।

**( ग )** ***प्रारम्भिक आयोग ( 1925 )*** – 12 दिसम्बर, 1925 को परिषद् ने एक प्रारम्भिक आयोग की नियुक्ति की तथा उसे "शस्त्रों में कटौती तथा परिमितता के लिए एक सम्मेलन" की तैयारी करने का कार्य सौंपा। यह आयोग अमेरिका और रूस, जो राष्ट्रसंघ के सदस्य नहीं थे, का भी सहयोग पाने में सफल हुआ। अन्ततः 6 वर्ष के

कठोर परिश्रम के बाद दिसम्बर, 1930 में शस्त्रास्त्रों में कटौती और परिसीमन के संबंध में एक प्रारूप अभिसमय स्वीकार कर विघटित हो गया। यह अभिसमय 1932 के विश्व निःशस्त्रीकरण सम्मेलन के विचार-विमर्श का आधार माना गया।

**(घ) *जेनेवा का विश्व निःशस्त्रीकरण सम्मेलन*** – विश्व निःशस्त्रीकरण सम्मेलन 3 फरवरी, 1932 को भूतपूर्व ब्रिटिश विदेशमंत्री आर्थर हैन्डर्सन की अध्यक्षता में प्रारम्भ हुआ। इसमें 57 राज्यों के 230 प्रतिनिधियों ने भाग लिया।

विश्व निःशस्त्रीकरण सम्मेलन विश्व के इतिहास में एक अत्यधिक महत्वाकांक्षी शांति प्रयास था; परंतु तत्कालीन परिस्थितियां इसके अनुकूल नहीं थीं। जब सम्मेलन प्रारम्भ हुआ, तब शंघाई में जापान और चीन का युद्ध चल रहा था। प्रतिनिधियों के दृष्टिकोण में अधिक मतभेद था। फ्रांसीसी और जर्मन दृष्टिकोणों में गंभीर विरोध था। फ्रांस सुरक्षा की मांग कर रहा था, जर्मनी समानता की मांग कर रहा था। फ्रांस उस समय तक शस्त्रास्त्रों में कटौती करने को तैयार नहीं था, जब तक उससे पूर्व सुरक्षा की कोई प्रभावशाली व्यवस्था नहीं कर दी जाए। जर्मनी का कहना था कि उसे 1919 में इस धारणा के आधार पर निःशस्त्र किया गया था कि अन्य देश भी अपने शस्त्रास्त्रों को कम कर देंगे; परंतु ऐसा नहीं किया गया है। अतः जर्मनी को अन्य देशों से समानता के आधार पर शस्त्रीकरण का अधिकार होना चाहिए। फ्रांस जर्मनी की इस मांग का कट्टर विरोधी था। फ्रांस ने राष्ट्रसंघ के अंतर्गत अंतर्राष्ट्रीय पुलिस की एक निरोधात्मक तथा दंडात्मक सेना बनाने का सुझाव रखा, जिसके द्वारा विभिन्न राज्यों की सुरक्षा की व्यवस्था की जा सके। परंतु जर्मनी, ब्रिटेन तथा अमेरिका ने इसका विरोध किया।

ब्रिटिश प्रतिनिधि सर जान साइमन ने अपना गुणात्मक निःशस्त्रीकरण का प्रस्ताव रखा, जिसके अनुसार शस्त्रास्त्रों को दो भागों में विभाजित किया गया था – रक्षात्मक तथा आक्रमक। प्रस्ताव में कहा गया कि रक्षात्मक शस्त्रों पर कोई रोक न हो परंतु आक्रमक शस्त्रों को कम कर दिया जाए। परंतु यह प्रस्ताव स्वीकृत न हो सका क्योंकि इस बात पर कोई मतैक्य नहीं हो सका कि कौन से शस्त्र रक्षात्मक हैं और कौन से आक्रमक। रूस ने अन्ततः सभी प्रकार के शस्त्रों पर सदा के लिए नियंत्रण लगाने का प्रस्ताव रखा; अमेरिका ने वर्तमान सशस्त्र सेना और शस्त्रास्त्रों में एक-तिहाई की कमी का प्रस्ताव रखा। परंतु इनमें से कोई भी प्रस्ताव स्वीकार नहीं हो सके। 10 अक्तूबर, 1933 को सर जान साइमन ने यह प्रस्ताव रखा कि 4 वर्ष तक जर्मनी की वर्तमान निःशस्त्र स्थिति बनी रहे और उसके बाद अन्य शक्तियां अपने शस्त्रास्त्र घटाने प्रारम्भ करें। परंतु इसे जर्मनी ने स्वीकार नहीं किया और वह 14 अक्तूबर, 1933 को सम्मेलन से पृथक् हो गया। अन्ततोगत्वा 16 जून, 1934 को निःशस्त्रीकरण सम्मेलन अनिश्चित काल के लिए स्थगित हो गया।

शीघ्र ही हिटलर की गतिविधियों ने नि:शस्त्रीकरण की आशाओं का अंत कर दिया। 16 मार्च, 1935 को जर्मनी ने अनिवार्य सैनिक भर्ती पुन: प्रारम्भ कर दी। शूमां के शब्दों में, "राष्ट्रसंघ के द्वारा संसार के नि:शस्त्रीकरण की चेष्टाओं का आरम्भ जर्मनी के एक एकपक्षीय नि:शस्त्रीकरण से आरम्भ हुआ था। जर्मनी के एकपक्षीय पुनर्शस्त्रीकरण से इन चेष्टाओं का अंत हो गया।"

## सम्मेलन की असफलता के कारण (नि:शस्त्रीकरण की विफलताओं के कारण)

असफलता के कारण थे :–

(क) असफलता का प्रमुख कारण महाशक्तियों, विशेषत: जर्मनी और फ्रांस के विरोधी दृष्टिकोण थे। जहां जर्मनी 'सुरक्षा से पहले नि:शस्त्रीकरण की मांग कर रहा था या शस्त्रों की समानता की मांग कर रहा था वहां फ्रांस नि:शस्त्रीकरण से पहले सुरक्षा की मांग पर अड़ा हुआ था। फ्रांस की अंतर्राष्ट्रीय सेना की योजना ब्रिटेन और अमेरिका को मान्य नहीं थी।

(ख) नि:शस्त्रीकरण को प्रधानत: शस्त्रों के परिसीमन की एक तकनीकी समस्या मान कर प्रयास किया गया। वास्तव में यह मनोवैज्ञानिक और राजनीतिक समस्या थी। इसके समाधान के लिए प्रभावशाली अंतर्राष्ट्रीय संगठन की आवश्यकता थी जो सुरक्षा की गारंटी दे सकता।

(ग) आर्थिक संकट के परिणामों ने नि:शस्त्रीकरण की संभावनाओं को कम कर दिया। आर्थिक संकट से उत्पन्न परिस्थितियों ने नि:शस्त्रीकरण के प्रयासों को विफल कर दिया।

(घ) शस्त्रों के सुरक्षात्मक तथा आक्रामक आदि श्रेणियों में वर्गीकरण से राष्ट्रों में संदेह तथा भय का वातावरण उत्पन्न हो गया, इससे नि:शस्त्रीकरण के प्रयास विफल हो गए।

(च) महाशक्तियों का नि:शस्त्रीकरण में पूर्ण विश्वास नहीं था। वे नि:शस्त्रीकरण के लिए वचनबद्ध होते हुए भी स्वयं अपना नि:शस्त्रीकरण करके एक उदाहरण प्रस्तुत करने को तैयार नहीं थे।

(छ) शस्त्रास्त्र निर्माण करने वाली कंपनियों ने इस बात का सदैव प्रयत्न किया कि नि:शस्त्रीकरण के प्रयास सफल न हो सकें; क्योंकि ऐसा हो जाने में उन्हें हानि थी।

(ज) फासीवाद और नात्सीवाद के उदय ने नि:शस्त्रीकरण की सफलता को असंभव बना दिया; क्योंकि ये विचारधाराएं युद्ध को आवश्यक और गौरवपूर्ण मानती थीं।

(झ) अल्फ्रेड जिम्मर्न का मत है – "प्रत्येक शक्ति अपनी सुरक्षा के लिए

चिन्तित थी, अतः निःशस्त्रीकरण संबंधी वाद-विवाद सहयोग के नहीं, अपितु प्रतिस्पर्धा की भावना के वातावरण में हुआ। इस प्रकार के प्रतियोगी आधार पर 50 राष्ट्रों अथवा केवल महाशक्तियों की ही एक स्वीकृत संधि की रचना की आशा करना एक वृत्त को समचतुर्भुज करने में सफलता प्राप्त करने की आशा करना था।"

# 20

# भारत की विदेश नीति

## पृष्ठभूमि

भारतीय विदेश नीति की स्वतंत्र घोषणा 15 अगस्त, 1947 को स्वाधीनता प्राप्त करने के बाद की गई थी। इससे पूर्व भारत ने आजादी के लिए कड़ा संघर्ष भी किया था। वैसे भी भारत 16वीं शताब्दी तक विश्वविख्यात रहा। 31 दिसम्बर, 1600 को ईस्ट इंडिया कंपनी के भारत आगमन से लेकर 14 अगस्त, 1947 तक अंग्रजों का इस पर आधिपत्य रहा। भारत ब्रिटेन का उपनिवेश रहा था। अंग्रेज भारत पर 200 वर्षों तक एकछत्र राज्य करते रहे। इस दौरान भारत में अंग्रेजी शिक्षा प्रणाली का विकास भी किया गया इससे भारतीय विदेश नीति पर उदार लोकतंत्रशक्ति संतुलन, पश्चिमी शिक्षा एवं संस्कृति, सहयोग, एकीकरण आदि का प्रभाव व्यापक रूप से पड़ा था।

भारत ने असंलग्नता की नीति की घोषणा की। नेहरू जी ने सबसे ज्यादा प्राथमिकता इसे ही दी थी। भारत अमेरिका की विदेश नीति से भी प्रभावित हो रहा था। भारत में जो राजनीतिक व्यवस्था स्थापित की गई उसको उद्देश्यगत बनाने के लिए महत्वपूर्ण ध्यान दिया गया था।

पराधीन भारत में नौकरशाही ने जो विदेश नीति का स्वरूप निर्धारित किया था उसका असर अंग्रेजों पर भी पड़ा था। ब्रिटिशकालीन भारत में विदेश नीति के संबंध में अंग्रेजों ने दो बिन्दुओं पर विशेष ध्यान दिया था।

(1) भारत की सुरक्षा करना।

(2) भारत को नाविकशक्ति के आधार पर संरक्षण प्रदान करना।

अंग्रेजों का भारत में आने का पहला दृष्टिकोण व्यापारिक था जो बाद में राजनीतिक उद्देश्य में परिवर्तित हो गया था। अंग्रेजों ने अपना एक औद्योगिक आधारभूत ढांचा भारत में तैयार कर लिया था। ब्रिटेन का भारत में खोने के लिए केवल व्यापारिक हित ही था। इन्होंने नाविक तकनीकी को भी लंबे समय तक बनाए रखा। भारतीय सुरक्षा के संबंध में इतने बड़े प्रश्न थे जो आधुनिक युग तक हल नहीं हो पाए हैं। ब्रिटेन ने सबसे

ज्यादा महत्व आर्थिक बाजार को ही दिया था। भारत में सुरक्षा की नीति के संबंध में मराठा नीति को ही अधिक महत्वपूर्ण स्थान दिया गया था। चीन, अफगानिस्तान, तिब्बत यह सभी साम्यवादी दृष्टि से भारत के लिए बफर स्टेट ही माने गए थे। ब्रिटेन बफर स्टेट से डरता था। फ्रांस से थाईलैण्ड डरता था। मलाया भी बफर स्टेट से डरता था।

अंग्रेज भारत के साथ-साथ चीन में भी विशेष रुचि रखते थे। यूरोप में चीन, भारत को मुख्य माना जाता था। जब यूरोपियन झगड़े शुरू हुए उसी समय जर्मनी का उदय हुआ। जर्मनी ने अंग्रेजों की शक्ति को चुनौती देना शुरू कर दिया था। इसी दौरान अंग्रेजों ने भारत की सीमा निर्धारित कर दी थी। इसके मुख्य बिन्दु इस प्रकार हैं –

(1) भारतीय सीमा का हिमालय से निर्धारण किया गया।

(2) भारतीय सीमा का अफगानिस्तान से निर्धारण किया गया।

(3) नेफा को भारतीय सीमा में ही रखा गया था।

वैसे भी अंग्रेजों ने भूटान, सिक्किम को सबसे ज्यादा महत्वपूर्ण माना। ब्रिटेन ने भारत और चीन के बीच मेकमोहन रेखा का निर्धारण किया। इसके बाद बहुत से हिस्से महत्वपूर्ण विवाद के रूप में स्वतंत्र भारत के बाद में विकसित हुए जो आज भी महत्वपूर्ण बने हुए हैं।

## भारतीय राष्ट्रीय आंदोलन के दौरान विदेश नीति का स्वरूप

भारत में अंग्रेजी शासन काल के ही दौरान 28 दिसम्बर, 1885 को भारतीय राष्ट्रीय कांग्रेस की स्थापना के बाद से ही राष्ट्रीय आंदोलन की प्रक्रिया शुरू हो गई थी। राष्ट्रीय कांग्रेस प्रारम्भिक अवस्था में उदारवादी, संविधान में विश्वास करने वाली मुख्य धाराओं से जुड़ी रही। कांग्रेस किसी अनिवार्य प्रारूप से कभी प्रभावित नहीं रही। जबकि इंडोनेशिया, चीन प्रभावित कारण माने गए थे। प्रारम्भिक अवस्था में राष्ट्रीय कांग्रेस रूढ़िवादिता से अधिक प्रभावित रही। फिर भी 1885 से ही कांग्रेस विदेशी मामलों पर विशेष रुचि लेती थी। इसकी नीतियां कुछ बुनियादी सिद्धांतों पर आधारित रहीं जिनसे आज भी भारतीय विदेश नीति प्रभावित होती है। इस संबंध में हम निम्न उदाहरण दे सकते हैं –

(क) 1885 में पारित एक प्रस्ताव द्वारा कांग्रेस ने उत्तरी बर्मा को अपने क्षेत्र में मिला लेने से ब्रिटेन की आलोचना की थी।

(ख) 1892 के दौरान कांग्रेस ने एक प्रस्ताव पर आपत्ति प्रकट कर दी थी कि ब्रिटिश साम्राज्यवादी नीति के अनुसरण या अन्य यूरोपियन महाशक्तियों के साथ ब्रिटेन के संबंधों के कारण भारत की सीमाओं के बाहर सैनिक गतिविधियों का संचालन नहीं किया जाना चाहिए।

(ग) कांग्रेस इस पर आपत्तिजनक विरोध करती रही कि भारत का उपयोग बर्मा, अफगानिस्तान, ईरान, तिब्बत एवं निकटवर्ती राज्यों के विरुद्ध राजनीतिक जोड़-तोड़ या सैनिक अड्डों के रूप में न किया जाए।

डॉ॰ एन॰वी॰ राजकुमार भारतीय राष्ट्रीय कांग्रेस के विदेश सचिव भी रहे थे। इनके अनुसार "गैर जरूरी वैदेशिक मामलों में फंसने में भारत की अरुचि शुरू से रही है। तथा अपने से असंबंधित मामलों में असंलग्नता की नीति अपनाने की ओर ही दृष्टिकोण रखा गया।"

भार ीय राष्ट्रीय कांग्रेस पर विशेष रूप से गांधीवादी विचारधारा का प्रभाव राष्ट्रीय आंदोलन में सबसे ज्यादा पड़ा था। इससे गांधीवादी युग में इतने नेता उभर कर आए जितने अन्य देश में उभर कर नहीं आए थे। इसलिए स्वतंत्र भारत के संविधान में गांधीजी के सभी सिद्धांतों का समावेश भी किया गया। इस गांधीवादी युग में अंहिसा का राष्ट्रीय आंदोलन में सबसे ज्यादा स्थान रहा। भारतीय संविधान निर्माण में सबसे ज्यादा योगदान वकीलों का ही रहा था। भारत ने अन्य राष्ट्रों के राष्ट्रीय आंदोलन को औपचारिक एवं नैतिक समर्थन दिया था। भारत शक्ति राजनीति से अलग रह कर कानूनी शक्ति का अधिक समर्थन करता रहा। गांधी जी का योगदान भारतीय राष्ट्रीय आंदोलन में रहा है उसे हम नकार नहीं सकते हैं। इसलिए भारत की विदेश नीति पर गांधीजी का प्रभाव पड़ा है।

भारतीय राष्ट्रीय कांग्रेस ब्रिटेन के समाजवाद से प्रभावित हुई थी। उसके समाजवादी विचारों का समावेश भी किया गया, भारतीय राष्ट्रीय कांग्रेस जो राष्ट्रीय आंदोलन के दौरान नहीं कर पाई थी उसके लिए 1930 के बाद से प्रयास किए जाने लगे। उनके लिए कांग्रेस ने संघर्ष भी किया।

कांग्रेस ने राष्ट्रीय आंदोलन में सामाजिक, राजनीतिक योगदान दिया जिसमें मध्यम वर्ग, वकील, डॉक्टर, व्यापारी, पूंजीपति, आदि ने मिल कर स्वशासन की स्थापना के लिए सहयोग किया था। इसमें मध्यम वर्ग ज्यादा पढ़ा लिखा था जिसमें वकील लोग संख्या में अधिक थे। जनसमूह के रूप में गांवों को महत्वपूर्ण स्थान दिया था। चीन के माओं ने भी गांवों को ही महत्वपूर्ण स्थान दिया था।

प्रथम विश्व युद्ध के बाद कांग्रेस ने अंतर्राष्ट्रीय मामलों में अधिक गहरी रुचि लेनी शुरू कर दी थी। इसके साथ-साथ स्वतंत्र विदेश नीति को भी अपनाना शुरू कर दिया था। 1920 में कांग्रेस ने आयरलैण्ड की जनता के लिए स्वाधीनता संग्राम के लिए सहानुभूति का संदेश भेजा था। कांग्रेस की खिलाफत आंदोलन में गहरी रुचि थी।

फिर भी हम यह कह सकते हैं कि ब्रिटिश सरकार के विरुद्ध कांग्रेस के नेतृत्व में बड़ा परिवर्तन हुआ था इसके निम्न कारण थे :—

(क) भारतीय नागरिकों और राष्ट्रीय कांग्रेस के नेताओं में साम्राज्यवादी विरोधी भावनाएं उत्पन्न हो गईं।

(ख) भारतीयों को अंग्रेज भिखारी की दृष्टि से देखते थे।

(ग) प्रथम विश्व युद्ध 1914; द्वितीय विश्व युद्ध 1939; के परिणाम कांग्रेस के

सामने थे। गांधीजी ने यह मांग की थी कि सत्ता कांग्रेस को ही दी जाए। जबकि नेहरू जी ने इसको अलग तरह से कहा था कांग्रेस ने अनेक बार यह प्रस्ताव पास किया कि जिन-जिन देशों में स्वाधीनता संघर्ष चल रहा है वह एशियाई महाद्वीप का ही संघर्ष है। भारत इससे अलग नहीं है।

(घ) भारत के पड़ोसी देशों के प्रति ब्रिटेन की नीति भी वही थी जो भारत के प्रति रही थी। ब्रिटेन पूर्ण रूप से साम्राज्यवादी नीति पर अपना प्रभाव जमाए रखना चाहता था। ब्रिटेन नेपाल, अफगानिस्तान को भी महत्वपूर्ण मानता था।

(च) भारतीय राष्ट्रीय कांग्रेस की जो भूमिका थी वह मात्र राष्ट्रीय आंदोलन में वैचारिक आंदोलन के रूप में ही रही थी। फिर भी पड़ोसी देशों के साथ अच्छे संबंध रहे थे।

(छ) भारत ने 1947 में जब सत्ता प्राप्त की तो उस समय भारत का बंटवारा कर दिया गया। भारत की बाहरी स्थिति इससे भिन्न तरह की हो गई। भारत के सामने नई समस्याएं, नई प्रवृत्तियां उभर कर आ गई थीं। द्वितीय विश्व युद्ध शुरू होने से लेकर अंत होने तक अनेक समस्याएं उभर कर आई थीं।

वैसे प्रथम विश्व युद्ध के बाद से ही साम्राज्यवाद का अंत हो गया था क्योंकि उपनिवेशवादी राष्ट्रों ने विदेशी शासन के विरुद्ध मुक्ति आंदोलन और तेज कर दिए थे। एशिया, अफ्रीका, लैटिन अमेरिका में स्वाधीनता की लहर तेजी से फैली थी। चीन ने भी भारत के बाद स्वाधीनता प्राप्त की थी। भारत के नेता इस बात का भी अहसास किए बिना नहीं रहे थे।

भारत ने जिस समय आजादी प्राप्त की उस समय तकनीकी विकास बहुत बड़े पैमाने पर हो चुका था। विश्व पहले से छोटा हो गया। इसका मूल कारण यह था कि पानी के जहाज, हवा में उड़ने वाले वायुयान, अणुबम का विकास हो जाने से संसार को ही समाप्त करने की तकनीकी का विकास हो गया। अमेरिका ने हिरोशिमा और नागासाकी में इसका प्रयोग करके साबित कर दिया था, रूस ने 1949 में इसे विकसित कर लिया था। इसका प्रभाव भी भारतीय विदेश नीति पर अवश्य पड़ा था।

जब हम इन उपरोक्त सभी बिन्दुओं को ध्यान में रखते हैं तो एक विश्वव्यापी आर्थिक व्यवस्था की समस्या हमारे सामने आती है। इसके साथ-साथ अमेरिका, रूस, चीन, जैसी महान् शक्तियों का उदय होना भी अपने आप में सबसे बड़ी घटना थी। शीतयुद्ध शुरू होते ही 12 मार्च, 1947 से अमेरिका ने मार्शल योजना लागू कर दी थी। संपूर्ण जगत दो भागों में विभाजित हो गया था। इसका भी प्रभाव भारत की विदेश नीति पर पड़ा था।

जब अंग्रेजों ने भारत को अपना औपनिवेश बनाया था तब और भारत को छोड़ने के बीच बहुत बड़ा बदलाव आ गया था यह बदलाव भारत और अंतर्राष्ट्रीय दोनों स्तरों पर आया था।

भारत पाकिस्तान का विभाजन हो गया। दूसरी तरफ भारत तो वही था लेकिन पाकिस्तान भारत का अतीतवादी हिस्सा ही रहा। इसी तरह बर्मा (म्यांमार) को 1935 में भारत से अलग करते हुए उसे भी 1948 में स्वतंत्रता प्राप्त हुई थी। श्रीलंका भी 1948 में ही स्वतंत्र हुआ इसी तरह नेपाल को दक्षिण एशिया में महत्वपूर्ण स्थान दिया गया। इन सब का भारतीय विदेश नीति पर व्यापक प्रभाव पड़ा।

## भारतीय राष्ट्रीय कांग्रेस व पं॰ जवाहर लाल नेहरू

भारतीय विदेश नीति के विकास में एन॰वी॰ राजकुमार एवं पं॰ जवाहर लाल नेहरू की भूमिका राष्ट्रीय आंदोलन के दौरान ही विशेष भूमिका निर्वाह कर रही थी। सर्वप्रथम 1921 का अखिल भारतीय राष्ट्रीय कांग्रेस का दिल्ली अधिवेशन विदेश नीति के लिए सबसे महत्वपूर्ण रहा। इस अधिवेशन में सर्वप्रथम विदेशी संबंधों की पृष्ठभूमि तैयार की गई थी। इसमें यह प्रस्ताव पारित किया गया था कि, "भारत की वर्तमान सरकार किसी भी रूप में भारत का प्रतिनिधित्व नहीं करती है।" इससे यह सिद्ध हो गया था कि पहली बार भारत और ब्रिटेन के हित एक दूसरे के विरोधी के रूप में देखे गए थे। इसी से स्वतंत्र भारत की नींव भी रखी गई थी।

1925 में अखिल भारतीय राष्ट्रीय कांग्रेस के अंतर्गत विदेश विभाग की स्थापना की गई। तब एन॰वी॰ राजकुमार को प्रथम विदेश सचिव बनाया गया था। इनके तीन वर्ष के बाद ही पं॰ जवाहर लाल नेहरू जी इसके अध्यक्ष बन गए थे। इस विदेश विभाग को खोलने का प्रस्ताव इसलिए पास किया गया था कि प्रवासी भारतीयों के हितों की रक्षा करना अनिवार्य हो गया था।

इसके बाद 1927 का मद्रास अधिवेशन भारत की विदेश नीति के लिए मील का पत्थर साबित हुआ। इस वर्ष भारतीय सेना की टुकड़ी चीन भेजी गई थी। इसका भी विरोध इसी अधिवेशन में किया गया था। पं॰ जवाहर लाल नेहरू ने इस संबंध में यह बात कही थी कि, "भारत की विदेश नीति की नींव 1927 के मद्रास अधिवेशन में रखी गई थी।"

1928 के कांग्रेस के अधिवेशन में इथोपिया, फिलीस्तीनी, इराक आदि के साम्राज्यवाद के विरुद्ध लड़ने पर कांग्रेस ने बधाई संदेश भेजा था। 1930 के अंतर्गत भारत ने यह स्पष्ट कर दिया कि वह साम्राज्यवादी युद्ध में कभी हिस्सेदारी नहीं रखेगा। वैसे भी कांग्रेस नाजीवाद, फासीवाद से सबसे ज्यादा आशंकित थी। इसे साम्राज्यवादी ही बताया गया था।

1934 के त्रिपुरा अधिवेशन में कांग्रेस ने ब्रिटिश विदेश नीति की आलोचना की थी। भारत यहां से पूर्णतया ब्रिटेन से अलग हो गया था। 1945 में भारतीय स्वतंत्रता की आवाज को मजबूती से उठाया गया। इसमें अणु बम विषयक अपनी आशंकाओं पर चिन्ता प्रकट की गई। वर्ष 1945 में अंतर्राष्ट्रीय तनाव बढ़ रहा था इस पर भी चिन्ता प्रकट की गई। 1946 की ही कार्यकारिणी में एक प्रस्ताव पास करके यह घोषणा कर दी गई कि "भारत अब भी एशियाई समस्या का केन्द्र बिन्दु है। भारत की स्वतंत्रता पर अनेक देशों की स्वतंत्रता और विश्व शांति निर्भर है।"

इस तरह हम यहां यह स्पष्ट कर देना चाहते हैं कि भारतीय विदेश नीति का विकास हुआ है न कि निर्माण। इसके विकास में एक लंबी प्रक्रिया रही है। भारत की विदेश नीति के उद्देश्य, सिद्धांत स्पष्ट रूप से राष्ट्रीय आंदोलन के दौरान ही विकसित कर लिए थे। भारत की विदेश नीति पर तत्कालीन विश्व की परिस्थितियों का भी व्यापक प्रभाव पड़ता है। वैसे भी भारत की विदेश नीति में भारतीय दर्शन, सिद्धांतों एवं भारतीयता का समावेश किया गया है। प्रो० आर०सी० अग्रवाल भारतीय विदेश नीति के विकसित होने के तीन चरण मानते हैं। जो इस प्रकार हैं।

(1) ***प्रथम चरण*** – इस चरण में 1885 से लेकर 1919 तक का विदेश नीति संबंधी विकास रखा गया है। भारत के पराधीन काल में भारत की विदेश नीति पर वायसराय तथा ब्रिटिश गवर्नर जनरल का पूर्ण नियंत्रण था। यह इन्हीं के दिशा-निर्देश पर संचालित होती थी।

(2) ***1919 से लेकर 1928 तक का दूसरा चरण*** – इस चरण में भारत ने पराधीन रहते हुए प्रतिनिधित्व का अधिकार प्राप्त कर लिया था। इससे भारत की अंतर्राष्ट्रीय स्तर पर महत्वपूर्ण छाप राष्ट्रीय आंदोलन के दौरान ही पड़ी थी।

27 अक्तूबर, 1918 को सम्पन्न हुई इम्पीरियल कान्फ्रेंस में भारत की ओर से ए०पी० सिन्हा व एक अन्य व्यक्ति ने प्रतिनिधित्व किया था। इसी तरह 12 जनवरी, 1919 को आयोजित हुए शांति सम्मेलन में भारत सचिव ई० एस० मांटेग्यू, ए०पी० सिन्हा आदि गए थे।

कांग्रेस इस शांति सम्मेलन में लोकमान्य बाल गंगाधर तिलक को भेजना चाहती थी। लेकिन ब्रिटिश सरकार इससे सहमत नहीं थी। इसलिए तिलक ने ब्रिटिश सरकार को एक स्मरण पत्र भेजा था इससे कुछ विद्वान भारत की विदेश नीति का संचालन तिलक के पत्र के साथ ही शुरू होना मानते हैं। इस पत्र के अंश इस प्रकार हैं, "सभी दृष्टियों में भारत एक साधनयुक्त एवं स्वावलंबी राष्ट्र रहा है। संसार के किसी राष्ट्र की भूमि पर अपना कोई दावा पेश नहीं करता है। भारत अपने विशाल भू-भाग अपरिमित साधन तथा अपार जनसंख्या के आधार पर यह विश्व की एक महान् शक्ति बनाने की आकांक्षा रखता है। वर्तमान परिस्थितियों में पूर्वीय गोलार्द्ध में शांति स्थापित करने के

काम में महत्वपूर्ण भूमिका अदा कर सकता है। प्रस्तावित राष्ट्रसंघ का भारत प्रबल समर्थक हो सकता है।"

**(3)** ***तीसरा चरण*** – 1930 से लेकर 1947 तक के काल में किए गए सभी संघर्ष भारतीय विदेश नीति के आधार स्तम्भ बन गए। यह काल भारत की विदेश नीति का परिपक्व काल भी रहा। जो सिद्धांत कांग्रेस ने अपनाए वही भारतीय विदेश नीति का स्वरूप लिए हुए हैं। इसलिए भारतीय विदेश नीति का निर्धारण करने में विशेष कठिनाई का सामना नहीं करना पड़ा। वैसे हम सभी पहलुओं पर प्रकाश डाल चुके हैं।

## भारतीय विदेश नीति का अर्थ

जब कोई राष्ट्र स्वतंत्रता प्राप्त करता है और अपनी विदेश नीति की घोषणा करता है तो उसके लिए यह समय सबसे ज्यादा कठिनाईयुक्त होता है। 15 अगस्त, 1947 का दिन भी भारत के लिए कोई साधारण दिन नहीं था। पं॰ जवाहर लाल नेहरू ने विदेश नीति की घोषणा करके बहुत बड़ा साहासिक कदम उठाया था, 1939 से लेकर 1947 तक का समय संघर्ष, तनाव, युद्ध, शत्रुता, अशांति का प्रतीक बना हुआ था, ऐसे समय में असंलग्नता की विदेश नीति की घोषणा करना एक ऐतिहासिक घटना थी। इसलिए हम यहां यह स्पष्ट कर देना चाहते हैं कि असंलग्नता की अवधारणा क्या थी। इसके स्पष्टीकरण में निम्न बिन्दु इस प्रकार हैं –

(क) असंलग्नता कोई साधारण शब्द नहीं था यह एक ऐसा शब्द था जिसने अपने आप को दो विश्व गुटों से अलग रखने के साथ-साथ शीतयुद्धकालीन परिस्थितियों से बचने का एक मंत्र मात्र था। पं॰ जवाहर लाल नेहरू की दार्शनिकता, दूरदर्शिता के कारण इसी शब्द को सबसे ज्यादा परखा गया एवं उपयुक्त माना गया था।

(ख) असंलग्नता समन्वयवादी है। यह अपने आप में इतना विस्तृत अर्थ लिए हुए है कि यह शत्रु को भी मित्र बनाने का दृष्टिकोण लिए हुए है। पं॰ जवाहर लाल नेहरू विश्व दर्शन में समन्वय करना चाहते थे। इसे गतिशील बनाना चाहते थे।

(ग) यह दो शक्ति गुटों के संघर्ष, विश्वयुद्ध, शीतयुद्ध के बाद प्रयोग किया गया नया शब्द था जिसमें वास्तविकता का पता लगाना आसान कार्य नहीं था। नेहरू ने जिन अर्थों में इसको समझा, प्रयोग किया उन अर्थों में पश्चिम में नहीं समझा गया। इसलिए इसके भिन्न-भिन्न अर्थ लिए गए। भारतीय विदेश नीति के इंजीनियर पं॰ नेहरू ने इसकी अनेक अवसरों पर व्यापक व्याख्या की थी। वैसे इसकी साधारण परिस्थितियों में परिभाषाएं और विशेष परिस्थिति में की गई परिभाषाओं में अंतर पाया गया। नेहरू जी स्वयं अपने भाषण में इसका खंडन भी करते हैं। अर्थात् इसमें परिवर्तनशीलता के तत्व भी समाए हुए हैं।

(घ) यह सुरक्षा की दृष्टि से रक्षाकवच के रूप में भी माना जाता है। राजनीतिक दृष्टि से इसके माध्यम से रक्षा करने का प्रयास किया गया। इसमें अवसरवादिता के तत्व के स्थान पर स्थायित्व अधिक रहा है।

(च) भारत ही विश्व का सर्वप्रथम राष्ट्र था जिसने इस पर अपनी विदेश नीति का संचालन किया। इससे संसार के नव स्वतंत्र राष्ट्रों पर इस असंलग्नता का प्रयोग असाधारण रूप से पड़ा। इसका परिणाम यह हुआ कि भारत ने इसके आंदोलन की बागडोर स्वयं अपने हाथों में संभाली थी। इससे भारत एक शक्ति के रूप में भी उभर कर हमारे सामने आया है।

(छ) भारत इसके माध्यम से विश्व स्तर पर शांति स्थापित करने का आह्वान करने में सफल रहा है। विश्व युद्धों का विरोध करता रहा है। जब पं० जवाहर लाल नेहरू ने दो विश्व युद्धों के परिणामों को देखा था इसलिए वे समस्त मानव जाति एवं राष्ट्रों को इसके माध्यम से बचा लेना चाहते थे।

इस तरह इस भारत की गुटनिरपेक्षता (असंलग्नता) की विदेश नीति के अर्थ को हम समझ लेंगे तो भारत की विश्व राजनीति में पहल को भी समझ लेंगे। यह बात सच है कि नेहरू जी इसके माध्यम से दीर्घकालीन परिणाम निकालना चाहते थे यह अल्पकालीन विदेश नीति नहीं रही है। भारत ने अपनी विदेश नीति में राष्ट्रीय हितों को महत्वपूर्ण स्थान दिया है। उनके लिए संघर्ष किया है। इनके लिए कभी समझौतावादी प्रवृत्ति नहीं रखी है। जार्ज लिस्का पहला व्यक्ति था जिसने इस शब्द का वैज्ञानिक अर्थ समझने का प्रयास किया था।

1962-P-202-54 जार्ज शखार्जनबर्गर ने भी इसके छः अर्थ लिए थे जो कि इसके अलग-अलग प्रयोग को प्रकट करता है। इस तरह हम यहां पर सभी दृष्टिकोण को स्पष्ट कर इसे विस्तृत अर्थ में समझाना चाहते हैं। जो भारत को समझ सकता है वह गुटनिरपेक्षता (असंलग्नता) को समझ सकता है। यह पंचशील के तत्वों को भी समाए हैं।

## विदेशनीति निर्माण में पं० नेहरू का योगदान

जवाहरलाल नेहरू भारतीय राष्ट्रीय आंदोलन से ही अपना प्रभाव जमाए हुए थे। जिसे प्रधानमंत्री बनने के बाद भी बनाए रखना चाहते थे। इसके साथ विदेश नीति के माध्यम से अपने प्रभाव का विस्तार भी करना चाहते थे। पं० नेहरू की शिक्षा, व्यक्तित्व, चरित्र, नेतृत्व, साहस, आदि का भारतीय विदेश नीति पर प्रभाव रहा। इसलिए इसके निर्माण संबंधी मुख्य बिन्दु इस प्रकार हैं।

(क) पं० जवाहर लाल नेहरू के समय में विदेशों में अनेक प्रकार के आंदोलन हो रहे थे। इन आंदोलनों के अलावा अंतर्राष्ट्रीय राजनीति को भी उन्होंने समझा था। वैसे भी नेहरू सबसे ज्यादा अनुभववाद से प्रभावित थे। अंतर्राष्ट्रीय राजनीति शक्ति का

खेल खेल रही है। यह खेल रूस और अमेरिका के पास ही शक्ति के रूप में रहा था। अमेरिका पूंजीवादी था, रूस समाजवादी था। यह भारत के लिए महत्वपूर्ण था। नेहरू जी रूस के काफी नजदीक भी रहे थे। रूस और अमेरिका एक दूसरे से लड़ रहे थे। इस वजह से शीतयुद्ध का जन्म भी हुआ था।

पं० नेहरू ने भारत की विदेश नीति निर्धारण करने में यह समझा कि भारत का विकास एशिया पर निर्भर करता है। रूस और चीन के बीच भी काफी दूरी थी। इसलिए राजनीति में क्या होना चाहिए इस पहलू पर नेहरू ज्यादा सोचते थे। भारत अंतर्राष्ट्रीय राजनीति में क्या योगदान दे सकता है। इसमें भी वे प्रभावित रहे थे। इसी से प्रेरित होकर नेहरू जी ने असंलग्नता की नीति का निर्धारण सही दृष्टि से किया था।

(ख) पं० जवाहर लाल नेहरू भारत को बहुत बड़ा देश समझते थे। इसके साथ ही नेहरू जी यह भी समझते थे कि भारत बहुत पिछड़ा हुआ देश है। नेहरू कूटनीतिक रूप से विश्व की समस्याओं को हल करने में भारतीय योगदान को बढ़ाना चाहते थे। इसके साथ ही भारत की सुरक्षा करना भी नेहरू जी के लिए अनिवार्य बना हुआ था। इसके दो कारण थे:–

(1) जिस तरह से राष्ट्रीय कांग्रेस का आंदोलन चल रहा था वही सबसे ज्यादा महत्व भी रहा था। कांग्रेस राष्ट्र की एक सबसे बड़ी आंदोलनकारी संस्था थी। नेहरू जी यह चाहते थे कि भारत में विकास की प्रक्रिया धीरे-धीरे शुरू होनी चाहिए। इसलिए इन्होंने आर्थिक विकास करने की प्रक्रिया को शुरू करने के लिए राजनीतिक लोकतंत्र की स्थापना को शुरू किया।

(2) नेहरू जी की सोच का अपना तरीका था। जिसमें वे भारत की विदेश नीति को राजनीतिक, आर्थिक, सामाजिक, सैनिक स्तर के लक्ष्य तक पहुंचा देना चाहते थे। चीन की विदेश नीति के पीछे जनमानस का अधिक प्रभाव था। इसी से चीन की राजनीतिक व्यवस्था प्रभावित हुई थी। भारत में यह सब नहीं हुआ था। नेहरू जी की सोच आदर्शवाद पर ज्यादा जोर देने वाली रही थी। इसलिए वे चीन को समझने में असफल भी रहे।

**परिभाषाएं :–** परिभाषाएं इस प्रकार दे सकते हैं –

**(क) *पं. जवाहर लाल नेहरू के अनुसार*** – "हम स्वतंत्र हैं क्योंकि हम बिना किसी दबाव या लालच के स्वतंत्रतापूर्वक निर्णय ले सकते हैं। विश्व के देशों का बहुमत शीतयुद्ध के किसी भी गुट के प्रभाव के नीचे था।"

**(ख) *एम. एस. राजन के अनुसार*** – "यह एक विधेयात्मक सक्रिय एवं रचनात्मक नीति है जो सामूहिक सुरक्षा की ओर अग्रसर होती है। तथा एकमात्र इस पर ही सामूहिक सुरक्षा स्थित रह सकती है।"

(ग) ***1949 अमेरिका जनता के समक्ष बोलते हुए नेहरू जी ने कहा था,*** "जहां कहीं स्वतंत्रता संकट में पड़ती है। न्याय को चुनौती दी जा सकती है। या आक्रमण होता है वहीं हम तटस्थ नहीं रह सकते और न रहेंगे।"

(घ) ***लोकसभा में दिसम्बर, 1958 को बोलते हुए नेहरू जी ने कहा था,*** "जब हम यह कहते हैं कि हमारी नीति गुटनिरपेक्षता (असंलग्नता) की है तो स्पष्ट रूप से हमारा अर्थ सैनिक गुटों से निरपेक्ष रहने का होता है।"

(च) ***नेहरू जी ने एक अवसर पर कहा था,*** "हमारी नीतियां चाहे राष्ट्रीय हों या अंतर्राष्ट्रीय एक स्रोत से निकलती हैं तथा उनका एक ही लक्ष्य है। मूलतः वे दोनों ही शांतिपूर्ण साधनों का लक्ष्य रखती हैं। वे स्थिर नहीं हैं वरन् राष्ट्रीय एवं अंतर्राष्ट्रीय स्तर पर परिवर्तन चाहते हैं।"

(छ) ***7 सितम्बर, 1946 को नेहरू जी ने अपने भाषण में कहा था,*** "दूसरे राष्ट्रों के साथ भारत के घनिष्ट तथा सीधे संबंधों का विकास होगा। तथा यह देश अंतर्राष्ट्रीय शांति एवं स्वतंत्रता की स्थापना में उनके साथ सहयोग करेगा।"

(ज) ***7 सितम्बर, 1946 को रेडियो प्रसारण में नेहरू जी ने कहा था,*** "एक दूसरे के विरोध में बंधे हुए मित्र दलों को शक्ति की राजनीति से अलग रहना चाहिए जिसके कारण दो विश्व युद्ध हुए और जिससे एक विशाल पैमाने पर फिर दुबारा घोर संकट उत्पन्न हो सकता है।"

(झ) ***नेहरू जी के अनुसार,*** "किसी एक गुट में सम्मिलित होने का अर्थ यह होता है कि किसी एक खास प्रश्न पर आप अपने विचार का परित्याग कर दें और दूसरों को खुश रखने के लिए तथा उनकी सद्भावना प्राप्त करने के लिए उनके विचारों को मान लें।"

इन सभी परिभाषाओं का जब हम विश्लेषण करते हैं तो इसके सही स्वरूप को पहचानना हमारे लिए कठिन हो जाता है। विदेश नीति में स्थायित्व एवं राष्ट्रीय हित दोनों समाए हुए हैं। इसके साथ दृढ़ निश्चय को भी इसमें देखा जा सकता है। विश्व राजनीति का प्रभाव पड़ने के साथ-साथ भावी दिशा क्या होगी, इस पर भी भारतीय विदेश नीति संकेत देती है। पड़ोसी राष्ट्रों के साथ भी अपने मधुर संबंधों के स्थापित करने की पहल करने वाली रही है। भारतीय विदेश नीति की सबसे ज्यादा व्याख्या पंडित नेहरू ने स्वयं ही की है। इसलिए इसमें व्यापकता के दृष्टिकोण का समावेश हो पाया है। यह सहनशीलता, अनुकूलता एवं भारतीय संस्कृति के स्वरूप को लिए हुए है। इसके अपने उद्देश्य आर्थिक होने के साथ-साथ सुरक्षा से भी संबंधित रहे हैं। यही भारत की विदेशी नीति विश्व स्तर पर गुटनिरपेक्ष आंदोलन का ही विस्तृत रूप बनने में सार्थक रही है।

## भारतीय विदेश नीति को अपनाए जाने के सकारात्मक कारण

भारत की विदेश नीति विकसित रही है, निर्मित नहीं। इस विदेश नीति को अपनाए जाने, ग्रहण किए जाने के अनेक कारण रहे हैं। यह इस प्रकार हैं –

(क) भारतीय राष्ट्रीय स्वाधीनता संघर्ष में जो विचार, सिद्धांत, मान्यताएं, उभर कर आईं उन्हें पं॰ नेहरू जी ने सत्ता संभालने के बाद ही ऐतिहासिक तथ्यों के रूप में स्वीकार कर लिया था जिसमें अतिवादी, आक्रमणकारी तथ्यों का बहिष्कार कर दिया गया था। भारतीय राष्ट्रीय कांग्रेस ने स्वाधीनता संघर्ष के दौरान जो विचारधारा अपनाई उसे भारतीय राष्ट्रवादी नेताओं ने भारतीय समाज और जनता के हित में ग्रहण कर लिया। यही भारतीय जनता के अनुकूल भी रहा था। इसे भारतीय आदर्शों, लोकतंत्र, संस्कृति के अनुकूल भी माना गया था।

इसमें उपनिवेशवाद का विरोध, साम्राज्यवाद का विरोध, साम्यवाद का विरोध, भी व्यापक रूप से किया गया। इन्हीं का कांग्रेस ने प्रारम्भिक दौर में जम कर विरोध भी किया था। भारतीय बुर्जुआ वर्ग के लिए यह संभव नहीं था। फिर भी पं॰ नेहरू ने इसे ग्रहण किया इसके विभिन्न कारण रहे थे। भारतीय लोकतंत्र में जनतांत्रिक पद्धति को अपनाया जाना भी अनुकूल रहा है।

भारतीय राष्ट्रवाद पश्चिम के राष्ट्रवाद के साथ मिल कर संघर्ष करने में सफल रहा लेकिन भारतीय समाज के दृष्टिकोण में समाजवाद अलग तरह का उभर कर आया। इन सब को जब हम ध्यान में रखते हैं तो गुटनिरपेक्षता की नीति को ही औचित्यपूर्ण मानते हैं। इसे ही उपयुक्त पाया गया था।

(ख) पं॰ नेहरू ने भारतीय विदेश नीति का अनेक अवसरों पर व्याख्या की थी। इन्होंने व्याख्या करने के साथ-साथ इसको मजबूत करने पर भी सबसे ज्यादा जोर दिया था। इसके लिए मुख्य कारण यह था कि वे भारत को एक शक्तिशाली राष्ट्र के रूप में निर्मित करना चाहते थे।

पं॰ नेहरू व्यक्तिगत रूप से लोकतंत्र, समाजवाद, रूस की उदारता, विश्वशांति, आदि में सबसे ज्यादा विश्वास रखते थे। इससे नेहरू जी यह चाहते थे कि भारत की विदेश नीति ऐसी होनी चाहिए जो सबसे ज्यादा सरल, उपयोगी, स्वायत्तावादी, विकासवादी नीति के रूप में सिद्ध हो सके।

द्वितीय विश्व युद्ध के प्रारम्भ की अंतर्राष्ट्रीय परिस्थितियां भिन्न प्रकार की रही थीं। 1945 में युद्ध समाप्त हुआ तो अंतर्राष्ट्रीय राजनीति में काफी बदलाव आ चुका था। जैसे शीतयुद्ध, स्टालिनवाद का प्रसार, रूस और अमेरिका के बीच संघर्ष की चरम सीमा थी। यही समय भारत की स्वतंत्रता को कायम रखने के लिए उपयुक्त था। भारत की विदेश नीति का निर्माण और संचालन ऐसे समय में किया गया जब ध्रुवीकरण की राजनीति, प्रतियोगिता चरम सीमा पर थी। अमेरिका, रूस ने एक भ्रमपूर्ण वातावरण उत्पन्न कर दिया था। इस समय भारत को कठिन परिस्थितियों के दौर से गुजरना पड़ रहा था। यही भारत की विदेश नीति पर तत्कालीन परिस्थितियों का प्रभाव व्यापक रूप से भी पड़ा था।

(ग) यह सर्वविदित है कि भारत एक लंबे समय तक गुलाम रहा। इससे भारत की अर्थव्यवस्था काफी कमजोर एवं पिछड़ी हुई हो गई थी। भारत में बड़े-बड़े उद्योगों की कमी थी। यहां कुटीर उद्योग करीबन नष्ट हो रहे थे। भारत में आर्थिक संकट छाया हुआ था।

ऐसी स्थिति में भारत को राजनीतिक स्वतंत्रता तो प्राप्त हो गई लेकिन आर्थिक क्षेत्र की गहन समस्याएं उत्पन्न होनी शुरू हो गई थीं। भारत में धन की मात्रा कुछ भी नहीं थी। ऐसी स्थिति में भारत को आर्थिक दृष्टि से सबसे कमजोर श्रेणी का राष्ट्र होते हुए भी नेहरू जी एक मजबूत और शक्तिशाली राष्ट्र बनाना चाहते थे। पं॰ नेहरू जी ने जनता की, राष्ट्र की आर्थिक समस्याओं को हल करने के लिए असंलग्नता की नीति अपनाई थी वही सबसे ज्यादा महत्वपूर्ण थी। इसी के माध्यम से भारत को विदेशों से आसानी से मदद प्राप्त हो सकती थी। चीन ने भी जनता की समस्याओं को हल करने के लिए कठोर आर्थिक कदम उठाए थे। भारत भी एक विकासशीलता के पथ पर चलते हुए विकसित राष्ट्र बनना चाहता था। इस कारण से ही नेहरू जी ने पंचवर्षीय योजनाओं के माध्यम से भारत का आर्थिक विकास करने की पहल की थी। यही सब सराकात्मक कारण रहे थे।

## विदेश नीति को अपनाए जाने के नकारात्मक गुण

इसके नकारात्मक कारण इस प्रकार से रहे हैं:

(क) अंतर्राष्ट्रीय स्तर पर दो सैनिक खेमे बने हुए थे। प्रत्येक समस्या किसी न किसी खेमे से संबंधित थी। इसलिए पं॰ नेहरू ने औपचारिक रूप से विश्व की परिस्थितियों के विपरीत नकारात्मक तरीके से इसी विदेश नीति को ग्रहण किया था। हमारी विदेश नीति दोनों खेमों से भिन्न और विपरीत भी रही है। यह किसी भी एक ब्लाक के पक्ष में नहीं थी। बल्कि दोनों को ही समान दृष्टि से देखती थी। भारत अपनी सुरक्षा स्वयं करना चाहता था। किसी राष्ट्र विशेष पर निर्भर हो कर नहीं करना चाहता था।

इस तरह पश्चिमी खेमे और साम्यवादी खेमे की धारणा में नकारात्मक रूप से गुटनिरपेक्षता (असंलग्नता) को अपनाए जाने का कारण रहा है। अंतर्राष्ट्रीय स्तर पर प्रत्येक राष्ट्र की सुरक्षा के लिए सैनिक गठबंधन सामूहिक सुरक्षा के लिए नाटो, सीटो, सेन्टों, बगदाद, वारसा पैक्ट, आयोजित हो चुके थे। मगर भारत ने किसी भी सैनिक गठबंधन की सदस्यता ग्रहण करने से नकार दिया था। इस दृष्टि से भारत की विदेश नीति अंतर्राष्ट्रीय सैनिकवाद को रोकने का साहस भी कर रही थी।

नेहरू जी ने इस संबंध में कहा था कि – "हम किसी भी देश को अपने देश में सैनिक अड्डा नहीं बनाने देंगे।" इस तरह सैनिकवाद का कड़ा विरोध भी किया गया।

अंतर्राष्ट्रीय स्तर पर भारत ऐसी सैनिक व्यवस्था स्थापित करना चाहता था जिसमें भारत की सैनिक शक्ति अपनी स्वयं की शक्ति होगी। इसी से भारत सैनिक शक्ति के रूप में वृद्धि भी करेगा। भारत खरीदे गए हथियारों से सुरक्षा नहीं करना चाहता था। यहां भारत का यह मानना था कि खरीदे हुए हथियारों से हथियारों की दौड़ शुरू होगी। इससे भारत ही नहीं, समस्त देशों को हानि भी होगी।

1945 का युग सभी प्रकार की समस्याओं का अंत करने का युग नहीं था। अंग्रेज भारत से 1947 में चले गए तो इसके बाद अमेरिका का प्रभाव बढ़ने लग गया था ऐसी स्थिति में अंतर्राष्ट्रीय स्तर पर अंतर समाप्त होने के बजाए बढ़ गए थे। यहां पं॰ नेहरू यह चाहते थे कि यदि अलग करना है तो स्वयं को स्वतंत्रता की नीति को ही अपनाए जाने की आवश्यकता है। भारत में तभी विकास संभव है।

पं॰ नेहरू जी ने नकारात्मक रूप से अंतर्राष्ट्रीय परिस्थिति, समस्याओं को समझने के बाद ही यह कदम उठाया था। भारत के साथ (मलाया) अरब देश, श्री लंका भी स्वतंत्र रहते हुए विकास करना ही उचित समझते थे।

## विदेश नीति का विश्व शांति का सकारात्मक दृष्टिकोण

इस संबंध में हम निम्न बिन्दु रख सकते हैं:

(क) पं॰ जवाहर लाल नेहरू ने गुटनिरपेक्षता के रूप में शांति की नीति की स्थापना का उद्देश्य रखा था। यह एक राजनीतिक व्यवस्था से दूसरी राजनीतिक व्यवस्था में विश्व शांतिवादी नीति को खोजने का प्रयास किया था। इस तरह की नीति को अपनाने का पहला दृष्टिकोण 1954 में भारत-चीन के बीच किया गया, पंचशील समझौते की भावना में देखा जा सकता है इसमें एक देश, दूसरे देश के आंतरिक मामलों में दखल, हस्तक्षेप नहीं कर सकता है। इसे ही शांति की सकारात्मक नीति कह सकते हैं। भारत ने इसे औपचारिक रूप से राष्ट्रों के व्यवहार में लागू करने का प्रयास किया था।

इसी तरह भारत के संयुक्त राष्ट्रसंघ को समर्थन देते हुए अंतर्राष्ट्रीय विवादों को शांतिपूर्ण तरीके से हल निकालने, लोकतांत्रिक पद्धति से हल निकालने पर बल दिया था। भारतीय विदेश नीति ऐसी रही है जिससे अधिकांश देशों की सहायता की गई थी। वैसे भी भारतीय विदेश नीति सहायता पाने के लिए शांति की स्थापना पर ही जोर देती रही थी। भारत व्यक्तिगत रूप से नहीं वरन् राजनीतिक रूप से राज्य क्षेत्र पर भी शांति को लागू करना चाहता था।

(ख) भारत का व्यापार पश्चिमी राष्ट्रों से अधिक जुड़ा हुआ था। इसमें भारत ऐसी विदेश नीति को अपनाना चाहता था जो समाजवादी दृष्टिकोण से अधिक उपयुक्त हो। अमेरिका की नीति और रूस की नीति में व्यापक अंतर था। इसके बीच भारत दोनों के बीच के मार्ग का अनुसरण करके विकास करना चाहता था। वैसे भारत में राष्ट्रवादी

भावनाएं, साम्राज्यवाद, उपनिवेशवाद, रंगभेद का विरोध करने के लिए उत्पन्न हुई थीं। ऐसी स्थिति में समाजवाद अपनाना, स्थापित करना भी भारत के लिए अत्यंत आवश्यक था। इसके अलावा आर्थिक विकास के मार्ग में आने वाली बाधाओं का समाधान भी करना आवश्यक था। भारत ने आर्थिक विकास की जो रूपरेखा बनाई थी वह भी स्वतंत्र ही थी। भारत बिना शर्त व्यापार करने में विश्वास रखता था, यदि शर्तपूर्ण व्यापार करता तो हमें अधिक नुकसान उठाना पड़ता। एक तरफ अमेरिका का पूंजीवादी खेमा था दूसरी तरफ रूस का साम्यवादी खेमा था।

पं० नेहरू ने आंतरिक एवं बाहरी रूप से प्रभावित होकर अमेरिका व रूस के ब्लाक से प्रभावित होकर ही गुटनिरपेक्षता की नीति अपनाई थी। इसका यह नकारात्मक रूप ही था लेकिन सकारात्मक रूप में हम स्वतंत्रता, स्वायत्तता, आर्थिक, सामाजिक, राजनीतिक रूप से विकास करना चाहते थे।

इसीलिए भारतीय विदेश नीति में सह (अस्तित्व) की नीति में गुट निरपेक्षता की नीति का निवास पाया गया था। नेहरू ने कहा था "हमारे पास हथियार नहीं हैं इसलिए हमें असंलग्नता की नीति ही अपनानी चाहिए।" ऐसी स्थिति में अंतर्राष्ट्रीय स्तर पर तेजी से हालात में परिवर्तन आया। रूस और अमेरिका की बीच कड़ा संघर्ष, विरोध (निरन्तरता) में बढ़ता ही जा रहा था। इस बीच नेहरू जी विश्व शांति की कामना करना चाहते थे। दूसरी तरफ विश्व में बढ़ती हुई अशांति को भारतीय विदेश नीति के माध्यम से रोकना चाहते थे। नेहरू जी भी भारत को अंतर्राष्ट्रीय स्तर की समस्याओं को हल करने की भूमिका निभाने में क्षमता प्रदान करना चाहते थे।

## आर्थिक दृष्टिकोण

पं० नेहरू भारत का जल्दी से जल्दी औद्योगिक विकास करना चाहते थे। इसके लिए वे आर्थिक मदद, विदेशी सहायता भी तेजी से जुटाना चाहते थे। नेहरू जी आर्थिक रूप से समाजवादी अर्थव्यवस्था स्थापित करना चाहते थे। रूस के साथ भारत के अच्छे संबंध राष्ट्रीय स्वाधीनता संघर्ष के दौरान से ही रहे थे। इसलिए रूस से भारत को निरन्तर मदद प्राप्त होती रही थी। अमेरिका के पूंजीवाद का प्रभाव भी सर्वव्यापी बना हुआ था। यह बात भी सच है कि विश्व दो गुटों के बीच बंटा हुआ था फिर भी कोरिया युद्ध, स्वेज नहर, कांगो संकट, कम्बोडिया संकट के विरुद्ध अमेरिका ने बहुत बड़ी आर्थिक सहायता देकर असंलग्नता की नीति को कमजोर करने का प्रयास किया था। अमेरिका अपनी प्रतिष्ठा को बनाए रखने के लिए असंलग्नता के विरुद्ध अनेक राष्ट्रों को भरपूर आर्थिक एवं सैनिक सहायता देता रहा वैसे भी अमेरिका मूल रूप से असंलग्नता से चिड़ता था। शायद उसको यह शब्द पसंद ही नहीं आया था। इस तरह पश्चिमी एशिया में आर्थिक सहायता देने का यह कारण था – अमेरिका के सामने सोवियत रूस बहुत बड़ी शक्ति के रूप में चुनौती बनता जा रहा था। अमेरिका अपनी सारी शक्ति दाव

पर लगा कर रूस को असफल करना चाहता था। रूस और अमेरिका का संघर्ष विचारधारात्मक व राजनैतिक दृष्टि से लंबी अवधि तक चलने वाली स्थिति में आ गया था। अतः रूस और हंगरी में ध्रुवीकरण बनने के कारण नेहरू जी बहुध्रुवीकरण की नीति अपनाना चाहते थे। इसी तरह भारत और चीन के बीच मतभेद उभर चुके थे।

## एक गुट विशेष के रूप में

भारत ने जिस गुटनिरपेक्षता की नीति का अनुसरण किया था उसका यह प्रभाव पड़ा कि 1949 से लेकर 1959 तक जो राष्ट्र स्वतंत्र हुए थे वे सभी राष्ट्र भारतीय विदेश नीति का ही अनुसरण करने लग गए थे। वैसे एशिया महाद्वीप में अनेक उपद्रव इसे कमजोर करने के लिए लगे हुए थे मगर उनका प्रभाव नहीं के बराबर रहा था।

इस तरह धीरे-धीरें गुटनिरपेक्षतावादी राष्ट्रों का एक अलग गुट बन गया। यह एक विश्वव्यापी राजनीति का तथ्य बन कर हमारे सामने आया। इसमें कोई परिवर्तन नहीं हुआ। जबकि अक्तूबर, 1962 में चीन ने भारत पर आक्रमण किया तब भी भारत ने किसी गुटविशेष में शामिल होने से मनाही कर दी थी।

इससे अंतर्राष्ट्रीय स्तर पर एकता संगठन, शक्ति के प्रतीक के रूप में तीसरे गुट विशेष का निर्माण हुआ। एशियाई महाद्वीप के वे सभी राष्ट्र जो गुटनिरपेक्षता की स्वतंत्र विदेश नीति को ग्रहण किए हुए थे उन्होंने यह घोषणा कर दी थी कि हम उन सब देशों से सैनिक सहायता नहीं लेंगे जिन्होंने हमारी स्वतंत्रता को नुकसान पहुंचाया है। इसमें अमेरिका, रूस, ब्रिटेन से सहायता नहीं लेने की बात स्वीकार की गई थी। भारत पर चीनी आक्रमण के बाद से आर्थिक विकास की गति तेज कर दी थी।

इससे सैनिक, सीमा सुरक्षा पर विशेष ध्यान दिया गया। यहां गुटनिरपेक्षता की नीति अनुभववाद का ही प्रभाव महसूस कर रही थी।

विश्व राजनीति में बढ़ते संघर्ष, तनाव, शीतयुद्ध के कारण अमेरिका रूस भी एक दूसरे के नजदीक आए थे इससे देतांत की स्थिति बनी थी। इस तरह दोनों ही महाशक्तियां अपने-अपने ब्लाक में शक्ति को केन्द्रीय स्तर पर स्वीकार करती रही थीं। इससे भी गुटनिरपेक्षता को हानि हुई थी।

अतः देतांत की स्थिति उत्पन्न हो जाने से गुटनिरपेक्षता की नीति को अस्वीकार करने के निम्न कारण थे, जो इस प्रकार हैं –

(क) रूस और अमेरिका के बीच देतांत या सहयोगात्मक रूप से स्थापित न होकर अपूर्ण रूप से ही स्थापित हुआ था। इसके अंतर्गत अनेक मतभेद ऐसे थे जिनमें प्रतिस्पर्धा बनी हुई थी। इन दोनों के बीच औपचारिक रूप से नाटो, वारसा पैक्ट, सेन्टो जैसी सैनिक संधियां का अस्तित्व बना हुआ था।

(ख) रूस और अमेरिका के सहयोग की प्रतिक्रिया को यूरोप में भिन्न तरह से देखा जा रहा था। इसमें दक्षिणी-पूर्वी एशिया, दक्षिणी एशिया, हिन्द महासागर, अफ्रीका

आदि में इन दोनों की प्रतिस्पर्धा बनी हुई थी। दक्षिणी एशिया में पाकिस्तान अमेरिका के लिए महत्वपूर्ण बना हुआ था जो आज भी विशेष महत्वपूर्ण बना हुआ है।

(ग) अंतर्राष्ट्रीय स्तर पर साम्राज्यवाद की नीति का स्वरूप बदल गया था। दोनों महाशक्तियों के बीच नई नीति अपनाई जा रही थी। पश्चिम के राष्ट्र जो आर्थिक दृष्टि से सम्पन्न थे अब वे तकनीकी युक्त हो गए थे। इससे विश्व-व्यवस्था में बदलाव आ गया था। इससे कच्चा माल उत्पादन करने एवं इसको प्राप्त करने का संघर्ष शुरू होने लग गया था। इससे विश्व आर्थिक व्यवस्था लागू करने की मांग की जा रही थी। अब राजनीतिक संघर्ष न होकर आर्थिक संघर्ष शुरू हो गया था।

इन सब कारणों के होते हुए भी गुटनिरपेक्षता का अस्तित्व किसी न किसी रूप में अवश्य बना हुआ था। अब गुटनिरपेक्षता का स्वरूप भी राजनीतिक के बजाए आर्थिक रूप में बदल गया था। फिर भी 85 देशों ने इसे विदेश नीति के रूप में ग्रहण किया हुआ था। इससे अमीर और गरीब के रूप में पूर्व और पश्चिम का विश्व स्तर पर विभाजन किया गया। इसके मुख्य बिन्दु इस प्रकार रहे थे :–

(क) गुटनिरपेक्षता विश्व स्तर पर उपयोगी बनती जा रही थी।

(ख) इसका स्वरूप राजनीतिक के बजाए विकासशील देशों के लिए आर्थिक हो गया था। इससे इसके अस्तित्व में भी परिवर्तन आ गया था।

(ग) भारत-रूस के बीच 20 वर्षीय संधि अगस्त 1971 में होते हुए भी भारत गुटनिरपेक्षतावादी ही रहा। भारत-रूस गहरी मित्रता के बंधन में बंधे हुए थे। ऐसी स्थिति में दोनों देशों में से किसी एक पर भी आक्रमण होने की स्थिति में दोनों ही संयुक्त रूप से सुलझाने का प्रयास करेंगे।

(घ) सोवियत रूस ने भारत के किसी भी क्षेत्र में हवाई अड्डा नहीं बनाया था।

(च) सोवियत रूस भारत की गुटनिरपेक्षता की नीति का व्यापक समर्थन अंतर्राष्ट्रीय स्तर पर करता रहा था इसके साथ-साथ कूटनीतिक रूप से भारत का सम्मान भी करता था।

(छ) सोवियत रूस एशियन सुरक्षा की नीति को बार-बार दोहराता था। भारतीय हिन्द-महासागर में रूस और अमेरिका के बीच प्रतिस्पर्धा व शक्ति संघर्ष चल रहा था दोनों ही एक दूसरे का जम कर विरोध करते रहे। रूस का दृष्टिकोण गरीब व नवस्वतंत्र राष्टों के प्रति मदद देने में अलग तरह का रहा था। रूस इसमें भारत को सबसे ज्यादा प्राथमिकता देता था।

## विकासशील राष्ट्रों में गुटनिरपेक्षता

इस संबंध में हम महत्वपूर्ण बिन्दु इस प्रकार रख सकते हैं –

(क) भारत ने गुटनिरपेक्षता के माध्यम से विश्व में शांति स्थापित करने का अलग ही तरह का योगदान दिया है। भारत ने क्षेत्रीय स्तर, अंतर्राष्ट्रीय स्तर पर भी इसको लागू

करने की मांग उठाई है। कम्बोडिया, कोरिया, लाओस, स्वेज नहर, कांगो आदि संकटों में गुटनिरपेक्षता की नीति का विशेष योगदान दिया है।

(ख) इस गुटनिरपेक्षता की नीति से छोटे राष्ट्रों को अपनी स्वतंत्रता बनाए रखने के साथ-साथ विकास करने में भी मदद मिली थी। ऐसे राष्ट्रों को इससे राहत मिली थी। इससे गुटनिरपेक्षता की नीति का भी विकास हुआ था और राष्ट्रों का भी विकास संभव हु आ था। भारत इसका उदाहरण है। भारत इसी के माध्यम से एक बड़ी शक्ति के रूप ं विकसित होकर विकास करने में सफल रहा है। इससे संसार के राष्ट्रों को प्रेरणा भी मिली थी।

(ग) सभी गुटनिरपेक्षतावादी राष्ट्रों ने अपनी संयुक्त शक्ति के रूप में आपसी सहयोग, आर्थिक सहयोग, वैज्ञानिक एवं तकनीकी सहयोग करना शुरू कर दिया। इससे विकास का नया मार्ग प्रशस्त हुआ और विकासशील राष्ट्रों में आत्मविश्वास की भावना का विकास भी हुआ था।

(घ) गुटनिरपेक्षता ने विश्व के विकासशील राष्ट्रों को स्थायित्व प्रदान किया था। इसे अधिकांश राष्ट्रों ने अपने राष्ट्रीय हितों, लक्ष्यों, मान्यताओं से परखा था। इन राष्ट्रों की इससे सुरक्षा भी हुई थी।

(च) संसार के राष्ट्रों में प्रजातांत्रिक, समाजवाद, न्याय, स्वतंत्रता, समानता, सम्प्रभुता, अखण्डता, एकता की भावना से युक्त प्रेरणा मिली थी। जिसके कारण सामाजिक, आर्थिक, सांस्कृतिक, राजनीतिक विकास का मार्ग प्रशस्त हुआ। इससे यह सिद्ध हुआ कि विकासशील देशों का इसमें योगदान भी रहा और इसको मजबूती भी प्राप्त हुई थी।

## भारतीय विदेशी नीति के निर्धारक तत्व

भारत की विदेश नीति में एक नहीं अनेक कारण ऐसे हैं जिनका समायोजन करने से ही इसका निर्धारण संभव हो पाया है। भारत ने दीर्घ काल के विकास के ही परिणामस्वरूप गुटनिरपेक्षता को आसानी से ग्रहण किया था इसलिए इसके निर्धारक तत्व इस प्रकार हैं –

**(क) *ऐतिहासिक दृष्टिकोण*** – स्वतंत्र भारत की बागडोर पं॰ नेहरू के हाथों में आई तो उन्होंने भारतीय विदेश नीति की घोषणा संबंधी बहुत बड़ी जिम्मेदारी का निर्वाह किया था। भारत का इतिहास के आधार पर जो दृष्टिकोण विकसित हुआ उसे ही मूल आधार मानते हुए अपनाया गया। इससे अलग दृष्टिकोण अपनाने का प्रयास नहीं किया गया। भारतीय विदेश नीति का जन्म न होकर विकास हुआ है जो गुटनिरपेक्षता की नीति रही थी वह दीर्घकाल में चार शताब्दियों के विकास का ही परिणाम रही है।

इसी ऐतिहासिक दृष्टिकोण के संबंध में पं॰ नेहरू जी ने कहा था "भारत की विदेश नीति वही है जो कि वे स्वतंत्रता संग्राम में सोचा करते थे।" इसी दृष्टिकोण के संदर्भ में पूर्व प्रधानमंत्री लाल बहादुर शास्त्री जी ने भी कहा था "आज भारत की विदेशी नीति उसी का अविकल रूप है जो 50 वर्ष पूर्व राष्ट्रीय कांग्रेस ने अपनाई थी।" इसी तरह डॉ॰ रामकुमार भी लिखते हैं कि "कांग्रेस के नेतृत्व में भारत के अंतर्राष्ट्रीय क्षेत्र में कुछ मूलभूत सिद्धांत थे, इन्होंने ही वर्तमान भारतीय विदेश नीति को नया स्वरूप प्रदान किया है। यही ऐतिहासिक दृष्टिकोण भी रहा है।"

**(ख) *भौगोलिक दृष्टिकोण*** – भारतीय विदेश नीति के निर्धारण में भौगोलिक दृष्टिकोण भी महत्वपूर्ण स्थान रखता। अंतर्राष्ट्रीय स्तर पर जब कोई राष्ट्र स्वतंत्र होता है तो वह अपनी विदेश नीति का निर्माण करते समय भौगोलिक स्थिति, जलवायु, हिमालय, जनसंख्या, क्षेत्रफल, समुद्र आदि से प्रभावित होकर ही अपनी विदेश नीति का निर्धारण करता है। पं॰ जवाहर लाल नेहरू भी भारत के साथ यही दृष्टिकोण अपनाए हुए थे। भौगोलिक स्थिति से राष्ट्र की सुरक्षा प्रभावित होती है। भारत दक्षिणी एशिया में भौगोलिक दृष्टि से सबसे बड़ा राष्ट्र था। भारत के दक्षिणी-पूर्वी एशिया के घनिष्ट संबंध भी पूर्व में ही रहे थे। भारत की उत्तर दिशा में सोवियत रूस की सीमा भारत में लगी हुई थी। भारत की दक्षिणी दिशा में विशाल हिन्द महासागर बसा हुआ है। ऐसी स्थिति में भारतीय हिमालय से भारत की सुरक्षा का बिन्दु जुड़ा हुआ था। इन सब तथ्यों से ही प्रभावित होकर गुटनिरपेक्षता की नीति को अपनाया जाना उचित रहा था।

**(ग) *आर्थिक दृष्टिकोण*** – भारतीय विदेश नीति के आर्थिक आधारों पर जे॰ बन्दोपाध्याय जी ने अपनी पुस्तक में व्यापक व्याख्या की है।

जिसमें बताया गया कि भारत जैसे विकासशील देश के संदर्भ में जहां आर्थिक विकास को प्रमुखता दी जाती है तो विकास के लक्ष्य को निर्धारित किया जाता है। तब आर्थिक दृष्टिकोण विदेश नीति के निर्धारण में एक निर्णायक तत्व होता है। यह आर्थिक दृष्टिकोण ही विकासशील देश को आर्थिक शक्ति के रूप में बदल देता है।

आर्थिक दृष्टिकोण में जनसंख्या का सबसे प्रभावी तत्व होता है। इसका प्रभाव समस्त राष्ट्र की जनता पर पड़ता है।

भारत के सामने सबसे अहम् सवाल यही था कि आर्थिक विकास करने के लिए मदद कैसे प्राप्त की जाए। इस पहलू पर नेहरू जी यही दृष्टिकोण रखते रहे कि इसी नीति के माध्यम से आसानी से विदेशी सहायता मिलती रही है। इस दृष्टिकोण के संबंध में के॰पी॰ मिश्रा ने लिखा था कि भारत को पं. नेहरू की यह उक्ति माननी पड़ेगी कि भारत को अपने अण्डे एक ही टोकरी में नहीं रखने चाहिए थे।

**(घ) *राजनीतिक दृष्टिकोण*** – भारतीय विदेश नीति के निर्माणकारी तत्वों में राजनीतिक परिस्थितियां भारत के अनुकूल नहीं थी। विश्व स्तर पर दो गुटों का उदय

होना भारत के सामने चुनौतीपूर्ण बन गया था। नेहरू जी ने कठिन परिस्थितियों में इस राजनीतिक दृष्टिकोण का लाभ उठाने का प्रयास किया। नेहरू जी ने नया दावपेच शुरू किया जिसमें वे खरे उतरे थे। भारत राजनीतिक वातावरण को अपने अनुकूल बनाने में सबसे ज्यादा सफल रहा। नेहरू जी ने कहा था "हम किसी गुट का साथ देते फिर जब दोनों ही पक्ष हमारी ओर मित्रता का हाथ बढ़ा रहे थे, तो हमें क्या आवश्यकता थी कि एक की मित्रता स्वीकार करें और दूसरे की मित्रता अस्वीकार करते।"

**(च) *सांस्कृतिक एवं दार्शनिक दृष्टिकोण*** – भारत विश्व प्रसिद्ध सांस्कृतिक धरोहर का प्रतीक रहा है। भारत विश्व के राष्ट्रों के लिए युगों से विख्यात रहा। भारत युद्ध न लड़ते हुए भी विश्व शांति की मांग करता रहा। भारतीय संस्कृति की स्पष्ट छाप गुटनिरपेक्षता की विदेश नीति पर पड़ी है। यह सुलह, अमन–चैन, का वातावरण उत्पन्न करने की प्रतीक रही है। भारतीय संस्कृति अनेकता में एकता स्थापित करने का प्रयास करती है। इस संस्कृति के कारण भारत ने अपनी पहचान अंतर्राष्ट्रीय स्तर पर बनाई है।

इसी तरह दार्शनिक बिन्दुओं के संबंध में हम यह मान कर चलते हैं कि इस विदेश नीति पर भारतीय दार्शनिकों के दर्शन का भी व्यापक प्रभाव पड़ा है। इस विदेश नीति पर महात्मा बुद्ध, महावीर स्वामी, महात्मा गांधी के दर्शन की स्पष्ट छाप हमें देखने को मिलती है। भारत आज तक अहिंसा का पुजारी रहा है। भारत के दर्शन में भौत्रिकवादी और आध्यात्मिकता के बीच का मार्ग अपनाया गया है। यह पूर्व और पश्चिम का मिश्रण है।

भारत का कोई परम्परागत शत्रु नहीं था। इसलिए पाक भी स्वतंत्रता के बाद भारत का शत्रु बना। यदि हमारा कोई राष्ट्र शत्रु होता तो भी हम उसके विरुद्ध नैतिक गठबंधन नहीं करते। हम किसके विरुद्ध गुटबंदी करते। भारत तटस्थ दृष्टिकोण अपना कर विश्व स्तर पर मार्गदर्शन करना चाहता था। यही भारत का विश्व पर स्थाई प्रभाव भी रहा है।

**(छ) *जनसंख्या एवं प्राकृतिक सम्पदा का दृष्टिकोण*** – भारत की जनसंख्या अधिक थी जो कि गरीबी की चपेट में थी। अंग्रेजों ने भारत को पराधीन बनाने के साथ–साथ आर्थिक शोषण करके कमजोर भी बना दिया था। भारत की जनसंख्या तेजी से बढ़ रही थी। जनसंख्या का जीवन निम्न स्तर का था। लघु उद्योग करीबन नष्ट हो चुके थे। भारत में भुखमरी, अज्ञानता एवं अशिक्षा व्याप्त थी। भारत शुरू में विदेशी सहायता पर निर्भर होता जा रहा था जो कि संवैधानिक स्तर पर भारत के प्रतिकूल था। जनसंख्या को रोजगार के साधन उपलब्ध कराने थे। विदेशी सहायता की निर्भरता को समाप्त करना भी अनिवार्य था।

भारत में जनसंख्या अधिक होने के कारण खाद्य समस्या ने भारत की विदेश नीति को जबरदस्त रूप से प्रभावित किया था। खाद्य पदार्थों की कमी के कारण औद्योगीकरण

की प्रक्रिया भी प्रभावित हुई थी। इस पर मोर्ग्रेन्थो लिखते हैं कि, "इसका गंभीर प्रभाव हमारी विदेश नीति पर भी पड़े बिना नहीं रहा है। अनेक संकट के कारण भारत की विदेश नीति कमजोर हुई है।"

भारत एक राष्ट्रीय शक्ति के रूप में उभरना चाहता था। भारत की इस दृष्टि से स्वतंत्र विदेश नीति को निर्धारित करने में प्राकृतिक सम्पदा भी एक निर्णायक तथ्य रहा है। भारत प्राकृतिक सम्पदा का उचित दोहन करके पूंजी, श्रम, संगठन, तकनीकी, का विकास करना चाहता था। भारत एक बड़ा राष्ट्र था। उसके पास प्राकृतिक सम्पदा प्रचुर मात्रा में थी। इस प्राकृतिक सम्पदा के संदर्भ में के॰पी॰ मिश्रा लिखते हैं कि "भू-राजनीतिक संरचना जो किसी राष्ट्र को महत्वपूर्ण राष्ट्रीय शक्ति के रूप में निर्मित करती है। विदेश नीति के निर्णायक तत्वों में से एक माना जाना चाहिए।" भारत इसी तत्व के कारण आने वाले वर्षों में आर्थिक एवं सैनिक दृष्टि से एक शक्ति के रूप में उभर सकने में सफल रहा है। भारत ने प्राकृतिक सम्पदा के प्रयोग में कूटनीति का भी सफल प्रयोग किया है। इयूगीन ब्लेक की कहावत यहां सही प्रतीत होती है। आर्थिक विकास में राजनय का प्रयोग भारतीय विदेश नीति की प्रमुखता लिए हुए है।

**(ज) *राज्य का दृष्टिकोण*** – स्वतंत्रता प्राप्ति के बाद लोकतांत्रिक राज्य की प्रक्रिया भी इस दृष्टिकोण पर आधारित थी कि वह भारत में विकास की समस्त प्रक्रिया की पहल करती। राज्य एक व्यापक क्रांति का प्रतीक माना जाता है। राज्य को शिक्षा, रोजगार, विज्ञान, स्वास्थ्य, सैनिक, तकनीकी विकास आदि में क्रांतिकारी कदम उठाने अत्यंत आवश्यक थे। भारत के लिए भी यह अत्यंत आवश्यक था कि वह कुछ ही दशकों में प्रगति करने के लिए निर्णायक राज्य की भूमिका का निर्वाह करे। इयूगीन ब्लेक लिखते हैं कि "राज्य ही समस्त प्रकार के परिवर्तन करने का मुख्य प्रेरक एवं निर्णायक तत्व होता है। राज्य ही राष्ट्रीय और अंतर्राष्ट्रीय स्तर पर अनेक क्षेत्रों में कार्यकलाप करता है।"

भारतीय राज्य ने आर्थिक नियोजन की प्रक्रिया को शुरू किया। भारत में वैसे यही श्रेष्ठ था कि मिश्रित समाजवादी अर्थव्यवस्था की स्थापना का प्रयास करे। इस पहलू पर सभी एक मत भी रहे थे। राज्य का दृष्टिकोण पूर्ण रूप से कूटनीति से जुड़ा हुआ था। यही कूटनीति सुरक्षा से जुड़ी हुई थी। इस तरह राज्य का दृष्टिकोण राष्ट्रीय और अंतर्राष्ट्रीय स्तर पर कूटनीति से जुड़ा हुआ था। इसलिए पं॰ नेहरू जी ने कहा था "सीमा सुरक्षा का मामला हमारी सैन्य क्षमता पर निर्भर करता है बल्कि यह हमारे राजनय के द्वारा निर्धारित होना चाहिए।" राज्य का यह दायित्व होता है कि वह विदेशी सहायता पाने के सभी दायित्वों का निर्वाह करे। इसके लिए जरूरी है कि वह अंतर्राष्ट्रीय समुदाय के राष्ट्रों से अधिक से अधिक संबंध स्थायित्व करे। इस संदर्भ में मैं यह कहूंगा कि भारतीय राज्य ने सभी प्रयासों को सम्पन्न करके विदेश नीति स्थापित करने, लागू

करने एवं सफलता के शिखर पर ले जाने के लिए राज्य ही मुख्य बिन्दु रहा है। भारत ही एकमात्र दुनिया में ऐसा राष्ट्र है जिसकी स्थापना में जनता की राष्ट्रीय सहमति प्राप्त हुई थी। भारतीय लोकतंत्र दुनिया का सबसे विस्तृत रूप लिए हुए है।

इसके साथ-साथ हम यहां यह भी स्पष्ट कर देना चाहते हैं कि भारतीय राज्य ने अपने हितों को बरकरार रखते हुए आर्थिक सहायता प्राप्त की थी। हमने राष्ट्रीय और अंतर्राष्ट्रीय नियमों का पालन भी किया और सहायता भी प्राप्त की। इसमें कहीं पर भी अपवाद स्वरूप नहीं है।

यह सब राज्य को व्यापक स्वरूप, सिद्धांत, मान्यताओं के ही कारण संभव हो पाया है।

भारतीय राज्य ने व्यापार को बढ़ाने का दृष्टिकोण भी रखा। राष्ट्रमंडलीय व्यापार को बनाए रखना अपने आप में राज्य का ही दृष्टिकोण रहा था। इसके साथ वाणिज्य के भी विकास में पूरा ध्यान दिया गया था। भारतीय अर्थव्यवस्था की मजबूत स्थापना करना सबसे अहम् विषय रहा था।

**( झ ) *विचारधारात्मक दृष्टिकोण*** – भारतीय विदेश नीति का निर्धारण करने में विचारधाराओं का प्रभाव भी रहा है। पूंजीवाद, साम्यवाद दो ही विचारधाराएं ऐसी थीं जिनसे समस्त विश्व प्रभावित था। भारत ने किसी राष्ट्र पर आक्रमण नहीं किया है। इस दृष्टिकोण से गुटनिरपेक्षता भी एक विचारधारात्मक तथ्य हुआ। भारत वैसे भी दोनों विचारधाराओं से प्रारम्भिक अवस्था में प्रभावित था। इसलिए यह गुटनिरपेक्षता उदारवादी विचारधारा का दृष्टिकोण भी लिए हुए थी।

भारत की जनता के अनुकूल विदेश नीति का निर्धारण किया गया था। यूरोप में भिन्न विचारधारा थी। भारतीय समाज व विश्व शांति के अनुकूल दृष्टिकोण लिए हुए थी। इसका सैद्धांतिक पक्ष और व्यावसायिक पक्ष दोनों ही उदारवादी दृष्टिकोण लिए हुए थे। भारत के इतिहास में घटने वाली इस घटना को जिसे हम विदेश नीति के रूप में देखते हैं इसका प्रभाव संसार की अन्य घटनाओं से ज्यादा महत्वपूर्ण ढंग से देखने को मिला था। भारत ने इस आधार पर ही इसे कानूनी और वैधानिक मान्यता देकर अंतर्राष्ट्रीय संस्थाओं को सहयोग प्रदान किया था। इससे भारत की रक्षा करने का प्राथमिक दृष्टिकोण भी हमें देखने को मिला था। हम इस आधार पर कह सकते हैं कि भारतीय विचारधारा का समावेश भी इस विदेश नीति में समाहित है। यह सर्वविदित है कि भारत इसके माध्यम से ही एक शक्ति के रूप में उभर सकने में सफल रहा है। यही हमारा राष्ट्रीय हित भी रहा है, जिसकी स्थापना के लिए हमने कड़ा संघर्ष किया है।

## भारतीय विदेश नीति के उद्देश्य

भारतीय गुटनिरपेक्षता की नीति के निम्न उद्देश्य निर्धारित किए जा सकते हैं। जो इस प्रकार हैं –

(1) अंतर्राष्ट्रीय शांति एवं सुरक्षा को बनाए रखना एवं इसको प्रोत्साहन देना।
(2) सभी पराधीन राष्ट्रों की स्वतंत्रता को प्रोत्साहन देना।
(3) अंतर्राष्ट्रीय विवादों का शांतिपूर्ण तरीके से समाधान निकालना।
(4) रंगभेद, साम्राज्यवाद, उपनिवेशवाद का विरोध करना।
(5) अंतर्राष्ट्रीय संगठनों विशेषकर U.N.O को सक्रिय सहयोग देना।
(6) शीतयुद्ध एवं क्षेत्रीय व सैनिक सुरक्षा समझौते से बचना।
(7) विश्व शांति की स्थापना को प्रोत्साहन देना।
(8) निःशस्त्रीकरण की नीति का समर्थन।
(9) पंचशील के सिद्धांत का समर्थन करना।
(10) शांतिपूर्ण-सह-अस्तित्व की नीति का समर्थन करना।

भारतीय विदेश नीति के उन उद्देश्यों के बारे में सर्वविदित है कि जब कोई राष्ट्र स्वतंत्र होकर अपनी विदेश नीति का निर्धारण, संचालन व प्रसार करता है तो उसका प्रथम दायित्व सुरक्षा एवं शांति की स्थापना करना ही होता है। वह तनाव रहित वातावरण में रहेगा तो अपनी विदेश नीति का संचालन करने में कठिनाई महसूस नहीं करेगा। यदि अशांति और तनाव रहेगा तो शांति स्थापित हो ही नहीं सकती है। इसलिए सुरक्षा भी नहीं हो सकती है। ठीक यही स्थिति भारत के साथ थी। भारत पाक से अपनी सुरक्षा करना चाहता था, चीन के साथ भी यही सवाल बना हुआ था। सुरक्षा पाना और स्थापित करना एक कठिन कार्य है। पं० नेहरू ने विदेश नीति के माध्यम से संतुलन बनाए रखने पर ज्यादा महत्व नहीं दिया था। इसके स्थान पर उन्होंने भारतीय विदेश नीति का राष्ट्रीयकरण बहुत बड़े पैमाने पर कर दिया था। वे भारत की सुरक्षा शस्त्रों से करने के बजाय असंलग्नता की विदेश नीति से करना चाहते थे। चीन के साथ चल रहे सीमा विवाद का भी नेहरू जी शांतिपूर्ण साधनों के माध्यमों से हल निकालने का प्रयास कर रहे थे।

भारत की विदेश नीति पराधीन राष्ट्रों की स्वतंत्रता के लिए चलाए जा रहे आंदोलनों को प्रोत्साहन देने की रही है। उन्हें समर्थन देना और सहायता पहुंचाना तथा उनकी आजादी को वैधानिकता का स्थान दिलाने के लिए निरन्तर प्रयास किया। यह न्याय, समानता व स्वतंत्रता की स्थापना का प्रयास करती रही थी। भारतीय विदेश नीति अंतर्राष्ट्रीय स्तर पर राजनीतिक समानता स्थापित करने के लिए एवं पराधीन राष्ट्रों के लिए संघर्ष को समान दृष्टि से देखती है।

यूरोप की राजनीति में एशिया की राजनीति में साम्राज्यवादी ताकतों के द्वारा जो विवाद उत्पन्न किए गए थे उनके कारण संघर्ष की स्थिति बनी थी। ऐसे विवादों का शांतिपूर्ण तरीके से हल निकालने का प्रयास भारतीय विदेश नीति करती है। यह हिंसा, दमन व शोषण का विरोध करती रही है।

भारतीय विदेश नीति दीर्घ काल से रंगभेद, साम्राज्यवाद, उपनिवेशवाद का विरोध करती रही है। यह एक भेदभावपूर्ण नीति का विरोध करने वाली नीति रही है। भारत ने स्वतंत्रता प्राप्त करने से पूर्व ही इनके लिए संघर्ष किया है। भारत ने स्वतंत्रता से पूर्व ही अंतर्राष्ट्रीय संगठनों में विश्वास व्यक्त किया था इसीलिए 24 अक्तूबर, 1945 को स्थापित संयुक्त राष्ट्र संघ के चार्टर पर हस्ताक्षर कर समर्थन किया था। इसके उद्देश्यों का भारतीय संविधान की धारा 51 में स्वीकार कर पालन करने पर वचनबद्धता प्रकट की गई। संयुक्त राष्ट्र संघ विश्वव्यापी संस्था रही है। विश्व की अन्य संस्थाओं के प्रति भी भारत ने विश्वास व्यक्त किया है।

भारत ने शीतयुद्ध, क्षेत्रीय समझौते, सैनिक गठबंधनों का कड़ा विरोध किया है। इसलिए इससे बचने का प्रयास किया गया। भारत ने आज तक किसी प्रकार के सैनिक संगठन व गठबंधन पर हस्ताक्षर नहीं किए। भारत की विदेश नीति स्थायित्व प्रदान करना चाहती थी। इनमें कभी विश्वास नहीं करती थी। यह महाशक्तियों का कड़ा विरोध करती रही है।

पं० नेहरू शांति के दूत माने गए थे। उन्हें शांति प्रिय थी इसीलिए समस्त विश्व में शांति का समर्थन करते रहे थे। भारत अशांति का विरोध करता रहा। इससे तनाव उत्पन्न होने से संघर्ष बढ़ता है। भारत ने राष्ट्रीय आंदोलनों को शांतिपूर्ण तरीके से सम्पन्न किया तथा विश्व स्तर पर इसकी स्थापना के लिए दीर्घ काल तक प्रयास भी किए हैं।

भारत हथियारों की दौड़ में शामिल नहीं होना चाहता था। इससे समस्त विश्व में नि:शस्त्रीकरण नहीं हो सकता था। इसलिए भारत ने हमेशा हथियारों पर प्रतिबंध लगाने की मांग उठाई और उस पर अमल करने की मांग करता रहा। भारत ने पिछले दो विश्व युद्धों के परिणामों को देखा था। इस कारण से भारत नहीं चाहता था कि तीसरे विश्व युद्ध में संसार की मानव जाति को ही समाप्त कर दिया जाए। पं० नेहरू मानवता के पुजारी भी रहे थे।

भारत की विदेश नीति पंचशील के सिद्धांत में विश्वास अधिक करती थी। इसके पांचों सिद्धांतों पर अमल भी कर रही है। एक दूसरे की प्रादेशिक अखण्डता, सम्प्रभुता का आपस में सम्मान करना, एक दूसरे पर आक्रमण नहीं करना, एक दूसरे के आंतरिक मामलों में दखल नहीं देना, मैत्रीपूर्ण संबंधों में विश्वास करना, इसके साथ-साथ अस्तित्व के सिद्धांतों की पालना करने का भी वचन देती है। यदि इनके द्वारा विश्व की राजनीति का निर्धारण किया जाए और संबंधों का संचालन किया जाए तो राष्ट्रों की समस्याओं को काफी कम किया जा सकता है।

भारतीय विदेश नीति शांतिपूर्ण सह-अस्तित्व के सिद्धांत का पालन करने का वचन देती है। यह किसी पर आक्रमणकारी नीति स्थापित नहीं करती है। यह "जीयो और जीने दो" के सिद्धांत पर आधारित होने से दूसरे राष्ट्रों के अस्तित्व को भी बराबर स्थान देती है। इसी से स्थाई समाधान भी संभव है।

भारतीय विदेश नीति ने अल्पकालीन और दीर्घकालीन उद्देश्यों को स्थापित किया है जिसके घरेलू और अंतर्राष्ट्रीय उद्देश्यों की पूर्ति का प्रयास किया गया। यही भारतीय विदेश नीति के राष्ट्रीय हितों से भी जुड़े हुए हैं। इनको विदेश नीति में निरन्तर महत्वपूर्ण स्थान दिया गया है।

भारत इस विदेश नीति के माध्यम से संसार के राष्ट्रों का मार्गदर्शन करना चाहता था। यह सबके कल्याण, सबके विकास, सबके सुख की कामना का प्रतीक रही है। इसमें कूटनीति का भी प्रयोग हुआ है। इसे गतिशीलता, गत्यात्मकता एवं व्यावहारिकता का जामा भी पहनाया गया था। यह पं० नेहरू के अनुसार मध्यस्थता की नीति भी रही है यदि दो राज्यों में युद्ध हो रहा हो तो तीसरा राज्य दोनों युद्धरत राज्यों में समझौता करा सकता है। इस तरह से यह व्यापक उद्देश्यों को रखते हुए समानता, स्वतंत्रता, न्याय, समाजवाद का प्रतीक भी रही है। इस संबंध में यह सत्य प्रतीत होता है कि "कुछ परिस्थितियों के अंतर्गत एक समय विशेष में कुछ हितों की पूर्ति के लिए जो नीतियां वांछनीय होती हैं, वे दूसरे समय में एकदम अप्रांसगिक हो जाती हैं।

## भारतीय विदेश नीति के सिद्धांत

भारतीय विदेश नीति के सिद्धांत हम निम्न बिन्दुओं में अंकित कर सकते हैं –

(1) गुटनिरपेक्षता का सिद्धांत
(2) विश्व शांति का सिद्धांत
(3) साम्राज्यवाद के विरोध का सिद्धांत
(4) शांतिपूर्ण सह-अस्तित्व का सिद्धांत
(5) पंचशील का सिद्धांत
(6) नि:शस्त्रीकरण का सिद्धांत
(7) स्वतंत्रता, न्याय, समानता का सिद्धांत
(8) अंतर्राष्ट्रीय संगठनों व संस्थाओं के समर्थन संबंधी सिद्धांत।

इन सिद्धांतों की व्याख्या हम विदेश नीति के काल के अंतर्गत करेंगे जिससे इन सभी सिद्धांतों की व्याख्या भी हो सकेगी।

## भारतीय विदेश नीति का काल विभाजन

भारतीय विदेश नीति की स्थापना से लेकर वर्तमान तक के काल विभाजन को हम निम्न प्रकार विभाजित कर सकते हैं –

(1) नेहरू युग (15 अगस्त, 1947 से 27 मई, 1964)
(2) नन्दा युग (27 मई, 1964 से 9 जून, 1964 तक)
(3) शास्त्री युग (9 जून, 1964 से 11 जनवरी, 1966 तक)
(4) नन्दा युग (11 जनवरी, 1966 से 24 जनवरी, 1966 तक)

(5) इंदिरा गांधी युग (24 जनवरी, 1966 से 24 मार्च, 1977 तक)
(6) मोरारजी युग (24 मार्च, 1977 से 28 जुलाई, 1979)
(7) चौधरी चरण सिंह युग (28 जुलाई, 1979 से 14 जनवरी, 1980 तक)
(8) इंदिरा गांधी युग (14 जनवरी, 1980 से 31 अक्तूबर, 1984 तक)
(9) राजीव गांधी युग (31 अक्तूबर, 1984 से 2 दिसम्बर, 1989 तक)
(10) वी०पी० सिंह युग (2 दिसम्बर, 1989 से 10 नवम्बर, 1990 तक)
(11) चन्द्रशेखर युग (10 नवम्बर, 1990 से 21 जून, 1991 तक)
(12) पी०वी० नरसिंहराव युग (21 जून, 1991 से 10 मई, 1996 तक)
(13) अटल बिहारी वाजपेयी युग (16 मई, 1996 से 1 जून, 1996 तक)
(14) एच०डी० देवेगौड़ा युग (1 जून, 1996 से 21 अप्रैल, 1997 तक)
(15) इन्द्रकुमार गुजराल युग (21 अप्रैल, 1997 से 19 मार्च, 1998 तक)
(16) वाजपेयी युग (19 मार्च, 1998 से 22 मई, 2004 तक)

अब हम यहां पर इन युगों के बारे में विस्तृत रूप से इनके अंतर्गत हुई मुख्य घटनाओं की चर्चा करते हुए भारतीय विदेश नीति का वर्णन करेंगे।

**(1) *नेहरू युग*** – यह सर्वविदित है कि नेहरू जी भारत की स्वतंत्रता को लेकर 27 मई, 1964 तक भारतीय विदेश नीति की बागडोर अपने हाथों में रखे हुए थे। इन्होंने भारतीय विदेश नीति का निर्माण भी किया और इसका संचालन भी किया। इनके 17 वर्षों के प्रधानमंत्री कार्यकाल में अनेक उतार-चढ़ाव भी आए फिर भी इन्होंने गुटनिरपेक्षता से हटने का प्रयास नहीं किया। इसलिए नेहरू युग की विदेश नीति के मुख्य बिन्दु इस प्रकार रहे –

**(क) *कश्मीर समस्या*** – 22 अक्तूबर, 1947 को पाक ने कश्मीर पर हमला किया। भारत के विभाजन में यह व्यवस्था की गई थी कि भारतीय देशी रियासतें चाहें तो भारत में रहें या यह पाक में रहें। इसी तरह यह भी एक रियासत थी जिसका शासक हिन्दु था लेकिन इसकी आबादी मुस्लिम बाहुल्य थी। कश्मीर के राजा ने स्वतंत्र रहने का निर्णय लिया था। पाक इसको अपने क्षेत्र के अंतर्गत मिला लेना चाहता था। इसलिए पं० नेहरू जी ने सुरक्षा परिषद् में शिकायत की कि कबायली लोग कश्मीर पर आक्रमण कर रहे हैं। इस पर 20 जनवरी, 1948 को सुरक्षा परिषद् ने एक आयोग गठित किया जिसमें तीन सदस्य थे। इसका नाम भारत पाक के लिए U.N.O. का आयोग रखा गया था।

इसके बाद 1948 में पाक की सेनाओं ने कश्मीर पर आक्रमण किया। 24 जनवरी, 1950 को सुरक्षा परिषद् ने युद्ध बंद कराने का प्रस्ताव पारित किया। पं० नेहरू जी इस समस्या को U.N.O. में ले जाकर इसके माध्यम से हल निकालना चाहते थे। जो आज दिन तक हल नहीं हो सकी। इस कश्मीर समस्या का U.N.O. में जाते ही

बड़ी महाशक्तियों ने अपना समर्थन देना शुरू कर दिया। यह भारत पाक के बीच स्थाई समस्या बनी हुई है। इसका भारतीय विदेश नीति पर व्यापक प्रभाव पड़ा है। नेहरू जी ने 28 नवम्बर, 1947 को कश्मीर के संबंध में कहा था "कश्मीर की भौगोलिक स्थिति की सीमाएं सोवियत रूस, चीन, अफगानिस्तान से मिलती हैं। इससे इसका महत्व अंतर्राष्ट्रीय स्तर पर और भी बढ़ जाता है।"

भारतीय संविधान की धारा 370 के अंतर्गत कश्मीर को विशेष राज्य का दर्जा दे कर इसे भारत का अभिन्न अंग घोषित किया गया। इसके बाद भी आज तक कश्मीर के हालात दिनोंदिन बिगड़े ही रहे हैं। अब तो इसका स्वरूप ही बदल गया है। इसलिए यह भारत की गंभीर समस्या भी बनी हुई है। भारत-पाक के बीच यही तनाव का एक कारण भी मानी जाती रही है।

**(ख)** जून, 1950 में उत्तरी कोरिया ने दक्षिणी कोरिया पर आक्रमण किया। इस युद्ध के दौरान भारत ने दक्षिणी कोरिया का पक्ष लिया। इसी तरह हिन्द चीन, स्वेज नहर संकट में भी भारत की विदेश नीति सफलता की ओर अग्रसर हुई। लेकिन इसी समय नेहरू जी ने विदेश नीति को प्रादेशिक स्तर पर ज्यादा महत्व न देकर विश्व स्तर पर ज्यादा ध्यान दिया। इससे नेहरू जी सैद्धांतिक तौर पर हट नहीं पाए जबकि व्यावहारिकता की ओर भी कदम उठाना अनिवार्य था।

**(ग)** अप्रैल, 1954 में पं० जवाहर लाल नेहरू चीन की यात्रा पर गए। उस समय चीनी प्रधानमंत्री चाऊ-एन-लाई और नेहरू जी ने पंचशील सिद्धांत (समझौता) सम्पन्न किया। इसके बाद ही हिन्दू चीनी भाई-भाई का नारा भी दिया गया था। इसी के बाद अप्रैल, 1955 में आयोजित हुए बांडुंग सम्मेलन के दौरान इन्हीं पंचशील के सिद्धांतों को स्वीकार कर लिया गया। इसके साथ-साथ इसमें गहरी आस्था भी प्रकट की गई। यद्यपि यह इनके काल की सबसे बड़ी उपलब्धि रही थी।

वर्ष 1959 में दलाई लामा ने भारत में राजनीतिक शरण प्राप्त की। इस कारण चीन नाराज हुआ। अक्तूबर, 1962 को चीन ने भारत पर आक्रमण कर दिया। इससे हमारी विदेश नीति की अग्नि परीक्षा भी हुई और कड़ी आलोचना भी हुई। चीन ने बिना शर्त एक तरफ युद्ध विराम किया। यह युद्ध 10 दिन तक चला था। इससे भारत की गुटनिरपेक्षता की नीति को बहुत बड़ा धक्का लगा था। इससे भारत-चीन के बीच संबंध बिगड़ गए। चीन को समझने में नेहरू जी ने बहुत बड़ी गलती की थी।

**(घ)** नेहरू जी विदेशी सहायता प्राप्त करने के लिए अमेरिका, रूस की यात्रा पर गए लेकिन अमेरिका गुटनिरपेक्षता से एवं नेहरू खानदान से चिढ़ता था इसलिए अमेरिका से भारत को कोई विशेष मदद प्राप्त नहीं हुई। रूस से ही भारत को सहायता प्राप्त हुई। महाशक्तियां गुटनिरपेक्षता को भिन्न दृष्टिकोण से देखती रहीं। इसलिए भारत को भी वे समझ नहीं पाए।

**( च )** सितम्बर, 1961 में बेलग्रेड में 25 राष्ट्रों का पहला शिखर सम्मेलन आयोजित हुआ। इस आंदोलन के संस्थापकों में भारत एवं नेहरू जी दोनों का ही सबसे बड़ा योगदान रहा। इस आंदोलन की उत्पत्ति से भारत का अंतर्राष्ट्रीय योगदान उभर कर आया। भारत ने इस आंदोलन का नेतृत्व भी किया। इससे गुटनिरपेक्षता की विदेश नीति नेहरू काल में आंदोलन के रूप में परिवर्तित भी हो सकी और नव स्वतंत्र राष्ट्रों ने इसे ग्रहण करके एक गुट विशेष का निर्माण करने में योगदान भी दिया।

इससे यह सिद्ध हो जाता है कि नेहरू युग की विदेश नीति अंतर्राष्ट्रीय स्तर पर अपनी भूमिका निर्वाह कर रही थी। भारत ने एशियाई अफ्रीका एकता संगठन का निर्माण करके इस विदेश नीति को एक शक्ति प्रदान करने का कार्य किया था।

27 मई, 1964 को नेहरू जी की अचानक मृत्यु हो जाने से भारतीय विदेश नीति को काफी क्षति पहुंची थी।

### *नेहरू युग की विदेश नीति की आलोचना*

भारत ने 15 अगस्त, 1947 को स्वतंत्रता प्राप्त की थी कि हमारी विदेश नीति बाल्यकाल के दौर से ही गुजर रही थी कि हमारे ऊपर भारत पाक युद्ध 1948, भारत–चीन आक्रमण 1962 हो गए। जिसमें भारत सैन्य दृष्टि से परिपक्व नहीं हो पाया था वैसे इतनी कठोर परिस्थितियां होते हुए भी नेहरू जी ने धैर्य, साहस, का अद्भुत परिचय दिया, भारतीय गुटनिरपेक्षता के मूल सिद्धांत से हटने का प्रयास नहीं किया गया। इस युग की विदेश नीति की निम्न आधार पर आलोचना की जा सकती है :–

(क) एस॰ गोपाल ने लिखा था कि 20 अक्तूबर, 1962 को चीन के आक्रमण ने नेहरू जी की गुटनिरपेक्षता की आस्था को हिला कर रख दिया था, नेहरू अमेरिकी सैन्य सहायता को स्वीकार करने को तैयार हो गए थे, परंतु इसी बीच 21 नवम्बर, 1962 को चीन ने एकतरफा युद्ध विराम की घोषणा कर दी थी।"

(ख) प्रो॰ ए॰बी॰ शाह ने भी निम्न आधारों पर आलोचना की है –

(1) नेहरू सुरक्षा के प्रति सबसे ज्यादा उदासीन थे।

(2) यह विशुद्ध एवं वास्तविकता की नीति नहीं थी।

(3) नेहरू सैद्धांतिक अधिक रहे व्यावहारिक नहीं।

(ग) जवाहर लाल नेहरू विश्वविद्यालय के विदेशी मामलों के विशेषज्ञ डॉ॰ जे॰डी॰ सेठी ने भी चार बिन्दु इस प्रकार बताए हैं –

(1) नेहरू जी ने अपने कार्यकाल में गुटनिरपेक्षता को परिधि से निकाल कर अधिक व्यापक दायरे में विश्व समस्याओं में उलझाया गया। शायद यही इसकी सफलता भी आंकी गई।

(2) सार्वभौमिक सक्रियता के स्थान पर क्षेत्रीय हितों को नजरअंदाज कर दिया गया।

(3) क्षेत्रीय वास्तविकताओं को नजरअंदाज करने के बजाय देश की प्रतिरक्षा क्षमता को बढ़ाने के प्रति उदासीनता का व्यवहार अपनाया गया।

(4) प्रतिरक्षा विभाग और आर्थिक विकास के बीच सही तालमेल नहीं किया गया। क्षेत्रीय हितों को प्राथमिकता देनी चाहिए थी जो कि नहीं दी गई।

इसी तरह अमेरिका के विदेशमंत्री जान फास्टर डलेस ने कहा था "गुटनिरपेक्षता की नीति अनैतिक नीति है।" क्योंकि वे यह चाहते थे कि भारत महाशक्ति का पिछलग्गू बन जाए। यहां अमेरिका के दृष्टिकोण को नेहरू जी ने कभी स्वीकार ही नहीं किया था।

**(2) *नन्दा युग*** – गुलजारी लाल नन्दा को 27 मई, 1964 में प्रधानमंत्री पद की शपथ दिलाई गई। जो कि 9 जून, 1964 तक भारतीय प्रधानमंत्री पद पर रहे। इन्होंने नेहरू युग की विदेश नीति को ही क्रियान्वित किया। इस युग में नए दिशा संकेत नहीं दिए जा सके। क्योंकि श्री नन्दा कार्यवाहक प्रधानमंत्री रहे थे। इस युग में यथास्थिति बनाए रखी गई।

**(3) *शास्त्री युग*** – 9 जून, 1964 को लाल बहादुर शास्त्री को प्रधानमंत्री पद की शपथ दिलाई गई। इन्होंने भारतीय विदेश नीति में नए दिशा संकेत दिए। भारतीय जनमानस पर नई छाप छोड़ी। लेकिन अल्पकाल में ही शास्त्री जी का निधन हो गया। इनके कार्यकाल में विदेश नीति के निम्न मुख्य बिन्दु रहे थे:

भारत-पाक के बीच तनाव पुनः बढ़ गया। इनके कार्यकाल में 9 अप्रैल, 1965 को पाक ने भारत पर पुनः आक्रमण किया। इससे पूर्व 28 दिसम्बर, 1963 को श्रीनगर की हजरत बाल दरगाह से पैगम्बर मोहम्मद साहब का पवित्र बाल चोरी हो गया था। इस घटना से पाक ने भारत विरोधी अभियान चलाया था। इसी तरह कच्छ की खाड़ी की समस्या पाक ने जानबूझ कर खड़ी की। इसके बाद 5 अगस्त, 1965 को 3000 पाक सैनिकों ने कश्मीर में घुसपैठ करके कश्मीर पर आक्रमण किया। यह युद्ध 23 सितम्बर, 1965 को समाप्त हुआ। इस युद्ध में पाक पराजित हुआ।

पाक ने कच्छ की खाड़ी में 3500 किलोमीटर का क्षेत्र अपना होने का दावा प्रस्तुत किया था। वैसे भी पाक सीटो, सेन्टो, का सदस्य था इस कारण से पाक ने अमेरिका, तुर्की, ईरान से सहायता प्राप्त की और भारत पर अल्प अवधि में ही आक्रमण किया गया। इस दौरान भारतीय प्रधानमंत्री लाल बहादुर शास्त्री ने सेना में नया नारा दिया "जय जवान जय किसान" जिससे भारतीय सेना का मनोबल बढ़ाया गया। यद्यपि अमेरिका, कश्मीर विभाजन के माध्यम से समाधान निकालना चाहता था। लेकिन भारत-पाक दोनों ने ही इसका विरोध किया। कराची में आयोजित होने वाली वार्ता के लिए इंकार भी कर दिया गया।

10 जनवरी, 1966 को रूस की मध्यस्थता के कारण ताशकन्द समझौता सम्पन्न हुआ। शास्त्री युग की विदेश नीति को सैद्धांतिक पक्ष से हट कर व्यावहारिक पक्ष के माध्यम से मजबूत बनाने का प्रयास किया गया था फिर भी भारत ने गुटनिरपेक्षता से हटने का प्रयास नहीं किया। इनके कार्यकाल में विदेश नीति की सफलता के मुख्य तीन बिन्दु इस प्रकार रहे थे :–

(1) अमेरिका द्वारा पाक को दी जाने वाली आर्थिक एवं सैनिक सहायता बंद करनी पड़ी थी।

(2) इस युद्ध के उपरांत उत्पन्न हुए विवादों पर रूस ने U.N.O. में भारत का समर्थन किया था।

(3) भारतीय विदेश नीति को जय जवान जय किसान के नारे से जोड़ कर नए दिशा संकेत मिले थे। इससे शास्त्री युग की विदेश नीति सफल रही मगर भारत को अपना प्रधानमंत्री ताशकन्द समझौते के बाद खोना पड़ गया था।

**(4) *इंदिरा गांधी युग*** – श्रीमती इंदिरा गांधी 11 जनवरी, 1966 को प्रधानमंत्री बनी। इन्होंने नेहरू काल की विदेश नीति को मजबूत करने एवं कूटनीति का विदेश नीति में प्रयोग करके व्यावहारिक कदम उठाए। इससे भारत इनके कार्यकाल में एक शक्ति के रूप में उभर सका था।

इनके प्रधानमंत्री बनने के बाद भारत में आंतरिक समस्याओं का तेजी से निर्माण हुआ। भारत में भयंकर सूखा पड़ा। इसी समय बैंकों का राष्ट्रीयकरण किया गया। इन्होंने धीरे-धीरे अपनी पकड़ मजबूत की। इसके बाद विदेश नीति का सफलतापूर्वक संचालन किया।

इनके कार्यकाल की विदेश नीति के मुख्य बिन्दु इस प्रकार रहे: (1) पाकिस्तान भारत विरोधी अभियान को तेज कर रहा था। भारत की सीमा पर पूर्वी पाकिस्तान–पश्चिमी पाकिस्तान होने के कारण भारत की सुरक्षा को दोनों सीमाओं पर खतरा और भी बढ़ गया था। 22 सितम्बर, 1969 से तनाव की स्थिति बनी हुई थी। पूर्वी पाकिस्तान में जनता पर सैनिक तानाशाही के माध्यम से अत्याचार, शोषण किया जा रहा था। इस तरह करीबन 90 हजार शरणार्थी पूर्वी पाकिस्तान से भाग कर भारत में आ गए थे। मोरक्को की राजधानी में रबात सम्मेलन 22 दिसम्बर, 1969 को हुआ। उसमें भारतीय प्रतिनिधि मंडल की याहिया खां ने आलोचना की। इसके बाद 30 जनवरी, 1970 को भारतीय इंडियन एयर लाइन्स के विमान का अपहरण करके लाहौर ले जाया गया। इस पर श्रीमती गांधी ने विश्व से अपील की कि जब तक बंगलादेश की समस्या का कोई हल नहीं हो जाता, तब तक कोई भी देश पाकिस्तान को सैनिक सहायता नहीं दे।

3 दिसम्बर, 1971 को पाकिस्तान ने भारत पर आक्रमण कर दिया। 7 दिसम्बर, 1970 को सम्पन्न हुए चुनावों में पूर्वी पाकिस्तान (बंगलादेश) में आवामी लोग को स्पष्ट

बहुमत प्राप्त होने के बाद भी शेख मुजीबुर्रमान को सत्ता नहीं सौंपी गई थी। इस घटना के कारण भारत पर नागरिक युद्ध भी हुआ। भारत पाक के बीच 3 दिसम्बर, 1971 को युद्ध भी हुआ तथा 17 दिसम्बर, 1971 को युद्ध विराम हुआ। इस युद्ध के दौरान 6 दिसम्बर, 1971 को भारत की प्रधानमंत्री इंदिरा गांधी ने बंगलादेश के उदय की घोषणा कर दी और उसे मान्यता भी प्रदान कर दी। इस तरह इस भारत पाक युद्ध ने दक्षिणी एशिया का नक्शा बदल दिया। पूर्वी पाकिस्तान के बजाए भारत ने बंगलादेश का उदय करके पाक को करारी मात दी। इसमें भारत दक्षिणी एशिया में एक शक्ति के रूप में उभर कर आया और विश्व में भारत ने कूटनीतिक विजय भी हासिल की।

***शिमला समझौता 2 जुलाई, 1972*** – 1971 का वर्ष श्रीमती इंदिरा गांधी के लिए महान् सफलता का वर्ष साबित हुआ। बंगलादेश का उदय होने से पाक के टुकड़े हो गए, इसके बाद में भारत और पाक के बीच में 2 जुलाई, 1972 को शिमला समझौता सम्पन्न हुआ।

इस समझौते में मुख्य बातें इस प्रकार थीं –

(क) भारत और पाकिस्तान अपने आपसी विवादों को मैत्रीपूर्ण तरीके से एवं स्थाई शांति की स्थापना के लिए अपनी जनता के हित में अनुकूल हल निकालने का प्रयास करेंगे।

(ख) इस समझौते में दोनों ने ही संकल्प लिया कि अपने विवादों का दो पक्षीय वार्ता के द्वारा शांतिपूर्ण उपायों के माध्यम से सहमति के आधार पर हल निकालेंगे। जब कोई हल नहीं निकलेगा तो कोई भी पक्ष स्थिति को तनावपूर्ण नहीं बनाएगा और न ही शांतिपूर्ण साधनों को क्षति पहुंचाएगा।

(ग) भारत–पाक एक–दूसरे के विरुद्ध बल प्रयोग नहीं करेंगे। दोनों ही एक दूसरे के राजनीतिक मामलों में दखल नहीं देंगे।

(घ) भारत–पाक की सरकारें एक दूसरे के विरुद्ध झूठा प्रचार नहीं करेंगी।

(च) आपसी संबंधों को सुधारने के लिए जल, थल, वायु, डाक सेवा को पुनः शुरू किया जाएगा। दोनों ही एक दूसरे के निकट आएंगे एवं अपने–अपने नागरिकों को भी आवागमन की सुविधा देंगे।

(छ) आर्थिक एवं व्यापारिक संबंधों को सुधारने की पहल जल्दी ही शुरू की जाएगी।

(ज) सांस्कृतिक क्षेत्र में सहयोग बढ़ाया जाएगा।

(झ) भारत पाक की सेनाएं अपनी–अपनी नियंत्रण रेखा पर लौट जाएंगी।

(ट) कश्मीर में 17 दिसम्बर, 1971 को हुए युद्ध विराम के अंतर्गत नियंत्रण रेखा को मान्यता देंगे।

(ठ) सेना की वापसी इस शिमला समझौते के लागू होने के 30 दिन के अन्दर पूर्ण कर ली जाएगी।

(ड) भारत-पाक के शासनाध्यक्ष एक दूसरे से भेंट करेंगे। जिसमें संबंधों को सामान्य करने के लिए विचार-विमर्श किया जाएगा। युद्ध बंदियों व नागरिकों की अदला-बदली करने के संबंध में पहल की जाएगी।

इस तरह भारत-पाक के बीच कश्मीर व आम समस्याओं को हल करने के लिए यह शिमला समझौता हुआ, जिसमें श्रीमती गांधी ने इस समझौते का कभी अपनी विजय के लिए प्रयोग नहीं किया।

श्रीमती गांधी जब प्रधानमंत्री पद पर आसीन हुईं उस दौरान भारत-चीन के संबंध अच्छे नहीं थे। 1962 के चीनी आक्रमण के बाद अक्तूबर, 1964 में चीन ने परमाणु परीक्षण किया। श्रीमती गांधी ने प्रधानमंत्री बनने के बाद ही 1966 में भारत को अणुशक्ति की ओर परिवर्तित किया। चीन एक बड़ा राष्ट्र था और उसकी विस्तारवादी नीति को श्रीमती गांधी ने समझा था, इन्होंने भारत की सुरक्षा करने के लिए गुटनिरपेक्षता की नीति के साथ-साथ व्यावहारिक कदम उठाते हुए परमाणु बम बनाने का कार्यक्रम तैयार किया जिसके कारण 18 मई, 1974 को पोकरण में भारत ने प्रथम परमाणु परीक्षण किया। यहीं से भारत ने दोहरी विदेश नीति का अनुसरण किया। भारत ने परमाणु कार्यक्रम शांतिपूर्ण अपनाया। श्रीमती गांधी युग की विदेश नीति में भारतीय सीमाओं पर चौकसी बढ़ाई गई। सेनाओं का आधुनिकीकरण किया। इसके साथ-साथ आधुनिक तकनीकी युक्त हथियारों से सेनाओं को लैस किया गया। भारतीय सैन्य खर्च में भी वृद्धि की गई। इससे भारत एक शक्ति के रूप में उभर सका एवं सुरक्षा के मामले में आत्मनिर्भर हुआ।

श्रीमती गांधी ने भारत के पड़ोसी राष्ट्रों से मधुर संबंध स्थापित करने की विदेश नीति को अपनाया। 1974 में ईरान, 1974 में श्रीलंका, 1976 में इन्डोनेशिया, 1974 में बंगलादेश के साथ मधुर संबंध स्थापित किए गए। भारत की इस पहल को अंतर्राष्ट्रीय स्तर पर अच्छा माना गया।

अगस्त 1971 में रूस के साथ 20 वर्षीय संधि का आयोजन करके गहरे मित्रतापूर्ण संबंधों की स्थापना की गई। यह कूटनीतिक संबंधों का परिचायक था। भारत-पाक युद्ध 1971 में अमेरिका ने सातवां बेड़ा पूर्वी पाकिस्तान के लिए रवाना किया जिसमें 4000 सैनिक, युद्ध सामग्री, सैनिक सामग्री आदि थे। इस पर रूस ने भी अमेरिका को चेतावनी देते हुए अपना बेड़ा रवाना किया। श्रीमती गांधी युग में रूस का भारत को अंतर्राष्ट्रीय स्तर पर व्यापक समर्थन प्राप्त हुआ।

श्रीमती गांधी ने गुटनिरपेक्ष आंदोलन को लुसाका अधिवेशन 1970 में नई दिशा प्रदान करते हुए आर्थिक आंदोलन में परिवर्तित किया। इससे श्रीमती गांधी विश्व नेता के रूप में उभर सकीं। इसके साथ-साथ आपसी सहयोग का मार्ग भी प्रशस्त किया गया। श्रीमती गांधी ने पश्चिम की आर्थिक निर्भरता को कम करने का प्रयास किया।

इसी बीच नई अंतर्राष्ट्रीय आर्थिक व्यवस्था की स्थापना की मांग दोहराई गई। विश्व स्तर पर श्रीमती गांधी साहासिक नेता के रूप में उभर सकीं।

श्रीमती गांधी ने 16 दिसम्बर, 1971 को हिन्द महासागर को हमेशा के लिए शांति का क्षेत्र घोषित करा कर इसके अंतर्गत बढ़ने वाले तनाव को कम करने का प्रयास किया। श्रीमती गांधी भारत की सुरक्षा करने के प्रति ज्यादा सचेत रहीं। श्रीमती गांधी युग में अमेरिका व चीन से संबंधों में कोई विशेष प्रगति नहीं हुई।

25 जून, 1975 को भारत में आपातकाल की घोषणा की गई। इसके बाद मार्च, 1977 में हुए लोक सभा चुनावों में श्रीमती गांधी की करारी हार हुई। इसका कारण आपातकाल में किया गया भारतीय नागरिकों का दमन एवं शोषण रहा। इसलिए केन्द्र में एक ही खानदान की पकड़ को समाप्त कर दिया गया। फिर भी हम श्रीमती गांधी के नेतृत्व, व्यक्तित्व, साहस, कूटनीति, निर्णय प्रक्रिया को हमेशा याद करते रहेंगे।

**(6) *मोरारजी देसाई युग*** – 24 मार्च, 1977 को मोरारजी देसाई को प्रधानमंत्री पद की शपथ दिलाई गई। इन्होंने अटल बिहारी वाजपेयी को विदेश मंत्री पद पर नियुक्त किया। यद्यपि जनता पार्टी के शासन काल में भारतीय विदेश नीति के मूल सिद्धांतों का ही पालन करने की घोषणा की गई।

इसमें रद्दोबदल करने का प्रयास नहीं किया गया। फिर भी भारतीय विदेश नीति में आंशिक परिवर्तन करने का प्रयास किया गया।

श्री अटल बिहारी वाजपेयी जी ने 29 जून, 1977 को "पोपर गुटनिरपेक्षता" की नीति की घोषणा करते हुए कहा था कि गुटनिरपेक्षता की नीति व्यक्तिवादी और पार्टी की नीति नहीं है। यह तो वास्तव में अंतर्राष्ट्रीय स्तर पर तर्कसंगत विस्तार का तथ्य है। क्योंकि इसको भारत ही नहीं अपना रहा अपितु इसमें अन्य राष्ट्र भी शामिल हैं।"

जनता पार्टी के शासन में दो शक्ति गुटों के बीच एवं पड़ोसी राष्ट्रों के बीच अच्छे संबंध स्थापित करने पर विशेष ध्यान दिया गया। जनता पार्टी ने अपने चुनाव घोषणा पत्र में विशुद्ध गुटनिरपेक्षता की बात दोहराई थी, इसके साथ-साथ किसी विशेष महाशक्ति पर निर्भर नहीं होने का संकल्प भी लिया गया था।

(क) जनवरी, 1978 अमेरिका के राष्ट्रपति जिम्मी कार्टर भारत की यात्रा पर आए। जिसके दौरान तारापुर संयंत्र को यूरेनियम देने की बात पेश की लेकिन इसकी निगरानी की शर्त भी अमेरिका ने लगानी चाही जिसे अस्वीकार कर दिया गया। इसके साथ ही परमाणु अप्रसार संधि पर हस्ताक्षर करने की पेशकश को भी भारत ने ठुकरा दिया। भारत ने ऐसा करके गुटनिरपेक्षता की नीति को मजबूत किया।

जून, 1978 में भारतीय प्रधानमंत्री मोरारजी देसाई ने अमेरिका की यात्रा की। इसके बाद मार्च, 1979 में अमेरिका का प्रतिनिधि मंडल भारत में आया। जिसका नेतृत्व अमेरिकी उप-विदेशमंत्री वारेन ने किया था जिसके दौरान दो पक्षीय भारतीय मामले व

अन्य अंतर्राष्ट्रीय मसलों पर चर्चा हुई। इसके बाद में 29 अप्रैल, 1979 को अटल बिहारी वाजपेयी जी ने अमेरिका की यात्रा की। इस यात्रा के दौरान भारत अमेरिका के बीच तारापुर यूरेनियम आपूर्ति, हिन्दमहासागर, अफगानिस्तान आदि समस्याओं पर चर्चा हुई मगर कोई प्रगति नहीं हो सकी। इसके बाद 24 नवम्बर, 1980 को बिना शर्त परमाणु ईंधन आपूर्ति के लिए सीनेट ने प्रस्ताव पारित करके भारत अमेरिका संबंधों को सामान्य रूप दिया था।

(ख) अक्तूबर में मोरारजी देसाई ने सोवियत रूस की यात्रा की। जिसमें कम्पूचिया को मान्यता देने से इंकार किया गया। जनता पार्टी शासन भिन्न पार्टी विचारधारा की होने के उपरांत भी रूस के साथ उत्साहपूर्वक रुपया रूबल के बीच चल रहे विवाद को हल किया गया।

(ग) सितम्बर, 1977 में भारत-बंगलादेश के बीच नदी जल बंटवारा करने के लिए फरक्का विवाद का हल किया गया। जिससे बंगलादेश के साथ संबंध सामान्य रूप से स्थापित करते हुए सुधारने का प्रयास किया गया। 1979 में मोरारजी ने बंगलादेश की यात्रा की।

(घ) फरवरी, 1978 में भारतीय विदेश मंत्री अटलबिहारी वाजपेयी जी ने पाकिस्तान की यात्रा की। 12 वर्षों के दौरान सुलह होने से 10 अप्रैल, 1978 को भारत और पाक के बीच सलाह समझौता सम्पन्न किया गया यह जल विद्युत परियोजना जम्मू क्षेत्र के संबंध में किया गया था।

(च) श्रीलंका के साथ संबंध सुधारने के लिए मोरारजी देसाई ने यात्रा की। इसी के बाद जयवर्द्धन ने भी भारत की यात्रा की। इस तरह जनता पार्टी शासन काल में भारत व श्रीलंका संबंधों को सुधारा गया।

जनता पार्टी शासन काल में चीन के सीमा विवाद को हल करने की पहल की गई। इस पर मोरारजी देसाई ने कहा था "यदि सीमा का प्रश्न हल हो जाता है तो चीन के साथ हमारे संबंध सामान्य हो सकते हैं।"

(छ) जनवरी, 1978 में चीनी प्रतिनिधिमंडल भारत यात्रा पर आया। इसके बाद व्यापार एवं वाणिज्य प्रतिनिधिमंडलों का दौरा सम्पन्न हुआ। दोनों देशों के बीच वर्ष 1978 में 1 करोड़ 20 लाख डालर का व्यापार हुआ।

इसके बाद जून, 1978 में भारतीय विदेश मंत्री अटल बिहारी वाजपेयी जी को चीन की यात्रा का निमंत्रण मिला। लेकिन यह यात्रा बाद में निरस्त हो गई। यह यात्रा फरवरी, 1979 में सम्पन्न होने वाली थी कि चीन ने 17 फरवरी, 1979 को वियतनाम पर आक्रमण कर दिया। इस कारण से वाजपेयी जी ने यह यात्रा रद्द कर दी थी।

(ज) श्री अटल बिहारी वाजपेयी जी ने U.N.O. के 32वें अधिवेशन वर्ष 1977 में हिन्दी में भाषण दिया इससे भारत की छवि उभर कर आई।

भारतीय विदेश नीति जनता शासन काल में पूर्णतया सफल ही मानी गई। यद्यपि इनका कार्यकाल अल्प समय ही रहा फिर भी व्यावहारिकता के रूप में भारतीय विदेश नीति को सही दिशा प्रदान की।

**(7) *चौधरी चरण सिंह युग*** – जब जनता पार्टी शासन अल्पमत में आ गया और मोरारजी देसाई की सरकार का पतन हो गया तो कार्यवाहक प्रधानमंत्री के रूप में चौधरी चरण सिंह को प्रधानमंत्री पद की शपथ दिलाई गई।

इन्होंने 28 जुलाई, 1979 से लेकर 14 जनवरी, 1980 तक प्रधानमंत्री पद पर रहते हुए विदेश नीति का संचालन किया। इन्होंने गुटनिरपेक्षता की विदेश नीति पर ही अमल किया।

**(8) *इंदिरा गांधी युग*** – जनवरी, 1980 में हुए भारतीय चुनावों के अंतर्गत श्रीमती गांधी को भारी बहुमत से विजय हासिल हुई। इन्होंने जब प्रधानमंत्री पद ग्रहण किया तो राष्ट्रीय और अंतर्राष्ट्रीय स्तर पर काफी तनाव बढ़ चुका था। भारत-पाक के बीच में कड़े तनाव रहे थे। इन्होंने अपने कार्यकाल में निम्न समस्याओं का सामना किया था –

(क) 27 दिसम्बर, 1979 से अफगानिस्तान में रूसी सेनाओं की उपस्थिति हो जाने से दूसरा शीतयुद्ध शुरू हो गया था।

(ख) सितम्बर, 1980 से ईरान इराक युद्ध शुरू हो गया था।

(ग) भारत के पंजाब में हिंसात्मक घटनाएं बढ़ रही थीं।

(घ) पाक भारत के आंतरिक मामलों में दखल करने लग गया था।

(च) पाक के राष्ट्रपति जिया-उल हक ने अमेरिका से सहायता प्राप्ति में बढ़ोत्तरी कर ली थी। पाक में सैनिक शासन लागू हो गया था।

(छ) भारत-पाक, भारत-अफगान सीमा से आतंकवादी गतिविधियां सक्रिय हो रही थीं।

(ज) भारत की एकता, अखण्डता व सुरक्षा को खतरा बढ़ गया था। श्रीमती इंदिरा गांधी ऐसी कठिन परिस्थितियों से संघर्ष कर रही थीं। इनके कार्यकाल में विदेश नीति के बिन्दु इस प्रकार थे –

(1) पाक प्रधानमंत्री जुल्फीकार अली भुट्टो या जुल्फी अलीकार भुट्टो ने यह घोषणा की थी कि "हम घास खाएंगे लेकिन बम बनाएंगे।" इसके अनुरूप पाक ने परमाणु बम बनाना शुरू किया। 10 नवम्बर, 1979 को भारत के रक्षा मंत्री स्वर्गीय जगजीवन राम ने इसे भारत की सुरक्षा को खतरा बताया था। अतः पाक को इसका प्रयोग शांतिपूर्ण कार्यों को करने के लिए करना चाहिए। दिसम्बर, 1979 से अफगान में रूसी सेनाओं के हस्तक्षेप को लेकर पाक को F-16 जैसे विमान अमेरिका से सहायता में मिले। इससे भारत की चिन्ता बढ़ी।

पाक राष्ट्रपति जिया उलहक ने भारत को धोखे में रखने के लिए 1981 में युद्ध वर्जन प्रस्ताव को रखा। इसके बाद पाक विदेश मंत्री आगाशाही 29 जनवरी, 1982 को भारत में आए उस दौरान एक तरफ युद्ध वर्जन प्रस्ताव रखा। दूसरी तरफ कश्मीर का मामला शिमला समझौते के विरुद्ध उठाया गया। अत: भारत इस कूटनीतिक चाल में नहीं फंसा।

श्रीमती गांधी काल में पी॰वी॰ नरसिंहराव भारत के विदेश मंत्री थे। जून, 1983 में इन्होंने पाकिस्तान की यात्रा की। इस यात्रा में पाक को मिलने वाले हथियारों की आपूर्ति पर दबाव डाला गया। सितम्बर, 1983 से पाक-भारत के बीच संबंधों में कटुता आई। पाक पंजाब के खालिस्तान आंदोलन को मदद पहुंचाने लगा इससे भारत के आंतरिक मामलों में पाक की दखल बढ़ गई।

अत: 31 अक्तूबर, 1984 के दिन श्रीमती गांधी की हत्या कर दी गई। इस काल में भारत पाक संबंधों में तनाव व्याप्त हो गया।

(2) श्रीमती गांधी ने चीन के साथ संबंधों को सुधारने का प्रयास किया। अप्रैल 1980 में चीन के विदेश मंत्री हुआंग हुआ श्रीमती गांधी से सेलिस बरी और बेलग्रेड में मिले। इन दोनों की मुलाकात को अच्छे संबंधों की कड़ी माना गया। अगस्त-सितम्बर, 1980 में प्रो॰ एम॰ के॰ जी॰ मैनन ने चीन की यात्रा कर सहयोग एवं संबंध सुधारने का प्रयास किया। इससे पूर्व 27 जुलाई, 1980 को चीन ने यह दावा किया कि उसे एक दस्तावेज प्राप्त हुआ है, जिसमें पूर्वी क्षेत्र में मेक मोहन रेखा की परम्परागत भारत और चीन सीमा मानना गलत है। अत: मैनन की यात्रा से प्रगति नहीं हुई।

10 सितम्बर से 14 सितम्बर, 1981 तक बीजिंग में सचिव स्तर की वार्ता सम्पन्न हुई जिसमें सीमा संबंधी विवाद के साथ-साथ सांस्कृतिक, वैज्ञानिक, तकनीकी और आर्थिक सहयोग करने पर विचार-विमर्श हुआ। वर्ष 1983 में संबंधों को सुधारने के लिए पुन: प्रयास किए गए। पहली वार्ता जून, 1983 एवं दूसरी वार्ता अक्तूबर, 1983 में आयोजित हुई। इस वार्ता में सहानुभूतिपूर्ण विचार-विमर्श किया गया। लेकिन कोई परिणाम नहीं निकला। श्रीमती गांधी काल में चीन के साथ संबंध सामान्य नहीं हो सके।

(3) भारत-अमेरिका भी संबंधों को सुधारने का प्रयास किया गया। अक्तूबर, 1980 में पी॰वी॰ नरसिंहराव ने अमेरिका की यात्रा की। इसके बाद में श्री के॰ आर॰ नारायणन् को अमेरिका में भारत का राजदूत बना कर भेजा गया। इसी दौरान अमेरिका ने तारापुर संयंत्र को यूरेनियम की आपूर्ति बंद कर दी। अमेरिका द्वारा हिन्द महासागर में सैनिक गतिविधियां बढ़ाई गईं। इससे भारत अमेरिका के बीच मतभेद बढ़े।

अक्तूबर, 1981 में उत्तर दक्षिण वार्ता केनकुन में आयोजित हुई। जिसमें श्रीमती गांधी ने अमेरिकी राष्ट्रपति रोनाल्ड रीगन से मुलाकात की। जिसमें रीगन ने आश्वासन दिया कि पाक आधुनिकतम हथियार भारत के विरुद्ध प्रयोग नहीं करेगा। 12 मई, 1984

को अमेरिकी उपराष्ट्रपति जार्ज बुश की 5 दिवसीय भारत यात्रा आयोजित हुई। लेकिन दोनों के बीच सैद्धांतिक मतभेद कायम रहे। अतः भारत-अमेरिका संबंधों में कोई विशेष प्रगति नहीं हुई।

(4) श्रीमती गांधी काल में श्रीलंका के साथ संबंधों को सामान्य करने का प्रयास किया गया। जनवरी, 1981 में भारत श्रीलंका के बीच औद्योगिक सहयोग करने हेतु समझौता सम्पन्न हुआ। फरवरी, 1982 में राष्ट्रपति नीलम संजीव रेड्डी की श्रीलंका यात्रा सम्पन्न हुई। जिससे मित्रता, सहयोग एवं विकास के क्षेत्र में संबंधों को सुधारने का अवसर प्राप्त हुआ। मार्च, 1983 में नई दिल्ली में 7वां गुटनिरपेक्ष आंदोलन का शिखर सम्मेलन आयोजित हुआ। उसमें भारत-श्रीलंका के बीच कई प्रश्नों पर गहरे मतभेद उभर कर आए। जिसमें तमिल समस्या, अफगानिस्तान समस्या, कम्पूचिया आदि पर मतभेद उभर कर आए। तमिल समस्या का विकट रूप उभर कर आ चुका था इससे दोनों के बीच संबंध बिगड़ गए।

इसी तरह अगस्त, 1980 में विदेशमंत्री पी०वी० नरसिंहराव बंगलादेश की यात्रा पर गए। सितम्बर, 1981 में बंगलादेश के विदेशमंत्री की भारत यात्रा सम्पन्न हुई। भारत और बंगलादेश की थल एवं समुद्री सीमा विवादास्पद थी। इससे थल सीमा पार कर हजारों बंगाली भारत आ गए थे। इस संबंध में एक समझौता 1980 में सम्पन्न हुआ। जिसमें यह निर्णय हुआ कि भू-सीमा का आंकलन किया जाएगा। नाजुक स्थानों पर कांटेदार बाड़ लगाई जाएगी। बंगलादेश ने इसका विरोध किया। वर्ष 1984 में इस पर गहरे मतभेद हो गए। इस तरह इंदिरा गांधी काल में संबंधों में विशेष प्रगति नहीं हो सकी।

(5) श्रीमती गांधी ने रूस के साथ विशेष संबंध स्थापित किए। मार्च, 1983 में 7वें गुटनिरपेक्ष आंदोलन के शिखर सम्मेलन में अफगानिस्तान में रूसी सेनाओं का मामला उठा जिसमें श्रीमती गांधी ने रूस की आलोचना नहीं की। इसके स्थान पर विदेशी सेना शब्द का प्रयोग किया गया। भारत इस पर मौन रहा।

वर्ष 1984 में भारत-सोवियत सहयोग से अंतरिक्ष में सोयुज-7 के अंतर्गत संयुक्त उड़ान-भरी गई जिसमें भारत के राकेश शर्मा को प्रथम भारतीय होने का गौरव प्राप्त हुआ। इससे भारत-रूस सहयोग को बढ़ाया गया।

(6) इसी तरह नवम्बर, 1983 में राष्ट्रमंडलीय शिखर सम्मेलन का आयोजन नई दिल्ली में हुआ। इसके बाद ही मार्च, 1982 में ब्रिटेन में भारत महोत्सव का आयोजन हुआ। इससे सांस्कृतिक रूप से भारत ब्रिटेन के बीच संबंध सुधारे गए।

इसी तरह मार्च, 1983 में भारत में गुटनिरपेक्ष आंदोलन का 7वां शिखर सम्मेलन आयोजित हुआ। इससे श्रीमती गांधी की छवि अंतर्राष्ट्रीय स्तर पर महान् नेता के रूप में उभर कर आई, इन्होंने नई दिशा, नया नेतृत्व करके आंदोलन को आर्थिक रूप प्रदान किया। यही भारत की विदेश नीति की सफलता का बिन्दु भी आंका गया था।

भारत की अंतर्राष्ट्रीय छाप और भी मजबूती से उभर कर आई। इसी दौरान 31 अक्तूबर, 1984 को श्रीमती गांधी की हत्या कर दी गई जिससे राष्ट्र को बहुत बड़ी क्षति पहुंची थी।

(9) ***राजीव गांधी युग*** – राजीव गांधी को 31 अक्तूबर, 1984 को प्रधानमंत्री पद की शपथ ग्रहण कराई गई। यही इतिहास में श्रीमती गांधी के बलिदान का दिन था जिसे स्वर्ण अक्षरों में याद किया जाता रहेगा। भारत में और अंतर्राष्ट्रीय स्तर पर अनिश्चितता के बादल छाए हुए थे। ऐसी स्थिति में भारतीय विदेश नीति पर अनेक प्रश्नचिन्ह लगे हुए थे कि राजीव गांधी देश को कैसा नेतृत्व दे पाएंगे। विदेश नीति का संचालन किस तरह कर पाएंगे। नेहरू और गांधी की तरह छवि बना पाएंगे या नहीं। गुटनिरपेक्ष आंदोलन को नया नेतृत्व दे पाएंगे या नहीं। भारतीय आंतरिक समस्याओं, आंदोलनों का समाधान कर पाएंगे या नहीं आदि शंकाओं के बारे में ठीक से नहीं कहा जा सका था।

इन्होंने अपने कार्यकाल में विदेश नीति का निम्न प्रकार से संचालन किया –

(क) राजीव गांधी ने आठ माह के प्रधानमंत्री काल में भारत की आंतरिक समस्याओं को हल करने के लिए तेजी से कदम उठाए इस हेतु जुलाई, 1985 में पंजाब समझौता, असम समझौता 1985, मिजोरम समझौता 1986, आदि को सम्पन्न करके भारत की आंतरिक क्षेत्रीय समस्याओं को हल करने की प्रक्रिया सम्पन्न करके भारत में शांति एवं सुलह की स्थापना की गई।

(ख) 16-20 अक्तूबर, 1985 को नसाऊ (वहामा) में 49 सदस्यीय राष्ट्रमंडलीय सम्मेलन आयोजित हुआ। यह राष्ट्रमंडल की 25वीं वर्षगांठ पर आयोजित हुआ। इसमें राजीव गांधी ने भाग लिया। इसमें राजीव गांधी ने कहा "नेल्सन मन्डेला जेल की दीवारों में घुट-घुट कर जी रहे हैं। आखिर कब तक आजादी के उस मसीहा को हम जंजीरों में पकड़ा रहने देंगे। हम कब तक समझाने-बुझाने से सही नतीजे निकालने की आस लगाए रखेंगे।" इन्होंने दक्षिणी अफ्रीका सरकार के खिलाफ आर्थिक प्रतिबंधों को लागू करने की मांग भी उठाई थी।

(ग) राजीव गांधी ने क्यूबा यात्रा 1985 में आयोजित की जिसमें फिडेल कास्त्रों और राजीव गांधी में मित्रतापूर्ण संबंधों की शुरुआत हुई।

इस यात्रा के दौरान एक चित्र पर लिखा था "भारत क्यूबा मैत्री अमर रहे" तथा 17 मील लंबी सड़क पर भारत के प्रति गहरी मित्र भावना देखने को मिली। 10 मील लंबे चौड़े समूह ने राजीव गांधी को क्यूबा से विदाई दी जो अंतर्राष्ट्रीय स्तर पर राजीव के व्यक्तित्व की महत्वपूर्ण छाप मानी गई थी।

(घ) 7-8 दिसम्बर, 1985 को बंगलादेश की राजधानी ढाका में दक्षिण एशियाई क्षेत्रीय सहयोग संगठन (SAARC) का निर्माण हुआ। जिसमें भारत, बंगलादेश,

पाकिस्तान, श्रीलंका, भूटान, नेपाल, मालदीप शामिल हुए। इसमें राजीव गांधी ने भाग लिया। इस संगठन का उद्देश्य क्षेत्रीय सहयोग को बढ़ाना, अच्छे संबंध कायम करना, क्षेत्रीय आतंकवाद को रोकना आदि तय किए गए। यह एक महत्वपूर्ण संगठन के रूप में उभर सका। इससे भी राजीव युग की गुटनिरपेक्षता को नीति के अच्छे परिणाम निकलने की दूरदृष्टि माना गया। भारत और बंगलादेश के बीच गंगा और ब्रह्मपुत्र नदियों के जल प्रबंध और बाढ़ नियंत्रण के लिए अध्ययन करने का एक उच्च स्तरीय कार्यदल गठित करने की सहमति हुई। यह सहमति सितम्बर, 1988 की भारत यात्रा के दौरान बंगलादेश के राष्ट्रपति एच०एम० इरशाद की वार्ता के बाद में हुई थी। इस कार्यदल में दोनों ही देशों के विशेषज्ञ होंगे। इसके अध्यक्ष दोनों देशों के जल संसाधन सचिव होंगे।

यह कार्यदल दीर्घ एवं अल्पकालीन उपायों पर विचार करेगा। अब तक जो अध्ययन हुआ उस पर भी विचार कर छः माह के भीतर अपनी रिपोर्ट पेश करेगा। दोनों नेताओं के बीच वार्ता के दौरान जनरल इरशाद ने कहा "आज हमने कई उभयपक्षीय समस्याओं का संतोषजनक समाधान खोज लिया। हमने सहयोग करने का निर्णय किया है और इससे दोनों देशों को फायदा होगा" भारतीय प्रतिनिधि मंडल में मानव संसाधन मंत्री पी० शिवशंकर, विदेश राज्य मंत्री, नटवरसिंह, बंगलादेश में भारतीय उच्चायुक्त आई०एस० चड्ढा, गृहसचिव सी०जी० सेमैया, जल संसाधन सचिव नरेश चन्द्र थे। बंगलादेश के प्रतिनिधि मंडल में शिक्षा मंत्री अनिसुल इस्लाम महमूद, विदेश मंत्री हुमायू रशीद चौधरी सहित उच्च अधिकारी थे। इन दोनों के बीच वार्ता हुई। इससे यह सिद्ध होता है कि राजीव गांधी काल में बंगलादेश से संबंध सुधारे गए।

(च) 14 जून, 1985 को राजीव गांधी ने अमेरिका की यात्रा करके भारत-अमेरिका संबंधों को सुधारने का प्रयास किया। इन्होंने अमेरिका में भाषण देते हुए कहा "अमेरिका भारत की गुटनिरपेक्षता तथा दक्षिण एशिया में भारत की भूमिका का आदर करता है। भारत और अमेरिका के बीच मतभेद रहना स्वाभाविक है।" राजीव ने नेहरू जी व इंदिरा गांधी के पदचिन्हों पर ही चलने की घोषणा की।

(छ) मई, 1986 में दक्षिणी अफ्रीका के जिबाब्वे, जाम्बिया, वोत्सवाना, तन्जानिया आदि की यात्रा पर गए। इस मात्रा से 19 मई, 1986 को भारत लौटे ही थे कि दक्षिणी अफ्रीका सरकार ने जिम्बावे, जाम्बिया, वोत्सवाना पर हवाई हमला किया जिस पर पीटर बोथा ने कहा "मैं अपने सुरक्षा सैनिकों को बधाई देता हूं और इस हमले की पूरी जिम्मेवारी लेता हूं। सारा देश उन सैनिकों के साथ है।"

इस हमले पर टिप्पणी करते हुए राजीव गांधी ने कहा "हमें ताज्जुब है कि जो देश अपने चरित्र में मानवीय गरिमा, स्वतंत्रता और जाने क़िन-किन उच्च युगों की हिमायत की दुहाई देते हैं वही दक्षिणी अफ्रीका के संदर्भ में अपनी सारी दुहाइयां ताक पर रख कर एक दूसरा मुखौटा लगा लेते हैं।"

इससे स्पष्ट हो जाता है कि राजीव गांधी ने दक्षिणी अफ्रीका सरकार की आलोचना भी की और न्याय-समानता व स्वतंत्रता की स्थापना के लिए यथार्थ में धरातल को पहचानने का प्रयास भी किया।

(ज) अप्रैल, 1986 में लीबिया पर अमेरिका ने हवाई आक्रमण किया। इससे साथ-साथ कर्नल गद्दाफी को आतंकवादी भी घोषित कर दिया गया। इसी दौरान दिल्ली में गुटनिरपेक्ष राष्ट्रों के विदेश मंत्रियों की बैठक 21 अप्रैल, 1986 को चल रही थी जिसमें अमेरिका के इस हमले की कड़ी आलोचना की गई। इसके साथ ही भारतीय नेतृत्व में 5 सदस्यीय प्रतिनिधि मंडल त्रिपोली भेजा गया। यह प्रतिनिधि मंडल त्रिपोली से U.N.O. न्यूयार्क भी भेजा गया, जिस ने अमेरिका की भर्त्सना की।

अमेरिका एक ऐसा शक्तिशाली राष्ट्र है जो संसार में शांति भंग करता है तो दूसरी तरफ गुटनिरपेक्षता की बैठकों की कार्यवाही में बाधा भी पहुंचाता रहा है। भारत ने भी प्रतिनिधि मंडल भेज कर लीबिया पर हुए आक्रमण की आलोचना करने से विदेश नीति को सफल बनाया गया।

(झ) राजीव गांधी जी ने पाक के साथ संबंधों को सामान्य करने का प्रयास किया। इस हेतु 17 दिसम्बर, 1985 को भारत और पाक ने संयुक्त घोषणा जारी की कि एक दूसरे के परमाणु प्रतिष्ठानों पर हमला नहीं करेंगे। इस समझौते पर पाक वित्तमंत्री डॉ० महबूब हक ने कहा, "उन्होंने गलत नहीं कहा, लेकिन पूरा सच भी नहीं कहा क्योंकि 17 दिसम्बर की घोषणा में खुद उन परिस्थितियों का नतीजा भी उन्हें स्वीकार कर रहा है। अत: जिया साहब अब ज्यादा आश्वस्त अनुभव कर रहे हैं। भारत से सीमित सहयोग की उनकी इच्छा जागी है। भारत भी हाथ पीछे नहीं खींचना चाहता है।"

इसके बाद 10 जनवरी, 1986 को भारत पाक के बीच व्यापारिक समझौता सम्पन्न हुआ। जिसके अंतर्गत 42 वस्तुओं को आयात करने के लिए रखा गया। जिसमें लकड़ी, पान, सुपारी, हल्दी, किताबें आदि का व्यापार किए जाने की सहमति हुई।

राजीव गांधी के इसी कार्यकाल में दिसम्बर, 1988 में सत्ता परिवर्तन हुआ और बेनजीर भुट्टो पाकिस्तान की प्रधानमंत्री बनीं। तब 29-30 दिसम्बर, 1988 तक सार्क का चतुर्थ शिखर सम्मेलन इस्लामाबाद में आयोजित हुआ। उसमें राजीव गांधी एवं बेनजीर भुट्टो के बीच भारत-पाक संबंधों को सुधारने का पूर्ण अवसर प्राप्त हुआ। जिसमें तीन समझौते सम्पन्न किए गए थे। जो तीन इस प्रकार के थे –

(1) एक दूसरे देश के परमाणु संयंत्रों पर आक्रमण नहीं करने संबंधी समझौता।

(2) दोहरी कर नीति समाप्त करने संबंधी समझौता।

(3) सांस्कृतिक आदान-प्रदान संबंधी समझौता।

इससे यह सिद्ध होता है कि राजीव गांधी काल में भारत पाक संबंधों को बढ़ाया गया और मजबूत भी किया गया। जिया उल हक काल में सैनिक शासन लागू होने के कारण संबंध सामान्य नहीं हो सके थे।

डॉ० परिमल कुमार दास जो कि जवाहर लाल नेहरू विश्वविद्यालय में कार्यरत हैं राजीव गांधी की विदेश नीति के संबंध में लिखते हैं कि राजीव गांधी ने पाक, श्रीलंका से संबंधित समस्याओं को हल करने पर ध्यान दिया। नेपाल, बंगलादेश, भूटान से नए स्तर पर संबंध सुधारने के प्रयास किए गए। जिसमें पाक से दो मुद्दों पर कटुता उभर कर आई थी।

(1) पंजाब की घटनाओं में पाक सरकार की दखलंदाजी।

(2) पाक द्वारा आणविक हथियार का निर्माण।

(ट) सितम्बर, 1986 में गुटनिरपेक्ष राष्ट्रों के हरारे सम्मेलन में राजीव गांधी ने अफ्रीका कोष स्थापना का प्रस्ताव रखा ताकि गरीब देशों की आर्थिक मदद की जा सके। इसके साथ-साथ नामीबिया को स्वतंत्र कराने के लिए कड़े विरोध की पहल की गई। जो भारतीय विदेश नीति की सफलता आंकी जा सकती है।

(ठ) अक्तूबर, 1986 की रिक्जाविक (आइसलैण्ड) वार्ता के असफल हो जाने पर अमेरिका को जिम्मेदार ठहराया गया। रूस द्वारा एटमी हथियारों के परीक्षण पर लगाई गई एकतरफा रोक की सराहना की गई। भारत विश्व शांति में विश्वास करता है। इसीलिए गुटनिरपेक्षता भी विश्व शांति में विश्वास व्यक्त करती है। इसी तरह 19-20 नवम्बर, 1985 की जेनेवा वार्ता से भी भारत को निराशा हुई थी।

(ड) राजीव गांधी ने श्रीलंका की तमिल समस्या का समापन करने के लिए 29 जुलाई, 1987 को श्रीलंका के राष्ट्रपति जयवर्द्धन के साथ समझौता सम्पन्न किया। इस समझौते के अनुसार भारतीय सेना को शांति स्थापित करने के लिए जाफना में भेजा गया। इस पर शांति सेना को भारत श्रीलंका समझौते के अंतर्गत काफी कीमत चुकानी पड़ी है। भारत ने शांति सेना श्रीलंका के अनुरोध पर भेजी है।

तमिल समस्या का हल ढूंढ़ने के लिए भारत वर्ष 1982 से प्रयास कर रहा था। वर्ष 1987 के जनवरी माह में भारत के विदेश राज्य मंत्री नटवर सिंह एवं गृह राज्य मंत्री पी० चिदम्बरम् ने श्रीलंका की यात्रा की। इस समस्या का समाधान राष्ट्रपति जे०आर० जयवर्द्धन सैनिक कार्यवाही के माध्यम से निकालना चाहते थे। जबकि भारत ने इसका हल निकालने के लिए रचनात्मक भूमिका निभाई। यह एक मानवीय समस्या है। इसे हल करने के लिए आमने-सामने बैठ कर हल निकलने का वातावरण तैयार करने पर बल दिया गया।

इसके हल हेतु नवम्बर, 1986 में सम्पन्न हुए सार्क शिखर सम्मेलन में मंत्रणा दोनों राष्ट्राध्यक्षों ने की। लेकिन समुचित परिणाम नहीं निकला यद्यपि श्रीमती गांधी के काल में भी इसे हल करने के प्रयास किए गए थे। लेकिन सफलता नहीं मिली थी, इसमें मूल रूप से तमिल और सिंहलियों के बीच संघर्ष रहा था।

श्रीलंका सरकार उत्तरी एवं पूर्वी प्रान्त के विलय की मांग को अस्वीकार करती रही। पूर्वी प्रान्त में सिंहलियों ने कब्जा कर लिया था इसलिए जाफना के विलय की मांग उठाई गई थी। दूसरा कारण यह था कि वे भी सिंचाई जल विद्युत परियोजना का अधिकतर हिस्सा उपजाऊ भूमि के इसी प्रान्त में पड़ता है। यदि यह विलय हो जाता है तो पूर्वी प्रांत के मुसलमानों को इससे नुकसान ही होगा उधर श्रीलंका में उग्रवादी गुटों ने इस मांग को अस्वीकार कर दिया यहां तमिल जाति के लोगों ने तमिल भाषी राज्य बनाने की मांग उठाई जिसे श्रीलंका सरकार ने स्वीकार नहीं किया।

सच है कि भारतीय शांति सेना को श्रीलंका में भेजे जाने के बाद कड़ा विरोध भी किया गया था। भारतीय विदेश राजा मंत्री नटवर सिंह ने लोक सभा को अवगत कराया कि शांति सेना अपनी ओर से गोली नहीं चलाएगी। भारत ने एकतरफा युद्ध विराम भी किया। भारत के रक्षा मंत्री कृष्ण चन्द पंत लिट्टे छापामारों के साथ तुरंत लड़ाई बंद करने के पक्ष में थे। दूसरी तरफ विदेश राज्य मंत्री नटवर सिंह चाहते थे कि भारतीय शांति सेना भारत लौटने से पहले अपना काम पूरा करे। भारत इस मामले को आगे बढ़ाना नहीं चाहता था। इसमें विदेशी शक्तियों का हाथ बढ़ने लग गया था। इसमें भारतीय सैनिकों की मृत्यु हो रही थी। अब भारत-श्रीलंका समझौते का विरोध भी होने लग गया था।

लिट्टे ने हथियार नहीं डाले और श्रीलंका में शांति स्थापित नहीं हुई। भारतीय सेना और लिट्टे के बीच युद्ध भी चला। इस पर भारतीय सेना की संख्या दस हजार से बढ़ा कर 75 हजार तक कर दी गई।

यह समझौता आलोचना का पात्र बन गया। यह समझौता भारतीय मूल के नागरिकों की स्वायत्तता, विकास एवं उन्नति की दृष्टि से किया गया था। वहां विद्रोहियों को दबाने के कार्य की जिम्मेदारी श्रीलंका की है। लिट्टे के नेता प्रभाकरण पर 10 लाख का इनाम घोषित किया गया। इसके बाद श्रीलंका भारत का वियतनाम बनने लग गया था।

इस घटना से भारतीय विदेश नीति की कड़ी आलोचना हुई। भारत शांतिप्रिय राष्ट्र रहा है। फिर ऐसी कार्यवाही क्यों की गई। इस तरह भारत की विदेश नीति आंशिक रूप से सफल नहीं हो सकी। भारत इस समय अपनी सेना नहीं भेजता तो अमेरिका श्रीलंका में शांति सेना भेजने को तैयार था। इससे भारतीय सुरक्षा को खतरा और भी बढ़ जाता। इस कारण से भारत ने श्रीलंका में सेना भेजी थी।

इससे यह तो सिद्ध हुआ कि भारत अपनी सीमाओं की रक्षा करने के साथ-साथ पड़ोसी राष्ट्रों की भी सुरक्षा करने में समर्थ है। ठीक इसके दूसरी तरफ भारत एक क्षेत्रीय शक्ति के रूप में उभर कर आया।

(ढ) भारतीय प्रधानमंत्री राजीव गांधी ने बैंकुवर राष्ट्रमंडलीय शिखर सम्मेलन में जाते समय 19 अक्तूबर, 1987 को U.N.O. में भाषण दिया। यह U.N.O. का 42वां

अधिवेशन था जिसमें पर्यावरण एवं विकास पर भाषण देते हुए राजीव गांधी जी ने कहा "हमें परमाणु खतरे से मुक्त होना बहुत जरूरी है। भोपाल गैस काण्ड व रूस में चेनैबिल परमाणु संयंत्र की दुर्घटना ने यह साबित कर दिया है कि दुनिया कितनी असुरक्षित है। परमाणु हथियारों में लगातार वृद्धि के कारण पर्यावरण से संबंधित खतरों से कोई महत्व नहीं दिया जा रहा है। हमें नाभिकीय युद्ध के खतरे से दूर रहना चाहिए। जिसमें पलक झपकते ही सारी पृथ्वी से मानव का सफाया हो सकता है। इसलिए तुरंत विश्व के सभी परमाणु हथियार नष्ट कर दिए जाएं।"

इस तरह इस भाषण से यह सिद्ध हो गया कि भारत निःशस्त्रीकरण करने के लिए प्रयासरत रहा है।

(त) राजीव गांधी ने रूस के साथ संबंधों को बढ़ाने एवं मजबूत करने की पहल की। राजीव गांधी ने मई, 1985 में रूस की पहली यात्रा की, इसके बाद 26 नवम्बर, 1985 को दूसरी रूस की यात्रा सम्पन्न की।

रूस के राष्ट्रपति मिखाइल ग्रोर्बाच्चोव ने 25-28 नवम्बर, 1986 तक चार दिवसीय यात्रा भारत सम्पन्न की। इस यात्रा के दौरान राष्ट्रीय और अंतर्राष्ट्रीय मसलों में व्यापक सहमति की गई। इसमें दिल्ली घोषणा (संयुक्त घोषणा) जारी की गई जिससे 10 बिंदुओं पर भारत-रूस ने संयुक्त रूप से ब्यान जारी किया, जो सबसे ज्यादा महत्वपूर्ण माना गया।

ग्रोर्बाच्चोव की दूसरी भारत यात्रा नवम्बर, 1988 में सम्पन्न हुई। इस यात्रा के दौरान रूसी महोत्सव, भारत महोत्सव मनाए जाने के साथ-साथ भारत-चीन, रूस समीकरण बनाया गया। इस यात्रा के दौरान व्यापार, परमाणु निःशस्त्रीकरण, परमाणु ऊर्जा के क्षेत्र में समझौते सम्पन्न किए गए। इसमें भी दिल्ली घोषणा जारी की गई। जिसमें विश्व स्तर पर जनमत बनाने एवं पहल करने की आवश्यकता रखी गई। इससे भारत का सम्मान विश्व में भी ज्यादा बढ़ा। इसी दृष्टिकोण से प्रभावित होकर दो यात्राएं कूटनीतिक रूप से की गई थीं।

इस राजीव गांधी काल में भारत की विदेश नीति रूस के साथ पूर्णतया सफल रही।

(थ) राजीव गांधी अपने कार्यकाल के अंतर्गत अगस्त 1986 में अरुणाचल प्रदेश को राज्य का दर्जा देकर सुरक्षा के प्रति सतर्कता का दृष्टिकोण अपनाया। चीन, अरुणाचल प्रदेश में बार-बार घुसपैठ करता रहा था। इसलिए सुरक्षा को खतरा भी बढ़ा था। अरुणाचल प्रदेश को राज्य का दर्जा दिए जाने के बाद भी सम दो रांग चू घाटी में चीन ने घुसपैठ की थी। यहां पर चीन ने छोटा सैनिक अड्डा भी बना लिया है। अरुणाचल प्रदेश भारत का अभिन्न अंग रहा है। भारत और चीन के बीच 13 नवम्बर, 1987 को 8वीं वार्ता का दौर सम्पन्न होने वाला था। इससे पूर्व जितनी भी वार्ताएं चीन

के साथ आयोजित हुईं। ठीक उसके साथ ही चीन 10 किलोमीटर में घुसपैठ करता रहा। इससे वार्ताएं असफल होती रहीं।

अक्तूबर, 1962 में चीनी आक्रमण के बाद भारत-चीन संबंधों में ठहराव आ गया था। इसीलिए रूस के राष्ट्रपति ग्रोर्बाच्चोव से दिशा संकेत मिलने पर राजीव गांधी इस्लामाबाद सार्क शिखर सम्मेलन के बाद दिसम्बर, 1988 में चीन यात्रा पर गए। इस यात्रा की तैयारियां नवम्बर, 1988 से ही की गईं। के॰पी॰एस॰ मैनन यात्रा को अंतिम रूप देने के लिए 27 नवम्बर, 1988 से चीन में रहे।

भारतीय प्रधानमंत्री की 28 वर्षों के बाद चीन की यात्रा सम्पन्न हुई। राजीव गांधी की चीन यात्रा के दौरान निम्न तीन समझौते हुए जो इस प्रकार हैं –

(1) विज्ञान एवं प्रौद्योगिक समझौता

(2) नागरिक उड्डयन समझौता

(3) सांस्कृतिक समझौता

इस तरह समझौतों के अलावा सीमा संबंधी विवाद को हल करने के लिए संयुक्त कार्यकारी दल गठित किया गया जो सीमा संबंधी समस्या के तथ्यों का अध्ययन करेगा। सीमा पर शांति बनाई रखी जाएगी। यह व्यावहारिक एवं तकनीकी पहलुओं पर निगरानी रखेगा। इससे चीन-भारत संबंधों में सुलह का मार्ग खुला। इसके साथ-साथ निष्पक्ष समाधान निकालने का प्रयास करने की सहमति भी हुई। इस तरह भारत-चीन संबंध सुधारे गए। अंत में हम राजीव गांधी काल की विदेश नीति के संबंध में यह कहना चाहेंगे कि 15 जून, 1985 को जब राजीव गांधी ने अमेरिका की यात्रा की थी तब भारत में अमेरिका के राजदूत ने कहा था "दरअसल यह आदमी (राजीव) पूरी तरह से पायलेट है। वह अपने जहाज को उड़ाते समय दक्षिण पंथ और वामपंथ की विचारधारा का कोई ध्यान नहीं रखता। इनकी निगाहें जहाज की मशीनरी पर होती हैं और वह जल्दी व तेज उड़ान भरना चाहता है। इस दृष्टि से अमेरिका के लिए यह एक अच्छी स्थिति है कि वह जहाज को ज्यादातर ऐसी मशीनरी नहीं दे सकता है।" इससे इनके कार्यकाल में भारत-अमेरिका संबंध भी यथावत् ही रहे।

**(10) *वी॰पी॰ सिंह युग*** – वी॰पी॰ सिंह भारतीय प्रधानमंत्री पद पर 21 दिसम्बर, 1989 को आसीन हुए तथा 10 नवम्बर, 1990 तक पद पर रहे। इस कार्यकाल में भारतीय विदेश नीति का संचालन सफलतापूर्वक किया गया। इनके कार्यकाल में राजनीतिक अस्थिरता रही इसलिए पूर्ववत् विदेश नीति का संचालन किया। केवल इनके कार्यकाल में श्रीलंका में भेजी गई शांति सेना दिनांक 24 मार्च, 1990 को वापिस आई।

**(11) *चन्द्रशेखर युग*** – श्री चन्द्रशेखर ने प्रधानमंत्री पर की शपथ 10 नवम्बर, 1990 को ली। यह 21 जून, 1991 तक प्रधानमंत्री पद पर रहे। इनका कार्यकाल मात्र 8 माह का रहा। इनके कार्यकाल में भी विदेश नीति को यथावत् ही रखा गया। इनके

कार्यकाल में 10 जून, 1990 को नेपाल के साथ संबंधों को सुधारा गया। इनसे पूर्व वी०पी० सिंह कार्यकाल में भारत नेपाल संबंधों में तनाव बढ़ा था। श्री चन्द्रशेखर के कार्यकाल में 2 अगस्त, 1990 का खाड़ी संकट उत्पन्न हुआ जिसमें अमेरिकी विमानों की ईंधन आपूर्ति की सुविधा बंद कर दी थी। इनका कार्यकाल भी अल्प समय ही रहा।

**( 12 ) *पी०वी० नरसिंहराव युग*** – पी०वी० नरसिंहराव 21 जून, 1991 को प्रधानमंत्री पद पर आसीन हुए। इनके पूर्व लोक सभा चुनाव सम्पन्न हुए। उसमें पूर्व प्रधानमंत्री राजीव गांधी की तमिलनाडू के पेराम्बटुर में 22 मई, 1991 को मानव बम से हत्या हो गई थी। इससे देश में अस्थिरता के बादल छा गए थे।

पी०वी० नरसिंहराव प्रधानमंत्री बने तब इनके सामने निम्न समस्याएं राष्ट्रीय और अंतर्राष्ट्रीय स्तर पर उभर कर आईं थीं –

(1) भारत में आतंकवाद एवं उग्रवाद को बढ़ावा
(2) शीतयुद्ध की समाप्ति का दौर
(3) एक ध्रुवीय व्यवस्था का होना
(4) भारतीय अर्थव्यवस्था की बिगड़ती हुई स्थिति
(5) रूस का पतन होने से नए मित्र की तलाश
(6) एक दशक में दो प्रधानमंत्रियों की हत्या होना
(7) भारत–पाक में बढ़ते हुए तनाव का वातावरण
(8) गुटनिरपेक्ष आंदोलन की अप्रासंगिक भूमिका
(9) व्यापार में भुगतान संतुलन का विपरीत होना
(10) आणविक अप्रसार संधि पर हस्ताक्षर का विवाद
(11) व्यापक परमाणु परीक्षण संधि पर हस्ताक्षर का विवाद
(12) खाड़ी का संकट उत्पन्न होना
(13) डंकन प्रस्ताव के कारण उत्पन्न हुई विश्व की समस्याएं
(14) गुटनिरपेक्षता का आर्थिक उदारीकरण करना

इस समस्याओं ने प्रारम्भिक काल में पी०वी० नरसिंहराव को अनेक समस्याओं से संघर्ष करना पड़ा था। वैसे राव श्रीमती गांधी सरकार में विदेश मंत्री के पद पर रहे थे।

इससे ये विदेश नीति के अनुभवी राजनीतिज्ञ माने गए। पी०वी० नरसिंहराव के प्रारम्भिक काल की विदेश नीति भटकाववादी रही। तब इन्होंने महसूस किया कि विदेश नीति में सक्रियता और व्यावहारिकता के आधार पर तेजी से बदलते हुए राष्ट्रीय और अंतर्राष्ट्रीय वातावरण में कदम उठाने चाहिएं। ऐसा करना भारत के हित में था।

भारत की अंतर्राष्ट्रीय पकड़ कमजोर पड़ने लगी थी। इसका सबसे बड़ा कारण यह रहा कि शीतयुद्ध का अंत हो जाने और रूस का पतन हो जाने से अमेरिका का वर्चस्व कायम हो गया था। इसका प्रभाव भारत की विदेश नीति पर व्यापक रूप से

पड़ा था। विश्व स्तर पर बढ़ने वाली मुक्त बाजार व्यवस्था के साथ समन्वय करना भी बहुत जरूरी था। सार्क, गुटनिरपेक्ष आंदोलनों को भी नई प्रासंगिकता की तलाश थी। वैसे भी विश्व स्तर पर अनेक समीकरण उभर कर हमारे सामने आए।

इससे राव ज्यादा प्रभावित रहे। इनके कार्यकाल में भारतीय विदेश नीति का क्रियान्वयन निम्न प्रकार से किया गया था –

**(क) *आर्थिक उदारीकरण की नीति शुरू करना*** – पी॰वी॰ नरसिंहराव ने प्रधानमंत्री बनने के बाद आर्थिक उदारीकरण की नीति का संचालन किया। इसके दो स्तर रखे गए। जो इस प्रकार थे –

(अ) भारतीय अर्थव्यवस्था को विश्व अर्थव्यवस्था से जोड़ना।

(ब) भारत में पूंजी निवेशकों को बढ़ावा देना।

(अ) भारत में आर्थिक उदारीकरण करने के लिए अर्थव्यवस्था में अनेक परिवर्तन तत्कालीन परिस्थितियों के कारण आवश्यक बन गए थे। यह एक लंबी प्रक्रिया थी। यद्यपि इस नीति को शुरू करते ही इसके नकारात्मक परिणाम भी आए थे उन्हें रोकने का भी भरसक प्रयास किया गया। इसके अनेक स्तर रखे गए थे। ग्रामीण विकास, रोजगार, उत्पादन, वितरण, निजी एवं सार्वजनिक क्षेत्र, कृषि, ऊर्जा, आदि क्षेत्रों में उदारीकरण की नीति अपनाई गई थी। इन्होंने इसके लिए सभी व्यावहारिक कदम उठाए थे।

इसी क्रम में बढ़ती हुई मुद्रास्फीति को रोकने का कदम भी उठाया गया था। वर्ष 1991 में मुद्रास्फीति की दर 16.8 या 17% थी जिसे घटा कर 5.4% किया गया। राव ने खाद्यान्नों का उत्पादन बढ़ाने के लिए किसानों की सब्सिडी शुरू की। 1989–90 में गेहूं का मूल्य 185 रुपए प्रति क्विंटल था जिसे 1992–93 में 310 रु. प्रति क्विंटल किया गया। इससे किसानों को सीधा लाभ हुआ।

(ब) इसी आर्थिक उदारीकरण की नीति के संबंध में विदेशी राष्ट्रों एवं विदेशी निवेशकों के माध्यम से भारत में बड़ी मात्रा में पूंजी निवेश को शुरू किया गया। इसके माध्यम से अर्थव्यवस्था में बढ़ती हुई मुद्रास्फीति को कम किया गया।

पी॰वी॰ नरसिंहराव ने जुलाई, 1991 में आर्थिक उदारीकरण करने के संबंध में नीतिगत परिवर्तन किए। जिसमें प्रत्यक्ष विदेशी पूंजी निवेश की अनुमति दी गई। इसमें संसाधन जुटाने के अलावा उद्योगों के क्षेत्र में तकनीकी सुधार करना भी आवश्यक था। इस तरह उद्यमी उदारीकरण की प्रक्रिया करने का तालमेल भी किया गया। भारत में होने वाला पूंजी निवेश 70 करोड़ डालर के बराबर था जिसमें 87.3% पूंजी निवेश प्राथमिकता वाले क्षेत्रों में किया गया था।

इस संबंध में 21 जुलाई, 1991 तक 3 अरब 20 करोड़ अमेरिकी डालर के विदेशी पूंजी निवेश को मंजूरी दी गई। यह 1100 मामलों में की गई थी। यह भारत से बाहर

से ली गई ऋण राशि सहायता के पूरक रूप में होगी। भारतीय परियोजनाओं पर 6 अरब रुपया खर्च किया गया। यह सार्वजनिक क्षेत्र में 10 अरब रुपए के बराबर था। इससे यह तो सिद्ध हो जाता है कि भारत में पूंजी निवेश की दर में तेजी में वृद्धि की गई। भारत में पूंजी निवेश का उपयोग बिजली परियोजनाओं में भी किया गया, जिससे 4000 मेगावाट अतिरिक्त बिजली उत्पादन किया गया। इसी तरह तेल शोधक कारखानों की 4 करोड़ 10 लाख शोधक क्षमता में भी वृद्धि की गई।

भारतीय औद्योगिकीकरण के क्षेत्र में ईरान, ओमान से गैस प्राप्त करना भी रहा। इसे स्थाई ऊर्जा का स्रोत निकाला गया। इसी क्रम में बहुराष्ट्रीय कंपनियों को भारतीय कंपनियों के साथ संयुक्त रूप से समायोजित करते हुए निवेश को बढ़ाया गया।

28 सितम्बर, 1993 को पी॰वी॰ नरसिंहराव ने भारतीय वाणिज्य एवं उद्योग मंडल के 66वें अधिवेशन में नई दिल्ली में बोलते हुए आर्थिक उदारीकरण से पूर्व उत्पन्न आर्थिक संकट पर कहा, "1991 में हम जिस आर्थिक संकट का सामना कर रहे थे उससे निपटने के उद्देश्य से आर्थिक स्थायित्व की दिशा में कदम उठाए गए, देश की अर्थव्यवस्था को विश्व अर्थव्यवस्था के साथ समन्वित करने के लिए संरचनात्मक सुधारों का सहारा लिया गया। इसमें समूचे विकास की प्रक्रिया को गति प्रदान करने के प्रयास किए गए।"

इस तरह भारत में आर्थिक उदारीकरण की नीति के लिए निम्न कदम उठाए गए थे –

(क) मौद्रिक और वित्तीय अनुशासन की कड़ी नीति।

(ख) उदार विनिमय दर की नीति।

(ग) विदेशी मुद्रा के लिए सुरक्षित भंडारों की स्थापना करना।

(घ) भुगतान असंतुलन को कम करने के लिए विदेशी और अंतर्राष्ट्रीय वित्तीय संस्थाओं से धन जुटाने की नीति।

पी॰वी॰ नरसिंहराव ने आर्थिक उदारीकरण के क्षेत्र में केन्द्र सरकार, राज्य सरकारों और विभिन्न संस्थाओं के साथ समन्वय व तालमेल बिठाने का राजनीतिक प्रयास भी किया। इस संबंध में एकजुट होकर बाधाओं को दूर करने के प्रयास का संकल्प लेते हुए श्री राव ने कहा था "अगर हम आगे दोड़ो, पीछे छोड़ो की नीति पर चलेंगे और एक कार्य को पूरा किए बिना ही अगला कार्यक्रम शुरू कर देंगे तो इस नए कार्यक्रम का वांछित असर नहीं होगा। हमें कई क्षेत्रों में एक साथ काम करना होगा।"

इस तरह हम कह सकते हैं कि श्री नरसिंहराव ने भारतीय अर्थव्यवस्था को संकट से उबारने में साहसपूर्ण कार्य किया। जापान, अमेरिका एवं अन्य देशों से पूंजी निवेश को आमंत्रित करके खुली अर्थव्यवस्था को मजबूत एवं बचाने में सफल रहे थे इस संबंध में भारतीय विदेश नीति सफल रही थी। क्योंकि भारत इस संकट के दौर से उबर चुका है अन्यथा इसके भयंकर परिणाम हानिकारक ही होते।

(ख) पी०वी० नरसिंहराव 23 जून, 1992 को जापान की यात्रा पर गए। इन्होंने जापान के साथ राजनीतिक संबंध स्थापित किए। जापान अंतर्राष्ट्रीय राजनीति में भूमिका का निर्वाह कर रहा है। भारत-जापान आर्थिक एवं तकनीकी क्षेत्र में सहयोग से विकास कर रहे हैं।

जापान और भारत के बीच 76 वर्षों से संबंध स्थापित हैं।

श्री रवीन्द्र नाथ टैगोर ने जापान की यात्रा करके "भारत का संदेश" विषय पर भाषण किया था। तब से ही भारत और जापान के बीच आध्यात्मिक संबंध स्थापित हुए थे। इसके साथ ही सांस्कृतिक संबंध भी शुरू हो गए थे।

स्वर्गीय पं० जवाहर लाल नेहरू ने 1949 में जापान के साथ संबंधों को मजबूत किया था। यह शांति एवं स्नेह के रूप में विकसित हुए थे। 1957 में दोनों देशों के प्रधानमंत्रियों की यात्राएं भी हुई थीं जिससे नए युग की शुरुआत हुई थी।

नवम्बर-दिसम्बर, 1960 में जापान के सम्राट और राजकुमारी भारत यात्रा पर आए थे। वर्ष 1985 में भारतीय प्रधानमंत्री राजीव गांधी ने जापान की यात्रा कर भारतीय संबंधों को नए युग में पहुंचाया था।

इसके बाद पी०वी० नरसिंहराव ने जापान की यात्रा की। उन्होंने इस यात्रा के दौरान कहा था, "हमारे संबंधों के अवसरों का एक नया मार्ग खुला है। शीतयुद्ध की धारणाओं और आर्थिक संरक्षण की नीतियों का हमारे संबंधों पर काफी दबाव पड़ा था। शीतयुद्ध की समाप्ति के बाद विश्व की स्थिति में जो बुनियादी परिवर्तन आए हैं, उनसे हमारे संबंधों को मजबूत बनाने की नई संभावनाएं सामने आई हैं। आर्थिक क्षेत्र में उदार आर्थिक नीतियों और सुधारों को अपनाए जाने से भारत का बाजार फैल रहा है। व्यावसायिक क्षमताएं बढ़ गई हैं और दक्ष श्रमिक भी उपलब्ध हैं। इस तरह जापानी निवेशकों के लिए कई आकर्षक अवसर विद्यमान हैं।"

पी०वी० नरसिंहराव ने अपने कार्यकाल में भारतीय अर्थव्यवस्था को बदलते वातावरण में ढालने का प्रयास किया। भारत को विश्व बाजार व्यवस्था में पूर्ण भागीदारी रख सकने के योग्य बनाना उनका उद्देश्य था। इन्होंने विदेशी निवेशकों को भारत में आमंत्रित किया, जिसमें जापान का पूंजी निवेश भी भारत में हुआ। इससे नरसिंहराव उद्योग व व्यापार का नियमन भी कर पाए थे।

इन्होंने विदेशी मुद्रा में घाटे की व्यवस्था को कम करने का प्रयास किया। इन्होंने बढ़ती हुई मुद्रास्फीति की दर पर सफलतापूर्वक नियंत्रण स्थापित किया। श्री नरसिंहराव इससे उत्पन्न समस्याओं को भी हल करने में सफल रहे। वैसे ध्रुवीकरण की आर्थिक रूप में बढ़ती हुई प्रवृत्ति के कारण पारस्परिक निर्भरता भी इन्होंने बढ़ाई थी। इससे आर्थिक संरक्षणवाद को कायम करना भी अनिवार्य बन गया था।

(ग) पी॰वी॰ नरसिंहराव ने शीत युद्ध की समाप्ति के बाद गुटनिरपेक्ष आंदोलन को पहले से ज्यादा प्रासंगिक बनाने का प्रयास किया। इस आंदोलन की बुनियाद स्वतंत्रता व विकास पर ही रखी गई थी। यह आंदोलन आम सहमति से ही निर्णय करता रहा है। अब इस आंदोलन के सामने सैनिकवाद की वास्तविक स्थिति भी आ गई थी। इस संबंध में आम सहमति का मार्ग अपनाए जाने पर राव ने विशेष बल दिया।

इस आंदोलन के 10वें शिखर सम्मेलन जकार्ता 1992 (इन्डोनेशिया) में पी॰वी॰ नरसिंहराव ने विशेष रूप से नई जिम्मेदारी को पूरा करने का आह्वान किया था। जिसमें राव–बुतरस घाली वार्ता भी आयोजित हुई थी। सुरक्षा परिषद् के सदस्यों की संख्या का विस्तार करने, U.N.O. का लोकतांत्रिककरण करने, पर्यावरण संरक्षण की स्थापना करने, परमाणु हथियारों पर रोक का आह्वान करने, आदि की मांग करके आंदोलन को मजबूत बनाने का प्रयास किया था। आर्थिक रूप से बढ़ती हुई आर्थिक समस्याओं को हल करने पर भी इन्होंने मांग की थी, इसी तरह 11वें शिखर सम्मेलन कार्टगेना 1995 (कोलम्बिया) में भी उभरते हुए विषयों पर आंदोलन का अमल करने का आह्वान किया था।

पी॰वी॰ नरसिंहराव बदलते हुए परिवेश के अनुकूल परिवर्तन करने पर बल देना चाहते थे। इसमें परिवर्तन किया जाना संभव है। इससे यह आंदोलन और भी प्रांसगिक हो जाएगा। नरसिंहराव यह चाहते थे कि इसके परिवर्तन के लिए समयबद्ध कार्यक्रम होना चाहिए। इस कार्य को पूर्ण करने के लिए एक अंतर्राष्ट्रीय सम्मेलन बुलाया जाना चाहिए। जिसमें सभी प्रकार के आणविक हथियारों का परीक्षण बंद करने पर भी जोर दिया गया। इनके उपयोग करने पर भी प्रतिबंध लगाया जाना चाहिए। नि:शस्त्रीकरण करने की दिशा में आम सहमति लाने पर जोर दिया गया। भारत ने इस आंदोलन के हित में आणविक हथियार का निर्माण नहीं करने का निर्णय भी लिया जबकि भारत के पास ऐसी क्षमता है। फिर भी यह आंदोलन कितना सार्थक हो पाएगा इस पर ठीक से नहीं कहा जा सकता है।

(घ) पी॰वी॰ नरसिंहराव ने 14 – 20 मई, 1994 तक अमेरिका की यात्रा की। इस यात्रा से भारत अमेरिका संबंधों को नई दिशा प्रदान करने का प्रयास किया गया। यद्यपि यह सच है कि इस यात्रा के दौरान मतभेदों को स्वीकार भी किया गया। फिर भी यह कहा गया कि आपसी संबंधों को समग्र रूप से देखा जाना चाहिए। दोनों के सांझा हितों और समान मूल्यों पर भी विशेष ध्यान दिया गया।

पी॰वी॰ नरसिंहराव ने अमेरिका यात्रा से आर्थिक संबंधों को सुधारने का प्रयास किया। इससे दोनों ही देशों के नेताओं ने आपसी सहमति, सहयोग बढ़ाने और उसका विस्तार करने पर कायम होने की स्वीकृति दी। दोनों ही मतभेदों को रचनात्मक तरीके से हल करने के इच्छुक भी पाए गए। इस यात्रा के बाद संयुक्त विज्ञप्ति जारी की गई

जिसमें कहा गया "अमेरिकी अर्थव्यवस्था दुनिया की सबसे बड़ी अर्थव्यवस्था है। भारत के लिए इसका बहुत महत्व है। अमेरिका भारत का सबसे बड़ा व्यापारिक साझेदार है। भारत से 20% निर्यात और 10% आयात अमेरिका करता है। इसके विपरीत अमेरिका के कुल विदेशी व्यापार में भारत का हिस्सा नहीं के बराबर है।"

अमेरिका की रुचि भी भारत में पूंजी निवेश करने की रही। यह राव काल की विदेश नीति की सफलता ही रही थी। भारत से 1991 – 93 तक व्यापक आर्थिक सुधारों से पूंजी निवेश की संभावना बहुत बढ़ गई थी। अमेरिका भारत में सबसे अधिक प्रत्यक्ष पूंजी निवेश करने वाला देश हो गया। इस तरह नरसिंहराव कार्यकाल में भारत दुनिया के सबसे बड़े मुक्त बाजार के रूप में 21वीं सदी में प्रवेश करने की स्थिति में आया। यह आर्थिक उदारीकरण करने के क्षेत्र में स्थाई नीति के रूप में अपनाई गई थी।

इस अमेरिका की यात्रा के दौरान नरसिंहराव ने परमाणु अप्रसार को संयुक्त विज्ञप्ति में शामिल कराया। यह भारतीय विदेश नीति की सफलता का प्रतीक है। इस संबंध में राव ने कहा "परमाणु हथियार समूची दुनिया का विनाश कर सकते हैं। इसलिए इनके खतरे को दूर करने के लिए अंतर्राष्ट्रीय स्तर पर समाधान ढूंढ़ा जाना चाहिए।"

इस यात्रा के दौरान हथियार बनाने के काम से आने वाली परमाणु सामग्री के उत्पादन पर रोक लगाने के लिए दोनों राष्ट्रों में आम सहमति भी बनी थी।

जिसमें इनके प्रयोग न करने की संधि का आग्रह भी किया गया। इसकी दिशा की ओर बढ़ने के लिए कटौती करते हुए समाप्त करने का प्रस्ताव भी स्वीकार किया गया। इस तरह अंत में हम यही कह सकते हैं कि विश्वशांति एवं निःशस्त्रीकरण के विकास पर ही मानव जाति का भविष्य निर्भर करता है।

भारत और अमेरिका के बीच सशक्त, नई और परिपक्व साझेदारी के लिए अच्छा अवसर राव की यात्रा से बना था। इससे भारत अमेरिका के बीच आर्थिक संबंधों की शुरुआत हुई।

भारत ने N.P.T. संधि पर हस्ताक्षर करने से मनाही की। भारत इस संधि को भेदभावपूर्ण मानता रहा है। इसी तरह CTBT संधि पर भी भारत ने हस्ताक्षर करने की मनाही की है। भारत चाहता है कि इस संधि को सार्वभौम राष्ट्रों पर लागू किया जाए। यह दोनों ही संधियां भेदभावपूर्ण मानी जाती हैं। इसलिए प्रधानमंत्री पी०वी० नरसिम्हा राव ने भी भारतीय हितों को बरकरार रखा था।

(च) पी०वी० नरसिंहराव काल में 1992 में भारत इजराइल के बीच संबंधों की शुरुआत हुई। दोनों ही देशों ने एक दूसरे के यहां अपने-अपने दूतावास कार्यालय खोले। इसके बाद में 1993-94 में भारत में यात्राएं सम्पन्न हुईं। भारत ने इजराइल के साथ राजनयिक संबंधों की स्थापना के साथ-साथ आर्थिक संबंधों की भी स्थापना की। भारत

में इजरायली पूंजी निवेश को भी सफलतापूर्वक आमंत्रित किया गया। इससे प्रौद्योगिकी, कृषि, पर्यटन, ऊर्जा, आदि के क्षेत्रों में सहयोग किया गया। राव ने आशाजनक संबंधों की स्थापना की।

(छ) पी॰वी॰ नरसिंहराव ने सार्क संगठन के राष्ट्रों के साथ मुक्त व्यापार प्रणाली को लागू किया। इसमें 200 वस्तुओं को मुक्त रखा गया। इसकी स्थापना (साफ्टा) की आवश्यकता पर अमल करने को कहा गया। पड़ोसी राष्ट्रों के साथ मुक्त व्यापार कर सार्क में परस्पर आर्थिक संगठन बनाने का पूरा प्रयास किया गया: भारत ने पाक, भूटान, बंगलादेश व श्रीलंका से विशेष संबंध स्थापित किए। इन देशों की यात्रा भी की। इन देशों के प्रधानमंत्रियों की भी भारत में यात्रा आयोजित हुई। इससे सार्क संबंधों का विस्तार भी किया गया और अर्थव्यवस्था को बाजार मुक्त भी बनाया गया।

(ज) पी॰वी॰ नरसिंहराव काल में भारत-जर्मनी, भारत-ब्रिटेन, भारत-रूस, G-15, आदि के साथ सफलतापूर्ण संबंधों की स्थापना की। इन्होंने इन देशों की यात्राएं भी कीं। इन देशों से अपार आर्थिक सहायता भी प्राप्त की गई। भारत के आर्थिक विकास में जर्मनी, रूस ने पूरा सहयोग किया। जर्मन द्वारा भी भारत में पूंजी निवेश किया गया। रूस के येल्तसिन ने भी भारत की यात्रा करके संबंधों को बढ़ाया। इसलिए नरसिंहराव काल की विदेश नीति बहुआयामी रही और सफल भी रही। इसी तरह से ब्रिटेन से भी पूंजी निवेश भारत को प्राप्त हुआ। भारत और ब्रिटेन के बीच प्रत्यर्पण संधि का आयोजन हुआ। ब्रिटेन के प्रधानमंत्री जान मेजर ने भी भारत की यात्रा करके संबंधों को बढ़ाया।

**( 13 ) *अटल बिहारी वाजपेयी युग*** – श्री अटलबिहारी वाजपेयी 16 मई, 1996 को प्रधानमंत्री बने। इन्हें पहली बार प्रधानमंत्री बनने का गौरव प्राप्त हुआ लेकिन लोक सभा में स्पष्ट बहुमत सिद्ध नहीं करने के कारण इन्होंने त्यागपत्र दे दिया। इसलिए इनके कार्यकाल के संबंध में हम यही कह सकते हैं कि अल्पकाल में ही इन्हें विदेश नीति व देश का शासन चलाने का अवसर खोना पड़ा 16 दिन रहे प्रधानमंत्री काल में जोड़तोड़, मिलाप में अथक प्रयास किया लेकिन अन्य राजनीतिक दलों के असहयोग के कारण इन्हें वंचित होना पड़ा था।

वैसे भारत में यह पहला अवसर था जबकि भाजपा के प्रधानमंत्री को स्पष्ट बहुमत नहीं होने के कारण शासन चलाने के लिए प्रधानमंत्री पद पर नियुक्त किया गया था। श्री वाजपेयी ने व्यावहारिक दृष्टिकोण अपना कर शासन चलाने का अनुरोध सभी राजनीतिक दलों से किया गया था मगर यह सब संभव ही नहीं हो पाया था।

**( 14 ) *एच॰डी॰ देवगौड़ा काल की भारतीय विदेश नीति*** – हरदन हल्ता डोड्डे देवेगौड़ा ने 11वीं लोकसभा में प्रधानमंत्री पद 1 जून, 1996 से 21 अप्रैल, 1997 तक ग्रहण किया। इन्होंने इस पद पर रहते हुए भारत की विदेश नीति का संचालन किया। यह भारत के 12वें प्रधानमंत्री बने।

श्री देवेगौड़ा से पूर्व पी॰वी॰ नरसिंहराव भारत के प्रधानमंत्री रहे थे। इन्होंने भारत में आर्थिक उदारीकरण करने के लिए भारतीय विदेश नीति में महत्वपूर्ण परिवर्तन किए थे। जिसमें बाजार मूल्य प्रणाली एवं खुली अर्थव्यवस्था को अपनाया गया था। इसलिए देवेगौड़ा जी ने भी पूर्ण सिद्धांतों को बरकरार रखते हुए विदेश नीति का संचालन किया। इन्होंने भी अमेरिका के बेहतर लाभ एवं प्रगाढ़ संबंध स्थापित करने की पहल की। ऐसा भारत के लिए अत्यंत आवश्यक भी रहा है। इसके साथ-साथ भारत पड़ोसी राष्ट्रों से भी बेहतर संबंधों को सुधारने के लिए प्रयासरत रहा है। इनके काल की विदेश नीति को सफल माना गया है। इन्होंने संयुक्त मोर्चा में साझा कार्यक्रम बनाया था। श्री देवेगौड़ा काल की विदेश नीति की प्रशंसा अमेरिका के रिपब्लिकन प्रतिनिधि डॉग बेरुटर जो कि एशिया और प्रशांत क्षेत्र की अंतर्राष्ट्रीय संबंध उपसमिति के भी अध्यक्ष थे ने कहा, "भारत अपने पड़ोसी देशों से बेहतर संबंध स्थापित करने के लिए आगे बढ़ कर अपना हाथ बढ़ा रहा है। अब अमेरिका को भी भारत के साथ अच्छे संबंध स्थापित करने चाहिएं।"

भारत और पाक के बीच सचिव स्तर की वार्ता 9 जून, 1996 को हुई। जिसमें पाक के साथ कश्मीर मसले पर भारत ने तीसरे पक्ष की मध्यस्थता स्वीकार करने से मना किया। भारत शिमला समझौते के तहत इस समस्या का हल निकालना चाहता है। इस वार्ता में कोई विशेष प्रगति नहीं हुई।

भारत ने 20 जून, 1996 को C.T.B.T. व N.P.T. संधि पर हस्ताक्षर करने से इंकार किया इसके मौजूदा प्रारूप को भी स्वीकार करने से इंकार किया। भारत इसे भेद-भावपूर्ण मानता है। इसलिए देवेगौड़ा के प्रधानमंत्री काल में भी इस संधि पर हस्ताक्षर नहीं करने का रुख ही अपनाया गया। श्री देवेगौड़ा G-15 देशों के समूह सम्मेलन में हरारे की यात्रा पर भी गए।

अक्तूबर, 1996 में भारत और रूस के बीच सामरिक एवं नजदीकी सैनिक संबंधों को स्थापित करने के लिए समझौता सम्पन्न किया गया। जिसमें रूस द्वारा भारत को 40 सुखोई लड़ाकू विमान दिए जाने की बात को स्वीकार किया गया। इस समझौते से पूर्व भारतीय विदेश मंत्री इन्द्र कुमार गुजराल मास्को की यात्रा 1996 पर गए थे तब रूस द्वारा भारत को 2.6 मिलियन डालर के दो परमाणु रिएक्टर देने का निर्णय भी हुआ था इससे देवेगौड़ा काल में भारत-रूस संबंधों में बढ़ोत्तरी हुई। भारत सामरिक दृष्टि से संबंध सुधारने में सफल रहा।

इसी तरह भारत-चीन के बीच 29 नवम्बर, 1996 को अनाक्रमण समझौता सम्पन्न हुआ। जिसमें यह भी तय हुआ कि दोनों ही वास्तविक नियंत्रण रेखा से अपनी-अपनी सेनाएं हटा लेंगे। इससे भारत-चीन के बीच संबंध सुधारे गए।

भारत के आर्थिक उदारीकरण करने के मामले में क्षेत्रीय आर्थिक संगठनों के विस्तार एवं फैलाव से विश्व व्यवस्था में अपनी अन्तर्निर्भरता को बढ़ाते हुए मजबूत

स्थिति स्थापित करने में सफल रहा है। इस संबंध में 29-30 नवम्बर, 1996 को अंत: सरकारी दल के काठमान्डू सम्मेलन में साफ्टा को वर्ष 2005 तक आरम्भ करने का निर्णय किया गया। भारत मुक्त व्यापार में बढ़ोत्तरी करके विश्व व्यवस्था में भागीदारी रखना चाहता है।

श्री देवेगौड़ा काल में भारत-श्रीलंका के बीच संबंध सुधारने का प्रयास किया गया। भारतीय विदेश मंत्री इन्द्रकुमार गुजराल जनवरी, 1997 में चार दिवसीय श्रीलंका की यात्रा पर गए तब इन्होंने कहा, "जुलाई, 1987 में हुए भारत-श्रीलंका समझौते की उपयीगिता अभी भी बनी हुई है। हमारे संबंध अत्यंत घनिष्ट एवं मैत्रीपूर्ण हैं। यह समझौता आज भी प्रासंगिक है।"

श्री देवेगौड़ा काल में भारत-इजराइल संबंधों को बढ़ाया गया। इजराइल के राष्ट्रपति एजर वेजमैन ने जनवरी, 1997 में भारत की यात्रा की। वैसे भारत इजराइल के बीच संबंधों की शुरुआत 1992 के पी०वी० नरसिंहराव के काल में हुई थी जिन्हें मजबूत किया गया। भारत ने इजराइल के साथ राजनयिक संबंध स्थापित करके बदलते हुए परिवेश में अपना एक कदम और बढ़ाया है। भारत और इजराइल के बीच 1990-91 में 13 करोड़ डालर का व्यापार हुआ था। यह वर्ष 1996 में 60 करोड़ डालर का हो गया था।

भारत-इजराइल को हीरे, चावल, ग्रेनाइट, इलैक्ट्रॉनिक, कलपुर्जे, कपड़े, पोशाकें, इन्जीनियरिंग सामान, हस्त कलाओं, जैविक-रसायनिक खाद एवं कृषि उत्पादों, चाय, काफी, मसाले आदि का निर्यात करता है। इसके अलावा सिंचाई के कलपुर्जे, टेलीकाम कलपुर्जे, प्लास्टिक फिल्म, कपड़ा बनाने की मशीनों, चिकित्सा, औजारों, खादों आदि का भारत इजराइल से आयात करता है।

भारत और इजराइल के बीच मुक्त व्यापार पर समझौता होने की पहल भी हुई। इसके साथ-साथ दोहरे करों को भी खत्म करने का समझौता होने की पेशकश भी की गई।

इजराइल के राष्ट्रपति एजर वेजमैन के साथ भारत यात्रा पर व्यापारियों का शिष्ट मंडल भी साथ आया था। इससे द्विपक्षीय व्यापार बढ़ने की आशा प्रकट की गई। इजराइल के साथ संबंध बढ़ना इसलिए भी महत्वपूर्ण माना जाता है कि भारत के इस्लामिक देशों से संबंध यथावत् रहे हैं। सिर्फ लीबिया पाकिस्तान के साथ संबंधों में थोड़ी बहुत अड़चनें हैं। इनके बीच व्यापार, सुरक्षा, राजनय तकनीकी हस्तान्तरण, संयुक्त उद्यम, संयुक्त शोध के क्षेत्रों में भी समझौते एवं सहयोग होने की आशा प्रकट की गई।

श्री देवेगौड़ा के काल में भारत-ब्रिटेन के बीच व्यापारिक संबंधों को बढ़ाने के लिए औद्योगिक क्षेत्र में तीन संयुक्त उपक्रम स्थापित करने के लिए 9 जनवरी, 1997 को

तीन समझौतों पर हस्ताक्षर किए गए। ब्रिटेन के प्रधानमंत्री जॉन मेजर दो दिवसीय भारत यात्रा पर आए। भारत के आर्थिक उदारीकरण की सराहना करते हुए उन्होंने दोनों देशों के बीच व्यापक सहयोग बढ़ाने की संभावनाओं पर बल दिया गया। भारत और ब्रिटेन आपसी सहभागिता में आगे बढ़े हैं। जॉन मेजर ने ब्रिटिश पूंजी निवेशकों के लिए कहा, "ब्रिटिश निवेशकों के मन में प्रारम्भ में कुछ संदेह था। लेकिन अब उन्हें संदेह में रहने की जरूरत नहीं है। मैं आर्थिक सुधार जारी रहने का आश्वासन ब्रिटिश निवेशकों को देना चाहता हूं। ब्रिटेन लंबी अवधि के लिए निवेश करना चाहता है। इस पर देवेगौड़ा ने भी जॉन मेजर को आश्वासन दिलाया कि सभी निर्णयों को पारदर्शी बनाया जा रहा है ताकि उद्योग क्षेत्र में विकास की गति तेज की जा सके।

भारत और ब्रिटेन के बीच तीन समझौते निजी क्षेत्र के लिए किए गए, जो इस प्रकार हैं –

(क) पहला समझौता भारत और ब्रिटेन के बीच कागज संयंत्र और स्मार्ट कार्ड परियोजना के लिए हुआ। इन पर जी॰ई॰सी॰पी॰एल॰सी॰ ब्रिटेन की ओर से तथा जी॰पी॰टी॰ मित्तल ने भारत की ओर से यह समझौता किया।

(ख) दूसरा समझौता राष्ट्रमंडल तथा हिन्दुस्तान टाइम्स के बीच में सम्पन्न हुआ।

(ग) तीसरा समझौता निजी जीवन बीमा कंपनियों के लिए फ्रेंच चार्च एवं ग्रुप ऑफ बेजोरीज के बीच में हुआ।

यह तीनों ही समझौते निजी क्षेत्र में सम्पन्न हुए हैं। इससे ब्रिटेन की बहुत बड़ी मात्रा में पूंजी भारत के उद्योगों को स्थापित करने में व्यय होगी। इस समझौते के अलावा पिछले 3 वर्षों में छोटे-छोटे उद्योगों में 200 समझौते भारत और ब्रिटेन के बीच में स्थापित हो चुके हैं।

इसके साथ ही भारत के प्रधानमंत्री देवेगौड़ा जी ने और ब्रिटेन के प्रधानमंत्री जॉन मेजर के बीच भारतीय वायुसेना को हॉक (एडवांस ट्रेनर जेट विमान) की आपूर्ति पर भी आपस में विचार किया गया। भारत 10 वर्षों से इन विमानों को खरीदने का प्रयास कर रहा था। ब्रिटेन की एयरोस्पेस कंपनी ने समझौते की बातचीत को स्थगित कर दिया था, जिस पर आम सहमति हुई।

श्री देवेगौड़ा काल की भारत की विदेश नीति यद्यपि अल्प अवधि की ही रही है फिर भी हम इसे सफल मान सकते हैं। भारतीय विदेश मंत्री इन्द्र कुमार गुजराल ने जनवरी, 1997 में नई दिल्ली में आयोजित 21वीं सदी की शुरुआत में एशिया में सुरक्षा, चिन्ता, वैश्विक, निःशस्त्रीकरण और हिन्द महासागरीय क्षेत्र विषयक संगोष्टी के उद्घाटन भाषण में बोलते हुए कहा था, "भारत-परमाणु निःशस्त्रीकरण का लक्ष्य एक रात में ही हासिल कर लेने की सोच नहीं रखता है बल्कि भारत की इस संबंध में यथार्थवादी सोच है। जिसमें शीतयुद्ध की समाप्ति ने हमें परमाणु हथियार मुक्त विश्व की प्राप्ति

की दिशा में पूर्ण अवसर मिला है।" इन्होंने यह बात भी दोहराई है कि "भारत ने 1954 में सबसे पहले परमाणु परीक्षण समाप्त करने का आह्वान किया जो आज यह व्यापक परमाणु परीक्षण संधि (C.T.B.T.) को इसकी खामियों के कारण स्वीकार करने में असमर्थ है।"

**15. *इन्द्र कुमार गुजराल युग की विदेश नीति*** – भारतीय कांग्रेस (आई०) द्वारा एच०डी० देवेगौड़ा को दिया हुआ समर्थन वापिस ले लिए जाने से 21 अप्रैल, 1997 को राजनीतिक अस्थिरता को दूर करते हुए इन्द्र कुमार गुजराल को प्रधानमंत्री पद की शपथ दिलाई गई। इन्होंने 19 मार्च, 1998 तक प्रधानमंत्री पद पर कार्य किया। श्री गुजराल भारतीय विदेश नीति का अनुभव भी रखते थे। वैसे यह वित्त मंत्रालय का भी पूरा अनुभव रख चुके थे। देवेगौड़ा काल में गुजराल विदेश मंत्री पद पर रह चुके थे। यद्यपि इन्होंने 28 नवम्बर, 1997 को कांग्रेस द्वारा समर्थन वापिस ले लिए जाने से अपना त्याग पत्र दे दिया था। इसके बाद 31 दिसम्बर को लोक सभा भंग होने से 18 मार्च, 1998 तक कार्यवाहक प्रधानमंत्री के रूप में कार्य किया गया। इनका कार्यकाल अल्प ही रहा है। इन्होंने गुजराल सिद्धांत के नाम से विदेश नीति का संचालन किया। इस सिद्धांत में निम्न पांच बातें मुख्य थीं। जो इस प्रकार हैं –

(1) दक्षिणी एशिया को विरोध रहित सहयोगात्मक बनाया जाए।
(2) भारत-पाक के बीच दैनिक विवाद समाप्त किए जाएं तथा वार्ता तब तक जारी रहे जब तक विवाद खत्म न हो जाए।
(3) भारत को समझौते के बदले में कुछ नहीं चाहिए। सुरक्षा, सम, सुरक्षा और सहयोगात्मक वातावरण का निर्माण किया जाए।
(4) बाहरी हस्तक्षेप से समस्याओं का निराकरण नहीं किया जा सकता।
(5) निश्चित क्षेत्रों में सहयोग देने के लिए भी वार्ता होनी चाहिए।

इस तरह इस सिद्धांत के निम्न उद्देश्य रखे गए थे जो निम्न प्रकार थे:

(1) पाकिस्तान से संबंधों को सुधारने की पहल करना।
(2) क्षेत्रीय आर्थिक वातावरण उत्पन्न करना।
(3) राजनीतिक सहयोग को बढ़ाना।

इस गुजराल सिद्धांत के आधार पर इन्होंने विदेश नीति का संचालन करते हुए पड़ोसी राष्ट्रों से मधुर संबंध स्थापित किए। इनकी विदेश नीति के मुख्य बिन्दु इस प्रकार हैं।

**(1) *भारत-पाक वार्ता*** – भारत-पाक के बीच वार्ताओं का दौर वर्ष 1994 से बंद हो गया था। श्री गुजराल ने प्रधानमंत्री बनने के बाद 12 मई, 1997 को भारत-पाक के बीच संबंधों को सामान्य करने की दिशा में निर्णय लेकर पहल की। इस संबंध में कार्यकारी दल गठित करने का निर्णय लिया गया। इसके साथ ही क्षेत्रों के बीच होटलाईन की भी व्यवस्था की गई।

फरवरी 1997 में पाक में सत्ता परिवर्तन हुआ। नवाज शरीफ प्रधानमंत्री बने। भारत ने संबंधों को सामान्य करने की दिशा में बिना शर्त पहल की थी। 28 मार्च, 1997 को चार दिवसीय वार्ता हुई। इसके तीन माह बाद ही इस्लामाबाद में जून, 1997 में पुनः वार्ता हुई। इन वार्ता में छः मुख्य विषय इस प्रकार रखे थे –

(1) कश्मीर

(2) शांति एवं सुरक्षा की स्थापना (सियाचीन)

(3) बुल्लुर बांध

(4) टेल वुल नौकायन परियोजना

(5) सिर क्रीक

(6) आंतकवाद, मादक पदार्थों की तस्करी की रोकथाम।

इस वार्ता में कार्यकारी दल की बैठक सितम्बर में होना निश्चित की गई। वर्ष 1997 में दोनों ही राष्ट्रों ने अपनी-अपनी स्वतंत्रता की 50वीं वर्षगांठ मनाई थी।

मई, 1997 में दोनों देशों के प्रधानमंत्री (नवाज-गुजराल) मालदीप के सार्क शिखर सम्मेलन में मिले। इस माले वार्ता पर संतोष प्रकट किया गया। जिसमें कहा गया कि भारत-पाक ही नहीं बल्कि सार्क देशों को भी लाभ पहुंचाना चाहिए। गुजराल ने कहा कि कश्मीर और भारत की सुरक्षा पर कोई समझौता नहीं होगा। न्यूयार्क में भारत ने पाक वार्ता सितम्बर, 1997 के बाद में पाक ने 50 हजार टन शक्कर खरीदने की पेशकश की। भारत ने पाक से 3000 मेगावाट बिजली खरीदने की पेशकश की। यह बिजली पाक सिन्धु नदी घाटी परियोजना में उत्पन्न होती है।

**(2) *मुक्त व्यापार*** – इन्द्रकुमार गुजराल ने सार्क संगठन में मुक्त व्यापार को बढ़ावा देने का प्रयास किया। इस दिशा में साफ्टा की स्थापना का लक्ष्य 2005 में करने के बजाए 2001 का रखा गया। भारत का व्यापार सार्क देशों से 10% से अधिक का नहीं है। इसे बढ़ाने संबंधी प्रयास किए गए। इस दिशा में उपक्षेत्रीय समूह का गठन किया गया। इसकी स्थापना के संबंध में बैंकांक में जून, 1997 में वार्ता भी की गई। जिसमें भारत, बंगलादेश, श्रीलंका, म्यामांर, थाइलैंड के प्रतिनिधि शामिल हुए थे। इसमें जल की भागीदारी, यातायात के लिए भारत-नेपाल, भारत बंगलादेश के बीच उपक्षेत्रीय सहयोग करने संबंधी समझौते भी हुए थे।

**(3)** 24 सितम्बर, 1997 को गुजराल के कार्यकाल में भारत ने U.N.O. की सुरक्षा परिषद् की सहायता के लिए अपना दावा पेश किया जिसमें भारत को सफलता नहीं मिली।

**(4)** इन्द्रकुमार गुजराल ने जून, 1997 में नेपाल की यात्रा सम्पन्न की। इस यात्रा से भारत और नेपाल के बीच महाकाली नदी में हाइडल पावर लगाने का समझौता हुआ। इसके साथ-साथ नेपाल ने बंगलादेश के लिए यातायात की सुविधा उपलब्ध कराई

तभी चटगांव पोर्ट से नेपाली सामान, बंगलादेश पहुंचने की सुविधा प्रदान की गई। यह सब भारत-बंगलादेश के सहयोग से सम्पन्न हो पाया था।

इन्द्र कुमार गुजराल ने जून, 1997 में नेपाल की यात्रा के दौरान तीन समझौते सम्पन्न किए थे जो इस प्रकार हैं –

(1) महाकाली नदी समझौते की पुष्टि करना। इसके अंतर्गत पंचेश्वर जल विद्युत परियोजना में दोनों ही साझेदारी रखेंगे।

(2) विद्युत क्षेत्र में भी समझौता सम्पन्न किया गया, जिसके तहत नेपाल से भारत बिजली खरीदेगा।

(3) नागरिक उड्डयन, खसौल सिरसिया रेल परियोजना पर समझौता।

इस नेपाल यात्रा का उद्देश्य निम्न प्रकार था –

(i) नेपाल के साथ व्यापार व उद्योग में आपसी सहमति बनाना।

(ii) भारत पड़ोसी राष्ट्रों के साथ अपने संबंधों में बराबरी पर जोर देने के बजाए उदारता की नीति पर अमल करना।

(iii) दीर्घ काल के हितों को द्विपक्षीय बनाना।

गुजराल ने नेपाल के साथ विदेशी व्यापार करने के लिए भारत होकर बंगलादेश की बंदरगाहों तक आवाजाही की सुविधा प्रदान करने की सहमति देना था। भारत द्वारा नेपाल के साथ त्रिपक्षीय सहमति बनाई थी। इसमें परिवर्तन भी किया गया। इससे भारत में पूर्वांचल राज्यों, बंगलादेश, भूटान, नेपाल के बीच सहयोग की परियोजनाएं बनाई गईं।

इससे नेपाल को 70 किलोमीटर की भूमि उपयोग करने की सुविधा प्राप्त हो गई थी इस यात्रा से खुली आवाजाही का दुरुपयोग नहीं करने पर भी सहमति हुई थी।

**(5)** देवेगौड़ा काल में दिसम्बर, 1996 में बंगलादेश की प्रधानमंत्री शेख हसीना की भारत यात्रा हुई। इसके साथ ही देवेगौड़ा ने भी बंगलादेश की यात्रा सम्पन्न की थी। तब चकमा शरणार्थियों की वापसी, आतंकवाद एवं विद्रोह को रोकने संबंधी समझौते भी आपस में हुए थे।

प्रधानमंत्री इन्द्र कुमार गुजराल से पूर्व 6 जनवरी, 1997 को एच॰डी॰ देवेगौड़ा और शेख हसीना के बीच पानी संबंधी समझौता सम्पन्न हुआ था। यह इसलिए हुआ कि पूर्व समझौते की अवधि समाप्त हो रही थी। नया समझौता भी नहीं हुआ था। इस समझौते के समय बंगलादेश को पानी का हिस्सा नहीं मिल रहा था। इसलिए पानी के बहाव के लिए प्रयास किए गए। इस दृष्टि से तीसा नदी के जल को गंगा में लाने का प्रयास किया गया। भूटान के सम्राट ने सनोख़ नदी के पानी को गंगा में ले जाने की अनुमति दी। इसके बाद दोनों के बीच नहरें भी बनाई गईं।

प्रधानमंत्री गुजराल ने बंगलादेश की यात्रा के दौरान कहा था, "भारत को पानी के नए समझौते पर कुछ भी बदले में नहीं चाहिए। मैं यहां मात्र देने के लिए आया

हूं। बदले में कुछ नहीं मांगूंगा। कांग्रेस सरकार से मुझे सार्थक संकेत जल के समझौते पर मिला है।"

इसी तरह गुजराल ने सार्क शिखर सम्मेलन माले में उपक्षेत्रीय समूह के अंतर्गत भारत और बंगलादेश के बीच विशिष्ट संबंधों की स्थापना की थी। इस तरह गुजराल सिद्धांत को प्राप्त सफलता मिल पाई थी। इस तरह गुजराल सिद्धांत की सफलता भारत-बंगलादेश संबंधों के माध्यम से आंकी गई थी। इसी के माध्यम से इनके काल की विदेश नीति सफल भी रही है।

**( 6 )** इन्द्र कुमार गुजराल ने चीन के साथ संबंध बढ़ाने का प्रयास किया। वर्ष 1996 में चीन के राष्ट्रपति जियांग जेमिन ने भारत की यात्रा की थी। प्रधानमंत्री गुजराल ने भारत-चीन के बीच वार्ता का 10वां दौर सम्पन्न किया। संयुक्त कार्यदल की बैठक नियमित होती रही है। यह वार्ता अगस्त 1997 में सम्पन्न हुई। इस वार्ता में मुख्य विषय पर चर्चा नहीं की जाती। जम्मू कश्मीर में 38 हजार किलोमीटर की भूमि चीन ने अपने कब्जे में कर रखी है। इस पर कोई बातचीत नहीं हो पाई। पाकिस्तान के चीन से 5120 K.M. भूमि लेकर अपना कब्जा कर रखा है उस पर भी कोई प्रगति नहीं हो पाई।

इस वार्ता में अंतरिम सीमा निर्धारण की बात आई, लेकिन क्षेत्रीय, बहुपक्षीय, अंतर्राष्ट्रीय विषयों पर ही चर्चा हुई। इस वार्ता में एक दूसरे के दृष्टिकोण समझने, परखने और वास्तविक नियंत्रण रेखा के ही बारे में विचार हुआ।

**( 7 )** प्रधानमंत्री इन्द्रकुमार गुजराल ने वर्ष 1997 में तन्जानिया, युगान्डा, दक्षिणी अफ्रीका की यात्रा की। इस यात्रा के दौरान गुटनिरपेक्ष आंदोलन को पुनः जाग्रत करने पर बल दिया। इन्होंने पड़ोसी राष्ट्र की यात्रा के बाद तन्जानिया को यात्रा के लिए चुना था। तन्जानिया G-77 नामक संगठन का अध्यक्ष है। अब आंदोलन के सामने यूरोपीय संघ, चीन, एक शक्ति के रूप में उभर कर आए हैं। जापान भी एक बड़ी शक्ति रहा है। इसीलिए इसे पहले जैसी सक्रिय भूमिका का निर्वाह करने पर अमल करना चाहिए। आज भारत CTBT पर अकेला पड़ गया है, इसलिए सामूहिक पहल की जानी चाहिए। इस पर बल दिया गया।

**( 8 )** भारतीय प्रधानमंत्री इन्द्रकुमार गुजराल की संयुक्त राष्ट्र संघ के 52वें अधिवेशन में अमेरिका के राष्ट्रपति बिल क्लिटन से 45 मिनट की भेंट हुई। यह भेंट गुजराल के प्रधानमंत्री बनने के बाद पहली भेंट थी। न्यूयार्क में दोनों ही मिलने के उत्सुक पाए गए। यह भेंट 22 सितम्बर, 1997 को सम्पन्न हुई। भारत ने इस वार्ता से पूर्व घोषणा कर दी थी कि भारत-कश्मीर मसले पर किसी तीसरे की मध्यस्थता स्वीकार नहीं करेगा। इस पर क्लिटन ने द्विपक्षीय वार्ता की पहल की थी।

प्रधानमंत्री गुजराल ने महासभा में भाषण के दौरान कहा था, "मुझे बिल क्लिंटन का निमंत्रण मिला है और मैं तभी जाऊंगा यदि हमारी बातचीत भारत-अमेरिका के बीच द्विपक्षीय संबंधों पर केन्द्रित होगी। मैं यह घोषणा खत्म कर देना चाहता हूं कि भारत पाक संबंधों में किसी भी तरह का हस्तक्षेप अमेरिका को मंजूर हो या अमेरिका से हमारे संबंध घनिष्ट हो रहे हैं और मैं क्लिंटन से मिलने को उत्सुक हूं।"

गुजराल-क्लिंटन के बीच हुई भेंट में निम्न विषयों पर बातचीत हुई थी –

(1) निःशस्त्रीकरण के मसले पर चर्चा हुई।

(2) सांझा कार्य सूची पर विचार किया गया।

(3) शांति एवं सुरक्षा पर चर्चा हुई।

(4) आपसी सहयोग बढ़ाने की अपार संभावनाओं पर विचार किया गया।

(5) अपनी-अपनी विदेश नीति को अनुकूल और प्रगतिशील बनाने पर विचार किया गया।

(6) व्यापारियों, पर्यटकों के लिए वीसा की अवधि 10 वर्ष बढ़ाने पर सहमति। यह नवम्बर, 1997 से लागू किए जाने पर सहमति हुई।

इस तरह अमेरिकी राष्ट्रपति बिल क्लिंटन ने गुजराल सिद्धांत की प्रशंसा की जिसके अंतर्गत छोटे-बड़े राष्ट्रों के साथ दोस्ती बढ़ाने का निर्णय लिया गया।

इस बैठक से एक दूसरे की नीतियों एवं उद्देश्यों को जानने का अवसर मिला। यह वार्ता खुले वातावरण में हुई थी।

इस वार्ता का उद्देश्य आर्थिक संबंधों के साथ-साथ तकनीकी सहयोग को बढ़ाने की संभावनाओं का पता लगाना था। अमेरिका ने भारत पाक के बीच हो रही शिखर वार्ताओं का समर्थन किया। इसमें दोनों की समस्याएं कम होंगी।

अतः हम यही कह सकते हैं कि गुजराल काल की विदेश नीति जो कि गुजराल सिद्धांत के नाम से संचालित हुई, इसे हम नया पंचशील सिद्धांत भी कह सकते हैं। इन्होंने चीन, पड़ोसी राष्ट्र, अमेरिका के साथ संबंधों को सामान्य करना इनके लिए भी कठिन रहा। आजादी की स्वर्ण जयंती तक भी हम संबंधों की कटुता हल नहीं कर पाए। यही भारतीय विदेश नीति की असफलता भी कही जा सकती है।

**( 16 ) *अटलबिहारी वाजपेयी युग की विदेश नीति*** – श्री अटल बिहारी वाजपेयी ने पुनः भारतीय प्रधानमंत्री का पद ग्रहण किया। इन्होंने 19 मार्च, 1998 को शपथ ली। इसके बाद इन्होंने विदेश नीति का संचालन किया। इनके कार्यकाल की विदेश नीति में राष्ट्रीय और अंतर्राष्ट्रीय स्तर पर सुरक्षा, सतर्कता, अखण्डता, आर्थिक व राजनीतिक क्षेत्र में कड़े कदम उठाए।

भारत में केन्द्रीय सरकार ने गठन के बाद ही अप्रैल, 1998 में अमेरिका के राष्ट्रपति बिल क्लिंटन ने अपने विशेषदूत बिल रिचर्डसन को भारत यात्रा पर भेजा था। इसके दो मुख्य कारण थे –

(1) भारतीय सरकार के मानस का पता लगाना।

(2) बिल क्लिंटन की भारत यात्रा का माहौल तैयार करना।

पाक द्वारा इस यात्रा के दौरान ही गौरी प्रक्षेपास्त्र का परीक्षण करके भारत-पाक के बीच सामरिक संतुलन बिगड़ गया था। इस पर सहायक विदेश मंत्री कार्ल इन्दर फुर्त ने इस्लामाबाद जाकर इस विषय पर बातचीत की। चीन पाक की मदद करता रहा, इस पर भी अमेरिका ने कोई कदम नहीं उठाया था। अमेरिका का यह उद्देश्य है कि वह उभरता हुआ बाजार अपने हाथों में लेना चाहता है। भारत से अमेरिका यह उम्मीद करता रहा था कि भारतीय परमाणु नीति में भारत परिवर्तन करता है या नहीं। वैसे भी विश्व राजनीति में अमेरिका भारत को ग्लोब पावर के रूप में स्वीकार करता है। इसलिए वह भारत के साथ आर्थिक संबंध बढ़ाना भी चाहता है।

प्रधानमंत्री श्री वाजपेयी जी ने निम्न प्रकार विदेश नीति का संचालन किया –

(1) ***पाक द्वारा गौरी परीक्षण :–*** श्री अटल बिहारी वाजपेयी ने पूर्ण बहुमत प्राप्त नहीं करते हुए भी गठबंधनात्मक सरकार केन्द्र में बनाई इनके कार्यग्रहण करने के बाद ही पाक सरकार ने 6 अप्रैल, 1998 को गौरी नामक प्रक्षेपास्त्र का परीक्षण किया। पाक को चीन और उत्तरी कोरिया से मदद प्राप्त हुई। इसकी मारक क्षमता 1500 K.M. तक मानी गई। यह मूल रूप से मध्यम दूरी की श्रेणी में आती है। यह 700 किलोग्राम तक का युद्धास्त्र बम या परमाणु ले जा सकती है। इससे भारत की सुरक्षा को खतरा माना गया। इस पर भारतीय वैज्ञानिकों की राय है कि गौरी प्रक्षेपास्त्र की मारक क्षमता 700 K.M. से अधिक नहीं है।

अमेरिका ने पाक को गौरी परीक्षण नहीं करने की सलाह भी दी थी। इसके विपरीत में 65 करोड़ डालर की मदद पर विचार करने के लिए अमेरिका ने घोषणा की। पाक ने 1990 में 24 F-16 लड़ाकू विमान खरीदने की पेशकश की। अक्तूबर, 1990 में अमेरिका ने यह विमान नहीं देने का निर्णय लिया।

इस गौरी परीक्षण पर पाक वैज्ञानिक अब्दुल कादिर खान ने भाजपा सरकार के गठित होने के एक दिन पूर्व दिए अपने ब्यान में कहा था, "भारत के सभी शहर पाक प्रक्षेपास्त्र के निशाने में हैं।" इससे भारत की सुरक्षा पर प्रश्नचिन्ह लगा और भारत-पाक के संबंधों में तनाव भी उत्पन्न हुआ। ऐसा होना स्वाभाविक भी था।

इसी तरह रहस्य प्रकट करते हुए उन्होंने कहा था – "पाक ने परमाणु बम बना लिया है और वह किसी भी समय विस्फोट कर सकता है। पाक गौरी से अधिक मारक क्षमता के नए प्रक्षेपास्त्र गजनवी का विकास कर रहा है। इसकी मारक क्षमता 2000 K.M. है।"

पाक प्रधानमंत्री नवाज शरीफ ने कहा – "पाक ने गौरी नामक प्रक्षेपास्त्र का परीक्षण कर लिया है, जो हर तरह से उड़ान में कामयाब हुआ है। जो कि 1500 K.M.

तक मार कर सकता है तथा 200 किलोग्राम तक बम या परमाणु बम ले जा सकता है।"

पाक के पास चीन से खरीदे गए एम-1 व एम-11 प्रक्षेपास्त्र भी हैं। जिनकी मारक क्षमता 500 K.M. से 700 K.M. तक की है। एम-11 भी इसी गौरी की तरह परमाणु बम को ले जा सकता है। इस तरह भारतीय सुरक्षा को वाजपेयी के कार्यकाल में भयंकर खतरे उत्पन्न हुए। अब इस तरह से श्री वाजपेयी जी के सामने दो समस्याएं भयंकर रूप से थीं जो इस प्रकार हैं –

(1) भारत में विदेशी आतंकवाद का प्रश्न।

(2) भारत की सुरक्षा संबंधी प्रश्न।

इस तरह पाक द्वारा गौरी प्रक्षेपास्त्र का परीक्षण करने के बाद श्री अटलबिहारी वाजपेयी ने कहा था – "भारत अपनी सुरक्षा बनाए रखने के लिए सक्षम है। भारत परमाणु नीति में परिवर्तन नहीं करेगा।"

इस तरह प्रधानमंत्री के इस वक्तव्य के आधार पर हम कह सकते हैं कि भारत के लिए परमाणु अस्त्र क्षमता को प्रकट करने का निर्णय लिया जाना आवश्यक बन गया था। इसी तरह रक्षामंत्री जार्ज फर्नांडीस ने भी भारतीय संदर्भ में कहा – "भारत को सबसे ज्यादा खतरा चीन से है इसके साथ पाक भी है। इससे निपटने के लिए कड़े फैसले करने होंगे। इसका निर्णय करने पर हमें तुरंत सोचना चाहिए।"

पाक की तरह ही भारत द्वारा भी 11 मई, 1998 को त्रिशूल कम दूरी की मारक क्षमता वाले प्रक्षेपास्त्र का सफल परीक्षण किया गया। इसका प्रयोग जमीन से जमीन में, जमीन से हवा में मारने के लिए किया जा सकता है। इसकी क्षमता 50 K.M. तक की है। यह पाक के जवाब के लिए काफी नहीं था।

**(2) *भारतीय सुरक्षा पर रक्षा विशेषज्ञों के सुझाव*** – श्री वाजपेयी के कार्यकाल में भारतीय सुरक्षा पर महत्वपूर्ण मत प्रकट किए गए, जो इसलिए भी महत्वपूर्ण माने गए कि जिसके पास ज्यादा प्रक्षेपास्त्र होंगे वही राष्ट्र रक्षा प्रणाली में सबसे श्रेष्ठ होगा। भारत के पड़ोसी राष्ट्रों की सुरक्षा प्रणाली का व्यापक विश्लेषण किया गया। जिसमें यह पाया गया कि नक्षत्र में जो राष्ट्र अपना वर्चस्व कायम कर पाएगा वही राष्ट्र सक्षम भी होगा।

यह सुझाव इस प्रकार हैं :–

(अ) रक्षा अनुसंधान व विश्लेषण संस्थान के उपनिदेशक सी॰ उदय भास्कर ने मत प्रकट करते हुए कहा – "भारत जब अपनी तकनीकी क्षमता को चीन के बराबर कर लेगा तब पाक स्वतः ही गौण हो जाएगा। भारत के पास अंतरिक्ष में ऐसी कोई तकनीक नहीं है, जिससे प्रक्षेपास्त्र व लड़ाकू विमान को निर्देशित किया जा सके।"

(ब) भारत के शांति एवं युद्ध अध्ययन संस्थान के संयुक्त निर्देशक मेजर जनरल बनर्जी ने कहा है कि – "भारत को अपनी मारक प्रक्षेपास्त्र तकनीक को सुधारना चाहिए।"

इन दोनों बिन्दुओं के अलावा रक्षा विशेषज्ञों ने अपने मत में कहा कि – "भारत की सुरक्षा को पाक से खतरा पैदा हो सकता है। क्योंकि अब पाक के पास 600 किलोमीटर दूरी तक 500 किलो वजन के विस्फोटक ले जाने वाले प्रक्षेपास्त्र मौजूद हैं। अब ईरान, साउदी अरब जैसे राष्ट्रों के पास भी शक्तिशाली प्रक्षेपास्त्र हैं।"

इस तरह हम यह विश्लेषण तो कर ही सकते हैं कि भारत के पास मौजूदा समय में प्रक्षेपास्त्र क्षमता के अंतर्गत पृथ्वी-1 है। इस तरह जमीन से जमीन पर मार करने वाले इस प्रक्षेपास्त्र की मारक दूरी 150 K.M. है, जो कि 1000 किलोग्राम तक का विस्फोटक जमीन से जमीन पर मार करता है। इसकी मारक दूरी 250 K.M. है, जो कि 500 किलोग्राम तक की विस्फोटक सामग्री ले जा सकता है। इसी तरह पृथ्वी-3 की भारत की क्षमता 350 किलोमीटर तक है, जो कि मध्यम दूरी की मिसाइल (अग्नि), अंतर महाद्वीपीय प्रक्षेपास्त्र (सूर्या), आकाश, त्रिशूल, नाग व संबधी उपग्रह प्रक्षेपास्त्र यान (ए एस एल वी), ध्रुवीय उपग्रह प्रक्षेपण यान (पी एस एल वी) व भूमि स्थिर उपग्रह प्रक्षेपण यान (जी एस एल वी) भी विकसित किया जाना चाहिए।

आधुनिक समय में पैरियट प्रक्षेपास्त्र को दुनिया के सबसे बेहतर प्रक्षेपास्त्रों की श्रेणी में माना जाता है, जो कि मूल रूप से खाड़ी युद्ध 1991 के दौरान सफल नहीं हो सके थे। जबकि हमारा आकाश प्रक्षेपास्त्र तो उससे कम शक्तिशाली युक्त है। भारतीय वैज्ञानिक डॉ॰ अब्दुल कलाम ने इस संबंध में कहा – "अग्नि के द्वारा हमने सिद्ध कर दिया है कि हम प्रक्षेपास्त्रों को नई तकनीक द्वारा निर्देशित कर सकते हैं। अब हम आवश्यकता पड़ने पर 1000 किलोमीटर से 2500 किलोमीटर तक लंबी दूरी के प्रक्षेपास्त्रों का निर्माण कर सकते हैं।"

इस तरह हम यह कह सकते हैं कि भारत आणविक नीति को अपनाते हुए सुरक्षा की दृष्टि से सचेत रहा है। वर्तमान परिस्थितियों के विश्लेषण के माध्यम से भारतीय विदेश नीति संतुलन बनाने का दृष्टिकोण भी रखती है। भारत अब प्रक्षेपास्त्रों को विकसित करने के दृष्टिकोण पर कारगर कदम उठा रहा है। यही हमारे लिए गौरव की बात है।

**(3) *भारतीय परमाणु परीक्षण*** – भारत ने सर्वप्रथम परमाणु परीक्षण 18 मई, 1974 को राजस्थान के पोकरण में किया था। इसके 24 वर्ष बाद 11 मई, 1998 को इसी पोकरण में 3 परमाणु परीक्षण किए। यह तीनों ही भूमिगत परीक्षण थे। भारत ने पूर्णरूप से इसे गोपनीय रखा। यह जो तीन परीक्षण किए गए थे मूल रूप से फिजन डिवाईस, लोईल्ड डिवाईस और थर्मो-न्यूक्लीयर डिवाईस से युक्त रहे थे। इस परीक्षणों से रेडियोधार्मिता नहीं फैली थी।

भारत के इस समय किए गए परमाणु परीक्षण की व्यापक आलोचना विश्व के अनेक राष्ट्रों ने की। इस परीक्षण के बाद प्रधानमंत्री अटलबिहारी वाजपेयी जी ने कहा – "मैं इस सफल परीक्षण में योगदान देने वाले वैज्ञानिकों और इंजीनियरों को बधाई देता हूं।" हम परमाणु नीति की पुनः समीक्षा करेंगे और परमाणु हथियार बनाने के विकल्प का इस्तेमाल करेंगे।

इस परीक्षण पर पूर्व रक्षामंत्री कृष्ण चन्द्र पंत ने भी कहा – "राजस्थान के पोकरण में किए गए 3 भूमिगत परमाणु परीक्षण साहासिक और ऐतिहासिक कदम हैं। इनसे देश की शक्ति बढ़ेगी। परमाणु परीक्षणों के लिए देश वाजपेयी जी का ऋणी है। भारत ने यह परमाणु परीक्षण सही समय पर करके उपयुक्त कदम उठाया है।"

इस तरह परमाणु परीक्षण करके भारत एक क्षेत्रीय शक्ति के रूप में उभर सका है। भारत द्वारा लिया गया निर्णय राष्ट्रहित के लिए था। जो कि भारत के सामने उपस्थित खतरों के बीच खाई को कम करने के लिए अनिवार्य था। इससे भारत परमाणु सम्पन्न राष्ट्र भी बन सका है। इसी के साथ एशिया की एक क्षेत्रीय शक्ति के रूप में उभर सका है।

(4) ***परमाणु परीक्षण पर टिप्पणी*** – भारत द्वारा परमाणु परीक्षण करने के बाद ही विश्व स्तर पर राष्ट्रों के अनेक मत उभर कर हमारे सामने आए। जो इस प्रकार थे :–

(क) रूस के पूर्व राष्ट्रपति बोरिस येल्तसिन ने भी इस पर कहा – "लंबे समय से रहे हमारे मित्र ने परमाणु परीक्षण करके हमें नीचा दिखाया है लेकिन हम कूटनीतिक माध्यमों तथा बातचीत से इस स्थिति को बदल सकते हैं।"

(ख) संयुक्त राष्ट्र संघ के महासचिव कोफी अन्नान ने भी कहा – "भारत ने परमाणु परीक्षण करके अन्तर्राष्ट्रीय सहमति का उल्लंघन किया है।"

(ग) स्वीडन के प्रधानमंत्री गोस्टन प्रेसोन ने भी कहा कि – "इस विस्फोट से हमें दुःख हुआ है। उनका देश पूरी तरह इसे अस्वीकार करता है। भारत ने परमाणु परीक्षण करके एक गंभीर जोखिम उठाया है।"

(घ) अमेरिका के राष्ट्रपति बिल क्लिंटन ने भी कहा – "मैं भारत को आह्वान करता हूं कि वह आगे परीक्षण नहीं करे तथा सी॰टी॰बी॰टी॰ संधि पर बिना शर्त हस्ताक्षर करने की घोषणा करे। मैं भारत के पड़ोसियों को भी आह्वान करता हूं कि वे भारत का अनुसरण नहीं करें। हथियारों की खतरनाक होड़ के रास्ते पर नहीं आएं। मैं नहीं मानता कि ऐसे परीक्षण अपेक्षाकृत सुरक्षित 21वीं सदी की ओर ले जाने में योगदान करेंगे।"

(च) राजस्थान पत्रिका के संपदाकीय लेख में लिखा गया था – "यदि परमाणु परीक्षण की पुष्टि हो जाती है तो हमें कानून के अंतर्गत कई प्रतिबंध लगाने पड़ सकते

हैं। अमेरिकी कानून के अंतर्गत प्रशासन को भारत को दी जाने वाली सभी सहायता अनिवार्य रूप से बंद करनी होगी। अंतर्राष्ट्रीय मुद्रा कोष और विश्व बैंक के ऋण के लिए समर्थन वापिस लेना होगा।"

(छ) भारतीय परमाणु परीक्षणों की विश्व के राष्ट्रों ने कड़ी आलोचना की जिनमें आस्ट्रेलिया, न्यूजीलैंड, कनाडा, अमेरिका, मैक्सिको, नार्वे, डेनमार्क, हालैण्ड, स्वीडन, जापान, आदि राष्ट्रों ने आर्थिक सहायता रोक देने की घोषणा की। इसी के साथ कुछ राष्ट्रों ने अपने राजदूतों को भारत से वापिस बुला लेने की घोषणा कर दी थी।

इसी के साथ यूरोपीयन संघ ने भी इसकी आलोचना की थी। इसी क्रम में संयुक्त राष्ट्र संघ ने सुरक्षा परिषद् द्वारा परमाणु परीक्षण की समीक्षा कराने के लिए के॰सी॰ पंत की अध्यक्षता में कार्यदल गठित किया था।

(ज) भारत को परमाणु परीक्षण करने से आर्थिक क्षेत्र में सबसे ज्यादा हानि उठानी पड़ी थी। जिसका विवरण इस प्रकार है :–

(अ) अमेरिका ने 2.6 करोड़ डालर की सहायता जो भारत को प्राप्त होने वाली थी उसे रोक दिया था। इसी श्रेणी में अमेरिकी ऋण की गारंटी बंद कर दी गई। इसका आर्थिक संस्थाओं ने भी कड़ा विरोध किया।

(ब) भारत को एक अरब 33 अरब येन के ऋण के बारे में जापान ने रोक लगा दी।

(स) जर्मनी की ओर से 30 करोड़ की सहायता मिलने वाली थी, उसे रोक दिया गया।

(द) विश्व बैंक से 86.5 करोड़ डालर का ऋण प्राप्त होने वाला था, वह स्थगित हो गया।

(ज) अमेरिका के राष्ट्रपति बिल क्लिंटन की भारत यात्रा का मामला निरस्त हो गया।

इन आधारों पर हम यह कह सकते हैं कि भारत ने आर्थिक क्षेत्र में काफी हानि उठाई। लेकिन राष्ट्रीय हितों के आगे यह सब गौण ही माने जा सकते हैं।

(झ) एशिया प्रशांत अध्ययन संस्थान की चीनी अकादमी के निदेशक सुन रिहाई ने कहा – "भारत ने परमाणु परीक्षण कर विश्व ग्राम की अवधारणा को ठेस पहुंचाई है। चीन को भारत के इस कृत्य की निन्दा करनी ही चाहिए। भारत ने चीन के खतरे की आड़ में यह परीक्षण किए हैं। अब वह समय बीत चुका है जब परमाणु शक्ति सम्पन्न होने से अंतर्राष्ट्रीय समुदाय का समर्थन हासिल किया जा सकता है।"

**(5) *परमाणु बम का पुनः परीक्षण*** – भारत ने 13 मई, 1998 को पुनः दो परमाणु परीक्षण किए। इस तरह अब तक भारत ने कुल छः परमाणु परीक्षण करके विश्व को चकित कर दिया। इस बार किया जाने वाला परीक्षण उप क्रांतिक डिजाइन का था जिसका सफल परीक्षण किया गया।

इस पर प्रधानमंत्री अटल बिहारी वाजपेयी ने कहा – "हमारे पास बड़ा बम है। जिसके लिए आवश्यक निर्देशन व नियंत्रण प्रणाली भी हमारे पास है। हम इन हथियारों का उपयोग कभी भी किसी पर हमला करने के लिए नहीं करेंगे। हमारे इरादे पहले भी शांतिपूर्ण थे, अब भी हैं और भविष्य में भी रहेंगे। हम प्रतिबंधों के आगे नहीं झुकेंगे।"

इस बार किए गए परमाणु परीक्षणों से फिर अंतर्राष्ट्रीय स्तर पर भारत को संदेह की दृष्टि से देखा गया।

जबकि भारत स्पष्ट दृष्टिकोण अपनाए हुए है। इस 20वीं सदी के अंत में भारतीय विदेश नीति पूर्ण रूप से शांतिपूर्ण आणविक की नीति मानी जाएगी। यद्यपि इस परमाणु परीक्षण के बाद भी भारत निःशस्त्रीकरण के लिए वचनबद्धता रखता है। भारत ने संयम भी रखा और अपने इरादे भी अंतर्राष्ट्रीय स्तर पर स्पष्ट कर दिए। इससे भारत के पड़ोसी राष्ट्रों के बीच खलबली मच गई थी। हम यहां पाक के दृष्टिकोण, इरादे अच्छी तरह समझ चुके थे। इसी कारण से मई 1998 में पाक ने भी परमाणु परीक्षण कर डाले।

(6) ***भारतीय परीक्षणों को समर्थन*** – इस संबंध में हम निम्न तथ्य रख कर यह स्पष्ट कर देना चाहते हैं कि भारत के परमाणु परीक्षणों के संबंध में निम्नलिखित पक्ष भी उभर कर आए थे :–

(क) ब्रिटेन की लार्ड सभा के सदस्यों में भारतीय मूल के लार्ड देसाई ने भारतीय प्रतिबंधों का विरोध करते हुए मांग की थी कि भारत को छठी परमाणु शक्ति का दर्जा दिया जाना चाहिए।

लेकिन अमेरिका का रवैया यही रहा है कि वह भारत को परमाणु शक्ति सम्पन्न राष्ट्र घोषित करने के पक्ष में नहीं होकर विरोध में अधिक रहा है।

(ख) भारतीय शिक्षा शास्त्री डॉ॰ पी॰डी॰ शर्मा ने भी कहा – "तकनीकी दृष्टि से हम इंग्लैंड और फ्रांस ही नहीं, अमेरिका और रूस के समीप पहुंच गए हैं। इससे यह तो सिद्ध हो जाता है कि हम विश्व की पांच परमाणु सम्पन्न शक्तियों की बराबरी करने में सफल हो चुके हैं। इसे स्वीकार तो करना ही होगा।

(ग) अमेरिका के पूर्व राष्ट्रपति जिम्मी कार्टर ने कहा – "जब अमेरिका ने स्वयं परमाणु जखीरों को कम करने से इंकार कर दिया है तो वह किस मुंह से भारत की आलोचना कर सकता है। हम तो अपने पास 8000 परमाणु बम रखेंगे जिनमें अमेरिका कटौती के लिए तैयार नहीं।"

(घ) हेनरी किसिंजर ने भी इस पर कहा – "भारत विश्व में उभरती हुई ताकत है। भारत सिर्फ क्षेत्रीय ताकत ही नहीं है। चीन की तरह भारत भी ऐसा देश है जिसे अमेरिका डरा धमका नहीं सकता है। सिर्फ दक्षिण एशिया ही नहीं पूरे एशिया में शांति और स्थिरता के लिए भारत एक महत्वपूर्ण देश है।"

(च) अमेरिका सांसदों के अनुसार भारत को पाक से नहीं बल्कि चीन से खतरा है। चीन के पास बहुत ही विकसित परमाणु अस्त्र और प्रक्षेपास्त्र कार्यक्रम है। चीन भी पाक के प्रक्षेपास्त्र और परमाणु कार्यक्रम में सहयोग करता रहा है। चीन ने कुछ वर्ष पूर्व ही पाक को M-11 प्रक्षेपास्त्र उपलब्ध कराए थे। इससे भारत की सुरक्षा को खतरा उत्पन्न हुआ और अब भारत ने जब परमाणु परीक्षण कर ही लिया है तो इसे हम नकार नहीं सव ते हैं।

भारत परमाणु परीक्षण नहीं करता तो क्या चुप्पी साध कर देखता रहता। भारत वर्तमान समुदाय में परमाणु मुद्दे पर अलग पड़ गया था। भारत ने यह परमाणु परीक्षण किया इससे भारत के अधिकांश मित्र राष्ट्र भारत से नाराज हो गए। इससे यह तो सिद्ध होता है कि भारत एक शक्ति के रूप में उभर सका है जो कि भारत के लिए आवश्यक भी है। विश्व समुदाय के राष्ट्रों को हम हमारे समस्त दृष्टिकोण से प्रमाणित करने की क्षमता अभी भी रखते हैं।

संयुक्त राष्ट्र संघ ने भारतीय परमाणु परीक्षण करने के बाद CTBT निगरानी कार्यालय जिसे अस्थाई तकनीकी के रूप में गठित किया है। जिसका मुख्य कार्य यह रखा है कि कोई भी राष्ट्र इस कार्यालय की भावना को ठेस नहीं पहुंचाएगा। इससे इस कार्यालय को भी धक्का लगा है। इसी के साथ संयुक्त राष्ट्र अप्रसार एजेन्सी (इन्टरनेशनल आटोमिक एनर्जी एजेन्सी) जिसे आई०ए०ई०ए० भी कहते हैं इसे भी धक्का लगा था। पाक ने इन भारतीय परीक्षणों से प्रभावित होकर ही परीक्षण किए। पाक ने भारतीय परीक्षणों के बराबर परमाणु परीक्षण करके और खतरा उत्पन्न कर दिया। इससे हमारे संबंधों में तनाव आया है।

(छ) नैराबी विश्वविद्यालय (दक्षिणी अफ्रीका) के प्राध्यापक सी०जी०एम० मेंगी ने लिखा था – "अमेरिका किसी की तभी सुनता है जब उसे लगता है कि अगला ताकतवर है। वे धौंस की भाषा ही समझते हैं। भारत ने अब दिखा दिया है कि अब वह बराबरी के साथ अमेरिका से बात कर सकता है।"

**(7) *पाक परमाणु परीक्षण व भारतीय विदेश नीति को चुनौती*** – पाक ने भी 28 मई, 1998 को ब्लुचिस्तान के चंगाई क्षेत्र में 5 परमाणु परीक्षण किए। जो कि भारतीय समय के अनुसार 4.30 बजे किए गए। यह चंगाई क्षेत्र ईरान–अफगानिस्तान सीमा से लगा हुआ है। जो कि 30 – 50 किलोमीटर की दूरी पर है। पाक के पास थर्मोन्यूक्लियर (टेक्टिकल न्यूक्लियर डिवाइस) युक्त तकनीकी का नहीं था। इस तरह पाक ने भारतीय परीक्षण के दो सप्ताह के बाद परीक्षण करके विश्व के राष्ट्रों के सामने और भी विकट समस्या खड़ी कर दी।

पाक ने इसके बाद 2 परमाणु बम 30 मई, 1998 को भारतीय समय के अनुसार 1.40 पर और किए। यह परीक्षण अन्य स्थान पर किए गए थे। यह 12 किलोग्राम

क्षमता के बराबर के थे। पाक के परमाणु परीक्षण में यूरेरियम-235 का प्रयोग किया गया। जो कि हिरोशिमा और नागासाकी में डाले गए बमों की क्षमता के बराबर के थे। इसे हाइड्रोजन बम में बदला जा सकता है।

पाक परमाणु परीक्षण पर प्रधानमंत्री नवाज शरीफ ने कहा – "हमारा भरोसा कीजिए। हम परमाणु परीक्षण करने में सक्षम हैं और हमने अत्यधिक संयम बरता है। डॉ॰ अब्दुल कादिर खान के नेतृत्व में खान अनुसंधान प्रयोगशालाओं ने परमाणु विस्फोट के काम आने वाले यूरेनियम 235 के परिशोधन से जुड़ी तमाम समस्याओं का सफलतापूर्वक निराकरण कर लिया है।"

इन्होंने आगे कहा – "सभी काम वर्ष 1984 में पूर्ण कर लिए गए थे और शस्त्र प्रणाली विकसित करने के लिए कई सफलतापूर्ण परीक्षण किए गए। दुश्मन की किसी भी हरकत का करारा जवाब देने के लिए लंबी दूरी तक मार करने वाली गौरी मिसाइल पर परमाणु अस्त्र लगाए जा रहे हैं।"

इन्होंने आगे कहा – "हम परीक्षण करना नहीं चाहते किन्तु लोग परीक्षण के लिए बेताब हैं और हम पर दवाब बढ़ता जा रहा था।"

पाक विदेश सचिव शमशाद अहमद ने कहा – "पाक परीक्षण का समय अपने हिसाब से तय करेगा। राष्ट्रीय हित में जो संभव होगा, वही करेगा। हमें हमारे राष्ट्रीय हित ताक में रखने को भी कहा जा रहा है।"

पाक के पूर्व प्रधानमंत्री बेनजीर भुट्टो ने भी कहा – "पाक को परीक्षण एक महीने के अंदर कर लेना चाहिए। भारत ने हमारे लिए परमाणु परीक्षण करने के अलावा और कोई रास्ता नहीं छोड़ा है।"

इस तरह यह तो सिद्ध हो जाता है कि पाक भी परमाणु परीक्षण की योजना तैयार कर चुका था केवल उसे भारतीय परमाणु परीक्षण का इंतजार था। इसलिए उसने परीक्षण भारत से पहले नहीं किया। यदि पाक भारत से पहले परीक्षण करता तो हो सकता भारत 10 परमाणु परीक्षण तो उसके जबाव में अवश्य करता। इससे भारत भी पीछे नहीं रहता। यद्यपि विश्व के अन्य देशों द्वारा पाक से भी परीक्षण न करने की अपील की गई थी। इसके उपरांत भी उसने परीक्षण कर ही लिए थे।

***अमेरिका व पाक*** – अमेरिका ने पाक को परमाणु परीक्षण रोकने के उद्देश्य से अपना एक प्रतिनिधि मंडल 15 मई, 1998 को इस्लामाबाद भेजा था। जिसका नेतृत्व स्ट्रोव टॉलबोट ने किया था। अमेरिका यह मान रहा था कि भारत के परीक्षण करने से दक्षिणी एशिया में तनाव बढ़ रहा था। इस प्रतिनिधि मंडल में कार्ल इन्डर फर्थ भी शामिल थे जो कि दक्षिणी एशियाई मामलों के सहायक भी हैं। इससे यह तो सिद्ध हो जाता है कि अमेरिका के बढ़ते हुए दबाव के कारण पाक ने परमाणु परीक्षण करने का साहस किया था। अमेरिका ने पाक की सुरक्षा करने की गारन्टी का प्रस्ताव भी रखा

था जिसका भी पाक पर असर नहीं हुआ था। अमेरिका ने पाक को 28 F-16 लड़ाकू विमान देने का प्रस्ताव भी रखा था। परीक्षणों से क्षेत्र में शक्ति संतुलन बुरी तरह लड़खड़ा गया है। अमेरिकी राष्ट्रपति क्लिंटन ने भी कहा था – "मैं भारत से यह अनुरोध करता हूं कि वह अपने परमाणु हथियारों के कार्यक्रम को रोक दे। 149 देशों ने C.T.B.T. संधि पर हस्ताक्षर कर दिए हैं। भारत भी हस्ताक्षर कर दे। मैं पाक से भी खतरनाक हथियारों की होड़ से परहेज करने और संयम बरतने की अपील करता हूं।"

पाक पर 80 करोड़ डालर का ऋण था जिसे वह परीक्षण करने के बाद अदा करने की स्थिति में नहीं रहा। क्योंकि अमेरिका ने भारत-पाक पर आर्थिक प्रतिबंध लगाने की घोषणा जो कर दी थी। अमेरिका ने पाक पर गौरी परीक्षण करने के बाद ही प्रतिबंध लगा दिए थे जो कि इसलिए लगे थे कि उत्तरी कोरिया द्वार पर पाक को प्रक्षेपास्त्र उपकरणों और प्रौद्योगिकी के हस्तांतरण को प्रक्षेपास्त्र प्रौद्योगिकी नियंत्रण संधि (एम टी सी आर) की श्रेणी I का उल्लंघन माना गया था अमेरिका ने यही प्रतिबंध उत्तरी कोरिया पर भी लगाए थे। इससे यह इलेक्ट्रोनिक्स, अंतरिक्ष प्रणाली, सैन्य हवाई जहाजों के विकास एवं उत्पादन पर व्यापक असरदार होंगे।

अमेरिका ने पाक की खान अनुसंधान प्रयोगशाला पर भी प्रतिबंध लगाए थे। इसी के साथ उत्तरी कोरिया के चांग वांग सिन्यॉग कार्पोरेशन पर भी प्रतिबंध लगाए गए थे। यह दो वर्ष की अवधि के लिए थे। जो कि अप्रैल, 1998 से लागू माने जाएंगे। इसके तहत आयात-निर्यात के लिए नए लाइसेन्स नहीं दिए जाएंगे। इसी तरह अमेरिकी निविदाएं भी प्राप्त नहीं होगी। इस तरह पाक और उत्तरी कोरिया दोनों प्रभावित हुए थे।

**(8) *भारत द्वारा परीक्षण के बाद उठाए गए कदम*** – भारत में परीक्षण करने के तुरंत बाद सामरिक दृष्टि से महत्त्वपूर्ण फैसले किए। इसके परीक्षण के बाद की स्थिति से निपटना भी भारत के लिए अनिवार्य बन गया था। राष्ट्रीय स्तर पर इन परीक्षणों को भारत की जनता ने समर्थन दिया। इससे भारतीय विदेश नीति के संबंध में हम यह तो कह सकते हैं कि सुरक्षा के प्रति वह पूर्णतया सतर्क रही है। भारत के सामने अंतर्राष्ट्रीय दबाव बढ़ गए और नए प्रतिबंध लगाए गए। इनसे निपटने के लिए कड़े कदम उठाना भी आवश्यक बन गया था। भारत द्वारा उठाए गए कदम इस प्रकार थे :–

(1) भारतीय सीमा पर चौकसी बढ़ाई गई।

(2) राष्ट्रीय सुरक्षा के संबंध में उभरने वाले खतरों से निपटने के लिए आंतरिक एवं बाहरी स्तर पर प्रबंध किए गए।

(3) आर्थिक प्रतिबंधों से उभरने वाली समस्याओं का निराकरण करने के लिए कदम उठाए गए।

(4) विभिन्न राष्ट्रों की प्रतिक्रियाओं का विश्लेषण करके उठाए जाने वाले कदमों का निर्णय किया गया।

(5) संयुक्त राष्ट्र संघ को लिखे गए पत्र में कहा गया कि भारत परमाणु निःशस्त्रीकरण की प्रक्रिया में तेजी लाने के लिए प्रतिबद्ध है।

(6) पड़ोसी राष्ट्रों से विशेष कर चीन से सुरक्षा करने पर विशेष कदम उठाए गए।

भारत ने हथियार नियंत्रण एवं निःशस्त्रीकरण एजेन्सी वांशिगटन के अनुसार वर्ष 1993 - 95 के बीच 88 करोड़ डालर के हथियार पूरी दुनिया के राष्ट्रों से खरीदे। इसमें 67.5 करोड़ डालर के हथियार अकेले रूस के थे। अमेरिका से 10 करोड़ डालर के खरीदे गए थे। जिसमें फ्रांस से खरीदे गए मिराज 2000 और ब्रिटेन से खरीदे गए जगुआर विमान भी शामिल थे। इस तरह यह तो सिद्ध हो जाता है कि भारत सुरक्षा की नीति पर अमल करते हुए मजबूत बन रहा है।

## वाजपेयी काल के भारत-पाक संबंध

दोनों ही राष्ट्रों के प्रधानमंत्री परमाणु परीक्षण करने के बाद श्रीलंका में 10वें सार्क शिखर सम्मेलन में मिले। इसके बाद विदेश सचिव स्तर की वार्ता का भी आयोजन हुआ। दोनों ही देशों ने अपने दृष्टिकोण से एक दूसरे को अवगत कराया। जिसका विस्तृत विवरण पुस्तक के सार्क शिखर सम्मेलन में विस्तार से दिया गया है।

इसी क्रम में डरबन में सम्पन्न हुए 12वें गुटनिरपेक्ष शिखर सम्मेलन में दिसम्बर, 1998 में विदेश सचिवों के बीच सुलह और सहमति हुई। इससे पूर्व आयोजित सार्क शिखर सम्मेलन की वार्ता असफल हो गई थी। डरबन के बाद वार्ता का मार्ग पुनः खुला इसी के उपरांत इस्लामाबाद में अक्तूबर, 1998 में सचिव स्तर की वार्ता हुई। इन वार्ताओं के माध्यम से भारत पाक के बीच संबंध सुधारने, सीमा पर तनाव कम करने संबंधी मामलों पर चर्चा हुई है।

यह वार्ता 15 से 18 अक्तूबर, 1998 तक आयोजित हुई। यह सचिव स्तर की वार्ता 13 माह बाद आयोजित हुई।

यह पाक विदेश सचिव शमशाद अहमद और भारत विदेश सचिव के० रघुनाथ के बीच संपन्न हुई। इसमें प्रतिनिधि मंडल एवं रक्षा मंत्रालय के अधिकारी भी उपस्थित थे। इसी के साथ में भारतीय उच्चायुक्त सतीश चन्द्र तथा पाक उच्चायुक्त अशरफ जहांगीर काजी भी वार्ता में उपस्थित थे।

इस वार्ता से पूर्व पाक विदेश सचिव शमशाद अहमद ने कहा था – "हम काफी पेचीदा व जटिल मुद्दों पर बातचीत करने वाले हैं। हम उस दिशा में पहला कदम रखने जा रहे हैं। संबंधों को सामान्य बनाने की प्रक्रिया आरम्भ होने दीजिए। हम चाहते हैं कि उद्देश्यगत व सार्थक बातचीत हो ताकि भारत पाक दोनों देश शांति व सौहार्द में रह सकें। कश्मीर का मुद्दा महत्वपूर्ण है।" हम निहायत सकारात्मक एवं रचनात्मक दृष्टिकोण के साथ शांति की प्रक्रिया आरम्भ करने जा रहे हैं। इस वार्ता में दोनों ही सचिवों ने एक दूसरे को अपने-विचारों, सुझावों से अवगत कराया।

***वार्ता के मुद्दे –***

(1) नागरिक कैदियों की रिहाई का मामला
(2) शांति एवं सुरक्षा
(3) सीमा रेखा पर शांति
(4) परमाणु युद्ध को टालने पर विचार
(5) जम्मू-कश्मीर हालातों पर चर्चा
(6) सामरिक दृष्टि से विश्वास को बढ़ाना

***वार्ता में सहमति*** – इसके बिन्दु इस प्रकार हैं –

(1) एक दूसरे के विरुद्ध प्रचार रोकने पर सहमति
(2) परमाणु संघर्ष की जोखिम कम करने पर सहमति
(3) निरंतर वार्ता आयोजित करने पर सहमति
(4) अगली वार्ता फरवरी, 1999 में नई दिल्ली में आयोजित होने पर सहमति
(5) विश्वास बढ़ाने पर सहमति
(6) लाहौर दिल्ली के बीच बस सेवा पर अंतिम चरण की स्वीकृति

***वार्ता की असफलता*** – इस्लामाबाद वार्ता पूर्ण रूप से असफल मानी गई। भारत चाहता है कि आर्थिक व्यापार, ऊर्जा, विज्ञान प्रौद्योगिकी के क्षेत्रों में सहयोग स्थापित हो जाता है तो कश्मीर मुद्दे का आसानी से हल निकाला जा सकता है। पाक ने कश्मीर में जनमत संग्रह कराने की मांग रखी जिसे भारत ने अस्वीकार कर दिया। इसके साथ ही U.N.O. के प्रस्ताव को भी भारत ने अस्वीकार कर दिया। भारत ने पाक द्वारा रखे अनाक्रमण संधि के प्रस्ताव को इसलिए अस्वीकृत कर दिया कि पाक इसे कश्मीर से जोड़ना चाहता था। वैसे भी इस वार्ता में कश्मीर पर कोई प्रगति नहीं हुई। केवल 145 भारतीय मछुआरे जो पाक जेल में बंद थे तथा इसके साथ ही 1120 भारतीय भी पाक जेल में बंदी थे उन्हें रिहा करने की पाक ने घोषणा की। भारत ने भी 876 पाक नागरिक, 182 मछुआरों को रिहा करने की घोषणा की। फिर भी हम यह तो आशा कर ही सकते हैं कि अगली शिखर वार्ता में कुछ न कुछ प्रगति अवश्य होगी।

### भारत-पाक विदेश सचिव स्तर की वार्ता नई दिल्ली में नवम्बर 1998 में

भारत-पाक के बीच विदेश सचिव स्तर की वार्ता 4 नवम्बर से 13 नवम्बर, 1998 तक विभिन्न विषयों पर नई दिल्ली में आयोजित हुई। भारत पाक के बीच विदेश सचिव स्तर की वार्ता जून 1997 में शुरू हुई जो जम्मू-कश्मीर, शांति व सुरक्षा पर हुई थी। इस तरह 1986 व 1992 के वर्ष में भी वार्ता के छः दौर हो चुके थे फिर भी बार-बार वार्ता आयोजित करना संबंधों में सुलह का प्रतीक माना जाता रहा है। इसमें पाक का 12 सदस्यीय प्रतिनिधि मंडल शामिल रहा। इस वार्ता के महत्वपूर्ण मुद्दे इस प्रकार थे :–

(1) सियाचीन ग्लेशियर
(2) तुलबुल परियोजना
(3) सर क्रीक
(4) आर्थिक व वाणिज्य सहयोग
(5) आतंकवाद, मादक पदार्थों की तस्करी
(6) विभिन्न क्षेत्र में सहयोग का आदान-प्रदान

अब हम यहां वार्ता का विवरण इस प्रकार प्रस्तुत कर सकते हैं :-

**(1) *सियाचीन ग्लेशियर*** – इस मुद्दे पर पाक का प्रतिनिधित्व रक्षा सचिव (सेवानिवृत्त) इफ्तिखार अली खान एवं भारत के रक्षा सचिव अजित कुमार ने किया। यह सियाचीन ग्लेशियर 18 हजार फीट ऊंचाई पर है जो कि पांच हजार मीटर में है। यहां 75 किलोमीटर लंबी सीमा पर पाक द्वारा निरंतर गोलाबारी की जाती रही है। इसे रोकने के लिए वार्ता का आयोजन किया गया। पाक सियाचीन को कश्मीर से जोड़ना चाहता है। इस भू-भाग पर 1949 को हुए कराची समझौते के अनुसार युद्ध विराम रेखा खींची गई है।

इस वार्ता में चौकियों के ठिकानों को भी हटाया जाना था। यहां गोलाबारी का मसला भारत-पाक के बीच सबसे ज्यादा विवादित हो रहा है। पाक करकोरम दर्रे को अपना होने का दावा पेश करता रहा है जो सरासर गलत है। भारत-पाक के बीच यहां अघोषित युद्ध होता रहा है।

इस वार्ता में पाक ने कहा कि यहां अंतर्राष्ट्रीय निगरानी की जानी चाहिए। जिसका भारत ने विरोध किया। इस वार्ता में उस समय गतिरोध उत्पन्न हो गया जब दोनों ही पक्षों ने एक दूसरे के प्रस्तावों को ठुकरा दिया। 17 जून, 1989 को संपन्न हुई वार्ता के अनुसार सियाचीन में दोनों ही राष्ट्रों ने अपनी-अपनी सेनाओं की यहां पर तैनाती की है। भारत ने कहा कि यहां गोलाबारी रोक कर ही युद्ध विराम किया जाना चाहिए। तभी इस क्षेत्र में शांति कायम हो सकती है। यह वार्ता 3 घंटे तक चली। यहां दोनों ही राष्ट्र मोर्टार तोपों की तैनाती करना चाहते हैं।

इस सियाचीन ग्लेशियर को लेकर भारत-पाक के बीच 15 वर्षों से तनाव जारी है। यहां सेना तैनात है। दोनों की ही तरफ से गोलाबारी होती रही है। इस समस्या पर यह वार्ता का सातवां दौर रहा था। अतः यह वार्ता इस मसले पर पूर्ण रूप से असफल हो गई। कोई प्रगति नहीं हो सकी। केवल वार्ता जारी करने की सहमति प्राप्त हुई। पाक ही एक ऐसा राष्ट्र है जो हर वार्ता के अवसर को गंवाता रहा है। फिर भी भारत को पाक से सतर्क रहना चाहिए। यह एक जटिल समस्या बनी रही।

**(2) *तुलबुल परियोजना*** – इस मुद्दे पर वार्ता 5 नवम्बर, 1998 को हुई जिसमें पाक का प्रतिनिधित्व जल संसाधन सचिव सैयद शाहिद हुसैन ने किया। भारत का

प्रतिनिधित्व जेड० हसन ने किया। इस तुलबुल परियोजना पर 11 वर्षों से निर्माण कार्य बंद पड़ा है। इस पर कोई प्रगति नहीं हुई है। दोनों ही राष्ट्र अपनी-अपनी स्थिति को बनाए हुए हैं। इस वार्ता में भी गतिरोध ही रहा।

इस मुद्दे पर 1960 की हिन्द जल संधि में यह व्यवस्था की गई थी कि इसी के तहत इसका हल निकाला जाएगा। इस वार्ता में पाक ने प्रस्ताव रखा कि तुलबुल परियोजना पर वार्ता नए ढंग से होनी चाहिए। भारत ने कहा कि इस पर आठ वार्ताएं पूर्व में आयोजित हो चुकी हैं। इसके साथ ही भारत ने कहा कि वार्ता जहां 1992 में समाप्त हुई थी उससे आगे वार्ता शुरू होनी चाहिए। इस पर पाक ने 1992 में सहमति भी दी थी। भारत ने इस वार्ता में कहा-कि भारत इस परियोजना को नौ वहन के लिए पूरा करना चाहता है। पाक झेलम नदी पर भंडारण की अनुमति नहीं देना चाहता है। भारत ने कहा कि बुलर झील के बहाव में कभी कभार ही वृद्धि होगी, इस पर भी पाक ने एतराज किया। इसलिए इस मुद्दे पर भी वार्ता असफल ही रही।

**( 3 ) *सरक्रीक का मुद्दा*** – इस मुद्दे पर वार्ता 9 नवम्बर, 1998 को आयोजित हुई। भारत की ओर से नेतृत्व जनरल ए०के० आहुजा ने किया। पाक की ओर से रक्षा सचिव जमील अख्तर ने किया। इस मुद्दे पर भारत-पाक के बीच वार्ता 1965 के बाद से होती रही है। यह सरक्रीक कच्छ की खाड़ी में गुजरात और सिन्ध के समुद्री तट से लगी हुई सीमा है।

पाक इसे तीसरे पक्ष के माध्यम से हल करना चाहता है। भारत इस पर एतराज करता रहा है। यहां ज्वार के कारण सीमा रेखा में परिवर्तन होता रहता है। यहां यह माना जाता है कि प्रचुर मात्रा में गैस व तेल का भंडार भरा हुआ है। 1914 के नक्शे के अनुसार B-44 तथा 1966 के न्यायाधिकरण के निर्णय के अनुसार सरक्रीक का उत्तरी किनारा भारत का है। जबकि क्रीक जिसे नौवहन के योग्य नहीं होने का दावा किया जाता है। वह पाक का हिस्सा है। पाक अब इसकी सीमा का निर्धारण दक्षिणी किनारे से करना चाहता है। ऐसा करने से पाक के पास अधिक क्षेत्र आ जाएगा। वैसे भी इस क्षेत्र में समुद्री सीमा निर्धारित नहीं हुई है। ऐसी स्थिति में यहां कोई भी राष्ट्र समुद्र में छिपे हुए प्राकृतिक संसाधनों के दोहन नहीं कर सकता है। अतः सरक्रीक के मुद्दे पर भी वार्ता असफल ही रही।

**( 4 ) *आर्थिक एवं वाणिज्य सहयोग*** – इस विषय पर वार्ता 10 नवम्बर को संपन्न हुई जिसमें पाक का नेतृत्व वाणिज्य सचिव इकबाल फरीद ने किया। भारत का नेतृत्व वाणिज्य सचिव पी०वी० प्रभु ने किया। इस संबंध में पाक भारत को व्यापार क्षेत्र में वरीयता तो देना चाहता था लेकिन पहले शांति व सुरक्षा का माहौल बनाना चाहता था। पाक बिजली, वीसा के मामलों में सुधार का इच्छुक रहा। भारत ने पाक को विशेष वरीयता का दर्जा 1970 से दे रखा है। भारत पाक से 50 मेगावाट बिजली खरीदने

को तैयार हो गया। इस संबंध में तकनीकी मंडल को शीघ्र ही पाक भेजा जाना तय हुआ। इसके लिए तकनीकी समिति का गठन भी किया गया।

भारतीय नागरिकों को पाक वीसा छः सप्ताह में जारी करने पर भी सहमत हुआ। भारत 15 दिन के अंतर्गत पाक नागरिकों को वीसा जारी कर देता है। दोहरी कर नीति को भी समाप्त करने पर बल दिया गया। भारत-पाक के बीच 1989 के बाद यह पहली वार्ता वाणिज्य एवं आर्थिक मुद्दों पर आयोजित हुई। जिसमें रेल सेवा पर भी विचार किया गया। इसके साथ ही नई संभावनाओं पर भी विचार किया गया। भारत पाक के बजाए अन्य देशों से समान खरीदता है जब तक दोनों के बीच कश्मीर समस्या बनी रहेगी। संबंध सामान्य नहीं होंगे। फिर भी इस विषय पर सद्भावना पूर्ण वार्ता हुई।

**(5) *आतंकवाद, मादक पदार्थों की तस्करी पर वार्ता*** – यह वार्ता 12 नवम्बर, 1998 को हुई। इसमें भारत का नेतृत्व गृह सचिव वी॰पी॰ सिंह ने किया। पाक का नेतृत्व पाक गृह सचिव हफीजुल्ला इशाद ने किया। आतंकवाद के मुद्दे पर वार्ता में कोई प्रगति नहीं हो सकी। इस पर वार्ता असफल ही रही। पाक आतंककारियों को प्रशिक्षण देकर भारत में भेजता रहा है। इसी तरह मादक पदार्थों की तस्करी की रोकथाम करने के संबंध में कोई प्रगति नहीं हो सकी। आतंकवाद का मुद्दा भी सबसे अहम् भूमिका रखता है। जिस पर भी कोई ठोस निर्णय नहीं लिया जा सका।

**(6) *विभिन्न क्षेत्र में आदान-प्रदान पर वार्ता*** – इस नई दिल्ली वार्ता का अंतिम दौर 13 नवम्बर, 1998 को संपन्न हुआ। जिसमें पाक का नेतृत्व संस्कृति सचिव सैयद रोशन जमील ने किया। भारत का नेतृत्व संस्कृत सचिव आर॰वी॰वी॰ अय्यर ने किया।

भारत पाक के बीच दिल्ली-लाहौर सीधी बस सेवा को अंतिम रूप दिए जाने की सहमति हुई। इसकी दूरी 526 किलोमीटर है। इस पर पाक प्रवक्ता ने कहा – "इस्लामाबाद बस सेवा के समझौते पर हस्ताक्षर के लिए तैयार है लेकिन इसे अंतिम रूप देने से पहले तकनीकी पहलुओं को देखना होगा।" वैसे इस संबंध में भारत के प्रधानमंत्री श्री अटलबिहारी वाजपेयी व पाक प्रधानमंत्री नवाज शरीफ के बीच 23 सितम्बर, 1998 को न्यूयार्क में हुई वार्ता में सहमति हुई थी जिसको अंतिम रूप दिया गया। इसके साथ-साथ पाक ने वीसा के नियमों में सरलीकरण करने की सहमति प्रकट की। इसी के साथ-साथ पत्र-पत्रिका, पत्रकारों के आदान-प्रदान, संवाददाताओं की नियुक्ति पर भी आंशिक सहमति प्रकट की गई। अत: यह वार्ता कोई ठोस प्रगति का प्रतीक नहीं रही है। फिर भी वार्ताओं की निरन्तरता पर बल दिया गया।

भारतीय प्रधानमंत्री अटल बिहारी वाजपेयी ने अगस्त, 1998 में नामीबिया की यात्रा की। इस यात्रा के दौरान नामीबिया के राष्ट्रपति सैम नुयोमा ने कहा था – "नामीबिया को भारत का समर्थन दलगत आधारित न कभी रहा है और न आज है। गुट निरपेक्ष

आंदोलन के सदस्य के नाते भारत और नामीबिया की चुनौतियां एक समान हैं। इस कारण से यह हमारे हित में है कि हम दोनों को द्विपक्षीय और बहुपक्षीय संबंधों की मजबूती के लिए समन्वित प्रयास करने चाहिए।"

इस नामीबिया की यात्रा के दौरान भारत और नामीबिया के बीच 5 समझौते सम्पन्न हुए जिन पर भारत के प्रधानमंत्री अटल बिहारी वाजपेयी और नामीबिया के प्रधानमंत्री गेन्गाव ने हस्ताक्षर किए। इस यात्रा के दौरान उभयपक्षीय, आर्थिक उदारीकरण, घरेलू अर्थव्यवस्था आदि पर विचार किया गया।

इस यात्रा के दौरान 5 समझौते किए गए थे उनमें से निम्न समझौते इस प्रकार हैं :–

(1) समाचारों के आदान–प्रदान संबंधी समझौते पर नामीबियन प्रेस एजेन्सी और भारत की प्रेस ट्रस्ट ऑफ इंडिया के बीच अंत समझौता किया गया।

(2) कृषि सहयोग संबंधी समझौते के तहत तकनीकी विशेषज्ञों व वैज्ञानिकों का आदान–प्रदान होगा जिससे फसलों की बुवाई में अनुसंधान एवं प्रशिक्षण कार्यक्रम को बढ़ावा देने, पशुपालन, कृषि, फसलों की उत्पादन तकनीक को बढ़ावा दिया जाएगा।

(3) तकनीकी सहयोग समझौते के अनुसार सामाजिक, आर्थिक विकास के लिए तकनीकी सहयोग, द्विपक्षीय रूप से किए जाएंगे। इस समझौते के तहत भारत नामीबिया की राजधानी विड़होक के निकट 3.2 करोड़ का प्लास्टिक टैक्नोलॉजी जन सुविधा के लिए उपलब्ध कराएगा। इसकी मशीनें, उपकरण भी भारत ही उपलब्ध कराएगा।

(4) विदेश कार्यालय सलाह समझौते के माध्यम से दोनों देशों के बीच समझौते के क्रियान्वयन की समीक्षा इसके साथ–साथ अंतर्राष्ट्रीय द्विपक्षीय मुद्दों पर विचारों को आदान–प्रदान करते हुए संबंधों को मजबूत बनाना, विदेश नीति के मुद्दों पर अनुसंधान आदि के लिए भी सहयोग किया जाएगा।

श्री अटल बिहारी वाजपेयी युग में रक्षा मंत्री जार्ज फर्नांडीस ने फ्रांस की तीन दिवसीय यात्रा जनवरी, 1999 में संपन्न की थी। इस यात्रा से भारत–फ्रांस संबंधों को बढ़ाया गया। भारत रूस के बाद फ्रांस से ही सबसे ज्यादा रक्षा सामग्री खरीदता रहा है। भारत और फ्रांस के बीच 1980 में 40 मिराज 2000 लड़ाकू विमान खरीदने का सौदा संपन्न हुआ था। इसके साथ ही प्रक्षेपास्त्र रक्षा प्रणाली भी भारत ने फ्रांस से प्राप्त की थी।

वर्तमान युग में फ्रांस भारत से अत्याधुनिक मिराज, प्रक्षेपास्त्र, रडार, सिग्नल–संचार उपकरण आदि बेचने का इच्छुक रहा है। श्री जॉर्ज फर्नांडीस की फ्रांस यात्रा से पूर्व भारतीय प्रधानमंत्री अटल बिहारी वाजपेयी सितम्बर, 1998 में फ्रांस यात्रा पर गए

थे। यह दोनों ही यात्राएं भारत द्वारा किए गए परमाणु परीक्षणों के बाद की गईं। इसके अलावा फ्रांस से कूटनीतिक, राजनीतिक, आर्थिक, सामरिक और सांस्कृतिक संबंधों को स्थापित करने की पहल भी की गई थी। इसी तरह फ्रांस के राष्ट्रपति जाक्वां शिराक ने भी जनवरी, 1998 में भारत की यात्रा संपन्न की थी। इससे यह तो सिद्ध हो जाता है कि भारत और फ्रांस संबंधों की स्थापना का क्रम विस्तार जारी है। पी॰वी॰ नरसिम्हाराव ने भी जून, 1995 में फ्रांस की यात्रा की थी।

इस फ्रांस यात्रा में जॉर्ज फर्नांडीस ने सामरिक सहयोग बढ़ाने की पेशकश की। इस संबंध में फ्रांस के रक्षा मंत्री एलेन रिचर्ड से वार्ता की। भारतीय रक्षा मंत्री के साथ 5 सदस्यीय प्रतिनिधिमंडल भी गया था। इन्होंने फ्रांस की रक्षा व्यवस्था पर भी वार्ता की। फ्रांस भारत को 200 लड़ाकू मिराज, एल्फा जेट एडवांस ट्रेनर, हल्के हैलीकाप्टर आदि देने को तैयार है।

इसी संदर्भ में भारतीय प्रधानमंत्री के विशेष दूत ब्रजेश मिश्रा व प्रमुख सचिव ने 23 जनवरी, 1999 को दो दिवसीय फ्रांस की यात्रा की। जिससे रक्षा एवं आर्थिक गति दी गई। इन्होंने फ्रांस के राष्ट्रपति शिराक, विदेश मंत्री हुबर्ट वेडॉन से वार्ता की। भारत-फ्रांस के बीच में द्विपक्षीय व्यापार 1991 की तुलना में 1997 में 40% बढ़ा है। भारत फ्रांस को जो वस्तुएं निर्यात करता है वे हैं – तैयार वस्त्र, कपास, चमड़े का समान, समुद्रजन्य पदार्थ, आभूषण, हीरे जवाहरात, कालीन आदि। अब वर्तमान समय में भारत-फ्रांस दोनों ही व्यापार एवं उद्योग आर्थिक क्षेत्र में गहरी दिलचस्पी ले रहे हैं। जिससे भारत-फ्रांस के बीच कृषि, सूचना तकनीकी, दूरसंचार, कोल्ड स्टोरेज, पैंकेजिंग टैक्नोलॉजी आदि में सहयोग की संभावना है।

भारत में जब फ्रांस के राष्ट्रपति जनवरी, 1998 में यात्रा पर आए थे तब बायो-टैक्नालॉजी संबंधी समझौता भी हुआ था।

इसी तरह 1991 से अब तक 360 तकनीकी व वित्तीय संयुक्त उद्यम की स्थापना की स्वीकृति हो पाई है। अब फ्रांस को सुरक्षा संयंत्र भी बेचने को तैयार है। यह अंतर्राष्ट्रीय सुरक्षा नियमों के ही तहत बेचा जाएगा।

इसी तरह फ्रांस ने भारत में पूंजी निवेश करने में भी महत्वपूर्ण भूमिका निभाई है। 1991 से यह पूंजी निवेश 79 लाख डॉलर मंजूर हुआ था जिसमें से 25 लाख ही निवेश किया जा सका। 1996 में 47 करोड़ 76 लाख मंजूर किया गया जिसमें 2 करोड़ 75 लाख का पूंजी निवेश हो सका था इससे भारत में पूंजी निवेश करने में फ्रांस का स्थान भी मुख्य स्थान रखता है।

श्री अटल बिहारी वाजपेयी युग की विदेश नीति के अंतर्गत श्रीलंका से भी संबंधों को बढ़ाया गया। श्रीलंका की राष्ट्रपति चन्द्रिका कुमार तुंग ने दिसम्बर, 1998 में भारत की यात्रा सम्पन्न की। इस यात्रा के दौरान भारतीय प्रधानमंत्री अटल बिहारी वाजपेयी और

श्रीलंका की राष्ट्रपति चन्द्रिका कुमार तुंग के बीच 28 दिसम्बर, 1998 को मुक्त व्यापार समझौता किया। इस मुक्त व्यापार समझौते के तहत मार्च, 1999 से आयात-निर्यात की वस्तुओं को कर मुक्त करके प्रारंभ किया गया।

इसके अलावा व्यापारिक समझौते पर भारत के वाणिज्य मंत्री रामकृष्ण हेगड़े और श्रीलंका के व्यापार मंत्री ने हस्ताक्षर किए। इस तरह अगले 3 वर्षों में सीमा शुल्क व अन्य शुल्कों को समाप्त करते हुए 1000 वस्तुओं को मुक्त व्यापार की सूची में रखा गया। यह सुविधा आगामी 8 वर्षों तक के लिए श्रीलंका को प्राप्त होगी। इस मुक्त व्यापार की दिशा में श्रीलंका की ओर से 60 करोड़ डालर का निर्यात भारत को किया गया।

यह साफ्टा की दिशा में एक कदम माना गया। इससे दोनों के बीच विदेशी व्यापार में वृद्धि भी होगी। इसके साथ-साथ लाभ भी प्राप्त होगा। श्रीलंका को यह लाभ होगा कि भारतीय उत्पादन की वस्तुएं सस्ती दरों पर प्राप्त होंगी। इससे भारत का निर्यात भी बढ़ेगा और उत्पादन भी बढ़ेगा।

इस समझौते के तहत संयुक्त पूंजी निवेश के लिए भी फाउंडेशन की स्थापना करने पर सहमति प्रकट की गई। इससे व्यापार, वाणिज्य, विज्ञान, प्रौद्योगिकी, कला और संस्कृति के क्षेत्र में भी सहयोग होगा। एक दूसरे के आदान-प्रदान करने से नया मार्ग प्रशस्त होगा। भारत ने वर्ष 1998 में 56 करोड़ डालर का सामान श्रीलंका को निर्यात किया। जबकि श्रीलंका ने 4 करोड़ डालर का सामान ही निर्यात किया। भारत-श्रीलंका ने 2001 तक मुक्त व्यापार को सार्क देशों में शुरू करने का संकल्प भी दोहराया है। इस मुक्त व्यापार समझौते की रूप रेखा में श्रीलंका के विदेश मंत्री लक्ष्मण कादीरगामर और भारत के विदेश मंत्री जसवंत सिंह के बीच निर्धारित की गई थी।

भारत ने परमाणु परीक्षण करने के पश्चात् राजनायिक अभियान संचालित किया जिसके तहत भारतीय उच्च अधिकारियों को कुवैत, ओमान, सउदी अरब, सीरिया, लेबनान की यात्रा पर भेजा गया। भारत इन सभी देशों के साथ मजबूत संबंध रखना चाहता है। भारत ने वैसे भी परमाणु परीक्षण करने के बाद अपनी कूटनीतिक नीति में परिवर्तन किया था। इससे पूर्व भारत कुवैत, ओमान के साथ संयुक्त अभ्यास कर चुका था।

खाड़ी राष्ट्र अपनी विदेश नीति स्वयं निर्धारित करते हैं। इसमें अमेरिका का हस्तक्षेप नहीं है। खाड़ी राष्ट्र इजराइल की आलोचना करते हैं। सउदी अरब अमेरिकी नीति के विरुद्ध ईरान के साथ नजदीकी संबंध स्थापित करने की पहल कर रहा है। सउदी अरब प्रतिवर्ष भारत को 60 लाख टन पेट्रोलियम उत्पादों की आपूर्ति करता है। वैसे भी इस समय सउदी अरब में 13 लाख भारतीय पासपोर्टधारी हैं जो कि 2.6 अरब डालर की राशि प्रति वर्ष भारत भेजते हैं।

इस तरह अटल बिहारी वाजपेयी जी ने सितम्बर, 1998 में फ्रांस की यात्रा आयोजित की। यह यात्रा परमाणु मुद्दे पर बातचीत करने के लिए की गई थी। इसके साथ ही भारतीय नीति को भी स्पष्ट किया गया। वैसे भी भारत द्वारा परमाणु परीक्षण करने के कारण अनेक राष्ट्रों का व्यवहार भारत के प्रति बढ़ना है। इन्होंने इस यात्रा के दौरान कहा – "विश्व में बहुध्रुवीयकरण के बारे में भारत और फ्रांस के दृष्टिकोणों में समानता है। फ्रांस भारत को परमाणु शक्ति के रूप में स्वीकार करता है।"

इस फ्रांस यात्रा का आयोजन करने के लिए चार कारण इस प्रकार थे :–

(1) U.N.O. में परमाणु परीक्षण की स्थिति को स्पष्ट कर सुरक्षा जरूरतों से अन्य राष्ट्रों को अवगत कराना।

(2) डरबन (दक्षिणी अफ्रीका) में सम्पन्न हुए गुट निरपेक्ष राष्ट्रों के शिखर सम्मेलन के दौरान भारत-पाक प्रधानमंत्रियों के बीच द्विपक्षीय वार्ताओं में निर्णय करना।

(3) अमेरिका में बसे हुए भारतीय मूल के नागरिकों से भारत के प्रति समर्थन जुटाना।

(4) फ्रांस के साथ सुरक्षा रणनीति पर बातचीत करना।

इस फ्रांस यात्रा के दौरान वहां के व्यापारियों को भारत में पूंजी निवेश करने के लिए आमंत्रित किया गया। जिसमें कहा गया – "हम आर्थिक सुधारों की प्रक्रिया को व्यापक और गहरा बनाएंगे। अगले 10 वर्षों में 400 अरब डालर की पूंजी निवेश की जरूरत है। यह निजी और घरेलू क्षेत्र में जुटाई जाएगी। सार्वजनिक क्षेत्र में नहीं जुटाई जा सकती। बिजली, सड़क, बंदरगाह, दूरसंचार आदि में पूंजी निवेश की आवश्यकता है।" श्री वाजपेयी जी ने भारत में 8 हजार से 10 हजार मेगावाट अतिरिक्त बिजली उत्पादन की आवश्यकता पर भी बल दिया था। इन्होंने अगले दशक तक 50 अरब डालर के निर्यात पर भी बल दिया था। भारत-फ्रांस के बीच में प्रतिवर्ष 10 अरब डालर का विदेशी निवेश हो सकता है। इस यात्रा में C.T.B.T. संधि पर भी भारतीय दृष्टिकोण को स्पष्ट किया गया।

श्री अटल बिहारी वाजपेयी ने अपने कार्यकाल में पोर्ट ऑफ स्पेन की 8 फरवरी, 1999 को यात्रा की, जोकि दो दिवसीय यात्रा रही थी। यह भारतीय प्रधानमंत्री की 31 वर्षों के बाद में आयोजित हुई। इस यात्रा में त्रिनिदाद के प्रधानमंत्री वासुदेव पांडे ने वाजपेयी का भव्य स्वागत किया। इस यात्रा को करके द्विपक्षीय संबंधों की स्थापना की गई। इस देश की 31 वर्ष पूर्व श्रीमती इंदिरा गांधी ने यात्रा की थी।

इस यात्रा के दौरान वाजपेयी जी ने कहा था – "त्रिनिदाद टोबेगों के साथ भारत के विशेष संबंध हैं। यहां आए भारत के लोगों के अपने घर हैं। इन लोगों का अब भी भारत के साथ सांस्कृतिक और आध्यात्मिक लगाव है। इस यात्रा का मकसद पारस्परिक सहयोग के नए आयाम खोलना है।"

इस यात्रा के दौरान दोहरे करारोपण प्रणाली को समाप्त करने का समझौता किया गया। श्री वाजपेयी जी ने आगे कहा था – "दोनों देशों के बीच विकास के जो समझौते हुए हैं उनमें अच्छी प्रगति हुई है। इसके साथ ही अन्य सहयोग के क्षेत्रों में भी प्रगति हुई है।"

यद्यपि श्री वाजपेयी जी की यह यात्रा दो दिवसीय ही रही थी फिर भी इसका महत्व इस कारण से रहा है कि यह भारतीय मूल के नागरिकों का ही राष्ट्र रहा है लेकिन सामाजिक, आर्थिक उत्थान के लिए भारत से यहां के नागरिक बहुत अपेक्षा करते हैं। यहां पर राजनीतिक पहल की जरूरत सबसे ज्यादा पाई गई। भारत में इसके साथ औपचारिक राजनीतिक संबंधों की स्थापना करने का प्रयास किया है। 1968 में स्वर्गीय इंदिरा गांधी यहां की यात्रा पर आईं थीं तब इसके निवासियों ने कहा था – "भारत के साथ भिन्न प्रकार के संबंध रहे हैं। यहां अमेरिका, ब्रिटेन की संयुक्त कंपनियों ने उद्योग स्थापित किए हैं।"

श्री वाजपेयी जी ने अपने कार्यकाल में G-15 के समूह की शिखर बैठक में भाग लेने के लिए जमैका की यात्रा 13 फरवरी, 1999 को की। जिसमें इनका भव्य स्वागत किया गया। यहां पर इन्होंने कहा – "भारत और मोरक्को के बीच ऐतिहासिक और घनिष्ट संबंध हैं। जिनकी जड़ें बहुत गहरी हैं। दोनों राष्ट्रों के बीच निकट सहयोग, पारस्परिक गहरी समझ और आर्थिक तथा व्यापारिक आदान-प्रदान पर आधारित रहे हैं।"

इन्होंने मोरक्को के संबंधों के बारे में कहा – "भारत और मोरक्को का अंतर्राष्ट्रीय मामलों में समान दृष्टिकोण रहा है। दोनों ही शांति, विकास, नि:शस्त्रीकरण और दक्षिण के बीच सहयोग के पक्षधर हैं।"

इन्होंने मोरक्को से संबंधों में वृद्धि करने के संबंध में कहा – "मैं भारत के राष्ट्रपति, सरकार और देश के लोगों की ओर से यहां के लोगों को सद्भावना और मैत्री का संदेश लाया हूं।" भारत मोरक्को के बीच निरंतर यात्राओं के माध्यम से संपर्क बना हुआ है।

इस यात्रा के बीच निम्न 3 समझौते हुए जो इस प्रकार हैं :–

(1) दोनों देशों में परस्पर निवेश को प्रोत्साहन एवं संरक्षण देने के संबंध में समझौता सम्पन्न हुआ। जिसके तहत दोनों ही एक दूसरे के देश में पूंजी निवेश को बढ़ावा देंगे। इस तरह पूंजी के आने से आपस में व्यापार में भी प्रगति होगी। इस समझौते पर भारत की विदेश राज्य मंत्री वसुंधरा राजे और मोरक्को के सरकारी मामलों के मंत्री अहमद लाहिरी ने हस्ताक्षर किए।

(2) पर्यटक को बढ़ावा देने संबंधी समझौता सम्पन्न हुआ। इससे एक दूसरे राष्ट्र में पर्यटक को बढ़ावा मिलेगा। इसमें एजेंसियों, होटलों, हवाई सेवाओं, पर्यटन व्यवसाय

को बढ़ाया जाएगा। इसके साथ ही पर्यटन कार्यालय खोलने पर भी सहमत हुए। इस तरह के समझौते को लागू करने के कार्यदल का भी गठन किया गया।

(3) समाचार सेवा संबंधी समझौता सम्पन्न हुआ। इस तरह के प्रेस ट्रस्ट ऑफ इंडिया (भारत) और मोरक्को की सरकारी समाचार सेवा के बीच में सहयोग बढ़ाने पर समझौता किया गया।

इन समझौतों के अलावा निम्न मुद्दों पर भी विचार-विमर्श किया गया –

(1) विश्व शांति एवं निःशस्त्रीकरण पर।

(2) मुक्त बाजार व्यवस्था पर।

श्री अटल बिहारी वाजपेयी की इस यात्रा से पूर्व 1993 में के०आर० नारायणन उपराष्ट्रपति तथा 1997 में इंद्र कुमार गुजराल ने मोरक्को की यात्रा की। इससे यह तो सिद्ध हो जाता है कि निरंतर दोनों राष्ट्रों के बीच संपर्क बना हुआ है।

## वाजपेयी की लाहौर बस यात्रा (फरवरी 1999)

भारत के प्रधानमंत्री अटल बिहारी वाजपेयी जी 20 फरवरी, 1999 को लाहौर की बस यात्रा संपन्न की। पाक के प्रधानमंत्री नवाज शरीफ ने बाघा चौकी पर वाजपेयी जी का भव्य स्वागत किया। इन्होंने दिल्ली से अमृतसर तक हैलीकाप्टर से यात्रा की। केवल अमृतसर से बाघा चौकी की 37 कि०मी० की यात्रा बस द्वारा की गई। वाजपेयी जी ने 27 वर्षों बाद पाक की यात्रा की थी।

इन्होंने यात्रा पर रवाना होने से पूर्व दिल्ली में कहा था – "मुझे विश्वास है कि इस यात्रा से रिश्तों में सुधार होगा। ऐसे दो देशों के बीच जो कि 1947 के विभाजन के बाद तीन बार युद्ध कर चुके हैं।" इस लाहौर बस यात्रा को परमाणु परीक्षण करने के बाद उच्चस्तरीय राजनीतिक पहल करने की प्रतीक मानी जा सकती है।

नई दिल्ली–लाहौर बस सेवा प्रारंभ करने के संबंध में समझौता किया गया। जिस पर भारत के उच्चायुक्त जी० पार्थसारथी एवं पाक के संचार मंत्रालय के सचिव डॉ० एम० अकरम शेश्क ने इस समझौते पर हस्ताक्षर किए। जो कि मंगल, बुध, शुक्र, शनिवार को चलेगी। इस तरह इस समझौते के तहत दिल्ली और लाहौर के बीच में दिल्ली परिवहन निगम व पाक पर्यटन विकास निगम की बसें संचालित होंगी।

***लाहौर बस यात्रा के कारण*** – इस यात्रा के निम्न कारण रहे हैं :–

(1) आपसी तनाव को कम करने के लिए नया राजनीतिक कदम उठाया जाना अनिवार्य था।

(2) 18-20 फरवरी, 1999 को पूर्व निर्धारित वार्ता के कार्यक्रम के स्थान पर प्रधानमंत्री द्वारा बस यात्रा को प्राथमिकता देना।

(3) परमाणु शक्ति संपन्न हो जाने के बाद आपसी समझ और विश्वास को बढ़ाना आवश्यक हो गया था।

श्री वाजपेयी जी ने लाहौर यात्रा के दौरान कहा – "हम अपना इतिहास बदल सकते हैं लेकिन भूगोल नहीं, हम अपनी दोस्त बदल सकते हैं लेकिन पड़ोसी नहीं। बहुत दिन हमने दुश्मनी करके देख ली, अब दोस्ती को भी मौका मिलना चाहिए।"

इस यात्रा के दौरान निम्न तीन महत्वपूर्ण समझौते किए गए:

(1) परमाणु अस्त्रों और पारस्परिक हथियारों वाले क्षेत्र में संघर्ष को टालने तथा परस्पर विश्वास स्थापित करने संबंधी समझौता।

(2) दोनों शक्तियों के बीच परमाणु निःशस्त्रीकरण करने संबंधी समझौता।

(3) दिल्ली के बाघा, बाघा से लाहौर की बस सेवा संबंधी।

***लाहौर समझौता*** – इस यात्रा के दौरान शिमला समझौते की तर्ज पर लाहौर समझौता किया गया। जिसे लाहौर घोषणा का नाम दिया गया। इस पर दोनों प्रधानमंत्रियों ने हस्ताक्षर किए।

इस लाहौर घोषणा पत्र में निम्न मुख्य बिन्दु रहे हैं :–

(1) भारत-पाक के बीच विदेश सचिव स्तर की वार्ता नियमित रूप से आयोजित होगी।

(2) दोनों ही राष्ट्र प्रक्षेपास्त्र परीक्षण की सूचना पूर्व में एक दूसरे राष्ट्र को देंगे। इस संबंध में समझौता भी किया गया है।

(3) दोनों ही राष्ट्र एक दूसरे के आंतरिक मामलों में दखल नहीं देंगे।

(4) परमाणु मुद्दे पर जो भी निर्णय लिए जाएंगे उन पर पारस्परिक विश्वास से ही लिए जाएंगे। इसका उद्देश्य आपसी संघर्षों को रोकना होगा।

(5) जम्मू-कश्मीर सहित सभी समस्याओं को हल करने के प्रयासों में तेजी लाई जाएगी।

(6) आतंकवाद का प्रोत्साहन नहीं दिया जाएगा।

(7) दोनों राष्ट्रों के विदेश सचिवों ने भी द्विपक्षीय मामलों के संबंध में सहमति पर हस्ताक्षर किए। इसमें आठ सूत्र थे। जिसमें टकराव से बचने का प्रयास भी किया जाएगा।

(8) भारत-पाक शांति एवं स्थिरता की बात को दोहराते रहेंगे।

(9) भारत-पाक विश्व में निःशस्त्रीकरण करने पर बल देंगे।

(10) मानवाधिकारों के प्रति संकल्प को दोहराया गया।

(11) इस लाहौर घोषणा पत्र में सार्क के उद्देश्यों के प्रति अपनी प्रतिबद्धता को दोहराया गया।

भारतीय विदेश मंत्री जसवंत सिंह ने लाहौर समझौते पर कहा – "भारत-पाक के युद्ध नहीं की पहल में यह एक कदम है। भारत देश की एकता, अखंडता के साथ कोई समझौता नहीं करेगा। यह लौहे और इस्पात की बस नहीं जज्बात की बस है।" इस यात्रा

की समाप्ति के बाद भारतीय राष्ट्रपति के॰आर॰ नारायणन ने संसद के संयुक्त अधिवेशन में कहा – "वाजपेयी की ऐतिहासिक पहल और उनके इस बात को दोहराने से कि एक स्थिर, सुरक्षित, खुशहाल पाकिस्तान भारत के हित में है, हमारे द्विपक्षीय संबंधों में नया अध्याय जुड़ेगा।"

# 21

# अमेरिका की विदेश नीति

किसी भी अन्य राज्य की विदेश नीति के समान, संयुक्त राज्य अमेरिका की विदेश नीति एक बड़ी सीमा तक भौगोलिक तथा ऐतिहासिक तत्वों, उसकी राजनीतिक तथा सामाजिक व्यवस्था, उसकी आर्थिक सामर्थ्य और सैनिक शक्ति, उसकी सापेक्षिक शक्ति-स्थिति, अन्य राज्यों की नीतियों तथा विश्व-परिस्थितियों के द्वारा निर्मित होती है। किसी भी अन्य राज्य की विदेश नीति के समान अमेरिका की विदेश नीति भी अन्ततः उसके राष्ट्रीय हितों और स्वार्थों पर आधारित रही है। परन्तु अमेरिकन लोग इस विश्वास पर कार्य करने का प्रयत्न करते हैं कि उनकी विदेश नीति विश्व-शक्ति राजनीति की यथार्थताओं पर आधारित नहीं है, अपितु कुछ नैतिक सिद्धान्तों और आदर्शों पर आधारित है। वे अपने को स्वतन्त्रता की पताका का प्रहरी और प्रजातन्त्र का रक्षक मानते हैं। उनका विश्वास है कि, "सदाचारिता राष्ट्र को महान बनाती है।" और वे अपने को मानव जाति की भावी आशाओं का प्रन्यासी मानते हैं। नीतिशास्त्र के आदर्शों तथा विश्व राजनीति की यथार्थताओं का यह सम्मिलन अमेरिकन विदेश नीति में उलझन भरी जटिलताएं उत्पन्न करता रहा है। प्रथम तथा द्वितीय विश्व-युद्ध दोनों में ही अमेरिका का प्रवेश विश्व राजनीति की यथार्थताओं तथा राष्ट्रीय हित पर आधारित था, पर दोनों ही बार अमेरिकन लोगों ने अपने को इस भ्रम में रखने का यत्न किया था कि वे प्रजातन्त्र और स्वतन्त्रता की रक्षा करने तथा सैनिकवाद और निरंकुशवाद का अन्त करने के लिए युद्ध प्रविष्ट हुए थे।

अमेरिकन विदेश नीति के तीन प्रमुख सिद्धान्त रहे हैं –

(क) प्रथम सिद्धान्त का प्रतिपादन राष्ट्रपति जैफरसन ने 1801 में किया था, उसका उद्देश्य था – "शान्तिपूर्ण व्यापार सबके साथ, परन्तु झंझट पैदा करने वाली सन्धियां किसी के साथ नहीं।" अर्थात् उनका मत था कि अमेरिका को यूरोप से व्यापार तो करना चाहिए परन्तु यूरोप की शक्ति राजनीति से पृथक् रहना चाहिए।

(ख) दूसरे सिद्धान्त का प्रतिपादन राष्ट्रपति मुनरो ने, 1823 में किया था। इस सिद्धान्त द्वारा उन्होंने यूरोपीय राज्यों को अमेरिका की शक्ति राजनीति में हस्तक्षेप न करने को कहा था।

(ग) तीसरा सिद्धान्त, जिसका वास्तविक निर्माता अमेरिकन विदेश मन्त्री जॉन है था, 'मुक्त द्वार' के नाम से प्रसिद्ध है। यह सिद्धान्त सुदूरपूर्व से सम्बन्धित था, और इसका अभिप्राय यह था कि सुदूरपूर्व में यूरोप तथा अमेरिका के लोगों को व्यापार की समान सुविधाएं प्राप्त होनी चाहिएं, परन्तु उनमें से किसी को भी वहां की शक्ति राजनीति में हस्तक्षेप नहीं करना चाहिए।

तटस्थता, मुनरो सिद्धान्त और उन्मुक्त द्वार के इन तीनों सिद्धान्तों को एक शब्द में 'पृथक्त्ववाद' कहा जा सकता है। अमेरिकन लोगों का विश्वास है कि वे पृथक्त्ववाद पर आचारण करते आए हैं, परन्तु वास्तव में अमेरिकन विदेश नीति केवल ऊपरी तौर से ही पृथक्त्ववाद पर आधारित थी, उसका वास्तविक आधार कुछ दूसरा ही था। जैसा कि शूमां का मत है – "अमेरिका की वैदेशिक नीति की कुंजी उतनी ही साधारण है जितनी कि प्रारम्भिक शताब्दियों में ब्रिटिश वैदेशिक नीति की कुंजी थी। किसी भी एक शक्ति या शक्तियों के गुट को यूरोप तथा एशिया पर निर्विवाद नियंत्रण प्राप्त न करने देना, क्योंकि अवस्था में अमेरिका का मूलभूत हित अर्थात् एक स्वतन्त्र सता के रूप में राजनीतिक जीवन के अस्तित्व के प्रति खतरा उत्पन्न हो जाएगा।"

अमेरिका ने तभी तक पृथकत्ववाद पर आचारण किया जब तक यूरोप में आवश्यक शक्ति सन्तुलन बना रहा, परन्तु जब यह शक्ति संतुलन टूटने लगता था तब अमेरिका भी पृथकत्ववाद का परित्याग कर देता था। शूमां ने ठीक ही कहा है – "पृथकत्ववाद की नीति, विश्व शक्तियों के सन्तुलन की छायामात्र ही थी।"

## प्रथम विश्व युद्ध और अमेरिका

1823 में, मुनरो सिद्धान्त के प्रतिपादन से लेकर प्रथम विश्व युद्ध तक यूरोप में शक्ति सन्तुलन बना रहा और अमेरिका दृढ़तापूर्वक पृथकत्ववाद की नीति का अनुसरण करता रहा। प्रथम विश्व युद्ध के प्रारम्भ में भी अमेरिका तटस्थत बना रहा; परन्तु जैसे-जैसे जर्मनी की विजयों से यूरोपीय शक्ति सन्तुलन के नष्ट होने की सम्भावना बढ़ती गई, वैसे-वैसे अमेरिका ब्रिटेन की अधिकाधिक सहायता करता गया। 6 अप्रैल, 1917 को अमेरिका के युद्ध में सम्मिलित होने से पूर्व भी मित्र राष्ट्र उससे 1½ खरब डालर ऋणों के रूप में पा चुके थे। यद्यपि अमेरिका के युद्ध में सम्मिलित होने का तात्कालिक कारण जर्मन पनडुब्बियों द्वारा अमेरिकन व्यापारिक जहाजों को डुबा दिया जाना था तथापि 'शान्ति-दूत विल्सन' ने बारम्बार यह कहा था कि अमेरिका 'शाश्वत शान्ति की स्थापना', 'प्रजातन्त्र की रक्षा', 'युद्धों का अन्त' आदि आदर्शों के लिए युद्ध में सम्मिलित

हुआ; परन्तु वास्तविक तथ्य यह था कि जर्मन विजय से यूरोपीय शक्ति सन्तुलन के विनष्ट हो जाने की आशंका ने अमेरिका द्वारा पृथकत्व का त्याग कर युद्ध में सम्मिलित होने को आवश्यक बना दिया।

अमेरिका की सहायता प्रथम विश्व युद्ध में मित्र राष्ट्रों की विजय का प्रधान कारण थी। इस युद्ध के बाद अमेरिका की प्रतिष्ठा में चार चांद लग गए। राष्ट्रपति विल्सन के उच्च आदर्शों ने यूरोपीय जनता का मन मोह लिया। उसके 14 सूत्रों को शान्ति समझौते का आधार माना गया। उसे बीसवीं सदी का ईसा मसीह, शान्तिदूत कहा गया। पेरिस सम्मेलन में एकत्रित राजनीतिज्ञों ने स्वयं उसमें विश्वास के न होते भी विल्सन की प्रिय कल्पना राष्ट्रसंघ को वर्साय की सन्धि सहित सभी शान्ति सन्धियों का अंग बना दिया; परन्तु स्वयं उसके देशवासियों ने उसका परित्याग कर दिया। उन्होंने उसके अन्तर्राष्ट्रीयता-वाद को ठुकरा कर पुनः पृथकत्ववाद को अपना लिया। अपने ही देशवासियों से परित्यक्त विश्व शान्ति का पैगम्बर विल्सन एक मग्न हृदय लेकर इस संसार से विदा हुआ।

## पृथकत्ववाद के पुनरोदय के कारण

विल्सन की इस पराजय और पृथकत्ववाद के पुनरोदय के अनेक कारण बताए जाते हैं। प्रथम, यह कहा जाता है कि पृथकत्ववाद अमेरिका की परम्परागत नीति थी। मित्र राष्ट्रों के सशक्त युद्ध-प्रचार और जर्मनी की नीति, कुशलताहीनता ने अमेकिरा को युद्ध में घसीट लिया था। परन्तु अमेरिकन जनता का शीघ्र यूरोपीय झंझटों से हाथ खींचने की मांग करना स्वाभाविक था। दूसरा, अमेरिकन जनता में जर्मन, इटालियन, यूनानी जाति वाले लोग आधिकाधिक थे और ये लोग पेरिस शान्ति सम्मेलन में हुए समझौतों से असन्तुष्ट थे। तीसरा, युद्धकाल में एन्टी ट्रस्ट कानून, फैडरल रिजर्व कानून, टैरिफ कानून आदि ने प्रशासन को व्यापक शक्तियां दे दी थीं। व्यक्तिगत स्वाधीनता में आस्था रखने वाली अमेरिकन जनता में इन कानूनों ने तीव्र असन्तोष उत्पन्न कर दिया था। चौथा, यह कहा जाता है कि अमेरिका की पृथकत्ववादी परम्परा को दृष्टि में रखते हुए अमेरिकन जनता राष्ट्रसंघ के दायित्वों को स्वीकार नहीं कर पा रही थी। पांचवां, विल्सन द्वारा शान्ति-सम्मेलन में स्वयं भाग लेने को भी वर्साय की सन्धि की अस्वीकृति का कारण माना जाता है। इससे उन्हें दीर्घ काल तक अमेरिका से अनुपस्थित रहना पड़ा, जिससे उनके विरोधियों को उनके विरुद्ध भड़काने का अवसर मिल गया। छठा, विल्सन की शान्ति सम्मेलन के लिए अमेरिकन प्रतिनिधि मंडल के सदस्यों के चयन सम्बन्धी भूलें भी सीनेट द्वारा वर्साय की सन्धि की अस्वीकृति के लिए उत्तरदायी मानी जाती हैं। राष्ट्रपति के उस प्रतिनिधि मंडल में सीनेट की विदेश समिति के अध्यक्ष अथवा रिपब्लिकन दल के किसी प्रभावशाली सदस्य अथवा थ्योडोर रूजवेल्ट आदि किसी भूतपूर्व राष्ट्रपति को सम्मिलित नहीं किया गया था। इससे सीनेट के सदस्य उसके द्वारा

किए गए शान्ति समझौते को ठुकराने के लिए कटिबद्ध हो गए। इस प्रकार पृथकत्ववाद के पुनरावर्तन के अनेक कारण स्वीकार किए जाते हैं, परन्तु इसका वास्तविक कारण यह था कि विश्व युद्ध में जर्मनी की पराजय के बाद यूरोप में शक्ति सन्तुलन पुनः स्थापित हो गया था। इस कारण अमेरिका अपने राष्ट्रीय हितों की रक्षा करते हुए भी यूरोपीय विवादों से पृथक् रह सकता था और उसने किया भी ऐसा ही।

**स्पर्शहीन सहयोग का युग ( 1920 - 1932 )**

***यूरोप के प्रति नीति*** – 2 नवम्बर, 1920 को विल्सन के अन्तर्राष्ट्रीयतावाद के विरोधी रिपब्लिकन दल के उम्मीदवार हार्डिंग, अमेरिका के राष्ट्रपति निर्वाचित हुए। कांग्रेस को भेजे गए अपने प्रथम संदेश में उन्होंने पृथकत्ववाद की नीति को अपनाते हुए राष्ट्रसंघ से कोई भी सम्बन्ध न रखने का मन्तव्य प्रकट किया और कहा कि – "हमारा उद्देश्य उलझनों से नहीं।" सीनेट ने न केवल राष्ट्रसंघ की सदस्यता स्वीकार करने से इन्कार कर दिया, अपितु अन्तर्राष्ट्रीय न्याय के स्थाई न्यायालय से भी सम्बन्ध नहीं रखने का निश्चय किया। जर्मन आक्रमण की दशा में ब्रिटेन और अमेरिका द्वारा फ्रांस की सुरक्षा की गारन्टी देने को प्रस्ताव ठुकरा दिया। अमेरिका में आकर बसने वाले विदेशियों की संख्या नियन्त्रित करने के लिए 19 मई, 1921 को आव्रजन कानून पास किया गया तथा विदेशी आयात को कम करने के लिए 27 मई, 1921 को आपातकालीन तटकर कानून बनाया गया।

परन्तु 1919 में पृथकत्ववाद की नीति का, उसके पूर्व दशाब्दियों वाले रूप के अनुसार, अनुसरण करना सम्भव नहीं था। पृथकत्ववाद की अपनी घोषित नीति के बावजूद अमेरिका की बढ़ती हुई शक्ति के सन्दर्भ में उसके हितों, विश्व राजनीति परिवर्तित स्थिति तथा अन्य परिस्थितियों ने उसे यूरोपीय और गैर-अमेरिकन मामलों में रुचि लेने को विवश कर दिया। वस्तुतः 1919 के बाद अमेरिका ने एक ऐसी नीति का पालन किया, जिसे स्पर्शहीन सहयोग की नीति कहा जा सकता है। वह "सांप मरे, न लाठी टूटे" की कहावत को चरितार्थ करना चाहता था। वह विश्व-नेता का मुकुट धारण करना चाहता था, परन्तु उसके धारण करने की चिन्ताओं से मुक्त रहना चाहता था। यह एक ऐसी नीति थी, जिसका उद्देश्य उत्तरदायित्व का वहन किए बिना शक्ति और प्रतिष्ठा की प्राप्ति था। पृथकत्ववाद के प्रति निष्ठा की घोषणा करते हुए भी अमेरिका एक सीमा तक विश्व राजनीति में भाग लेता रहा।

***अमेरिका और राष्ट्रसंघ*** – यद्यपि अमेरिकन सीनेट राष्ट्रसंघ का सदस्य बनना अस्वीकार कर चुकी थी, फिर भी एक वर्ष से भी कम समय में अमेरिका ने राष्ट्रसंघ की बैठकों में प्रेक्षकों को भेजना प्रारम्भ कर दिया। 1924 के पश्चात् अमेरिका की सरकार ने खुले तौर से राष्ट्रसंघ द्वारा आयोजित सम्मेलनों में राष्ट्रीय हितों की रक्षा के लिए पूर्ण रूप से भाग लेने के लिए प्रतिनिधि भेजना प्रारम्भ कर दिया। मार्च, 1930

तक अमेरिकन प्रतिनिधि 22 सम्मेलनों में भाग ले चुके थे। मंचूरिया संकट के समय तो अमेरिका ने स्वयं राष्ट्रसंघ की कार्यवाही में भाग लेने के लिए एक प्रतिनिधि-प्रेटिस बी० गिल्बर्ट को भेजा था।

***अमेरिका तथा नि:शस्त्रीकरण*** – नि:शस्त्रीकरण और सुदूरपूर्व की समस्याओं पर विचार करने के लिए अमेरिका ने वाशिंगटन सम्मेलन आयोजित किया जिसके परिणामस्वरूप एक पंचशक्ति नौ-सैनिक सन्धि पर हस्ताक्षर हुए। यह सन्धि नि:शस्त्रीकरण के प्रयत्नों की एक उल्लेखनीय सफलता मानी जाती है और उसके द्वारा अमेरिका, ब्रिटेन, फ्रांस तथा इटली के बड़े युद्ध-पोतों का अनुपात क्रमश: 5:5:3: 1.67:1.67 निर्धारित किया गया। 1927 में राष्ट्रपति कूलिज ने जेनेवा नि:शस्त्रीकरण सम्मेलन के आयोजन में प्रमुख भाग लिया। अमेरिका ने जनवरी, 1930 में आयोजित लन्दन नौ-सैनिक सम्मेलन तथा फरवरी, 1932 में आयोजित जेनेवा नि:शस्त्रीकरण सम्मेलन में भी सक्रिय भाग लिया।

***अमेरिका तथा क्षतिपूर्ति और युद्ध-ऋणों की समस्या*** – अनेक आर्थिक समस्याओं के सुलझाने में भी अमेरिका ने सक्रिय भाग लिया; क्षतिपूर्ति और युद्ध-ऋणों की समस्याओं को सुलझाने के लिए नियुक्त किए गए दो अत्यधिक महत्वपूर्ण आयोगों – डावेस आयोग तथा यंग आयोग के अध्यक्ष अमेरिकन वित्त विशेषज्ञ थे। 1931 में राष्ट्रपति हूवर के प्रस्ताव पर इन समस्याओं के सम्बन्ध में एक वर्ष का चुकान विलम्ब काल स्वीकार किया गया। जून, 1933 के विश्व अर्थ सम्मेलन में भी अमेरिका ने सक्रिय योग दिया।

***केलॉग-ब्रिआं पैक्ट*** – अमेरीकन सहयोग का चौथा क्षेत्र अन्तर्राष्ट्रीय विवादों के शान्तिपूर्ण समाधान और पंचायती निर्णय से सम्बन्धित था। इसकी सर्वाधिक महत्वपूर्ण अभिव्यक्ति 29 अगस्त, 1928 का केलॉग-ब्रिआं समझौता था। इसका उद्देश्य विश्व के राष्ट्रों को राष्ट्रीय नीति के साधन के रूप में युद्ध का परित्याग करने तथा अपने विवादों का शान्तिपूर्ण साधनों से समाधान करने के लिए बांधना था।

### रूजवेल्ट युग – पृथकत्ववाद से अन्तर्राष्ट्रीयतावाद की ओर (1933 - 1945)

4 मार्च, 1933 को फ्रैन्कलिन डी० रूजवेल्ट अमेरिका के राष्ट्रपति पद पर आसीन हुए। उस समय अमेरिका एक भीषण आर्थिक संकट से गुजर रहा था। अत: उन्होंने अपनी समग्र शक्तियां 'नई व्यवस्था' की नीति के द्वारा अमेरिकन अर्थव्यवस्था को सुव्यवस्थित करने में लगा दी। परन्तु जापान के मंचूरिया आक्रमण तथा यूरोप में फासिस्ट और नात्सी साम्राज्यवाद के उदय ने शीघ्र ही उन्हें विश्व समस्याओं की ओर ध्यान देने पर विवश कर दिया।

रूजवेल्ट जैसे प्रतिभावान राजनीतिज्ञ को यह समझते देर नहीं लगी कि फासिस्ट शक्तियों की आक्रामक गतिविधियां अमेरिका की सुरक्षा के लिए भी उतना ही बड़ा

खतरा है जितना कि यूरोपीय जनतन्त्रों के लिए। अतः रूजवेल्ट ने एक ऐसी नीति का अवलम्बन करना चाहा जिसके द्वारा आक्रामक राष्ट्रों का प्रतिरोध कर विश्व की स्वतन्त्रता और सुरक्षा की रक्षा की जा सके। परन्तु अमेरिकन जनमत इस समय घोर पृथकत्ववादी था। उसमें यह धारणा प्रबल थी कि अमेरीकन लोग एक अकुशल नेतृत्व और चातुर्यपूर्ण मित्रराष्ट्रीय प्रचार द्वारा प्रथम विश्व युद्ध में घसीट लिए गए थे। वे ऐसी घटना की पुनरावृत्ति को रोकने के लिए दृढ़ प्रतिज्ञ थे। अतः उन्होंने इस उद्देश्य की प्राप्ति के लिए अनेक तटस्थता विधियों का निर्माण किया –

(क) 31 अगस्त, 1935 को पारित तटस्थता विधि के द्वारा किसी युद्धरत राष्ट्र को शस्त्रों और युद्ध सामग्री का निर्यात निषिद्ध कर दिया।

(ख) 1937 में पारित तटस्थता विधि द्वारा "नकद दाम दो और माल ले जाओ" के सिद्धान्त का प्रतिपादन किया गया था, इसके अनुसार यह व्यवस्था की गई कि युद्धरत राष्ट्रों को निषिद्ध युद्ध-सामग्री के अतिरिक्त अन्य सामग्री का निर्यात भी केवल तभी किया जा सकता था, जब वे उस सामग्री का नकद मूल्य दें और गैर-अमेरीकी जहाजों में सामग्री को ले जाएं।

राष्ट्रपति रूजवेल्ट को इन विधियों की विवेकशीलता में सन्देह था, परन्तु काफी समय तक उन्होंने पृथकत्ववादी विचारधारा के विरुद्ध जनमत को जाग्रत करने की चेष्टा नहीं की; एबीसीनिया युद्ध के समय उन्होंने इन तटस्थतावादी विधियों को पूर्णतः कार्यान्वित किया। स्पेन के गृह-युद्ध के सम्बन्ध में भी लागू कर दिया।

राष्ट्रपति रूजवेल्ट द्वारा अपने विवेक के विरुद्ध तटस्थतावाद पर आचरण करने का प्रधान कारण इसकी तात्कालिक लोकप्रियता था। 1937 के एक गैलप पोल में 64% अमेरीकनों के प्रथम विश्व युद्ध में अमेरिका के भाग लेने को एक भयंकर भूल माना था। परन्तु यूरोप में हिटलर की आक्रामक गतिविधियों ने तथा 1937 में चीन पर जापानी आक्रमण ने रूजवेल्ट को यह विश्वास दिला दिया कि पृथकत्ववाद के विरुद्ध जनमत को जाग्रत करने का समय आ गया था। अतः 5 अक्तूबर, 1937 को शिकागो में अपनी प्रसिद्ध 'क्वारन्टीन वक्तृता' में उन्होंने जनता का अन्तर्राष्ट्रीय अराजकता को समाप्त करने के लिए आह्वान किया। परन्तु अमेरिकन जनता ने उनके इस आह्वान को ठुकरा दिया और तटस्थता नीति पर अड़ी रही।

सितम्बर, 1939 में द्वितीय विश्व युद्ध के छिड़ जाने पर भी अमेरिकन जनता नात्सी विरोधी होते हुए भी युद्ध में भाग लेने के विरुद्ध थी। परन्तु अमेरिका के तटस्थ रहते हुए भी रूजवेल्ट के आग्रह पर नवम्बर 1939 की तटस्थता विधि के द्वारा अमेरिकन कांग्रेस ने युद्धरत राष्ट्रों को शस्त्रास्त्रों के निर्यात पर से प्रतिबन्ध हटा लिया, बशर्ते कि यह निर्यात "नकद दाम दो और माल ले जाओ" के आधार पर हो अर्थात् क्रेता राष्ट्र उन शस्त्रों का नकद मूल्य चुका दें और अपने जहाजों में उन्हें ले जाएं। इस

संशोधन से केवल ब्रिटेन ही लाभ उठा सकता था, जर्मनी नहीं क्योंकि ब्रिटेन की नौ-शक्ति जर्मनी से कही अधिक थी। 24 जून, 1940 को फ्रांस के पतन के पश्चात् रूजवेल्ट ने सितम्बर, 1940 में न्यूफाउण्डलैण्ड से ट्रीनीडाड तक के 8 ब्रिटिश अड्डों के 99 वर्षीय पट्टों के बदले ब्रिटेन को 50 डेस्ट्रोयर प्रदान किए, जो एक सर्वथा तटस्थता विरोधी कार्यवाही थी। अप्रैल, 1940 में अमेरिका ने ग्रीनलैण्ड पर तथा जुलाई, 1940 में आइसलैण्ड पर अधिकार कर लिया। सितम्बर, 1940 में रूजवेल्ट ने जर्मन पनडुब्बियों को दिखाई पड़ते ही डुबा देने का आदेश दिया। 29 दिसम्बर, 1940 को रूजवेल्ट ने अमेरिका को "प्रजातन्त्र का शस्त्रागार" की संज्ञा दी। 11 मार्च, 1931 को उधार पट्टा अधिनियम पास हुआ जिसके आधार पर अमेरिका तेजी से मित्रराष्ट्रों को समुद्री जहाज, वायुयान, टैंक, मशीनें आदि प्रदान करने लगा। जून, 1941 में जर्मनी के रूस पर आक्रमण के पश्चात् 7 नवम्बर, 1941 को रूजवेल्ट ने उसे भी उधार पट्टे के अन्तर्गत सहायता प्राप्त करने योग्य घोषित कर दिया था।

इस प्रकार वैधानिक रूप से तटस्थ रहते हुए भी अमेरिका वस्तुतः मित्रराष्ट्रों का सहयोगी बन गया था। फिर भी नवम्बर, 1941 तक अमेरिका के केवल 20% लोग ही युद्ध में सम्मिलित होने के पक्ष में थे। परन्तु 7 दिसम्बर, 1941 को पर्ल हारबर पर आक्रमण कर जापान ने अमेरिका को युद्ध में सम्मिलित होने को विवश कर दिया। 8 दिसम्बर, 1941 को सीनेट ने जापान के विरुद्ध युद्ध की घोषणा कर दी। 11 दिसम्बर, 1941 को जर्मनी और इटली ने अमेरिका के विरुद्ध युद्ध की घोषणा कर दी जिसके प्रत्युत्तर अमेरिका ने भी उनके विरुद्ध युद्ध की घोषणा कर दी।

## सुदूरपूर्व के प्रति नीति (मुक्त द्वार नीति)

संयुक्त राज्य अमेरिका की पृथकत्ववादी नीति केवल यूरोपीय मामलों तक ही सीमित थी। सुदूरपूर्व तथा लैटिन अमेरिका के मामलों में उसने प्रारम्भ से ही सक्रिय भाग लिया। 1898 में अमेरिकन स्पेनिश युद्ध के फलस्वरूप अमेरिका प्रशान्त महासागर में गुआम, हवाई, फिलीपाइन्स द्वीप समूह प्राप्त हुए। प्रशान्त महासागर में अमेरिका के हितों ने उसे चीन पर दृष्टि रखने को प्रेरित किया। इस समय तथाकथित 'सुविधाओं के युद्ध' द्वारा पश्चिमी शक्तियां चीन की बन्दर-बांट में लगी हुई थीं। उन्होंने लगभग सम्पूर्ण देश को अपने प्रभाव क्षेत्रों में विभाजित कर लिया। अमेरिका की चीन में प्रादेशिक अधिकार प्राप्त करने में कोई दिलचस्पी नहीं थी, परन्तु वह वहां अपने व्यापारिक हितों की रक्षा के लिए उत्सुक था। इसके लिए अमेरिकन विदेश मन्त्री जॉन हे ने 'मुक्त द्वार नीति' का प्रतिपादन किया। 6 दिसम्बर, 1899 को उसने महाशक्तियों को भेजे गए एक नोट में यह मांग की कि 'प्रभाव-क्षेत्रों' का दावा करने वाली प्रत्येक शक्ति अपने प्रभाव-क्षेत्रों में इस बात का वचन दे कि –

(क) वह उन क्षेत्रों के बन्दरगाहों को सभी के लिए खुला रखेंगी;

(ख) बिना किसी राज्य के विरुद्ध पक्षपात किए उन बन्दरगाहों में सन्धियों द्वारा निश्चित तट-कर लागू होने देंगी;

(ग) सभी राष्ट्रों के निवासियों के लिए समान बन्दरगाह शुल्क और रेलवे दरों को बनाए रखेगी। रूस के अतिरिक्त अन्य सभी शक्तियां हे के प्रस्तावों से सहमत हो गईं। रूस ने भी अंशतः हे के प्रस्तावों को स्वीकार कर लिया। परन्तु व्यवहार में उनका उल्लंघन किया।

चीन के अतिरिक्त सुदूरपूर्व का दूसरा महत्वपूर्ण देश जापान था। दोनों (अमेरिका और जापान) ने चीन में 'मुक्त द्वार' का समर्थन किया था और दोनों ही ने सुदूरपूर्व में रूसी-प्रसार का विरोध किया था। जापान की जब शक्ति बढ़ने लगी, तब अमेरिका में 'पीले संकट' का विचार किया जाने लगा। प्रथम विश्वयुद्ध ने जापान और अमेरिका के मतभेदों को और बढ़ा दिया। जनवरी, 1916 में जापान ने चीन पर अपनी प्रसिद्ध 21 मांगें लादने का प्रयत्न किया। अमेरिकन विदेश मन्त्री लैनशिंग ने इसका 'मुक्त द्वार नीति' के उल्लंघन के रूप में विराध किया। फिर भी नवम्बर, 1917 में (अमेरीकन विदेश मन्त्री लैनशिंग तथा जापानी विदेश मन्त्री इशी) लैनशिंग इशी समझौते के द्वारा अमेरिका ने चीन में जापान के विशेष हितों की स्थिति को स्वीकार कर लिया। पेरिस शान्ति सम्मेलन में अमेरिका ने जापान के शांटुंग पर दावे का असफल विरोध किया।

प्रथम विश्व युद्ध के फलस्वरूप सुदूरपूर्व में जर्मनी और रूस की शक्ति नष्ट हो गई; अन्ततोगत्वा जापान इस क्षेत्र का सर्वेसर्वा बन गया। इस समय तक जापान एक साम्राज्यवादी नीति अपना चुका था जो 'मुक्त द्वार' नीति के सर्वथा प्रतिकूल तथा अमेरिकन हितों के लिए घातक थी। फलतः जापान और अमेरिका के सम्बन्धों में कटुता का उत्पन्न हो जाना स्वाभाविक था। प्रथम विश्व युद्ध के उपरान्त दोनों देशों में एक भीषण नौ-सैनिक प्रतिद्वन्द्विता प्रारम्भ हो गई और युद्ध के आसार दृष्टिगत होने लगे। ऐसी स्थिति में 1921-22 में वाशिंगटन सम्मेलन हुआ, जिसने अमेरिका, ब्रिटेन और जापान के मध्य बड़े युद्धपोतों के सम्बन्ध में 5:5:3 का अनुपात स्थापित किया। जापान को न केवल 'मुक्त द्वार' की नीति को स्वीकार करते हुए चीन की प्रभुसत्ता, स्वतन्त्रता तथा प्रादेशिक अखण्डता का सम्मान करने का वचन देना पड़ा, अपितु शांटुंग का प्रदेश भी चीन को वापस दे देना पड़ा। इस प्रकार अमेरिका वाशिंगटन सम्मेलन में जापानी साम्राज्यवाद पर अंकुश लगाने में सफल हो गया। अमेरिका और जापान के मध्य युद्ध की सम्भावना अनिश्चित काल के लिए टल गई। परन्तु जैसा कि ई०एच० कार का मत है, "यह मूल प्रश्न कि सुदूरपूर्व में एंग्लो-सेक्शन प्रभुत्व रहेगा या जापान की ही तूती बजेगी, अभी भी अनिर्णित था।"

अप्रैल, 1924 में अमेरिका द्वारा जापानी आव्रजन को रोकने के लिए पास किए गए आव्रजन अधिनियम जापान को क्रुद्ध तथा असन्तुष्ट करते चले गए। अप्रैल, 1927 में तानाका के जापानी प्रधानमन्त्री बन जाने से जापान अमेरिका के सम्बन्धों में अत्यधिक कटुता बढ़ गई। उसकी नीति संयुक्त राज्य अमेरिका को नियन्त्रित करने की थी।

18 सितम्बर, 1931 को मुकदन घटना ने जापान का मंचूरिया अभियान प्रारम्भ किया तथा जापानी-अमेरिकन सम्बन्धों को तनावपूर्ण बना दिया। अमेरिका की दृष्टि में जापान का मंचूरिया पर आक्रमण 1922 की नवशक्ति सन्धि, केलॉग-ब्रिआं समझौता (1928), राष्ट्रसंघ तथा विश्व के सभी शान्तिप्रिय राष्ट्रों को एक सीधी चुनौती थी। अमेरीकन विदेश मन्त्री स्टिमसन ने तुरन्त ही जापान को नव-शक्ति सन्धि और केलॉग-ब्रिआं समझौते के अन्तर्गत उसके उत्तरदायित्वों का स्मरण कराया; परन्तु जब जापान ने इसकी उपेक्षा की तब अमेरिका ने 7 जनवरी, 1932 को अपने 'अनभिज्ञान के सिद्धान्त' का प्रतिपादन किया। स्टिमसन ने स्पष्ट किया कि "संयुक्त राज्य अमेरिका किसी भी ऐसे समझौते की वैधता को स्वीकार नहीं करेगा, जो चीन में संयुक्त राज्य अमेरिका अथवा उसके नागरिकों के सन्धियों से प्राप्त अधिकारों, चीनी गणतन्त्र की स्वतंत्रता अथवा प्रादेशिक और प्रशासनिक अखंडता का हनन करता हो।" परन्तु अमेरिका की तात्कालिक आर्थिक कठिनाइयां अधिक विकट थीं, इसलिए अमेरिका जापान के विरुद्ध कोई कठोर कार्यवाही करने के लिए प्रेरित नहीं हुआ।

18 अप्रैल, 1934 के अमाऊ वक्तव्य के द्वारा, जिसे जापानी मुनरो सिद्धान्त भी कहा जाता है, जापान ने सभी विदेशी शक्तियों को "चीन से दूर रहो" नोटिस दे दिया। यह अमेरिका की "मुक्त द्वार नीति" को स्पष्ट एवं गम्भीर चुनौती थी। इस चुनौती के प्रत्युत्तर में अमेरिका ने 29 अप्रैल, 1934 को चीन में अपनी सन्धियों द्वारा प्राप्त अधिकारों को पुनः दृढ़तापूर्वक व्यक्त किया। इसके अतिरिक्त उसने चीन को एक बड़ी मात्रा में सहायता देना तथा राष्ट्रसंघ से सहयोग करना प्रारम्भ कर दिया। 5 अक्तूबर, 1937 को राष्ट्रपति रूजवेल्ट ने अपनी प्रसिद्ध क्वारन्टीन वक्तृता दी। 1939 में 1911 की जापान-अमेरिका वाणिज्य सन्धि का नवीनीकरण नहीं किया। इससे जापान क्रोधित हो गया; उसने अमेरिका के विरुद्ध अपनी स्थिति दृढ़ करने का प्रयत्न किया। जुलाई, 1941 में जापान ने हिन्द-चीन में अपना आर्थिक विस्तार करना प्रारम्भ किया तब अमेरिका ने अपने प्रदेश में स्थित सम्पूर्ण जापानी पूंजी को जब्त कर लिया। 16 नवम्बर, 1941 को अमेरीकन विदेश मन्त्री हल ने जापान से 1931 (मंचूरिया कांड के पूर्व) की पूर्वस्थिति की पुनर्स्थापना करने को कहा। स्पष्टतः जापान इन शर्तों को स्वीकार नहीं कर सकता था, उसने युद्ध करने का निश्चय किया। 7 दिसम्बर, 1941 को पर्ल हारबर पर आक्रमण कर दिया; अगले दिन अमेरिका ने जापान के विरुद्ध युद्ध की घोषणा कर दी।

## लैटिन अमेरिका के प्रति संयुक्त राज्य अमेरिका की विदेश नीति

संयुक्त राज्य अमेरिका की लैटिन अमेरिका के प्रति नीति को संक्षेप में तीन शब्दों में रखा जा सकता है – मुनरो सिद्धान्त, डालर कूटनीति तथा अखिल अमेरीकनवाद।

***मुनरो सिद्धान्त*** – पारकर टी॰ मून के अनुसार, "लैटिन अमेरिका में संयुक्त राज्य अमेरिका ने जिन साधनों का प्रयोग किया है, वे आश्चर्यजनक रूप से यूरोपियन साम्राज्यवाद के साधनों के समान थे।" मुनरो सिद्धान्त का प्रतिपादन दिसम्बर, 1823 में प्रत्यक्षत: अमेरिका के देशों की यूरोपीय साम्राज्यवाद से रक्षा करने के लिए किया गया था। परन्तु शीघ्र ही ऐसा प्रतीत होने लगा कि यह सिद्धान्त यूरोपीय "हितों और प्रभाव क्षेत्र" के सिद्धान्त से भिन्न नहीं था और इसका उद्देश्य लैटिन अमेरिका को केवल संयुक्त राज्य अमेरिका के नियन्त्रण और शोषण के लिए सुरक्षित रखना था। 20 जून, 1895 को विदेश मन्त्री ओलनी ने मुनरो सिद्धान्त की व्याख्या करते हुए ओलनी सिद्धांत का प्रतिपादन किया। उसने कहा कि – "आज संयुक्त राज्य व्यावहारिक रूप में इस महाद्वीप पर सम्प्रभु है तथा इसकी आज्ञा उन प्रजाजनों के लिए विधि है, जिनके प्रति यह अपनी मध्यस्थता को सीमित रखता है।" 1904 में राष्ट्रपति थ्योडोर रूजवेल्ट ने मुनरो सिद्धान्त के आधार पर इस बात का दावा किया कि संयुक्त राज्य को लैटिन अमेरिका में हस्तक्षेप का एकाधिकार प्राप्त है। उसने कहा कि – "पश्चिमी गोलार्द्ध में, संयुक्त राज्य की मुनरो सिद्धान्त के प्रति निष्ठा, दुष्कर्म या शासन की अक्षमता के अतिवादी मामलों में, संयुक्त राज्य को अनिच्छापूर्वक एक अन्तर्राष्ट्रीय पुलिस शक्ति का कार्य करने को विवश कर सकती है।"

***डालर कूटनीति*** – डालर कूटनीति अमेरीकन साम्राज्यवाद का दूसरा रूप था। इसे आर्थिक साम्राज्यवाद कहा जा सकता है, क्योंकि इसका लक्ष्य किसी देश पर राजनीतिक सत्ता स्थापित करना न होकर उस देश का आर्थिक शोषण करना होता था। राष्ट्रपति विलियम एच॰ टाफ्ट के अनुसार, "इस नीति (डालर कूटनीति) की विशेषता गोलियों के स्थान पर डालरों का प्रयोग करना रही है। यह अमेरिकन व्यापार को बढ़ाने के लिए स्पष्ट रूप में निदेशित प्रयत्न है, जो इस स्वयंसिद्ध सिद्धान्त पर आधारित है कि अमेरिकन सरकार विदेशों में स्थित प्रत्येक उचित और हितकारी अमेरिकन व्यवसाय को सभी उचित समर्थन प्रदान करेगी।" 1893 के पश्चात् संयुक्त राज्य अमेरिका ने अपने लैटिन अमेरीकन पड़ोसियों के प्रति इस नीति को अपनाया।

***अखिल अमेरिकनवाद*** – संयुक्त राज्य अमेरिका और लैटिन अमेरिकन के सम्बन्धों की तीसरी मुख्य बात अखिल अमेरिकनवाद है। सेमुअल एफ॰ बेमिस के अनुसार, अखिल अमेरीकनवाद नई दुनिया के गणतन्त्रों (कनाडा को छोड़ कर) की पड़ोसियों के रूप में समान आकांक्षाओं और हितों के पारस्परिक विचार-विमर्श और उनकी प्राप्ति के लिए परस्पर सहयोग करने की न्यूनाधिक रूप से निश्चित प्रवृत्ति है।

अखिल अमेरिकनवाद एक प्रकार का सहकारिता आन्दोलन है, पर साथ ही इसका एक साम्राज्यवादी पक्ष भी है, क्योंकि संयुक्त राज्य अमेरिका ने अखिल अमेरिकनवाद का प्रयोग, लैटिन अमेरिका में अपने प्रभाव का विस्तार करने और प्रभुत्व की स्थापना करने के लिए प्रयत्न किया है।

**लैटिन अमेरिकन देशों के प्रति नीति (प्रथम विश्व युद्ध तक)**

संयुक्त राज्य अमेरिका की समृद्धि, लैटिन अमेरिकन देशों के पिछड़ेपन और संयुक्त राज्य अमेरिका की डालर कूटनीति ने उन्नीसवीं शताब्दी के उत्तरार्ध तक लैटिन अमेरिका में संयुक्त राज्य अमेरिका के विरुद्ध भीषण असंतोष उत्पन्न कर दिया। इन परिस्थितियों में अखिल अमेरिकन आन्दोलन का विकास हुआ। 1889 में वाशिंगटन में प्रथम अखिल अमेरिकन सम्मेलन हुआ। इसमें एक बहि:शुल्क संघ, एक समान मुद्रा तथा अन्तर अमेरिकन विवादों के समाधान के लिए पंच-निर्णय की व्यवस्था के सुझाव रखे गए। परन्तु सम्मेलन कई रचनात्मक पग उठाने में असफल रहा। 1895 में ओलनी सिद्धान्त के प्रतिपादन और 1904 में मुनरो सिद्धान्त की थ्योडोर रूजवेल्ट की व्याख्या ने लैटिन अमेरीकन देशों में संयुक्त राज्य अमेरिका विरोधी भावनाओं को और भी बढ़ा दिया। 1890 से 1919 के बीच तीन अखिल अमेरिकन सम्मेलन हुए, पर किसी को भी कोई उल्लेखनीय सफलता प्राप्त नहीं हुई। 1913 में तथा उसके बाद राष्ट्रपति विल्सन ने लैटिन अमेरीकन देशों के संयुक्त राज्य अमेरिका के प्रति अविश्वास और शंकालु दृष्टिकोण को दूर करने का भरसक प्रयास किया। परन्तु जब संयुक्त राज्य अमेरिका प्रथम विश्व युद्ध में प्रविष्ट हुआ तब केवल 8 लैटिन अमेरीकन देशों ने ही जर्मनी के विरुद्ध युद्ध की घोषणा की। प्रथम विश्व युद्ध के पश्चात् "उत्तर का महादैत्य" और भी अधिक शक्तिशाली हो गया। उसके राष्ट्रसंघ में सम्मिलित न होने से लैटिन अमेरिका में इस धारणा को बल मिला कि संयुक्त राज्य अमेरिका अपनी गतिविधियों पर कोई बाह्य नियन्त्रण स्वीकार करने को प्रस्तुत नहीं है। उन्होंने राष्ट्रसंघ में अमेरिकन साम्राज्यवाद को नियन्त्रित करने के एक नवीन साधन को पाने की आशा की और लगभग सभी लैटिन अमेरीकन राष्ट्र, राष्ट्रसंघ के सदस्य बन गए।

**अहस्तक्षेप तथा प्रत्याहरण का युग (1919 - 1932)**

सेमुअल एफ० बेमिस का मत है कि, "1914 से 1919 के प्रथम विश्व युद्ध के शुभ परिणाम और सुदूर पूर्व तथा प्रशान्त महासागर में इसके कूटनीतिक उत्तर कार्य, फरवरी, 1922 की वाशिंगटन सन्धियों ने संयुक्त राज्य अमेरिका की लैटिन अमेरीकन नीति में एक नवीन अध्याय को प्रारम्भ किया – साम्राज्यवाद के अपाकरण का अध्याय।" अमेरीकन साम्राज्यवाद के अपाकरण की दिशा में प्रथम पग जून, 1921 में उठाया गया जबकि डोमिनिकन गणतन्त्र के सैनिक राज्यपाल ने घोषणा की कि गणतन्त्र को 8 माह

बाद स्वाधीन कर दिया जाएगा। 1923 में अमेरिकन सम्मेलन सेन्टियोगो डी चिली में हुआ, जिसमें लैटिन अमेरीकन गणराज्य समानता और स्वतन्त्रता के लिए आन्दोलित हुए परन्तु संयुक्त राज्य अमेरिका से उन्हें सहयोग प्राप्त नहीं हुआ।

साम्राज्यवाद के अपाकरण की दिशा में दूसरा पग संयुक्त राज्य अमेरिका ने 1925 में उठाया। संयुक्त राज्य अमेरिका ने इस वर्ष निकारागुआ से अपनी नौ-सेना हटा ली और आर्थिक नियन्त्रण भी कम कर दिया। इसी प्रकार मैक्सिको में, मैक्सिको के साथ हार्दिक सम्बन्ध स्थापित करते हुए, संयुक्त राज्य अमेरिका ने तेल सम्बन्धी सुविधाओं को प्राप्त करने में सफलता प्राप्त की (1925)।

1928 के पश्चात् विश्व को एक भीषण आर्थिक संकट का सामना करना पड़ा। इससे लैटिन अमेरिकन देशों में भीषण उथल-पुथल हुई; परन्तु संयुक्त राज्य अमेरिका ने अपनी अहस्तक्षेप की नीति जारी रखी तथा दिसम्बर, 1928 के प्रसिद्ध क्लार्क स्मृति-पत्र में कहा गया कि, "मुनरो सिद्धान्त आगे से लैटिन अमेरिका के विरुद्ध हिंसा और सैनिक गतिविधि का साधन नहीं समझा जाना है, अपितु जैसा कि राष्ट्रपति मुनरो ने असंदिग्ध रूप से चाहा था, इसे स्वाधीनता और प्रादेशिक अखण्डता की प्रत्याभूति होना है।"

**अच्छे पड़ोसी की नीति ( 1932 - 1945 )**

1932 में फ्रेंकलिन रूजवेल्ट अमेरिका के राष्ट्रपति बने। उन्होंने लैटिन अमेरिका के सम्बन्ध में एक नवीन नीति का प्रतिपादन किया। अपने प्रथम उद्घाटन भाषण में उन्होंने कहा कि, "मैं इस राष्ट्र को अच्छे पड़ोसी की नीति के प्रति समर्पित कर दूंगा।" उन्होंने अमेरिकन गणतन्त्रों का पारस्परिक सहयोग के लिए आह्वान किया और स्पष्ट किया कि आखिरकार, अन्य राष्ट्रों में संवैधानिक व्यवस्था की रक्षा एक ऐसा पवित्र उत्तरदायित्व नहीं है, जिसे केवल संयुक्त राज्य अमेरिका को ही वहन करना चाहिए।" दिसम्बर, 1933 में मोन्टवीडियो में हुए अखिल अमेरिकन सम्मेलन में उन्होंने स्पष्ट रूप से कहा कि संयुक्त राज्य अमेरिका की निश्चित नीति अब से सशस्त्र हस्तक्षेप के विरुद्ध है। इसी के अन्तर्गत 1934 के अन्त तक सभी सेनाएं लैटिन अमेरिका से संयुक्त राज्य अमेरिका ने हटा लीं। दिसम्बर, 1936 में ब्यूनर्स आयर्स के अखिल अमेरीकन सम्मेलन में राष्ट्रपति रूजवेल्ट ने आक्रामक राज्यों के विरुद्ध सम्मिलित विचार-विमर्श और सहयोग पर बल दिया। यह प्रस्ताव स्वीकार कर लिया गया।

1937-38 में मैक्सिको ने संयुक्त राज्य अमेरिका की तेल कम्पनियों को अधिकृत कर लिया, इससे इस नीति में गतिरोध उत्पन्न होने की आशंका दृष्टिगत होने लगी, परन्तु संयुक्त राज्य अमेरिका के राष्ट्रपति रूजवेल्ट ने दिसम्बर, 1938 के लीमा में आयोजित अखिल अमेरिकन सम्मेलन में मैक्सिको के विरुद्ध कार्यवाही न करने का आश्वासन दिया। इससे अच्छे पड़ोसी की नीति का पथ-प्रशस्त हो गया। अन्ततोगत्वा

न केवल संयुक्त राज्य अमेरिका अपितु 21 लैटिन अमेरिकन राष्ट्र मुनरो सिद्धान्त के व्याख्याता तथा कार्यपालक बन गए।

रूजवेल्ट धीरे-धीरे अपनी अच्छे पड़ोसी की नीति द्वारा लैटिन अमेरिका के संयुक्त राज्य अमेरिका के प्रति अविश्वास को दूर करने में एक बड़ी सीमा तक सफल हो गया। जब जापान ने संयुक्त राज्य अमेरिका (पर्ल हारबर) पर आक्रमण किया तब मैक्सिको को छोड़ कर मध्य अमेरिका और केरीबियन सागर के सभी राज्यों ने धुरी राष्ट्रों के विरुद्ध युद्ध की घोषणा कर दी। चिली और अर्जेन्टाइना को छोड़ कर दक्षिणी अमेरिका के सभी राज्यों ने धुरी राष्ट्रों से कूटनीतिक सम्बन्ध-विच्छेद कर लिए। द्वितीय विश्व युद्ध का सामना करने के लिए अमेरिकन गोलार्द्ध के गणतन्त्र 'उत्तर के अच्छे पड़ोसी' के सैनिक पंखों के नीचे इकट्ठे हो गए। युद्ध के अन्त से पूर्व के सभी अमेरिकन राज्यों ने धुरी राज्यों के विरुद्ध युद्ध की घोषणा कर दी और 26 जून, 1945 को सानफ्रांस्सिको में सभी अमेरिकन राज्य संयुक्त राष्ट्रसंघ के सदस्य बन गए।

# 22

# फ्रांस की विदेश नीति

प्रथम विश्वयुद्ध (1914 - 1918) में विजयश्री ने पुनः फ्रांस को यूरोप का प्रथम राष्ट्र बना दिया। परन्तु फ्रांस अपनी इस विजय में चिन्तातुर व विकल था। 1918 में फ्रांस ने अपनी 1871 की पराजय का प्रतिशोध जर्मनी से ले लिया था, परन्तु फ्रांस जानता था कि उसकी यह विजय छायामात्र थी, वास्तविकता नहीं। फ्रांस ने युद्ध जीता था किन्तु अपने बल पर नहीं, अमेरिका और ब्रिटेन के बल पर। उसने 1871 में छीना गया आल्ससलारेन का प्रदेश जर्मनी से पुनः छीन लिया था, फिर भी वह यह अनुभव करता था कि जर्मनी जनसंख्या, साधनों और सैनिक कौशल तीनों में उससे बढ़ कर है। उसे आशंका थी कि कहीं जर्मनी पुनः शक्तिशाली होकर उस पर आक्रमण न कर दे। वह इस सम्भावित आक्रमण के विरुद्ध सुरक्षा चाहता था। हार्डी के शब्दों में, "फ्रांस की अवस्था उस मुक्केबाज जैसी थी जिसने चैम्पियन को एक अच्छी चोट जमा दी है पर वह अभी विस्मित होकर देख रहा है कि उसका प्रतिपक्षी 'मर गया था' या उसका मरना अभी बाकी है।" लैंगसम के अनुसार, "युद्ध की अन्तिम प्रतिध्वनियों की समाप्ति से बहुत पहले ही फ्रांस ने एक अन्य जर्मन आक्रमण के विरुद्ध सुरक्षा के उपायों की खोज आरम्भ कर दी थी।" वह अपनी सुरक्षा के लिए इतना चिन्तित था कि ई॰एच॰ कार के शब्दों में, "1919 के बाद के यूरोपीय घटनाचक्र का सबसे महत्वपूर्ण एवं स्थायी तथ्य फ्रांस की सुरक्षा की मांग था।"

### जर्मनी को शक्तिहीन बनाने का प्रयास

जर्मनी के विरुद्ध अपने को निश्चित रूप से सुरक्षित करने के लिए फ्रांस ने उस पर ऐसी शान्ति सन्धि लादने का प्रयत्न किया, जिससे जर्मनी में पुनः शक्तिशाली राष्ट्र बनने की क्षमता ही न रह जाए। बेनहट के अनुसार, "वर्साय की सन्धि का प्रधान उद्देश्य फ्रांस को भावी जर्मन आक्रमण से सुरक्षित करना था।" इस सन्धि के द्वारा जर्मनी के सम्पूर्ण उपनिवेश छीन लिए गए। उसका स्वयं का 15% प्रदेश जिसमें उसकी 10% जनसंख्या निवास करती थी, उससे ले लिया गया। उसके खनिज भण्डार के एक बड़े

भाग से उसे वंचित कर दिया गया। उसके सैन्यबल को इतना सीमित कर दिया कि वह सैनिक दृष्टि से एकदम पंगु हो गया। उसे युद्ध प्रारम्भ करने का अपराधी माना गया और क्षतिपूर्ति की एक लगभग असम्भव राशि का देनदार ठहराया गया।

## जर्मनी के विरुद्ध सुदृढ़ सुरक्षा व्यवस्था की स्थापना का प्रयत्न

लायड जार्ज का विचार था कि वर्साय की सन्धि से जर्मनी को इतना दुर्बल बना दिया गया था कि "60 वर्ष तक जर्मनी का उत्थान नहीं हो सकता है।" परन्तु फ्रांसीसी नेता इससे सहमत नहीं थे और अब भी पराजित जर्मनी से सशंकित और भयभीत थे। उन्होंने यह मांग की कि राइन नदी और उसके पुल, जिन्हें पार करना पूर्व से फ्रांस पर आक्रमण करने वाले किसी भी आक्रमणकर्ता के लिए आवश्यक था, स्थायी रूप से उसके अधिकार में दे दिए जाएं। फ्रांस की यह मांग "भौगोलिक प्रत्याभूति" की मांग के नाम से विख्यात है। परन्तु ब्रिटेन और अमेरिका फ्रांस की इस मांग को पूरा करने को तैयार नहीं हुए क्योंकि ऐसा करने से 50 लाख जर्मन अपने राष्ट्र से अलग हो जाते। अन्ततः एक बीच का मार्ग अपनाया गया और वर्साय की सन्धि में यह व्यवस्थाएं की गईं –

(क) 15 वर्ष तक राइन नदी के बाएं तट के प्रदेश पर मित्रराष्ट्रों की सेनाओं का अधिकार रहेगा।

(ख) राइन नदी का प्रदेश स्थायी रूप से निःशस्त्र रहेगा और जर्मनी वहां की किलेबन्दी नहीं करेगा।

(ग) एक त्रिदलीय सन्धि की जाए जिसके द्वारा अमेरिका और ब्रिटेन जर्मनी द्वारा फ्रांस पर बिना उत्तेजना के आक्रमण किए जाने की दशा में फ्रांस की सहायता के लिए वचनबद्ध हों।

परन्तु अमेरीकन सिनेट ने वर्साय की सन्धि को सम्पुष्ट नहीं किया। इससे अमेरिका और ब्रिटेन द्वारा दिए गए वचन पूरे नहीं हो सके। अमेरिका द्वारा अपने वचन की पूर्ति न किए जाने से ब्रिटेन का वचन भी क्रियान्वित नहीं हो सका, क्योंकि ब्रिटेन ने इसी शर्त पर फ्रांस की सहायता का वचन दिया था कि अमेरिका भी ऐसा ही करेगा। फ्रांस को इससे बड़ी निराश हुई। प्वायनकारे ने कहा, "हमने वर्साय की सन्धि पर हस्ताक्षर करने के पश्चात् सबसे बड़े भ्रमोद्‌घाटन का सामना किया है। पेरिस से जाने से पूर्व प्रेसीडेन्ट विल्सन तथा लायड जार्ज ने प्रत्याभूति समझौतों पर हस्ताक्षर किए, जिसके अन्तर्गत फ्रांस को जर्मनी द्वारा आक्रमण की स्थिति में अमेरिका तथा इंग्लैंड की सहायता का वचन दिया गया था किन्तु इन समझौतों की कभी पुष्टि नहीं की गई। जर्मनी के सामने फ्रांस अकेला रह गया।"

इस प्रकार शान्ति सम्मेलन के बाद फ्रांस अपनी स्थिति को दुर्बल और आरक्षित मानता रहा। वह जर्मनी के विरुद्ध सुरक्षा के साधनों की खोज में जुट गया। इसके लिए उसने प्रधानतः पांच प्रकार के प्रयत्न किए –

(क) ब्रिटिश प्रत्याभूति की प्राप्ति का प्रयत्न;
(ख) गुटबन्दियों द्वारा सुरक्षा के प्रयास;
(ग) राष्ट्रसंघ की सुरक्षा व्यवस्था को सबल बनाने के प्रयत्न;
(घ) जर्मनी के साथ समझौते द्वारा सुरक्षा प्राप्ति का प्रयास;
(च) निःशस्त्रीकरण द्वारा सुरक्षा प्राप्ति का प्रयास;

**(क) *ब्रिटिश प्रत्याभूति की प्राप्ति का प्रयत्न*** – प्रथम विश्वयुद्ध के पश्चात् फ्रांस ब्रिटेन पर बराबर इस बात के लिए दबाव डालता रहा कि ब्रिटेन जर्मनी के आक्रमण के विरुद्ध उसकी सहायता का वचन दे। अन्ततः जनवरी, 1922 में ब्रिटेन वर्साय की सन्धि में प्रस्तावित त्रिदलीय सन्धि की शर्तों के लगभग समान शर्तों पर फ्रांस को सुरक्षा की प्रत्याभूति देने पर तैयार हो गया। परन्तु तत्कालीन प्रधानमन्त्री प्वायनकारे की अदूरदर्शिता के कारण फ्रांस इस अवसर से लाभ नहीं उठा सका। प्वायनकारे "सम्पूर्ण या शून्य" की नीति में विश्वास रखता था। वह चाहता था कि ब्रिटेन न केवल फ्रांस पर सीधे जर्मन आक्रमण की दिशा में सहायता का वचन दे, अपितु उसके मित्रों (पोलैण्ड आदि) पर आक्रमण होने की दशा में भी सहायता का वचन दे। ब्रिटिश सरकार इतना आगे बढ़ने को तैयार नहीं थी। इस प्रकार फ्रांस का ब्रिटिश सैनिक प्रत्याभूति की प्राप्ति का प्रयत्न असफल हो गया।

**(ख) *गुटबन्दियों द्वारा सुरक्षा के प्रयास*** – अमेरिका और ब्रिटेन से निराश, रूर, सार और राइन प्रदेश की प्राप्ति की अपनी योजनाओं में असफल और साम्यवादी क्रान्ति के कारण अपने परम्परागत मित्र रूस से वंचित फ्रांस ने जर्मनी के विरुद्ध अपने को सुरक्षित करने के लिए जर्मनी के आस-पास छोटे राष्ट्रों से मैत्री कर जर्मनी को अपने मित्रराष्ट्रों के एक सुरक्षात्मक घेरे से घेर देने का प्रयास किया। फ्रांस और इन छोटे राष्ट्रों के लिए सुरक्षा और यथास्थिति की रक्षा एक ही वस्तु थी तथा ये सभी राष्ट्र जर्मनी से सशंकित और भयभीत थे। फ्रांस ने सर्वप्रथम सितम्बर, 1920 में बेल्जियम से सैनिक सन्धि कर जर्मनी की पश्चिमी सीमा पर एक मित्र देश की प्राप्ति की। 19 फरवरी, 1921 को फ्रैंकोपोलिश मित्रता सन्धि हुई, जिसके द्वारा फ्रांस ने जर्मनी की पूर्वी सीमा पर एक मित्र देश की प्राप्ति की और इस प्रकार अपने मित्र देश रूस के साम्यवादी हो जाने से हुई हानि को पूरा करने का प्रयत्न किया। जनवरी, 1924 में फ्रांस ने चैकोस्लोवाकिया से, जून, 1926 में रूमानिया से और नवम्बर, 1927 में यूगोस्लाविया से मित्रता की सन्धियां कीं। इन सभी सन्धियों की शर्तें लगभग समान थीं। प्रधानतः इन सन्धियों में सुरक्षा समस्याओं पर पारस्परिक विचार-विमर्श की, आक्रमण की दशा में संयुक्त प्रतिरक्षा की तथा यूरोप में 'यथास्थिति' को कोई खतरा उत्पन्न हो जाने पर संयुक्त कार्यवाही की व्याख्या की गई थी।

फ्रांस इतने से ही सन्तुष्ट नहीं हुआ। 1921-22 में ब्रिटेन से सन्धि करने के अपने प्रयास के असफल हो जाने के बाद फ्रांस ने अपने मित्र देश, इन छोटे राष्ट्रों को, संगठित करने का प्रयास आरम्भ किया। उसकी प्रेरणा से 1921 में यूगोस्लाविया और रूमानिया तथा चैकोस्लोवाकिया और रूमानिया में तथा 1922 में यूगोस्लाविया और चैकोस्लोवाकिया में तीन द्विपक्षीय सन्धियां हुईं। ये तीन राष्ट्र आस्ट्रिया हंगरी के साम्राज्य को विघटन करके बनाये गए थे और उन्होंने परस्पर जो सन्धियां की थीं, उनका उद्देश्य जर्मनी को पुनः सिर उठाने से रोकना था तथा आस्ट्रिया-हंगरी के प्राचीन राजवंश, हेप्सबुर्ग वंश की पुनः प्रतिष्ठा या हंगरी द्वारा अपने प्रदेशों को पुनः प्राप्त करने के प्रयत्नों का विरोध करना था। इन सन्धियों के द्वारा उन राष्ट्रों ने परस्पर यह वचन दिया कि अकारण आक्रमण होने पर तीनों राष्ट्र मिल कर आक्रमण से प्रभावित राष्ट्र की सैनिक सहायता करेंगे। इन सन्धियों के कारण ये तीनों देश "छोटा त्रिगुट" या "लघु मैत्री संघ" (लिटिल इन्टेन्टे) कहलाने लगे। ये तीनों राष्ट्र पूर्णतया फ्रांस के प्रभाव क्षेत्र में थे और अन्तर्राष्ट्रीय मामलों में फ्रांस की विदेश नीति का अनुसरण करते थे इससे फ्रांस की शक्ति अत्यधिक बढ़ गई। ई॰एच॰ कार के अनुसार, "1920-24 की अवधि में फ्रांस यूरोप में शक्ति और गौरव की चरम-सीमा पर पहुंच गया।"

परन्तु फ्रांस इन छोटे राष्ट्रों का गुट स्थापित करके ही सन्तुष्ट नहीं हुआ। अक्तूबर, 1925 में लोकार्नो समझौते हुए, जिनके द्वारा ग्रेट-ब्रिटेन ने फ्रांस, बेल्जियम तथा जर्मनी की सीमाओं की सुरक्षा का वचन दिया। जर्मनी में हिटलर के सत्तारूढ़ होने के पश्चात् रूस भी फ्रांस के मैत्री-मण्डल में सम्मिलित हो गया। 1935 में एक अनाक्रमण समझौते द्वारा फ्रांस-रूस ने 'अनुत्तेजित आक्रमण' की दशा में पारस्परिक सहायता का वचन दिया।

हिटलर की बढ़ती हुई शक्ति ने ब्रिटेन को भी सशंकित किया इससे ब्रिटेन और फ्रांस और निकट आ गए। 1934 में ब्रिटिश प्रधानमन्त्री स्टैनली वाल्डविन ने घोषणा की कि, "इंग्लैंड की सीमा डोवर की चाक चट्टानें नहीं, अपितु राइन नदी है।" इटली की शक्ति के विकास ने फ्रांस और ब्रिटेन की मैत्री को और भी प्रगाढ़ कर दिया, जिसके फलस्वरूप 1938 के पश्चात् कुछ समय तक दोनों देशों ने एक समान विदेश नीति को अपनाया।

इन सब गुटबन्दियों ने एक बड़ी सीमा तक फ्रांस की सुरक्षा की समस्या को मनोवैज्ञानिक दृष्टि से हल कर दिया। परन्तु ये गुटबन्दियां फ्रांस को बहुत मंहगी पड़ीं। इन सन्धियों के द्वारा फ्रांस केवल वर्साय की सन्धि अपितु शान्ति-समझौतों द्वारा स्थापित लगभग सभी व्यवस्थाओं के पालन के लिए वचनबद्ध हो गया। किन्तु ये व्यवस्थाएं अत्यधिक दुर्बल थीं। इनसे उत्पन्न पोलैण्ड, चेकोस्लोवाकिया, रूमानिया और यूगोस्लाविया आदि फ्रांस के मित्रराष्ट्रों में पोलैण्ड को छोड़ कर अन्य सभी राष्ट्र क्षेत्रफल की दृष्टि से छोटे और आर्थिक और सैनिक दृष्टि से दुर्बल थे। फ्रांस को इन्हें निरन्तर

आर्थिक और सैनिक सहायता देनी पड़ी, जिससे ये राष्ट्र फ्रांस के लिए एक प्रकार का बोझ बन गए।

ये राज्य फ्रांस की सीमाओं से बहुत दूरी पर स्थित थे। साथ ही, इनकी जनसंख्या का एक बड़ा भाग राष्ट्रीय अल्पसंख्यकों का था, जिसके कारण इनका अपने पड़ौसी राष्ट्रों से झगड़ा बना रहता था। इससे इनकी सहायता के वचन ने फ्रांस के सैनिक उत्तरदायित्व इतने अधिक बढ़ा दिए कि फ्रांस के लिए समय पड़ने पर उनको पूरा करना असम्भव नहीं तो दुष्कर अवश्य हो गया।

इन गुटबन्दियों के कारण पूर्वी और मध्य यूरोप में फ्रांस के प्रति सन्देह उत्पन्न हो गया। जर्मनी, इटली, रूस आदि अन्य यूरोपीय राष्ट्रों को यह सन्देह होने लगा कि फ्रांस सुरक्षा के नाम पर सम्पूर्ण यूरोप पर अपना आधिपत्य स्थापित करने की चेष्टा कर रहा है। अतः फ्रांस की महत्वाकांक्षाओं का विरोध करने के लिए अन्य राष्ट्रों ने भी अपने-अपने गुट बनाने प्रारम्भ कर दिए और शीघ्र ही सम्पूर्ण यूरोप तीन परस्पर गुटों में विभाजित हो गया। ये गुट थे – फ्रांसीसी गुट, रूसी गुट तथा जर्मनी गुट, इटली आदि धुरी राष्ट्रों का गुट। इन गुटबन्दियों ने यूरोप के वातावरण को विषाक्त कर दिया। फ्रांसीसी गुटबन्दी उसे जर्मनी के आक्रमण से न बचा सकी और अन्ततः सितम्बर, 1939 में द्वितीय महायुद्ध प्रारम्भ हो गया।

**(ग) *राष्ट्रसंघ की सामूहिक सुरक्षा व्यवस्था को दृढ़ करने के प्रयत्न*** – दो विश्वयुद्धों के मध्य फ्रांसीसी विदेश नीति "असंगत और पाखण्ड-पूर्ण" थी। यह आरोप फ्रांस की राष्ट्रसंघ सम्बन्धी नीति के सम्बन्ध में एक बड़ी सीमा तक सत्य प्रतीत होता है। फ्रांस का विश्वास था कि राष्ट्रसंघ की सुरक्षा व्यवस्थाओं पर निर्भर नहीं रहा जा सकता है अतः अपनी सुरक्षा व्यवस्था को सुदृढ़ करने के लिए उसने गुटबन्दियों का आश्रय लिया;. परन्तु साथ ही वह राष्ट्रसंघ की सुरक्षा व्यवस्थाओं को शक्तिशाली बनाने का प्रयत्न भी करता रहा।

फ्रांस द्वारा राष्ट्रसंघ की सुरक्षा व्यवस्था को सुदृढ़ करने का प्रथम महत्वपूर्ण प्रयास पारस्परिक सहायता की प्रारूप सन्धि थी, जिसे 1923 में राष्ट्रसंघ की साधारण सभा ने स्वीकार किया था। इसमें आक्रमणात्मक युद्ध को अन्तर्राष्ट्रीय अपराध कहा गया था। राष्ट्रसंघ की परिषद् को आक्रमणकारी का निश्चय करना था तथा उसी गोलार्द्ध में स्थित राष्ट्रों को आक्रान्ता के विरुद्ध सैनिक कार्यवाही करने का निर्देश राष्ट्रसंघ को देना था। सन्धि को स्वीकार करने वाले राष्ट्रों को अपना निःशस्त्रीकरण भी करना था। हार्डी के अनुसार, "सन्धि का यह मसविदा, एक आम गारन्टी और स्थानीय मैत्रियों की प्रणाली के अपने-अपने लाभों को समन्वित करने और उसकी त्रुटियां दूर करने का एक अत्यधिक बुद्धिमतापूर्ण यत्न था।" परन्तु यह सन्धि अधिक सफल न हो सकी। फ्रांस सहित केवल 18 राष्ट्रों ने ही उसे स्वीकार किया। अमेरिका और रूस दोनों उससे अलग रहे। ब्रिटेन ने इसे स्वीकार करने से इन्कार कर दिया, अतः यह प्रयास निष्फल हो गया।

राष्ट्रसंघ की सुरक्षा व्यवस्था को अधिक शक्तिशाली बनाने का दूसरा प्रयत्न "अन्तर्राष्ट्रीय विवादों के शान्तिपूर्ण समझौते का प्रोटोकोल" था, जो जेनेवा प्रोटोकोल के नाम से प्रसिद्ध हुआ। इसे राष्ट्रसंघ की साधारण सभा ने 2 अक्तूबर, 1924 को स्वीकार कर लिया। इसकी मुख्य विशेषता मध्यस्थता और पंचायती निर्णय को अनिवार्य बना देती थी। राजनीतिक विवादों का निर्णय राष्ट्रसंघ की परिषद् अथवा विशेष मध्यस्थता समितियों द्वारा किया जाना था। न्यायालय के अधिकार क्षेत्र अथवा परिषद् की सर्वसम्मत रिपोर्ट को अस्वीकार करना आक्रमण माना गया था। राष्ट्रसंघ किसी देश के घरेलू अधिकार क्षेत्र के विषयों पर भी विचार कर सकता था।

एल्फर्ड जिम्मर्न के शब्दों में, "यह प्रोटोकोल भूमण्डल पर कानून द्वारा शान्ति स्थापित करने का बड़ा साहसपूर्ण प्रयास था।" परन्तु व्यवहार में जेनेवा प्रोटोकोल भी उसी प्रकार असफल हो गया, जिस प्रकार पारस्परिक सहायता की प्रारूप सन्धि असफल हुई थी। फ्रांस सहित केवल 17 राज्यों ने ही इसे स्वीकार किया। ब्रिटेन ने जेनेवा प्रोटोकोल की अस्वीकृति की घोषणा कर दी। ब्रिटिश अस्वीकृति से जेनेवा प्रोटोकोल की अकाल मृत्यु हो गई और फ्रांस का राष्ट्रसंघ द्वारा सुरक्षा प्राप्ति का महत्वपूर्ण प्रयास असफल हो गया।

अब फ्रांस ने सुरक्षा की अपनी खोज की दिशा में थोड़ा परिवर्तन कर दिया। अब तक फ्रांस सामान्य व्यवस्थाओं के द्वारा राष्ट्रसंघ की सामूहिक सुरक्षा की व्यवस्था को दृढ़ करने का प्रयत्न कर रहा था। अब उसने प्रादेशिक समझौतों के द्वारा सामूहिक सुरक्षा व्यवस्था को दृढ़ करने का प्रयत्न किया। लोकार्नो सन्धियां इसी प्रयत्न का परिणाम थीं।

लोकार्नो सन्धियों की मुख्य बात फ्रांसीसी-जर्मन सीमा की सुरक्षा का विशेष आश्वासन थी। 1 अक्तूबर, 1925 से 16 अक्तूबर, 1925 तक तीन देशों के विदेश मन्त्रियों (ब्रिटेन के विदेशमन्त्री आस्टिन चेम्बरलेन, जर्मनी के विदेशमन्त्री, स्ट्रैसमान, फ्रांस के विदेशमन्त्री ब्रिआं) ने स्विट्जरलैण्ड के लोकार्नो नामक नगर में वार्ताएं कीं, जिनके फलस्वरूप लोकार्नो सन्धियों पर हस्ताक्षर हुए। इन वार्ताओं में इटली, बेल्जियम, पोलैण्ड और चैकोस्लोवाकिया के प्रतिनिधियों ने भी भाग लिया।

लोकार्नो सम्मेलन में कुल 7 सन्धियां की गईं। इनमें से पहली सन्धि जर्मनी, फ्रांस, ब्रिटेन, बेल्जियम और इटली के बीच हुई। यह पारस्परिक गारन्टी सन्धि के नाम से प्रसिद्ध रही। यह सन्धि लोकार्नो सम्मेलन की सर्वाधिक महत्वपूर्ण सन्धि थी। इसे राइनलैण्ड समझौता और लोकार्नो सन्धि भी कहा जाता है। इसके द्वारा पांचों शक्तियों ने वर्साय की सन्धि द्वारा निर्धारित जर्मनी, बेल्जियम तथा फ्रांस की सीमाओं और राइन प्रदेश के विसैन्यीकरण सम्बन्धी व्यवस्थाओं के पालन का वचन दिया।

लोकार्नो सम्मेलन की दूसरी, तीसरी, चौथी और पांचवीं सन्धियां मध्यस्थता सन्धियां थीं। ये सन्धियां एक ओर तो जर्मनी तथा दूसरी ओर क्रमशः बेल्जियम, फ्रांस, पोलैण्ड तथा चैकोस्लोवाकिया के मध्य हुई थीं। इनके द्वारा यह व्यवस्था की गई कि जर्मनी तथा इन राष्ट्रों के बीच उत्पन्न होने वाले जो विवाद कूटनीतिक वार्ता से नहीं सुलझाए जा सकेंगे, वे किसी मध्यस्थ या अन्तर्राष्ट्रीय न्यायालय को सौंपे जाएंगे।

छठी सन्धि फ्रांस और पोलैण्ड तथा सातवीं सन्धि फ्रांस और चैकोस्लोवाकिया के मध्य की गई। ये पारस्परिक सुरक्षा सन्धियां थीं जिनके द्वारा हस्ताक्षरकर्ताओं ने जर्मन आक्रमण की दशा में परस्पर सहायता का वचन दिया।

इस प्रकार जैसा कि ई०एच० कार का मत है, "युद्ध के बाद पहली बार फ्रांस और जर्मनी की आवश्यकताओं के बीच न्यायोचित और निष्पक्ष सन्तुलन स्थापित हुआ।" फ्रांस इसे ब्रिटिश-फ्रांसीसी मैत्री का नवीनीकरण मानता था। लोकार्नो समझौता "विश्व इतिहास में नवीन युग का मार्ग दर्शक बन गया।" फिर भी लोकार्नो सन्धियां एक महान कूटनीतिक भ्रम सिद्ध हुईं। उन्होंने जर्मनी की पूरी सीमा के प्रश्न को न केवल हल ही किया, अपितु और भी असन्तोषजनक बना दिया। जर्मनी ने अपनी पूर्वी सीमा की अखण्डता की गारन्टी देने से इन्कार करके यह स्पष्ट कर दिया कि वह पोलैण्ड और चैकोस्लोवाकिया के उन प्रदेशों पर, जिनमें जर्मन लोग बड़ी संख्या में निवास करते थे, फिर से अधिकार करने का प्रयत्न कर सकता था। ई०एच० कार के अनुसार, "अन्ततोगत्वा, लोकार्नो सन्धि से वर्साय सन्धि और अनुबन्ध पत्र दोनों को ही हानि पहुंची।"

लोकार्नो सन्धियों के पश्चात् फ्रांस की सुरक्षा की खोज का अगला महत्वपूर्ण पग 1928 का केलॉग-ब्रिआं समझौता (पेरिस पैक्ट) था। 29 अगस्त, 1928 को पेरिस में अमेरीकन विदेशमन्त्री केलॉग तथा फ्रांसीसी विदेशमंत्री ब्रिआं के प्रयासों से 15 राष्ट्रों के प्रतिनिधियों ने एक समझौता स्वीकार किया जो केलॉग-ब्रिआं समझौता (पेरिस पैक्ट) कहलाता है। इसका वास्तविक नाम 'युद्ध के परित्याग की सामान्य सन्धि' था। इसमें व्यक्त किया गया था कि हस्ताक्षरकर्ता राष्ट्र 'अन्तर्राष्ट्रीय विवादों के समाधान के लिए युद्ध के आश्रय की निन्दा करते हैं' और अपने एक-दूसरे के साथ सम्बन्धों में राष्ट्रीय नीति के एक यन्त्र के रूप में इसका परित्याग करते हैं।'

1933 तक 65 देशों ने इसे स्वीकार कर लिया था। वास्तव में, यह समझौता विश्व इतिहास में एक "सीमा चिन्ह" था। इतिहास में यह पहला ही राजनीतिक समझौता था, जिसका क्षेत्र लगभग सभी देश थे।" फिर भी अपनी स्वीकृति के कुछ समय बाद ही इसे निरर्थक और अव्यावहारिक कहा जाने लगा। व्यवहार में पेरिस समझौता शान्ति स्थापना का साधन नहीं अपितु एक पवित्र आकांक्षा ही सिद्ध हुआ। पेरिस पैक्ट की कोई व्यावहारिक उपयोगिता नहीं थी। हार्डी के शब्दों में, "एक ऐतिहासिक घटना के

रूप में युद्ध का नीति के साधन के तौर से यह प्राय: सार्वजनिक प्रत्याख्यान अभूतपूर्व महत्व रखता प्रतीत होता है। युद्ध के प्रति एक नये नैतिक रुख के संकेत के रूप में यह नि:सन्देह प्रभावोत्पादक था।"

राष्ट्रसंघ की सुरक्षा व्यवस्था को दृढ़ बनाने का अन्तिम महत्वपूर्ण प्रयत्न सितम्बर, 1928 का "अन्तर्राष्ट्रीय विवादों के शान्तिपूर्ण निपटारे के लिए एक व्यापक अधिनियम" था। इसको राष्ट्रसंघ की साधारण सभा ने सितम्बर, 1928 में स्वीकार किया था। इसमें अन्तर्राष्ट्रीय विवादों के समाधान के लिए संराधन, पंच निर्णय और न्यायिक निर्णय की व्यवस्था की गई थी। परन्तु यह प्रयत्न भी अधिक सफल नहीं हो सका। 1935 के अन्त तक केवल 23 राज्यों ने इस अधिनियम को स्वीकार किया था।

**( घ ) *जर्मनी के साथ समझौते के द्वारा सुरक्षा प्राप्ति का प्रयास*** – फ्रांस ने अपनी सुरक्षा की चिन्ता से मुक्त होने के लिए जर्मनी के साथ समझौते के मार्ग को भी अपनाया था। 1925 की लोकार्नो सन्धियां इस दिशा में सबसे महत्वपूर्ण प्रयत्न थीं। इससे जर्मनी और फ्रांस के मतभेद काफी कम हो गए। 1926 में राइन प्रदेश के एक भाग से मित्र राष्ट्रीय सेनाएं हटा ली गईं। 1927 में मित्रराष्ट्रीय सैनिक नियंत्रण आयोग को हटा लिया गया। जून, 1930 में अपनी अवधि से 5 वर्ष पूर्व राइन प्रदेश से सभी फ्रांसीसी सेनाएं हटा ली गईं। परन्तु हिटलर के उदय ने फ्रांस के प्रयास को नष्ट कर दिया। हिटलर की आक्रामक योजनाओं ने फ्रांस और जर्मनी के मध्य मैत्री की सम्भावनाओं को नष्ट कर डाला।

**( च ) *नि:शस्त्रीकरण द्वारा सुरक्षा प्राप्ति का प्रयास*** – फ्रांस की सुरक्षा की खोज की एक महत्वपूर्ण दिशा नि:शस्त्रीकरण थी। पेरिस शान्ति सम्मेलन में नि:शस्त्रीकरण सम्बन्धी कोई समझौता नहीं हो सका। परन्तु इस दिशा में प्रयत्न जारी रहे। इनमें से कुछ प्रयत्न राष्ट्रसंघ के तत्वधान में किए गए थे और कुछ राष्ट्रसंघ से बाहर।

राष्ट्रसंघ के तत्वधान में 1920 में स्थायी परामर्शदाता आयोग गठित हुआ, जिसका उद्देश्य संविदा के अनुसार राष्ट्रीय शस्त्रों में कमी करना था। इस आयोग ने दिसम्बर, 1920 में यह रिपोर्ट दी कि तत्कालीन परिस्थितियों में शस्त्रों में कमी नहीं की जा सकती है। तदुपरान्त राष्ट्रसंघ की परिषद् ने 1921 में अस्थाई मिश्रित आयोग की नियुक्ति की। इसने 1923 में पारस्परिक सहायता की प्रारूप सन्धि तथा 1924 में जेनेवा प्रोटोकोल द्वारा नि:शस्त्रीकरण की योजनाएं निर्मित कीं, परन्तु ये योजनाएं निष्फल हो गईं और इसको अधिक सफलता प्राप्त नहीं हो सकी।

1925 में राष्ट्रसंघ की परिषद् ने एक प्रारम्भिक आयोग की नियुक्ति की तथा उसे शस्त्रों में कटौती तथा परिमितता के लिए एक सम्मेलन की तैयारी करने का कार्य सौंपा। उसी के प्रतिवेदन के आधार पर विश्व नि:शस्त्रीकरण सम्मेलन 3 फरवरी, 1932

को आर्थर हैन्डर्सन की अध्यक्षता में आयोजित हुआ। इसमें 57 राज्यों के प्रतिनिधियों ने भाग लिया। इस सम्मेलन में फ्रांस ने राष्ट्रसंघ के अन्तर्गत अन्तर्राष्ट्रीय पुलिस की एक निरोधात्मक तथा दण्डात्मक सेना बनाने का सुझाव रखा, जिसके द्वारा विभिन्न राज्यों की सुरक्षा की व्यवस्था की जा सके; परन्तु जर्मनी, ब्रिटेन तथा अमेरिका ने इसका विरोध किया। फलस्वरूप, सम्मेलन असफल हो गया। शीघ्र ही हिटलर की गतिविधियों ने निःशस्त्रीकरण की आशाओं का अन्त कर दिया। यूरोप की सामूहिक बुद्धि, सुरक्षा की प्राप्ति में असफल हो जाने के उपरान्त आत्मघात की तैयारियों में लग गई।

राष्ट्रसंघ के बाहर निःशस्त्रीकरण के प्रयत्नों में सबसे पहले उल्लेखनीय "वाशिंगटन सम्मेलन" का आयोजन था। यह सर्वाधिक सफल सम्मेलन था। यह सम्मेलन अमेरीकन राष्ट्रपति हार्डिंग द्वारा नौसैनिक शस्त्रों के नियन्त्रण के लिए 12 नवम्बर, 1921 को आयोजित किया गया था। इसमें 6 फरवरी, 1922 तक शस्त्रों के परिसीमन पर विचार होता रहा। अंत में, पंच शक्ति नौ सैनिक परिसीमन सन्धि (फाइव पावर ट्रीटी लिमिटिंग नेवल आरमामेन्ट) सम्पन्न हुई। इस सन्धि के द्वारा ब्रिटेन, अमेरिका, जापान, फ्रांस तथा इटली की नौ सैनिक शक्ति का अनुपात 5:5:3:1.67:1.67 निश्चित किया गया। यह अनुपात 10 हजार टन से अधिक भार वाले जंगी जहाजों के सम्बन्ध में था। अन्य प्रकार के छोटे जहाजों, क्रूजर, डेस्ट्रायर, पनडुब्बी आदि की सीमा के सम्बन्ध में कोई समझौता न हो सका।

वाशिंगटन सम्मेलन के अधूरे कार्य को पूरा करने और क्रूजर, डेस्ट्रायर, पनडुब्बी आदि के परिसीमन पर विचार करने के लिए अमेरीकन राष्ट्रपति कूलिज ने ब्रिटेन, फ्रांस, इटली, जापान को एक सम्मेलन के लिए आमन्त्रित किया। परन्तु फ्रांस और इटली ने सम्मेलन का बहिष्कार किया। अतः जेनेवा में आयोजित जून, 1927 का यह नौ सैनिक सम्मेलन विफल हो गया।

तदुपरान्त 21 जनवरी, 1930 को लन्दन में पांचों शक्तियों (अमेरिका, ब्रिटेन, जापान, फ्रांस, इटली) का नौसैनिक सम्मेलन निःशस्त्रीकरण हेतु आयोजित हुआ। इस सम्मेलन में पनडुब्बी युद्ध को नियन्त्रित करने का प्रयास किया गया था। परन्तु फ्रांस और इटली ने पुनः सम्मेलन में विरोध उत्पन्न किया। फलस्वरूप यह सम्मेलन भी विफल हो गया। 1935 में पुनः नौसैनिक सम्मेलन का आयोजन लन्दन में हुआ परन्तु यह सम्मेलन भी विफल रहा।

1936 में ब्रिटिश-अमेरिका-जापानी नौसैनिक होड़ फिर प्रारम्भ हो गई। इसी बीच 7 मार्च, 1936 को जर्मनी ने राइन प्रदेश का सैन्यीकरण प्रारम्भ कर दिया। 1937 के मध्य तक दो विश्व युद्धों के बीच का निःशस्त्रीकरण आन्दोलन मृतप्राय हो गया।

### सुरक्षा की खोज की विफलता

इस प्रकार प्रथम विश्व युद्ध के बाद फ्रांस ने मनोयोगपूर्वक सुरक्षा की खोज की, परन्तु अन्तत: यह खोज पूर्णत: विफल रही। 1933 में, फ्रांसीसी कूटनीति में एक नवीन और विनाशकारी युग का शुभारम्भ हुआ। हिटलर ने उद्दंडतापूर्वक वर्साय की सन्धि का उल्लंघन करना प्रारम्भ किया। परन्तु जैसे-जैसे हिटलर की उद्दंडता बढ़ती गई; वैसे-वैसे फ्रांस का शक्ति द्वारा "यथास्थिति" की रक्षा करने का संकल्प दुर्बल होता गया। इसके बड़े दूरगामी परिणाम हुए। इससे फ्रांस की गुटबन्दियों की व्यवस्था छिन्न-भिन्न हो गई। क्योंकि उसके मित्रों को यह विश्वास नहीं रहा कि फ्रांस समय आने पर जैर्मन आक्रमण के विरुद्ध उनकी प्रभावशाली सहायता तथा रक्षा कर सकेगा। शनै: शनै: फ्रांस की नीति तुष्टीकरण की नीति में परिवर्तित हो गई इसके फलस्वरूप जापान, जर्मनी तथा इटली ने एक के बाद एक आक्रामक कार्यवाही करनी प्रारम्भ कर दी। इससे राष्ट्रसंघ की सामूहिक सुरक्षा व्यवस्था नष्टप्राय हो गई। शस्त्रीकरण की दौड़ प्रारम्भ हो गई। 1937 के बाद जर्मनी ने तुष्टीकरण की नीति में प्रोत्साहित होकर आस्ट्रिया (मार्च, 1938) और चैकोस्लोवाकिया (सितम्बर, 1938) की स्वतन्त्रता का अपहरण कर लिया। परन्तु हिटलर की पिपासा शान्त नहीं हुई; उसने 1 सितम्बर, 1939 को पोलैण्ड पर आक्रमण कर दिया और विवश होकर फ्रांस को ब्रिटेन के साथ संयुक्त होकर जर्मनी के विरुद्ध युद्ध की घोषणा करनी पड़ी। अन्तत: विश्व द्वितीय विश्व युद्ध की ज्वालाओं से घिर गया। फ्रांस की विदेश नीति अपने उद्देश्य "फ्रांस की सुरक्षा" को प्राप्त करने में नितान्त विफल रही।

# 23

# जर्मनी की विदेश नीति

11 नवम्बर, 1918 को प्रथम विश्व युद्ध में पराजित जर्मनी ने आत्मसमर्पण कर दिया। इस समर्पण के दो दिन पूर्व 9 नवम्बर, 1918 को जर्मन सम्राट विलियम द्वितीय ने सिंहासन त्याग कर हालैण्ड में शरण ले ली थी। जर्मनी में इस पराजय की बेला में ईबर्ट की अध्यक्षता में एक अन्तरिम सरकार की स्थापना की गई थी। जनवरी 1919 में जर्मन जनता ने एक संविधान सभा को निर्वाचित किया, जिसने फरवरी, 1919 में जर्मनी के वाईमार नगर में एक नवीन गणतांत्रिक संविधान की रचना का कार्य प्रारम्भ किया। 31 जुलाई, 1919 को यह कार्य पूरा हो गया और वाईमार गणराज्य ने जन्म लिया।

वाईमार गणराज्य का जन्म अत्यन्त प्रतिकूल परिस्थितियों में हुआ था। वर्साय की सन्धि ने जर्मनी के यूरोपीय प्रदेश के आठवें भाग और 65 लाख जनसंख्या को कम कर दिया था। उसकी 15% कृषि योग्य भूमि, 12% पशुधन तथा लगभग 19% कारखाने उससे छीन लिए गए थे। उसकी शक्तिशाली नौ-सेना नष्ट कर दी गई थी और थल सेना बहुत कम एक लाख तक सीमित कर दी गई थी। उसकी कोयले, लोहे, जस्ते और सीसे आदि की खदानें छीन ली गई थीं। उसके सभी उपनिवेश छीन लिए गए थे। उसका युद्ध-पूर्व का औद्योगिक और वाणिज्यिक संगठन नष्ट-भ्रष्ट हो गया। उसे अपने आस्ट्रियन जाति भाइयों से संघीकृत होने के अधिकार से वंचित कर दिया गया। उस पर क्षतिपूर्ति की एक विशाल और अनिश्चित राशि की देनदारी लाद दी गई। उसे अपने को युद्ध अपराधी मानने को विवश कर दिया गया। इन सब ने जर्मन जनता में यह धारणा उत्पन्न कर दी कि वर्साय की सन्धि 'एक आरोपित शान्ति' थी। 1920 में जर्मनी का नारा था – "वर्साय का अन्त हो।"

अतः जर्मनी के वाईमार गणतंत्र की विदेश नीति का मूलभूत लक्ष्य वर्साय की संधि द्वारा उसकी प्रभुसत्ता पर लगाई गई सीमाओं को रद्द करना था, जिससे वह अंतर्राष्ट्रीय राजनीति में अपने युद्ध पूर्व के प्रभाव और शक्ति को पुनः प्राप्त कर सके।

**वाईमर गणतन्त्र की विदेश नीति के उद्देश्य ( 1919 - 1932 )**

(क) क्षतिपूर्ति की राशि को कम कराना और अन्ततः उसे समाप्त कर देना।

(ख) अपने प्रदेश से विदेशी सेनाओं के आधिपत्य को समाप्त करना।

(ग) मित्रराष्ट्रीय नियन्त्रण आयोग को समाप्त कराना।

(घ) सैनिक तथा नौ-सैनिक विषयों में अपनी स्वतन्त्रता को पुनः प्राप्त करना।

(च) राइन प्रदेश की किले बन्दी तथा रक्षा करने के अपने अधिकार को पुनः प्राप्त करना।

(छ) विदेशों में जर्मन अल्पसंख्यकों के हितों की सुरक्षा की प्रभावशाली व्यवस्था करना।

(ज) जर्मनी की सीमाओं का पुनर्निर्धारण कराना जिससे डैन्जिग तथा पोलिश गलियारा जर्मनी को पुनः प्राप्त हो सके और अपर साइलीशिया के भविष्य का भी राष्ट्रीयता के आधार पर अधिक उचित निर्धारण हो सके।

(झ) जर्मनी के लिए विश्व की महान शक्तियों से पुनः एक सम्मानित और समान स्थान प्राप्त करना।

संक्षेप में लैंगसम के शब्दों में, "1919 से 1932 तक जर्मन कूटनीति का प्रधान लक्ष्य यह था कि पितृभूमि के लिए राष्ट्रों के परिवार में अच्छी प्रतिष्ठा वाले एक सदस्य के रूप में पुनः प्रवेश प्राप्त कर लिया जाए।"

इन उद्देश्यों की प्राप्ति के लिए जर्मनी को शक्तिशाली राष्ट्रों के सहयोग की आवश्यकता थी। परन्तु जर्मन राजनीतिज्ञ इस प्रश्न पर, कि किन राष्ट्रों का सहयोग प्राप्त करने का प्रयत्न किया जाए, एकमत नहीं थे। इस सम्बन्ध में राजनीतिज्ञ दो वर्गों में विभाजित थे। पहले वर्ग के राजनीतिज्ञ पूर्वाभिमुखी नीति के समर्थक थे और साम्यवादी रूस से सहयोग के पक्षपाती थे। दूसरे वर्ग के राजनीतिज्ञ पश्चिमाभिमुखी नीति के समर्थक थे और जर्मनी के युद्धकालीन पश्चिमी शत्रुओं फ्रांस और ब्रिटेन से समझौते के पक्षपाती थे।

***पूर्वाभिमुखी नीति का काल ( 1919 - 1923 )*** – वाईमर गणतन्त्र के प्रारम्भिक वर्षों में जर्मन जनता पश्चिमी शक्तियों (ब्रिटेन, फ्रांस) से अपने को अपमानित तथा बहिष्कृत अनुभव कर रही थी। इसी समय रूस भी साम्यवादी क्रान्ति के कारण अपने को पश्चिमी शक्तियों द्वारा बहिष्कृत पा रहा था। ऐसी स्थिति में दोनों का एक-दूसरे के प्रति झुकना स्वाभाविक था। फलस्वरूप, अप्रैल, 1922 में जर्मन विदेशमन्त्री बाल्थर राथेनो तथा रूसी विदेशी मन्त्री जार्ज चिचेरिन ने रापेल्लो की सन्धि की, जिसके द्वारा जर्मनी ने रूस की साम्यवादी सरकार को वैधानिक मान्यता प्रदान की और दोनों देशों ने सभी युद्ध-दावों और युद्ध-पूर्व के ऋणों को रद्द कर दिया। परन्तु पश्चिम के प्रति इस अवज्ञापूर्ण नीति के परिणाम जर्मनी के लिए दुखद सिद्ध हुए। न

केवल जर्मनी अपनी विदेश नीति के तात्कालिक उद्देश्यों की प्राप्ति में असफल रहा, अपितु 11 जनवरी, 1923 को फ्रांस और बेल्जियम की सेनाओं ने रूर पर अधिकार कर जर्मनी की स्थिति को और भी दुर्बल बना दिया।

***पश्चिमाभिमुखी नीति का काल ( 1923 - 1932 )*** – जर्मनी के पश्चिमाभिमुखी नीति के समर्थक राजनीतिज्ञों का विचार था कि मित्र राष्ट्रों की सहायता और सहयोग से ही जर्मन गणतन्त्र का उत्थान सम्भव है। वे "पूर्तिकरण और शान्तिकरण" की नीति की मांग कर रहे थे। डॉ॰ स्ट्रेसमान इस विचारधारा के नेता थे। वे 1923 में जर्मनी के विदेश मन्त्री बन गए और 1929 तक इस पद पर रहे, उनके नेतृत्व में जर्मनी ने जिस विदेश नीति का पालन किया, उसके निम्न दो मूलभूत उद्देश्य थे –

(क) फ्रांस के साथ समझौता;

(ख) एक समान तथा सम्मानित सदस्य के रूप में राष्ट्रों के समाज में पुन: प्रवेश।

***स्ट्रेसमान की नीति की सफलाएं*** – स्ट्रेसमान के विदेश मन्त्री बनने के कुछ ही दिन बाद उसकी नीति की बुद्धिमता स्पष्ट रूप से दृष्टिगोचर होने लगी। 26 सितम्बर, 1923 को उसने रूर आधिपत्य के विरुद्ध अपनाई गई 'निष्क्रिय प्रतिरोध' की नीति के परित्याग की घोषणा कर दी और मित्र राष्ट्रों से जर्मनी की क्षतिपूर्ति की अदायगी की क्षमता की जांच करने की प्रार्थना की उसके इस समझौतेपूर्ण कदम का मित्र राष्ट्रों ने उत्साहपूर्ण प्रत्युत्तर दिया। क्षतिपूर्ति के प्रश्न की जांच के लिए डावेस समिति की नियुक्ति की गई। डावेस योजना से एक ओर तो जर्मनी की आर्थिक अस्थिरता को दूर करने में बड़ी सहायता मिली तथा दूसरी ओर 18 नवम्बर, 1924 तक फ्रांस और बेल्जियम ने रूर प्रदेश से अपनी सेनाएं हटा लीं।

स्ट्रेसमान की दूसरी महत्वपूर्ण सफलता लोकार्नो की सन्धियां थीं। लोकार्नो सन्धि के द्वारा जर्मनी ने फ्रांस और बेल्जियम के साथ मिलने वाली अपनी पश्चिमी सीमाओं को वर्साय की सन्धि द्वारा निर्धारित रूप में स्वीकार कर लिया, उसने आल्सेस लारेन के प्रदेश पर अपने दावे को त्याग दिया और राइन प्रदेश को विसैन्यीकृत क्षेत्र बनाए रखने की बात मान ली। लोकार्नो सन्धियों पर 1 दिसम्बर, 1925 को हस्ताक्षर किए गए और उसी दिन ब्रिटेन, फ्रांस और जर्मनी के नवीन सुसम्बन्धों के प्रतीक के रूप में मित्र राष्ट्रीय सेनाओं ने कोलोन प्रदेश को खाली करना प्रारम्भ कर दिया। लोकार्नो विश्व युद्धों के मध्य में यूरोपियन इतिहास का नवीन युग का प्रतीक था।

स्ट्रेसमान की अगली सफलता जर्मनी का राष्ट्रसंघ में प्रवेश था। जर्मनी को एक स्थायी सदस्य के रूप में राष्ट्रसंघ में प्रविष्ट कर लिया गया। राष्ट्रसंघ में जर्मनी के प्रवेश के बाद स्ट्रेसमान की नीति के फलस्वरूप जर्मनी अन्य अनेक सुविधाएं पाने में सफल रहा। 1927 में मित्रराष्ट्रों के नियन्त्रण आयोग जर्मनी से हटा लिए गए। 1928 में जर्मनी

ने केलॉग–ब्रिआं समझौते पर हस्ताक्षर किए और क्षतिपूर्ति के प्रश्न पर पुनर्विचार हुआ। 1929 में यंग योजना के द्वारा क्षतिपूर्ति की राशि एक बड़ी सीमा तक कम कर दी गई। अगस्त, 1929 में हेग सम्मेलन में स्ट्रेसमान को यह सफलता प्राप्त हुई कि मित्र-राष्ट्रीय सेनाएं सितम्बर, 1929 में अर्थात् निश्चित समय से 5 वर्ष पूर्व राइन प्रदेश को खाली करना प्रारम्भ कर दें और जून, 1930 तक उससे पूरी तरह हट जाएं।

परन्तु इन सुविधाओं से जर्मन राष्ट्रवादी सन्तुष्ट नहीं हुए, अपितु इनकी मांगें तीव्रतर होती गईं। इसी समय अक्तूबर, 1929 में इस दूरदर्शी राजनीतिज्ञ (स्ट्रेसमान) की मृत्यु हो गई।

***स्ट्रेसमान के पश्चात् जर्मन विदेश नीति*** – स्ट्रेसमान की मृत्यु के पश्चात् डॉ॰ कर्टियस ने स्ट्रेसमान की समझौते की नीति को जारी रखने को प्रयत्न किया। परन्तु उसे शीघ्र ही अत्यन्त प्रतिकूल परिस्थितियों का सामना करना पड़ा। 1930 में विश्व एक भीषण आर्थिक संकट का शिकार हो गया, जिसका सर्वाधिक विनाशकारी प्रभाव जर्मनी पर पड़ा। इससे जर्मनी में उग्र राष्ट्रीयतावादी और फासिस्ट तत्वों को बल मिला। हिटलर और उसके अनुयायी स्ट्रेसमान की नीति को जर्मन जनता की दृष्टि से असफल सिद्ध करने में सफल हुए और अन्तत: उन्होंने 1933 में वाईमार गणतन्त्र की जीवनलीला को समाप्त कर दिया।

समग्रस्त: पश्चिमी राष्ट्रों के साथ समझौते की नीति से जर्मनी अनेक सुविधाएं प्राप्त करने में सफल रहा, परन्तु अपने अधिक महत्वपूर्ण लक्ष्यों – डैन्जिग और पोलिश गलियारे की पुन: प्राप्ति, आस्ट्रिया के साथ एकीकरण उपनिवेशों की प्राप्ति, शस्त्रास्त्र तथा सैनिक मामलों में अन्य राष्ट्रों के समान अधिकारों की प्राप्ति आदि में वह असफल रहा। परन्तु फिर भी वाईमार गणतन्त्र के राजनीतिज्ञ उससे कहीं अधिक सम्मान और प्रतिष्ठा के पात्र थे, जितना उन्हें मिला था। उन्हें अत्यन्त प्रतिकूल परिस्थितियों में कार्य करना पड़ा था। जर्मन एकता के चतुर शिल्पकार बिस्मार्क के समान स्ट्रेसमान की नीति भी इस सत्य की दूरदर्शितापूर्ण अनुभूति पर आधारित थी कि जर्मन को, चाहे वह कितना ही शक्तिशाली क्यों न हो जाए, ऐसी नीति का अवलम्बन नहीं करना चाहिए, जिससे उसे ब्रिटेन अथवा रूस अथवा अमेरिका से युद्ध करना पड़ जाए।

## नात्सी क्रान्ति और उसके कारण

जर्मन की नात्सी क्रान्ति सम्भवत: 20वीं शताब्दी की सर्वाधिक महत्वपूर्ण और आश्चर्य-जनक घटना थी। इस क्रान्ति का भाग्य विधाता एडोल्फ हिटलर एक धूमकेतु के समान उदित होकर 1933 से 1945 तक यूरोपीय आकाश में अपनी प्रखर दीप्ति से सम्पूर्ण विश्व को चकाचौंध करता रहा। अभूतपूर्व प्रतिभा का धनी यह व्यक्ति, जिसे अनेक विद्वानों ने अर्द्धविक्षिप्त कहा है 20 अप्रैल, 1889 को चुंगी विभाग के एक मामूली कर्मचारी के घर उत्पन्न हुआ था। अपनी युवास्था के प्रारम्भिक दिनों में उसने एक

महान चित्रकार बनने की असफल चेष्टा की। उसने जर्मन सेना में भर्ती होकर प्रथम विश्वयुद्ध में भाग लिया और अपने वीरतापूर्ण कृत्यों के लिए आयरन क्रास का पुरस्कार प्राप्त किया। परन्तु 1918 में जर्मनी की पराजय ने उसे विक्षिप्त-सा कर दिया। जर्मन राष्ट्रीयता तथा जर्मन जाति की श्रेष्ठता और महता में अगाध विश्वास रखने वाले इस उग्र देशभक्त ने साम्यवादियों और यहूदियों के देशद्रोह को जर्मनी की पराजय का कारण मान लिया। वर्साय की सन्धि ने उसे तिलमिला दिया और वह एक ओर तो इस राष्ट्रीय अपमान का प्रतिशोध लेने के लिए और दूसरी ओर, साम्यवादियों और यहूदियों को उनके तथाकथित देशद्रोह का दंड देने के लिए कृतसंकल्प हो गया।

1919 में हिटलर जर्मन श्रम दल नामक एक छः व्यक्तियों के दल का सातवां सदस्य बन गया। उसके नेतृत्व में इस दल ने अभूतपूर्व प्रगति की। उसने इसका नाम बदल कर 'राष्ट्रीय समाजवादी जर्मन श्रम दल' या संक्षेप में नात्सी दल रख दिया। इसकी सदस्य संख्या अगले चार वर्ष के अल्पकाल में ही 50000 हो गई। नवम्बर, 1923 में उसने शक्ति और हिंसा के एक नाटकीय और आकस्मिक विस्फोट के द्वारा सरकार को बदलने का प्रयत्न किया। परन्तु यह प्रयत्न विफल रहा और हिटलर को 5 वर्ष के कारावास का दण्ड प्राप्त हुआ। इसी कारावास काल में उसने अपनी प्रसिद्ध पुस्तक "मेरा संघर्ष" या "मीन काम्फ" की रचना की। यह नाजियों के लिए बाइबिल के समान आदर और श्रद्धा की पात्र बन गई।

***नाजी दल का कार्यक्रम*** – हिटलर को 1924 में ही खराब स्वास्थ्य के कारण कारावास से मुक्त कर दिया गया। अपनी मुक्ति के पश्चात् हिटलर ने अपनी शक्तियां नाजी दल के संगठन को सुदृढ़ करने और उसे एक निश्चित नीति और कार्यक्रम देने में लगाई। नाजी दल के कार्यक्रम के तीन प्रमुख उद्देश्य थे –

(क) आत्मनिर्णय के द्वारा जर्मन जाति के सभी लोगों का एक महान जर्मनी में संगठन।

(ख) वर्साय तथा सेंट जर्मेन की शान्ति सन्धियों की समाप्ति।

(ग) जर्मन की अतिरिक्त जनसंख्या को बसाने तथा जर्मन वासियों की आर्थिक उन्नति के लिए अतिरिक्त प्रदेशों की प्राप्ति।

इस प्रकार नाजी दल का लक्ष्य था – जर्मनी के राष्ट्रीय अपमान का प्रक्षालन तथा राष्ट्रीय प्रतिष्ठा की पुनः प्राप्ति। मीन काम्फ की रचना द्वारा हिटलर ने नाजी दल को एक निश्चित, स्पष्ट और शक्तिशाली कार्यक्रम प्रदान किया।

हिटलर का मीन काम्फ जातीय उच्चता के सिद्धान्त पर आधारित विश्व-प्रभुत्व की एक योजना थी। उसके अनुसार शासन करना शक्तिशाली का अधिकार है क्योंकि केवल आर्य लोग ही 'उच्चतर मानव प्राणी' हैं। अतः वे विश्व की अन्य जातियों पर शासन करने के अधिकारी हैं, उसने विश्व की प्रमुख जातियों को 3 वर्गों में विभाजित किया –

(क) संस्कृति की प्रणेता श्वेत वर्ण की आर्य जातियां, जैसे जर्मन तथा ब्रिटिश;

(ख) संस्कृति की प्रसारक पीत वर्ण की जातियां, जैसे जापानी;

(ग) अर्द्ध सभ्य काली जातियां और संस्कृति की विनाशक यहूदी जाति;

हिटलर का विचार था कि काली जातियां स्वशासन के योग्य नहीं हैं अपितु उन्हें आर्य जातियों की अधीनता में रहना चाहिए। यह जर्मन जाति को शुद्धतम आर्य जाति मानता था और जर्मन को विश्व का अग्रगण्य राष्ट्र बनाना चाहता था। इसके लिए वह न केवल वर्साय से पूर्व की जर्मन सीमाओं की पुनः स्थापना चाहता था, अपितु यूरोप के उन सभी प्रदेशों को एक तृतीय जर्मन साम्राज्य के रूप में संगठित करने का स्वप्न देखता था, जिनमें जर्मन जाति के लोग निवास करते थे। यह उपनिवेशों की उपयोगिता में अधिक विश्वास नहीं करता था, अपितु जर्मनी की सीमा से लगे प्रदेशों विशेषकर आस्ट्रिया, चैकोस्लोवाकिया, पोलैण्ड और रूस को हड़प कर एक विशाल और शक्तिशाली जर्मन साम्राज्य के निर्माण की आकांक्षा रखता था। उसके शब्दों में –

"जर्मन सीमाएं केवल संयोग का फल हैं, और वे केवल अस्थायी सीमाएं हैं जो कि उन राजनीतिक संघर्षों के फलस्वरूप स्थापित की गई हैं जो कि समय-समय पर होते रहे हैं। राज्य की सीमाएं मानव में स्थापित होती हैं और मानव प्राणियों द्वारा ही परिवर्तित की जा सकती हैं। एक देश के खोए हुए प्रदेशों को वापस जीतना प्राथमिक रूप से पितृभूमि की राजनैतिक स्वाधीनता व शक्ति को प्राप्त करने का प्रश्न है। इसको सम्भव बनाना तथा सन्धि की दक्ष नीति के द्वारा इसको सुरक्षित रखना हमारी विदेश नीति के प्रबल निदेशन के लिए प्रथम कार्य है।"

"हम अन्तिम रूप से युद्ध के पूर्वकाल की औपनिवेशिक तथा व्यापारिक नीति को समाप्त करते हैं और भविष्य की प्रादेशिक नीति की ओर बढ़ते हैं। किन्तु जब हम यूरोप में आज नए प्रदेश की बात करते हैं तो हमें मुख्य रूप से रूस के विषय में और उसके अन्तर्गत सीमावर्ती राज्यों के विषय में सोचना चाहिए।"

"अपनी वर्तमान सीमाओं में जर्मनी कच्चे माल में बहुत सीमित आत्मनिर्भरता प्राप्त कर सकता है और खाद्य पदार्थों में बिल्कुल नहीं, इसका एकमात्र समाधान रहने के लिए अधिक स्थान के उपार्जन में निहित है। यदि हम अपनी खाद्य पदार्थों की सुरक्षा को मुख्य प्रश्न मान लें तो उसको सुरक्षित रखने के लिए आवश्यक स्थान की खोज केवल यूरोपीय में ही की जा सकती है, उपनिवेशों के शोषण में नहीं।"

हिटलर का मत था कि यहूदी जाति आर्य जाति की शत्रु है तथा आर्य जाति और यहूदी जाति के संघर्ष में फ्रांस और रूस यहूदियों को साधन के रूप में कार्य कर रहे हैं, अतः वे दोनों जर्मनी के शत्रु हो जाते हैं। यहूदियों, फ्रांस और रूस से अपने संघर्ष में जर्मनी को ब्रिटेन और इटली से मैत्री स्थापित करनी चाहिए। ब्रिटेन से इसलिए कि

वह जर्मन जाति के पश्चात् दूसरी प्रधान आर्य जाति है और इटली से इसलिए कि एक ओर तो जर्मनी और इटली के हित समान हैं, क्योंकि फ्रांस दोनों का ही शत्रु है और दूसरी ओर दोनों के राजनीतिक विचार समान हैं। दोनों ही फासिस्टवादी तथा यहूदी विरोधी हैं। टायनबी के शब्दों में – "यदि रूस और फ्रांस हिटलर की शत्रुता के मौलिक स्थायी लक्ष्य थे, तो ब्रिटेन और इटली उसकी मैत्री के मौलिक लक्ष्य थे।" जर्मनी की मित्रता का तीसरा लक्ष्य जापान था। उसका विश्वास था कि यहूदी यूरोपीय राष्ट्रों को धोखा दे सकते थे, परन्तु जापान जैसे एशियाई राष्ट्रीय राज्य को नहीं। जर्मनी की ये मित्रताएं रक्षात्मक नहीं अपितु आक्रामक होनी थीं। उसका विश्वास था कि, "राष्ट्रों के भाग्य केवल शक्ति के एक पारस्परिक विस्तार की एक समान सफलता की सम्भावना से ही परस्पर बंधते हैं तथा एक मैत्री, जिसके उद्देश्य में युद्ध का प्रयोजन निहित नहीं होता, अर्थहीन और मूल्यहीन होता है।"

अपने उद्देश्यों की प्राप्ति के लिए हिटलर ने प्रधानतः हिंसा, शक्ति, छल-कपट और प्रचार का आश्रय लिया। आन्तरिक क्षेत्र में उसने वर्साय की सन्धि को अपने प्रचार का प्रमुख साधन बनाया। उसके शब्दों में – "वर्साय की शान्ति संधि का क्या उपयोग किया जा सकता है? इनमें से प्रत्येक बात को इस जाति के दिल और दिमाग में इस तरह भर दिया जा सकता है कि अन्ततः 6 करोड़ नर-नारियों के दिल की लज्जा और घृणा की सांझी भावना एक जाज्वलयमान सागर बन जाए, जिस भट्टी में से मजबूत फौलाद का एक संकल्प पैदा हो, और उससे एक आवाज निकले – हम फिर हथियार लेंगे।

बाह्य क्षेत्र में उसने एक ओर तो साम्यवाद विरोधी प्रचार द्वारा पश्चिमी राष्ट्रों, विशेषतः ब्रिटेन की मैत्री की प्राप्ति का कार्यक्रम बनाया और दूसरी ओर, शान्ति के दम्भ और आडम्बर, धौंस और धमकी द्वारा एक के बाद एक प्रदेश को हड़पने की नीति का प्रतिपादन किया।

## नात्सी क्रान्ति के कारण

यद्यपि मीन काम्फ के द्वारा नात्सी दल को एक विशद् और निश्चित दर्शन प्राप्त हो गया था फिर भी 1928 तक नाजी दल अधिक लोकप्रिय न हो सका। 1928 के निर्वाचनों में उसे केवल 8 लाख 10 हजार मत प्राप्त हुए थे। परन्तु उसके पश्चात् नाजी दल की लोकप्रियता अत्यन्त तीव्रता से बढ़ने लगी। 1932 के निर्वाचनों में उसे एक करोड़ 37 लाख 45 हजार मत प्राप्त हुए। 1933 में हिटलर जर्मनी का चांसलर बन गया। नाजी दल की यह अभूतपूर्व प्रगति एक आश्चर्यजनक तथा असामान्य घटना थी। नात्सी क्रान्ति सफलतापूर्वक सम्पन्न हुई। इसके कारण थे –

**(क) *वर्साय का अपमानित सन्धि*** – वर्साय की अपमानजनक सन्धि को नात्सी दल के उदय का प्रथम कारण माना जाता है। वर्साय की सन्धि की शर्तें इतनी

कठोर थीं कि उसने जर्मन की सामाजिक आर्थिक शक्ति को नष्टप्राय कर दिया। इसकी दो प्रकार की प्रतिक्रियाएं हुईं। प्रथम यह कि जर्मन लोगों में निराशा और उत्साहहीनता की भावना घर कर गई। दूसरी प्रतिक्रिया थी जर्मन जनता, विशेषत: भूतपूर्व सैनिकों और युवक वर्ग में प्रतिशोध की तीव्र भावना और पितृभूमि के पुनरुत्थान के लिए व्याकुलता का उत्पन्न हो जाना। स्वाभावत: ही नात्सी दल का उग्रवादी कार्यक्रम और 'वर्साय का अन्त हो' का नारा जर्मन जनता को आकर्षक प्रतीत हुआ।

**(ख) *हिटलर का व्यक्तित्व*** – नात्सी दल की लोकप्रियता का दूसरा कारण उसके नेता हिटलर का प्रभावशाली व्यक्तित्व था। हार्डी के अनुसार, "उसमें वास्तविक प्रतिभा का गुण था, चाहे वह प्रतिभा दिव्य न होकर राक्षसी थी।" उसके ओजस्वी भाषणों ने जर्मन जनता का मन मोह लिया और अनेक लोग उसके अन्धअनुयायी बन गए।

**(ग) *आकर्षक कार्यक्रम*** – हिटलर का कार्यक्रम भी अत्यन्त आकर्षक और जर्मन जनता की इच्छाओं, परम्पराओं और विचारधाराओं के अनुकूल था। वह एक प्रकार से जर्मन विचारों और विश्वासों का सार था।

**(घ) *जर्मन जाति का चरित्र तथा परम्परा*** – स्वयं जर्मन जाति की परम्परा तथा चरित्र भी नात्सी उत्थान का एक कारण थी। जर्मन जाति स्वभाव से सैनिक मनोवृत्ति की है। वह अनुशासन और वीर पूजा में विश्वास करती है और प्रजातन्त्र को शासन का उत्कृष्ट रूप नहीं मानती है। जर्मनी के इतिहास का मूल्यांकन करते हुए शूमां ने लिखा है – "जर्मनी के इतिहास का आरम्भ एक मानव प्रतीक से हुआ, जिसके बाद उत्तरोत्तर 3 राजवंशों के प्रतीकों का अस्तित्व रहा तथा उसका अन्त मानव प्रतीक से ही हुआ। हरमेन, हाहेन, हैप्सबर्ग, हाहेनजोलर्न्स, हिटलर।"

**(च) *साम्यवाद का भय*** – प्रथम विश्वयुद्ध के पश्चात् और विशेषत: 1930 के आर्थिक संकट के कारण जर्मनी में साम्यवादी दल को भी काफी लोकप्रियता प्राप्त होने लगी। इससे जर्मनी का धनिक वर्ग तथा दक्षिणपंथी दल चिन्तित हो उठे और उन्होंने साम्यवाद विरोधी शक्ति के रूप में नात्सी दल का समर्थन प्रारम्भ कर दिया।

**(छ) *यहूदियों के प्रति असन्तोष*** – यहूदी लोगों को महाजनी व्यवसाय के कारण जर्मनी में शोषक वर्ग समझा जाता था। दूसरी ओर कुछ लोग उन्हें प्रथम विश्व युद्ध में जर्मन पराजय के लिए उत्तरदायी मानते थे। अत: उनके विरुद्ध हिटलर का विषवमन जर्मन जनता में नात्सी दल की लोकप्रियता बढ़ाने में सहायक सिद्ध हुआ।

**(ज) *सेना तथा नौकरशाही का समर्थन*** – नात्सी दल को सेना और नौकर-शाही के सहयोग से भी बल मिला था। हिटलर का उग्रराष्ट्रवादी कार्यक्रम और उसकी पुन: शस्त्रीकरण की मांग सैनिक और भूतपूर्व सैनिकों को बहुत पसन्द आई। हिटलर का साम्यवाद-विरोध भी उन्हें आकर्षक प्रतीत हुआ। नौकरशाही भी नात्सी दल की समर्थक थी, क्योंकि एक ओर तो यह वाईमार गणतन्त्र की प्रजातांत्रिक पद्धति से

असन्तुष्ट थी और दूसरी ओर हिटलर का अनुशासन तथा देश प्रेम बल उसकी मनोवृत्ति के अनुकूल था।

**(झ) *वाईमान गणतन्त्र के प्रति असन्तोष*** – हिटलर के उदय का एक कारण वाईमार गणतन्त्र के प्रति असन्तोष भी था। वाईमार गणतन्त्र जर्मन जनता की निष्ठा नहीं प्राप्त कर सका। जर्मन जनता की आस्था अधिनायकवादी शासन के प्रति ही बनी रही।

**(ट) *आर्थिक संकट*** – हार्डी का मत है कि हिटलर की सफलता का प्रधान कारण वर्साय का अपमान नहीं, अपितु हिटलर के अन्दर भरा हुआ 'राजनीतिक नेतृत्व' का गुण तथा 'आर्थिक संकट' की सहवर्ती निराशा थी। 1930 का आर्थिक संकट हिटलर की सफलता का एक प्रधान कारण था। इस आर्थिक प्रलय ने जर्मन जनता के मध्यम तथा निम्न मध्यम वर्ग को अत्यधिक हानि पहुंचाई। इससे किसान, छोटे दुकानदार, कारीगर, सरकारी नौकर, क्लर्क, भूतपूर्व सैनिक, अधिकारी, विधवाएं, अवकाश प्राप्त कर्मचारी, आदि की जीवन भर की बचत मुद्रास्फीति द्वारा निगल ली गई। इस बरबादी से उनमें तीव्र असन्तोष उत्पन्न हो गया और वे नात्सी दल की ओर झुक गए। यह एक अत्यन्त महत्वपूर्ण तत्व है कि ज्यों-ज्यों आर्थिक संकट की भीषणता बढ़ती गई, नात्सी दल की शक्ति भी बढ़ती गई।

**(ठ) *पापेन षड्यन्त्र*** – हिटलर को सत्ता अपनी लोकप्रियता के कारण नहीं अपितु एक राजनीतिक षड्यन्त्र द्वारा प्राप्त हुई थी। टायनबी जैसे इतिहासकारों का मत था कि, "बहुत-सी बातें अस्पष्ट हो सकती हैं, पर एक बात जिसका आप भरोसा कर सकते हैं; यह है कि नात्सी पतन की ओर है।" परन्तु जर्मनी के एक भूतपूर्व प्रधान मन्त्री फ्रांस फान पापेन ने तत्कालीन प्रधान मन्त्री कुर्त्त फान श्लीचर को अपदस्थ कर स्वयं सत्ता प्राप्ति के लिए एक षड्यन्त्र किया और उसमें हिटलर का एक साधन के रूप में प्रयोग करना चाहा। जर्मनी के अनेक प्रमुख उद्योगपतियों के सहयोग से तथा बोल्शेविज्म के संकट का भय दिखा कर उसने राष्ट्रपति हिंडनबर्ग द्वारा 30 जनवरी, 1933 को हिटलर को प्रधानमन्त्री और अपने को उप-प्रधान मन्त्री नियुक्त कर लिया। परन्तु हिटलर इतने ही से सन्तुष्ट नहीं हुआ। उसने अपनी स्थिति दृढ़ करने के लिए 5 मार्च, 1933 को राइक स्टाक के नवीन निर्वाचन कराए। निर्वाचन से कुछ दिन पूर्व 27 फरवरी, 1933 को रहस्यपूर्ण परिस्थितियों में राइक स्टाक के भवन में आग लग गई। कुछ विद्वान का मत है कि यह अग्निकांड नात्सी दल का कार्य था। हिटलर ने इस कृत्य को साम्यवादी षड्यन्त्र बतलाया तदुपरान्त हिटलर ने वामपक्षी नेताओं को जेलों में ठूस दिया। वामपक्षी दलों को निर्वाचन की स्वतन्त्रता से वंचित कर दिया। राजनीतिक दमन के इस वातावरण में नात्सी दल राइक स्टाक में बहुमत प्राप्त करने में सफल हुआ और एक पूर्णतः नात्सी मंत्रिमंडल संगठित हुआ। 14 जुलाई, 1933 को एक विधि द्वारा नात्सी दल के अतिरिक्त किसी अन्य दल का संगठन अवैध घोषित कर दिया। 2

अगस्त, 1934 को राष्ट्रपति हिंडनबर्ग की मृत्यु हो गई। 14 अगस्त, 1934 को एक जनमत संग्रह द्वारा राष्ट्रपति और प्रधान मन्त्री के पदों को एक में मिलाने की व्यवस्था की गई। हिटलर एक साथ ही फ्यूहरर या सर्वोच्च नेता, राष्ट्रपति तथा प्रधान मन्त्री बन गया। वह अब राज्य का प्रधान था, शासन का प्रधान था, सेना का प्रधान था और दल का प्रधान था। एक शब्द में, नात्सी दल राष्ट्र का और हिटलर नात्सी दल का प्रतीक बन गया नात्सी क्रान्ति पूर्ण हो गई।

## अन्तर्राष्ट्रीय राजनीति पर नात्सी क्रान्ति का प्रभाव

नात्सी क्रान्ति जर्मनी के इतिहास में एक नया मोड़ थी। जर्मनी एक प्रकार की उन्मादावस्था को प्राप्त हो गया। यूरोप और विश्व की राजनीतिक पर उसकी प्रतिक्रिया होनी अनिवार्य थी। हार्डी के शब्दों में, 1933 से 1940 के काल में, "यूरोप के इतिहास और कुछ सीमा तक सारे संसार के इतिहास पर, एक तथ्य छाया हुआ था और वह था एडोल्फ हिटलर के अधिनायकत्व में जर्मन शक्ति का पुनर्जन्म।" यद्यपि हिटलर ने सत्तारूढ़ होने के पश्चात् यह आश्वासन दिया था कि वह विदेश नीति के क्षेत्र में शान्तिपूर्ण उपायों का अवलम्बन करेगा और वर्साय की सन्धि को बल प्रयोग द्वारा नष्ट करने की चेष्टा नहीं करेगा; परन्तु लोग "मीन काम्फ" के कार्यक्रम को भूलने को तैयार नहीं थे। स्वयं हिटलर के कार्यों से, विशेषकर जर्मनी के पुनःशस्त्रीकरण के कार्यक्रम पर तेजी से अमल करने तथा अक्तूबर, 1933 में राष्ट्रसंघ की सदस्यता के त्याग का नोटिस दे देने से – यह स्पष्ट हो गया था कि "मीन काम्फ" के विचारों की उपेक्षा करना एक भयंकर भूल होगी। ऐसी स्थिति में नात्सी क्रान्ति की प्रतिक्रियास्वरूप अन्तर्राष्ट्रीय सम्बन्धों और यूरोपीय देशों की विदेशी नीतियों में परिवर्तन अवश्यम्भावी थे। जर्मनी की नात्सी क्रान्ति ने लगभग सम्पूर्ण यूरोपीय देशों की विदेश नीतियों को न्यूनाधिक रूप में प्रभावित किया। कुछ देशों में नात्सी अधिनायकत्व के अत्याचारों के विरुद्ध नैतिक क्षोभ की भावना ने जन्म लिया और कुछ देशों में शान्ति समझौते के उल्लंघन की आशंका ने भय और चिंता को जन्म दिया। अमेरिका और ब्रिटेन आदि जिन देशों में नात्सी क्रान्ति की प्रतिक्रिया का स्वरूप नैतिक क्षोभ का था, उनकी जर्मनी के प्रति नीति में विशेष अन्तर नहीं आया; परन्तु फ्रांस, रूस, इटली तथा पूर्वी यूरोप के छोटे राष्ट्रों में जहां नात्सी-क्रान्ति की प्रतिक्रिया का स्वरूप भय और चिंता का था, वैदेशिक नीति के क्षेत्र में आकस्मिक और दूरगामी परिवर्तन हुए।

नात्सी क्रान्ति की सर्वप्रथम उल्लेखनीय प्रतिक्रिया लघु-मैत्रीसंघ के देशों – चैकोस्लोवाकिया, यूगोस्लाविया और रूमानिया में हुई। नात्सी क्रान्ति के भय से इन तीनों राष्ट्रों के विदेश मन्त्रियों में "एकता समझौता" सम्पन्न किया, जिसके अनुसार सामान्य हित के विषयों पर समय-समय पर विचार करने के लिए और तीनों देशों की विदेश नीतियों के समन्वय के लिए विदेश मंत्रियों की एक स्थाई परिषद् की व्यवस्था की गई।

नात्सी क्रान्ति की दूसरी प्रतिक्रिया चतु:शक्ति सन्धि (15 जुलाई, 1933) थी। ब्रिटेन, फ्रांस, जर्मनी और इटली के प्रतिनिधियों ने मुसोलिनी के आग्रह से यह समझौता किया, जिसके द्वारा चारों शक्तियों ने शान्ति की रक्षा और नि:शस्त्रीकरण की प्रगति के उद्देश्य से परस्पर विचार-विमर्श करने का वचन दिया। इसके द्वारा इटली, फ्रांस और उनके मित्रों में फूट डालने के अपने उद्देश्य में सफल हुआ।

नात्सी क्रान्ति के फलस्वरूप पोलिश-जर्मन सन्धि (26 जनवरी, 1934) सम्पन्न हुई। इस सन्धि के द्वारा दोनों देशों ने 10 वर्ष के लिए अपने मतभेदों को निपटाने के लिए बल प्रयोग का आश्रय न लेने का वचन दिया। 1919 के बाद से यूरोप के किन्हीं भी अन्य देशों के सम्बन्ध इतने कटु नहीं थे, जितने जर्मनी और पोलैण्ड के थे, अत: उनके समझौतों पर आश्चर्य होना स्वाभाविक था। जर्मनी इसलिए समझौते का इच्छुक था कि उसे मित्रों की आवश्यकता थी। लोकार्नो सन्धि तथा चतु:शक्ति सन्धि के कारण पोलैण्ड अपने मित्र फ्रांस से असन्तुष्ट हो गया था अत: उसने भी जर्मनी से मैत्री सन्धि कर ली।

सम्भवत: नात्सी क्रान्ति के फलस्वरूप सर्वाधिक क्रान्तिकारी परिवर्तन सोवियत संघ (रूस) की विदेश नीति में हुए। वर्साय की सन्धि के बाद से सोवियत रूस और जर्मनी के सम्बन्ध अत्यन्त मधुर चले आ रहे थे; नि:शस्त्रीकरण का सर्वाधिक प्रबल समर्थक और "नि:शस्त्रीकरण से पूर्व सुरक्षा" की फ्रांसीसी मांग का कटु आलोचक था। वह राष्ट्रसंघ का भी कटु आलोचक था और उसे "जनता की क्रान्ति दबाने के लिए बुर्जुआ वर्ग का पवित्र संघ" कहता था। परन्तु पश्चिमी से नात्सी क्रान्ति और पूर्व में जापानी साम्राज्यवाद के प्रसार ने उसकी नीति को पूर्णतया बदल दिया। वह राष्ट्रसंघ का प्रबल समर्थक बन गया, और 18 सितम्बर, 1934 को उसने राष्ट्रसंघ में एक स्थायी सदस्य के रूप में प्रवेश किया। वह जापान के विरुद्ध संयुक्त राज्य अमेरिका तथा जर्मनी के विरुद्ध फ्रांस से मैत्री सम्बन्ध स्थापित करने की चेष्टा करने लगा; इन प्रयत्नों के परिणामस्वरूप 1933 में सोवियत रूस और अमेरिका के मध्य कूटनीतिक सम्बन्धों की स्थापना हुई तथा 2 मई, 1935 को फ्रांसीसी-रूस सन्धि पर हस्ताक्षर हुए, जिसके द्वारा दोनों देशों ने अनुत्तेजिक आक्रमण की अवस्था में परस्पर सहायता देने का वचन दिया।

इसके अतिरिक्त रूस ने 16 मई, 1935 को फ्रांस के मित्र चैकोस्लोवाकिया से भी एक सन्धि की।

इटली की नात्सी क्रान्ति के प्रति प्रारम्भिक प्रतिक्रिया अत्यन्त अनुकूल थी क्योंकि जर्मनी में नात्सी दल और इटली के फासिस्ट दल के मध्य विचारधाराओं में एकरूपता थी। 1933 की चतु:शक्ति सन्धि इसी अनुकूल प्रतिक्रिया की परिचायक थी। शीघ्र ही आस्ट्रिया के प्रश्न को लेकर दोनों में मनोमालिन्य उत्पन्न होना प्रारम्भ हो गया। जर्मनी जर्मन प्रधान आस्ट्रिया को अपने में मिला लेना चाहता था। इटली, जर्मनी और आस्ट्रिया

के संयोग का प्रबल विरोधी था क्योंकि इससे जर्मनी और इटली की सीमाएं मिल जातीं और इटली की सुरक्षा को खतरा उत्पन्न हो जाता। यद्यपि आस्ट्रिया नात्सी क्रान्ति से पूर्व जर्मनी से संयोग की मांग कर रहा था, परन्तु नात्सियों की अधिनायकवादी गतिविधियों ने उसे सशंकित कर दिया और उसने जर्मनी के साथ संयोग का आंदोलन बन्द कर दिया। मई 1934 में एक ओर आस्ट्रिया और दूसरी ओर इटली और हंगरी के मध्य अनेक राजनीतिक और आर्थिक समझौते हुए।

हिटलर का इस सबसे चिन्तित होना स्वाभाविक था। वह 15 जून, 1934 को स्वयं मुसोलिनी से बेनिस में मिला परन्तु कोई समझौता नहीं हो सका; बाद में एबीसीनिया संकट के कारण 25 अक्तूबर, 1936 को एक जर्मन-इटालियन समझौता हुआ, जिससे अन्ततः रोम-बर्लिन धुरी का विकास हुआ।

नात्सी क्रान्ति के भय से चिन्तित फ्रांस ने एक ओर रूस से और दूसरी ओर इटली से समझौता करके अपनी सुरक्षा व्यवस्था को सुदृढ़ बनाने का प्रयास किया। इस प्रकार नात्सी क्रान्ति ने इन दो शत्रुओं को मित्र बना दिया, यद्यपि हितों और स्वार्थों में गम्भीर अन्तरों के कारण यह मैत्री अल्पजीवी सिद्ध हुई।

नात्सी क्रान्ति के पश्चात् लगभग सभी यूरोपीय राष्ट्रों ने अपनी सुरक्षा व्यवस्थाओं को मजबूत करना प्रारम्भ कर दिया। रूस, फ्रांस और इटली जैसे बड़े राष्ट्रों ने ही अपनी गुटबन्दियों को मजबूत नहीं किया, अपितु पूर्वी और दक्षिणी-पूर्वी यूरोप के छोटे राष्ट्र भी अपनी सुरक्षा के लिए चिन्तित हो उठे। 9 फरवरी, 1934 को तुर्की, युगोस्लाविया, रूमानिया और यूनान ने एक सन्धि के द्वारा परस्पर सीमाओं की रक्षा का वचन दिया। इन देशों की मैत्री बाल्कन मैत्री संघ कहलाई।

इस प्रकार नात्सी क्रान्ति के परिणाम इतने गम्भीर और दूरगामी थे कि उसने विश्व इतिहास को एक नया मोड़ दे दिया। नात्सी क्रान्ति के फलस्वरूप फ्रांस और सोवियत यूनियन निकट आ गए। सोवियत यूनियन और अमेरिका के मध्य कूटनीतिक सम्बन्ध स्थापित हुए। सोवियत यूनियन राष्ट्रसंघ का एक उत्साही सदस्य बन गया। ब्रिटेन ही एक ऐसा देश था, जिसकी विदेश नीति में नात्सी क्रान्ति के कारण कोई विशेष उथल-पुथल नहीं हुई।

### नात्सी जर्मनी की विदेश नीति

नात्सी जर्मनी की विदेश नीति 'मीन काम्फ' पर आधारित थी, उसके तीन प्रमुख उद्देश्य थे –

(क) जर्मन जाति के सभी लोगों का एक महान जर्मनी में संगठन;

(ख) वर्साय और सेंट जर्मेन की शान्ति सन्धियों की समाप्ति;

(ग) जर्मन साम्राज्य का विस्तार।

इन उद्देश्यों की प्राप्ति हेतु 'मीन काम्फ' में व्यक्त किया गया था – "पीड़ित प्रदेश गर्मागर्म विरोध-प्रदर्शनों द्वारा पितृ देश में वापस नहीं लाए जा सकते, अपितु कठोर आघात करने में समर्थ तलवार द्वारा ही लाए जा सकते हैं। इस तलवार का निर्माण करना आन्तरिक राजनीतिक नेतृत्व का कार्य है, इसके निर्माण कार्य की रक्षा करना और युद्ध कार्य में साथी खोजना विदेश नीति का कार्य है।"

इस प्रकार नात्सी जर्मन विदेश नीति की धारा मुख्यतः तीन दिशाओं में प्रवाहित हुई। ये तीन दिशाएं थीं –

(1) वर्साय की सन्धि की अवहेलना करते हुए एक समर्थ तलवार का निर्माण;
(2) युद्ध कार्य के लिए मित्रों की खोज;
(3) क्षेत्रीय विस्तार; क्षेत्रीय विस्तार ने नात्सी विदेश नीति को एक और दिशा दी और वह थी द्वितीय विश्व युद्ध।

सर्वप्रथम हिटलर ने एक समर्थ तलवार के निर्माण की ओर ध्यान दिया। उसने 14 अक्तूबर, 1933 को "शान्ति समानता और सम्मान" के उच्च सिद्धान्तों की दुहाई देते हुए निःशस्त्रीकरण सम्मेलन से पृथक् होने की घोषणा की और राष्ट्रसंघ के परित्याग का नोटिस दे दिया।

शस्त्रीकरण की दिशा में दूसरा पग, 10 मार्च, 1935 को जर्मन वायु सेना की पुनर्स्थापना था। 16 मार्च, 1935 को हिटलर ने व्यक्त किया कि मित्र राष्ट्रों ने निःशस्त्रीकरण की दिशा में कोई प्रभावशाली पग नहीं उठाया है, अतः अब आगे से जर्मनी वर्साय की सैनिक धाराओं से अपने-आपको बद्ध नहीं समझता और भविष्य में उसकी सेना की शान्तिकालीन शक्ति (554000 सैनिकों की) 36 डिवीजन होंगी तथा यह अनिवार्य भर्ती द्वारा तैयार की जाएंगी।

वर्साय सन्धि के इस स्पष्ट उल्लंघन से फ्रांस आदि देश क्षुब्ध हो उठे। अतः अप्रैल 1935 में ब्रिटिश, फ्रांसीसी तथा इटालियन राजनीतिज्ञों ने स्ट्रेजा सम्मेलन में वर्साय सन्धि के अन्तर्गत अपने कर्तव्यों को अस्वीकार करने के लिए जर्मनी की निन्दा की और वर्साय सन्धि की रक्षा करने में परस्पर सहयोग का वचन दिया। 17 अप्रैल, 1935 को राष्ट्रसंघ की परिषद् ने भी जर्मनी के विरुद्ध निन्दा प्रस्ताव पारित किया। परन्तु उस सबसे जर्मनी को कोई हानि नहीं हुई क्योंकि विरोध केवल शाब्दिक था, कोई क्रियात्मक प्रतिरोध नहीं। वास्तव में, स्ट्रेजा सम्मेलन के राष्ट्रों में वास्तविक एकता नहीं थी। हिटलर ने इस समय बड़े कूटनीतिक चातुर्य का परिचय दिया। उसने 18 जून, 1935 को ब्रिटेन के साथ एक समझौता कर अपनी नौ-सेना को ब्रिटिश नौ-सेना के 35% से अधिक न बढ़ाने की बात स्वीकार कर ली। यह हिटलर की एक महान कूटनीतिक विजय थी क्योंकि इस समझौते में अप्रत्यक्ष रूप से इस बात की स्वीकृति निहित थी कि ब्रिटेन जर्मनी द्वारा वर्साय सन्धि की अवहेलना करते हुए स्थल और वायु सेना के निर्माण का विरोध नहीं करेगा।

इस प्रकार ब्रिटेन को फ्रांसीसी गुट से अलग कर, स्ट्रेजा सम्मेलन की एकता को छिन्न भिन्न करके हिटलर के जनरल लुडविग बैक की अध्यक्षता में 15 अक्तूबर, 1935 को जर्मन जनरल स्टाफ की पुनर्स्थापना कर दी।

शस्त्रीकरण की दिशा में अगला पग हिटलर ने 1936 में उठाया। उसने 7 मार्च, 1936 को राइन प्रदेश में जर्मन सेनाएं भेज कर वर्साय सन्धि तथा लोकार्नो सन्धि का खुला उल्लंघन किया। जर्मनी द्वारा राइनलैण्ड के सैन्यीकरण से फ्रांस क्षुब्ध हुआ। और उसने जर्मनी के विरुद्ध सैनिक कार्यवाही करने का निश्चय किया परन्तु ब्रिटेन के असहयोग से वह अकेले सैनिक कार्यवाही करने का साहस नहीं जुटा पाया। जर्मन सेनाएं राइन प्रदेश में बनी रहीं।

24 अगस्त, 1936 को जर्मनी ने अपनी सैनिक सेवा की अवधि एक वर्ष से बढ़ा कर दो वर्ष कर दी ताकि एक समर्थ तलवार के निर्माण का कार्य अधिक तीव्रता से चल सके।

**मित्रों की खोज**

हिटलर ने अपने निकटवर्ती राज्यों में मित्रों की खोज प्रारम्भ की। हिटलर ने पाया कि जर्मनी शत्रु-राष्ट्रों से ही घिरा हुआ था। उसके पश्चिम में उसका ऐतिहासिक शत्रु फ्रांस था, पूर्व में भावी शत्रु रूस था तथा दक्षिण में प्रतिद्वन्द्वी राष्ट्र इटली था। इनमें से फ्रांस और रूस से मित्रता असम्भव थी। केवल इटली ही सम्भावित मित्र बन सकता था। "आल्पस के दक्षिण के महान व्यक्ति" को मित्र बनाना हिटलर की व्यूह रचना का एक मूलभूत अंग था। परन्तु मुसोलिनी को आशंका थी कि हिटलर आस्ट्रिया को जर्मनी में मिलाने का प्रयत्न करेगा, जिसका परिणाम यह होगा कि जर्मनी की सीमा इटली के ब्रेनर दर्रे तक आ जाएगी। इस दर्रे के दक्षिण में लगभग 2½ लाख जर्मन जनसंख्या वाला इटालियन प्रदेश था। मुसोलिनी को भय था कि हिटलर इस प्रदेश को छीनने का प्रयास कर सकता था। इसके अतिरिक्त जर्मनी और आस्ट्रिया के संयोग से बाल्कन में जर्मनी का प्रभाव बढ़ जाने की सम्भावना थी, जबकि इटली इस प्रदेश को अपना प्रभाव क्षेत्र मानता था। परन्तु एबीसीनिया युद्ध ने इटली की स्थिति में क्रान्तिकारी परिवर्तन ला दिया इससे एक ओर इटली तथा दूसरी ओर राष्ट्रसंघ ब्रिटेन, फ्रांस तथा रूस के बीच गम्भीर मतभेद उत्पन्न हो गया। ऐसे समय में अन्तर्राष्ट्रीय परिस्थिति की यथार्थताओं ने इटली के लिए एक ही मार्ग रह जाने दिया और वह मार्ग था जर्मनी से मित्रता। हिटलर ने भी इस अवसर का लाभ उठाने का पूरा-पूरा प्रयत्न किया। उसने राष्ट्रसंघ द्वारा इटली के विरुद्ध लगाए गए प्रतिबन्धों में भाग लेने से इन्कार कर दिया और इटली की एबीसीनिया विजय को स्वीकृति प्रदान करने वाला प्रथम राज्य होकर इटली की सद्भावना जीत ली। 17 जुलाई, 1936 को स्पेन में गृहयुद्ध छिड़ गया। इसमें इटली ने जनरल फ्रांको का पक्ष लिया। हिटलर ने इस संबंध में इटली को पूरा-पूरा समर्थन दिया।

इससे जर्मनी और इटली के संबंध घनिष्टतर होते गए। अन्ततः 25 अक्तूबर, 1936 को दोनों ने एक सन्धि द्वारा परस्पर सहयोग करने का वचन दिया और 1 नवम्बर, 1936 को मुसोलिनी ने रोम-बर्लिन धुरी की चर्चा प्रारम्भ कर दी।

इटली से समझौता करने के पश्चात् हिटलर ने "मीन काम्फ" की योजना के अनुसार जापान से मैत्री स्थापित करने का यत्न किया। सोवियत रूस, जर्मनी और जापान दोनों के ही साम्राज्यों के प्रसार में बाधक था। अतः 25 नवम्बर, 1936 को दोनों ने सोवियत रूस के विरुद्ध एंटी कामिन्टर्न पैक्ट किया। 6 नवम्बर, 1937 को इटली ने भी इस समझौते पर हस्ताक्षर कर दिए और इस प्रकार रोम-बर्लिन धुरी रोम-बर्लिन-टोकियो धुरी में परिवर्तित हो गई। इस प्रकार दो स्पष्ट गुटों का निर्माण हो गया। एक ओर जर्मनी, इटली और जापान थे जो धुरी राष्ट्र कहलाए; दूसरी ओर फ्रांस, रूस और उनके मित्र राष्ट्र थे। इन दोनों के सैद्धान्तिक और व्यावहारिक मतभेद इतने गम्भीर थे कि मुसोलिनी के शब्दों में – "दोनों संसारों के मध्य संघर्ष किसी समझौते की अनुमति नहीं दे सकता। या तो हम रहेंगे या वे।"

24 फरवरी, 1939 को हंगरी और मंचूकुओं तथा 27 मार्च, 1939 को स्पेन भी इस समझौते में सम्मिलित हो गया।

हिटलर ने इसी मित्रता की खोज शृंखला में फ्रांस के साथी राष्ट्रों से भी मित्रता करके सभी को अचम्भित कर दिया था। 26 जनवरी 1934 को पोलैण्ड से अनाक्रमण समझौता तथा ब्रिटेन के साथ 18 जून, 1935 का नौ-सैनिक समझौता उल्लेखनीय है।

## साम्राज्य विस्तार

साम्राज्य विस्तार के सम्बन्ध में हिटलर ने सावधानी और सतर्कता से कार्य करना प्रारम्भ किया। 1935 की पहली मार्च को वर्साय सन्धि के अनुसार 15 वर्ष के राष्ट्रसंघीय शासन के पश्चात् एक जनमत संग्रह के परिणामस्वरूप सार का प्रदेश पुनः जर्मनी को प्राप्त हो गया। 1935-36 के एबीसीनिया संकट ने जर्मन-इटालियन मित्रता को स्थापित कर दिया था। स्पेन के गृहयुद्ध और नवम्बर, 1937 में लार्ड हैलीफैक्स (ब्रिटिश विदेश मन्त्री) की बर्लिन यात्रा से हिटलर को यह विश्वास हो गया कि ब्रिटेन और फ्रांस उसे रोकने के लिए सैनिक कार्यवाही करने का साहस नहीं करेंगे। अतः उसने 1938 में आस्ट्रिया और चेकोस्लोवाकिया को हड़पने का निश्चय कर लिया। 10 मार्च, 1938 को सम्पूर्ण विश्व बर्लिन रेडियो से यह घोषणा सुन कर अचम्भित रह गया कि वियना में एक साम्यवादी क्रान्ति की आसन्न सम्भावना है और जर्मनी के लिए अपने राष्ट्रबन्धुओं की रक्षा हेतु तुरन्त कार्यवाही करना आवश्यक है। दो दिन बाद जर्मन सेनाओं ने आस्ट्रिया में प्रवेश करना प्रारम्भ कर दिया। 14 मार्च, 1938 को वियना पर हिटलर का अधिकार हो गया। 10 अप्रैल, 1938 को आस्ट्रिया सहित समस्त जर्मनी में आस्ट्रिया और जर्मनी के संयोग के प्रश्न पर जनमत संग्रह लिया गया, जिसमें 99.73% मतदाताओं ने जर्मनी और आस्ट्रिया के संयोग का समर्थन किया।

हिटलर का अगला शिकार चैकोस्लोवाकिया था। हिटलर ने धमकियों, वार्ताओं और समझौतों की नीति से चैकोस्लोवाकिया को प्राप्त करने का निश्चय किया। उसने चैकोस्लोवाकिया के सुडेटनलैण्ड में रहने वाले जर्मन अल्पसंख्यकों के उत्पीड़न का झूठा बहाना लेकर चैकोस्लोवाकिया में हस्तक्षेप की योजना बनाई। अन्तर्राष्ट्रीय दृष्टिकोण से चैकोस्लोवाकिया की स्थिति अत्यधिक दृढ़ थी। वह एक उन्नतशील औद्योगिक राष्ट्र था जिसके पास एक सुसंगठित, अनुशासित और शक्तिशाली सेना थी। रूस तथा फ्रांस के साथ उसकी सुरक्षात्मक सन्धियां थीं और ऐसा समझा जाता था कि जर्मन आक्रमण की दशा में ब्रिटेन भी उसकी सहायता करेगा। परन्तु ब्रिटेन इस समय तुष्टीकरण की नीति अपनाए था और फ्रांस ब्रिटेन के बिना अकेले चैकोस्लोवाकिया की सहायता के हेतु प्रस्तुत नहीं था। अन्ततः ब्रिटिश-फ्रांसीसी विश्वासघात के कारण चैकोस्लोवाकिया नात्सी आक्रमण का शिकार बन गया। 29 सितम्बर, 1938 को म्यूनिख में जर्मनी, ब्रिटेन, फ्रांस और इटली (हिटलर, मुसोलिनी, ब्रिटिश प्रधान मन्त्री नेविले चेम्बरलेन, फ्रेंच प्रधान मन्त्री दलादिये) के मध्य एक समझौता हुआ। जिसमें चैकोस्लोवाकिया के प्रतिनिधि को भाग लेने नहीं दिया गया। अपने मित्रों द्वारा विश्वासघात के बाद चैक सरकार के पास समझौते को स्वीकार करने के अतिरिक्त कोई और विकल्प नहीं रह गया। उसे अपने मृत्यु दण्ड को स्वीकार करना पड़ा। समझौते के अनुसार सम्पूर्ण सुडेटन प्रदेश पहली अक्तूबर, 1938 से चैक सेनाएं खाली करना प्रारम्भ कर देंगी तथा खाली करने का कार्य 10 अक्तूबर, 1938 तक पूरा हो जाना था। वास्तव में ब्रिटेन और फ्रांस ने हिटलर की मांगों को कार्यान्वित करने वाले अभिकर्ताओं के रूप में कार्य किया। मित्रों द्वारा विश्वासघात के कारण चैकोस्लोवाकिया जर्मन प्रभाव क्षेत्र में चला गया। यह हिटलर की महत्वपूर्ण कूटनीतिक विजय थी और नेविले चेम्बरलेन की सर्वाधिक बड़ी विफलता थी। चैकोस्लोवाकिया के प्रकरण में हिटलर का डकैत सदृश आचरण रहा। चैकोस्लोवाकिया के बाद पोलैण्ड हिटलर का अगला शिकार सिद्ध हुआ। चैकोस्लोवाकिया की अन्त्येष्टि के तुरन्त बाद 20 मार्च, 1939 को हिटलर ने मेमल पर अधिकार कर लिया। पोलैण्ड पर आक्रमण के पूर्व हिटलर ने 22 मई, 1939 को मुसोलिनी से फौलादी समझौता तथा 23 अगस्त, 1939 को सोवियत संघ (रूस) के साथ अनाक्रमण समझौता करके अपनी स्थिति को और भी सुदृढ़ कर लिया। तत्पश्चात् 1 सितम्बर, 1939 को जर्मन सेनाओं ने पोलैण्ड पर आक्रमण कर दिया। 2 दिन की अनिश्चितता के बाद 3 सितम्बर, 1939 को ब्रिटेन और फ्रांस ने जर्मनी के विरुद्ध युद्ध की घोषणा कर दी। इस प्रकार द्वितीय विश्व युद्ध का दावानल प्रज्वलित हो उठा।

### नात्सी विद्युत प्रहार तथा पराजय

जर्मनी और पोलैण्ड का युद्ध शीघ्र ही एक विश्वयुद्ध में परिवर्तित हो गया। जर्मन सेनाओं ने विद्युत वेग से पोलैण्ड पर प्रहार किया। 17 सितम्बर, 1939 को रूस ने भी

पोलैण्ड पर आक्रमण कर दिया तथा 28 सितम्बर, 1939 को जर्मनी और रूस ने पोलैण्ड को आपस में विभाजित कर लिया। परन्तु हिटलर केवल पोलैण्ड की विजय से ही सन्तुष्ट नहीं हुआ, वह विश्व-प्रभुत्व के स्वप्न देख रहा था। 23 नवम्बर, 1939 को उसने अपने जनरलों से कहा कि, "मैं प्रहार करूंगा, शत्रु के हाथ समर्पण नहीं; समझौते की प्रत्येक आशा बचपना मात्र है। यह विजय है या पराजय। प्रश्न नात्सी जर्मनी के भाग्य का नहीं है, अपितु इसका है कि भविष्य में यूरोप पर कौन शासन करेगा।" 9 अप्रैल, 1940 को हिटलर ने नार्वे पर और अगले दिन डेनमार्क पर आक्रमण कर दिया। दोनों देशों ने तुरन्त आत्मसमर्पण कर दिया। 10 मई, 1940 को बेल्जियम पर आक्रमण करके हिटलर का दूसरा दौर प्रारम्भ हुआ और 24 जून, 1940 तक बेल्जियम, हालैण्ड और फ्रांस ने घुटने टेक दिए। 10 जुलाई, 1940 को जर्मनी की वायुसेना ने ब्रिटेन पर आक्रमण प्रारम्भ किया परन्तु जर्मनी कई महीनों युद्ध करने के पश्चात् भी ब्रिटेन को पराजित नहीं कर सका। ऐसी स्थिति में हिटलर ने अपना ध्यान पुनः पूर्वी क्षेत्रों की ओर लगाया। सितम्बर, 1940 में रूमानिया, नवम्बर, 1940 में हंगरी और स्लोवाकिया को विजित कर लिया। मार्च, 1941 में बल्गारिया तथा अप्रैल, 1941 में यूगोस्लाविया को विजित कर लिया। 22 जून, 1941 को हिटलर ने रूस पर आक्रमण कर दिया परन्तु रूस पर आक्रमण हिटलर की एक भयानक भूल सिद्ध हुई। कुछ प्रारम्भिक सफलताओं के बावजूद जर्मन सेनाएं पराजित हुईं। रूस, ब्रिटेन और अमेरिका आदि संयुक्त राष्ट्रों के संयुक्त आक्रमणों के समक्ष जर्मनी को घुटने टेक देने पड़े। 29 अप्रैल, 1945 को हिटलर ने आत्महत्या कर ली। 17 मई, 1945 को जर्मनी ने आत्मसमर्पण कर दिया।

# 24

# चीन की विदेश नीति

## चीन का महाशक्ति के रूप में उदय

चीन का उदय होना द्वितीय विश्वयुद्ध के परिणामस्वरूप स्वीकार किया गया। प्रथम विश्वयुद्ध के दौरान सोवियत संघ की साम्यवादी क्रान्ति एक शक्ति के रूप में उत्पन्न हुई तथा द्वितीय विश्व युद्ध के बाद ही चीन में क्रान्ति होना पश्चिमी राष्ट्रों को आश्चर्य में डाला था। अक्तूबर, 1949 को चीन के इतिहास में कभी नहीं भूला जाएगा।

इस चीन के बारे में नेपोलियन बोनापार्ट ने सच कहा था, "वहां एक दैत्य पड़ा सो रहा है। उसे सोने दो, जब वह उठेगा तो पूरी दुनिया को हिला कर रख देगा।" यह सब सच के रूप में परिवर्तित भी हुआ। चीन में अक्तूबर, 1949 की क्रान्ति में दो सरकारें स्थापित की गई थीं।

1. माओ-त्से-तुंग के नेतृत्व में साम्यवादी सरकार जिसकी राजधानी पीकिंग में स्थापित की गई थी।
2. च्यांग-काई-शेख के नेतृत्व में फारमोसा में पूंजीवादी समर्थक सरकार जो कि निर्वासित सरकार भी कही गई थी।

साम्यवादी चीन की स्थापना और चीनी क्रान्ति के पीछे माओ-त्से-तुंग की भूमिका मार्क्सवादी विचारधारा की स्थापना के रूप में सबसे भयानक मानी गई थी। इसलिए हम कह सकते हैं कि संसार की क्रान्तियों में चीनी क्रान्ति भी हमेशा याद रखी जाने योग्य रही है।

यहां चीन के सन्दर्भ में एक विश्लेषण ऐसा भी रहा कि कुछ राष्ट्रों ने साम्यवादी चीन को मान्यता प्रदान की तो कुछ राष्ट्रों ने च्यांग-काई-शेख की सरकार को मान्यता देकर द्वि-चीन के सिद्धान्त को अपनाया जिसके कारण विश्व राजनीति में चीन का प्रभाव महाशक्ति के रूप के साथ-साथ साम्यवादी गुट और पूंजीवादी गुट (अमेरिका) के लिए अहम् भूमिका रखने लग गया था।

चीन के उदय का प्रभाव विश्व के राष्ट्रों की विदेश नीति पर भी व्यापक पड़ा था। यहां हम यह कहना चाहते हैं कि जो दृष्टिकोण सोवियत रूस के प्रति राजनीतिक मान्यता को लेकर अपनाया गया था वही दृष्टिकोण चीन के साथ भी दोहराया गया था। लेकिन चीन अपने इरादे खतरनाक रखता था।

चीनी क्रान्ति व साम्यवादी सरकार की स्थापना का प्रभाव एशिया, अफ्रीका, लैटिन अमेरिका के राष्ट्रों पर भी पड़ा। इसी तरह पश्चिमी यूरोप के राष्ट्रों पर भी इसका प्रभाव पाया गया। वैसे चीन की विदेश नीति का प्रभाव सबसे ज्यादा इसके पड़ौसी राष्ट्रों पर पड़ा। एशिया की राजनीति एवं भूमिका में चीन आज भी बड़ी शक्ति मानी जाती है। इसलिए भारत जैसे राष्ट्र की विदेश नीति पर भी चीन का स्थायी प्रभाव देखने को मिलता है।

## चीन की विदेश नीति पर प्रभाव डालने वाले बिन्दु

1. चीन अमेरिका की विदेश नीति से प्रभावित रहा।
2. चीन साम्यवादी सोवियत संघ से प्रभावित रहा।
3. चीन अपने पड़ौसी राष्ट्रों की विदेश नीतियों से प्रभावित रहा।
4. चीन एक बड़ी शक्ति के रूप में उभरने की लालसा रखता था।
5. चीन शक्ति-सन्तुलन की भूमिका में भागीदारी रखना चाहता था।
6. चीन की विदेश नीति में द्वितीय विश्वयुद्ध का प्रभाव छाया रहा।
7. चीन अपने राष्ट्रीय हितों को अधिक महत्व देना चाहता था।
8. चीन जनसंख्या से सबसे ज्यादा प्रभावित था।
9. चीन विचारधारा विशेष से प्रभावित रहा था।
10. चीन यूरोपीयन राष्ट्रों से प्रभावित था।

इन उपरोक्त बिन्दुओं के आधार पर हम कह सकते हैं कि चीन ने अक्तूबर, 1949 में जब एक बड़ी शक्ति के रूप में अपने को प्रकट किया तो विदेश नीति के निर्धारण में, उद्देश्यों, हितों की पूर्ति पर चीन ने विशेष ध्यान दिया था। इसलिए चीन की विदेश नीति के दृष्टिकोण में निम्न बिन्दु पाए गए थे –

**(क) *संस्कृति व इतिहास में एकता*** – चीन एक ऐसी शक्ति था जिसके इतिहास और संस्कृति में एकता के तत्व का समावेश था। फिर भी उसने साम्यवादी क्रान्ति करके जिस रूप में अपने को प्रकट किया तो विश्व के अधिकांश राष्ट्रों व पड़ौसी राष्ट्रों के दृष्टिकोण में चीन के प्रति गलत धारण बन गई थी। चीन के इतिहास की उपलब्धि भिन्न तरह की रही। उसकी संस्कृति बौद्ध धर्म से सम्बन्धित अधिक रही। फिर भी वहां साम्यवाद को चरम सीमा पर स्थापित कर पाना माओ के लिए कोई आसान कार्य नहीं था। चीन में साम्यवादी गतिविधियों को संचालित करने से लेकर क्रान्ति करके विश्व में अपने को साम्यवादी के रूप में प्रकट कर पाना हजारों तरह

के संघर्षों के बाद ही सम्पन्न हो सकता था। इसलिए यहां हम यह कहते हैं कि जो कोई चीन को समझ सकेगा वह विश्व राजनीति को आसानी से समझ सकता है।

**(ख) *जातीय मतभेद*** – चीन में सांस्कृतिक, सैनिक और जातीय मतभेद को उभारने में मंगोलिया ने विशेष भूमिका निभाई थी। इसका प्रभाव चीन के जीवन व क्रान्ति पर स्थाई रूप से पड़ा था। चीन का इतिहास अलग रखते हुए भिन्न तरह की भूमिका अदा करना सबसे बड़े परिवर्तन की ओर कदम रखना था। चीन में आन्तरिक समस्याएं भी कम नहीं थीं। उनका समाधान करना भी अत्यन्त आवश्यक बन गया था। इसलिए साम्यवादी दृष्टिकोण को अपनाने और स्थापित करने में मुख्य भूमिका माओ की रही थी।

इस दृष्टिकोण से प्रभावित होकर ही चीन की विदेश नीति में आज भी दुनिया से अलग तरह का जातीय मतभेद पाया जाता है। इस सम्बन्ध में मुख्य बिन्दु इस प्रकार हैं।

(अ) चीन ने अपने पड़ौसी राज्यों पर अपना शासन करने का दृष्टिकोण बहुत पहले से ही अपना रखा था। इस कारण चीन पड़ौसी राष्ट्रों के साथ-साथ स्वायत प्रदेशों पर भी अपना कब्जा करने का दृष्टिकोण रखता था। इन राष्ट्रों में तिब्बत, नेपाल, मंगोलिया, मंचूरिया, सूडान, कम्बोडिया आदि राष्ट्र थे जिन पर चीन अपना अधिकार करना चाहता था।

(ब) चीन के चारों तरफ बफर स्टेट के रूप में जो राष्ट्र बसे हैं उनके कारण चीन की सुरक्षा को कभी खतरा नहीं रहा। चीन से ज्यादा खतरा बफर स्टेटस को रहा है। चीन ने मंगोलिया, मंचूरिया, सूडान इन सबसे ज्यादा महत्व तिब्बत को दिया। इसलिए चीन आज भी तिब्बत को अपना अभिन्न अंग मानता रहा है। नेपाल, कोरिया, हिन्द चीन, अमान को चीन आज भी राज्य क्षेत्र के रूप में मानता रहा है। अतः चीन ने बाहरी रूप से अपने क्षेत्र से बाहर के राष्ट्रों को समर्थन देना शुरू करके विस्तारवादी नीति का अनुसरण किया है।

**(ग) *लौकिक आधार*** – चीन ने 1949 में साम्यवादी क्रान्ति के दौरान साम्यवाद और माओवाद को लैकिक स्तर पर स्थापित करने का प्रयास किया था। इसलिए चीन में माओ और साम्यवाद का मिश्रण किया गया। इस लौकिक आधार पर चीन का प्रभाव विश्व राजनीति पर ज्यादा पड़ा। एशिया में भौगोलिक, राजनीतिक, आर्थिक रूप से इसका स्थाई प्रभाव पड़ा। भारत पर भी इसका प्रभाव स्थाई रूप से पड़ा था। जिसे हम एक पक्षीय और बहुपक्षीय भी कह सकते हैं। भारत-चीन के बीच ऐतिहासिक, सांस्कृतिक, भौगोलिक सम्बन्ध बहुत पहले से रहे हैं। फिर भी भारत पर चीन का प्रभाव देखा गया।

**(घ) *दक्षिणी-पूर्वी एशिया*** – चीन दक्षिणी-पूर्वी एशिया में बसा हुआ है। यहां 1949 में चीन का उदय होना समस्त दक्षिणी-पूर्वी एशियाई राष्ट्रों पर प्रभावशाली बिन्दु

रहा है। इसे विश्व राजनीति की असाधारण घटना के रूप में माना गया। इस दक्षिणी-पूर्वी एशिया में चीन के बाद जापान अपना दूसरा स्थान रखता है। चीन इसमें अपनी भागीदारी बढ़ाना भी चाहता था और उसका सन्धारण भी करना चाहता था इसलिए जब अमेरिका दक्षिणी वियतनाम युद्ध में बुरी तरह फंस गया तो अमेरिका के राष्ट्रपति निक्सन ने 1972 में चीन की यात्रा करके नया समीकरण बनाया था। चीन दक्षिणी-पूर्वी एशिया की एक बड़ी शक्ति के साथ-साथ विश्व की महाशक्ति भी मानी जाती रही है।

**(च) *भौगोलिक स्वतन्त्रता*** – चीन की शासन प्रणाली और भौगोलिक स्थिति का प्रभाव विश्वव्यापी रहा है। कोरिया, यूनान, तिब्बत, सिक्कम, आदि राज्य चीन पर निर्भर थे। इस कारण से चीन भौगोलिक स्वतंत्रता और शासन सुविधा के कारण अपने आप को किसी भी सीमा में नहीं रखता है। चीन के जार शासकों ने पड़ौसी राज्यों की भूमि पर कब्जा कर लिया था इसलिए चीन भी अपनी भौगोलिक स्वतंत्रता को बनाए हुए है। यहा इसकी विदेश नीति का स्थाई दृष्टिकोण भी रहा है।

**(छ) *सर्वोच्चता का दृष्टिकोण*** – चीनी आज भी अपने इतिहास पर गर्व करते हैं। चीनी सभ्यता, पवित्रता और ऐतिहासिकता को सुरक्षित बनाए रखते हुए वह अपने को संसार के राष्ट्रों से सर्वोच्च रखता है। वह अपने आपको अधिक सभ्य मानता है। दूसरे राष्ट्रों को वह पिछड़ा हुआ मानता है। इस कारण अपनी सभ्यता और संस्कृति को अलग मानता रहा है। चीनी साम्यवादी क्रान्ति से पूर्व चीन की आन्तरिक स्थिति में विशेष ध्यान नहीं दिया गया था। इस कारण भी चीन साम्यवादी विचारधारा को स्थापित करके एक निश्चित दिशा की ओर बढ़ना चाहता था।

इस तरह हम कह सकते हैं कि चीन ने अपनी विदेश नीति के निर्धारण में उपरोक्त सभी बिन्दुओं को दृष्टिकाणे के रूप में अपनाया।

## चीन की विदेश नीति के निर्धारक तत्व

चीन की विदेश नीति के निर्धारक तत्वों में एक नहीं अनेक तत्व पाए गए हैं जिनका विदेश नीति निर्माण में विशेष स्थान रखा गया है। इस सम्बन्ध में निम्न तत्व निर्धारक के रूप में इस प्रकार हैं –

**(क) *ऐतिहासिकता का तत्व*** – चीन की विदेश नीति में ऐतिहासिकता के तत्व का समावेश पाया गया है। 1949 से लेकर वर्तमान तक इसे विशेष महत्व दिया गया है। इस ऐतिहासिकता के रूप में मुख्य बिन्दु इस प्रकार पाए जाते हैं –

(अ) **खोए हुए प्रदेशों को पुनः प्राप्त करना** – चीन की विदेश नीति में यह पाया गया कि वह खोए हुए प्रदेशों को पाने की लालसा रखता था। इस सम्बन्ध में वह निम्न खोए हुए प्रदेशों को पाने की नीति रखता था।

(क) मंगोलिया पर पहले चीन का अधिकार रहा था। इसे बाद में सांवियत संघ ने अपने कब्जे में कर लिया था। जिसे वह सोवियत संघ से पुनः प्राप्त

करना चाहता था। इसी तरह भारत से रबात को चीन प्राप्त करने की नीति रखता है।

(ख) कोरिया पर भी चीन का कब्जा रहा था जो कि बाद में सोवियत संघ के कब्जे में चला गया था इस तरह कोरिया को भी चीन पाने की नीति रखता है।

(ग) चीन ने क्रान्ति से पूर्व आयोजित संधियों, समझौतों आदि को मानने से इंकार कर दिया था।

इन तीनों बिन्दुओं के आधार पर हम कह सकते हैं कि चीन की विदेश नीति में ऐतिहासिकता के तत्व की पूर्ति करने के लिए खोए हुए प्रदेशों की पूर्ति चीनी क्रान्ति के बाद करना चाहता था। इसलिए वह किसी भी अनुबन्ध, सन्धि, समझौते को स्वीकार करने से मना कर अपने प्रदेशों पर कब्जा करना चाहता था।

(ब) चीन के पूर्व जार शासक के द्वारा जो सन्धियां सम्पन्न की गई थीं उन्हें क्रान्ति के बाद माओ ने मानने से मना कर दिया था। इस सम्बन्ध में चीन ने कहा है कि, "वह छीनी गई भूमि, खोए हुए प्रदेश पुनः प्राप्त करना चाहता है। उन पर मौलिक रूप से चीन का अधिकार है। चीन में जो भी किया जा रहा है वह सब खोए हुए प्रदेशों को पाने के लिए ही किया जा रहा है।"

**(स) एक राज्य को दूसरे राज्य से लड़ाना** – चीन की विदेश नीति निर्धारण में यह तत्व भी पाया गया कि वह एक राज्य को दूसरे राज्य से लड़ा कर अपने स्वार्थ को साधने की नीति में माहिर रहा है। चीन की विदेश नीति में यह तत्व पाया गया कि वह अपनी शासन व्यवस्था को बनाए रखने के लिए दूसरे राष्ट्रों को आपस में लड़ाता रहा है। वह इसके लिए विशेष प्रबन्ध भी करता रहा है। इस संदर्भ में वह परम्परागत विदेश नीति का निर्धारण भी करते हुए अनुसरण करता रहा है।

**(द) चीन का विश्व राजनीति में स्थान** – चीन की विदेश नीति ऐसी रही है कि वह विश्व राजनीति में स्थान पाना चाहता था। इस कारण से 1949 से उसने प्रयास किए। विश्व की जितनी भी राजनीतिक समस्याएँ थीं उनमें वह अपनी भूमिका निर्वाह करने का इच्छुक था। इसलिए वह एशिया, अफ्रीका में अपना दबदबा बना कर महाशक्ति के रूप में अपनी विदेश नीति को निर्धारित करना चाहता था।

इस कारण से चीन की आन्तरिक व बाहरी विदेश नीति में भिन्नता रखी गई। च्यांग-कोई-शेख के समय में चीन पूर्णरूप से राष्ट्रवादी रहा था। ताइवान की भूमिका इसमें महत्वपूर्ण स्थान रखती थी। इसलिए चीन मनोवैज्ञानिक युद्ध शुरू करना चाहता था।

प्रारम्भिक काल में चीन की विदेश नीति आक्रमणकारी रही। इस आक्रमणकारी नीति के कारण ही चीन आज भी विश्व राजनीति में रुचि रखता है। इस सम्बन्ध में

हम कह सकते हैं कि चीन सुरक्षात्मक नीति में दुनिया के राष्ट्रों से अग्रणी रहना चाहता है। इस सुरक्षा को वह अकेला स्थापित कर किसी राष्ट्र पर निर्भर रहना नहीं चाहता है। इस कारण भी वह विश्व राजनीति को प्रभावित करने की क्षमता रखता है।

16वीं शताब्दी तक चीन पूरी दुनिया में शक्तिशाली रहा था। इसके बाद 18वीं, 19वीं शताब्दी में चीन काफी कमजोर हो गया था। जिसमें जारशाही शासन में जनतांत्रिक परम्परा को लाने का प्रयास किया गया था। यहीं से प्रतिनिधित्व का शासन स्थापित भी हुआ था।

1912-1913 में चीन की विदेश नीति में साम्यवादी विचारधारा का समावेश हुआ इसके बाद में चीन और चायना अलग-अलग हो गए थे। 1949 में अक्तूबर क्रान्ति के बाद से चीन अपने आपको अन्तर्राष्ट्रीय राजनीति का मुख्य पात्र समझता रहा है। इसलिए सोवियत संघ के साथ भी चीन ने अलग तरह का दृष्टिकोण अपनाया था। चीन जनसंख्या, इतिहास और परम्पराओं के आधार पर अपनी विदेश नीति का निर्धारण कर विशेष स्थान पाना चाहता था। जबकि चायना इससे भिन्न दृष्टिकोण अपनाए हुए था।

**( ख ) *विचारधारात्मक तत्व*** – चीन ने अपनी विदेश नीति के निर्धारण में विचारधारा को एक शक्ति के रूप में स्वीकार किया था। हेन्स॰जे॰ मोर्ग्रेन्थों ने स्वयं शक्ति की राजनीति में विचारधारा को समझने का प्रयास किया था। इस तरह चीन ने विचारधारा को विदेश नीति से जोड़ कर सिद्धान्त एवं व्यवहार में राष्ट्रीय हितों में विचाराधारा को विशेष महत्व दिया था।

इस कारण माओ कार्यकाल की विचारधारा के मूल आधार विदेश नीति लिए हुए रहे। एक समय विशेष तक की अवधि में विदेश नीति ने विचारधारा को रूस से अधिक महत्व दिया था। पहले चीन की विदेश नीति के राष्ट्रीय हित सर्वोच्चता लिए हुए थे। इनके साथ विचारधारा को भी जोड़ दिए जाने से अन्तर्राष्ट्रीय स्तर पर विचारधारा को महत्व दिया गया।

चीन में जो अक्तूबर 1949 में क्रान्ति हुई थी वह किसी बाहरी राष्ट्र की देन नहीं थी वह चीन की अपनी एक उपलब्धि थी। केवल सोवियत संघ से क्रान्ति के लिए सहायता मांगी गई थी। इस तरह साम्यवादी विचारधारा को विदेश नीति के निर्माणकारी तत्व के रूप में हम निम्न दो दृष्टिकोण रख सकते हैं।

1. चीन की साम्यवादी विचारधारा माओ वादी, लेनिनवादी स्तर कितना लिए हुए है। यह हमें स्पष्ट रूप से समझना होगा।
2. चीन की विदेश नीति में राष्ट्रीय हित की स्थिति किस प्रकार की रही है। इस पर गहराई से विचार करना होगा।

यहां हम इन दोनों ही दृष्टिकोण के सम्बन्ध में यह कहेंगे कि लेनिनवादी, मार्क्सवादी विचारधारा के आधारभूत ढांचे की स्थापना में साम्यवाद पर दोनों ने ही सबसे

ज्यादा जोर दिया है। इसलिए चीन में मार्क्सवादी, लेनिनवादी दोनों के विचारों का मिश्रण करके विचारधारा की स्थापना करने का प्रयास किया गया है।

चीन की विदेश नीति के निर्धारण में जब हम विचारधारात्मक पहलू को देखते हैं तो उसमें वर्ग संघर्ष, अतिरिक्त मूल्य के सिद्धान्त का भी समावेश किया हुआ पाया जाता है। माओ ने स्वयं व्यावहारिक रूप से इन्हें स्वीकार करके स्थापित भी किया है। जबकि सोवियत संघ की विदेश नीति में यह हमें सैद्धान्तिक रूप से ही अपनाया हुआ दृष्टिगत होता है।

माओ स्वयं यह मान कर चलते हैं कि मार्क्सवादी विचारधारा ही सबसे अधिक वैज्ञानिक विचारधारा है। यहां माओ ने साम्यवादी विचारधारा की अलग व्याख्या की है। जबकि सोवियत संघ में अलग व्याख्या की गई थी। यहां हम यह स्पष्ट कर देना चाहते हैं कि माओवाद साम्यवादी विचारधारा के साथ चीन में ज्यादा हावी रहा।

माओ का अपना मानना भी रहा कि साम्यवाद का स्वरूप एशिया के पूर्वी भाग जैसा हो गया है। चीन का साम्यवाद सामाजिक संरचनाओं पर ज्यादा आधारित था। जबकि सोवियत संघ में यह कृषि पर आधारित था। इस तरह जब हम कृषि और औद्योगिक में अन्तर करते हैं तो लेनिनवाद और माओवाद में अन्तर करना होगा।

यूरोप के कुछ राष्ट्र ऐसे थे जिनमें सामाजिक व्यवस्था के साथ-साथ औद्योगिकीकरण की प्रक्रिया सम्पन्न हो गई थी। जर्मनी और ब्रिटेन की सामाजिक व्यवस्था एक जैसी थी। साम्यवाद की स्थापना के लिए मार्क्स ने जिस तरह के समाज की कल्पना की थी वैसा समाज चीन में था ही नहीं। इसलिए चीन की साम्यवादी विचारधारा को समझने के लिए माओ की विचारधारा को समझने, परखने की ज्यादा आवश्यकता है। माओ ने चायना की सामाजिक व्यवस्था को समझ कर बदलना उचित नहीं समझा था।

माओ ने मार्क्सवाद, लेनिनवाद की चीन के सन्दर्भ में नई व्याख्या की थी। माओ एक अलग तरह का दृष्टिकोण रखते थे। इन्होंने इसके मूल आधार मूल सिद्धान्तों को छोड़ा भी नहीं तब भी चीन की परिस्थितियों के अनुसार उसे ढाल लिया गया। इस तरह वे क्रान्ति करने में भी सफल हो गए थे। इस तरह चीनी क्रान्ति के निम्न बिन्दु इस प्रकार थे –

1. माओ ने चीन की क्रान्ति में किसानों को अधिक स्थान दिया था। इस क्रान्ति में माओ ने मजदूर वर्ग को भी अपने साथ लिया था। यहां माओ यह मानते थे कि औद्योगिकी में मजदूरों का शोषण हो रहा है। किसान और मजदूर को साथ लेकर माओ क्रान्ति करने में सफल हो गए थे।

2. माओ ने साम्यवादी दल को क्रान्ति करने में सहायक माना है। चीन में क्रान्ति होने में इसकी विशेष भूमिका रही। सोवियत संघ ने भी इसको विशेष महत्व दिया था। इसका यहां माओ ने अनुसरण किया। इस तरह चीनी क्रान्ति के आयोजन के निम्न बिन्दु रहे –

(क) चीन में प्रथम स्तर पर पूंजीवाद का अन्त कर दिया गया।

(ख) बुर्जुआ वर्ग के विरुद्ध क्रान्ति का आह्वान किया गया।

(ग) छोटे किसानों को लाभ देकर बड़ों के विरुद्ध क्रान्ति के लिए उकसाया गया।

(घ) पूंजीपति वर्ग को संघर्ष के माध्यम से समाप्त कर छोटे-छोटे समूह में विभाजित किया गया।

(च) केवल साम्यवादी दल को ही अस्तित्व में रखा गया।

(छ) व्यक्तिगत सम्पत्ति रखने की छूट दी गई।

(ज) साम्यवादी व्यवस्था को सबसे ज्यादा महत्व दिया गया अन्य को नहीं।

**(ग) *जनसंख्या का तत्व*** – चीन की विदेश नीति के निर्धारण में जनसंख्या का तत्व भी प्रभावशाली रहा। चीन की जनसंख्या विश्व के राष्ट्रों में सबसे अधिक रही है। चीन में जनसंख्या का विस्तार विस्फोटक स्थिति से हुआ। इस मानव शक्ति के कारण ही माओ युद्ध पर अधिक जोर देते थे। वैसे भी चीन ने युद्धों में विजय चीनी जनसंख्या के कारण ही प्राप्त की थी। चीन में सबसे ज्यादा मजदूर वर्ग रहा। यहां 94% चीनी जनसंख्या है। जनसंख्या की नीति के आधार पर चीन ने राष्ट्रीय कार्यक्रम चलाए। मंगोलिया में सबसे ज्यादा चीनी जनसंख्या है। इस चीनी जनता में परम्परागत तत्व आज भी पाए जाते हैं। इन जनसंख्या में मध्यम वर्ग भी पाया जाता है। चीन में जनसंख्या की अपार स्थिति रहने के कारण मूलभूत परिवर्तन करने के लिए उपयुक्त माना गया। परम्परागत समाज के स्थान पर नये समाज की स्थापना कल्याण करने के लिए की गई।

माओ जनसंख्या के आधार पर ही कहा करते थे "70 करोड़ चीनी नागरिकों में से 60 करोड़ नागरिक यदि युद्ध में समाप्त हो जाते हैं तो 10 करोड़ शेष बचे हुए चीनीयों के माध्यम से पूरी दुनिया को लाल कर दिया जाएगा।" यही दृष्टिकोण चीन की विदेश नीति में माओ कार्यकाल में अपनाया गया। चीन जनसंख्या से सबसे ज्यादा प्रभावित था। इसलिए पड़ौसी राष्ट्रों की भूमि पर कब्जा करके चीनी जनसंख्या को घटाने की नीति भी चीन ने अपनाई। इससे इसके मन्सूबे खतरनाक साबित हुए हैं।

**(घ) *माओ की भूमिका*** – चीन में माओ ने जो साम्यवादी क्रान्ति 1949 में की थी उसे जनता द्वारा समर्थन दिया गया था। चीन का प्रारम्भिक निर्माण करने में माओ की भूमिका अधिक रही थी। इसी तरह चीन की विदेश नीति के निर्धारण में माओ सबसे ज्यादा हावी रहे। जिस तरह भारत में पं० नेहरू विदेश नीति का निर्माण करने में सफल रहे। ठीक इसी तरह चीन में भी माओवाद को विदेश नीति से जोड़ा गया।

चीन ने सामन्तवाद, पूंजीवाद, साम्राज्यवाद के विरुद्ध संघर्ष किया गया था। जिसमें साम्यवादी दल इन तीनों को चीन में समाप्त कर देना चाहता था। माओ की भूमिका के साथ-साथ साम्यवादी दल की भूमिका भी क्रान्ति में अधिक रही। माओ के व्यक्तिगत की छाप चीन की विदेश नीति में निर्धारक के रूप में रहने के साथ-साथ स्थायित्व देने

के रूप में भी रही थी। माओ ने परम्परागत दृष्टिकोण को अपनाया। लेनिन और मार्क्स के विचारों के आधार पर चीन को मजबूत स्थिति में उभरने का अथक प्रयास किया गया।

इस तरह हम कह सकते हैं कि माओ के कारण ही चीन पूरी दुनिया में तीसरी बड़ी शक्ति के रूप में उभारने में सफल रहा। च्यांग-काई-शेख से भी माओ को कड़ा संघर्ष करना पड़ा था। यहां माओ च्यांग-काई-शेख से ज्यादा शक्तिशाली रहे इस कारण से क्रान्ति हुई। फिर विदेश नीति का स्वरूप साम्यवादी रूप में माओ ने अधिक मजबूत बनाया।

## चीन की विदेश नीति के मुख्य उद्देश्य

चीन की विदेश नीति का निर्धारण होने के बाद निश्चित उद्देश्यों की पूर्ति के लिए निम्न दृष्टिकोण अपनाए गए थे –

**(क)** ***विचारधारात्मक उद्देश्य*** – साम्यवादी विचारधारा और साम्यवादी दल के माध्यम से चीन राष्ट्रीय उद्देश्यों को सर्वोपरि मानता था। चीन विचारधारात्मक उद्देश्यों की पूर्ति के निम्न बिन्दुओं को अपनाए हुए था।

(अ) चीन की विदेश नीति का लक्ष्य साम्यवादी विचारधारा को सम्पूर्ण विश्व में फैलाने का था। इसलिए साम्यवादी विचारधारा का अन्तर्राष्ट्रीयकरण करने का प्रयास भी किया गया था। चीन रूस की तरह साम्यवादी खेमे का नेतृत्व भी अपने हाथों में लेना चाहता था। इसके लिए समस्त श्रेय माओ ने लिया था।

(ब) चीन की विदेश नीति का स्वरूप देवात्मक प्रक्रिया (बहुआयामी) का अधिक रहा। इस दृष्टि से विचारधारा के अनेक रूप अपनाए गए थे जैसे आन्तरिक स्तर पर, राष्ट्रीय स्तर पर और अन्तर्राष्ट्रीय स्तर पर भिन्न-भिन्न उद्देश्य अपनाए गए। जिस तरह मार्क्स के बाद प्रतिवाद, संश्लेषण के रूप में सिद्धान्त का प्रतिपादन किया था, इसी तरह चीन में भी साम्यवाद और पूंजीवाद में आन्तरिक संघर्ष, बाहरी संघर्ष रखे गए थे। माओ ने इसे अलग से समझा, परखा फिर शक्ति का प्रयोग करते हुए विचारधारा के रूप में लागू किया। इसलिए माओ ने मौलिक प्रयोग किया था। यही इसका केन्द्रीय बिन्दु रहा है।

(स) माओ ने अपने जीवन में पूंजीवाद को समाप्त नहीं करना चाहा बल्कि इसे हमेशा के लिए खत्म कर देने का दृष्टिकोण भी अपनाया था। माओ इसका नामोनिशान मिटा देना चाहते थे। लेनिन ने यह स्वीकार किया था कि पूंजीवाद के ही कारण साम्राज्यवादी अवस्था आती है। माओ ने यही माना था वे इसे माओ विचारधारा के ही माध्यम से खत्म कर देना चाहते थे। यही विचारधारा की उपयोगिता भी आंकी गई थी।

(द) माओ ने यह स्वीकार किया था कि पूंजीपति और मजदूर के बीच वर्ग संघर्ष करा कर पूंजीपति को खत्म कर दिया जाए। इसके बाद वह नये रूप से वर्ग संघर्ष की

शुरुआत करने की स्थिति स्थापित करना चहाता था। माओ अन्तर्राष्ट्रीय स्तर पर भी वर्ग संघर्ष को समाप्त करना चाहते थे। ऐसा करने से स्वतः ही साम्यवादी व्यवस्था की स्थापना अपने आप आ जाएगी। इसी दृष्टिकोण के आधार पर चीन संसार में साम्यवादी क्रान्ति लाने की विचारधारा अपनाता है।

**(ख) *राष्ट्रीय हित के उद्देश्य*** –चीन की विदेश नीति में राष्ट्रीय हितों की पूर्ति का माध्यम विचारधारा, अनुभववाद को माना गया। चीन का राष्ट्रीय हित भिन्न प्रकार का रहा है। जिसमें प्रारम्भिक स्तर में पूंजीवाद को नष्ट करना ही राष्ट्रीय हित था। इसकी प्रतिक्रिया स्वरूप ही साम्यवाद को राष्ट्रीय हित का मुख्य बिन्दु माना गया। इसी पूंजीवाद के साथ-साथ रूस के साथ भी संघर्ष करने का राष्ट्रीय हित अपनाया गया। इस कारण से राष्ट्रीय हितों की पूर्ति के लिए विचारधारात्मक संघर्ष विदेश नीति में ज्यादा अपनाया गया।

चीन ने अपनी विदेश नीति में संशोधनवाद का भी प्रयोग किया था। चीन में सामूहिक रूप से कृषि, औद्योगिकीकरण के प्रयास तेजी से किए गए थे। चीन में व्यक्तिगत सम्पत्ति रखने, व्यक्ति को अपनी क्षमता के अनुसार कार्य करने, वेतन की समानता, समान भौतिक सुविधा उपलब्ध कराई गई। इससे माओ चीन में ऐसा करके निम्न हितों की पूर्ति करना चाहते थे –

1. एकता 2. संस्थाकरण 3. केन्द्रीयकरण

माओ राष्ट्रीय हितों के संदर्भ में चीन में राष्ट्रीय एकता स्थापित करने का लक्ष्य रखते थे। इसलिए समस्त प्रकार का नेतृत्व माओ ने अपने हाथों में रखा इससे चीन में एकता राष्ट्रीय स्तर पर स्थापित की गई।

माओ अनेक रूप में एक साथ कार्यों को सम्पादित करने की क्षमता रखते थे। इसलिए सेना, शिक्षा, दल, संस्था के कार्यों को सम्पादित करने के लिए संस्थागत ढांचे को मजबूत करके शक्ति का विस्तार करना चाहते थे।

माओ ने अपने कार्यक्रमों में स्थायित्व को अधिक महत्व दिया था इससे वे केन्द्रीय स्तर पर चीन की शक्तियों को संगठित करने के लिए साम्यवादी दल को नियंत्रण स्थापित करने का माध्यम मानते हैं।

इस तरह विदेश नीति के राष्ट्रीय हितों की पूर्ति करने में एकता, स्थायित्व, केन्द्रीयकरण का दृष्टिकोण माओ ने अन्तर्राष्ट्रीय स्तर पर भी अपनाया था। इन्हें राष्ट्रीय हितों की पूर्ति से अधिक माना गया। माओ आन्तरिक रूप से कमजोर साबित नहीं होना चाहते थे।

**(ग) *सोवियत संघ के साथ संघर्ष*** – चीन की विदेश नीति का उद्देश्य अन्तर्राष्ट्रीय स्तर पर सोवियत संघ की आलोचना करना था। चीन में चेकोस्लोवाकिया और अल्जीरिया का नाम लेकर रूस की काफी आलोचना की थी। चीन और रूस के

बीच लेनिनवाद को लेकर संघर्ष उत्पन्न हुआ था। माओ यह मानते थे कि साम्यवाद की सफलता के लिए निरन्तर क्रान्ति होनी चाहिए। लेनिन का मानना था कि क्रान्ति में कठोरता होनी चाहिए। मार्क्स का कहना था कि एशिया में क्रान्ति होनी चाहिए।

इसके साथ ही चीन यह मानता था कि अन्तर्राष्ट्रीय स्तर पर समानता, स्वतंत्रता स्थापित होनी चाहिए। रूसी साम्यवादी ब्लाक और चीनी साम्यवादी ब्लाक में अंतर था। जब चीन में क्रान्ति आई थी उस समय रूस परमाणु शक्ति से सम्पन्न हो गया था। चीन के साथ रूस का सीमा विवाद को लेकर संघर्ष शुरू हो गया था। रूस-चीन में समानता कहीं पर भी नहीं थी। इस कारण चीन ने प्रारम्भिक स्तर पर उग्र नीति को अपनाया था। चीन रूस के कारण अन्तर्राष्ट्रीय व्यवस्था में बाधा महसूस कर रहा था।

चीन के संघर्ष में सबसे बड़ी समस्या यही थी कि रूस ने उदारवादी साम्यवाद को अपना लिया था। जिससे चीन रूस से नाराज था। माओ के युग में साम्यवादी नेतृत्व करने का संघर्ष भी रूस के साथ रहा। चीन के पास प्रारम्भिक स्तर पर तकनीकी, अणुशक्ति कुछ भी नहीं थी उसके पास मानव शक्ति के रूप में 70 करोड़ जनसंख्या थी। इसका प्रयोग माओ युद्ध के लिए करना चाहता था। इस तरह चीन की विदेश नीति का उद्देश्य रूस के साथ संघर्ष करने का दीर्घकाल तक बना रहा था।

**(घ) *साम्यवाद का प्रसार*** – चीन की विदेश नीति का उद्देश्य यह रहा कि साम्यवाद को केवल एक ही रूप में नहीं रखा जा सकता है। इस अन्तर्राष्ट्रीय स्तर पर वह दूसरे रूप में प्रसार करना आवश्यक मानता था। माओ चीन के साम्यवाद के माध्यम से बाहर के लोगों को प्रभावित करना चाहते थे। जबकि स्टालिन बाहर के लोगों को प्रभावित करना नहीं चाहते थे।

माओ ने साम्यवाद में तीन तरह का विरोधाभास पाया था जो कि इस प्रकार था –

(अ) राज्यों के विरोध स्वरूप विरोधाभास पाया गया था। साम्यवादी और समाजवादी राज्य के रूप में यह विरोधाभास उभर कर आया था। इसका आधार वर्ग संघर्ष को माना जाए या सामूहिक रूप से माना जाए इस सम्बन्ध में सहमति नहीं पाई गई थी।

(ब) समाजवाद की स्थापना करने का कार्य शेष रह गया था। इस तरह इसमें भी विरोधाभास पाया गया था।

(स) मार्क्स और माओ के विचारों में भी विरोधाभास आ गया था। इनके विचारों में भी समानता नहीं थी। इस कारण माओ साम्यवाद के प्रसार पर अधिक जोर देने लग गए थे।

(द) यूगोस्लाविया जैसे साम्यवादी राष्ट्र में जो कि साम्यवादी रूप में था। उसमें भी विरोधाभास के आधार पर नये परिवर्तन की मांग उठी थी। चीन ने सिद्धान्त एवं व्यवहार में साम्यवाद में विरोधाभास पाया गया था।

इसलिए माओ ने साम्यवाद के प्रसार के लिए साम्यवादी दल की भूमिका को ज्यादा प्रभावित बनाया। यह एक साधन के रूप में भी रहा। वैसे माओ विरोधाभास को पारस्परिक संवाद के माध्यम से हल करना चाहते थे। माओ ने इसके प्रसार के लिए लाभ सेना, बुर्जुआ वर्ग का प्रयोग अधिक किया था। माओ ने चीन में हिंसा का प्रयोग किया था इस कारण ही हिंसा के ही माध्यम से अन्तर्राष्ट्रीय स्तर पर साम्यवाद का प्रसार करना चाहते थे।

इस तरह माओ इसके प्रसार के लिए स्थायी कार्यक्रम को लागू करना चाहते थे। यह स्थायी कार्यक्रम विचारों में भी रखना चाहते थे। इसके प्रसार के लिए माओ निरन्तर क्रान्ति करने का विश्वास रखते थे।

**( च ) *पूंजीवाद से संघर्ष*** – चीन की विदेश नीति का उद्देश्य पूंजीवाद के साथ निरन्तर संघर्ष करते रहना था। अमेरिका जैसी पूंजीवादी शक्ति के साथ कड़ा संघर्ष करते रहना था। इस संघर्ष के लिए वह साम्यवादी गुट विशेष के साथ रह कर इसको समाप्त करना चाहता था। वैसे भी चीन में साम्राज्यवाद को जड़ से उखाड़ कर फेंकने के लिए माओ ने साम्यवादी नीतियों को कठोर कर दिया था। इस तरह हम देखते हैं कि चीन के विदेश नीति के उद्देश्य राष्ट्रीय और अन्तर्राष्ट्रीय स्तर पर स्पष्ट थे।

## चीन की विदेश नीति के सिद्धान्त

चीन की विदेश नीति के सिद्धान्तों के बारे में यह कह सकते हैं कि प्रारम्भिक काल और आधुनिक युग के बीच काफी परिवर्तन चीन में आया है। 1949 में जो चीन था वह चीन आज व्यवहार में ही नहीं बल्कि उससे ज्यादा खतरनाक साबित हो रहा है। वैसे भी चीन का उदय जिन परिस्थितियों में हुआ था वैसी अन्तर्राष्ट्रीय स्थिति अब नहीं रही है। इसलिए विश्व राजनीति में चीन की भागीदारी पहले से अधिक बढ़ गई है।

इस विदेश नीति के सिद्धान्त इस प्रकार हैं –

**( क ) *उग्र विदेश नीति का सिद्धान्त*** – चीन के माओ ने प्रारम्भिक काल में विदेश नीति का स्वरूप अधिक उग्रवादी अपनाया था। इससे चीन सबसे खतरनाक माना जाता था। वैसे उग्रवादी विदेश नीति का स्वरूप इसलिए भी अपनाना चीन के लिए जरूरी था कि चीन आन्तरिक रूप से शक्तिशाली बन कर अपनी स्थिति को मजबूत करना चाहता था। इसलिए वह अन्तर्राष्ट्रीय स्तर पर भी उग्र सिद्धान्तों को लागू कर देना चाहता है। क्रान्ति, हिंसा, साम्यवाद यह सभी उग्र रूप लिए हुए थे। माओ ने सर्वत्र अपनी शक्ति का प्रसार किया था।

**( ख ) *विस्तारवादी नीति का सिद्धान्त*** – चीन की विदेश नीति विस्तारवादी अधिक रही थी इसलिए वह अपनी सीमाओं का विस्तार कर पड़ौसी राष्ट्रों की सीमाओं से जोड़ने की नीति रखता था। इस विस्तारवादी नीति के लिए सैनिक शक्ति का बल प्रयोग करते हुए पूर्ण करना चाहता था। माओ विश्व के अन्य नेताओं से भिन्न तरह

के रहे। इसलिए एशिया, दक्षिणी-पूर्वी एशिया, अफ्रीका आदि में वह अपने प्रभाव का विस्तार करने की नीति का ही पालन करते रहे। इसलिए वह कहते थे "जो मेरे पास है वह मेरा है। लेकिन जो तुम्हारे पास है उस पर मुझे समझौता करके उसे प्राप्त करना है।" यह पूर्ण रूप से विस्तारवादी झलक लिए हुए है।

**(ग) *चीनी राष्ट्रवादिता का सिद्धान्त*** – चीन अपनी सभ्यता, संस्कृति, इतिहास को राष्ट्र विशेष की विचारधारा से जोड़ कर विश्व स्तर पर ऐसी महाशक्ति का निर्माण कर पूरे संसार को यह बताना चाहता था कि चीन में कट्टर राष्ट्रवादिता है। चीनी नागरिक का सम्मान बढ़ाना और दूसरे की राष्ट्रीयता को हीन समझना मुख्य रहा है। चीनी की विदेश नीति केवल अपनी प्रतिष्ठा की ही स्थापना करने की रही। माओ ने अपने कार्यकाल में यही किया था। प्रत्येक कार्य को राष्ट्र भक्ति, देश भक्ति से जोड़ कर करना चाहते थे। माओ पूर्ण अर्थों में राष्ट्रीय भावनाओं से अधिक जुड़े रहे। इसलिए उनका साम्यवादी दर्शन भी चीन के सन्दर्भ में अलग तरह का रहा है।

**(घ) *क्रान्तिकारी और अक्रान्तिकारी नीति का सिद्धान्त*** – चीन की विदेश नीति का सिद्धान्त में अलग दृष्टिकोण रहा तो व्यवहार में निम्न तरह का दृष्टिकोण रहा है। जिसमें क्रान्तिकारी और अक्रान्तिकारी के सिद्धान्त की पालना की गई थी। चीन अखण्डता, स्वतंत्रता, विश्वशान्ति, अहस्तक्षेप के सिद्धान्तों का सहारा लेते हुए दूसरे राष्ट्रों को भुलावे में रखने की नीति अपनाई गई। इससे यह तो सिद्ध हो जाता है कि चीन दोहरी विदेश नीति रखता था। वह क्रान्तिकारी विदेश नीति के लिए दमन, धमकी, युद्ध आदि का सहारा लिए हुए था। इस तरह चीन की विदेश नीति क्रान्तिकारी ही मानी गई थी।

**(च) *साम्यवादी नेतृत्व का सिद्धान्त*** – चीन विश्व में साम्यवादी गुट विशेष का नेतृत्व अपने हाथों में लेना चाहता था। इसलिए वह अन्तर्राष्ट्रीय स्तर पर कठोर रवैया अपनाए हुए रहा। मार्क्सवादी दृष्टिकोण के आधार पर माओ पूरी दुनिया में साम्यवादी क्रान्ति करने की नीति रखते थे। चीन ही एक ऐसी शक्ति था जो हिंसा के आधार पर क्रान्ति करने पर अमल करना चाहता था।

**(छ) *चीनी नागरिकों के हितों की रक्षा का सिद्धान्त*** – साम्यवादी चीन के जितने भी नागरिक गैर-साम्यवादी देशों में प्रवास करते थे उनके हितों की रक्षा करना भी विदेश नीति का मुख्य सिद्धान्त रहा था। चीनी भाषा, नागरिकता और राष्ट्र से विशेष लगाव रखा गया था। दक्षिणी-पूर्वी एशिया में प्रगति, चीनी नागरिकों के हितों की रक्षा करना और उनकी मदद करना विदेश नीति का व्यावहारिक पहलू रहा। इसलिए चीन की विदेश नीति के सिद्धान्त आगे चल कर परिवर्तित भी हुए हैं।

## चीन की विदेश नीति की विशेषताएं

इस सम्बन्ध में हम चीन की विदेश नीति की निम्न विशेषताएं रख सकते हैं –

1. निरन्तर युद्ध लड़ने में विश्वास
2. विश्व राजनीति में स्थाई संघर्ष
3. साम्यवाद का अन्तर्राष्ट्रीयकरण व प्रसार करना
4. शान्तिपूर्ण सह-अस्तित्व की नीति का अनुसरण करना
5. अणु शक्ति के रूप में महाशक्ति के रूप में उभरना
6. विश्व के राष्ट्रों को प्रभावित करना
7. पड़ौसी राष्ट्रों के साथ तनाव बनाए रखना
8. माओवाद का प्रसार करना
9. शान्ति एवं सहयोग की कूटनीति का संचालन
10. रूस-चीन संघर्ष की नीति की स्थापना

यह सभी उपरोक्त बिन्दु चीन की विदेश नीति की विशेषता के बिन्दु माने जा सकते हैं। चीन ने हमेशा नया संघर्ष शुरू करने का प्रयास किया। इसकी विदेश नीति में गतिशीलता भी पाई गई।

## चीन की विदेश नीति के युग

इस सम्बन्ध में चीन के विदेश नीति के युगों का विभाजन हम निम्न प्रकार से कर सकते हैं –

1. कठोर विदेश नीति का युग 1949 - 53 तक
2. सह-अस्तित्व की नीति का युग 1954 - 59 तक
3. उग्रवादी, विस्तारवादी नीति का युग 1959 - 69 तक
4. कूटनीति, सहयोग, मैत्री की नीति का युग 1970
5. चीन-अमेरिका सम्बन्धों का युग 1971 - 79 तक
6. चीन की विदेश नीति 1980 से वर्तमान तक:
   (क) अमेरिका के प्रति चीन की नीति 1980 से वर्तमान तक
   (ख) भारत के प्रति चीन की नीति 1949 से वर्तमान तक
   (ग) पाक के प्रति चीन की नीति (1979 - 98 तक)
   (घ) तिब्बत, ताइवान पर वर्तमान में चीन नीति
   (च) चीन की वर्तमान आर्थिक स्थिति
   (छ) चीन की वर्तमान रक्षा की नीति 1998
   (झ) चीन की रूस के प्रति विदेश नीति

**चीन की कठोर नीति का युग 1949 - 53 तक**

इस युग के मुख्य बिन्दु इस प्रकार रहे थे –

**(क) *चीन की तीसरी दुनिया के प्रति विदेश नीति*** – चीन की विदेश नीति के निर्धारण में तत्कालीन परिस्थितियों का प्रभाव व्यापक रूप से पड़ा था। विश्व में साम्राज्यवाद उपनिवेशवाद की जकड़न से जो राष्ट्र स्वतंत्र हो रहे थे वे दो खेमों में बटते जा रहे थे। एक पूंजीवादी, दूसरा साम्यवाद।

इन दोनों खेमों के बीच रहते हुए चीन ने 1949 में साम्यवादी क्रान्ति करके सामन्तवाद, पूंजीवाद का नाश करने के लिए संयुक्त दृष्टिकोण माओ के नेतृत्व में अपनाया था। माओ ने पूर्णरूप से पूंजीपति के विरुद्ध संघर्ष शुरू किया था। चीन उपनिवेशवाद के बीच संयुक्त पृष्ठभूमि का निर्वाह करना चाहता था यहां चीन विशेषकर उन देशों के प्रति सहानुभूति रखता था जो लेटिन अमेरिका, एशिया में होते हुए किसी खेमे में नहीं थे। ऐसे राष्ट्रों के समूह को तीसरी दुनिया का नाम दिया गया था। यह सभी राष्ट्र पूंजीवादी खेमें के सदस्य नहीं रहे थे।

चीन ने प्रारम्भिक स्तर पर यह महसूस किया था कि संघर्ष साम्यवाद और पूंजीवाद का संघर्ष न होकर गरीब और अमीर का संघर्ष है। उत्तर और दक्षिण का संघर्ष है। जब चीन-सोवियत संघर्ष चल रहा था तब अमीर-गरीब का संघर्ष भी बढ़ रहा था। ऐसी स्थिति में चीन में दो महत्वपूर्ण आकांक्षाएं पाई गई थीं।

1. कोरिया युद्ध में अमेरिका को हटाना
2. सोवियत संघर्ष में रहते हुए शक्ति का विकास करना।

जब चीन सोवियत सम्बन्ध बढ़ने लगे तो चीन अमेरिका से सम्बन्ध खराब रहे थे। चीन को यह डर था कि जापान से अमेरिका शक्तिशाली है। इसमें कोई संदेह नहीं था। दूसरी तरफ चीन को कोरिया से डर था। क्योंकि यहां भी अमेरिका की शक्ति की उपस्थिति थी। इसके साथ ही चीन सोवियत शक्ति से भी प्रभावित रहा था।

ऐसी स्थिति में विदेश नीति के विचारधारात्मक व सुरक्षा के दृष्टिकोण से पूर्वी एशिया में अपने आप को महत्वपूर्ण मानता था। चीन तीसरी दुनिया के राष्ट्रों के साथ घनिष्ठ एवं महत्वपूर्ण सम्बन्ध रखना चाहता था। लेकिन चीन इसमें निम्न बाधा महसूस कर रहा था। चीन की प्रारम्भिक विदेश नीति में विरोधाभास पाया गया था। चीन निरन्तर साम्यवादी विचारधारा को स्थापित करना चाहता था। इसके लिए अच्छे नेतृत्व को अपने हाथों में लेना चाहता था। इसके अलावा चीन को यह शंका हो गई थी कि तीसरी दुनिया के देश साम्यवाद के विरुद्ध हो सकते हैं। या अमेरिका इन्हें चीन के विरुद्ध भड़का सकता है। चीन की तीसरी दुनिया के राष्ट्रों के प्रति जो विदेश नीति हमारे सामने थी अमेरिकी व वर्कलेस के कारण शुरू की गई नीति थी।

वैसे देखा जाए तो 1951-52 तक चीन की विदेश नीति में तीसरी दुनिया के राष्ट्रों के प्रति उपेक्षा की नीति रही थी। जबकि कोरिया के प्रति रूस की नीति अधिक स्पष्ट थी। कोरिया के प्रति चीन की नीति नहीं होने के निम्न कारण रहे थे –

1. अमेरिका की कोरिया के प्रति जो नीति थी उससे पहले चीन सुरक्षित नहीं था। चीन के प्रभाव की वैधता की समस्या उसके सामने थी।

2. कोरिया समस्या के समय चीन को शान्ति की आवश्यकता थी। वैसे भी 1952 में चीन-अमेरिका के बीच औपचारिक संघर्ष शुरू हो गया था।

3. चीन के पड़ौसी राष्ट्रों ने चीन को मित्रता का पाठ पढ़ाया था। इन पड़ौसी देशों ने असंलग्नता की नीति को तटस्थता से ज्यादा समर्थन दिया था। इसका चीन पर कई स्तरों में प्रभाव पड़ा ऐसी स्थिति में चीन को अपनी वैधता सिद्ध करने के लिए तिब्बत पर औपचारिक समझौता करना पड़ा था। चीन वैसे भी शान्ति की नीति में संघर्षरत रहा था। इसलिए अप्रैल 1954 में पंचशील समझौता करने पर बल दिया गया था।

इसलिए चीन तीसरी दुनिया के राष्ट्रों के प्रति नीति शुरू करना चाहता था। चाऊ-एन-लाई और हुआ ने अलग-अलग तरह के वक्तव्य जारी किए थे। इसी नीति को हिन्दुस्तान पर भी लागू किया गया था। तीसरी दुनिया के राष्ट्र चीन के लिए एक मण्डी के समान थे।

तीसरी दुनिया के तीन राष्ट्र अमेरिका के खेमें में थे। इण्डोनेशिया के राष्ट्रपति सुकर्ण ने तीसरी दुनिया के बारे में कहा था "एशिया में भारत-चीन के सम्बन्ध अधिक महत्व-पूर्ण हैं। इसी क्रम में बर्मा (म्यांमार) के साथ चीन पुनः सम्बन्धों की शुरुआत करना चाहता था। चीन की सीमा बर्मा, नेपाल, अफगानिस्तान, भारत, जापान, इण्डोनेशिया से मिलती है।"

चीन तीसरी दुनिया के राष्ट्रों में साम्राज्यवाद और उपनिवेशवाद को समाप्त करना चाहता था। यही नीति दक्षिणी एशिया और दक्षिणी अफ्रीका के प्रति सबसे अधिक रही थी। चीन ने अपने द्वारा प्रकाशित रिपोर्ट में कहा कि "पश्चिमी एशिया में चीन एक महान शक्तिशाली माना जाने लगा है।"

इसके दो मुख्य कारण इस प्रकार रहे हैं –

1. चीन के पास जनसंख्या सबसे अधिक थी।

2. चीन विचारधारात्मक से युक्त उत्तरदायित्व का निर्वाह करना चाहता था। चीन के बारे में 19वीं शताब्दी में ही कह दिया गया था कि इसमें कोई सन्देह नहीं है कि चीन एक एटम बम की सी स्थिति रखता है। किसी भी देश की विदेश नीति का निर्माण उस देश की जनसंख्या से प्रभावित होकर किया जाता है। लेकिन चीन ने ऐसा नहीं किया था फिर भी चीन की छाप एशिया, अफ्रीका, विकासशील देशों पर हमें देखने को मिलती है। चीन ने अपनी विदेश नीति के सम्बन्ध में किसी भी तरह का समझौता किसी से नहीं किया था।

इस कारण से चीन की तीसरी दुनिया के राष्ट्रों के प्रति निम्न नीति रही थी –

**(क) *भू-राजनीतिक नीति*** – चीन की भू-राजनीतिक सम्बन्धी नीति एशिया के प्रति महत्वपूर्ण रही थी। भारत-चीन के बीच सीमा विवाद करीबन लम्बे समय से चला आ रहा था। इसके साथ ही चीन का क्षेत्रफल एशियाई राष्ट्रों में सबसे अधिक रहा है। इसके अलावा विश्व के बहुत से ऐसे क्षेत्र हैं जिन्हें चीन अपना मानता है। चीन की एशिया में तीन सरहद हैं। यह तीनों ही चीन के लिए केन्द्र बिन्दु रखती हैं। इसे चीन की जनसंख्या को बसाने की दृष्टि से भी चीन महत्वपूर्ण मानता है। तिब्बत, भारत और चीन के बीच स्वायतता प्राप्त है। तिब्बत की सीमा भारत से मिलती है। चीन तिब्बत को अपना अभिन्न अंग मानता है। इसी तरह चीन की सीमा सोवियत रूस से भी लगी हुई है। इससे भी वह अपने आपको महत्वपूर्ण मानता रहा है। दूसरी तरफ भारत की सीमा रूस से भी मिलती हुई है। इस कारण से दक्षिणी एशिया में चीन भू-राजनीतिक दृष्टि से महत्वपूर्ण मानता रहा है। चीन ने इसमें समुद्री सरहद को भी शमिल किया है। इस कारण चीन का झुकाव संयुक्त क्षेत्रों पर अधिक रहा है।

**(ख) *पेट्रोलियम के प्रति चीनी नीति*** – 1949 में चीन की विदेश नीति कच्चे माल की प्राप्ति के लिए कठोर नीति रही। इसमें लोहा, पेट्रोलियम, सापेक्षता की दृष्टि से भारत की तरह ही चीन ने नीति अपनाई थी। भारत में कच्चा माल 1/3 है जबकि चीन में 1/4 ही है। इसके अलावा पहाड़ चट्टानें चीन में सबसे ज्यादा हैं। चीन के लिए तिब्बत गतिशीलता के लिए सबसे उपयुक्त रहा है। चीन की सबसे बड़ी समस्या यह रही है। 1.5 करोड़ चीनी नागरिक हर वर्ष मरते रहे थे। इस कारण भी चीन लोहा, पेट्रोलियम पदार्थों को उत्पादन करने में अधिक रुचि रखता था। यही चीन की औद्योगिक क्षमता को विकास की ओर ले जाने के लिए आवश्यक भी रहा था।

**(ग) *रूस के प्रति चीन की नीति*** – रूस-चीन दोनों ही पड़ौसी देश हैं। रूस और चीन में यदि कोई विकास होता है तो इसका प्रभाव एक दूसरे पर अवश्य पड़ता है। 1917 में रूस में साम्यवादी सरकार की स्थापना हुई थी। इसका प्रभाव भी चीन पर पड़ा था। इसलिए 1921 में चीन में साम्यवादी दल की स्थापना हुई थी। चीन ने रूस से साम्यवादी शिक्षा ग्रहण की थी। चीन साम्यवादी संरचना के लिए रूस पर निर्भर था। रूस चीन के लिए यह कहता था कि चीन में आर्थिक, सामाजिक, राजनीतिक क्षेत्र में पिछड़ापन है। इसलिए चीन में कभी क्रान्ति नहीं आ सकती है। चीन धीरे-धीरे रूस का ही अनुसरण कर रहा था। चीन और रूस के पूंजीपतियों के बीच कोई सम्बन्ध स्थापित नहीं हुए थे।

च्यांग-काई-शेख और माओ के बीच सम्बन्ध स्थापित हुए थे। दक्षिणी मंचूरिया का क्षेत्र चीन में आया उस समय रूस-चीन के बारे में यह समझता था कि साम्यवादी सरकार बहुत कठोर है। चीन एक बड़ा देश भी रहा है। यहां साम्यवादी सरकार की

सफलता होना कठिन कार्य था। जिस समय चीनी क्रान्ति हुई थी उस समय चीन में 60 करोड़ चीनी नागरिक निवास करते थे। जो कि यह जनसंख्या साम्यवाद के लिए सफल बनाने के लिए काफी थी। वैसे भी चीन यह समझता था कि नये विकास, नये युग के साथ क्या और कौन-सा विकास किया जाए, जिसे कैसे सम्पन्न किया जाए। यह चीन के सामने कठिन समस्या बनी हुई थी। जबकि रूस चीन से निम्न तीन स्वरूप चाहता था –

1. रूस चीन से यह चाहता था कि चीन में साम्यवादी मॉडल रूसी मॉडल की ही तरह होना चाहिए। इसमें भाषा, संस्कृति, राष्ट्रवाद के नाम पर समानता होनी चाहिए। चीन में विभिन्नता नहीं आनी चाहिए वरना इससे साम्यवादी आन्दोलन में दरार आ सकती है। ऐसा रूस को अहसास था।

2. चीन का आर्थिक विकास रूसी मॉडल पर आधारित होना चाहिए। रूस की तरह पंचवर्षीय योजनाओं का निर्माण करके राष्ट्रीय पूंजी का निर्माण करते हुए आर्थिक व्यवस्था की स्थापना की जाए।

3. रूस ने चीन को आर्थिक, नैतिक, तकनीकी, राजनीतिक सभी क्षेत्रों में सहायता पहुंचाई थी। फरवरी 1950 से 30 वर्षीय रूस चीन मित्रता पूर्ण समझौता सम्पन्न हुआ था। रूस ने चीन की आर्थिक दृष्टि से बहुत सहायता की थी। चीन रूस के नियंत्रण में भी रहा था। रूस की नीति और चीन की नीति में क्रान्ति के बाद अन्तर आ गया था।

माओ रूस की नीति, कानून को लेना चाहते थे मगर वह उसे प्राप्त नहीं हो सकी थी। उत्तरी कोरिया और दक्षिणी कोरिया के युद्ध में 1950 में चीन की भूमिका नहीं रही थी। जबकि रूस ने दक्षिणी कोरिया में युद्ध लड़ा और उत्तरी कोरिया का पक्ष लिया था। इसी बीच चीन अमेरिका में 30 वर्षीय समझौता सम्पन्न हो गया था। इसका कारण यह रहा कि चीन की नीति रूस से अधिक कठोर थी। चीन के प्रति अमेरिका की नीति विरोधाभासी रही थी।

**(घ) *चीन की रूस के प्रति नीति*** – इस नीति के मुख्य बिन्दु इस प्रकार रहे –

1. चीन विचारधारा का यह महत्वपूर्ण पहलू रहा कि वह कृषि प्रधान राष्ट्र है। चीनी क्रान्ति में मध्यम वर्ग, मजदूर वर्ग का विशेष योगदान रहा था। चीन रूस से भी ज्यादा बड़ा क्षेत्रफल रखता था इसलिए दोनों की क्रान्ति में अन्तर पाया गया था। चीन में 1921 में साम्यवादी दल की स्थापना हुई थी।

2. चीन के साम्यवादी दल का संगठन रूस के साम्यवादी दल से कहीं ज्यादा बड़ा था। इस कारण से माओ को साम्यवादी क्रान्ति करने में लम्बा संघर्ष करना पड़ा था। माओ को पहाड़ों में गुरिल्ला युद्ध जारी रखना पड़ा था। इसी तरह जापान के विरुद्ध

भी किया गया था। च्यांग-काई-शेख और माओ के बीच यह समस्या भी आई थी कि जापान के साथ युद्ध लड़ा जाए या समझौता किया जाए जबकि माओ ने च्यांग-काई-शेख को दबाने का पूरा प्रयास किया था।

3. चीन और रूस दोनों ही 1949 के बाद शीतयुद्ध के बाहरी वातावरण की चपेट में आ गए थे। तब तक रूस चीन से 1949 में बहुत आगे निकल गया था। चीन 1949 में रूस से पिछड़ गया था। मंगोलिया, हिन्दुस्तान, जापान ने चीन को मान्यता प्रदान नहीं की थी। वैसे भी चीन की सरकार कमजोर थी इसलिए अमेरिका ने भी चीन को मान्यता नहीं दी थी। 1949 में रूस को बड़ी शक्ति के रूप में दर्जा भी मिल गया और अमेरिका द्वारा मान्यता भी मिल गई थी। यह स्थिति चीन के साथ नहीं थी।

रूस 1949 में अणु बम विकसित करके अणु सम्पन्न शक्ति बन गया था इस कारण रूस की ओर से सीटो, सैण्टो जैसे संगठनों का बहिष्कार भी किया जा रहा था। रूस आर्थिक दृष्टि से विकसित हो चुका था। चीन इसके लिए संघर्ष कर रहा था। चीन में बहुत पिछड़ापन था। चीन में प्रारम्भिक स्तर पर तकनीकी, आर्थिक, सामाजिकता की बड़ी समस्या बनी हुई थी। रूस 1917 से लेकर 1950 तक अपनी सभी समस्याओं को हल कर चुका था जबकि चीन में 1949 में यह सब एक साथ नहीं हो पाया था फिर भी चीन जनसंख्या के आधार पर विश्व नेतृत्व करने की लालसा रखता था।

इस तरह हम देखते हैं कि 1949 - 53 तक की चीन की विदेश नीति चीन का एकीकरण करने के लिए कठोर रूप में अपनाई गई थी। चीन ने कठोरता की नीति को लागू करने के लिए निम्न व्यावहारिक कदम उठाए थे :

1. पूंजीवादी राष्ट्रों के प्रति कठोरता की नीति अपनाई गई।
2. रूस के साथ कूटनीतिक सम्बन्ध स्थापित किए गए।
3. साम्यवाद का प्रसार अन्तर्राष्ट्रीय स्तर पर करने के लिए व्यावसायिक संगठनों के सम्मेलन आयोजित किए गए।
4. चीन पड़ौसी राष्ट्रों में सशस्त्र क्रान्ति करने की नीति अपनाए हुए था।
5. चीन में आन्तरिक रूप से बाहरी शक्ति का प्रभाव समाप्त किया जाना।
6. चीन राष्ट्र का एकीकरण सम्भव करना।
7. एशियाई राष्ट्रों में अमेरिका के प्रभाव को कम करना।

इस तरह हम यह कह सकते हैं कि चीन की विदेश नीति के इस प्रथम युग (1949 - 53) में कोई स्थायित्व नहीं पाया गया था। इसका कारण यह रहा कि माओ स्वयं समस्याओं से अधिक ग्रस्त थे। इस कारण भी कठोरता, उग्रता की नीति माओ ने अपने आपको अन्तर्राष्ट्रीय स्तर पर पेश करने के लिए मजबूरी में अपनाई थी।

**(च) *रूस-चीन सम्बन्ध*** – रूस और चीन के बीच अनेक पहलू ऐसे हैं जिनके आधार पर दोनों में समानता भी पाई गई थी। यह समानता ही सम्बन्धों का आधार लिए हुए थी। यद्यपि इस प्रथम काल की विदेश नीति में ही रूस-चीन संघर्ष

स्पष्ट रूप से उभर कर आ गए थे। फिर भी इसके सम्बन्ध पाए गए थे। जिसके निम्न बिन्दु इस प्रकार हैं –

1. 1917 की रूस की क्रान्ति के और 1949 की चीन की क्रान्ति साम्यवाद के सन्दर्भ में समान मानी गई थी। रूस में क्रान्ति को परिवर्तन का प्रतीक माना गया जबकि चीन में स्वतंत्र क्रान्ति का प्रतीक माना गया था। इन दोनों के इतिहास में क्रान्ति का वर्णन मिलता है। इसलिए यह सम्बन्धों का आधार भी माना गया था। रूस–चीन दोनों ही जापानियों को विरोधी मानते हैं।

2. रूस–चीन की भौगोलिक स्थिति में समानता है। दोनों के ही पास बड़े–बड़े भू-भाग हैं। दोनों ही भू–राजनीतिक दृष्टि से अपने को महत्वपूर्ण भी मानते रहे हैं। इस तरह दोनों ही बड़ी शक्ति के रूप में भी जाने जाते हैं।

3. चीन–रूस में साम्यवादी व्यवस्था होते हुए भी रूस–चीन संघर्ष क्यों उत्पन्न हुआ। इस सम्बन्ध में हम यह कह सकते हैं कि दोनों ही शक्तियां एक दूसरे के साथ सम्बन्ध स्थापित करने की इच्छुक भी रही हैं।

इस तरह हम यह भी देखते हैं कि रूस के स्टालिन की मृत्यु 1953 भी इसी विदेश नीति के काल में हो गई थी। यहां हम यह स्पष्ट कर देना चाहते हैं कि चीनी क्रान्ति से पूर्व रूस–चीन के सम्बन्ध अच्छे थे लेकिन क्रान्ति होने के बाद में रूस–चीन संघर्ष 1950 में होने के निम्न कारण रहे थे –

1. रूस–चीन संघर्ष 1950 में शुरू हुआ। चीन पर आन्तरिक दबाव इतना बढ़ गया था कि उसे रूस के साथ मित्रता और सहयोग की संधि करनी पड़ी थी।

2. 1949 में माओ ने जो सरकार बनाई थी वह रूस के साथ सामान्य सम्बन्ध स्थापित नहीं कर पाई थी।

3. चीन और रूस के बीच विचारधारा को लेकर विभिन्नता हो गई थी।

4. चीन अपना आर्थिक विकास करने के लिए रूस पर निर्भर नहीं होना चाहता था। जबकि सोवियत संघ पूर्वी यूरोप में ज्यादा दिलचस्पी ले रहा था।

5. रूस और अमेरिका के बीच शीत युद्ध था। इस कारण भी मतभेद उभरकर आए थे।

6. रूस–चीन के बीच सीमा सम्बन्धी विवाद उभर कर आ चुका था।

इस तरह हम देखते हैं कि रूस–चीन के बीच में सम्बन्ध होते हुए भी संघर्ष की स्थिति उपरोक्त बिन्दुओं के आधार पर उभर कर आई थी। इस रूस चीन संघर्ष का लाभ अमेरिका ने उठाने का प्रयास किया था।

## सह–अस्तित्व की नीति का युग ( 1954 - 59 )

चीन की विदेश नीति के इस द्वितीय कार्यकाल के दौरान सह–अस्तित्व की नीति का अनुकरण माओ का करना पड़ा था। इसका मुख्य कारण यह रहा कि अप्रैल, 1953

में रूस के स्टालिन की मृत्यु हो गई थी। यह मृत्यु उस समय हुई जब साम्यवादी खेमे का नेतृत्व रूस अधिक सफलतापूर्वक कर रहा था। वैसे भी चीन की साम्यवादी क्रान्ति में रूस ने मदद दी थी। दोनों का एक जैसा कार्यक्रम, तरीका था। रूस और चीन के बीच नेतृत्व का मुख्य बिन्दु आ गया था। जिसमें माओ ने यह महसूस कर लिया था कि रूस का जो नया नेता आएगा वह माओ से कम ही होगा।

इस सम्बन्ध में मुख्य बिन्दु इस प्रकार थे –

1. जब स्टालिन की मृत्यु हुई तो इससे सबको निराशा हो गई थी।

2. जब खुश्चेव का नेतृत्व आया तो रूस में उसका विरोध किया गया। इस तरह के विरोध में चीन ने साथ नहीं दिया था। रूस में खुश्चेव ने इसे शक्ति संघर्ष ही माना था।

3. अन्तर्राष्ट्रीय स्तर पर साम्यवादी खेमे का विरोध किया जा रहा था।

4. 1955 में खुश्चेव ने अपनी सह-अस्तित्व की नीति के बारे में कहा कि इससे सम्बन्धित विदेश नीति पर भी रूस चलेगा। लेकिन परिस्थितियां ऐसी बदल गईं कि खुश्चेव को सीधा संघर्ष करना पड़ गया था। इस अवधि में पूंजीवाद का नाश, साम्यवाद का नाश करने का समर्थन हो रहा था। इसमें विचारधारा की भूमिका सबसे महत्वपूर्ण थी। दूसरी तरफ खुश्चेव ने शक्ति में आने के बाद चीन के साथ कोई कार्य नहीं किया।

इस कार्यकाल की विदेश नीति में सह-अस्तित्व की नीति के मुख्य बिन्दु इस प्रकार रहे।

**(क) *पंचशील का सिद्धान्त*** – भारत के पं० नेहरू और चाऊ एन लाई के बीच अप्रैल, 1954 में पंचशील का सिद्धान्त समझौता सम्पन्न हुआ। चीन की इस नीति की चरम सीमा बाण्डुंग सम्मेलन 1955 में देखने को मिलती है। 1954–55 के दौर में चीन के जो राज्य क्षेत्र तिब्बत, मंचूरिया, मंगोलिया, दक्षिणी कोरिया, दक्षिण-पूर्वी एशिया आदि रहे थे उनके बारे में चाऊ एन लाई ने यह वक्तव्य जारी कर दिया कि इन देशों को अपनी सरकार बनाने का अधिकार दिया जाना चाहिए।

इससे पूर्व बाण्डुंग सम्मेलन 1955 में आयोजित हुआ था। उसमें 29 देशों ने भाग लिया था। इसमें एशियाई-अफ्रीकी देशों ने ही भी भाग लिया था। इन सम्मेलन में अमेरिका, चीन शामिल नहीं हुए थे।

इस सम्मेलन के बाद चीन की विदेश नीति दो भागों में विभाजित हो गई थी।

1. एक तरफ शीतयुद्ध शुरू हो गया था। जिसे चीन ने स्वीकार किया था।

2. चाऊ एन लाई ने बाण्डुंग सम्मेलन में कहा था कि बर्मा (म्यांमार) को पाकिस्तान के साथ अपना समझौता करना चाहिए। इसके साथ ही हिन्दुस्तान, पाकिस्तान, म्यांमार के साथ समझौता भी किया गया था। अफगानिस्तान में चीनी नीति को लागू करने का अवसर भी मिला था। अतः चीन में बाण्डुंग सम्मेलन के बाद सह-अस्तित्व की नीति अपनाई थी।

**( ख ) *सह–अस्तित्व की नीति*** – इसके निम्न कारण हैं –

1. चीन सोवियत संघर्ष कम हो गए थे। जब रूस के सम्बन्ध अमेरिका से ज्यादा मजबूत हो गए थे तब रूस ने जिस नीति को लागू किया जो तीसरी दुनिया के राष्ट्रों के प्रति नीति अपनाई थी तो चीन ने भी नीति में परिवर्तन किया था क्योंकि खुश्चेव भी सह–अस्तित्व की नीति को लागू कर रहे थे तो माओ भी इसी का अनुसरण कर रहे थे।

2. चीन भी यह महसूस कर रहा था कि तीसरी दुनिया के राष्ट्रों के प्रति सह–अस्तित्व की नीति अपनाने में देर नहीं करनी चाहिए।

3. चीन का भारत के साथ सीमा सम्बन्धी विवाद भी चल रहा था। चीन एक शक्तिशाली राष्ट्र बन चुका था।

स्टालिन की मृत्यु के बाद खुश्चेव ने नया युग शुरू किया था। 1956 के बाद से रूस और चीन के बीच मतभेद शुरू हो गए थे। रूस ने नई नीति शान्तिपूर्ण सह–अस्तित्व की अपनाई थी। जिसका अर्थ यह था कि अमेरिका को लेकर युद्ध नहीं किया जाए। शीतयुद्ध में देतान्त की स्थिति यहीं से शुरू होती है। खुश्चेव यह मानते थे कि सभी दल बराबर हैं। लेकिन उनमें नेतृत्व की आवश्यकता है।

स्टालिन की मृत्यु के एक दर्जन राष्ट्र ऐसे थे जिनमें साम्यवाद स्थापित था। इनमें विभिन्नता भी नहीं थी। हंगरी, कोरिया, रूमानिया, चैकोस्लोवाकिया आदि में साम्यवादी सरकारें थी। फिर भी इनमें सामाजिक नियन्त्रण की स्थिति बनी हुई थी। रूस चाहता था कि उदार साम्यवाद लाने के लिए पूंजीपति वर्ग को भी मिल कर काम करना चाहिए। रूस का यह दृष्टिकोण भी रहा कि अंसलग्नता की नीति वाले देशों की सहायता की जाए जबकि इन देशों में साम्यवाद नहीं था। फिर भी भारत जैसे राष्ट्र के साथ गहरे सम्बन्ध रहे थे। रूस ने हमेशा भारत को विशेष दर्जा दिया था।

चीन रूस की इस नीति से असन्तुष्ट हुआ था। इस कारण वह एशिया का नेतृत्व करने की स्थिति महसूस कर रहा था। रूस ने चीन से कहा कि वह स्टालिन की नीति की आलोचना नहीं करे। माओ की इस नीति ने चीन को दो भागों में विभाजित कर दिया था।

1. चीन अपने आपको एक बड़ी शक्ति के रूप में पेश करने लग गया था।

2. 1958 में खुश्चेव अमेरिका की यात्रा पर गए तब इन्होंने कहा कि रूस शान्ति में विश्वास रखता है। रूस ने भारत को शक्तिशाली बनाने का पूरा प्रयास किया था।

इस तरह रूस–चीन के बीच देतान्त की स्थिति आई। ऐसा वह इसलिए कहना चाहता था कि रूस देतान्त में चीन को अपने साथ लेना चाहता था। इस कार्यकाल में चीन अन्तर्राष्ट्रीय राजनीति में अपनी भागीदारी बढ़ा रहा था। इसलिए वह उदारवादी नीति का अनुसरण भी कर रहा था। इसके मुख्य बिन्दु इस प्रकार रहे थे –

1. तिब्बत को चीन का अभिन्न अंग स्वीकार किया गया। इसके प्रति पंचशील के सिद्धान्तों में चीन ने आस्था भी प्रकट की थी।
2. 1953 में हुए कोरियाई युद्ध विराम सन्धि की चीन ने भी पुष्टि की थी।
3. वियतनाम को विभाजित कर सह-अस्तित्व की नीति के रूप में लाओस और कम्बोडिया के बीच रेखा को स्वीकार भी किया था।
4. शान्ति की नीति की आड़ में चीनी नीति उग्रता का रूप लिए थी। वह व्यवहार में खतरनाक मन्सूबे रखने लग गया था।
5. 1959 में दलाई लामा तिब्बत से भाग कर भारत में शरण लेने में सफल हो गए थे। इससे चीन भारत से काफी नाराज हो गया था।

**उग्रवादी, विस्तारवादी नीति का युग ( 1959 - 69 )**

चीन में एशिया के राष्ट्रों के प्रति वर्ष 1958 से ही कठोर, उग्र और विस्तारवादी नीति को अपनाना शुरू कर दिया था। इसी के साथ-साथ 1959 में लाओस संकट उत्पन्न हो जाने से चीन की नीतियों में बहुत बड़ा परिवर्तन हुआ था। इसके साथ 1959 में तिब्बत पर चीन ने कब्जा करके उसकी स्वायतत्ता को अपने अधीन कर चीन में तिब्बत की सीमाओं पर चीनी सैनिकों को तैनात कर दिया। इस युग में चीन के विदेश नीति के मुख्य बिन्दु इस प्रकार हैं –

**( क )** ***भारत पर चीनी आक्रमण अक्तूबर, 1962*** – भारत और चीन के बीच सम्बन्धों का युग पं० नेहरू के युग में अप्रैल, 1954 में पंचशील का समझौता सम्पन्न होने के बाद से शुरू होता है। भारत और चीन दोनों ही पड़ौसी राष्ट्र हैं। दोनों ही के बीच सांस्कृतिक, धार्मिक, ऐतिहासिक, व्यापारिक सम्बन्ध सदियों से रहे थे। भारत ने 1947 में आजादी प्राप्त की। चीन ने 1949 में क्रान्ति के साथ ही विश्व राजनीतिक व्यवस्था में कदम रखा था।

पं० नेहरू व्यक्तिगत रूप से चीन को हिन्दु चीनी भाई-भाई का नारा देकर मित्रता- पूर्ण सम्बन्धों में तो बांध सके थे मगर वे चीन को पूर्ण रूप से समझ नहीं सके थे। चीन प्रारम्भिक वर्षों में बहुत महत्वाकांक्षी था। इसी के साथ वह विस्तारवादी नीति को सम्पन्न करने में लगा हुआ था। 1959 में दलाई लामा ने भारत में शरण ली थी इसके बाद भारत-चीन सम्बन्ध बिगड़ गए थे।

वैसे अन्तर्राष्ट्रीय स्तर पर क्यूबा संकट 1962 में उत्पन्न हुआ। उस समय रूस और अमेरिका के बीच खुली चेतावनी एक दूसरे को दी गई थी। जिसमें खुला संघर्ष, युद्ध की धमकी भी दी गई थी। इसी वर्ष 1962 में चीन ने भारत पर आक्रमण करने का कार्य भी किया था। भारत एक गुट-निरपेक्षतावादी राष्ट्र था और वह गुट विशेष का भी सदस्य नहीं था। जब पं० नेहरू ने अमेरिका से चीनी आक्रमण के विरुद्ध सहायता प्राप्त करने के लिए अमेरिका की यात्रा पर जाने ही वाले थे कि चीन ने एकतरफा युद्ध

विराम की घोषणा कर दी थी। इस आक्रमण में चीन का रवैया उग्रवादी, विस्तारवादी ही रहा।

इस तरह भारत की विदेश नीति 1962 में सबसे कमजोर साबित हुई थी। भारतीय विदेश नीति पं० नेहरू के युग में सुरक्षा के प्रति कामयाब नहीं रही थी। 1947–62 तक भारत की विदेश नीति वहीं पर रहीं जहां इसकी स्थापना की गई थी। पं० नेहरू जी व भारत को चीनी आक्रमण से बहुत बड़ा धक्का लगा था। इसके कारण चीन की दुनिया के राष्ट्रों ने जम कर आलोचना भी की थी। इस युद्ध में चीन ने भारत के भू–भाग पर कब्जा कर लिया था। जिसे चीन आज दिन तक अपने कब्जे में बनाए हुए है। इसे पाने के लिए पं० नेहरू ने कसम खाई थी कि चीन के कब्जे से एक–एक इंच का भारतीय जमीन का टुकड़ा वापिस लिया जाएगा। लेकिन यह आज तक सम्भव नहीं हो पाया है।

अक्तूबर 1962 के चीन आक्रमण के बाद भारत–चीन सम्बन्धों में कटुता आने के निम्न कारण रहे हैं –

1. सोवियत रूस का महत्व भारत के लिए पहले से अधिक बढ़ गया था। सोवियत रूस ने भारत को तकनीकी, सैनिक, कूटनीतिक, व्यापार, कृषि, औद्योगीकरण आदि में भरपूर सहायता दी। इससे चीन–भारत के बीच कटुता आई।

2. 1963 में अमेरिका के राष्ट्रपति जॉन कैनेडी की हत्या हो गई। 28 अप्रैल, 1964 को पं० नेहरू जी का देहान्त हो गया। रूस के खुश्चेव ब्रेझनेव ने भारत के साथ वही सम्बन्ध रखे जो नेहरू के साथ थे।

3. डॉ० राधाकृष्णन भारत और रूस की संयुक्त समिति के अध्यक्ष बने। यह समिति दक्षिणी अफ्रीका, संयुक्त राष्ट्रसंघ के सन्दर्भ में बनी थी।

4. नवम्बर 1962 में भारत–रूस के बीच व्यापारिक सन्धि सम्पन्न हुई। इसके बाद रूस ने भारत में बड़े उद्योग लगाने में रुचि ली। इसके साथ ही भारत की शक्ति में वृद्धि करने में भी सक्रिय भूमिका निभाई। प्रधानमंत्री लाल बहादुर शास्त्री रूस की यात्रा पर गए तो वहां उनका भव्य स्वागत हुआ था।

5. अमेरिका–रूस के बीच वियतनाम समस्या शुरू हो गई थी। उस दौरान रूस ने भारत को अनेक प्रकार की सहायता दी। जिससे भारत के विकास का आधारभूत ढ़ांचा तैयार हो रहा था। जिससे भारतीय सुरक्षा व्यवस्था में मजबूती आ रही थी। इस तरह चीन रूस से नाराज हो गया था। इसका बदला लेने के लिए भी चीन ने भारत पर आक्रमण किया था। रूस ने भारतीय वैज्ञानिकों को प्रशिक्षण देने के लिए छात्रवृत्ति भी दी गई। इस तरह रूस ने 330 करोड़ डालर की सहायता चीनी आक्रमण के बाद उपलब्ध कराई थी।

इस चीनी आक्रमण के बाद ही भारत ने पश्चिमी राष्ट्रों से चमड़े का सामान, चाय, लोहा आदि का व्यापार भी किया था। 1961 में रूस ने भारत से सैनिक दृष्टि से यह वायदा किया था कि हम आपको सैनिक मदद भी देंगे। जिसमें हवाई जहाज,

M-21 भी शमिल थे। इसके अलावा सबसे ज्यादा महत्वपूर्ण हथियार भारत को उपलब्ध कराए गए थे।

अक्तूबर 1962 के चीनी आक्रमण के बाद भारत में आपातकाल की घोषणा की गई थी तो राज्य क्षेत्र को सबसे ज्यादा महत्वपूर्ण स्थान दिया गया था। भारत के लिए रूस एक स्थानीय शक्ति बन गया था। इससे भारत एक क्षेत्रीय शक्ति के रूप में उभरने में सफल रहा। भारत रूस दक्षिणी एशिया में स्थायित्व चाहते थे। इसको बनाए रखने के लिए ही रूस ने भारत को समर्थन दिया था। रूस के लिए यह जरूरी हो गया था कि चीन-पाक सम्बन्ध बढ़ते हैं तो रूस-भारत सम्बन्ध भी बढ़ेंगे। पाक ने कश्मीर, जूनागढ़, हैदराबाद में उपद्रव, अशान्ति फैलाई थी जिसे भारत ने कुचल दिया था।

सोवियत रूस ने कश्मीर समस्या पर भारत को निरन्तर समर्थन दिया। इससे भी चीन नाराज रहा। इसके बाद 1965 के भारत-पाक युद्ध जनवरी 1966 में ताशकन्द समझौता रूस की मध्यस्थता के ही द्वारा सम्पन्न हुआ था। इसमें अमेरिका ने यह अनुभव किया कि भारत में रूस का स्थायित्व बढ़ गया है। इससे अमेरिका-चीन दोनों ही भारत-रूस से नाराज हो गए थे। 1966 में श्रीमती गांधी रूस की यात्रा पर गई थीं। भारतीय राष्ट्रपति डॉ॰ जाकिर हुसैन भी रूस की यात्रा पर गए थे।

इस तरह पं॰ नेहरू, लाल बहादुर शास्त्री जी के युग में चीन के साथ कटुतापूर्ण सम्बन्ध रहे। श्रीमति गांधी के काल में भी अधिक कटुता ही रही थी। इसके निम्न बिन्दु इस प्रकार थे –

**(क)** 1969 में भारतीय कांग्रेस का विभाजन हो गया था। जिसमें CPI ने भी इंदिरा गांधी को समर्थन दिया था। इससे पूर्व CPI ने कांग्रेस का कभी समर्थन नहीं किया। ब्रेझनेव जब भारत की यात्रा पर आए थे तब तक समर्थन नहीं दिया गया था।

**(ख) *रूस-चीन संघर्ष*** – रूस और चीन के बीच 1962 से लेकर 1969 तक अप्रत्यक्ष रूप से संघर्ष रहा। इस काल में संशोधनवाद का विरोध किया गया। इसके साथ ही चीन में रूस के खुश्चेव की नीति का भी विरोध किया गया था। 1962 में रूस के अखबारों में चीन के विरुद्ध प्रचार करना शुरू कर दिया था। चीन इस अवधि में साम्राज्यवाद, विस्तारवाद की नीति का अनुसरण कर रहा था।

इसके विपरीत में चीन ने भी अगस्त 1963 में खुले रूप में यह घोषणा कर दी कि रूस चीन को अणु शक्ति के साधन देने को तैयार हो गया है। इसके साथ तकनीकी मदद भी दी जाएगी। इसी क्रम में जून 1959 में दोनों के बीच समझौता भी सम्पन्न हो गया था। इस तरह यह अप्रत्यक्ष रूप से रूस-चीन के बीच संघर्ष लड़ा गया था।

अक्तूबर 1962 में भारत-चीन के बीच युद्ध हुआ। इसके पश्चात् मार्च 1965 में रूस में शिखर सम्मेलन का आयोजन हुआ उसमें चीन का कोई भी प्रतिनिधि शामिल नहीं हुआ था। इसी तरह मार्च 1964 में भारत-रूस के बीच आर्थिक एवं सैनिक मदद

देने का समझौता सम्पन्न भी हुआ था। इससे भी भारत को लेकर रूस-चीन में संघर्ष चला था। अक्तूबर 1962 के चीन आक्रमण से भी रूस काफी नाराज हुआ था। इस युद्ध में रूस ने भारत की मदद की थी। यहीं से चीन के राष्ट्रीय हित, साम्यवाद, विश्व नेतृत्व को लेकर गहरे मतभेद दोनों के बीच उभर कर आ गए थे।

इधर चीन का अफ्रीका में प्रभाव बढ़ने लग गया था। लेकिन वह सफल नहीं हुआ। जुलाई 1965 में नये चीन के अस्तित्व को स्वीकार कर लिया गया। इसने घाना से सम्बन्ध सुधारने का प्रयास भी किया था। लेकिन इसमें सफलता नहीं मिली थी।

**(ग) *चीन की अमेरिका के प्रति नीति*** – इसका विवरण इस प्रकार है –

1968 में सोवियत रूस और अमेरिका के बीच वियतनाम की समस्या सबसे ज्यादा महत्वपूर्ण समस्या बन गई थी। इस युद्ध के कारण चीन-रूस में अलग-अलग युद्ध भी हुए थे। जबकि इस युद्ध में सबसे ज्यादा आलोचना अमेरिका की हुई थी। इसी कार्यकाल में अमेरिका चीन से मैत्रीपूर्ण सम्बन्ध स्थापित करने के प्रयास कर रहा था।

रूस के खुश्चेव ने पश्चिमी देशों और अमेरिका के बीच बढ़ते हुए राष्ट्रवाद के बीच साम्यवाद को समाजवादी ढ़ाचे में ढालने का प्रयास किया था। पूंजीवाद और साम्यवाद के बीच समाजवाद की स्थापना में समस्त शक्ति साम्यवाद के हाथों में थी। अमेरिका की जो नीति यूरोप के प्रति थी उसे ही एशिया में लागू करना चाहता था। जबकि ईरान-इराक, सीरिया जैसे राष्ट्रों ने अमेरिका की नीति का विरोध किया था। तीसरी दुनिया के राष्ट्रों के प्रति चीन की नीति का प्रभाव ज्यादा बढ़ रहा था। इसके निम्न कारण थे –

(क) अमेरिका की शक्ति का दबदबा चीन के पड़ौसी देशों पर बढ़ रहा था। चीन पड़ौसी देशों की राजनीति को समझ ही नहीं पा रहा था। अफगानिस्तान, कम्बोडिया, लाओस के प्रति चीन को अधिक विश्वास था।

(ख) जिन देशों के साथ चीन का संघर्ष चल रहा था उनमें भारत, जापान, रूस मुख्य रहे थे। इसलिए चीन में तीसरी दुनिया के राष्ट्रों के साथ सम्बन्ध बढ़ाने का प्रयास किए। इसके निम्न कारण थे –

(अ) अमेरिका के साथ चीन के सम्बन्ध बढ़ाना।

(ब) चीन का तीसरी दुनिया के राष्ट्रों के साथ सम्बन्ध बढ़ाना।

चीन ने वियतनाम युद्ध में गुरिल्ला युद्ध करके महत्वपूर्ण संघर्ष किया था। चीन अपने आपको क्रान्तिकारी समझता था इसलिए जनता के सामने साम्यवाद को दो तरह से पेश किया गया था।

(अ) साम्यवाद का सांख्यिकीय स्वरूप

(ब) साम्यवाद का तकनीकी स्वरूप

इस काल की अवधि में चीन ने नई विदेश नीति की शुरुआत की थी। चीन यह समझ रहा था कि विचारधारा के आधार पर क्षेत्राधिकार को सीमित नहीं करना चाहिए।

इस तरह इस कार्यकाल की विदेश नीति में संस्थाकरण की भावना चीन में अधिक पाई गई थी। चीन के उत्तर में मंचूरिया, मंगोलिया हैं। चीन का करीबन मिश्रित सीमा संघर्ष पड़ौसी राष्ट्रों से रहा। चीन के माओ ने सांस्कृतिककरण करने का प्रयास ज्यादा किया था। चीन की विदेश नीति में काफी उतार-चढ़ाव भी आए थे। फिर भी इस काल में वह अपने को मजबूत करने का प्रयास कर रहा था।

## कूटनीति, सहयोग, मैत्री के युग की नीति 1970

1970 के दशक में विश्व के राष्ट्रों के सामने मूलभूत समस्याएं, चुनौतियाँ आर्थिक एवं राजनीतिक रूप से उभर कर आई थीं। चीन अपने आपको विश्व शक्ति के रूप में देखना चाहता था। इसके साथ ही गुट निरपेक्ष राष्ट्रों का समूह भी शक्तिशाली बनता जा रहा था। तीसरी दुनिया के राष्ट्रों की उभरती हुई अन्तर्राष्ट्रीय राजनीति में आर्थिक समस्याओं को चीन हल करने में दिलचस्पी लेना चाहता था। ऐसी स्थिति में चीन के सामने दो मुख्य बिन्दु थे –

1. विश्व की उभरती हुई आर्थिक समस्याओं को हल कैसे किया जाए।
2. चीन के सामने संरचनात्मक विश्व के निर्माण की समस्या थी।

ऐसी स्थिति में विश्व की आर्थिक आधारभूत संरचनाओं का निर्माण कैसे किया जाए। वैसे भी तीसरी दुनिया के राष्ट्रों में मानवीय समस्याएं, विषमताएं अधिक थीं। ऐसी स्थिति में चीन तीसरी दुनिया से अधिक नजदीकी रिश्ता रखता था। इसके साथ ही तीसरी दुनिया के राष्ट्रों में विकास के लिए तेल को शक्ति के रूप में समझा जाने लगा था। यही एक सबसे बड़ा प्राकृतिक स्रोत बन चुका था। इसके साथ-साथ तीसरी दुनिया के राष्ट्र स्वतंत्र विदेश नीति के रूप में असंलग्नता की नीति को तेजी से अपनाते जा रहे थे। इस वजह से चीन ने भारत के प्रति अपनी विदेश नीति में परिवर्तन किया क्योंकि भारत तीसरी दुनिया का नेता एवं अग्रणी राष्ट्र बन चुका था। इसलिए चीन को भारत के बाद में समझने का प्रयास किया था। और फिर चीन ने भारत की नीति का समर्थन भी किया। तीसरी दुनिया के राष्ट्रों में भारत ने सबसे पहले विकास की प्रक्रिया शुरू की थी। इससे भारत समृद्धिशाली बनता जा रहा था।

1970 दशक में चीन सोवियत संघर्ष में कमी आने लगी थीं। चीन में इस संघर्ष के स्थान पर सांस्कृतिक क्रान्ति को अधिक महत्व दिया जा रहा था। इसके साथ ही वियतनाम युद्ध में चीन का सिकुड़न महसूस हो गई थी। क्योंकि वियतनाम युद्ध में अमेरिका रूस के साथ चीन को भी युद्ध लड़ना पड़ा था।

1970 में अमेरिका की यह स्थिति हो गई थी कि अमेरिका दक्षिणी-पूर्वी एशिया (वियतनाम) से सम्मानपूर्वक निकलना चाहता था। अमेरिका के लिए यह मर्यादापूर्ण प्रश्न बन गया था। किंसीजर ने इसके लिए काफी कूटनीतिक प्रयास किए थे। अन्तर्राष्ट्रीय स्तर पर वियतनाम समस्या राजनीति की महत्वपूर्ण समस्या बन गई थी।

पाकिस्तन में 1970 के दशक में आन्तरिक एवं बाहरी समस्याएं उभर कर आ रही थीं। यहां सत्ता के लिए संघर्ष होने लग गया था। इसके साथ-साथ स्थायित्व, विकास की समस्याएं भी पाक में उभर चुकी थीं। यहां राजनीतिक आन्दोलन हो चुके थे। इसलिए पूर्वी पाकिस्तान (बंगलादेश) का उदय होना भी अनिवार्य-सा बन गया था।

इसी क्रम में चीन-अमेरिका के बीच सम्बन्धों में वृद्धि होना भी अनिवार्य बन गया था इसके कारण भी भारत चीन संघर्ष बढ़ गए थे। 1962 के आक्रमण के बाद भारत-चीन सम्बन्धों में ठहराव का युग रहा।

ऐसी स्थिति में अमेरिका ने चीन के सम्बन्धों की स्थापना के लिए कूटनीतिक प्रयास किए। उसने अमेरिका के प्रति सहयोगात्मक मैत्रीपूर्ण सम्बन्धों की स्थापना का वातावरण तैयार किया इससे विश्व राजनीति में नया परिवर्तन लाया गया।

## चीन अमेरिका सम्बन्धों का युग 1971 - 79

अन्तर्राष्ट्रीय राजनीति में 1971 का वर्ष अनेक घटनाओं के घटित होने के कारण चीन की विदेश नीति के लिए भी एक महत्वपूर्ण वर्ष रहा। इस वर्ष की निम्न महत्वपूर्ण घटनाएं घटी थीं:

1. दिसम्बर 1971 में दक्षिणी एशिया में बंगलादेश (पूर्वी पाकिस्तान) का उदय हो गया था।
2. अगस्त 1971 में भारत-रूस के बीच 20 वर्षीय मैत्रीपूर्ण सन्धि का आयोजन हो गया था।
3. दिसम्बर 1971 में भारत-पाक युद्ध लड़ा गया था।
4. चीन में वर्ष 1971 में सांस्कृतिक क्रान्ति का विरोध होने लग गया था।
5. अमेरिका वियतनाम युद्ध में बहुत बुरी तरह फंस गया था। उसकी प्रतिष्ठा दाव पर लग गई थी।
6. भारत की विदेश नीति में व्यापक परिवर्तन किया जा रहा था।

## अमेरिका का चीन के प्रति दृष्टिकोण

चीन का 1949 में शक्ति के रूप में उदय होकर विश्व राजनीति के अस्तित्व में आ गया। तब रूस-अमेरिका के बीच शीतयुद्ध के तनाव का वातावरण बना हुआ था। जून 1950 में कोरिया युद्ध शुरू हुआ जिसमें दक्षिणी कोरिया ने उत्तरी कोरिया पर आक्रमण किया था। इस पर चीन ने कहा कि यदि उत्तरी कोरिया पर अधिकार करना है तो चीन उसमें हस्तक्षेप करेगा। अमेरिका U.N.O. में हस्तक्षेप कर रहा था। इसके अलावा अमेरिका के विरुद्ध चीन-रूस में साम्यवादी सरकारें स्थापित हो जाने से अमेरिका को खतरा उत्पन्न हो गया था।

चीन ने अन्तर्राष्ट्रीय भागीदारी, शक्ति सन्तुलन के लिए स्थायित्व लाने के लिए अपनी भूमिका निर्वाह करने की पहल की थी। वैसे भी चीनी क्रान्ति से पश्चिम के

राष्ट्र प्रभावित हुए थे। इससे साम्यवाद को रोकने के प्रयास पश्चिमी राष्ट्रों ने किए। कोरिया युद्ध में अमेरिका के हस्तक्षेप से चीन-अमेरिका सम्बन्ध बिगड़ गए थे।

वैसे भी 1953 तक यह स्पष्ट हो गया था कि अमेरिका और चीन के बीच सम्बन्ध इसलिए बिगड़ गए थे। चीन को U.N.O. की सदस्यता से अमेरिका ने वंचित रखा था। जिसका मूल कारण यह था कि चीन में दो सरकारें स्थापित हुई थीं। एक पूंजीवादी समर्थक सरकार थी, दूसरी साम्यवादी सरकार। अमेरिका को अपनी समर्थक सरकार को U.N.O. में सदस्यता दिलाने में मदद की थी जबकि साम्यवादी माओ सरकार को वंचित कर दिया गया था। इससे चीन अमेरिका से नाराज हो गया था।

इस प्रकार अमेरिका ने चीन के प्रति निम्न तरह की नीति अपनाई थी –

1. चीन के साम्यवाद को रोकना।
2. चीन के विस्तार को रोकना।
3. अमेरिका ने एशियाई राष्ट्रों को आर्थिक मदद देने पर प्रतिबन्ध लगा दिया था।
4. चीन को U.N.O. की सदस्यता से वंचित रखना व इसे रोकना।
5. चीन को दिवालिया, अलग-थलग करने की कोशिश करना।
6. अमेरिका ने एशिया में सैनिक संगठनों का फैलाव करके चीन को प्रभावित करना। सीटो, सैण्टो सन्धियां आयोजित की गई थीं।

इस तरह अमेरिका की विदेश नीति के दृष्टिकोण के विरुद्ध चीन की विदेश नीति ने भी अमेरिका का विरोध शुरू कर दिया था। इस प्रकार चीन की अमेरिका के प्रति रही विदेश नीति के निम्न बिन्दु इस प्रकार रहे थे –

1. चीन अमेरिका के विरुद्ध साम्यवादी सरकार को सफल बनाने में लगा रहा, जबकि अमेरिका असफल बनाने में लगा रहा था।
2. चीन अमेरिका ने एक दूसरे का विचारधारात्मक विरोध शुरू कर दिया था। सोवियत रूस ने भी अमेरिका का जोरदार विरोध शुरू कर दिया था। रूस-चीन ने अमेरिका को अपना शत्रु घोषित किया था।
3. रूस के खुश्चेव और अमेरिका के जॉन कैनेडी के बीच कुछ सम्बन्ध स्थापित हुए थे इससे चीन दोनों से ही नाराज हो गया था।
4. अन्तर्राष्ट्रीय स्तर पर राष्ट्रीय हित की दृष्टि से अमेरिका और रूस के बीच प्रत्यक्ष, अप्रत्यक्ष रूप से विरोध निरन्तर चलता रहा था।

यह सभी तरह का संघर्ष शीतयुद्ध के वातावरण में हो रहा था। सोवियत रूस का चीन दाहिना हाथ माना जाता था। इसका मूल कारण यह था कि दोनों ही साम्यवादी भाई-भाई थे। चीन अपने औद्योगिक विकास के लिए प्रयास कर रहा था। इसके लिए वह किसी पर निर्भर नहीं होना चाहता था। चीन अपने स्तर पर अणु शक्ति का स्वतंत्र रूप से विकास भी कर रहा था। चीन 1962 के बाद ही आणविक परीक्षण करने की स्थिति में आ गया था।

16 अक्तूबर, 1964 में चीन ने परमाणु परीक्षण करके अमेरिका की आणविक शक्ति के रूप में बराबरी की थी। अमेरिका के सामने यह संकट था कि वह रूस-चीन दोनों में से किसी एक का विरोध कर सकता है। यदि वह दोनों का विरोध करता है तो स्थिति और भी विकटपूर्ण हो जाती है। अमेरिका के दो शत्रु थे जबकि दोनों का एक ही शत्रु था। चीन अब इस स्थिति में आ रहा था कि वह एक तरफ सोवियत रूस का विरोध कर रहा था दूसरी तरफ वह अमेरिका का विरोध करने की स्थिति पर व्यावहारिक रूप से बल दे रहा था।

अमेरिका का चीन से सीधा खुला संघर्ष कोरिया युद्ध 1950 में देखने को मिला था। चीन ने इसमें सीधे ही चुनौती दी थी। इसके साथ ही रूस-चीन संघर्ष शुरू होकर चरम सीमा पर आ गए थे। चीन ने 1950 से लेकर 1960 तक इसे सबसे बड़ा संघर्ष माना था। चीन इसकी आड़ में आणविक शक्ति का विकास करके जबरदस्त रूप से प्रभावित करने में सफल रहा था।

1962 के बाद में निम्न महत्वपूर्ण घटनाएं घटी थीं –

1. चीन ने अपना प्रभाव बढ़ाने के लिए अक्तूबर 1962 में भारत पर आक्रमण किया।
2. एशियाई राष्ट्रों को अमेरिका ने आर्थिक एवं सैनिक सहायता देना शुरू कर दिया था।
3. 1968 के वर्ष के अन्तर्गत अन्तर्राष्ट्रीय परिवर्तन आने लगे थे।
4. चीन-रूस संघर्ष चरम सीमा पर पहुंच गए थे। चीन के अन्तर्गत आन्तरिक रूप से सांस्कृतिक क्रान्ति आ गई थी।
5. विश्व के राष्ट्रों ने रूस-अमेरिका की आलोचना करना शुरू कर दी थी। इससे अमेरिका के नेतृत्व में परिवर्तन करना पड़ा था। अमेरिका संसार का महान शक्तिशाली राष्ट्र बन चुका था। इसके निम्न परिणाम निकले थे –
    1. अमेरिका यह सोच रहा था कि चीन बहुत बड़ा विस्फोटक रूप ले सकता है।
    2. 1969 के बाद चीन सर्वोच्च शक्ति बनने की स्थिति में पहुंच गया था।
    3. अमेरिका की जापान नीति का चीन द्वारा विरोध किया जाने लगा था।

1971 का वर्ष अन्तर्राष्ट्रीय राजनीति में महान घटनाओं का वर्ष साबित हुआ। जिसमें चीन ने संयुक्त राष्ट्र संघ की सहायता के लिए आवेदन किया तो अमेरिका ने ताइवान की सरकार को बर्खास्त कर पीकिंग की सरकार को संयुक्त राष्ट्र संघ की सदस्यता दिलवाई। यह चीन के साथ 22 वर्षों के बाद में मान्यता देते हुए सम्पन्न हो पाया था।

फरवरी 1972 में अमेरिका के राष्ट्रपति निक्सन ने चीन की यात्रा की। अमेरिका ने चीन का नेतृत्व किया। एक दूसरे के प्रति सहयोगपूर्ण दृष्टिकोण अपनाया गया। चीन-

अमेरिका में पहली बार सम्बन्धों की स्थापना हुई। इसका मूल कारण यह रहा कि चीन को अमेरिका अपने साथ लेकर रूस के विरुद्ध वियतनाम में सम्मानपूर्वक निकलना चाहता था। दूसरी तरफ कूटनीतिक रूप से अमेरिका पराजित हो चुका था। चीन को जब U.N.O. की सदस्यता प्राप्त हो गई तो इसके चार्टर के उद्देश्यों, लक्ष्यों, सिद्धान्तों को समर्थन देना शुरू कर दिया गया था। चीन ने तीसरी दुनिया के राष्ट्रों का U.N.O. में समर्थन जुटाने में सफलता भी प्राप्त कर ली थी।

इस तरह चीन अमेरिका सम्बन्धों की शुरुआत होने के बाद तकनीकी, विज्ञान, आर्थिक सहयोग के नये क्षेत्र खोले गए। अमेरिका ने जानबूझ कर चीन से सम्बन्ध स्थापित किए थे।

जब इन सम्बन्धों की स्थापना हुई उससे पूर्व अन्तर्राष्ट्रीय राजनीति का घटनाचक्र तेज़ी से बदल रहा था। उसमें अमेरिका समय के साथ अपने आप को सक्रिय कर रहा था। इसके निम्न कारण थे –

1. दिसम्बर 1971 में दक्षिणी एशिया में बंगलादेश के रूप में नये राष्ट्र का उदय हुआ।
2. बंगलादेश के उदय के विपरीत चीन अमेरिका ने पाक को भरपूर सहायता दी।
3. जापान के साथ अमेरिका ने नये तरीके से सम्बन्ध स्थापित किए। इस तरह चीन अमेरिका एक तरफ हो जाते हैं तो रूस को खतरा उत्पन्न हो जाता है।
4. चीन में ताइवान की समस्या बनी ही रह गई। यह चीन का ही हिस्सा था। चीन के एकीकरण में ताइवान को कभी भी शामिल किया जा सकता है।
5. चीन पश्चिमी एशिया, अफ्रीका में राजनीतिक दृष्टि से अपना प्रभाव बढ़ा रहा था।
6. 1970 के बाद चीन सबसे बड़ी शक्ति बनना चाहता था।
7. रूस-चीन के बीच विचारधारात्मक अन्तर था उसका लाभ अमेरिका उठाना चाहता था। यह अन्तर नेतृत्व करने के सम्बन्ध में था।

अमेरिका-चीन सम्बन्धों की स्थापना हो जाने के बाद में डॉ० हेनरी ए० किंसीजर ने नवम्बर 1974 में चीन की यात्रा की। इसी वर्ष 1974 में वाटरगेट काण्ड हो जाने से राष्ट्रपति निक्सन को पद त्याग करना पड़ा। इसके बाद गेराल्ड फोर्ड अमेरिका के नये राष्ट्रपति चुने गए। किंसीजर की चीन यात्रा में उदासीनता ही बढ़ती गई। चीन अमेरिका से इसलिए नाराज था कि ताइवान के सम्बन्ध में शंघाई समझौता किया गया था उसको लागू नहीं किया था। क्योंकि अमेरिका ताइवान के मामले में कोई निर्णय नहीं कर पाया था।

अप्रैल 1975 में च्यांग-काई-शेख की मृत्यु हो गई। इस कारण भी ताइवान की समस्या अन्तर्राष्ट्रीय स्तर पर महत्वपूर्ण बन गई थी। दिसम्बर 1975 में अमेरिकी राष्ट्रपति फोर्ड की चीन की यात्रा सम्पन्न हुई वह भी साधारण परिणाम नहीं निकाल सकी।

1975 में चीन का नया संविधान बनाया गया इसमें उदार साम्यवाद को अपनाया गया। इसका मुख्य कारण यह रहा कि चीन की सांस्कृतिक क्रान्ति का विरोध 1970 के दशक के बाद जोर से होने लगा था। इसलिए नये संविधान में तीन मुख्य बातों पर विशेष ध्यान दिया गयाः

1. चीनी नागरिकों को व्यक्तिगत व आर्थिक दृष्टि से नये संविधान में छूट दे दी गई। इसके साथ ही वेतन के अन्तर को कम करके समानता स्थापित कर दी गई। इसके साथ ही भौतिक सुविधाएं पाने की छूट दे दी गई।
2. नये संविधान में हड़ताल करने का अधिकार पुनः दिया गया।
3. साम्यवादी दल के कठोर नियंत्रण में विरोध या अस्वीकृति का स्थान नहीं रखा गया।

चीन चरणबद्ध तरीके से परिवर्तन करना चाहता था। चीन की सांस्कृतिक क्रान्ति के बाद साम्यवाद विचारधारा में आर्थिक, भौतिक सुविधाओं के लिए समान अवसर देते हुए चीन में आधुनिकीकरण किए जाने की प्रक्रिया शुरू की जानी चाहिए। चीन में विचारधारा और भौतिक सुविधा में अन्तर को प्रमुखता दी गई। इसके मुख्य बिन्दु इस प्रकार हैं –

1. चीन में कुछ लोगों के मतों के अनुसार साम्यवाद प्रमुख है। चीन में समस्त कार्य विचारधारा के अनुसार हो रहे या नहीं।

2. चीन का औद्योगिकीकरण ज्यादा किया जाना चाहिए। जिसमें आर्थिक अन्तर का कम किया जाए। इसमें बुर्जुआ वर्ग भी साम्यवाद से पीछे हट गए थे।

3. सांस्कृतिक क्रान्ति के कारण विकेन्द्रीकरण की प्रवृत्ति समाप्त हो गई थी। केन्द्रीकरण के लिए साम्यवादी दल को विशेष महत्व दिया गया। जिसमें दल की शक्ति को ज्यादा महत्व दिया गया।

4. 1976 में माओ के निधन के बाद अन्तर्विरोध ज्यादा उभर कर आए थे। क्योंकि माओ के युग में जनता क्या चाहती है और क्या नहीं चाहती है इसका पता निम्न आधारों पर लगाया जाता थाः

(क) चीन में पूंजीवादी प्रवृत्ति का हमेशा विरोध किया गया।

(ख) माओ की मृत्यु के बाद साम्यवादी आन्दोलन चलाया गया। चीन में वामपन्थी और दक्षिणी पन्थी के बीच संघर्ष चल रहा था।

(ग) माओ के निधन के बाद हुआ हुंआकं की चीन का राष्ट्रपति बनाया गया। इसे लेकर भी साम्यवादी दल में विरोधाभास उत्पन्न हुआ था। चीन में उग्रवादी लोगों का यह अन्दोलन था।

(घ) चीन में साम्यवाद का विरोध करने वालों की शक्ति में वृद्धि हो रही थी। यह कठिनाई चीन के सामने थी।

(च) माओ जैसे राष्ट्रीय नेता का अभाव होने लग गया था। माओ ने चीन के बारे में जो कहा चीन में वहीं हुआ था। माओ की मृत्यु के बाद हुंआग ने चीन को क्या दिया। वे माओ के पदचिन्हों पर नहीं चल सके।

(छ) चीन में लाल साम्यवादी दृष्टिकोण को विचारधारा में शामिल तो किया जबकि उसमें विरोधाभास था उसको शामिल नहीं किया गया।

इस तरह हम देखते हैं कि चीन में माओ का डीमाओ किया जाने लगा था। इससे माओ के प्रति हुआ हुआंग के निम्न बिन्दु उभर कर आए:

1. चीन में माओ साम्यवाद को समाप्त करने के प्रयास किए गए।

2. माओ के विचारों को दो दृष्टि से देखा गया, स्वीकार करें या स्वीकार नहीं करें।

3. चीन की विचारधारा का लाभ कि साम्यवादी पक्ष कैसा हो।

माओ के निधन के बाद, चीन में सबसे ज्यादा विवाद उभर कर आए। शक्ति संघर्ष, चीन-सोवियत संघर्ष आदि के साथ-साथ भारत-चीन संघर्ष पाए गए। 1975 के बाद में अमेरिका-चीन सम्बन्ध ज्यादा बढ़ते जा रहे थे। जबकि चीन भारत-चीन-अमेरिका त्रिकोण बनाने में रुचि रखता था।

## चीन की विदेश नीति 1979 से वर्तमान तक

दिसम्बर 1979 से द्वितीय शीतयुद्ध शुरू हो जाने के बाद से लेकर वर्तमान तक चीन की विदेश नीति अमेरिका के प्रति इस प्रकार रही है –

**(क) अमेरिका के प्रति चीन की नीति 1979 से 1998 तक** – 1 जनवरी, 1979 को अमेरिका ने चीन को मान्यता देने की घोषणा की। जिसमें चीन के स्वरूप को एक मानते हुए मान्यता दी गई थी। इसमें यह भी स्वीकार किया था कि ताइवान चीन का ही भाग है।

इस वर्ष 1979 में चीन के उपप्रधानमन्त्री तेंग सियाओ पिंग ने अमेरिका की यात्रा की। इस यात्रा के दौरान अमेरिका में वैज्ञानिक सहयोग, सांस्कृतिक समझौते करते हुए सम्बन्ध स्थापित किए गए। इसके बाद अमेरिका ने चीन को सर्वाधिक शक्तिशाली राष्ट्र का दर्जा देने का अनुमोदन भी किया था।

दिसम्बर 1979 में जब रूसी सेनाएं अफगानिस्तान में उपस्थित हुईं तो इसका प्रभाव चीन-अमेरिका सम्बन्धों पर भी पड़ा था। दोनों ही इससे काफी नजदीक आए। इसी के साथ ईरान-इराक युद्ध 1980 में शुरू हो जाने से चीन की विदेश नीति को काफी क्षति पहुंची थी।

इस घटना से प्रभावित होकर चीन और अमेरिका ने रूसी साम्यवाद के प्रसार को रोकने के लिए वर्ष 1981 में पीकिंग में समझौता किया गया। जिसमें दोनों की सुरक्षा करने, वैसे चीन अमेरिका के बीच सम्बन्धों की शुरुआत 1971 में सम्पन्न हुए पिंग पोंग (पांच सूत्री) समझौते के माध्यम से सम्बन्धों की शुरुआत हुई थी जिसमें पांच मुख्य बातें इस प्रकार थीं –

1. चीन अमेरिका के बीच व्यापार को बढ़ाना।
2. चीन अमेरिका में निर्यात को बढ़ाना।
3. चीन अमेरिका के बीच यात्रियों का आदान प्रदान।
4. चीन को अमेरिकी डालर की सुविधा उपलब्ध कराना।
5. एक दूसरे का सहयोग करना।

अमेरिकी राष्ट्रपति रोनाल्ड रीगन 20 जनवरी, 1980 को अमेरिका के राष्ट्रपति बने तो इन्होंने द्वितीय शीतयुद्ध के दौरान "स्टार वार्स" का कार्यक्रम साथ लाकर रूस के साथ तनावों में वृद्धि की थी। इस कारण भी चीन अमेरिकी सम्बन्धों में निकटता आई थी। इस सम्बन्ध में चीन के राष्ट्रपति ली सिएन निएन ने जुलाई 1985 में अमेरिका की यात्रा की। इस यात्रा के दौरान आणविक सहयोग करने का समझौता दोनों के बीच सम्पन्न हुआ था।

इस समझौते के तहत 1 अरब डालर के हथियारों की खरीद की अनुमति भी दी गई थी। जिसमें अमेरिका चीन को 500 गश्ती जेट विमान देने की सहमति हुई थी। यह जेट विमान बेल्ड विन एयर क्राफ्ट इन्टरनेशनल कारपोरेशन नामक अमेरिकी कम्पनी ने तैयार किए। इससे चीन को विश्व में अत्याधुनिक टेक्नोलॉजी वाले हल्के, मजबूत और उड़ानों में महत्वपूर्ण विजय प्राप्त हो जाएगी। इन विमानों में से 10 विमान चीन को वर्ष 1987 के अन्त तक दिए जाने पर अमेरिका ने सहमति दी थी।

राष्ट्रपति रीगन के कार्यकाल में ईरान गेट काण्ड हो जाने पर चीन ने अमेरिका का विरोध किया था क्योंकि अमेरिका द्वारा ईरान को हथियारों की आपूर्ति की जा रही थी। इसका कड़ा विरोध चीन ने किया। इसके विपरीत में चीन ने होर्मुज खाडी में हे–2 सिल्कवार्म प्रेक्षपास्त्रों को फारस की खाड़ी में तैनात कर दिया। इससे फारस की खाड़ी से गुजरने वाले अमेरिकी युद्धपोतों को खतरा बढ़ गया। चीन भी ईरान को हथियार बेच रहा है।

जिसे रोकने की रीगन ने कोशिश की लेकिन वे नहीं रोक सके। अमेरिकी अधिकारियों ने आरोप लगाया कि प्रेक्षपास्त्र चीनी पोतों की ओर से ईरान की खाड़ी के बन्दरगाह अब्बास पर उतारे गए हैं। जिसमें ईरान को चीन ने 20 सिल्कवार्म प्रेक्षपास्त्र और एक दर्जन से अधिक तोप दी गई हैं। यह 60 करोड़ डालर की कीमत के माने गए थे। यह चीन ने ईरान को इसलिए बेचे थे कि चीन को धन की आवश्यकता है और वह नकद धन मिलने पर किसी को भी हथियार बेचने को तैयार है।

20 जनवरी, 1980 से लेकर 19 जनवरी, 1988 तक रहे अमेरिका के राष्ट्रपति रोनाल्ड रीगन के कार्यकाल में चीन अमेरिका सम्बन्ध वैसे ही रहे थे जैसे राष्ट्रपति जिम्मी कार्टर कार्यकाल में रहे थे। राष्ट्रपति रीगन अमेरिका को शक्तिशाली बनाने में लगे रहे। इनके कार्यकाल में चारों तरफ संघर्ष रहा। इनके कार्यकाल में अमेरिका का

रूस से संघर्ष भी जारी रहा। इसी कारण से चीन-अमरीका ने कूटनीतिक सम्बन्ध स्थापित करने का प्रयास किया। इसी कार्यकाल में चीन ने पाक से गुप्त समझौता करके आणविक प्रौद्योगिकी भी उपलब्ध कराई थी।

वर्ष 1938 से लेकर 1991 तक रूस अमेरिका के बीच शीतयुद्ध समाप्त करने की पहल हुई। जिसमें जर्मनी का एकीकरण, रूस का संघीय विघटन हो जाने के बाद में एक ध्रुवीय व्यवस्था स्थापित करने का अमेरिका ने प्रयास किया।

अमेरिका ने NPT व CTBT सन्धि को लागू करने की नीति अपनाई। इसमें चीन ने भी सहयोग दिया। मई 1995 में NPT सन्धि की अवधि अनिश्चित कालीन अवधि के लिए बढ़ा दिए जाने के बाद जून 1996 में चीन ने NPT व CTBT सन्धि की पुष्टि करके आणविक परीक्षणों पर एक तरफ स्वेच्छा से प्रतिबन्ध लगा दिया।

20 जनवरी, 1993 को अमेरिका के नये राष्ट्रपति बिल क्लिंटन ने राष्ट्रपति पद ग्रहण किया। इनका एक कार्यकाल पूर्ण होने के बाद दूसरा कार्यकाल 20 जनवरी, 1997 से पुनः शुरू हुआ। इनके कार्यकाल में भी चीन-अमेरिका गठबन्धन, कूटनीतिक स्तर पर बढ़े हैं। दोनों के राष्ट्रपतियों की शिखरवार्ताएं भी हुईं। जिनमें यात्राएँ भी सम्पन्न की गईं। इनके माध्यम से भी सम्बन्धों को बढ़ाया गया।

### बिल क्लिंटन की चीन यात्रा जून, 1998

अमेरिका के राष्ट्रपति बिल क्लिंटन की चीन यात्रा 25 जून, 1998 से नौ दिवसीय सम्पन्न की गई। इस चीन यात्रा का उद्देश्य चीन की दक्षिणी एशिया में रचनात्मक भूमिका निभाने के लिए की गई थी। वर्ष 1989 के बाद क्लिंटन अमेरिका से चीन यात्रा पर जाने वाले पहले राष्ट्रपति थे। अमेरिकी कांग्रेस ने क्लिंटन की चीन यात्रा की कड़ी आलोचना की थी। इस यात्रा से पूर्व क्लिंटन ने कहा था "मैं चीन जा रहा हूं क्योंकि मैं समझाता हूं कि हमारे देश के लिए जरूरी है।"

इन्होंने कहा था, "मैं प्रतीकों के महत्व को नकारता नहीं। लेकिन स्थितियों का परिवर्तन अधिक महत्वपूर्ण है। यदि मुझे प्रतीक एवं वास्तविक परिवर्तन की सम्भावनाओं में से एक को चुनना होगा तो मैं परिवर्तन की सम्भावनाओं को चुनूंगा।"

क्लिंटन की चीन यात्रा के सम्बन्ध में चीन की विदेश मंत्री सुश्री शी गुंआग शेंग ने कहा था, "क्लिंटन की यात्रा से चीन के खिलाफ लगे कुछ आर्थिक प्रतिबन्ध हटा लिए जाएंगे। चीन अमेरिका से अधिक सामान खरीदने का इच्छुक है। अमेरिका ने वर्ष 1989 में थ्येन आगमन चौक पर लोकतंत्र समर्थकों के सेना द्वारा नरसंहार किए जाने से चीन के खिलाफ प्रतिबन्ध लगाए गए थे।"

यह यात्रा चीन अमेरिका गठबन्धन करने के उद्देश्य से भी की गई थी। अमेरिका भारत से निम्न अपेक्षाएं चाहता है। भारत-पाक परमाणु कार्यक्रम बन्द कर दें। भारत व पाक NPT व CTBT पर बिना शर्त हस्ताक्षर करें। भारत पाक के मामलों में चीन

मध्यस्थता करे। इसी तरह चीन का मानना है कि दक्षिणी एशिया में भारत ने संकट उपस्थित किया है।

***यात्रा के दौरान विचारणीय मुद्दे*** – क्लिंटन की चीन यात्रा के दौरान निम्न मुद्दों पर बातचीत हुई –

1. भारत पाक के परमाणु परीक्षणों से उपस्थित स्थिति पर चर्चा।
2. कश्मीर समस्या पर चर्चा।
3. मानवाधिकार, क्षेत्रीय सुरक्षा पर चर्चा।
4. परमाणु और प्रक्षेपास्त्र अप्रसार पर चर्चा।
5. ईरान–लीबिया को चीन द्वारा प्रक्षेपास्त्र सहायता न देने पर विचार।
6. विश्व व्यापार संगठन में चीन के शामिल होने पर विचार।
7. नि:शस्त्रीकरण।
8. तिब्बत, ताइवान पर विचार।
9. दक्षिणी एशिया के मुद्रा संकट पर विचार।

***संयुक्त विज्ञप्ति*** – इस के दौरान संयुक्त विज्ञप्ति जारी की गई, जो इस प्रकार है –

1. अमेरिका, चीन ने मिल कर भारत–पाक से कहा कि परमाणु परीक्षण के बाद परमाणु हथियारों की तैनातगी एक दूसरे के खिलाफ न करने का समझौता कर लेते हैं तो उन्हें अस्त्रीकरण न करने, परमाणु हथियार और प्रेक्षपास्त्र तैनात न करने का दृढ़ संकल्प करें।

2. दोनों नेताओं (क्लिंटन और जियांग) ने नई दिल्ली और इस्लामाबाद से कहा कि वे आगे परमाणु परीक्षण नहीं करें। तुरन्त बिना शर्त व्यापक परीक्षण प्रतिबन्ध सन्धि पर हस्ताक्षर करें।

3. भारत पाक को परमाणु शक्ति का दर्जा देने से इन्कार किया गया।

4. भारत पाक को प्रक्षेपास्त्र, प्रक्षेपास्त्र उपकरण या ऐसी सामग्री जिससे परमाणु अस्त्र ले जा सके वे नहीं देने का निश्चय किया गया।

5. मानवाधिकारों तथा लोगों की मौलिक स्वतन्त्रता की रक्षा देने के लिए प्रतिबद्धता दोहराई।

6. एक दूसरे देश के नेताओं की यात्रा को बढ़ावा देने का निश्चय किया गया।

7. जैविक अस्त्र की समाप्ति के समझौते को लागू करने और बारूदी सुरंगों के निर्यात तथा उपयोग को खत्म करने के प्रति अपनी प्रतिबद्धता दोहराई।

8. चीन अमेरिका से उच्च प्रौद्योगिकी आयात करने पर सहमत हुआ।

9. तिब्बत पर दलाई लामा, ताइवान पर बातचीत के लिए चीन का दरवाजा खुला रखेगा।

10 अमेरिका ने कहा कि चीन ताइवान के बीच सीधी वार्ता शुरू होनी चाहिए।

11. अमेरिका चीन लम्बी दूरी तक मार करने वाले परमाणु प्रक्षेपास्त्रों को लम्बी दूरी तक मार करने के लिए एक दूसरे के शहरों को लक्ष्य न बनाने पर सहमत हुए। चीन की 18 मिसाइलों में से 13 का लक्ष्य अमेरिकी शहरों की ओर है। चीन ने भी अमेरिका से चीन पर हथियार नहीं दागने को कहा। अमेरिका ने चीन को विश्व व्यापार में शामिल होने के लिए समर्थन नहीं दिया।

***चीन-अमेरिकी गठबन्धन*** – इस सम्बन्ध में निम्न बिन्दु हैं।

1. चीन व अमेरिका ने मिल कर भारत-पाक को परमाणु परीक्षणों को रोकने के लिए दबाव डालने की रणनीति तैयार की।
2. क्लिंटन ने कहा कि दक्षिणी एशिया में हथियारों की होड़ शुरू करने में भारत-पाक का हाथ है।
3. क्लिंटन का मानना है कि घातक हथियार अगर गलत लोगों के हाथों में चले गए तो पूरी मानव जाति के लिए खतरा उत्पन्न कर सकते हैं।
4. मानवाधिकारों को लागू करने के लिए दोनों में वचनबद्धता थी।

इस तरह चीन-अमेरिका गठबन्धन के बारे में क्लिंटन ने कहा, "जिस तरह विश्व में परिवर्तन हो रहे हैं और नई पीढ़ी को जिन चुनौतियों का सामना करना पड़ेगा, उससे यह पता चलता है कि इन दोनों देशों की भलाई एक साथ मिल कर काम करने में ही है, न कि अलग-थलग रहने में"। इसी तरह अमेरिका ने चीन पर प्रतिबन्ध लगाने के लिए जापान से भी सुरक्षा सन्धि कर रखी है। इससे अमेरिका दोहरी नीति चीन के प्रति रखता है।

वर्तमान युग में उत्तरी कोरिया को लेकर चीन-अमेरिका टकराव बना हुआ है। चीन हथियारों का अधिक मात्रा में निर्यात कर रहा है। इससे भी अमेरिका चीन से नाराज है। चीन ईरान, उत्तरी कोरिया, पाकिस्तान को सबसे ज्यादा आधुनिकतम हथियार निर्यात करता रहा है। चीन वर्ष 1996 से लगातार आणविक परीक्षण करता रहा। इससे भी चीन से अमेरिका नाराज हुआ था। वर्तमान दशक में चीन मानवघाती अस्त्रों का निर्यात करने लग गया है। इससे भी अमेरिका चीन को नहीं रोक पा रहा है। चीन ने अब तक कुल 43 परमाणु परीक्षण किए हैं। फिर भी चीन कहता है कि उसने सदा ही इस मामले में संयम बरता है।

अमेरिकी राष्ट्रपति बिल क्लिंटन की चीन यात्रा के बाद ही चीन के राष्ट्रपति जेमिन जियांग की वाशिंगटन यात्रा 1998 आयोज़ित हुई। जिसमें इस यात्रा के दौरान किए गए समझौते के अनुसार चीन को अमेरिका 60 अरब डालर के परमाणु संयंत्र बेचेगा। जिसमें 30 अरब डालर के 50 बोईंग जेट लाइनर खरीदे जाएंगे। वैसे भी इन दोनों के बीच आणविक व्यापार समझौता भी हुआ है।

जेमिन जियांग की यात्रा की समाप्ति के बाद क्लिंटन ने सलाहकार ने कहा था, "चीन के साथ हमारे व्यापक साझे सरोकार हैं। चाहे वह कोरिया के युद्ध के होने से रोकना, चाहे वह सुरक्षा के प्रयत्न करना है तथा चाहे आणविक अस्त्रों के विस्तार को रोकना है। अमेरिका चीन की उपेक्षा नहीं कर सकता है।"

**(ख) *भारत के प्रति चीन नीति*** – 1949 से वर्तमान तक चीन की भारत के प्रति रही विदेश नीति में अक्तूबर 1962 के चीनी आक्रमण से लेकर राजीव गांधी की चीन यात्रा तक सम्बन्धों में ठहराव का युग रहा। वैसे भी चीन का रवैया भारत के प्रति कठोरता का ही रहा। इस बीच केवल शिखर वार्ताएँ ही आयोजित होती रही थीं। एक दूसरे देश के प्रधान मंत्री की विदेश यात्रा का आयोजन नहीं हुआ था। इसलिए 1949 से लेकर वर्तमान तक का विवरण निम्न प्रकार है:

### भारत-चीन सम्बन्ध

भारत ने 15 अगस्त, 1947 को स्वतन्त्रता प्राप्त की थी। चीन ने 1949 में साम्यवादी क्रान्ति करके चीनी अस्तित्व को प्रकट किया। चीन और भारत के बीच धार्मिक, सांस्कृतिक, व्यापारिक सम्बन्ध ऐतिहासिक रहे थे। चीन और भारत दोनों ही पड़ौसी राष्ट्र थे और आज भी हैं। चीन की सभ्यता का विकास तिब्बत की स्वायत्तता के कारण अधिक हुआ है। इस तिब्बत के ही कारण चीनी संस्कृति का चीनीकरण हुआ है।

चीन और भारत की सीमा हजारों मील दूरी तक एक दूसरे से लगी हुई है। इसमें हिमालय सबसे बड़ी सीमा के रूप में भी रहा है। इसी हिमालय के कारण आने-जाने के मार्ग रुक गए थे। यह दुर्गम होते हुए कठिनाई से भरा हुआ है। यदि भारत-चीन के बीच हिमालय नहीं होता तो फिर रेगिस्तान होता। यहां ऐसे भी पहाड़ हैं जहां वर्ष भर वर्षा होती रहती है। तिब्बत की ऊंचाई 5 लाख मीटर है, जबकि हिमालय की ऊंचाई 11 लाख 11 हजार मीटर है।

तिब्बत आर्थिक, राजनीतिक, भौगोलिक और सांस्कृतिक दृष्टि से चीन के लिए विशेष महत्व रखता है। तिब्बत में भारतीय संस्कृति के तत्व भी पाए जाते हैं। भारत के लिए तिब्बत सुरक्षा की दृष्टि से महत्व रखता है। चीन ने तिब्बत को पाने के लिए संघर्ष किया था। भारतीय हिमालय में ऐसे कई दर्रे हैं जहां बर्फ ही नहीं जमती है। यहां आसानी से जाया-आया जा सकता है। यही सुरक्षा का सबसे बड़ी बिन्दु भी रहा है। नेपाल का काठमाण्डू चीन की सीमा पर ही बसा हुआ है।

इस तरह भारत की चीन के बीच यदि निश्चित सीमा का निर्धारण हो तो कोई सीमा संघर्ष की समस्या ही नहीं होती। इस सीमा के कारण भारत-चीन के बीच बहुत पहले से ही तनाव चल रहा था, जो कि अभी भी एक समस्या बना हुआ है। इस सीमा के बारे में कई ऐसे बिन्दु हैं जिनकी भारत को सुरक्षा करनी है।

भारत और चीन के बीच क्षेत्रीयता का बिन्दु भी महत्वपूर्ण माना जाता है। दक्षिणी सीमा में स्थिति भिन्न तरह की बनी हुई है। इसे चीन अपना हिस्सा मानता है। इस सीमा में चीन को व्यापार के क्षेत्र में अधिक सफलता मिल सकती है। इस दृष्टि से भी चीन इसे महत्वपूर्ण मानता है।

अब आधुनिक युग में तकनीकी का विकास हो जाने के कारण भी हिमालय से अब भारत की रक्षा नहीं की जा सकती है। इसमें छोटे देशों को ही रक्षा हो सकती है। हवाई जहाज, प्रक्षेपास्त्र आधुनिक युग में विकसित हो जाने के कारण अब सुरक्षा का दायरा ही परिवर्तित हो गया है। वैसे 1945 से पूर्व चीन को काला पानी के नाम से भी जाना जाता रहा है।

1949 में भारत-चीन के बीच सम्बन्धों को लेकर तीन प्रकार के बिन्दु उठाए गए थे –

1. 1949 में चीन में साम्यवाद आ जाने से तिब्बत को भी खतरा उत्पन्न हो गया था।
2. दक्षिण में नई-नई पार्टियों का गठन होने लगा गया था।
3. दो बड़े-बड़े देशों की विचारधारा का महत्व भी बढ़ रहा था। सिक्किम, भूटान, नेपाल, कश्मीर, नागालैण्ड की समस्या का महत्व चीन के लिए अधिक ही रहा।

इस प्रकार भारत चीन सम्बन्धों की शुरुआत अप्रैल 1954 में सम्पन्न हुए पंचशील सिद्धान्त के आधार पर हुई थी। जिसमें पं० नेहरू और चाऊ एन लाई ने एक दूसरे के लिए हिन्दू चीनी भाई-भाई का नारा भी दिया था। इस पंचशील के सिद्धान्त में पांच मुख्य सिद्धान्त इस प्रकार थे:

1. एक दूसरे की प्रादेशिक अखण्डता और सम्प्रभुता को बनाए रखना।
2. एक दूसरे पर आक्रमण न करें। राष्ट्रीय सीमाओं का पालन करें।
3. एक दूसरे के आन्तरिक मामलों में दखल नहीं करें।
4. पारस्परिक समानता के आधार पर व्यवहार करें।
5. शान्तिपूर्ण सह-अस्तित्व की भावना का पालन करें।

चीन ने इस पंचशील के सिद्धान्त के समझौते की आड़ में भारत के साथ विश्वासघात किया। वर्ष 1959 में तिब्बत के दलाई लामा ने भारत में शरण ली थी। तिब्बत भारत और चीन के बीच बफर स्टेट के रूप में स्वायत्त राज्य रहा है। पं० जवाहर लाल नेहरू ने अप्रैल 1954 की चीन यात्रा के दौरान तिब्बत को चीन का अभिन्न अंग स्वीकार कर राजनीतिक अदूरदर्शिता का परिचय दिया था। क्योंकि इस पंचशील समझौते के बाद ही भारतीय सीमा पर चीनी सैनिकों की तैनाती शुरू कर दी गई थी। इससे भारत की सुरक्षा को खतरा भी बढ़ा और सीमा पर तनाव भी निरन्तर बढ़ता ही रहा।

चीन ने अक्तूबर 1962 में भारत पर आक्रमण किया जो कि चीन की विस्तारवादी नीति का भी प्रतीक रहा था। इस आक्रमण में भारत की असंलग्नता की नीति की कसौटी भी की गई और इसका मूल्यांकन भी किया गया था। चीन ने इस आक्रमण के दौरान भारतीय क्षेत्र के भू-भाग पर लगभग 28 हजार वर्ग किलोमीटर क्षेत्रफल पर कब्जा कर लिया था। जिसे चीन वर्तमान में भी अपने कब्जे में बनाए हुए है।

इस चीनी आक्रमण से लेकर दिसम्बर 1988 तक भारत और चीन के बीच सम्बन्धों में ठहराव का युग रहा है। इस बीच जनतादारी शासनकाल मार्च 1977 से लेकर दिसम्बर 1979 तक के काल में भारतीय विदेश मंत्री अटल बिहारी वाजपेयी की चीन यात्रा का कार्यक्रम बना था लेकिन वह बाद में निरस्त हो गया था। जनवरी 1980 से लेकर दिसम्बर 1988 तक केवल भारत और चीन के बीच शिखर वार्ताएं आयोजित होती रही थीं जिसमें चीन इन शिखर वार्ताओं की आड़ में 20 किलोमीटर की रेड कर भूमि पर कब्जा करता रहा। फिर भी भारत-चीन के प्रति उदारवादी दृष्टिकोण ही अपनाता रहा।

इन सम्बन्धों के ठहराव के कारण भारत और चीन के बीच व्यापक बिन्दुओं पर तनाव उभर कर आए थे जो इस प्रकार हैं –

(क) मैक मोहन रेखा

(ख) सीमा विवाद

(ग) दलाई लामा का राजनीतिक शरण का मामला

(घ) तिब्बत की स्वायत्तता

(च) पाक-चीन सम्बन्ध

(छ) चीन-अमेरिका सम्बन्ध

(ज) अरुणाचल प्रदेश में चीनी अधिकृत भूमि का विवाद

1962 के युद्धबन्दी

(ट) लद्दाख क्षेत्र का विवाद

(ठ) सिक्किम का विवाद

उपरोक्त बिन्दुओं का वर्णन निम्नानुसार किया जाता है –

**(क) *मैक मोहन रेखा*** – यह रेखा पराधीन भारत के समय ब्रिटिश सरकार द्वारा भारत और चीन की सीमा रेखा निर्धारण के लिए 1914 में खींची गई थी। चीन इस मैक मोहन रेखा का उल्लंघन करता रहा है। इससे कहीं अधिक भूमि पर चीन ने कब्जा कर रखा है। भारत इस रेखा को सीमा के रूप में मानता रहा है। मैक मोहन रेखा भारत-चीन की अन्तर्राष्ट्रीय सीमाओं का निर्धारण करती है। भारत-चीन के बीच इस रेखा को लेकर वर्तमान में भी तनाव बना हुआ है।

**(ख) *सीमा विवाद*** – भारत-चीन के बीच सीमा को लेकर स्थाई विवाद बना हुआ है। चीन कई ऐसे क्षेत्र हैं जिन पर अपना अधिकार बनाए हुए है। इस सीमा

विवाद में दर्रे, पहाड़, चोटियां आदि को चीन अपने क्षेत्र में मानता है। चीन 1962 के आक्रमण के अधीन छीनी गई भूमि को अपनी सीमा मानता है। इसलिए भी दोनों के बीच कारगर कदम नहीं उठाए गए हैं।

**(ग) *दलाई लामा की राजनीतिक शरण*** – तिब्बत के बौद्ध धर्म गुरु दलाई लामा 1959 से भारत में राजनीतिक के तौर पर आए। तब से चीन भारत से काफी नाराज हुआ है। चीन दलाई लामा को चीन के तिब्बत में प्रवेश देना नहीं चाहता है। इनकी वापसी का मार्ग अभी तक नहीं खोला गया है। दलाई लामा तिब्बत के लिए यही चाहते हैं कि वह अपने तरीके से रहने दिया जाए। यद्यपि दलाई लामा तिब्बत की स्वायत्तता के लिए वार्ता, सम्मेलन भी आयोजित करना चाहते हैं। लेकिन इसमें सफलता नहीं मिली है।

**(घ) *तिब्बत की स्वायत्तता*** – जब भारत स्वतंत्र हुआ तो भारत और चीन के बीच आपसी टकराव नहीं था। तिब्बत बफर स्टेट के रूप में जाना जाता है। भारत की उत्तरी सीमा तिब्बत से लगती है। 1949 में चीन में साम्यवादी शासन स्थापित होने के बाद ही संघर्षों का अध्याय शुरू हो गया था।

तिब्बत को अंग्रेजों ने भारतीय साम्राज्य की सुरक्षा के रूप में स्वतंत्र देश के रूप में मान्यता दी थी। यहां पर पानी के बहाव के आधार पर भारत-चीन के बीच मैक मोहन रेखा का नाम देते हुए 1914 में शिमला समझौते के रूप में मान्यता दी थी।

भारतीय स्वतन्त्रता के बाद भारतीय सीमाओं की रक्षा करने की जिम्मेदारी भारतीय सरकार पर आ गई थी। यहां पं॰ नेहरू का दृष्टिकोण उदारवादी रहा। चीन एक साम्यवादी राष्ट्र था जो कि नेहरू के विचारों के अनुसार विस्तारवादी हो ही नहीं सकता था।

चीन ने तिब्बत पर कब्जा करके विस्तारवाद को बढ़ावा दिया। इसके साथ ही भारत ने तिब्बत का मामला U.N.O. में पेश नहीं किया। यदि यह पेश किया होता तो चीन को तिब्बत नीति बदलनी पड़ सकती थी। तिब्बत के कारण चीनी सेनाएं भारतीय सीमा पर आईं थीं अन्यथा नहीं आतीं।

उत्तरी भारत की सीमा के संस्कृति के लोग दलाई लामा को अपना धार्मिक गुरु मानते हैं। वर्तमान समय तक तिब्बत की स्वयत्तता के बारे में भारत ने कोई पक्ष नहीं रखा। इसके कारण भारत-चीन के बीच कभी सम्बन्ध सामान्य नहीं होंगे।

**(च) *पाक चीन सम्बन्ध*** – चीन का झुकाव 1971 के बाद पाक के प्रति ज्यादा रहा है। पाक को चीन द्वारा हथियार, आर्थिक मदद, तकनीकी आदि भारी मात्रा में उपलब्ध कराए गए। पाक को अमेरिका द्वारा भी भारत के विरुद्ध सबसे ज्यादा मदद दी जाती रही है। इससे भारत-पाक-चीन तीनों ही परमाणु शक्ति सम्पन्न हो गए हैं। वर्तमान युग में भी पाक को चीन ने सबसे ज्यादा मदद दी है। इससे भी भारत-चीन सम्बन्धों में तनाव है।

**( छ ) *चीन-अमेरिका सम्बन्ध*** – 1970 के दशक के बाद से लेकर वर्तमान समय तक चीन अमेरिका सम्बन्ध भारत की सुरक्षा के लिए खतरा माना गया था। इससे प्रभावित होकर भारत ने मई 1998 में पांच परमाणु परीक्षण किए हैं। भारत चीन से अपनी सुरक्षा करना चाहता है। चीन अमेरिका सम्बन्ध भी भारत के लिए चिन्ता का विषय रहा। इससे भारत ने भी चीन के विरुद्ध कूटनीतिक रूप से सुरक्षात्मक कदम उठाए हैं। इससे भी सम्बन्धों में तनाव रहा है।

**( ज ) *अरुणाचल प्रदेश*** – इस प्रदेश की काफी भूमि पर चीन ने अपना कब्जा कर रखा है। इसके साथ ही यहां पर चीन ने अपनी सेनाओं की चौकियां स्थापित भी कर रखी हैं। यह प्रदेश पहले संघ शासित प्रदेश था। राजीव गांधी के कार्यकाल में इसे राज्य का दर्जा सुरक्षा की दृष्टि से दिया गया था। इस अरुणाचल प्रदेश की अधिकांश भूमि पर चीन ने आज तक अपना कब्जा बना रखा है। इससे भी सम्बन्धों में तनाव है।

**( झ ) *1962 के युद्धबन्दी*** – काफी समय तक भारत और चीन के बीच 1962 का युद्ध विवाद का कारण रहा क्योंकि इस युद्ध के कारण अनेक ऐसी समस्याएं उभर कर आई थीं जिनका समाधान आज तक नहीं हुआ है। इसके साथ युद्ध बन्दियों की अदला-बदली भी लम्बे समय तक नहीं हो पाई थी। इस कारण भी चीन-भारत के बीच तनाव रहा है।

**( ट ) *लद्दाख क्षेत्र*** – अक्तूबर 1947 में जम्मू-कश्मीर राज्य का भारत में विलय होने के साथ ही लद्दाख क्षेत्र भी भारत का अभिन्न अंग बन गया। लद्दाख और तिब्बत के बीच पुराने सम्बन्ध पहले से ही थे। इन दोनों के बीच जम्मू-कश्मीर के महाराजा गुलाब सिंह और दलाई लामा के बीच 1841 में हुई सन्धि के अनुसार निर्धारित की गई थी। जम्मू कश्मीर के विलय के बाद शेख अब्दुल्ला सरकार और भारत सरकार ने इस पर ध्यान नहीं दिया। चीन ने लद्दाख क्षेत्र के "अकसाई चीन" पर नजर लगाई। यहां सांस्कृतिक जीवन को नष्ट किया।

अप्रैल 1954 में हुए पंचशील सिद्धान्त के अनुसार एक दूसरे के क्षेत्र में हस्तक्षेप नहीं करना भी स्वीकार कर लिया गया था। लेकिन पं॰ नेहरू ने यह भी स्वीकार कर लिया था कि तिब्बत चीन का अभिन्न अंग है। चीन ने लद्दाख क्षेत्र के आकसाई चीन के सिंकियाग प्रान्त को तिब्बत से जोड़ने वाली सड़क का निर्माण भी किया है। जिससे चीन ने इस क्षेत्र पर पूर्ण नियंत्रण स्थापित कर लिया है। इससे यहां भी तनाव का कारण बना हुआ है।

**( ठ ) *सिक्किम*** – चीन एक ऐसा राष्ट्र है जो सिक्किम के भारत में विलय को मान्यता नहीं दे रहा है। 1890 में हुए कलकता समझौते के तहत चीन ने सिक्किम को ब्रिटेन का संरक्षित राज्य होने की मान्यता दी थी। इसके बीच जो रेखा सीमा निर्धारण

के लिए निर्धारित की गई है चीन उसका पालन नहीं कर रहा है। 16 मई, 1975 को 36वें संविधान संशोधन के तहत सिक्किम को 22वां राज्य का दर्जा दिया गया। 3 जुलाई, 1994 के चीन के विदेश मंत्री कीचिंग भारत की यात्रा पर आए थे। इन्होंने सिक्किम को भारत का अंग मानने से इंकार कर दिया। इसके बाद 14 अगस्त, 1994 को चीन के राजदूत चेंग रूइशेग ने भी कहा कि सिक्किम के मामले पर कुछ प्रगति हुई है। इससे दो वर्ष बाद 16 दिसम्बर, 1996 को लोक सभा में प्रधान मंत्री इंद्र कुमार गुजराल ने भी यही बात दोहराई। चीन-भारत के बीच 1993, 1996 में जो समझौते हुए थे उन पर भी कोई प्रगति नहीं हुई। भारत-चीन के बीच सिक्किम को भी विवाद का मुद्दा चीन द्वारा बनाया हुआ है।

***राजीव गांधी की चीन यात्रा*** – सोवियत रूस के राष्ट्रपति मिखाईल गोर्बोच्योव नवम्बर 1998 में भारत की यात्रा पर आए तब ही राजीव गांधी की चीन यात्रा के संकेत प्राप्त हो गए थे। गोर्बोच्योव की भारत यात्रा से रूस-चीन-भारत के बीच त्रिकोणीय समीकरण की पहल हुई थी।

इससे राजीव गांधी की चीन यात्रा की तैयारियां शुरू हो गईं। भारतीय विदेश सचिव के॰पी॰एस॰ मैनन चीन यात्रा को अन्तिम रूप देने के लिए चीन भी गए। इनके साथ गोपी अरोड़ा भी साथ थे। श्री के॰पी॰एस॰ मैनन 24 वर्षों में दूसरी बार चीन की यात्रा पर गए थे।

इस यात्रा की फार्मसूचियों में द्विपक्षीय, क्षेत्रीय मामले, अन्तर्राष्ट्रीय मामले आदि को शामिल किया गया। इसी के साथ यात्रा के दौरान होने वाले समझौते भी कार्य सूची में शामिल किए गए। राजीव गांधी ने चीन यात्रा से पूर्व कहा था, "हम इस दृष्टि से अपनी वार्ता करेंगे तथा आशा है कि चीन का रुख भी ऐसा ही रहेगा। चार दिन की यात्रा से दोनों के सभी आपसी मसले हल नहीं हो सकते हैं फिर भी हमें ऐसा माहौल बनाने का मार्ग प्रशस्त करना होगा जिससे इनके समाधान में मदद मिलेगी।"

वैसे भारतीय विदेश मंत्रालय भी राजीव गांधी की चीन यात्रा से अनेक उम्मीद रखता है। मंत्रालय ने स्पष्ट कर दिया कि व्यापारिक और सांस्कृतिक सम्बन्धों को कायम करने में सीमा तथा मतभेदों को इस यात्रा के बीच नहीं आने दिया जाएगा। यदि एक बार सम्बन्ध सामान्य हो जाए तो फिर सीमा विवाद भी स्पष्ट तरीके से हल किया जा सकेगा।

इस यात्रा को लेकर कूटनीतिक सूत्रों का कहना है कि रूस, चीन, भारत यह तीनों देश एशिया प्रशान्त क्षेत्र के लिए महत्वपूर्ण हैं। इसलिए 1988 में होने वाली राजीव गांधी की चीन यात्रा निश्चित रूप से राजनीतिक बदलाव के लिए वातावरण तैयार कर पाएगी।

इसके साथ ही यह भी माना जा रहा है कि यदि रूस-चीन के बीच शिखर वार्ताओं में सम्बन्ध मजबूत होते हैं तो चीन-भारत के बीच भी सम्बन्धी मजबूत होंगे। लेकिन हम इसे एक बड़ी उपलब्धि भी मानेंगे और ऐतिहासिक घटना भी कहेंगे। दोनों ही राष्ट्रों के ख्याल से बदलाव से नई पहल होगी। एक दूसरे के प्रति विश्वास बढ़ाने में भी सफलता प्राप्त होगी।

श्री नटवर सिंह ने कहा, "चीन यात्रा से दोनों के बीच आपसी नेताओं की प्रक्रिया शुरू होगी। जिससे सीमा विवाद को सुलझाने में मदद मिलेगी।" भारत और चीन को नये भविष्य के लिए काम करना चाहिए।

वैसे 1947 से लेकर राजीव गांधी की चीन यात्रा का आयोजन होने से पूर्व तक चीनी प्रधानमंत्री चाऊ एन लाई ने चार बार भारत यात्रा की थी। जबकि भारतीय प्रधानमंत्री नेहरू जी ने एक बार चीन की यात्रा की थी। इतने लम्बे समय के बाद में भारत की ओर से की जाने वाली चीन यात्रा का महत्व और बढ़ जाता है।

पं० नेहरू की चीन यात्रा के बाद राजीव गांधी ने चीन यात्रा की। प्रो० बलराज मेहता ने इस सम्बन्ध में कहा है, "भारत और चीन एशिया महाद्वीप के दो बड़े और पुराने देश हैं। दोनों का अपना-अपना विशिष्ट इतिहास और संस्कृति है। इन दोनों ने ही एशिया में अन्य देशों को भूतकाल में प्रभावित किया है और अब भी प्रभावित कर रहे हैं।"

राजीव गांधी की चीन यात्रा के दौरान मंत्री स्तरीय प्रतिनिधि मंडल भी यात्रा पर गया था जिसमें विदेश राज्यमंत्री नटवर सिंह, वाणिज्य मंत्री दिनेश सिंह, विदेश मंत्री, पी०वी० नरसिंहराव, सूचना प्रसारण सचिव गोपी अरोड़ा आदि गए थे। राजीव गांधी की चीन यात्रा 18 दिसम्बर से 22 दिसम्बर, 1988 तक आयोजित हुई।

राजीव गांधी ने इस यात्रा के सम्बन्ध में कहा, "इस यात्रा से एशियाई शक्ति राजीनति में नये युग की शुरुआत होगी। जिससे ऐतिहासिक कारण से सन्देहों और शत्रुता की भावना से ग्रस्त दो पड़ौसी राष्ट्रों में बेहतर सम्बन्धों का रास्ता शुरू हो जाएगा।"

### चीन यात्रा के दौरान विचार-विमर्श के मुद्दे

1. नामीबिया की स्वतन्त्रता पर विचार
2. कम्पूचिया की समस्या पर विचार
3. अफगान समस्या के हल हेतु विचार
4. निःशस्त्रीकरण के सन्दर्भ में मध्यम दूरी के प्रक्षेपास्त्रों की कटौती
5. उभय पक्षीय मामलों पर विचार

### यात्रा के दौरान किए गए समझौते

इस यात्रा के दौरान व्यापार, विज्ञान, संस्कृति, तकनीकी, नागरिक उड्डयन, आदि में सहयोग के लिए आदान-प्रदान करने पर सकारात्मक रूप से बातचीत हुई। इनके लिए

संयुक्त मंत्री स्तरीय और समिति स्तरीय गठित करने की भी सहमति हुई। इस यात्रा के दौरान तीन समझौते हुए जो इस प्रकार हैं –

**(क) *विज्ञान एवं प्रौद्योगिकी समझौता*** – दोनों देशों के बीच द्विपक्षीय समझौता किया गया। इसका प्रारूप भी दोनों ने मिल कर तैयार किया। इसका उद्देश्य चहुंमुखी सहयोग एवं दोनों के बीच आदान-प्रदान करने के लिए किया गया।

इस समझौते के अनुसार दोनों देशों के वैज्ञानिक समुदायों और संस्थाओं के बीच आदान-प्रदान करने के अतिरिक्त एक संयुक्त समिति गठित करने का भी प्रस्ताव रखा गया, जो इस समझौते के अनुसार किए जा रहे कार्यों की प्रगति के बारे में समीक्षा करेगी।

विज्ञान और तकनीकी मामले में सम्बन्धों को बढ़ाने की सम्भावनाओं का भी पता संयुक्त समिति लगाएगी। इसका अध्यक्ष दिनेश सिंह को बनाया गया। इस समझौते के अनुसार विज्ञान और तकनीकी के सहयोग को अनुसंधान के क्षेत्र में भी बढ़ाया जाएगा।

**(ख) *नागरिक उड्डयन समझौता*** – इस समझौते के द्वारा दोनों देशों के नागरिकों को आने-जाने की सुविधा प्रदान करने का समझौता किया। जिसमें दोनों ही राष्ट्रों के विमान एक दूसरे के आकाश में उड़ान भर सकेंगे। इस समझौते को अन्तिम रूप देने के लिए चीन का प्रतिनिधि मंडल भारत में आया। इससे सीधी विमान सेवा शुरू की गई। इसके साथ ही तकनीकी खराबी के कारण एक दूसरे के हवाई अड्डे भी इस्तेमाल किए जा सकेंगे।

**(ग) *सांस्कृतिक समझौता*** – दोनों देशों के बीच संस्कृति का आदान-प्रदान करने के लिए सांस्कृतिक समझौता किया गया। इस समझौते की अवधि 5 वर्ष रखी गई। इसके तहत आपस में सांस्कृतिक आदान-प्रदान भी किया जाएगा। इस समझौते को दोनों देशों के बीच महत्वपूर्ण माना गया। सांस्कृतिक महोत्सव भी मनाए जाने की सहमति हुई।

### भारत चीन सीमा शान्ति व्यवस्था के पक्ष में

इस यात्रा के दौरान दोनों के प्रधानमंत्रियों (चीन के ली पेंग व भारत के राजीव गांधी) ने सीमा पर तनाव रोकने की सहमति प्रकट की। इन दोनों में ही तनाव कम करने की आवश्यकता पर बल दिया। राजीव गांधी ने अपना दृष्टिकोण प्रकट करते हुए कहा, "सीमा सम्बन्धी मामलों को हल करने तथा द्विपक्षीय आर्थिक, तकनीकी व सांस्कृतिक सम्बन्ध बढ़ाने से पूरे विश्व व एशिया में शान्ति स्थापित करने में मदद मिलेगी।"

इस चीन यात्रा से सीमा सम्बन्धी मामले को एक निश्चित समय में हल किए जाने की विदेश में दोनों देशों के बीच सहमति हुई। यह दोनों ही के बीच एक गंभीर मसला है जिसका दोनों देशों की भावना पर भी प्रभाव पड़ा है। इस पर राजीव गांधी ने कहा,

"यह समय दोनों देशों के बीच आपसी सम्बन्ध जोड़ने के लिए है। ताकि दोनों देश मिलकर जो विश्व की आबादी का एक-तिहाई हिस्सा है बहुत कुछ कर सकते हैं।"

चीन के प्रधानमंत्री ली पेंग ने भी इस सम्बन्ध में कहा, "शान्तिपूर्ण सह-अस्तित्व के पंचशील सिद्धान्तों के आधार पर चीन-भारत द्विपक्षीय सम्बन्धों में तेजी से सुधार लाया जा सकता है।"

राजीव गांधी ने भी विश्व शान्ति के सम्बन्ध में कहा, "पहली बार हमने न केवल परमाणु अस्त्रों के नियंत्रण की मांग उठाई है बल्कि उसमें कटौती की प्रक्रिया शुरू की है। रूस के गोर्वोच्योव ने हथियारों तथा अपनी सेना में एकतरफा कटौती की घोषणा भी की है।"

राजीव गांधी ने चीन के राष्ट्रपति के साथ एक घण्टे तक वार्ता की। यह वार्ता मैत्रीपूर्ण, सद्भावनापूर्ण वातावरण में सम्पन्न हुई। इस वार्ता का निष्कर्ष यह रहा कि समस्या का हल सर्वमान्य आधार पर निकाला जाएगा। इस कारण से राजीव गांधी की चीन यात्रा अपने आपमें महान राजनीतिक कदम भी साबित हुई है।

भारत और चीन के बीच पिछले 30 वर्षों से सम्बन्धों में तनाव रहा। इन सम्बन्धों की स्थापना के लिए दोनों ही में तीव्र इच्छा शक्ति पाई गई। यद्यपि सीमा विवाद एक बड़ी समस्या है। अब दोनों के बीच राजनीतिक स्तर पर सम्पर्क स्थापित हुआ है। दोनों देश इस बात पर सहमत हुए कि शान्तिपूर्ण सह-अस्तित्व के पांचों सिद्धान्त विश्व तथा मानव जाति के विकास के लिए सर्वश्रेष्ठ सिद्धान्तों का प्रतिनिधित्व करते हैं। भारत और चीन के बीच सहयोग बढ़ने से विश्व भर में शान्तिपूर्ण सह-अस्तित्व को बढ़ावा मिलेगा।

पिछले कुछ वर्षों में चीन के नेतृत्व में भी परिवर्तन आने से भारत के प्रति रुख में बदलाव आया है। दोनों ही सद्भावपूर्ण वातावरण से लाभ उठाना चाहते हैं। इसी के साथ-साथ आर्थिक एवं तकनीकी सहयोग बढ़ाने पर भी सहमत हुए हैं। इस सम्बन्ध में यात्रा के दौरान समझौते भी हुए हैं।

***संयुक्त कार्यकारी दल*** – सीमा समस्या को हल करने के लिए एक कार्यकारी दल का गठन इस यात्रा के दौरान किया गया, जो नई पहल है। यह कार्यकारी दल सीमा पर शान्ति बनाए रखने के लिए व्यावहारिक और तकनीकी के आधार पर निगरानी रखेगा। इससे नये रास्ते खुले हैं। इस पर चीन के नेता देंग जिया ओपिंग ने कहा, "राजीव की चीन यात्रा से हमें अपने सम्बन्ध फिर से मैत्रीपूर्ण बनाने की शुरुआत करने का मौका मिला है।" इन सम्बन्धों को बढ़ाना ही विश्व शान्ति के लिए परम आवश्यक है। दोनों के अनुभवों का लाभ उठाने का भी प्रयास किया गया। इस यात्रा के सकारात्मक परिणाम आएंगे।

तिब्बत अपनी स्वतंत्रता के लिए पिछले 30 वर्षों से संघर्ष कर रहा है। जिस पर कोई चर्चा नहीं की गई। तिब्बत के निवासियों को इससे निराशा हो गई। इस सम्बन्ध

में चीन के प्रधानमंत्री ने कहा, "तिब्बत में जो कुछ होता है वह चीन का आन्तरिक मामला है।"

इस यात्रा से सीमा सम्बन्धी मामले पर निम्न सहमति हुई –

1. सीमा पर शान्ति बनाई रखी जाए।
2. व्यावहारिक समय में उद्देश्यपूर्ण वार्ता हो।
3. निष्पक्ष एवं दोनों पक्षों को स्वीकार्य समाधान खोजा जाए।

इस सहमति के अलावा यह भी निश्चित किया गया कि भारत के विदेश सचिव, चीन के कनिष्ट मंत्री आपस में एक वर्ष के अन्तराल में मिलते रहेंगे। जो द्विपक्षीय, क्षेत्रीय व अन्तर्राष्ट्रीय स्थिति पर बातचीत करेंगे। यह वार्ता मंत्री स्तर की भी हो सकती है।

इस तरह संयुक्त कार्यकारी हर दो वर्ष में अपनी रिपोर्ट पेश करेगा। इस सम्बन्ध में विदेश पक्षों को शामिल किया जाएगा। पश्चिम में अकसाई चीन से लेकर मैकमोहन रेखा तक के सम्पूर्ण सीमा विवाद के पहलुओं पर गहराई से विचार-विमर्श करेगा।

इस की रिपोर्ट का दोनों ही देश गहराई से अध्ययन करेंगे। दोनों ही देश टकराव से बचने का प्रयास करेंगे। इस के साथ-साथ अन्तर्राष्ट्रीय सहयोग बढ़ाएंगे। इस कार्य दल का व्यापक क्षेत्र होगा। इससे दोनों के सम्बन्ध ठोस आधार पर बढ़ सकेंगे। इस यात्रा के बाद संयुक्त विज्ञप्ति जारी की गई।

***चीन यात्रा का महत्व*** – अक्तूबर 1962 के चीनी आक्रमण के बाद सम्बन्धों की शुरुआत होना अपने आप में महत्वपूर्ण है। इससे भविष्य के लिए भी सद्भावनापूर्ण वातावरण तैयार होगा। एक दूसरे के करीब आए हैं। इस यात्रा में तिब्बत की स्वायत्तता का मामला राजीव गांधी ने नहीं उठाया। यही इस यात्रा की असफलता का बिन्दु भी माना जा सकता है।

इस राजीव गांधी की चीन यात्रा के बाद भारत-चीन सम्बन्धों में सामान्यीकरण का प्रक्रिया की शुरुआत हुई। पहली बार 11 दिसम्बर, 1991 को चीन के प्रधान मंत्री ली फेंग की 6 दिवसीय भारत यात्रा आयोजित हुई। इनके साथ उच्चस्तरीय दल भी भारत में आया था। इस यात्रा के दौरान तीन महत्वपूर्ण समझौते भारत-चीन के बीच में किए गए थे जो इस प्रकार थे –

1. वाणित्य दूतावास खोलने सम्बन्धी समझौता।
2. व्यापक समझौता।
3. विज्ञान एवं तकनीकी में सहयोग समझौता।

इस प्रकार वाणिज्य समझौते के तहत शंघाई और मुम्बई में चीन ने अपने दूतावास खोले। व्यापार सम्बन्धी समझौते के तहत व्यापार को उदार बनाया गया। इसी के साथ अन्तिम समझौते में अन्तरिक्ष, विज्ञान एवं तकनीकी के क्षेत्र में एक दूसरे को सहयोग

करने का समझौता किया गया। इससे भारत-चीन के बीच सीमा सम्बन्धी विवाद को हल करने के लिए तिब्बत की समस्या के बारे में सहमति प्रकट की गई।

इसके बाद 17 मई, 1992 को भारतीय राष्ट्रपति श्री आर० वैंकटरमण ने 6 दिवसीय चीन की यात्रा की थी। यद्यपि इस यात्रा का उद्देश्य सद्भावना को बढ़ाना या भारत और चीन के बीच मित्रता, पारस्परिक विश्वास को बनाने व बढ़ाने के लिए किया गया था। इस यात्रा के बाद में भारत और चीन के बीच 6 जनवरी, 1993 को एक अन्य व्यापारिक समझौता किया गया था जिसके तहत वर्ष 1993 में भारत ने चीन को 13-18 लाख टन लौहे का निर्यात किया। इससे पूर्व वर्ष 1991 में 11 करोड़ 12 लाख की वस्तुओं का निर्यात चीन को किया गया था। इससे यह तो स्थिति स्पष्ट हो जाती है कि चीन-भारत के बीच व्यापारिक सम्बन्ध मजबूत हो रहे हैं।

भारत में जून 1993 को भारत के विदेश सचिव जे०एन० दीक्षित और चीन के उप विदेश मंत्री जियान-थू के बीच बैठक आयोजित हुई थी। इस बैठक का उद्देश्य दोनों के बीच वास्तविक नियंत्रण रेखा को मानने के लिए अपनी-अपनी सैनिक गतिविधियों की जानकारी एक दूसरे को देने एवं सैनिक चौकियों के पुन: निर्धारण करने के लिए हुई थी। इस बैठक से पूर्व तक 6 बैठक संयुक्त कार्य दल की आयोजित हो चुकी थीं। इन बैठकों में सीमा संबंधी विवाद को हल करने के लिए उक्त बैठक आयोजित की गई थी।

इस जून 1993 की बैठक में सीमा पर पारगमन केन्द्र खोले जाने की भी सहमति हुई। यह पारगमन केन्द्र हिमाचल प्रदेश के शिपकिल दर्रे के नजदीक खोला गया। इससे पूर्व भारत-चीन के बीच में पारगमन केन्द्र लिपुलेरव में खोला गया था। इस बैठक में यह भी निर्णय लिया गया था कि संयुक्त कार्यदल की बैठक वर्ष के स्थान पर अब छ: माह में हुआ करेगी। भारत चीन दोनों ही इस निर्णय पर पहुंचे कि सीमा सम्बन्धी विवाद को चरणबद्ध तरीके से हल किया जाएगा। इसके साथ-साथ सीमा पर शान्ति बनाए रखने के पक्ष में भी वचन दिया गया।

सितम्बर 1993 में भारतीय प्रधानमंत्री पी०वी० नरसिंहराव ने 3 दिवसीय चीन की यात्रा की। इस यात्रा के दौरान भारत-चीन के बीच सीमा पर तनाव कम करने व वास्तविक नियंत्रण रेखा पर शान्ति बहाल करने के सम्बन्ध में समझौता किया गया जिसमें निम्न मुख्य बातें थीं -

1. सीमा पर शान्ति की स्थापना करना, तनाव कम करना।
2. सीमा पर तैनात सैनिकों की संख्या में कटौती करना।
3. भारत-चीन के बीच वास्तविक नियंत्रण रेखा को स्वीकार करना।

इस यात्रा के दौरान अन्य क्षेत्र में निम्न समझौते भी किए गए थे -

1. शिपकील दर्रे को सीमा व्यापार के लिए खोलना।

2. रेडियो, दूरदर्शन प्रसारण में सहयोग करना।

3. पर्यावरण की रक्षा के लिए सहयोग करना।

इस तरह पी॰वी॰ नरसिंहराव की यात्रा के बाद 16 जुलाई, 1994 से शिपकील दर्रे को सीमा से व्यापार के लिए खोल दिया गया। यह यात्रा भी भारत-चीन के बीच सम्बन्धों की स्थापना में कारगर मानी गई।

इसी क्रम में अक्तूबर 1994 में भारत के उपराष्ट्रपति के॰आर॰ नारायण ने भी चीन की यात्रा एक सप्ताह तक आयोजित की। इस यात्रा के दौरान बैंक, राजदूतों व अधिकारियों को वीसा में छूट देने के लिए एक समझौता किया गया था। इससे भी सम्बन्धों को सामान्य बनाया गया। 20 अगस्त, 1995 को भारत-चीन के बीच दो चौकियों को हटाने की सहमति हुई, जो कि सोमदारोंग-चू घाटी के बांडगडेंग क्षेत्र से हटाई जाएंगी।

29 नवम्बर, 1996 को एक अन्य समझौता भारत-चीन के बीच में सम्पन्न हुआ जिसके तहत कोई भी देश सैन्य बल का प्रयोग एक दूसरे के विरुद्ध नहीं करेगा। सीमा पर सैनिकों की संख्या भी कम किए जाने की स्वीकृति हुई। वास्तविक नियंत्रण रेखा के विवाद को हल करने के लिए भी संयुक्त कार्यदल की गति को गतिशीलता बनाए जाने पर भी जोर दिया गया।

यह समझौता 28 नवम्बर-1 दिसम्बर, 1996 को सम्पन्न हुई चीन के राष्ट्रपति जियांग जैमिन के भारतीय यात्रा के दौरान सम्पन्न किया गया था। इस यात्रा का उद्देश्य भारत-चीन के बीच सम्बन्धों को मजबूत करना था।

इस यात्रा के दौरान निम्न समझौते भी किए गए थे –

1. हांगकांग का चीन में विलय होने से वहां भारतीय वाणिज्य दूतावास खोलने सम्बन्धी।

2. नशीले पदार्थों की तस्करी रोकना।

3. सीमा पर गतिविधियों को कम करने सम्बन्धी।

4. नौकावहन क्षेत्र में सहयोग करने सम्बन्धी।

इसके बाद में 22 अप्रैल, 1997 को जब इन्द्र कुमार गुजराल भारतीय प्रधानमंत्री बने तो चीन के प्रधानमंत्री ली पेंग ने अपना बधाई संदेश भेजा जिसमें बेहतर सम्बन्धों की स्थापना करने के साथ-साथ रचनात्मक, सहयोगात्मक सम्बन्धों की आशा प्रकट की गई थी।

इस तरह भारत चीन के बीच संवाद कायम करने तक ही सम्बन्ध रहे। अप्रैल 1998 में चीन की सेना के जनरल फू क्वानयाऊ की भारत यात्रा हुई। इस यात्रा का उद्देश्य एक दूसरे के बीच गलतफहमी को दूर करना था। वहीं सम्बंधों को सुधारना भी

मुख्य रहा था। वर्ष 1988 से लेकर वर्ष 1998 तक एक दशक का समय गुजर गया लेकिन चीन-भारत के बीच सीमा विवाद यथास्थिति में ही रहा। संयुक्त कार्यदल की गतिविधि धीमी रही। अभी हाल ही में चीन ने एक नक्शा भी प्रकाशित किया जिसमें अरुणाचल प्रदेश, सिक्किम के भू-भागों को अपना होना बताया गया। इस तरह चीन का रवैया भारत के प्रति पहले जैसा ही पाया गया।

मार्च 1998 में भारत में सत्ता परिवर्तन होने से श्री अटल बिहारी वाजपेयी भारत के प्रधानमंत्री बने। इनके प्रधानमंत्री बनने और अप्रैल 1998 में चीनी सेना के जनरल फू-क्वान्याऊ की भारत यात्रा के बाद से दो तरह के विवाद भारत-चीन के बीच उभर कर आए। इससे सम्बन्धों में पुनः टकराव आया था। वैसे 1993 से 1999 तक 6 वर्ष के दौरान सम्पन्न किए गए समझौते निरर्थक साबित हुए इसलिए अप्रैल 1998 में निम्न दो बिन्दु स्पष्ट रूप से उभर कर आए –

1. चीन द्वारा पाक को दी जाने वाली सैनिक सहायता।
2. चीन-अमेरिका गठबन्धन से भारत को खतरा।

वर्ष 1998 में चीन से भारत को व्यापक खतरा महसूस किया गया। अप्रैल 1998 में पाक ने गौरी प्रेक्षपास्त्र का परीक्षण किया। इससे भारत को पाक से भी खतरा उत्पन्न हुआ। भारत ने 11 मई व 13 मई, 1998 को पांच परमाणु परीक्षण किए। इससे चीन ने भी भारतीय परीक्षणों का व्यापक विरोध किया। चीन ने अमेरिका के साथ मिल कर भारतीय परीक्षणों की कड़ी आलोचना की। इससे पुनः भारत-चीन के बीच कड़वाहट आई। इसके बाद में 28 मई, 1998 को पाक ने भी परमाणु परीक्षण किए। इससे दक्षिणी एशिया में सम्बन्धों में व्यापक तनाव उत्पन्न हुआ। पाक को चीन ने भरपूर मदद की। इससे पाक भी परमाणु क्षमता से सम्पन्न हो गया। इससे भी भारत नाराज है।

अन्तर्राष्ट्रीय स्तर पर भारत पर N.P.T. व CTBT सन्धि पर हस्ताक्षर करने का व्यापक दबाव बढ़ रहा था। भारतीय हितों की सुरक्षा को भी खतरा बढ़ा था इससे भारत ने 1974 में परमाणु परीक्षण करने के बाद मई 1998 में पुनः पोकरण में 5 परमाणु परीक्षण करके चीन और पाक को यह बताने का प्रयास किया कि भारत सुरक्षा के मामले में किसी का मोहताज नहीं है।

**(ग) *पाक के प्रति चीन की नीति (1979-98 तक)*** – 28 दिसम्बर, 1979 को जब रूसी सेनाएं अफगानिस्तान में उपस्थित हुईं तो इस घटना से चीन रूस से काफी नाराज हुआ था। इस समय पाक में राष्ट्रपति जिया-उल-हक का सैनिक शासन था। इसलिए इन्होंने चीन, अमेरिका से भरपूर मात्रा में मदद प्राप्त की। चीन में भी पाक के साथ सम्बन्ध स्थापित करके पूरा लाभ उठाया।

चीन ने भी पाक अधिकृत भूमि में से कुछ हिस्सा प्राप्त करके अपनी सुविधा को बढ़ाने का प्रयास किया। द्वितीय शीतयुद्ध काल में रूसी सेनाओं की उपस्थिति के विपरीत

ईरान-इराक युद्ध के होने के कारण चीन ने पाक को अधिक मात्रा में हथियारों की आपूर्ति की थी। इससे भी भारत की सुरक्षा को खतरा बढ़ा था।

पाक से चीन ने हथियारों की बिक्री के लिए दिसम्बर 1987 में एक समझौता किया जिसके तहत जुलाई 1988 से F-70 लड़ाकू विमान प्राप्त किए। इससे सैन्य विशेषज्ञों की राय यह रही कि इससे पूर्व कभी चीन द्वारा पाक को दिए गए हथियारों के बारे में नहीं सुना गया था। यह F-7 M श्रेणी का ही विमान हो सकता है। इसकी संख्या 150 तक है। इससे पाक हवाई सेना की क्षमता में काफी वृद्धि हुई। यह विमान एक सीट वाला है। इसकी गति 2175 K.M. प्रति घण्टा है। इसे 30 मि०मी० तोप के गोलों से लैस किया गया है। यह विमान 50 से 500 किलोग्राम तक के बम भी ले जा सकता है। इस तरह चीन से पाक की सेनाओं का नवीनीकरण करने का कार्य भी किया। वर्ष 1990, 1992 में चीन ने हथियारों को ढोने की क्षमता रखने वाला M-11 प्रक्षेपास्त्र भी पाक को उपलब्ध कराया, जो कि 360 कि०मी० तक की मारक क्षमता रखता है। इसी तरह चीन ने पाक को परमाणु कार्यक्रम की रूपरेखा भी हस्तान्तरित की। इसकी प्रौद्योगिकी भी उपलब्ध कराई गई।

चीन ने पाक को वर्ष 1993 में जमीन से जमीन पर मार करने वाले प्रक्षेपास्त्रों की आपूर्ति की थी। इस पर अमेरिका ने भी चिन्ता जाहिर की थी। वर्ष 1998 में चीन ने पाक को 1500 कि०मी० क्षमता के नये प्रक्षेपास्त्र उपलब्ध कराए। जिसमें M-11, M-9 श्रेणी के हथियार भी शामिल थे। इनकी मारक क्षमता 650 कि०मी० तक की है। इससे भी पाक-भारत के बीच सुरक्षा को लेकर असन्तुलन चीन ने उत्पन्न किया है।

**(घ) *तिब्बत, ताइवान पर वर्तमान में चीन नीति*** – तिब्बत को चीन अपना अभिन्न अंग मानता रहा है। यहां चीन मानवाधिकारों का सीधा उल्लंघन भी कर रहा है। तिब्बत की समस्या 5 दशक पुरानी है। फिर भी चीन इसे हल नहीं करना चाहता है। ब्रिटेन और तिब्बत के बीच 1904 में ल्हासा समझौता हुआ था। जिसमें 1890 के समझौते के अनुच्छेद 1 की पुष्टि की गई थी। जिसे तिब्बत ने स्वीकार किया था। ब्रिटेन और चीन के बीच में 1906 में एक अन्य समझौता हुआ था उसमें 1890 व 1904 के समझौतों की पुष्टि चीन ने की थी, इसकी भी अवहेलना चीन पिछले 5 दशक से करता रहा है।

चीन के तिब्बत में धर्मगुरु दलाई लामा ने 1963 में तिब्बत का संविधान बनाया था जिसमें व्यवस्था की गई थी कि तिब्बती यदि चाहेंगे तो 2/3 बहुमत से दलाई लामा की व्यवस्था को समाप्त कर सकेंगे। इसमें संसद का गठन लोकतांत्रिक चुनावों के माध्यम से होगा। इन्होंने 1992 में कहा कि यहां स्वशासी व्यवस्था कायम हो जाती है तो वे अध्यक्ष नहीं रहेंगे। दलाई लामा ने तिब्बत की निर्वासित सरकार के रूप में संसद का गठन भी किया है। यदि तिब्बत की स्वायत्तता बहाली हो जाती है तो भारत और

चीन के बीच सीमा विवाद भी हल हो जाता है। दलाई लामा चाहते हैं कि वार्ता शुरू करें, लेकिन चीन इसकी परवाह नहीं करता है।

तिब्बत में वर्ष 1987, 1988 में नागरिक स्वतन्त्रता की मांग को लेकर ल्हासा में काफी दंगे हुए थे। जिसमें-चीन ने कठोर कदम उठाया था। इसके बाद से दलाई लामा ने तिब्बत की समस्या का अन्तर्राष्ट्रीयकरण कर समर्थन जुटाने का प्रयास किया था। इससे भी चीन दलाई लामा से नाराज है।

वैसे दलाई लामा ने अमेरिका के राष्ट्रपति बिल क्लिंटन से भी तिब्बत पर समर्थन प्राप्त करने का प्रयास किया है। तिब्बत की समस्या को हल करने के लिए अब तक निम्न तीन सम्मेलन भी आयोजित हो चुके हैं –

1. प्रथम-19-20 मार्च, 1994 को भारत में,
2. द्वितीय-27-28 मार्च, 1995 को लिथुआनिया में,
3. तृतीय-23-24 अप्रैल, 1998 को वाशिंगटन में,

इस तरह यह तीनों ही सम्मेलन तिब्बत की स्वायत्तता बढ़ाने की मांग को लेकर आयोजित हुए हैं। इस तृतीय सम्मेलन को अमेरिका का समर्थन प्राप्त था। जिससे दलाई लामा की भेंट क्लिंटन से भी हुई। इस तिब्बत को लेकर भी अमेरिका-चीन में टकराव है जिसका मुख्य बिन्दु इस प्रकार है –

चीन तिब्बत में मानवाधिकारों का उल्लंघन कर रहा है। क्लिंटन इसे रोकना चाहते हैं।

वैसे इस सम्मेलन में 27 देशों के 48 सांसद आए थे। जिसका उद्देश्य चीन पर विश्व जनमत का दबाव डालना ही रहा था। जबकि यह राजनीतिक नहीं होकर मूल रूप से आध्यात्मिक और धार्मिक सम्मेलन था। इसके भी कोई सार्थक परिणाम अभी तक नहीं आए हैं। चीन इसकी परवाह नहीं करता है।

नवम्बर 1998 में दलाई लामा ने पुनः वाशिंगटन की यात्रा की। यह यात्रा पूर्णरूप से सफल रही। वर्ष 1998 में अमेरिका यह मान है कि तिब्बत में मानवाधिकारों का हनन व्यापक पैमाने पर हो रहा है। बिल क्लिंटन के रवैये के विपरीत चीन ने अपनी प्रतिक्रिया जाहिर की। अक्तूबर 1998 में दलाई लामा ने भारतीय प्रधानमंत्री अटल बिहारी वाजपेयी से भेंट की थी। तब भी चीन ने अपनी प्रतिक्रिया जारी की थी।

इस तरह चीन ने हमेशा तिब्बत के साथ दमनकारी नीतियां ही अपनाई हैं। चीन ने ही दलाई लामा को तिब्बत छोड़ने के लिए मजबूर किया है। इसके साथ ही चीन ने दलाई लामा के तिब्बत में प्रवेश करने पर भी प्रतिबंध लगा रखा है। दलाई लामा ही तिब्बत की स्वतंत्रता की मांग करते रहे हैं। चीन दलाई लामा के साथ वार्ता करने को तैयार नहीं है। अमेरिका, फ्रांस, ब्रिटेन चीन से यही कहते रहे कि चीन के राष्ट्रपति जेमिन जियांग का भी तिब्बत के मामले में वर्षों पुराना दृष्टिकोण ही हमें देखने को

मिलता है। आखिर कब तक चीन इसकी अवहेलना करता रहेगा। इस समस्या के कारण भारत-चीन के सम्बन्धों में भी सामान्यीकरण की प्रक्रिया स्थापित होना असंभव ही रहेगा।

***ताइवान*** – ताइवान की समस्या भी चीन के सामने पहले जैसी स्थिति में ही बनी हुई है। ताइवान के मामले में चीन आज भी दि-चीन सिद्धान्त को ही मानता रहा है। इसका विलय करने में चीन बाधा डालता रहा है। ताइवान में 23 मार्च, 1996 को राष्ट्रपति पद के चुनावों की घोषणा की गई। इस पर चीन के द्वारा ताइवान को चेतावनी भी दी गई। इसे रोकने के सम्बन्ध में भी पहल की गई। चीन ने M-94 प्रक्षेपास्त्रों के परीक्षण करने की घोषणा कर दी।

5 मार्च, 1996 को जलडमरूमध्य में ताइवान के दोनों बन्दरगाहों लूंग और काओ हसिउंग पर प्रक्षेपास्त्रों को गिराया गया। इससे यह तो साबित हो जाता है कि चीन ताइवान में लोकतांत्रिक चुनावों को कुचलने की मंशा रखता है। वह इसे स्वतंत्र होने से भी रोके रखना चाहता है। चीन को अब यह आशंका है कि ताइवान अमेरिका के दिशा-निर्देश पर कहीं स्वतंत्र घोषणा नहीं कर ले। ताइवान में पूर्व घोषित तिथि के अनुसार चुनाव सम्पन्न हुए जिसमें ली तेंग को राष्ट्रपति पद के लिए चुना गया। ताइवान U.N.O. में अपना स्थान पाना चाहता है और ताइवान में भी मानवाधिकारों का चीन उल्लंघन कर रहा है। इसलिए चीन व अमेरिका में ताइवान को लेकर टकराव है।

***म्यांमार ( बर्मा )*** – म्यांमार में 1962 से फौजी शासन चल रहा है। यहां 1990 में सम्पन्न हुए चुनावों में आंग सान सून की के नेतृत्व में नेशनल लीग फोर डेमोक्रेसी को सबसे ज्यादा सीटें प्राप्त हुई थीं, लेकिन फौजी शासन ने सत्ता सौंपने के बजाय कुचल दिया गया। हिन्द महासागर में अन्डमान निकोबार के निकट कोको द्वीप है। जिस पर म्यांमार का अधिकार है। म्यांमार ने इसे चीन को दे दिया और चीन ने यहां अपना नौसैनिक अड्डा बना रखा है। इससे भी भारत की सुरक्षा को खतरा है। 10 अगस्त, 1990 को चीन का युद्धपोत रंगून में पहुंचा था। जिसमें फौजी सामान को म्यांमार में पहुंचाया गया था। तब से चीन यहां हथियारों की आपूर्ति करता रहा है। चीन की सेना भी म्यांमार में 1.85 हजार से बढ़ा कर चार लाख पचास हजार कर दी है। इससे चीन का हस्तक्षेप म्यांमार में बरकरार बना हुआ है।

***( च ) चीन की वर्तमान आर्थिक स्थिति*** – इस सदी के अन्तिम दशक में चीन भी आर्थिक संकट की चपेट में आया है। इसलिए चीन की अर्थव्यवस्था भी अनेक परेशानियों से गुजर रही है। एशिया के सभी राष्ट्र वर्तमान में आर्थिक संकट की स्थिति से गुजर रहे हैं। सभी की मुद्रा का स्तर काफी गिरता जा रहा है। जून 1998 में जब अमेरिका के राष्ट्रपति बिल क्लिंटन ने चीन की यात्रा की थी तब चीन के राष्ट्रपति जंमिन जियांग ने आर्थिक संकट के बारे में विचार-विमर्श किया था।

चीन में वर्तमान में 178 विदेशी वित्तीय संस्थाओं की शाखाएं कार्यरत हैं। जिसमें से 146 शाखाएं विदेशी बैंकों की रही हैं। जिसमें 11 विदेशी बीमा कम्पनियां हैं। इसमें 7 विदेशी कम्पनियां कार्यरत हैं। इस तरह विदेशी बैंकों की कुल पूंजी 370.39 अरब डालर की रही है। इस पूंजी का 16.4% भाग विदेशी वित्तीय संस्थाओं के पास में रहा है। इससे वर्तमान में चीन के बाजार में काफी उतार-चढ़ाव का दौर चल रहा है।

वर्ष 1997 से चीन की अच्छी इकाइयां घाटे के दौर से गुजर रही हैं। कुल इकाइयों में से 15% इकाइयां घाटे से गुजर रही हैं। यही नहीं वर्ष 1997 में 25% घाटा और बढ़ गया है। इसी प्रकार 1994 में चीन के शेयर बाजार में भी भारी गिरावट आई थी। इससे चीन की अर्थव्यवस्था को वर्तमान दशक में काफी क्षति पहुंची है। इस वर्तमान आर्थिक संकट से चीन को गुजरने के दो-मुख्य कारण माने जा सकते हैं –

1. चीन का निर्यात लगभग ठप्प सा हो गया था।
2. चीन को विदेशी निवेश के माध्यम से पूंजी मिलना बन्द हो गया था।
3. चीन को विदेशों में भुगतान अधिक करना पड़ रहा था।

इसके अलावा एशियाई विकास की वार्षिक रिपोर्ट, 1998 में चीन की अर्थव्यवस्था के आर्थिक संकट के निम्न कारण दर्शाए गए हैं –

1. चीन में पूंजी के परिवर्तन के लिए खाता परिवर्तन प्रणाली नहीं है। इससे चीन की जनता विदेशी निवेशकों को बाहर पूंजी नहीं भेज सकती है। चीन ने इस तरफ ध्यान नहीं दिया।
2. चीन ने अब तक जो पूंजी निवेश की थी वह कारखानों, सड़कों के निर्माण में ज्यादा लगाई थी। जबकि चीन ने पूंजी बाजार में नहीं लगाई थी। इससे भी आर्थिक संकट की स्थिति उत्पन्न हुई है।
3. चीन ने जो ऋण लिया था उसकी अवधि दीर्घकाल की नहीं रखी गई है।
4. चीन के पास पर्याप्त निर्यात का भंडार है। इसके पास विदेशी मुद्रा प्राप्त करने का पर्याप्त स्रोत है।

इस तरह हम देखते हैं कि अमेरिका चीन का बाजार प्राप्त करने की नीति रखता है। चीन को भी इसकी जरूरत है। यदि यह हो जाता है तो चीन आर्थिक संकट की स्थिति से वर्तमान में उभर सकता है वैसे चीन आर्थिक संकट से सफलतापूर्वक उभर सकने की क्षमता रखता है।

**(छ) *चीन की वर्तमान रक्षा नीति*** – चीन दुनिया का सबसे ज्यादा हथियार निर्यातक राष्ट्र रहा है। यह मानवघाती, परमाणु बम और प्रक्षेपास्त्रों का अधिक मात्रा में विस्तार करता रहा है। इसकी रक्षा सम्बन्धी नीति पर कोई भी महाशक्ति अंकुश नहीं लगा सकी है। अमेरिका भी इसे नहीं रोक सका है। वर्तमान में चीन की रक्षा स्थिति का विवरण इस प्रकार है –

1. ***चीन की सेना का विवरण –***
   (क) थल सेना - 23 लाख
   (ख) जल सेना - 2.60 लाख
   (ग) वायु सेना - 4.70 लाख
   (घ) टैंक - 60 हजार
   (च) तोपें - 14,500
   (छ) आणविक पनडुब्बियां - 12
   (ज) पनडुब्बियां - 46
   (झ) नौ सेना के लडाकू विमान - 880
   (ट) युद्ध बमवर्षक नभ सेना में - 470
   (ठ) सुरंग युद्धपोत - 130
   (ड) तटरक्षक जहाज - 860
2. ***अन्य विवरण***
   (क) जल सेना के युद्धक जहाज - 54
   (ख) मध्यम दूरी मारक प्रक्षेपास्त्र - 60
   (ग) अन्तर्महाद्वीपीय प्रक्षेपास्त्र - 08
   (घ) आणविक प्रक्षेपास्त्र - 80

इस तरह चीन अपनी सैनिक क्षमता में वृद्धि करने में निरन्तर प्रयासरत रहा है। चीन ने रूस से इल्यूझिन-76 नामक छः सैनिक विमान भी खरीदे हैं। इसके साथ-साथ एक अरब के 26 सुखोई, 27 लडाकू जेट विमान भी चीन ने खरीदे हैं। इसी तरह मिग-29, मिग 31 विमान भी खरीदे हैं। वर्तमान में चीन अपनी सेना व हथियारों का कम्प्यूटरीकरण करने में लगा हुआ है। इससे भी भारतीय सुरक्षा को व्यापक खतरा महसूस किया जा रहा है। चीन अब कूटनीतिक पहल करने में भी अमेरिका के समान आया है। ताइवान, मलेशिया, सिंगापुर, भारत, अफगान आदि राष्ट्रों को सुरक्षा का व्यापक खतरा चीन से बना हुआ है। फिर भी अमेरिका इस पर प्रतिबन्ध नहीं लगा सका है। यह क्लिंटन की असफलता भी रही है।

### चीन की रूस के प्रति विदेश नीति

चीन की रूस के प्रति रही विदेश नीति में दीर्घकाल तक चीन-सोवियत संघर्ष रहा। इससे दोनों की विदेश नीति में कटुतापूर्ण दृष्टिकोण अपनाया गया था इसलिए यहां पर हम चीन-रूस संघर्ष के कारणों को व्यापक रूप से अंकित करते हैं –

***(क) सैद्धान्तिक मतभेद*** – चीन और रूस की विदेश नीति में मार्क्सवाद-लेनिनवाद ढांचे को लेकर सैद्धान्तिक मतभेद दीर्घकाल तक कायम रहा। इससे भी सम्बन्धों को सामान्य नहीं किया जा सका। चीन के माओ और स्टालिन काल में संघर्ष चरम सीमा पर रहा।

**(ख) *विश्व नेतृत्व*** – चीन और रूस में साम्यवादी गुट विशेष का नेतृत्व करने की होड़ लम्बे समय तक कायम रही। रूस में पहले क्रान्ति आई थी। चीन में बहुत बाद में क्रान्ति आई थी। रूस साम्यवादी गुट का विश्व स्तर पर नेतृत्व कर रहा था जबकि चीन रूस की बराबरी कर उसे पीछे रखना चाहता था। इससे भी संघर्ष कायम रहा।

**(ग) *भू-राजनीतिक*** – चीन और रूस भू-राजनीतिक संघर्ष भी रहा। चीन भी रूस की तरह अन्तर्राष्ट्रीय स्तर पर महत्वपूर्ण भूमिका निर्वाह करने की क्षमता रखता था। अफ्रीका महाद्वीप, भूमध्य सागर में चीन भू-राजनीतिक दृष्टिकोण रखता था।

**(घ) *आणविक बराबरी*** – रूस ने 1949 में आणविक परीक्षण किया। चीन ने 1964 में यह क्षमता प्राप्त की थी। चीन विश्व की तीसरी, रूस विश्व की दूसरी शक्ति बना। अब चीन विश्व की प्रथम शक्ति बनना चाहता है इसलिए उसने आणविक संघर्ष करके भी रूस-चीन के संघर्ष को बरकरार रखा था।

**(च) *सीमा विवाद*** – रूस-चीन की 7000 कि०मी० की सीमा एक दूसरे से मिलती है। चीन 1970 में विश्व नक्शा प्रकाशित कर रूस की अधिकांश भूमि पर अपना कब्जा होने का दावा पेश करने लग गया था। चीन-रूस के बीच सीमा विवाद को लेकर दीर्घकाल तक सम्बन्धों में तनाव रहा है।

**(छ) *मंगोलिया*** – चीन-रूस के बीच संघर्ष का कारण मंगोलिया भी रहा है। चीन और रूस में सैनिकों की तैनाती को लेकर विवाद लम्बे समय तक रहा। इसे चीन अपने कब्जे में करना चाहता है। दोनों की सीमाएं मंगोलिया से मिलती हैं। रूस-चीन के बीच यहां पर मुठभेड़ भी होती रही है।

**(ज) *विचारधारात्मक संघर्ष*** – चीन व रूस के बीच साम्यवादी विचारधारा को लेकर काफी संघर्ष रहा। रूस साम्यवादी विचारधारा का प्रसार कर विश्व के राष्ट्रों को साम्यवादी खेमें में लेना चाहता थ। चीन ने इसका विरोध किया। चीन गुटनिरपेक्ष राष्ट्रों को अपने पक्ष में करना चाहता था। इसलिए भी संघर्ष जारी रहा।

इस तरह हम देखते हैं कि चीन व रूस के बीच संघर्ष ऐसी अवस्था में पहुंच गया था, जहां सम्बन्धों की स्थापना करना कभी सम्भव नहीं होता। दोनों ही शक्तियों में नेतृत्व परिवर्तन के बाद सह-अस्तित्व के सिद्धान्त को स्वीकार कर लिए जाने से धीरे-धीरे सम्बन्धों की प्रक्रिया शुरू हुई।

## चीन-रूस सम्बन्धों की नीति

मार्च 1985 में जब रूस के राष्ट्रपति पद पर मिखाइल गोर्बोच्योव आसीन हुए तो विश्व राजनीति में शान्ति की स्थापना के लिए कूटनीति की पहल सबसे पहले गोर्बोच्योव ने शुरू की थी। इससे अन्तर्राष्ट्रीय घटनाचक्र भी तेजी से परिवर्तित हुआ।

गोर्बोच्योव ने दिसम्बर 1987 की वाशिंगटन शिखर वार्ता में चीन को भी आमंत्रित किया था लेकिन चीन ने इसे अस्वीकार कर दिया था। गोर्बोच्योव यह चाहते थे कि चीन-रूस के बीच सम्बन्धों की कटुता समाप्त कर पारस्परिक सम्बन्धों को एक दूसरे के प्रति बढ़ाया जाए। रूस द्वारा उठाए गए कदमों के कारण चीन के रुख में भी नरमी पाई गई थी।

चीन-रूस सम्बन्धों की प्रक्रिया की शुरुआत उस समय हुई जब चीनी साप्ताहिक पत्र लियोपांग में गोर्बोच्योव की प्रशंसा की गई थी। गोर्बोच्योव ने सीमा सम्बन्धी विवाद को हल करने के लिए कूटनीति स्तर पर नई पहल की थी। रूस-चीन को महान शक्ति के रूप में स्वीकार कर चुका था। इसलिए चीन ने साम्यवादी क्रान्ति की 70वीं वर्षगांठ पर अपना प्रतिनिधि मंडल मास्को भेजा था।

रूस ने चीन के 17 कारखानों की मरम्मत करने का समझौता किया। इसी क्रम में सात औद्योगिक परियोजनाओं को रूस द्वारा शुरू किया गया। इसके बाद गोर्बोच्योव के ही कारण दोनों में व्यापारिक सम्बन्ध बढ़ने लगे थे। इसके परिणामस्वरूप सांस्कृतिक, वैज्ञानिक, तकनीकी सहयोग के समझौते भी किए गए। ऐसी स्थिति में चीन-रूस सम्बन्धों की स्थापना में गोर्बोच्योव की भूमिका महत्वपूर्ण रही। गोर्बोच्योव रूस-चीन-भारत का त्रिकोणीय समीकरण बनाने में सफल रहे थे।

इसी के साथ अमेरिका-रूस के बीच में वर्ष 1987 के बाद सम्बन्धों की स्थापना का युग शुरू हुआ। इससे भी अन्तर्राष्ट्रीय राजनीति के वातावरण में काफी बदलाव आया। इससे पहले कभी इतना बदलाव नहीं आया था। दिसम्बर 1987, मई-जून 1988 की दो शिखर वार्ताएं रूस-अमेरिका के बीच सफल आयोजित हो जाने के कारण चीन भी रूस के साथ मैत्रीपूर्ण सम्बन्धों की स्थापना करने में पीछे नहीं रहना चाहता था।

वर्ष 1986 में रूस के गोर्बोच्योव ने चीन को अमूर नदी क्षेत्र पर आधारित पूर्व सन्धि 1958 के अनुसार इसे चीन को लौटाने की घोषणा की थी जिसमें उसूरी नदी क्षेत्र दामांस्की को भी चीन को लौटाने की घोषणा शामिल की गई थी। चीन रूस से निम्न तीन बिन्दुओं पर सम्बन्ध स्थापित करना चाहता था –

1. रूसी सेनाओं की अफगानिस्तान से वापसी।
2. मंगोलिया से रूसी सेनाओं की 2/3 वापसी।
3. कम्पूचिया से सेनाओं की वापसी।

इसी के बाद रूस-चीन के बीच में वर्ष 1986 में आर्थिक, व्यापार, अनुसंधान, विकास, पर्यावरण, अन्तरिक्ष के क्षेत्र में सहयोग करने का समझौता किया गया। जिसमें रेल सेवाओं का विस्तार भी किया गया। एक दूसरे के बीच व्यापार व अन्य क्षेत्र में सहयोग शुरू हुआ था। रूस के गोर्बोच्योव ने 15 मई, 1989 को चीन की चार दिन की यात्रा भी आयोजित की थी। इसी वर्ष 1989 में त्येन-मान चौक की घटना के बाद

पश्चिमी देशों ने चीन को हथियार बेचने पर रोक लगा दी थी। चीन बड़े पैमाने पर सेना का सैन्यीकारण करने में लगा हुआ था। गोर्बोच्योव से पूर्व रहे राष्ट्रपति ब्रेझनेव ने वर्ष 1982 में चीन के साथ सम्बन्धों को सुधारने की पहल की थी। लेकिन द्वितीय शीतयुद्ध के कारण सम्बन्ध स्थापित नहीं हुए थे। वर्ष 1984 में रूस-चीन के बीच आर्थिक, वैज्ञानिक, तकनीकी के क्षेत्र में समझौते सम्पन्न हुए थे लेकिन सीमा सम्बन्धी विवाद यथावत् ही रहा था। चीन चाहता था कि अफगान, मंगोलिया और कम्पूचिया से रूसी सेनाओं की वापसी के बाद वार्ता शुरू हो। यह कार्य गोर्बोच्योव ने पूरा किया था। इन तीनों स्थानों से वर्ष 1988 में सेनाएं वापस बुलाई गई थीं।

वर्ष 1989 में रूस-चीन के बीच शिखर वार्ता बीजिंग में सम्पन्न हुई। जिसके आधार पर शान्ति व सहयोग करने पर सहमति हुई। इसके बाद में रूस के राष्ट्रपति बोरिस येल्तसिन ने दिसम्बर 1992 में चीन की यात्रा की। सितम्बर 1994 में चीन के राष्ट्रपति जेमिन जियांग ने रूस की यात्रा की। चीनी नेता की रूस यात्रा 1957 के बाद यह पहली यात्रा थी। इस यात्रा के दौरान निम्न समझौते किए गए –

1. चीन-रूस सीमा विवाद को हल किया जाएगा।
2. एक दूसरे पर परमाणु प्रक्षेपास्त्रों से आक्रमण नहीं किया जाएगा।
3. चीन-रूस के बीच व्यापार, आर्थिक सहयोग बढ़ाया जाएगा जिसमें जल विद्युत परियोजनायें, कागज, अन्य उपकरण चीन को दिए जाएंगे।

इसके बाद 24 अप्रैल, 1996 को रूस-चीन के बीच में शंघाई समझौता हुआ। रूस के राष्ट्रपति बोरिस येल्तसिन ने अप्रैल 1996 में चीन की यात्रा की थी। शंघाई समझौता भी हुआ था। तब उक्त समझौता सम्पन्न हुआ। इसके साथ ही दोनों के बीच सामरिक साझेदारी निर्वाह करने का संकल्प भी लिया गया। अमेरिका-जापान भी सामरिक साझेदारी का संकल्प रखते हैं। इस यात्रा के बाद जारी ब्यान में कहा गया कि एक ध्रुवीय व्यवस्था होते हुए बहु-ध्रुवीय व्यवस्था स्थापित की जाएगी। यह नाटो के विस्तार के प्रत्युत्तर के रूप में नई कूटनीति शुरू की गई।

चीन के प्रधानमंत्री ली पेंग ने दिसम्बर 1996 में रूस की यात्रा शंघाई समझौते की सहमति के लिए की थी। जिसमें यह तय हुआ कि अप्रैल 1996 में सीमा सम्बन्धी विवाद को हल करने के लिए समझौते पर अन्तिम हस्ताक्षर किए जाएंगे। 23 अप्रैल, 1997 को चीन के राष्ट्रपति जेमिन जियांग ने 5 दिन की रूस यात्रा की। जिसके तहत चीन की पश्चिमी और उत्तरी सीमा पर तैनात सैनिकों की संख्या में कटौती करने के समझौते पर चीन और रूस के कजाकिस्तान, किरगिजस्तान, तजाकिस्तान के राष्ट्रपतियों ने हस्ताक्षर किए। इसके साथ ही 7000 किलोमीटर के सीमा विवाद को हल करने के कदम उठाए गए। इसे शंघाई समझौता भी कहा गया है। चीन की सीमा रूस के इन तीनों राज्यों से सबसे ज्यादा लगी हुई है। यह मध्य एशिया की सीमा पर बसे हुए हैं।

रूस व चीन के बीच सीमा विवाद का हल निकालने व एक दूसरे की सीमा का निर्धारण करने सम्बन्धी अन्तिम सन्धि नवम्बर 1997 में बीजिंग में आयोजित हुई। जिससे दोनों के बीच 300 पुराना सीमा विवाद हमेशा के लिए हल कर लिया गया। चीन–रूस की पूर्वी सीमा 4300 कि॰मी॰ लम्बी मिलती है। इसके अलावा अन्य क्षेत्रों के सीमा विवाद को भी हल किया गया। इस सन्धि पर रूस के बोरिस येल्तसिन और चीन के जेमिन जियांग राष्ट्रपतियों ने हस्ताक्षर किए।

इस सन्धि की घोषणा में कहा गया है कि, "अब रूस–चीन का उद्देश्य किसी भी देश को निशाना बनाने का नहीं है और अपनी–अपनी सीमाओं का विस्तार करना भी नहीं है। अब सामरिक गठबन्धन का युग भी गुजर गया है।" इस पर येल्तसिन ने कहा, "वास्तव में हमने निर्धारित समय सीमा से पहले ही पूर्वी सीमा की सभी समस्याओं का समाधान निकाल लिया है।"

इसके बाद राजनीतिक, सामरिक एवं व्यापारिक सम्बन्धों के बारे में घोषणा भी की गई। जिसमें आर्थिक व तकनीकी सहयोग करने पर बल दिया गया। जिसके आधार पर रूस साइबेरिया से लेकर उत्तरी चीन में 3000 कि॰मी॰ की दूरी की गैस पाइप लाइन को बिछाने का कार्य करेगा।

इस पर चीन के राष्ट्रपति जेमिन जियांग ने कहा, "हम दोनों काफी पुराने मित्र हैं और यह बड़ी खुशी की बात है कि मैं आपसे मिला। हमारे बीच यह विश्वास का सम्बन्ध है।" इस तरह चीन–रूस के बीच सीमा विवाद का हल होने से अन्य क्षेत्रों में दोनों की भागीदारी बढ़ाई गई।

इसके साथ ही चीन ने रूस से 72 सुखोई, एस यू–27 विमान जिनकी कीमत 2.5 अरब डालर है उसका सौदा भी किया था। यह विमान शत्रु के विमानों को मार गिराने के प्रक्षेपास्त्र से युक्त है। इसी के साथ एस यू–30M के विमान के लिए इल्यूशिन 7–P टैंकर विमान भी चीन ने रूस से खरीदने का समझौता किया है। इसमें 4 पनडुब्बियां, 300 विमान भेदी प्रक्षेपास्त्र आगामी 5 वर्षों में चीन को रूस से प्राप्त होंगे। जिनकी कीमत 80 करोड़ डालर के मूल्य के बराबर है।

अब वर्तमान में रूस–चीन के बीच प्रौद्योगिकी के क्षेत्र में भी सहयोग बढ़ रहा है। चीनी सेना का बड़े पैमाने पर नवीनीकरण व शस्त्रीकरण किया जा रहा है। रूस 1000 मेगावाट क्षमता का परमाणु रिएक्टर जियॉगसु क्षेत्र में चीन के लिए निर्मित कर रहा है। चीन व रूस के बीच 7 अरब डालर का विदेशी व्यापार भी हुआ है। जिसका लक्ष्य 20 अरब डालर करने का रखा गया है। इससे भारतीय सुरक्षा को व्यापक खतरा बढ़ा है। चीन भारत की सीमा पर होने के कारण अधिक शक्तिशाली तेवर दिखाता रहा है। जिसकी बराबरी हमें करनी ही होगी। तब हम चीन से सुरक्षित रह सकते हैं।

# 25

# चीन-जापान सम्बन्ध

जापान की रूस पर विजय (1904-1905) ने असन्दिग्ध रूप से यह सिद्ध कर दिया कि जापान विश्व की महान शक्तियों में से एक था। ब्रिटेन के साथ उसकी मैत्री थी। प्रथम विश्व युद्ध के प्रारम्भ होने पर जापान ने ब्रिटेन के साथ अपनी मैत्री का प्रदर्शन करने तथा सुदूरपूर्व में जर्मन प्रभाव का अन्त करने के उद्देश्यों से 23 अगस्त, 1914 को जर्मन के विरुद्ध युद्ध की घोषणा कर दी। युद्ध के दौरान जापान ने जर्मनी द्वारा हस्तगत किए गए शान्टुंग प्रायद्वीप के क्यौचो प्रदेश पर अधिकार कर लिया। 18 जनवरी, 1915 को चीनी राष्ट्रपति युआन के समक्ष 21 मांगें जापान ने प्रस्तुत कीं। ये मांगें शांटुंग, मंचूरिया, आन्तरिक मंगोलिया; कोयला तथा लोहे से सम्बन्धित सुविधाओं, जापानी परामर्शदाताओं की नियुक्ति, आर्थिक प्राथमिकता के अधिकार आदि से सम्बन्धित थीं। साथ ही यह मांग भी की गई थी कि चीन अपनी खाड़ियों, बन्दरगाहों, तटों अथवा प्रदेशों को किसी अन्य शक्ति को नहीं देगा। इन मांगों का उद्देश्य चीन के द्वार यूरोपियन लोगों के लिए बन्द कर देना था। जापान का नारा था 'एशिया, एशिया वालों के लिए।' इन मांगों को एशियाई मुनरो सिद्धान्त भी कहा जाता है। यूरोपीय राष्ट्रों तथा अमरीका ने इन मांगों का विरोध किया था; फिर भी जापान ने 7 मई, 1915 को युद्ध की धमकी देकर 25 मई, 1915 को चीन से दो सन्धियों पर हस्ताक्षर करा लिए, जिनमें जापान को दक्षिणी मंचूरिया और आंतरिक मंगोलिया में अनेक सुविधाएं देने की व्यवस्था थी।

सुदूरपूर्व का दूसरा प्रमुख राष्ट्र चीन उन्नीसवीं शताब्दी के उत्तरार्ध में विदेशी घुसपैठ के बाद भी अपनी मोहनिद्रा से नहीं जगा था। जापान में एक नवयुग (जागरण) का प्रारम्भ हुआ परन्तु चीन अपने पुराने सामन्तवादी ढांचे से चिपका रहा, जिसके कारण यूरोपीय साम्राज्यवादी शक्तियों ने उसका आर्थिक शोषण किया और सम्पूर्ण चीन को अपने प्रभाव क्षेत्रों में बांट कर उसको अर्द्ध-परतन्त्रता की स्थिति में पहुंचा दिया।

बीसवीं शताब्दी के प्रारम्भ में आधुनिक चीन के पिता डॉ॰ सुनयात सेन (1866 - 1924) के नेतृत्व में एक शक्तिशाली राष्ट्रवादी दल कुओमिन्तांग का विकास

हुआ जिसका उद्देश्य चीन के विदेशी शोषण का अन्त करके उसका सर्वतोंमुखी विकास करना था। इसी के नेतृत्व में प्रथम महायुद्ध से पूर्व क्रान्ति हुई और चीन में प्राचीन राजवंश का अन्त करके गणतन्त्र की घोषणा की गई परन्तु शीघ्र ही वहां युआन के नेतृत्व में तानाशाही व्यवस्था स्थापित हुई; इन्हीं परिस्थितियों में जापानी साम्राज्यवाद से आतंकित चीन ने भी अगस्त, 1917 में जर्मनी के विरुद्ध युद्ध की घोषणा कर दी। इस प्रकार जापान और चीन दोनों ही मित्र राष्ट्रों की ओर से युद्ध में सम्मिलित हुए।

## चीन-जापान सम्बन्ध (दो विश्व युद्धों के मध्य)

***पेरिस शान्ति सम्मेलन में चीन-जापान मतभेद*** – पेरिस शान्ति सम्मेलन में दोनों (चीन-जापान) के प्रतिनिधि मंडलों ने परस्पर विरोधी दावे प्रस्तुत किए। मित्र राष्ट्रों ने चीन के दावों को अस्वीकार कर जापान के साम्राज्यवादी दावों को मान्यता प्रदान की। उसे शांटुंग प्रायद्वीप तथा क्यौचो में वे सभी अधिकार प्रदान किए गए जो युद्ध से पूर्व जर्मनी को प्राप्त थे। उसे भूमध्य रेखा से उत्तर के प्रशान्त महासागर में स्थित सभी जर्मन अधिकृत द्वीप भी प्रदान किए गए। इन सबके विरोध में चीनी प्रतिनिधिमंडल ने वर्साय की सन्धि पर हस्ताक्षर करने से इन्कार कर दिया था।

***वाशिंगटन सम्मेलन*** – पेरिस शान्ति सम्मेलन के पश्चात् सुदूरपूर्व के इतिहास की अगली महत्वपूर्ण घटना वाशिंगटन सम्मेलन थी। यह सम्मेलन अमेरीकन राष्ट्रपति हार्डिग के द्वारा बुलाया गया था। 11 अगस्त, 1921 को अमेरीकन सरकार ने जापान, ब्रिटेन, फ्रांस, इटली, चीन, पुर्तगाल, बेल्जियम और होलैण्ड को "शस्त्रों को मर्यादित करने के सम्बन्ध में तथा प्रशान्त महासागर और सुदूरपूर्व के प्रश्नों पर विचार करने के लिए, एक सम्मेलन में भाग लेने को आमन्त्रित किया। परिणामस्वरूप इन शक्तियों के प्रतिनिधि 12 नवम्बर, 1921 को वाशिंगटन में एकत्रित हुए तथा यह सम्मेलन 6 फरवरी, 1922 तक आयोजित रहा। इस सम्मेलन में 6 सन्धियां सम्पन्न हुईं तथा 12 समझौते किए गए। इनमें से नवशक्ति मुक्त द्वार सन्धि तथा नवशक्ति सन्धि चीन-जापान सम्बन्धों के परिप्रेक्ष्य में अधिक उल्लेखनीय हैं। नवशक्ति मुक्त द्वार सन्धि के द्वारा सभी प्रतिनिधियों ने चीन की प्रभुसत्ता, प्रादेशिक तथा प्रशासनात्मक अखण्डता का सम्मान करने का आश्वासन दिया। नवशक्ति सन्धि द्वारा सभी प्रतिनिधियों ने यह स्वीकार किया कि चीन अपने क्षेत्र में आने वाली वस्तुओं पर चुंगी लगाने का अधिकार रखता है।

इसी के साथ ही जापान ने शांटुंग में अपने विशेषाधिकार चीन को लौटा दिए परन्तु उसे कुछ रेलों पर 15 वर्ष तक नियन्त्रण रखने अधिकार प्राप्त रहा। इस सम्मेलन के पश्चात् चीन-जापान सम्बन्धों में निश्चित रूप से सुधार हुआ। जापान ने चीन के प्रति एक मित्रतापूर्ण नीति अपनाई, जो 1927 तक चलती रही। वास्तव में, वाशिंगटन सन्धियों से सर्वाधिक लाभ चीन का हुआ। नवशक्ति मुक्त द्वार सन्धि चीन के लिए इतनी

अधिक लाभप्रद थी कि उसे चीन की स्वतन्त्रता का महान आज्ञापत्र कहा गया। सकारात्मक रूप से उसे शांटुंग वापस मिल गया।

जापान के लिए वाशिंगटन सम्मेलन एक कूटनीतिक पराजय थी। उसे चीन में प्राप्त अनेक सुविधाओं का परित्याग भी करना पड़ा। इसी के तदन्तर चीन में एक नवीन और उग्र राष्ट्रवाद का विकास हुआ।

***वाशिंगटन सम्मेलन के पश्चात् चीन जापान की स्थिति*** – डॉ॰ सुनयात सेन की मृत्यु के पश्चात् 1925 में कुओमिन्तांग दल दो गुटों में विभक्त हो गया - राष्ट्रवादी और साम्यवादी। राष्ट्रवादी गुट का नेता च्यांग काई शेक, डॉ॰ सुनयात सेन के बाद कुओमिन्तांग सरकार का अध्यक्ष बना। उसने 1927 में साम्यवादियों का दमन करना प्रारम्भ कर दिया। इससे चीन में गृहयुद्ध छिड़ गया। जिसका अन्त 1949 में साम्यवादियों की विजय में हुआ।

1924 में जापान ने शिदेहारा के प्रधानमन्त्रित्व काल में समझौतापूर्ण नीति को क्रियान्वित किया। इसी के तदन्तर जापान ने क्यौचो क्षेत्र चीन को वापस कर दिया जिससे चीन-जापान सम्बन्ध सौहार्दपूर्ण हो सके। परन्तु 1927 में बैरन तानाका जापान के प्रधानमन्त्री बने, जिन्होंने चीन के सम्बन्ध में स्पष्ट घोषणा की – "आत्मरक्षा के लिए तथा दूसरों की रक्षा के लिए भी जापान पूर्वी एशिया में कठिनाइयों को उस समय तक दूर नहीं कर सकता जब तक वह "रक्त और लौह की नीति" को नहीं अपनाता। विश्व जीतने के लिए हमको पहले चीन को जीतना चाहिए। चीन को जीतने के लिए हमें पहले मंचूरिया और मंगोलिया को जीतना चाहिए। देर-सबेर हमें सोवियत रूस और संयुक्त राज्य अमेरिका के विरुद्ध युद्ध करना होगा।"

तानाका स्मरण पत्र (25 जुलाई, 1927) जापान का मुनरो सिद्धान्त कहलाता है। यह एशिया, एशिया वालों के सिद्धान्त पर आधारित था। मुनरो सिद्धान्त के समान तानाका स्मरण-पत्र को घोषित उद्देश्य सुदूरपूर्व को यूरोपियन साम्राज्यवाद से बचाना था।

तानाका स्मरण-पत्र में निर्देशित नीति पर आचरण 1927 में ही प्रारम्भ हो गया, जबकि 1927 के मध्य चीनी राष्ट्रीय सेनाओं के उत्तरी मोर्चे के तथाकथित खतरे के विरुद्ध जापानी नागरिकों के जीवन और सम्पत्ति की रक्षा के लिए जापानी सेनाएं शांटुंग में भेज दी गईं। अप्रैल, 1928 में शांटुंग की राजधानी त्सीनान को अधिक जापानी सेनाएं भेजी गईं। 3 मई, 1928 को जापानी-चीनी सेनाओं में मुठभेड़ हुई। 11 मई, 1928 को चीन ने राष्ट्रसंघ से अपील की। इसी समय जापानी राजनीति क्षेत्रों में तानाका की आलोचना की गई। जुलाई, 1929 में शिदेहारा पुनः प्रधानमन्त्री बने और दो वर्ष तक जापान पुनः समझौतावादी नीति पर आचरण करता रहा।

***मंचूरिया संकट*** – 1931 में जापान ने पुनः तानाका साम्राज्यवादी नीति को अपना लिया। जापानी साम्राज्यवाद के इस पुनरोद्भव के अनेक कारण थे –

(क) कुओमिन्तांग दल के नेतृत्व में चीनी राष्ट्रीय एकता का विकास;
(ख) चीन में साम्यवादी रूस का बढ़ता प्रभाव;
(ग) 1930 का आर्थिक संकट जिसने जापान को दूसरे देशों में अपने अतिरिक्त जनसंख्या के लिए प्रदेश खोजने के लिए विवश कर दिया।

जापान मंचूरिया पर अधिकार करने के लिए कटिबद्ध था। चीनी राष्ट्रवादी भी मंचूरिया को राष्ट्रीय एकता का प्रतीक समझते थे। चीनी राष्ट्रवादी जापानी नियन्त्रण और प्रभाव के विरुद्ध थे। अत: जापान ने चीन पर आक्रमण का निश्चय किया। चीन में च्यांग काई शेक (राष्ट्रवादी) और साम्यवादियों में एक भीषण गृह-युद्ध चल रहा था। चीन की इस असहाय अवस्था से जापानी साम्राज्यवादियों को प्रोत्साहन मिला।

18 सितम्बर, 1931 को जापानी रक्षक दल ने यह बहाना लेकर कि चीनी सैनिकों ने जापानी सेना के मुख्य कार्यालय मुकदन के निकट एक रेलवे लाइन को उड़ा देने का प्रयास किया है, चीनी सेनाओं पर आक्रमण कर दिया। 3 जनवरी, 1932 तक जापानियों ने सम्पूर्ण मंचूरिया पर अधिकार कर लिया। 19 फरवरी, 1932 को जापान ने मंचूरिया में मंचूकुओ नाम के एक कठपुतली राज्य की स्थापना कर दी।

इस घटना से जिस घटनाचक्र का प्रारम्भ हुआ उसने न केवल सुदूरपूर्व, अपितु सम्पूर्ण विश्व के इतिहास को एक नया मोड़ दे दिया। सम्पूर्ण विश्व में जापानी साम्राज्यवाद की निन्दा की गई। चीन ने इसका उत्तर जापानी वस्तुओं का बहिष्कार करके दिया। चीन सरकार ने राष्ट्रसंघ से सहायता मांगी। राष्ट्रसंघ ने जापान के कार्यों की निन्दा की। इस पर जापान ने 27 मार्च, 1933 को राष्ट्रसंघ की सदस्यता से त्यागपत्र दे दिया। जापान के प्रति ब्रिटिश तुष्टीकरण की नीति के कारण उसके विरुद्ध राष्ट्रसंघ कोई प्रभावशाली कार्यवाही करने में असमर्थ रहा।

***जापान-चीन युद्ध*** – मंचूरिया पर अधिकार करने के बाद जापान ने 1933 में उत्तरी चीन के पांच प्रान्तों – होपे, चाहार, शांटुंग, शांसी और स्वेयुआन में पृथकतावादी आन्दोलन भड़काने का प्रयत्न किया। उसने तेल की दृष्टि से समृद्ध जेहोल प्रदेश को मंचूरिया का भाग बतलाते हुए उस पर अधिकार कर लिया।

18 अप्रैल, 1934 को प्रसिद्ध अमाउ वक्तव्य प्रकाशित हुआ। यह वक्तव्य तानाका स्मरण-पत्र का पूरक था। इसके द्वारा जापान ने पाश्चात्य राज्यों के साम्राज्यवाद के विरुद्ध चीन का रक्षक होने का दावा किया, चीन में अपने विशेष हितों पर बल दिया और अमेरिका सहित पाश्चात्य शक्तियों को चीन को किसी भी प्रकार सहायता देने के विरुद्ध चेतावनी दी। पाश्चात्य शक्तियों ने इसका विरोध किया, परन्तु जापान ने उस विरोध की नितान्त उपेक्षा की।

जिस समय जापान मंचूरिया में अपने पांव फैला रहा था उस समय चीन एक भीषण गृह-युद्ध में फंसा हुआ था। च्यांग काई शेक विदेशी शत्रु को हराने से पूर्व

आन्तरिक शत्रु को नष्ट करने में सक्रिय था। परन्तु चीनी जनता जापान के प्रसार को रोकने के लिए अधिक व्यग्र थी। फलस्वरूप राष्ट्रवादियों और साम्यवादियों में समझौता हो गया। अब पूर्ण शक्ति से जापान का विरोध करने का निश्चय चीन की जनता ने किया। कुओमिन्तांग और साम्यवादियों के पुनर्मिलन से जापान प्रसार के रुक जाने की सम्भावना उत्पन्न हो गई। इस सम्भावना के विरुद्ध अपनी स्थिति को मजबूत करने और एशिया में 'नवीन व्यवस्था' की स्थापना करने के अपने उद्देश्य में सफलता प्राप्त करने के लिए जापान ने जर्मनी के साथ 25 नवम्बर, 1936 को एन्टी कोमिन्टर्न पैक्ट पर हस्ताक्षर किए।

1937 के मध्य में जापान ने एक ओर चीन के विरुद्ध और रूस के सुदूरपूर्वी प्रदेशों के विरुद्ध एक नया आक्रमण प्रारम्भ कर दिया। शीघ्र ही चीन और जापान के बीच एक अघोषित युद्ध छिड़ गया जो 8 वर्ष बाद 1945 में द्वितीय महायुद्ध के अन्त के साथ ही समाप्त हो सका।

चीन-जापान युद्ध में चीन को अकेले ही जापानी साम्राज्यवाद का सामना करना पड़ा। 1941 के प्रारम्भ तक जापान-चीन युद्ध एक अनिर्णयात्मक और स्थिर स्थिति में पहुंच गया। जापान को विश्वास हो गया कि वह तब तक चीन पर पूर्ण विजय प्राप्त नहीं कर सकता था जब तक कि अमेरिका को चीन की सहायता करने से रोक न दिया जाए। अतः जापान ने सुदूरपूर्व में अमेरिका और ब्रिटेन की शक्ति को नष्ट करने का निश्चय किया। 7 दिसम्बर, 1941 को जापान ने पर्ल हारबर में स्थित अमेरीकन नौ सैनिक बेड़े पर भीषण आक्रमण किया। परिणामस्वरूप 8 दिसम्बर, 1941 को अमेरिका ने जापान के विरुद्ध युद्ध की घोषणा कर दी। 9 दिसम्बर, 1941 को ब्रिटेन ने जापान के विरुद्ध युद्ध की घोषणा कर दी। दिसम्बर, 1941 में ही चीन ने भी मित्र राष्ट्रों की ओर से जापान के विरुद्ध युद्ध की घोषणा कर दी। 6 अगस्त, 1945 को अमेरिका ने एटमबम के प्रहार से ज़ापान के हिरोशिमा नगर को नष्ट कर दिया। 8 अगस्त, 1945 को रूस ने जापान के विरुद्ध युद्ध की घोषणा कर दी। अन्ततः सूर्योदय के देश को घुटने टेक देने पड़े। 14 अगस्त, 1945 को जापान ने आत्मसमर्पण कर दिया।

इस प्रकार अगस्त, 1945 में जापान के विश्व विजय के स्वप्न का अन्त हो गया। जापान की पराजय से सर्वाधिक लाभ चीन को हुआ। जापान को चीन में अपने सभी अधिकारों को परित्याग करना पड़ा और फारमोसा चीन को वापस कर देना पड़ा। परन्तु चीन अपनी आन्तरिक कलह से इस स्थिति का अपने हित में उपयोग नहीं कर पाया था।

# 26

# अरब राष्ट्र और तेल कूटनीति

## अरब राष्ट्रों का परिचय

**(क)** ***भौगोलिक स्थिति*** – मध्य-पूर्व का क्षेत्रफल लगभग 43.20 लाख वर्ग कि॰मी॰ है; परन्तु इसका अधिकांश भाग मरुस्थल है। विशेषत: सऊदी अरब, मिस्त्र और ईरान में विशाल मरुस्थल है। इस कारण से इसकी जनसंख्या केवल 8 करोड़ के लगभग है। फिर भी अन्तर्राष्ट्रीय राजनीति के क्षेत्र में यह प्रदेश अत्यन्त महत्वपूर्ण स्वीकार किया जाता है। इसका प्रथम कारण इसकी भौगोलिक स्थिति है। "मध्य-पूर्व सैनिक दृष्टि से विश्व का सर्वाधिक महत्वपूर्ण स्थल सेतु है जो कि तीन महाद्वीपों - एशिया, अफ्रीका और यूरोप को जोड़ता है।" इसे पूर्वी गोलार्द्ध की धुरी कहा जाता है। और अन्तर्राष्ट्रीय गमनागमन का एक प्रधान केन्द्र माना जाता है। यह केवल तीन महाद्वीपों को ही नहीं जोड़ता है अपितु सागरों को भी सम्बद्ध करता है – अन्ध महासागर, भूमध्य सागर, कृष्ण सागर। स्वेज नहर का अत्यधिक सामरिक और व्यापारिक महत्व है। दर्रे दानियाल और बास्फोरस जलडमरुमध्य भी सामरिक दृष्टि से अत्यधिक महत्वपूर्ण हैं।

**(ख)** ***ऐतिहासिक तथा धार्मिक महत्व*** – मध्य-पूर्व ऐतिहासिक और धार्मिक दृष्टिकोण से भी महत्वपूर्ण है। विश्व के तीन महान धर्मों – इस्लाम, ईसाई और यहूदी धर्म का जन्म मध्य-पूर्व की भूमि पर हुआ था। विशेषत: मध्य-पूर्व इस्लामी विश्व का केन्द्र है। इस्लाम के सर्वाधिक पवित्र तीर्थ स्थल मक्का और मदीना और इस्लामी विद्या की महानतम संस्थाएं मध्य-पूर्व में ही स्थित हैं। यरुसलम को इस्लाम, ईसाई और यहूदी तीनों धर्मों के अनुयायी अपना पवित्र स्थल मानते हैं।

**(ग)** ***तेल कूटनीति*** – वर्तमान युग में मध्य-पूर्व को महत्व प्रदान करने वाला सर्वाधिक महत्वपूर्ण तत्व इसका तेल भंडार है। पेट्रोल औद्योगिक विकास के लिए अनिवार्य वस्तु है। ईरान, इराक, कुवैत और सऊदी अरब इस तेल के प्रधान उत्पादक हैं। यूरोप अपने लिए आवश्यक तेल का लगभग 80 प्रतिशत मध्य-पूर्व से प्राप्त करता है। यदि यूरोप को यह तेल प्राप्त न हो सके तो उसके उद्योग बन्द हो जाएं और उसकी

सामरिक क्षमता नष्ट हो जाए। इस कारण से यूरोप की प्रधान शक्तियां मध्य-पूर्व के तेल भंडारों से युक्त देशों की राजनीति में विशेष दिलचस्पी लेती रही हैं। तेल उत्पादन के अधिकार प्राप्त करना इन शक्तियों की मध्य-पूर्व सम्बन्धी नीति का एक प्रधान उद्देश्य बन गया। इसी कारण से मध्य-पूर्व की अन्तर्राष्ट्रीय राजनीति को तेल कूटनीति कहा जाने लगा। द्वितीय विश्व युद्ध से पूर्व इसमें ब्रिटेन को अधिक सफलता प्राप्त हुई थी।

**( घ ) *अरब राष्ट्रवाद*** – सम्भवतः मध्य-पूर्व की अन्तर्राष्ट्रीय राजनीति को सबसे अधिक प्रभावित करने वाला तत्व अरब राष्ट्रवाद है। अरब राष्ट्रवाद का विकास प्रथम महायुद्ध के समय प्रारम्भ हुआ जबकि ब्रिटेन ने अरब लोगों को तुर्की के विरुद्ध विद्रोह के लिए प्रोत्साहित किया था। परन्तु बाद में अरब राष्ट्रीयता एक प्रधानतः पश्चिम विरोधी और यहूदी विरोधी आन्दोलन बन गया। अरब राष्ट्रीयता मध्य-पूर्व में अनेक प्रकार से एक निर्णायक तत्व सिद्ध हुई। प्रथम, प्रथम विश्वयुद्ध के पश्चात् ब्रिटेन और फ्रांस ने इस क्षेत्र के एक बड़े भाग को मैन्डेटों और प्रभाव क्षेत्रों के रूप में बांट लिया। परन्तु अरब राष्ट्रीयता की बढ़ती हुई लहर ने उन्हें इस प्रदेश के देशों को स्वतन्त्रता प्रदान करने को विवश कर दिया। अरब राष्ट्रीयता को दूसरा मुख्य प्रभाव अरब यहूदी संघर्ष में निहित रहा। स्वेज नहर पर आधिपत्य का संघर्ष अरब राष्ट्रीयता की तीसरी अभिव्यक्ति थी।

यही मध्य-पूर्व की अन्तर्राष्ट्रीय राजनीति के महत्वपूर्ण निर्धारक तत्व थे। मध्य-पूर्व प्राचीन काल से ही विश्व राजनीति का केन्द्र रहा है। यहां प्राचीन काल में मिस्त्री इंजियन, फिनिशियन, सुमेरियन, असीरियन, बेबीलोनियन, खाल्दियन, हरवामनी सासानियन और यूनानी साम्राज्यों का उत्थान और पतन हुआ था। 16वीं शताब्दी के अन्त तक तुर्क लोगों ने लगभग सम्पूर्ण मध्य-पूर्व पर अधिकार कर लिया था। स्वेज नहर के निर्माण के पश्चात् ब्रिटेन की अभिरुचि मध्य-पूर्व में बढ़ गई। शनैः-शनैः अन्य यूरोपीय शक्तियों ने भी मध्य-पूर्व में रुचि लेनी प्रारम्भ कर दी। प्रथम महायुद्ध में तुर्की ने जर्मनी का साथ दिया। तुर्की के प्रथम विश्व युद्ध में जर्मनी का साथ देने के कारण 18 सितम्बर, 1914 को मिस्त्र को ब्रिटेन ने अपना संरक्षित प्रदेश घोषित कर दिया और अरबों को तुर्की के विरुद्ध विद्रोह करने के लिए उत्तेजित किया। ब्रिटेन ने अरबों को प्रथम विश्व युद्ध के पश्चात् एक स्वतन्त्र अरब संघ की स्थापना का आश्वासन भी दिया। साथ ही ब्रिटेन ने यहूदियों को भी फिलिस्तीन में उनके "राष्ट्रीय देश" की स्थापना का वचन दे दिया।

***प्रथम विश्व युद्ध के पश्चात् मध्य-पूर्व की स्थिति*** – प्रथम विश्व युद्ध के बाद ब्रिटेन ने अपने वचनों को पूरा नहीं किया। तुर्की ने अरब प्रदेशों को उससे छीन लिया, परन्तु एक अरब संघ की स्थापना न करके अनेक नवीन देशों की रचना कर दी गई। ये देश थे – इराक, फिलिस्तीन, ट्रांसजोर्डन, सीरिया और लेबनान। इनमें से प्रथम तीन ब्रिटिश मैन्डेट और शेष दो फ्रेंच मैन्डेट बना दिए गए। केवल हेजाज स्वतन्त्र

रहा। बाद में इब्न सऊद ने हेजाज और नज्द को सऊदी अरब का नाम दिया। इसके अतिरिक्त ईरान और अफगानिस्तान भी स्वतंत्र बने रहे, यद्यपि उन पर ब्रिटेन का बहुत प्रभाव था। स्वयं तुर्की को 1920 में सेव्र की अपमानजनक सन्धि को स्वीकार करने के लिए विवश किया गया; परन्तु कमालपाशा के नेतृत्व में तुर्की की राष्ट्रवादी शक्तियों ने संगठित होकर सेव्र की सन्धि करने से इन्कार कर दिया। अन्त में, तीन वर्षों के संघर्ष के पश्चात् 1923 में लोसाने की सन्धि के द्वारा तुर्की सम्मानजनक शर्तें प्राप्त करने और अपनी स्वतन्त्रता की रक्षा करने में सफल हुआ।

प्रथम विश्व युद्ध के बाद अरब राष्ट्रवाद ने जो कि अब तक तुर्की विरोधी था, ब्रिटिश और फ्रेंच विरोधी रूप ले लिया। अरब राष्ट्रवादी इन शक्तियों के चंगुल से छुटकारा पाने का प्रयत्न करने लगे। 1914 में मिस्र को ब्रिटेन का संरक्षित प्रदेश घोषित कर दिया गया था, परन्तु जगलुल के पाशा के नेतृत्व में राष्ट्रीयता के बढ़ते हुये ज्वार ने ब्रिटेन के लिए अपने संरक्षित राज्य की स्थिति को बनाए रखना कठिन कर दिया। 28 फरवरी, 1922 को उसने मिस्र की स्वतन्त्रता की घोषणा कर दी। स्वतन्त्रता की इस घोषणा के साथ ही चार विषय ब्रिटिश सरकार के लिए सुरक्षित रख लिए गए। ये चार विषय थे –

(क) साम्राज्य सम्बन्धी संचार व्यवस्था;
(ख) मिस्र की सुरक्षा;
(ग) विदेशियों और अल्पसंख्यकों की सुरक्षा;
(घ) सूडान।

ये चार विषय इतने महत्वपूर्ण थे कि मिस्री नेताओं ने अपनी स्वतन्त्रता को अधूरा माना और ब्रिटेन के विरुद्ध उनका संघर्ष चलता रहा। 1936 में एक समझौता भी हुआ पर उससे भी समस्या का अन्त नहीं हुआ।

ब्रिटेन ने अपने मेन्डेंटों के सम्बन्ध में एक उदारवादी नीति अपनाई और अरब राष्ट्रीयता की मांगों को सन्तुष्ट करना उचित समझा। उसने 1932 में इराक को भी स्वतन्त्रता प्रदान कर दी। परन्तु ब्रिटेन ने इराक से कुछ आर्थिक और सामरिक विशेषाधिकार प्राप्त कर लिए, जो काफी समय तक राष्ट्रवादियों के असंतोष का कारण बने रहे। ट्रांस जोर्डन में भी ब्रिटेन द्वारा आर्थिक शोषण के कारण असंतोष छाया रहा। फिलिस्तीन में अरब-यहूदी के कारण अशान्ति बनी रही।

फ्रांस ने अपने मैन्डेटों में "फूट डालो और राज्य करो" नीति अपनाई और राष्ट्रीयता का दमन करने का प्रयत्न किया। परन्तु द्वितीय विश्व युद्ध में जब जून, 1940 में फ्रांस पराजित हो गया तब सीरिया और लेबनान पर से भी उसका नियन्त्रण उठ गया। द्वितीय विश्व युद्ध के अन्तिम चरण में फ्रांस ने पुनः उन पर अपना प्रभुत्व स्थापित करना चाहा, परन्तु ब्रिटिश विरोध और दबाव के कारण ऐसा सम्भव न हो सका तथा मार्च, 1945 में सीरिया और लेबनान दोनों को स्वतन्त्रता प्राप्त हो गई।

**फिलस्तीन : अरब-यहूदी संघर्ष और इजरायल**

मध्य-पूर्व में अन्तर्राष्ट्रीय राजनीति को प्रभावित करने वाली समस्याओं में यहूदियों की समस्या अत्यन्त महत्वपूर्ण थी। 19वीं शताब्दी में यहूदी लोगों का अपना कोई देश अथवा राज्य नहीं था, अपितु वे यूरोप के विभिन्न देशों और अमेरिका में बसे हुए थे। इन लोगों का प्रधान व्यवसाय ऋण देना तथा धार्मिक कारणों से इन्हें घृणा की दृष्टि से देखा जाता था। अनेक देशों में उन पर अत्याचार किए जाते थे। उन्नीसवीं शताब्दी के अन्तिम वर्षों में कुछ यहूदी नेताओं ने इस विचार को जन्म दिया कि इन अत्याचारों से यहूदियों को बचाने के लिए उनके एक स्वतन्त्र राज्य की स्थापना की जानी चाहिए। प्राचीन काल में फिलस्तीन में यहूदियों का राज्य था। अतः उन्होंने आधुनिक युग में भी इसी प्रदेश को यहूदियों का देश बनाने का निश्चय किया। बाईबिल के अनुसार फिलस्तीन में जेरुसलम की जायन नाम पहाड़ी पर यहूदियों के प्रसिद्ध राजा दाऊद और उसके उत्तराधिकारियों का निवास स्थान था। इस कारण से फिलस्तीन में यहूदी देश की स्थापना का आन्दोलन जायनवाद कहलाया।

1897 में थियोडोर हर्त्सल के प्रयत्नों से बाजेल में पहली विश्व जायनवादी कांग्रेस स्थापित हुई तथा प्रथम महायुद्ध के प्रारम्भ तक लगभग एक लाख यहूदी फिलस्तीन में जाकर बस गए। 2 नवम्बर, 1917 को जायनवाद आन्दोलन के नेता ब्रिटिश रसायन शास्त्री डॉ॰ वाइजमान की सेवाओं से प्रसन्न होकर ब्रिटिश सरकार ने बाल्फोर घोषणा के द्वारा उन्हें यह वचन दिया –

> "ब्रिटिश सरकार फिलस्तीन में यहूदी लोगों के लिए राष्ट्रीय देश के विचार को पसन्द करती है, वह इस उद्देश्य की पूर्ति को सुविधाजनक बनाने में अपना सर्वोत्तम प्रयत्न लगाएगी।"

परन्तु फिलस्तीन 1917 में तुर्की साम्राज्य का एक भाग था और उसकी लगभग 90% जनसंख्या अरब थी। ब्रिटेन तुर्की के विरुद्ध अरबों का समर्थन प्राप्त करना चाहता था। इस समर्थन की प्राप्ति के लिए 24 अक्तूबर, 1915 को मिस्र के ब्रिटिश हाई कमिश्नर सर हेनरी मैकमलन ने अरब स्वातन्त्र्य आन्दोलन के नेता मक्का के शरीफ हुसैन को एक पत्र में फिलस्तीन को एक स्वतन्त्र अरब राज्य का भाग बनाने का वचन दे दिया। इस प्रकार ब्रिटेन ने एक ही वस्तु को दो भिन्न-भिन्न खरीददारों को बेच कर संघर्ष का सूत्रपात कर दिया।

प्रथम विश्व युद्ध के बाद ब्रिटेन को फिलस्तीन मैन्डेट के रूप में दिया गया तथा उसे यह उत्तरदायित्व सौंपा गया कि वह देश का प्रशासन इस प्रकार से करे कि "यहूदी राष्ट्रीय देश की स्थापना हो सके और साथ ही फिलस्तीन मैन्डेट के सभी निवासियों के नागरिक और धार्मिक अधिकारों की रक्षा भी हो।" परन्तु यदि फिलस्तीन में एक यहूदी राज्य की स्थापना होनी थी, जैसा कि जायनवादी नेताओं का संकल्प था, तब अरब

अधिकारों की रक्षा असम्भव थी। ब्रिटेन ने फिलस्तीन में सीमित यहूदी आव्रजन की नीति द्वारा यहूदियों और अरबों की विरोधी अभिलाषाओं के समन्वय का प्रयत्न किया; परन्तु इसमें वह नितान्त असफल रहा क्योंकि अरब लोग यहूदी आव्रजन के पूर्ण विरोधी थे जबकि यहूदी लोगों ने, विशेषतः नात्सी जर्मनी में यहूदियों पर अत्याचारों के बाद, यहूदी आव्रजन पर लगाई सीमाओं का घोर विरोध किया। दोनों पक्षों ने अपने-अपने उद्देश्यों की प्राप्ति के लिए आतंकवादी साधनों को अपनाया और ब्रिटेन के शान्ति स्थापना के सभी प्रयत्नों के बावजूद फिलस्तीन संघर्ष, उपद्रव और हिंसात्मक कार्यवाहियों का केन्द्र बना रहा।

17 मई, 1939 को ब्रिटेन ने भावी युद्ध संकट में अरबों का समर्थन पाने के उद्देश्य से एक श्वेत पत्र प्रकाशित किया, जिसमें कहा गया था कि फिलस्तीन में एक यहूदी राज्य की स्थापना न करके अरबों और यहूदियों के एक सम्मिलित स्वतन्त्र राज्य की स्थापना की जाएगी तथा यहूदी आव्रजन को इस प्रकार सीमित रखा जाएगा कि उनकी जनसंख्या कुल जनसंख्या का लगभग 1/3 रहे। इस श्वेत पत्र की न केवल यहूदियों ने निन्दा की अपितु राष्ट्रसंघ के मैन्डेट आयोग ने इसे स्वयं मैन्डेट को उल्लंघन कहा। चर्चिल ने इसे "बाल्फोर घोषणा का उल्लंघन और खंडन" कहा। इस प्रकार फिलस्तीन में अराजकता और अशान्ति बढ़ती चली गई।

## एंग्लो-मिस्त्र सम्बन्ध

मिस्त्र मध्य-पूर्व का सबसे अधिक जनसंख्या वाला और सम्भवतः सबसे अधिक महत्वपूर्ण देश है। प्रथम महायुद्ध तक यह देश तुर्की के अधीन माना जाता था। 1869 में स्वेज नहर के निर्माण के बाद ब्रिटेन इस देश में रुचि लेने लगा था। 1875 में ब्रिटिश प्रधानमंत्री डिजरेली ने स्वेज नहर पर; जिसे ब्रिटिश साम्राज्य की बचाव रस्सी माना जाता था, नियन्त्रण प्राप्त करने के उद्देश्य से स्वेज नहर कम्पनी के आधे हिस्से खरीद लिए। 29 अक्तूबर, 1888 को ब्रिटेन, फ्रांस, जर्मनी, इटली, आस्ट्रिया, हंगरी, रूस, होलैण्ड और तुर्की ने कान्सटेन्टिनोपल में स्वेज नहर के सम्बन्ध में एक अभिसमय स्वीकार कर यह व्यवस्था की कि स्वेज नहर शान्ति एवं युद्ध दोनों कालों में सभी देशों के व्यापारिक और जंगी जहाजों के लिए खुली रहेगी और उसमें कोई स्थायी किलेबन्दी नहीं की जाएगी। इस बीच और उसके बाद ब्रिटेन मिस्त्र पर अपने नियन्त्रण को अधिकाधिक मजबूत बनाता गया और जब प्रथम महायुद्ध में तुर्की ने जर्मनी का साथ दिया तब ब्रिटेन ने 18 दिसम्बर, 1914 को मिस्त्र को अपना संरक्षित राज्य घोषित कर दिया।

प्रथम महायुद्ध के पश्चात् जगलुल पाशा के नेतृत्व में मिस्त्र में एक उग्र राष्ट्रीय आन्दोलन का विकास हुआ। राष्ट्रवादियों ने ब्रिटिश नियन्त्रण से स्वतन्त्रता और वैधानिक सरकार की स्थापना की मांग की। इसके फलस्वरूप ब्रिटेन ने 28 फरवरी, 1922 को

मिलनर आयोग की सिफारिशों के आधार पर चार महत्वपूर्ण विषयों को अपने अधिकार में रखते हुए मिस्र को स्वतन्त्रता प्रदान कर दी। ये चार विषय थे –

(क) ब्रिटिश साम्राज्य के स्वेज नहर आदि मार्गों की सुरक्षा;

(ख) मिस्र की सुरक्षा;

(ग) विदेश हितों और अल्प-संख्यकों का संरक्षण;

(घ) सूडान।

परन्तु मिस्री राष्ट्रवादियों ने अपनी स्वतन्त्रता को अधूरा माना और अपना आन्दोलन जारी रखा। 1924, 1927 और 1929 में दोनों देशों में समझौता वार्ताएं हुईं, परन्तु उनका कोई परिणाम नहीं निकला। इसी बीच इटली ने एबीसीनिया में अपनी आक्रामक गतिविधियां प्रारम्भ कर दीं तब दोनों पक्ष समझौते के लिए उत्सुक हो उठे, जिसके फलस्वरूप 26 अगस्त, 1936 को मिस्र और ब्रिटेन में एक मैत्री सन्धि हुई। सन्धि की व्यवस्थाएं थीं –

(क) ब्रिटिश सेनाएं मिस्र के अन्दरूनी भागों से हट जाएंगी।

(ख) स्वेज नहर मिस्र का पूर्ण अंग मानी जाएगी, परन्तु ब्रिटेन को उसकी रक्षा के लिए 20 वर्ष तक नहरी प्रदेश में 400 चालकों सहित 10000 सैनिक रखने का अधिकार प्राप्त होगा।

(ग) ब्रिटेन मिस्र में यूरोपियन राज्यों के नागरिकों को प्राप्त विशेषाधिकारों और अपरदेशीय अधिकारों को समाप्त कराएगा।

(घ) ब्रिटेन मिस्र को राष्ट्रसंघ की सदस्यता दिलवाएगा।

(च) सूडान पर मिस्र और ब्रिटेन का संयुक्त शासन रहेगा।

इस सन्धि के अनुसार व्यवस्था स्थापित होते ही मिस्र को राष्ट्रसंघ की सदस्यता भी प्राप्त हो गई। परन्तु द्वितीय विश्वयुद्ध के बाद ब्रिटेन और मिस्र के सम्बन्धों में पुनः कटुता उत्पन्न हो गई। मिस्र के राष्ट्रवादी चाहते थे कि ब्रिटिश सेनाएं पूरी तरह से मिस्र से हट जाएं, स्वेज नहर पर मिस्र का पूर्ण नियन्त्रण हो जाये और सूडान मिस्र में मिला दिया जाए। परन्तु ब्रिटेन इन मांगों को स्वीकार करने के लिए तैयार नहीं था, विशेषतः सूडान के सम्बन्ध में ब्रिटेन का मत था कि स्वयं सूडानियों को अपने भविष्य के निर्धारण का अधिकार होना चाहिए। अतः एंग्लो-मिस्र सम्बन्ध तनावपूर्ण बने रहे।

# 27

# इटली की विदेश नीति

## पृष्ठभूमि

प्रथम विश्वयुद्ध से पूर्व इटली की विदेश नीति में तीन महत्वाकांक्षाएं थीं – (क) इटालियन भाषा-भाषी जो प्रदेश विदेशी शासन के अधीन बच रहे थे, उन्हें मुक्त कराके इटली में सम्मिलित करना; (ख) अफ्रीका में एक विशाल साम्राज्य की स्थापना करना; (ग) भूमध्य सागर पर प्रभुत्व स्थापित करना ताकि उसे रोमन झील कहा जा सके।

परन्तु उसमें इतनी सामर्थ्य नहीं थी कि स्वयं अपने बल पर इन महत्वाकांक्षाओं को पूरा सके। अत: उसने इन लक्ष्यों की प्राप्ति के लिए एक श्रगाल नीति अपनाई। यह विभिन्न शक्तियों से सन्धिबद्ध होते हुए भी युद्ध आदि के अवसरों पर एक चतुर श्रगाल की तरह इस बात की प्रतीक्षा करता था कि यह स्पष्ट हो जाए कि कौन-सा पक्ष विजयी होगा। फिर युद्ध समाप्ति से कुछ समय पूर्व वह सम्भावित विजेता के पक्ष में सम्मिलित होकर विजय की लूट में से हिस्सा मांगता था। इस प्रकार एक श्रगाल की भांति वह महाशक्तियों के संग्राम के बाद विजेता की लूट के शेषांश को उदरस्थ कर जाता था। साथ ही वह छोटे और निर्बल राष्ट्रों का शिकार करने का प्रयत्न भी करता रहता था।

अपनी त्रिगुट सन्धि के बावजूद वह प्रारम्भ में प्रथम विश्व युद्ध में तटस्थ बना रहा; परन्तु जब 28 अप्रैल, 1915 की लन्दन की गुप्त सन्धि के द्वारा मित्र राष्ट्रों ने उसे ब्रेनर दर्रे तक दक्षिणी टिरोल, ट्रीस्टे, गोरिजिया, आस्ट्रिया और डालमेशिया का एक बड़ा भाग देना स्वीकार कर लिया तब वह अपने भूतपूर्व मित्रों के विरुद्ध तथा मित्रराष्ट्रों के पक्ष में 23 मई, 1915 को युद्ध में सम्मिलित हो गया।

परन्तु पेरिस शान्ति सम्मेलन में इटली की सभी महत्वाकांक्षाएं पूरी नहीं हो सकीं। राष्ट्रपति विल्सन के विरोध के कारण उसकी अफ्रीका में साम्राज्य विस्तार की महत्वाकांक्षा अधूरी ही रह गई तथा भूमध्य सागर में इटली के प्रभुत्व को स्वीकार करने

की एंग्लो-फ्रेंच अनिच्छा के कारण फ्यूम बन्दरगाह के सम्बन्ध में उसकी आकांक्षा पूरी नहीं हुई। अतः इटली को प्रतीत हुआ कि वह प्रथम विश्वयुद्ध के विजयी राष्ट्रों में होते हुए भी पराजित हो गया है। शान्ति सम्मेलन के बाद उसने अपने को 'असन्तुष्ट' राज्यों की श्रेणी में पाया।

इस प्रकार 1919 के शान्ति समझौते से इटली के अन्तर्राष्ट्रीय सम्मान में वृद्धि न होकर ह्रास ही दिखलाई पड़ा। 1920 में उसे यूगोस्लाविया से सन्धि कर फ्यूम को एक स्वाधीन नगर के रूप में स्वीकार करना पड़ा। उसे अल्बानिया पर मैंन्डेट प्राप्त नहीं हो सका, अल्बानियन लोगों ने अपनी भूमि पर से इटालियन सेनाओं को खदेड़ दिया। इसी समय इटली की आन्तरकि दशा भी गिरती चली जा रही थी। युद्ध के कारण उसकी अर्थव्यवस्था क्षत-विक्षत हो गई थी। युद्ध के बाद शासन की अक्षमता के कारण दशा और भी खराब हो गई। स्थान-स्थान पर विद्रोह, हड़तालें और दंगे हुए। इस अर्द्ध-अराजकता की स्थिति में जनता के लगभग सभी वर्गों में तत्कालीन समाजवादी सरकार के प्रति असन्तोष उत्पन्न हो गया। विशेषतः धनिक वर्ग साम्यवाद के प्रसार के भय से आतंकित हो उठे। ऐसी अवस्था में मुसोलिनी के नेतृत्व में फासिस्ट दल का विकास हुआ। अक्तूबर 1922 में उसने एक क्रान्ति के द्वारा सत्ता प्राप्ति का प्रयत्न किया। 27 अक्तूबर 1922 को 30 हजार फासिस्ट सैनिकों ने रोम की ओर प्रस्थान किया। एक विनाशकारी गृह-युद्ध से बचने के लिए सम्राट विक्टर इमेनुअल तृतीय ने 31 अक्तूबर, 1922 को मुसोलिनी को प्रधानमन्त्री नियुक्त कर दिया। शीघ्र ही मुसोलिनी एक सर्वेसर्वा अधिनायक बन गया।

## फासिज्म तथा फासिस्ट विदेश नीति के मूल तत्व

'फासिज्म' लेटिन के 'फासियो' शब्द से बना है, जिसका अर्थ होता है 'लकड़ियों का गट्ठा'। प्राचीन रोम में लकड़ी का गट्ठा तथा कुल्हाड़ी राज्य चिन्ह थे। पहले को अनुशासन तथा एकता का और दूसरे को शक्ति का प्रतीक माना जाता था। अतः मुसोलिनी के अनुसार, "फासिज्म वह दर्शन है जो राज्य की सत्ता की सर्वोच्चता में विश्वास करता है और शक्ति, अनुशासन और एकता पर बल देता है।" इसका एक ही सर्वोपरि उद्देश्य था – राष्ट्रीय प्रतिष्ठा और गौरव की प्राप्ति। राष्ट्रीय प्रतिष्ठा की अभिवृद्धि के लिए उसने एक त्रिसूत्रीय कार्यक्रम अपनाया। इस कार्यक्रम का प्रथम अंग था सैनिक शक्ति का विकास। इटली वासियों की धारणा थी कि पेरिस शान्ति सम्मेलन में उनकी मांगों की अस्वीकृति का कारण उनकी सैनिक दुर्बलता थी। अतः मुसोलिनी ने एक शक्तिशाली सैन्य बल के निर्माण को अपना प्रथम लक्ष्य बनाया। उसके कार्यक्रम का दूसरा अंग उपनिवेशों की विजय और साम्राज्य विस्तार था। वह विश्व की आंखों में इटली की प्रतिष्ठा बढ़ाने के लिए कटिबद्ध था। उसका विचार था कि यह तभी सम्भव था जब इटली यह सिद्ध कर सके कि उसमें अपनी रक्षा करने की ही नहीं

अपितु दूसरों पर विजय प्राप्त करने की भी क्षमता है। वह कच्चे माल की प्राप्ति और अपनी बढ़ती हुई जनसंख्या की समस्याओं के समाधान के लिए भी उपनिवेशों को प्राप्त करना चाहता था। 1926 में मुसोलिनी ने स्पष्ट शब्दों में कहा था, "हम भूमि के भूखे हैं, क्योंकि हमारी जनसंख्या में वृद्धि हो रही है और हम ऐसा चाहते भी हैं।" तीसरे, इटली को सर्वश्रेष्ठ भूमध्यसागरीय शक्ति बना देना चाहता था। कैथरीन डफ्फ के शब्दों में, "स्थिति कुछ ऐसी थी कि भूमध्य सागर उसका साम्राज्य होने की अपेक्षा उसके लिए एक जेल के समान था; कोरसिका, माल्टा ट्यूनिस तथा साइप्रस उस जेल के सिकंजे थे जबकि जिब्राल्टर और स्वेज इसके दरवाजों की रक्षा करते थे तथा यूनान, तुर्की और मिस्र उसको घेरने वाली जंजीर को पूरा करने को तैयार थे। पहले जेल के सिकंजों को तोड़ने और उसके बाद महासागर की ओर बढ़ने के लिए कृतसंकल्प, जिसके बिना वह अर्द्ध-स्वतन्त्र ही समझा जाना चाहिए। इटली सम्भवतः लीबिया को सूडान के द्वारा इथियोपिया से जोड़कर हिन्द महासागर की ओर तथा फ्रांसीसी उत्तरी अफ्रीका के रास्ते अटलांटिक की ओर बढ़ता।"

उपर्युक्त उद्देश्यों की प्राप्ति के लिए मुसोलिनी ने शान्तिपूर्ण उपायों का ही नहीं, अपितु सैनिक शक्ति का भी आश्रय लिया। उसका 'युद्धरत राष्ट्रीयता' के सिद्धान्त में विश्वास था। उसने कहा था – "चिर शान्ति की कामना एक बेतुकी-सी बात है। इसका हमारे सिद्धान्त और प्रवृत्ति से मेल नहीं खाता। सामूहिक सुरक्षा का सिद्धान्त न कभी कायम रहा है और न भविष्य में कभी कायम रहेगा। राष्ट्रसंघ एक व्यर्थ संस्था है। हमें अपने जीवन-मरण के लिए स्वयं तैयार रहना चाहिए।"

### वैदेशिक नीति का क्रियान्वन तथा उपलब्धियां

मुसोलिनी के नेतृत्व में इटली की अन्तर्राष्ट्रीय प्रतिष्ठा का तीव्रता से विकास हुआ। 1923 में लोसाने की सन्धि द्वारा रोड्स और डोडेकनीज के द्वीप, जो उसे 1920 में यूनान को देने पड़े थे, पुनः इटली को प्राप्त हो गए। 23 अगस्त, 1923 को अल्बानिया की सीमा निर्धारित करने वाले अन्तर्राष्ट्रीय आयोग के इटालियन सदस्य की यूनानी दिशा की ओर से गोली चला कर हत्या कर दी गई। इस पर इटली ने यूनान से भारी क्षतिपूर्ति की मांग की। यूनान मामले को राष्ट्रसंघ में ले गया, परन्तु इटली ने राष्ट्रसंघ की उपेक्षा करते हुए यूनान के कोरफू द्वीप पर बम-वर्षा करके 31 अगस्त, 1923 को उस पर अधिकार कर लिया। ब्रिटिश सरकार के अल्टीमेटम के कारण इटली को कोरफू द्वीप खाली करना पड़ा, परन्तु यूनान से उसे 5 करोड़ 30 लाख लीरा क्षतिपूर्ति के रूप में प्राप्त हुए, जिससे इटली की अन्तर्राष्ट्रीय प्रतिष्ठा में पर्याप्त वृद्धि हुई।

1924 में यूगोस्लाविया के साथ रोम की सन्धि (27 जनवरी, 1924) के द्वारा फ्यूम समस्या का समाधान किया। फ्यूम का नगर इटली को मिला और उसका पृष्ठभागीय प्रदेश यूगोस्लाविया को प्राप्त हुआ।

17 नवम्बर, 1926 को टिराना की सन्धि से अल्बानिया पर इटली का संरक्षण स्थापित हुआ। 1928 में टैंजियर नगर के अन्तर्राष्ट्रीय प्रशासन में भाग प्राप्त कर इटली ने एक और कूटनीतिक विजय प्राप्त की। इटली ने अप्रैल, 1927 को हंगरी के साथ; 23 सितम्बर, 1928 को यूनान के साथ तथा 6 फरवरी, 1930 को आस्ट्रिया के साथ मित्रता की सन्धियां कर अपनी स्थिति को सुदृढ़ बनाया। इस प्रकार एफ० लीबेन्स के शब्दों में, "अपने शासन की प्रथम शदाब्दी में, मुसोलिनी एड्रियाटिक सागर पर इटली के आधिपत्य को दृढ़ करने, भूमध्य सागर में उसके सम्मान की वृद्धि करने तथा दक्षिणी-पूर्वी यूरोप में अपने कूटनीतिक तथा आर्थिक प्रभाव को विस्तृत करने में सफल हुआ।"

1933 में जर्मन में नात्सी दल सत्तारूढ़ हुआ। नात्सी और फासिस्ट विचारधाराओं की समानताओं को दृष्टिगत रखते हुए प्रारम्भ में मुसोलिनी ने नात्सी क्रान्ति का स्वागत किया। 15 जुलाई, 1933 को उसके प्रयत्नों से ब्रिटेन, फ्रांस, जर्मनी और इटली की चतुः-शक्ति सन्धि हुई, जिसका उद्देश्य एक ओर तो राष्ट्रसंघ के मुकाबले में चार महाशक्तियों का गुट बना कर यूरोपीय मैत्री की पद्धति को पुनर्जीवित करना था और दूसरी ओर जर्मनी और इटली की अन्तर्राष्ट्रीय प्रतिष्ठा में वृद्धि करना था; परन्तु जब जर्मनी ने आस्ट्रिया को अपने साथ मिलाने का प्रयत्न किया तब अपनी श्रगाल नीति के अनुरूप इटली पुनः जर्मनी के विरोधी फ्रांस की ओर झुक गया।

17 मार्च, 1934 को रोम प्रोटोकोल के रूप में इटली, आस्ट्रिया तथा हंगरी का एक त्रिकोणात्मक गठबंधन स्थापित हुआ। 7 जनवरी, 1935 को मुसोलिनी और फ्रेंच विदेश मन्त्री लावाल ने फ्रांको-इटालियन समझौता (रोम समझौता) किया। इसके द्वारा दोनों देशों ने आस्ट्रिया की स्वतन्त्रता पर संकट आने की दशा में परस्पर विचार-विमर्श करने का निश्चय किया; यूरोप में 'यथास्थिति' बनाए रखने की आवश्यकता पर बल दिया; फ्रांस ने अपने 71 हजार वर्ग कि०मी० के अफ्रीकी प्रदेश इटली को दे दिए तथा फ्रेंच ट्यूनिस में इटालियन को कुछ विशेषाधिकार दिए, जिसने इटली-फ्रांस की मैत्री सुदृढ़ बनी रहे।

इस प्रकार 1922 से 1935 तक मुसोलिनी ने अन्तर्राष्ट्रीय सम्बन्धों के क्षेत्र में अनेक सफलताएं प्राप्त कीं, परन्तु इनमें से कोई भी इतनी महान नहीं थी कि इटली के लिए स्थाई गौरव की बात कही जा सकती। साथ ही, देश में 1930 - 35 के आर्थिक संकट के कारण बेकारों की संख्या बढ़ कर 2½ लाख हो गई थी। देश में असंतोष बढ़ता ही जा रहा था। अतः जापान की मंचूरिया विजय से प्रेरणा ग्रहण कर मुसोलिनी ने आन्तरिक लोकप्रियता और अन्तर्राष्ट्रीय प्रतिष्ठा की अभिवृद्धि के लिए एबीसीनिया विजय का निश्चय किया। एबीसीनिया को अधिकृत करने से इटली का लाल सागर पर नियन्त्रण बढ़ जाता, जिससे उसके भूमध्य सागर को 'हमारा समुद्र' बनाने की आकांक्षा की पूर्ति में सहायता प्राप्त होती। मुसोलिनी के सौभाग्य से जापान की मंचूरिया

विजय ने राष्ट्रसंघ की सामूहिक सुरक्षा व्यवस्था के खोखलेपन को सिद्ध कर दिया और दूसरी ओर जर्मनी में नात्सी क्रान्ति ने ब्रिटेन और फ्रांस को इटली की मित्रता प्राप्ति के लिए उत्सुक बना दिया। 7 जनवरी, 1935 के फ्रेंको-इटालियन समझौते द्वारा इटली-फ्रांस के जर्मन विरोधी गुट में सम्मिलित हो गया और फ्रांसीसी विदेश मन्त्री लावाल ने गुप्त रूप से मुसोलिनी को एबीसीनिया में मनमानी करने की स्वतन्त्रता दे दी। इससे प्रोत्साहित होकर मुसोलिनी ने एबीसीनिया में सैनिक हस्तक्षेप तीव्र व विस्तृत कर दिया। ब्रिटेन, फ्रांस के विश्वासघात के कारण राष्ट्रसंघ अपने सदस्य राज्य एबीसीनिया की रक्षा कर पाने में असमर्थ हो गया और एबीसीनिया पर इटली का आधिपत्य स्थापित हो गया (मई, 1936)।

एबीसीनिया प्रकरण में जर्मनी ने इटली का पूर्ण समर्थन किया था अतः इटली जर्मनी की मित्रता के लिए उत्सुक हो उठा। 25 अक्तूबर, 1936 को जर्मनी और इटली के मध्य एक समझौता हुआ और 1 नवम्बर, 1936 को मुसोलिनी ने रोम-बर्लिन धुरी की चर्चा करनी प्रारम्भ कर दी। स्पेन के गृह-युद्ध ने इटली और जर्मनी के संबंधों को और भी घनिष्ठ बना दिया। इस गृह-युद्ध में जर्मनी और इटली ने जनरल फ्रांको की सहायता की थी। इटली ने गृह-युद्ध में अधिक सक्रिय भाग लिया था। एबीसीनिया विजय से उसे भूमध्य सागर के पूर्वी भाग पर प्रभुत्व प्राप्त हो गया था। अब स्पेन में अपनी कठपुतली सरकार की स्थापना कर वह भूमध्य सागर के पश्चिमी भाग पर अपना प्रभुत्व स्थापित करना चाहता था। इससे उसकी भूमध्य सागर को 'एक रोमन झील' बनाने की इच्छा पूर्ण होने की सम्भावना थी। इससे फ्रांस की स्थिति अत्यन्त दुर्बल हो जाती और ब्रिटेन के स्वेज नहर और भारत जाने वाले मार्ग कट जाते। स्पेन में लोहा, तांबा, जस्ता और रांगा आदि अनेक युद्धोपयोगी वस्तुओं की खानें थीं जो इटली की रणसज्जा में अत्यधिक सहायक सिद्ध हो सकती थीं। फ्रांको के एक फासिस्ट होने के कारण मुसोलिनी लगभग प्रत्येक मामले में उसके सहयोग के विषय में आश्वस्त रह सकता था। इस प्रकार इटली ने अपनी महत्वाकांक्षाओं की पूर्ति हेतु जर्मनी के साथ स्पेन के गृह-युद्ध में डट कर हस्तक्षेप किया और अन्ततः फ्रांको 28 मार्च, 1939 को सम्पूर्ण स्पेन पर अधिकार करने में सफल हो गया। इससे जर्मनी और इटली की मित्रता और भी प्रगाढ़ हो गई। इटली की साम्राज्यवादी नीति को इससे और भी बल मिला। इटली ने अप्रैल, 1939 में अल्बानिया पर अधिकार कर लिया। 22 मई, 1939 को जर्मनी और इटली के मध्य एक फौलादी समझौता हुआ, जिसके द्वारा दोनों देशों ने युद्ध छिड़ने की अवस्था में पारस्परिक सैनिक सहायता का वचन दिया।

परन्तु किसी राष्ट्र से स्थाई शत्रुता अथवा मित्रता करना इटली की परम्परागत श्रगाल नीति के विरुद्ध होता। अतः जर्मनी से अपनी बढ़ती हुई मित्रता के बावजूद मुसोलिनी ब्रिटेन से मैत्री सम्बन्ध बनाए रखने के लिए उत्सुक था। 2 जनवरी, 1937 को ब्रिटेन

और इटली के मध्य एक "सज्जन समझौता" हुआ, जिसके अनुसार दोनों देशों ने स्पेन की अखण्डता और तटस्थता को स्वीकार करते हुए भूमध्यसागर में "यथा स्थिति", को बनाए रखने पर बल दिया। किन्तु साथ ही, इटली जर्मनी से भी अपनी मित्रता प्रगाढ़ करता रहा। म्यूनिख समझौते के समय (29 सितम्बर, 1938) इटली को जर्मनी और पाश्चात्य राष्ट्रों के मध्य मध्यस्थ का कार्य करके एक बार फिर अपनी पीठ ठोकने का अवसर प्राप्त हो गया।

सितम्बर, 1939 में द्वितीय विश्व युद्ध प्रारम्भ हो गया। इटली ने इसमें प्रारम्भ से अन्त तक श्रगाल नीति का अनुसरण किया। जर्मन इटालियन फौलादी समझौते के बावजूद इटली युद्ध में तटस्थ बना रहा। परन्तु जब उसे यह विश्वास हो गया कि फ्रांस की पराजय सन्निकट है तब ब्रिटेन और अमेरिका के मित्रता का हाथ बढ़ाने पर ही उसने 10 जून, 1940 को ब्रिटेन और फ्रांस के विरुद्ध युद्ध की घोषणा कर दी।

# 28

# जापान की विदेश नीति

जापान ने अपने 'पश्चिमीकरण' के कार्यक्रम में असाधारण तीव्र गति से सफलता प्राप्त की थी। उसमें नव-शक्ति और नव-आकांक्षाओं का संचार हुआ था। अपनी आकांक्षाओं की पूर्ति हेतु बीसवीं शताब्दी के प्रारम्भ में (1902) उसने मित्रों की खोज की, जिसका परिणाम 1902 की एंग्लो-जापानी सन्धि थी। इस सन्धि द्वारा जापान ने ब्रिटेन के चीन में विशेष हितों तथा ब्रिटेन ने चीन तथा कोरिया में जापान के विशेष हितों को स्वीकार किया। यह व्यवस्था भी की गई कि यदि अपने विशेष हितों की रक्षा के लिए दोनों में से किसी भी राष्ट्र को किसी अन्य राष्ट्र से युद्ध करना पड़ा तब दूसरा राष्ट्र तटस्थ रहेगा और अन्य राष्ट्रों को तटस्थ रखने का प्रयास करेगा।

***प्रथम विश्व युद्ध और जापान की विदेश नीति के उद्देश्य*** – प्रथम विश्व युद्ध के प्रारम्भ होने पर जापान ने ब्रिटेन के साथ अपनी मैत्री का प्रदर्शन करने तथा सुदूरपूर्व में जर्मन प्रभाव का अन्त करने के जुड़वां उद्देश्यों से 23 अगस्त, 1914 को जर्मनी के विरुद्ध युद्ध की घोषणा कर दी। उसने जर्मनी द्वारा हस्तगत किए गए शांटुंग प्रायद्वीप के क्यौचो प्रदेश पर अधिकार कर लिया। विश्व युद्ध में यूरोपीय शक्तियों की व्यस्तता का लाभ उठा कर उसने 18 जनवरी, 1915 को चीनी राष्ट्रपति युवान के समक्ष प्रसिद्ध 21 मांगें प्रस्तुत कीं। ये मांगें शांटुंग, मंचूरिया, आन्तरिक मंगोलिया, कोयला तथा लोहे से सम्बन्धित सुविधाओं, जापानी परामर्शदाताओं की नियुक्ति, आर्थिक प्राथमिकता के अधिकार आदि से सम्बन्धित थी। साथ ही यह मांग की गयी कि चीन अपनी खाड़ियों, बन्दरगाहों, तटों अथवा प्रदेशों को किसी अन्य शक्ति को नहीं देगा। इन मांगों का उद्देश्य चीन के द्वारा यूरोपियन तथा अमेरिकन लोगों के लिए बन्द कर देना था। जापान का नारा था "एशिया एशिया वालों के लिए"। अतः इन मांगों को एशियाई मुनरो सिद्धान्त भी कहा जाता है। यूरोपीय राष्ट्रों तथा अमेरिका ने इन मांगों का विरोध किया। परन्तु विरोध की परवाह न करते हुए जापान ने चीन को युद्ध की धमकी देकर 25 मई, 1915 को चीन से दो सन्धियों पर हस्ताक्षर करा लिए जिनमें जापान को दक्षिणी

मंचूरिया और आन्तरिक मंगोलिया में अनेक सुविधाएं देने की व्यवस्था थी। 2 नवम्बर, 1917 को लैनसिंग-इशी समझौते द्वारा अमेरिका ने यह स्वीकार कर लिया कि "जापान के चीन में विशेष स्वार्थ हैं।"

पेरिस शान्ति सम्मेलन (1919) में मित्र राष्ट्रों ने जापान के साम्राज्यवादी दावों को मान्यता प्रदान की। उसे शांटुंग प्रायद्वीप तथा क्याौचो में वे सभी अधिकार प्रदान किए गए जो युद्ध से पूर्व जर्मनी को प्राप्त थे। उसे भूमध्य रेखा से उत्तर के सभी जर्मन अधिकृत द्वीप (प्रशान्त महासागर में) भी प्रदान किए गए। यह जापानी विदेश नीति की सफलता थी।

***वाशिंगटन सम्मेलन ( जापानी कूटनीति का प्रभाव )*** – जापानी साम्राज्यवाद और जापानी महत्वाकांक्षा को नियन्त्रित करने के उद्देश्य तथा मुक्त द्वार नीति की सफलता के लिए संयुक्त राज्य अमेरिका के राष्ट्रपति हार्डिंग ने वाशिंगटन में सम्मेलन का आयोजन किया। यह सम्मेलन 12 नवम्बर, 1921 से 6 फरवरी, 1922 तक आयोजित रहा। इस सम्मेलन में संयुक्त राज्य अमेरिका, ब्रिटेन, जापान, फ्रांस, इटली, चीन, पुर्तगाल, बेल्जियम और हालैण्ड के प्रतिनिधियों ने शस्त्रों को मर्यादित करने के सम्बन्ध में तथा प्रशान्त महासागर और सुदूरपूर्व की समस्याओं पर विचार-विनिमय किया।

वाशिंगटन सम्मेलन में 6 सन्धियां तथा 12 प्रस्ताव सम्पन्न हुए थे। इनमें से प्रथम, 13 दिसम्बर, 1921 को हुई सन्धि, जो चतुःशक्ति सन्धि कहलाई, अधिक महत्वपूर्ण थी। इस सन्धि में हस्ताक्षरकर्ता राष्ट्र थे – ब्रिटेन, फ्रांस, अमेरिका तथा जापान। इसके द्वारा 1902 की एंग्लो-जापानी सन्धि को समाप्त कर दिया गया था तथा सम्बन्धित राष्ट्रों ने प्रशान्त महासागर में एक-दूसरे के अधीन प्रदेशों और द्वीपों का सम्मान करने और प्रशान्त महासागर सम्बन्धी विवादों को सम्मेलनों द्वारा सुलझाने का वचन दिया गया था।

इसी सम्मेलन में ब्रिटेन, अमेरिका, जापान, फ्रांस तथा इटली द्वारा 6 फरवरी, 1922 को पंचशक्ति नौ-सैनिक सन्धि सम्पन्न हुई थी। इस सन्धि द्वारा 10 वर्ष के लिए नवीन युद्धपोतों का निर्माण बन्द कर दिया गया था। बड़े जहाजों के सम्बन्ध में नौ-सैनिक प्रतिद्वन्द्विता समाप्त कर दी गई थी और यह निश्चित किया गया था कि अमेरिका, ब्रिटेन, जापान, फ्रांस तथा इटली के बड़े जहाजों का अनुपात 5:5:3:1.67:1.67 रहेगा। यह भी निश्चित हुआ कि प्रशान्त महासागरीय द्वीपों की किलेबन्दी के सम्बन्ध में 'यथास्थिति' को कायम रखा जाएगा।

6 फरवरी, 1922 को इसी सम्मेलन में ब्रिटेन, अमेरिका, जापान, फ्रांस, इटली, बेल्जियम, हालैण्ड, पुर्तगाल तथा चीन द्वारा नव शक्ति मुक्त द्वार सन्धि सम्पन्न हुई। इस सन्धि में हस्ताक्षरकर्ताओं ने व्यक्त किया कि वे चीन की प्रभुसत्ता, प्रादेशिक अखण्डता का सम्मान करेंगे। चीन में सभी देशों को व्यापार का समान अवसर प्राप्त रहेगा तथा चीन की तटस्थता का सम्मान किया जाएगा।

इसके अतिरिक्त नवशक्ति सन्धि, पंचशक्ति सन्धि, चतु:शक्ति सन्धि तथा 12 समझौते भी इसी सम्मेलन में सम्पन्न हुए। इस प्रकार इस सम्मेलन ने सुदूरपूर्व की समस्याओं का निराकरण किया और जापानी महत्वाकांक्षा को नियन्त्रित करने की चेष्टा की। इस सम्मेलन के उपरान्त सुदूरपूर्व में एक शान्तियुग प्रारम्भ हुआ; जापान ने चीन के प्रति एक मित्रतापूर्ण नीति अपनाई जो 1927 तक चलती रही; जापान-अमेरिकन सद्भावना में वृद्धि हुई। सुदूरपूर्व में नौ-सैनिक प्रतिद्वन्द्विता का अन्त हो गया। यह अमेरिका की कूटनीतिक विजय थी और जापानी कूटनीति का पराभव था। शांटुंग का प्रदेश जापान ने चीन को वापस कर दिया। जापान को चीन में प्राप्त अनेक सुविधाओं का परित्याग भी करना पड़ा। जैसा कि क्लाड ए० बस का मत है "1921-1922 का वाशिंगटन सम्मेलन कितने ही रूप से जापान के लिए एक दुखपूर्ण कूटनीतिक षड्यन्त्रोद्घाटन था।" जापानियों की दृष्टि में यह सम्मेलन जापान पर अमेरिकन कूटनीति की पूर्ण विजय था। 1922 में इस सम्मेलन के पश्चात् जापान को 3 समस्याओं का सामना करना पड़ा –

(क) चीन में एक नवीन और उग्र राष्ट्रवाद के विकास की समस्या;

(ख) साइबेरिया में रूसी बोल्शेविज्म के विकास की समस्या;

(ग) प्रशान्त महासागर में एंग्लो-अमेरिकन प्रभाव के बढ़ने की समस्या।

***शिदेहारा की समझौतापूर्ण नीति ( 1924-1927 तथा ( 1929-1931 ) –*** इन समस्याओं के समाधान के लिए किस नीति का अवलम्बन किया जाए, इस सम्बन्ध में जापानी राजनीतिज्ञों में उग्र मतभेद था। प्रारम्भ में तथा 1924 से 1927 और 1929 से 1931 के मध्य जापान ने एक समझौतावादी नीति पर आचरण किया। इस काल में (1924 - 1927) जापानी प्रधानमन्त्री शिदेहारा ने सोवियत संघ और अमेरिका के प्रति मैत्रीपूर्ण नीति अपनाई।

***तानाका स्मरण पत्र ( विश्व विजय का स्वप्न )*** – अप्रैल, 1927 में बैरन तानाका जापान के प्रधानमंत्री बने। जहां शिदेहारा जापान के कुटीर उद्योगों के व्यापारवादी हितों का प्रतिनिधि था और एक मैत्रीपूर्ण नीति द्वारा निर्यात के लिए विदेशी बाजारों को बढ़ाने का प्रयत्न कर रहा था; वहां तानाका जापान के भारी उद्योगों के हितों का प्रतिनिधि था और एक दृढ़ और 'सकारात्मक' नीति का समर्थक था।

जून-जुलाई, 1927 में उसने (तानाका) विदेश मंत्रालय में एक सम्मेलन बुलाया, जिसमें सेनाध्यक्षों तथा वित्त और युद्ध विभाग के प्रतिनिधियों ने भी भाग लिया। इस सम्मेलन में प्रसिद्ध तानाका स्मरण पत्र की रचना हुई; इसमें व्यक्त किया गया था –

> "आत्मरक्षा के लिए तथा दूसरों की रक्षा के लिए जापान पूर्वी एशिया में कठिनाइयों को उस समय तक दूर नहीं कर सकता जब तक वह रक्त और लौह की नीति को नहीं अपनाता; विश्व को जीतने के लिए हमको पहले चीन को जीतना

चाहिए। चीन को जीतने के लिए हमें पहले मंचूरिया और मंगोलिया। को जीतना चाहिए। देर-सबेर हमें अमेरिका तथा सोवियत रूस के विरुद्ध युद्ध करना होगा।"

तानाका स्मरण पत्र को जापान की विदेश नीति में वही स्थान प्राप्त हुआ जो नात्सी जर्मनी की विदेश नीति में हिटलर के 'मीन काम्फ' को प्राप्त हुआ। इसे जापान का मुनरो सिद्धान्त भी कहा गया है। यह "एशिया, एशिया वालों के लिए" के सिद्धान्त पर आधारित था। इसका उद्देश्य एशिया को यूरोपियन साम्राज्यवाद से बचाना था।

तानाका स्मरण पत्र में निर्देशित नीति पर आचरण 1927 में ही प्रारम्भ हो गया। जापानी-चीनी सेनाओं में मुठभेड़ प्रारम्भ हो गई परन्तु जापानी राजनीतिक क्षेत्रों में अत्यधिक आलोचना के कारण तानाका को अपनी सकारात्मक नीति को त्यागना पड़ा। जुलाई, 1929 में शिदेहारा पुनः जापान के प्रधानमन्त्री बने और दो वर्ष तक (1931) जापान पुनः समझौतावादी नीति पर आचरण करता रहा।

1931 में जापान ने पुनः तानाका की साम्राज्यवादी नीति को अपना लिया। जापान साम्राज्यवाद के इस पुनरोद्भाव के प्रमुख कारण थे –

(क) कुओमिन्तांग दल के नेतृत्व में चीनी राष्ट्रीय एकता का विकास;

(ख) चीन में साम्यवादी रूस का बढ़ता हुआ प्रभाव;

(ग) 1930 का आर्थिक संकट जिसने जापान को दूसरे देशों में अपने अतिरिक्त उत्पादन के लिए बाजार और अपनी अतिरिक्त जनसंख्या के लिए प्रदेश खोजने के लिए विवश कर दिया।

***मंचूरिया संकट*** – जापानी साम्राज्यवाद के इस पुनरोद्भव के फलस्वरूप मंचूरिया में शीघ्र (1931) में हस्तक्षेप हुआ। मंचूरिया जापान की साम्राज्यवादी महत्वाकांक्षाओं का स्वाभाविक लक्ष्य था। तानाका स्मरण पत्र में स्पष्ट कहा गया था – "यदि यामतो जाति अपनी विशिष्टता सिद्ध करना चाहती है, तो मंचूरिया और मंगोलिया का नियन्त्रण प्राप्त करना पहला कदम है।" 18 सितम्बर, 1931 को जापानी रक्षक दल ने यह बहाना लेकर कि चीनी सैनिकों ने जापानी सेना के मुख्य कार्यालय मुकदन के निकट एक रेलवे लाइन को उड़ा देने का प्रयास किया है, चीनी सेनाओं पर प्रबल आक्रमण कर दिया। 3 जनवरी, 1932 तक जापानियों ने सम्पूर्ण मंचूरिया पर अधिकार कर लिया। 19 फरवरी, 1932 को जापान ने मंचूरिया में मंचकुओं नाम के एक कठपुतली राज्य की स्थापना करके औपचारिक मान्यता दे दी।

इस घटना की प्रतिक्रिया सम्पूर्ण विश्व में हुई। सम्पूर्ण विश्व में जापानी साम्राज्यवाद की निन्दा की गई। चीन ने राष्ट्रसंघ से रक्षा की याचना की परन्तु राष्ट्रसंघ अपने सदस्य राज्य की रक्षा न कर सका। राष्ट्रसंघ ने जापान के कृत्य की निन्दा की। इस पर जापान ने 27 मार्च, 1933 को राष्ट्रसंघ की सदस्यता से त्यागपत्र दे दिया। ब्रिटेन की जापान के प्रति तुष्टीकरण की नीति के कारण राष्ट्रसंघ उसके विरुद्ध कोई प्रभावशाली कार्यवाही

करने में असमर्थ रहा। अमेरिका खुलेआम जापान से युद्ध करने की स्थिति में नहीं था। रूस भी कोई सैनिक कार्यवाही करने का साहस नहीं कर सका। इस कांड ने वाशिंगटन सम्मेलन की सफलताओं को नष्ट कर दिया। प्रशान्त महासागर में शक्ति संघर्ष पुनः प्रारम्भ हो गया।

***जापान-चीन संघर्ष*** – मंचूरिया विजय उस नाटक का प्रथम अंक था, जिसे मुकदन घटना ने प्रारम्भ किया था। जापान केवल मंचूरिया पर अधिकार करके ही शान्त होने वाला नहीं था, उसने अपनी आकांक्षा के अनुरूप 1933 में उत्तरी चीन के 5 प्रान्तों – होंपे, चाहार, शांटुंग, शांसी और स्वेयुआन में पृथकतावादी आन्दोलन को उकसाया। उसने तेल के क्षेत्र जेहोल पर अधिकार कर लिया।

18 अप्रैल, 1934 को प्रसिद्ध अमाउ वक्तव्य प्रकाशित हुआ। यह वक्तव्य तानाका स्मरण पत्र का पूरक था। इसके द्वारा जापान ने "पाश्चात्य राज्यों के साम्राज्यवाद के विरुद्ध चीन का रक्षक होने का दावा किया, चीन में अपने विशषे हितों पर बल दिया और अमेरिका सहित पाश्चात्य शक्तियों को चीन को किसी भी प्रकार की सहायता देने के विरुद्ध चेतावनी दी।" यह वक्तव्य, जिसे जापानी मुनरो सिद्धान्त तथा तानाका स्मरण पत्र का स्पष्टीकरण कहा जाता है, वास्तव में उतना चीन के प्रति एक धमकी नहीं था जितना यूरोपियों के लिए 'चीन छोड़ो' नोटिस था। पाश्चात्य शक्तियों ने इसका विरोध किया, परन्तु जापान ने उस विरोध की नितान्त उपेक्षा की।

एशिया में नवीन व्यवस्था की स्थापना करने के अपने उद्देश्य में सफलता प्राप्त करने हेतु जापान ने जर्मनी के साथ 25 नवम्बर, 1936 को एन्टी कोमिन्टर्न पैक्ट पर हस्ताक्षर किए। 1937 में जापान ने एक ओर चीन के विरुद्ध और दूसरी ओर रूस के सुदूरपूर्वी प्रदेशों के विरुद्ध एक नया आक्रमण प्रारम्भ कर दिया। जुलाई, 1937 में मार्कोपोलो पुल के पास जापानी-चीनी सैनिकों की मुठभेड़ से चीन-जापान अघोषित युद्ध प्रारम्भ हो गया, जो 8 वर्ष बाद 1945 में द्वितीय विश्व युद्ध के अन्त के साथ ही समाप्त हो सका।

चीन-जापान युद्ध में चीन को अकेले ही जापानी साम्राज्यवाद का सामना करना पड़ा। पाश्चात्य राष्ट्रों ने उसको कोई प्रभावशाली सैनिक सहायता प्रदान नहीं की। जापान ने पाश्चात्य शक्तियों के किसी भी सम्भावित हस्तक्षेप के विरुद्ध अपनी स्थिति को सुदृढ़ बनाने का निश्चय करते हुए एक त्रिगुट बनाया। 13 जनवरी, 1940 को जापानी प्रधानमन्त्री हिरानुमा ने घोषणा की कि, "हम उनके साथ हाथ मिलाएंगे, जो पूर्वी एशिया में जापान द्वारा एक नवीन व्यवस्था की स्थापना से सहमत होंगे," इस घोषणा के आधार पर 27 सितम्बर, 1940 को जापान ने जर्मनी तथा इटली के साथ एक 10 वर्षीय त्रिगुट समझौते पर हस्ताक्षर किए, जिसके द्वारा सम्बन्धित पक्षों ने 'महानत्तर पूर्वी

एशिया में एक नवीन व्यवस्था' तथा यूरोप, में एक नवीन व्यवस्था की स्थापना करने, एक-दूसरे के नेतृत्व को मान्यता और सम्मान देने के वचन दिए।

1941 के प्रारम्भ तक जापान-चीन युद्ध एक अनिर्णयात्मक और स्थिर स्थिति में पहुंच गया। जापान ने पूर्वी एशिया ब्रिटिश, डच उपनिवेशों के विरुद्ध विजय अभियान प्रारम्भ करने तथा सुदूरपूर्व में अपने वास्तविक प्रतिद्वन्द्वी अमेरिका से दो-दो हाथ करने हेतु नवीन कूटनीतिक मैत्री स्थापित करने की चेष्टा की। 13 अप्रैल, 1941 को उसने रूस के साथ एक पंचवर्षीय अनाक्रमण समझौता कर लिया।

***पर्ल हारबर की घटना तथा द्वितीय विश्व युद्ध का दावानल*** – जापान को विश्वास हो चुका था कि वह तब तक चीन पर पूर्ण विजय प्राप्त नहीं कर सकता था जब तक अमेरिका की सहायता, जो चीन को प्राप्त हो रही है, न रोक दे। अतः जापान ने सुदूरपूर्व में अमेरिका और ब्रिटेन की शक्ति को नष्ट करने का निश्चय किया। 7 दिसम्बर, 1941 को उसने पर्ल हारबर में स्थिति अमेरिकन नौ सैनिक बेड़े पर भीषण आक्रमण किया। परिणामस्वरूप 8 दिसम्बर, को अमेरिका ने जापान के विरुद्ध युद्ध की घोषणा कर दी। 9 दिसम्बर, 1941 को जापान ने ब्रिटेन के विरुद्ध भी युद्ध की घोषणा कर दी। इसी समय चीन ने भी मित्रराष्ट्रों की ओर से जापान के विरुद्ध युद्ध की घोषणा कर दी। जापान के मित्रों (धुरी राष्ट्र) जर्मनी और इटली ने भी अमेरिका के विरुद्ध युद्ध की घोषणा कर दी। इस प्रकार जापान की साम्राज्यवादी महत्वाकांक्षा के फलस्वरूप यूरोप में महायुद्ध सम्पूर्ण विश्व में विस्तृत होता चला गया।

प्रारम्भ में जापान को युद्ध में आशातीत सफलता प्राप्त हुई। 6 महीने के अन्दर ही जापान ने हांगकांग, ग्वाम, फिलिपाइन्स, स्याम, बर्मा, मलाया, सिंगापुर, डच ईस्टइंडीज तथा पश्चिमी एलशियन्स तका धावा मार दिया। परन्तु 1943 के बाद जापान का पराभव होना प्रारम्भ हुआ। 6 अगस्त, 1945 को अमेरिका ने एटमबम के प्रहार से हिरोशिमा नगर को नष्ट कर दिया। 8 अगस्त, 1945 को रूस ने जापान के विरुद्ध युद्ध की घोषणा कर दी। अन्ततः सूर्योदय के देश ने घुटने टेक दिए, 14 अगस्त, 1945 को जापान ने आत्मसमर्पण कर दिया। इस प्रकार अगस्त, 1947 में जापान ने विश्व-विजय के स्वप्न का अन्त हो गया।

# 29

# सोवियत संघ की विदेश नीति

1917 की साम्यवादी क्रान्ति रूस के इतिहास में ही नहीं अपितु सम्पूर्ण विश्व के इतिहास में एक युगप्रवर्तक घटना थी। अन्तर्राष्ट्रीय सम्बन्धों और विदेश नीति के क्षेत्र में इस घटना का महत्व अत्यधिक पड़ा दृष्टिगत होता है। इससे पूर्व रूस के अन्तर्राष्ट्रीय सम्बन्ध शक्ति राजनीति की सामान्य व्यवस्थाओं पर आधारित थे। परन्तु अब उनमें एक सर्वथा नूतन तत्व का समावेश हुआ था। यह नूतन तत्व था – विचारधाराओं का संघर्ष। विश्व के इतिहास में प्रथम बार सामाजिक विचारधाराओं का संघर्ष अन्तर्राष्ट्रीय सम्बन्धों का एक प्रमुख निर्धारक तत्व बन गया।

साम्यवादी क्रान्ति का रूस की विदेश नीति पर कितना और क्या प्रभाव पड़ा? इस सम्बन्ध में विरोधी विचार व्यक्त किए गए हैं। अनेक विद्वानों का मत है कि जारशाही रूस और साम्यवादी रूस की विदेश नीति में कोई अन्तर नहीं था। दोनों ही साम्राज्यवादी विस्तारवाद पर आधारित थीं। उनके अनुसार, "साम्यवादी रूस की विदेश नीति जारशाही विदेश नीति का विकसित रूप थी।" इसके विपरीत साम्यवादियों का मत है कि सोवियत विदेश नीति साम्यवाद के उच्च सिद्धान्तों पर आधारित एक सर्वथा नवीन वस्तु है।

वस्तुतः उपर्युक्त दोनों ही विचार अंशतः सत्य हैं। यह असन्दिग्ध है, कि 1917 की क्रान्ति के पश्चात् 'साम्यवाद का प्रसार' रूसी विदेश नीति का एक स्थायी तत्व बन गया था। पूंजीवादी राज्यों का विरोध इस तत्व का स्वाभाविक और अनिवार्य परिणाम था। इसके कारण साम्यवादी रूस की विदेश नीति शक्ति, राजनीतिक और शक्ति सन्तुलन के सिद्धान्तों पर उस परम्परागत रूप में आधारित नहीं रह सकती थी जिस रूप में जारशाही रूस की नीति आधारित थी। फिर भी साम्यवादी रूस की विदेश नीति जारशाही रूस की विदेश नीति से सर्वथा भिन्न नहीं थी। साम्यवादी क्रान्ति से रूसी विदेश नीति के निर्धारण में कुछ नवीन तत्वों का समावेश अवश्य हो गया था, पर अन्ततः यह नीति जारशाही युग के समान 'राष्ट्रीय हित' पर आधारित थी। फ्लोयड ए॰

केव का मत है, "सोवियत नीति कहीं भी बड़ी मात्रा में उन ऐतिहासिक ध्येयों से दूर नहीं हटी है, जिन्हें सोवियत यूनियन की भौगोलिक तथा राजनीतिक स्थिति ने उसके प्रारब्ध का एक अंग बना दिया है।"

अपने राष्ट्रीय हितों की पूर्ति के लिए सोवियत विदेश नीति ने इस काल में (1919 - 1945) में अनेक रूप बदले। इन परिवर्तनों के आधार पर इस काल को 6 युगों में विभक्त किया जा सकता है –

1. विश्व क्रान्ति का स्वप्न और पूंजीवादी हस्तक्षेप का युग (1917 - 1921);
2. कूटनीतिक अभिज्ञान की खोज का युग (1921 - 1934);
3. पश्चिम के साथ सहयोग का युग (1934 - 1938);
4. संकटपूर्ण पार्थक्य का युग (1938 - 1939);
5. शत्रुओं के पुनर्मिलन का युग(1939 - 1941);
6. विचित्र मैत्री का युग (1941 - 1945)।

**विश्व क्रान्ति का स्वप्न और पूंजीवादी हस्तक्षेप का युग ( 1917 - 1921 )**

किसी भी शासन पद्धति को अपने जन्म के समय इतनी तीव्र और दीर्घ प्रसववेदना नहीं सहनी पड़ी है, जितनी कि रूस की साम्यवादी सोवियत शासन पद्धति को सहनी पड़ी है। अपने जीवन के प्रारम्भिक 4 वर्षों में उसे आन्तरिक और बाह्य दोनों प्रकार के शत्रुओं के भीषण प्रहारों का सामना करना पड़ा पर अन्ततः ट्राटस्की द्वारा संगठित लाल सेना रूस में साम्यवादी शासन को स्थापित करने में सफल हुई।

साम्यवादी क्रान्ति के पश्चात् ब्रिटेन, फ्रांस, अमेरिका आदि पश्चिमी शक्तियों ने राज्य-प्रभुसत्ता के सिद्धान्त का उल्लंघन कर रूस के साम्यवादी शासन को गला घोंट कर मार डालने का प्रयत्न किया। साम्यवादियों का दमन करने के लिए रूस में अपनी सेनाएं भेजीं।

राज्य-प्रभुसत्ता के सिद्धान्त का परित्याग कर साम्यवादी क्रान्ति के विरुद्ध उनके इस हस्तक्षेप के प्रमुख कारण थे –

(क) स्वयं रूसी साम्यवादी राज्य प्रभुसत्ता के सिद्धान्त को नहीं मानते थे। वे सोवियत संघ को एक राष्ट्रीय इकाई मात्र नहीं, अपितु विश्व क्रान्ति का अग्रदूत मानते थे। वे सम्पूर्ण विश्व में पूंजीवाद का अन्त करने और साम्यवादी विश्व क्रान्ति के विचार को मूर्त रूप देने के लिए सक्रिय थे। इस प्रकार रूस की साम्यवादी क्रान्ति पश्चिम के लिए एक चुनौती थी। इस चुनौती का उत्तर देने के लिए पश्चिमी राज्यों ने प्रयत्न किया।

(ख) क्रान्ति के बाद रूस प्रथम विश्व युद्ध से पृथक् हो गया था और उसने मार्च, 1918 में जर्मनी के साथ ब्रेस्ट लिटोवस्क की सन्धि कर ली थी, जिससे जर्मनी पूर्वी मोर्चे से निश्चिन्त होकर अपनी सम्पूर्ण शक्ति पश्चिमी

और दक्षिणी मोर्चों पर लगा सका। इससे पश्चिमी राष्ट्र रूस से क्रुद्ध हो उठे।

(ग) साम्यवादियों द्वारा सम्पूर्ण विदेशी ऋणों की अस्वीकृति तथा विदेशी औद्योगिक प्रतिष्ठानों के राष्ट्रीयकरण ने पश्चिमी राष्ट्रों को क्रोधित कर दिया था।

(घ) सोवियत सरकार ने संसार के सभी श्रमिकों को युद्ध-प्रयत्नों का विरोध करने का आह्वान किया। इससे यत्र-तत्र पश्चिम राज्यों के युद्ध प्रयत्नों में शिथिलता आने लगी। इन सभी कारणों ने पश्चिमी राज्यों को साम्यवादी रूस के विरुद्ध संघर्ष को प्रेरित किया।

परन्तु न तो रूसी साम्यवादी अपने विश्व क्रान्ति के स्वप्न को साकार करने में सफल हुए और न ही पश्चिमी राज्य साम्यवादी रूस को नष्ट करने की अपनी आकांक्षा में सफल हुए। इस प्रकार पूंजीवादी और साम्यवादी शक्तियों का प्रथम संघर्ष अनिर्णीत रहा।

**कूटनीति अभिज्ञान की खोज का युग ( 1921 - 1934 )**

1921 में साम्यवादी रूस की विदेश नीति का दूसरा दौर प्रारम्भ होता है। इस समय तक रूसी बाल्शेविक विश्व क्रान्ति की ज्वाला को प्रदीप्त करने की अपनी असफलता को समझ चुके थे। साथ ही, साम्यवादी क्रान्ति विरोधी श्वेत आन्दोलन तथा पूंजीवादी हस्तक्षेप भी असफल हो चुके थे। साम्यवादी रूस की दशा आर्थिक पहलू से इतनी बिगड़ चुकी थी कि उनके लिए पूंजीवाद से न्यूनाधिक समझौता करना अनिवार्य हो गया। परिणामस्वरूप आन्तरिक क्षेत्र में लेनिन ने एक नवीन आर्थिक नीति, जो राष्ट्रीयकरण के साम्यवादी सिद्धान्त को अन्तिम लक्ष्य मानते हुए भी कृषि, आन्तरिक व्यापार और लघु उद्योगों के क्षेत्र में व्यक्तिगत स्वामित्व की पूंजीवादी व्यवस्था की उपयोगिता की स्वीकृति पर आधारित थी, को अपनाया तथा अन्तर्राष्ट्रीय क्षेत्र में पूंजीवादी राज्यों से व्यापारिक सम्बन्ध स्थापित करने और कूटनीतिक अभिज्ञान प्राप्त करने का प्रयत्न किया। इस युग में साम्यवादी विदेश नीति के मुख्य लक्ष्य थे –

(क) जर्मनी को साम्यवादी विरोधी गुट का सदस्य बनने से रोकना;

(ख) पश्चिमी देशों से कूटनीतिक अभिज्ञान प्राप्त करना;

(ग) क्रान्ति की सफलताओं को सुदृढ़ करना और देश की अर्थ-व्यवस्था का पुनर्गठन करना तथा इसके लिए पूंजीवादी देशों से व्यापारिक सम्बन्ध स्थापित करना।

समग्रत: यह युग एक अशान्त सह-अस्तित्व का युग था। क्योंकि अन्य राज्यों ने इस युग में साम्यवादी रूस का तथ्यिक अभिज्ञान तो प्रदान कर दिया था, परन्तु वैधानिक अभिज्ञान बहुत कम राज्यों ने प्रदान किया था। साम्यवादी रूस की विदेश नीति के इस

दूसरे दौर का प्रथम परिणाम मार्च 1921 का ब्रिटिश रूसी व्यापार समझौता था। 1921 के अन्त तक 11 अन्य राज्यों ने भी इसी प्रकार समझौते रूस से सम्पन्न किए थे। परन्तु फिर भी अधिकांश राज्य साम्यवादी रूस के साथ कूटनीतिक सम्बन्ध स्थापित करने को तैयार नहीं थे। इसका मुख्य कारण साम्यवादी रूस द्वारा जारशाही रूस के विदेशी ऋणों को अमान्य घोषित कर देना था। साम्यवादी रूस के विदेश मंत्री चिचेरिन के प्रस्ताव पर विदेशी ऋणों की समस्या पर एक अन्तर्राष्ट्रीय सम्मेलन का 1922 में जिनोआ में आयोजन हुआ; परन्तु इस अर्थ सम्मेलन में कोई समझौता न हो सका।

जिनोआ सम्मेलन ने अन्तर्राष्ट्रीय राजनीति के 2 तत्कालीन अछूतों (जर्मनी और रूस) को निकट आने में सहायता दी। 16 अप्रैल, 1922 को जर्मनी और रूस के मध्य रोपेल्लो की सन्धि हुई, जिसके द्वारा जर्मनी ने साम्यवादी रूस को 'वैधानिक मान्यता' प्रदान की।

1942 में सोवियत संघ ने यह घोषणा की कि जो राज्य उसे सर्वप्रथम 'वैधानिक मान्यता' प्रदान करेगा, वह उसके साथ एक विशेष लाभदायक व्यापारिक सन्धि करेगा। परिणामस्वरूप 1 फरवरी, 1924 को ब्रिटेन ने; 7 फरवरी, 1924 को इटली ने; 28 अक्तूबर, 1924 को फ्रांस ने तथा 21 जनवरी, 1925 को जापान ने रूस को वैधानिक मान्यता प्रदान कर दी।

पश्चिमी राज्यों से अपने सम्बन्ध सुधारने के लिए रूस ने इस युग में साम्यवादी विश्व क्रान्ति के विचार को त्याग दिया। साम्यवादी विश्व क्रान्ति के समर्थक ट्राटस्की को निष्कासित कर दिया गया और अपने ही देश में साम्यवाद को दृढ़, करने की नीति का समर्थक स्टालिन रूस का सर्वेसर्वा बन गया। विश्व क्रान्ति की नीति के परित्याग की व्यावहारिक अभिव्यक्ति के रूप में रूस ने अपने पड़ोसी राज्यों के साथ अनेक अनाक्रमण समझौते किए। ये राज्य थे – तुर्की (1925); जर्मनी (1926); अफगानिस्तान (1926); लिथुआनिया (1926); ईरान (1927); फिन्लैण्ड (1931); इस्टोनिया (1931); पोलैण्ड (1931); लैटविया (1933); चैकोस्लोवाकिया (1933); इटली (1933); यूगोस्लाविया (1933)।

1932 में रूस ने फ्रांस के साथ एक तटस्थता सन्धि सम्पन्न की। इस प्रकार इस युग में रूस ने पूंजीवादी राज्यों से समझौता करने की नीति अपनाई, परन्तु कोमिन्टर्न द्वारा अन्य देशों में साम्यवादी क्रान्ति फैलाने के प्रयत्नों के कारण पश्चिमी राज्य रूस को अविश्वास की दृष्टि से देखते रहे।

इस युग में रूस ने विश्व शान्ति और निःशस्त्रीकरण का प्रबल समर्थन किया। 1928 में उसने केलॉग–ब्रिआं पैक्ट पर हस्ताक्षर किए तथा लिटविनोव प्रोटोकोल के द्वारा उसका विस्तार करने का प्रयत्न किया। परन्तु राष्ट्रसंघ को रूस 'शताब्दी की सर्वाधिक निर्लज्ज लुटेरा सन्धि (वर्साय) की उपज' मानता रहा और उसके साथ असहयोग करता रहा।

**पश्चिम के साथ सहयोग का युग ( 1934 - 1938 )**

1930 के बाद पूर्व में जापानी साम्राज्यवाद के विकास और पश्चिम में नात्सी जर्मनी के उदय ने, जो स्पष्ट रूप से साम्यवादी रूस के शत्रु थे, रूस के लिए दो मोर्चों पर आक्रमण के भय को उत्पन्न कर दिया। इससे एक बार पुनः सोवियत विदेश नीति में एक नया मोड़ उत्पन्न हुआ और उसने जर्मनी, जापान और बाद में इटली के विरुद्ध पश्चिमी पूंजीवादी देशों की ओर मित्रता का हाथ बढ़ाया। उसने पाया कि फासिस्ट शक्तियों के उदय से उत्पन्न हुई परिस्थितियों में अनाक्रमण समझौतों की नकारात्मक नीति अपर्याप्त थी और अपने अर्द्ध-पार्थक्य को दूर करने तथा सुरक्षा व्यवस्था को सुदृढ़ करने के लिए यह आवश्यक था कि रूस पश्चिमी शक्तियों से अधिक घनिष्ठ सम्बन्ध स्थापित करे।

जापानी साम्राज्यवाद का विकास अमेरिका के लिए भी उतनी ही चिन्ता की बात थी जितनी रूस के लिए। अतः इस बदली हुई परिस्थिति में दोनों देशों ने एक-दूसरे की आवश्यकताओं को समझते हुए कूटनीतिक सम्बन्ध स्थापित कर लिए।

अब तक रूस वर्साय की सन्धि द्वारा स्थापित व्यवस्थाओं का विरोध करता रहा था, परन्तु अब उसने 'यथास्थिति' का समर्थन करने और जर्मन आक्रमण के विरुद्ध बांध के रूप में सीमावर्ती राज्यों को मजबूत करने की नीति अपनाई। मई, 1933 में राडेक ने इजवेस्तिया में लिखा कि, "लूट भरी वर्साय की सन्धि के संशोधन का मार्ग एक नये विश्व युद्ध से होकर जाता है। संशोधन की चर्चा वह पर्दा है, जिसके पीछे साम्राज्यवाद मानव बुद्धि के कल्पनागम्य, भयंकरतम और क्रूरतम युद्ध की तैयारी करता है।" साथ ही राष्ट्रसंघ के प्रति भी सोवियत संघ का दृष्टिकोण परिवर्तित हो गया। वह उसके कटु आलोचक के स्थान पर उसका प्रबल समर्थक बन गया और 18 सितम्बर, 1934 को उसने एक स्थायी सदस्य के रूप में राष्ट्रसंघ में प्रवेश किया।

फ्रांस के साथ मैत्री राष्ट्रसंघ के साथ सहयोग की नीति की स्वाभाविक उपसिद्धि थी। 2 मई, 1935 को रूस और फ्रांस के मध्य तथा 16 मई, 1935 को रूस और चैकोस्लोवाकिया के मध्य पारस्परिक सहायता के समझौते हुए।

इस प्रकार 1934 से 1938 तक रूस ने पश्चिम के साथ सहयोग की नीति अपनाई परंतु रूस और पश्चिम के मध्य कोई वास्तविक मित्रता नहीं हो सकी। शूमां के अनुसार, "इस उद्वेगपूर्ण मैत्री-भाव में पारस्परिक विश्वास का अभाव था।" पश्चिमी राष्ट्रों का विश्वास था कि रूस का उद्देश्य अंततः पूंजीवाद का विनाश है, अतः उसकी मित्रता एक दिखावामात्र है। फलस्वरूप वे फासिस्ट शक्तियों को साम्यवाद विरोधी तत्व समझ कर बढ़ावा देते रहे। मई, 1935 में फ्रांसीसी-रूसी संधि पर हस्ताक्षर के कुछ ही दिन बाद उसका खोखलापन स्पष्ट होने लगा। इस मैत्री की प्रथम परीक्षा मार्च, 1936 में हुई जब हिटलर ने लोकार्नो संधियों को अमान्य घोषित करते हुए राइन प्रदेश के

सैन्यीकरण की घोषणा की। फ्रांस ने इसके विरुद्ध कोई कार्यवाही नहीं की। फ्रांसीसी-रूसी मैत्री की दूसरी परीक्षा इटली-एबीसीनिया युद्ध था। इस बार फिर फ्रांस ने आक्रमणकारी के प्रति तुष्टीकरण की नीति अपनाई। तीसरी परीक्षा स्पेनिश गृहयुद्ध के समय हुई। इस अवसर पर भी रूस ने तो स्पेनिश गणतंत्र की सहायता की, परंतु फ्रांस ने ब्रिटिश अहस्तक्षेप की नीति का अनुसरण किया। परीक्षा का चौथा और अंतिम अवसर म्यूनिख समझौता था। यह अवसर मई, 1935 के फ्रांस-चैक-रूस गुट की अग्नि परीक्षा सिद्ध हुआ। फ्रांस और रूस दोनों ही चैकोस्लोवाकिया की रक्षा के लिए वचनबद्ध थे। रूस चैकोस्लोवाकिया की सहायता करना चाहता था, परंतु फ्रांस ने न केवल चैकोस्लोवाकिया के साथ विश्वासघात किया, अपितु हिटलर के विरोध के कारण रूस को म्यूनिख सम्मेलन के लिए आमंत्रित तक नहीं किया। परिणामस्वरूप, रूस को पश्चिम के साथ सहयोग की नीति को एक पूर्ण असफलता के रूप में त्यागना पड़ा।

## संकटपूर्ण पार्थक्य का युग ( 1938 - 1939 )

ब्रान्स हूपर के शब्दों में, "म्यूनिख समझौता एक ब्लैक आउट पराजय था – सोवियत यूनियन की विदेश नीति के दो युगों के मध्य की समय सीमा था। चारों पश्चिमी शक्तियों के राजनीतिज्ञों ने रूस को न केवल क्लब से निकाल बाहर किया, अपितु पश्चिम की ओर की सोवियत कूटनीतिक सुरक्षा व्यवस्थाओं को बारूद से उड़ा दिया।" सितम्बर, 1938 के म्यूनिख समझौते के पश्चात् रूस ने अपने को अत्यंत संकटपूर्ण स्थिति में पाया। उसने अपने को पूर्व और पश्चिम दोनों ओर शक्तिशाली शत्रुओं (जापान और जर्मनी) से घिरा पाया। इन शत्रुओं के विरुद्ध उस समय उसका कोई मित्र नहीं था। उसका पूर्ववर्ती मित्र फ्रांस उसे धोखा दे चुका था। ब्रिटेन उसके विरुद्ध जर्मनी के तुष्टीकरण में लगा हुआ था।

रूस जानता था कि पश्चिमी शक्तियां जर्मनी को रूस पर आक्रमण करने के लिए प्रेरित कर रही हैं। अपनी मित्रविहीन स्थिति से चिन्तित होकर रूस ने ब्रिटेन से मैत्री का प्रयास किया परंतु असफलता ही हाथ लगी। दिसम्बर, 1938 में रूस ने पोलैण्ड के साथ मैत्री करने का असफल प्रयास किया। जनवरी, 1939 में रूस ने जर्मनी के साथ समझौता करने का प्रयास किया, परंतु निराशा ही हाथ लगी। अप्रैल, 1939 में पुनः एंग्लो-सोवियत वार्ताएं प्रारम्भ हुईं, परंतु सभी प्रयास निष्फल हो गए। वास्तव में, पश्चिमी राज्य रूस के प्रति एक-दो मुखी नीति पर आचरण कर रहे थे, उसी प्रकार रूस भी पश्चिमी राज्यों के प्रति एक दो-मुखी नीति अपनाए हुए था। परस्पर मैत्री की वार्ताएं करते हुए भी रूस और पश्चिमी राज्य दोनों ही जर्मनी को दूसरे के विरुद्ध कर देने के लिए उत्सुक थे। रूस जर्मनी की ओर मित्रता का हाथ बढ़ा रहा था यद्यपि वह ब्रिटेन से भी मैत्री की वार्ताएं कर रहा था।

**शत्रुओं के पुनर्मिलन का युग (1939 - 1941)**

हिटलर पोलैण्ड पर आक्रमण करने का निश्चय कर चुका था (मई, 1939); परंतु ब्रिटेन स्पष्ट रूप से पोलैण्ड की सहायता की घोषणा कर चुका था, अत: जर्मनी रूस को किसी भी संभावित युद्ध में तटस्थ रखने के लिए उत्सुक था। रूस ने भी ब्रिटेन और फ्रांस के अनिश्चित दृष्टिकोण से क्षुब्ध होकर जर्मनी के हाथों अपनी तटस्थता को ऐसे मूल्य पर बेचने का निश्चय किया, जिससे जर्मनी के विरुद्ध उसकी प्रतिरक्षा व्यवस्था अधिकतम मात्रा में सुदृढ़ हो जाती। फलस्वरूप, 23 अगस्त, 1939 को संसार यह सुन कर स्तब्ध रह गया कि तब तक के कट्टर शत्रुओं रूस और जर्मनी ने परस्पर एक अनाक्रमण समझौता कर लिया है।

पश्चिमी राष्ट्रों के लिए सोवियत-जर्मन समझौता आशातीत वज्रपात था। सोवियत-जर्मनी अनाक्रमण समझौता सोवियत विदेश नीति की एक महान् विजय तथा स्टालिन की तूफानी राजनीतिक जीवन की एक महान सफलता थी। इसके द्वारा रूस पर जर्मन आक्रमण की संभावना अनिश्चित काल के लिए टल गई। रूस की मित्रविहीन स्थिति से उत्पन्न संकट दूर हो गया। साथ ही इस संधि के साथ हुए एक गुप्त समझौते के द्वारा जर्मनी ने फिनलैण्ड इस्टोनिया, लैटविया, पोलैण्ड के पूर्वी भाग तथा रूमानिया के बेसाराविया प्रदेश को रूसी प्रभाव क्षेत्र मान लिया। इस संधि के परिणामस्वरूप रूस-विरोधी एन्टी कामिन्टर्न पैक्ट निष्फल हो गया, तथा जब जर्मनी ने अतंत: रूस पर आक्रमण किया तब रूस को उसके विरुद्ध पश्चिमी राज्यों से पूरी-पूरी सहायता मिली।

1 सितम्बर, 1939 को जर्मनी ने पोलैण्ड पर आक्रमण कर दिया और 3 सितम्बर, 1939 को ब्रिटेन और फ्रांस के युद्ध में प्रवेश से द्वितीय विश्व युद्ध का दावानल भड़क उठा। सोवियत-जर्मन अनाक्रमण समझौते के अनुसार रूस तटस्थ बना रहा, परंतु वह यह जानता था कि एक न एक दिन हिटलर उस पर आक्रमण अवश्य करेगा। अत: उसने अपनी तटस्थ स्थिति का अपनी सुरक्षा व्यवस्था को सुदृढ़ बनाने के लिए पूरा-पूरा उपयोग किया। 17 सितम्बर, 1939 को उसने भी पोलैण्ड पर आक्रमण कर दिया। 28 सितम्बर, 1939 को एक समझौते के द्वारा रूस और जर्मनी ने परस्पर पोलैण्ड का विभाजन कर लिया, इससे रूस की सीमा पश्चिम में 400 कि०मी० आगे बढ़ गई। इसके बाद रूस ने अपनी पश्चिमी सीमा पर स्थित बाल्टिक राज्यों पर अपना संरक्षण स्थापित किया। 28 सितम्बर, 1939 में इस्टोनिया, 5 अक्तूबर, 1939 में लैटविया, 10 अक्तूबर, 1939 में लिथुआनिया से संधियां की गईं, जिनके द्वारा इन राज्यों और रूस ने किसी भी यूरोपियन शक्ति के आक्रमण की दशा में पारस्परिक सहायता के वचन दिए। साथ ही, इन राज्यों ने रूस को अपने-अपने प्रदेश में कुछ नौ-सैनिक तथा हवाई अड्डे स्थापित करने का अधिकार भी दिया। तदुपरांत रूस ने फिनलैण्ड में सामयिक महत्व

के क्षेत्र प्राप्त करने हेतु 20 नवम्बर, 1939 को आक्रमण कर दिया। फिनलैण्ड की पराजय हुई और 12 मार्च, 1940 की संधि के द्वारा फिनलैण्ड ने रूस द्वारा मांगे गए प्रदेश उसे 30 वर्ष के पट्टे पर प्रदान कर दिए परंतु रूस फिर भी अपनी सुरक्षा के विषय में आश्वस्त नहीं हुआ। 15-17 जून, 1940 को उसने लिथुआनिआ, लैटविया, इस्टोनिया पर अधिकार कर उन्हें सोवियत यूनियन का अंग बना लिया। 28 जून, 1940 को उसने रूमानिया के बेसाराबिया और बुकोबिना के प्रदेशों पर अधिकार कर लिया।

अगस्त 1939 से जून 1941 के प्रारम्भ तक रूस और जर्मनी एक-दूसरे से सहयोग करते रहे। इसी मध्य 13 अप्रैल, 1941 को जापान ने रूस के साथ अनाक्रमण और तटस्थता का पंचवर्षीय समझौता कर लिया। परंतु जून, 1941 में जर्मनी ने रूस पर आक्रमण करने का निश्चय कर लिया। उसका लक्ष्य यूक्रेन के विशाल अन्न-भंडार और काकेशस के तेल कूपों पर अधिकार करना था। 22 जून, 1941 को जर्मन सेनाओं ने रूस पर आक्रमण कर दिया। इस आक्रमण के साथ ही सोवियत संघ की विदेश नीति में पुनः परिवर्तन हो गया।

## विचित्र मैत्री का युग ( 1941 - 1945 )

जर्मनी द्वारा रूस पर आक्रमण के साथ ही सोवियस रूस की विदेश नीति का छठा युग प्रारम्भ हुआ – साम्यवादी और पूंजीवादी देशों की विचित्र मैत्री का युग।

रूस पर जर्मनी की विजय हिटलर को सर्वेसर्वा बना देती परंतु ब्रिटिश प्रधानमंत्री चर्चिल इस खतरे के प्रति पूर्णतः सावधान थे। तुष्टीकरण की नीति के इस महान विरोधी ने तुरंत ही सोवियत संघ के साथ एकता की घोषणा कर दी। 26 मई, 1942 को एंग्लो-सोवियत मैत्री संधि सम्पन्न हुई। संयुक्त राज्य अमेरिका ने रूस को जर्मन आक्रमण के विरुद्ध पूर्ण सहायता देने का आश्वासन दिया। जून, 1941 से सितम्बर, 1945 तक रूस और पश्चिमी राज्य कंधे से कंधा मिला कर फासिस्ट शक्तियों के विरुद्ध लड़े। परंतु उनकी यह मित्रता अंदर से एक खोखली वस्तु थी। रूस, ब्रिटेन और अमेरिका के सह-युद्धरत होते हुए भी उनके मध्य पारस्परिक अविश्वास और संदेह का वातावरण बना रहा। अमेरिका ने एक बड़ी मात्रा में रूस को युद्ध सामग्री प्रदान की; फिर भी रूस को उसके प्रति शिकायत बनी ही रही क्योंकि रूस के युद्ध के प्रारम्भ होने के तीन वर्ष बाद तक भी मित्र राष्ट्रों ने जर्मनी के विरुद्ध "दूसरा मोर्चा" नहीं खोला, जिसके कारण जर्मन आक्रमण की संपूर्ण तीव्रता का प्रधानतः अकेले रूस को ही सामना करना पड़ा।

जैसे-जैसे मित्र राष्ट्रीय विजय की संभावनाएं बढ़ती गई, वैसे-वैसे एक ओर ब्रिटेन और अमेरिका तथा दूसरी ओर रूस के साथ संबंध बिगड़ते गए। पश्चिमी राष्ट्र साम्यवाद की विजय को संदेह की दृष्टि से देखते थे और उसे अपने लिए घातक समझते थे। 1945 में याल्टा, सानफ्रांसिसको तथा पोट्सडाम सम्मेलनों में रूस और पश्चिमी

शक्तियों के मतभेद उग्र से उग्रतर होते चले गए। जापान के साथ युद्ध के प्रश्न ने इन मतभेदों की कटुता को और अधिक बढ़ा दिया। शूमां के शब्दों में – "मृत्यु की छाया में अमेरिका और रूस के लोग अंतरंग मित्र हो गए थे। 3 वर्षों के बाद वे एक-दूसरे को संदेह की दृष्टि से देखने वाले अजनबी होने वाले थे। 4 वर्ष के उपरांत वे संभावित शत्रु होने वाले थे।"

# 30

# इंग्लैण्ड की विदेश नीति

दो विश्व युद्धों के दौरान (1919 - 1939) की ब्रिटिश विदेश नीति को दो शब्दों में रखा जा सकता है – 'अलगाव' तथा 'तुष्टीकरण'। इसके परिणाम को एक वाक्य में अभिव्यक्त किया जा सकता है – 'सामूहिक सुरक्षा का विनाश'। प्रत्यक्षत: यह विदेश नीति उन्हीं तत्वों पर आधारित थी जिनके द्वारा ब्रिटिश विदेश नीति एलिजाबेथ प्रथम के युग से निर्धारित होती आई थी।

### ब्रिटिश विदेश नीति के मूल तत्व

सर आयर क्रोवे के अनुसार, "इंग्लैंड की विदेश नीति का सामान्य स्वभाव मुख्यत: यूरोप के विशाल सागरीय प्राश्र्व पर उसकी अपरिर्तनशील द्वीपीय स्थिति तथा उसके अधीन अनेक उपनिवेशों तथा आश्रित राज्यों के तथ्य द्वारा निर्धारित होता है। ब्रिटेन के एक स्वतंत्र समाज के रूप में अस्तित्व एवं जीवन का उसकी प्रभावशाली सामुद्रिक शक्ति से गहरा संबंध रहा है।" इन विशेष परिस्थितियों के कारण ब्रिटेन की विदेश नीति के कुछ प्रमुख और स्थाई उद्देश्य रहे हैं –

(क) अपनी नौ-सैनिक सर्वोच्चता को बनाए रखना;

(ख) यूरोपीय महाद्वीप के राज्यों में एक शक्ति संतुलन बनाए रखना ताकि ब्रिटेन उनके विवादों में एक आदरणीय मध्यस्थ का कार्य कर सके और अपने राजनीतिक प्रभुत्व को सुरक्षित रख सके;

(ग) हालैण्ड, नार्वे, स्वीडन, डेनमार्क, आदि निचले प्रदेशों को तटस्थ बनाए रखना ताकि उनकी बंदरगाहों पर किसी महाशक्ति का प्रभुत्व स्थापित न हो सके;

(घ) समुद्रों तथा व्यापार की स्वतंत्रता को प्रोत्साहन देना ताकि ब्रिटेन का व्यापार अधिकाधिक विकसित हो सके।

सामान्यत: ब्रिटेन अपने को यूरोपीय राष्ट्रों से एक पृथक् और स्वतंत्र शक्ति मानता था। अत: वह उनके झगड़ों में पड़ना पसंद नहीं करता था; परंतु उपर्युक्त उद्देश्यों की

प्राप्ति के लिए आवश्यकता पड़ने पर उनमें हस्तक्षेप भी करता था। विशेषत: वह शक्ति संतुलन को बनाए रखने के लिए सजग रहता था। यह उसका एक स्थाई स्वार्थ तथा उद्देश्य था। इसके लिए वह किसी भी देश से मित्रता अथवा शत्रुता करने को प्रस्तुत रहता था।

इस प्रकार समय-समय पर शक्ति संतुलन की स्थापना के लिए ब्रिटेन ने यूरोपीय मामलों में हस्तक्षेप किया। परंतु जब शक्ति-संतुलन के भंग होने का भय नहीं रहता था तब ब्रिटेन यूरोपीय मामलों के संबंध में अलगाव और तटस्थता की नीति अपना लेता था। उन्नीसवीं शताब्दी में नेपोलियन बोनापार्ट की पराजय के पश्चात् ब्रिटेन ने इसी नीति का अनुसरण किया था और बीसवीं शताब्दी में प्रथम विश्व युद्ध में जर्मनी की पराजय के पश्चात् ब्रिटेन ने पुन: इस नीति को अपना लिया। इस नीति के अनुसार ब्रिटेन यूरोपीय महाद्वीप की किसी शक्ति के साथ "मैत्री संधियों" में नहीं बंधना चाहता था। बल्कि "शानदार-तटस्थता" के साथ उनके मध्य एक आदरणीय मध्यस्थ का भाग अदा करना चाहता था। अनुदार तथा उदार दोनों दलों की सरकारों ने इसी नीति पर आचरण किया।

**अलगाव-नीति का युग ( 1919 - 1930 )**

अलगाव और शानदार तटस्थता की नीति के अनुरूप लायड जार्ज ने पेरिस शांति सम्मेलन में राष्ट्रसंघ के प्रति एक उत्साहहीन दृष्टिकोण अपनाया था। लायड जार्ज (1916 - 1922) के पश्चात् ब्रिटेन में बोनर लॉ (1922-23) तथा बाल्डूविन (1923 - 29) के नेतृत्व में अनुदारदलीय सरकारों ने भी अलगाव की नीति को जारी रखा। इसके फलस्वरूप 1925 में ब्रिटेन ने जेनेवा प्रोटोकोल को स्वीकार करने से इंकार कर दिया तथा राष्ट्रसंघ की साधारण सभा द्वारा सितम्बर, 1928 में स्वीकृत अंतर्राष्ट्रीय मामलों के शांतिपूर्ण निपटारे के व्यापक अधिनियम को भी स्वीकार नहीं किया।

दो युद्धों के बीच के काल में दो बार – प्रथम (1924 में) तथा द्वितीय (1929 से 1931 तक) – मजदूर दलीय मंत्रिमंडल पदासीन रहे। मजदूर दल की विचारधारा उदार तथा अनुदार दल की विचारधाराओं से भिन्न थी; परंतु फिर भी वह ब्रिटेन की परंपरागत नीति को बदलने में असमर्थ रहा। इस नीति के अनुरूप 1924 में प्रधानमंत्री मैकडोनाल्ड ने पारस्परिक सहायता की प्रारूप संधि को अस्वीकार कर दिया तथा 1929 में ब्रिआं के यूरोपियन संघ के प्रस्ताव का समर्थन करने से इंकार कर दिया।

1931 से 1939 तक क्रमश: मैकडोनाल्ड (1931 - 1935) बाल्डाविन (1935 - 1937) तथा चेम्बरलेन (1937 - 1940) के प्रधानमंत्रित्व में तीन सरकारें पदासीन रहीं। इन तीनों ने न केवल अलगाव की नीति का पालन करते हुए जापान, इटली तथा जर्मनी की आक्रामक गतिविधियों के विरुद्ध प्रभावशाली कार्यवाही करने का प्रयत्न ही किया, अपितु अलगाव की नीति का इतना अदूरदर्शितापूर्ण संचालन किया

कि यह "शानदार तटस्थता" के स्थान पर "तुष्टीकरण" की नीति बन गई, जिसके फलस्वरूप यूरोपीय महाद्वीप पर शक्ति-संतुलन नष्ट हो गया और विश्व को द्वितीय विश्व युद्ध की भयंकर दावाग्नि का सामना करना पड़ा।

***अलगाव की नीति के कारण*** – वास्तव में तात्कालिक परिस्थितियों में अलगाव की नीति ब्रिटेन के लिए एक स्वाभाविक और परंपरागत नीति थी। उसके निर्धारक तत्व इतने महत्वपूर्ण थे कि कोई भी ब्रिटिश मंत्रिमंडल चाहे वह अनुदार दल का होता या मजदूर दल का – उनकी उपेक्षा नहीं कर सकता था।

इनमें से पहला तत्व था ब्रिटेन की द्वीपीय स्थिति। इस स्थिति के कारण ब्रिटेन अपने को यूरोपीय राष्ट्रों से अलग समझने लगा था, उसका महाद्वपीय राजनीति में एक ही स्वार्थ था – 'शक्ति संतुलन की रक्षा'। इस उद्देश्य की प्राप्ति के लिए आवश्यक दायित्वों को छोड़ कर और कोई अन्य दायित्व ब्रिटेन अपने ऊपर नहीं लेना चाहता था। इसके अतिरिक्त यूरोपीय राजनीति में ब्रिटेन की और कोई विशेष दिलचस्पी नहीं थी।

दूसरा तत्व था – 'ब्रिटेन का एक विश्व शक्ति होना'। यह उसकी अलगाव की नीति का दूसरा कारण था। विश्वव्यापी हितों के कारण वह उस प्रकार के उत्तरदायित्वों को स्वीकार करने के लिए प्रस्तुत नहीं था, जिन्हें फ्रांस जैसे वे देश स्वीकार करने को प्रस्तुत थे जिनके हित विश्व के कुछ भागों तक सीमित थे।

ब्रिटेन राष्ट्रमंडलीय संबंध का तीसरा प्रमुख तत्व था ब्रिटेन की अलगाव नीति का। उसका तर्क था कि महाद्वीपीय आधार पर दायित्वों का बंटवारा ब्रिटिश राष्ट्रमंडल के ढांचे को, जिसके उत्तरदायित्व संसार भर में फैले हुए हैं, घातक रूप में काट देता है। ब्रिटेन और उसके डोमीनियनों को संसार के सब भागों में आक्रमण का प्रतिरोध करने के बोझ का बहुत बड़ा भार उठाना पड़ता।

***ब्रिटेन द्वारा स्वीकृत दायित्व*** – ब्रिटेन द्वारा अलगाव की नीति के अवलम्बन का यह अर्थ नहीं है कि उसने कोई उत्तरदायित्व स्वीकार किए ही नहीं। इसके विपरीत, उसने 1921-1922 की वाशिंगटन संधियों, 1930 के नौ-सैनिक सम्मेलन; 1935 के एंग्लो-जर्मन समझौते के द्वारा अनेकानेक उत्तरदायित्वों को स्वीकार किया। इसके अतिरिक्त 1925 की लोकार्नो संधियों, 1928 के ब्रिआं-केलॉग पैक्ट (पेरिस पैक्ट); 1933 की चतु:शक्ति संधि, 1938 के म्यूनिख समझौते तथा 1939 की पोलिश गारंटियों के द्वारा सुरक्षा संबंधी अनेक दायित्वों को स्वीकार किया। इन दायित्वों को स्वीकार करने का कारण ब्रिटिश नौ-सैनिक उच्चता तथा यूरोपीय शक्ति-संतुलन को बनाए रखने की इच्छा थी।

***अलगाव की नीति के परिणाम*** – अलगाव की ब्रिटिश नीति के मुख्यत: दो परिणाम हुए –

(क) फ्रांस तथा ब्रिटेन के मध्य मतभेदों का उत्पन्न हो जाना;

(ख) राष्ट्रसंघ की सुरक्षा व्यवस्था को शक्तिशाली बनाने के प्रयत्नों का विफल हो जाना। पारस्परिक सहायता की प्रारूप संधि, जेनेवा प्रोटोकोल, अंतर्राष्ट्रीय विवादों के शांतिपूर्ण निपटारे का व्यापक अधिनियम आदि राष्ट्रसंघ को शक्तिशाली बनाने के प्रयत्नों की विफलता का प्रधान कारण ब्रिटिश सहयोग का अभाव ही था।

**तुष्टीकरण नीति का युग ( 1931 - 1939 )**

1930 के पश्चात् ब्रिटिश विदेश नीति ने एक नया रूप धारण कर लिया – 'तुष्टीकरण का रूप'। तुष्टीकरण की नीति का तात्पर्य उस नीति से है जिसके द्वारा यथास्थिति को शक्ति के बल पर बदल कर अपने साम्राज्य का विस्तार करने की आकांक्षा रखने वाले राज्य की आक्रमक गतिविधियों को प्रभावशाली कूटनीति तथा सैनिक कार्यवाही के द्वारा रोकने का प्रयत्न नहीं किया जाता, अपितु उनकी अनुचित मांगों को न्यूनाधिक रूप में पूरा कर उन्हें संतुष्ट करने का प्रयास किया जाता है। 1930 के बाद ब्रिटेन ने जापान, जर्मनी तथा इटली की आक्रामक गतिविधियों के संबंध में इसी नीति का अनुसरण किया। इसका परिणाम यह हुआ कि इन तीनों फासिस्ट राज्यों की शक्ति में तीव्रता से वृद्धि हुई; राष्ट्रसंघ और उसकी सामूहिक सुरक्षा की व्यवस्था सर्वथा असफल हो गई; यूरोपीय महाद्वीप पर शक्ति-संतुलन नष्ट हो गया और अंततः विश्व द्वितीय विश्व-युद्ध की ज्वालाओं में घिर गया।

*मंचूरिया कांड* – सामूहिक सुरक्षा के विनाश और ब्रिटिश तुष्टीकरण की कहानी का प्रारम्भ 1931 में मंचूरिया पर जापानी आक्रमण से होता है। ब्रिटिश विदेश मंत्री सर जान साइमन ने जापान के विरुद्ध किसी प्रभावशाली कार्यवाही को न करके संतुष्टीकरण नीति अपनाई। राष्ट्रसंघ की जापानी आक्रमण को रोकने में असफलता का प्रधान कारण ब्रिटेन की तुष्टीकरण की नीति थी। ब्रिटेन द्वारा इस नीति को अपनाए जाने के मुख्य प्रेरक तत्व थे –

(क) जापान 1902 के बाद उसका मित्र रहा था;

(ख) ब्रिटेन को भय था कि यदि राष्ट्रसंघ के तत्वावधान में कोई सैनिक कार्यवाही की जाती है, तब रूस और अमेरिका के राष्ट्रसंघ का सदस्य न होने के कारण उसका अधिकांश भार ब्रिटेन को उठाना पड़ेगा।

(ग) उसको डर था कि यदि जापान को मंचूरिया में रोका गया तो इस क्षेत्र में रूस का प्रभाव बढ़ सकता था।

(घ) उसे आशा थी कि चीन पर जापान के आक्रमण से चीन में प्रबल हो रहा विदेशियों के विशेषाधिकारों का विरोधी आंदोलन दब जाएगा।

(च) उसको आशंका थी कि यदि चीन में जापानी प्रसार को रोका गया तो जापान दक्षिण-पूर्वी एशिया के ब्रिटिश प्रदेशों में घुसपैठ का प्रयत्न कर सकता था।

इन कारणों से न केवल ब्रिटेन ने चीन की सहायता की, सहायता करने से इंकार किया अपितु जापानी आक्रमणों को अप्रत्यक्ष रूप से प्रोत्साहन भी दिया। ब्रिटिश विदेश मंत्री सर जान साइमन ने स्पष्ट रूप से कह दिया था कि उसका देश मंचूरिया के प्रश्न पर जापान से युद्ध करने को प्रस्तुत नहीं था।

जापान के प्रति तुष्टीकरण की ब्रिटिश नीति के परिणाम अत्यंत घातक थे, इससे जापानी आक्रमण को प्रोत्साहन मिला। जापान ने राष्ट्रसंघ की खुलेआम अवहेलना की, चीन में अपने साम्राज्य का निरंतर प्रसार करने और सुदूरपूर्व में ब्रिटिश प्रभाव को समाप्त करने की नीति अपनाई। ब्रिटिश नीति के कारण चीन को जापानी साम्राज्यवाद के विरुद्ध अपने संघर्ष में कोई प्रभावशाली अंतर्राष्ट्रीय सहायता नहीं मिल सकी। जापानी साम्राज्यवादी नीति की सफलता से पाठ लेकर यूरोप में जर्मनी और इटली ने भी आक्रमक गतिविधियां प्रारम्भ कर दीं। मंचूरिया में असफलता के कारण राष्ट्रसंघ की प्रतिष्ठा को बहुत धक्का लगा। हार्डी के शब्दों में – "इस घटना से सामूहिक सुरक्षा की सारी पद्धति को आघात पहुंचा था, वह बहुत बड़ा था।"

**जर्मनी द्वारा अपने अंतर्राष्ट्रीय उत्तरदायित्वों का उल्लंघन** – सामूहिक सुरक्षा के विनाश की कथा का दूसरा अध्याय जर्मनी द्वारा अपने अंतर्राष्ट्रीय उत्तरदायित्वों का परित्याग था। 1933 में नात्सी दल के सत्तारूढ़ हो जाने के बाद जर्मनी ने एक के बाद एक वर्साय की संधि की विभिन्न व्यवस्थाओं का उल्लंघन प्रारम्भ कर दिया। 14 अक्तूबर, 1933 को उसने राष्ट्रसंघ का परित्याग तथा निःशस्त्रीकरण सम्मेलन का बहिष्कार कर दिया। 16 मार्च, 1935 को वर्साय की संधि के विरुद्ध जर्मन ने सैन्य बल का पुनर्गठन प्रारम्भ कर दिया। स्ट्रेजा सम्मेलन में फ्रांस, इटली के साथ ब्रिटेन ने जर्मनी के इन कृत्यों की निन्दा की; परंतु शीघ्र ही यह स्पष्ट हो गया कि ब्रिटेन इस संबंध में एक-दो मुखी नीति पर आचरण कर रहा था और उसकी जर्मन कृत्यों की निन्दा एक ढोंगमात्र थी। ब्रिटेन के इस आचरण के कारण जर्मनी के विरुद्ध कोई कार्यवाही नहीं की जा सकी, अपितु ब्रिटेन ने 18 जून, 1935 के एंग्लो-जर्मन नाविक समझौते के द्वारा अप्रत्यक्ष रूप से जर्मनी के कार्यों को अपना नैतिक समर्थन भी प्रदान किया।

***एबीसीनिया कांड*** – सामूहिक सुरक्षा के विनाश की कथा के तीसरे अध्याय का नायक मुसोलिनी था। इस बार न केवल ब्रिटेन अपितु फ्रांस ने भी तुष्टीकरण की आत्मघाती नीति का आश्रय लिया। अक्तूबर, 1935 में इटली ने एबीसीनिया पर आक्रमण कर दिया। ब्रिटिश विदेश मंत्री सर सेमुअल होर इटली को एक मित्र के रूप में प्राप्त करने के लिए तुष्टीकरण नीति अपनाए जाने का समर्थक था। परंतु ब्रिटिश

जनता इटली के आक्रमण के विरुद्ध कार्यवाही की मांग कर रही थी। इसलिए ब्रिटेन स्पष्ट रूप से राष्ट्रसंघ में इटली का पक्ष नहीं ले सका। किन्तु ब्रिटेन और फ्रांस अंदर ही अंदर राष्ट्रसंघ से विश्वासघात कर रहे थे। 7 दिसम्बर, 1935 को ब्रिटिश विदेश मंत्री सर सेमुअल होर तथा फ्रांसीसी विदेश मंत्री लावाल ने एक समझौता करके इटली को एबीसीनिया का दो-तिहाई भाग देने की व्यवस्था की। परिणामस्वरूप, एबीसीनिया में इटली की सेनाएं आगे बढ़ती रहीं और 1 मई, 1936 को एबीसीनिया के सम्राट हेल सिलासी को राजधानी छोड़ कर भागना पड़ा। नवम्बर, 1938 में ब्रिटेन तथा फ्रांस ने एबीसीनिया पर इटली के अधिकार को मान्यता दे दी। इस प्रकार एबीसीनिया तुष्टीकरण की वेदी पर चढ़ा दिया गया। राष्ट्रसंघ इस धक्के के बाद कभी नहीं संभल सका। उसकी सामूहिक सुरक्षा की व्यवस्था निष्प्राण हो गई।

***राइन प्रदेश का सैन्यीकरण*** – सामूहिक सुरक्षा की व्यवस्था पर अगला प्रहार हिटलर ने किया। एबीसीनिया कांड ने ब्रिटेन, फ्रांस और इटली के स्ट्रेजा मोर्चों को पूर्णतया नष्ट कर दिया था। इससे लाभ उठा कर हिटलर ने 7 मार्च, 1936 को लोकार्नो संधियों को अमान्य घोषित कर दिया और राइन प्रदेश का पुनः सैन्यीकरण प्रारम्भ कर दिया। फ्रांस ने संधियों के इस घोर उल्लंघन के विरुद्ध सैनिक कार्यवाही के लिए ब्रिटेन से अनुरोध किया, परंतु ब्रिटेन ने ऐसा करने से इंकार कर दिया। इस प्रकार सामूहिक सुरक्षा की व्यवस्था एक बार फिर प्रभावहीन सिद्ध हुई।

***स्पेन का गृह युद्ध*** – सामूहिक सुरक्षा के विनाश की कथा का अगला अध्याय स्पेन में लिखा गया। 17 जुलाई, 1936 को जनरल फ्रांकों ने स्पेन की गणतांत्रिक सरकार के विरुद्ध विद्रोह कर दिया। इससे जो युद्ध प्रारम्भ हुआ, वह साधारण गृह-युद्ध नहीं था, अपितु एक प्रकार से स्पेन पर जर्मनी और इटली का आक्रमण था क्योंकि वे फ्रांकों की सहायता कर रहे थे। ब्रिटेन और फ्रांस ने हस्तक्षेप के नाम पर और अमेरिका ने तटस्थता के नाम पर स्पेन को शस्त्रास्त्र भेजने पर रोक लगा दी। इस प्रकार उन्होंने अप्रत्यक्ष रूप से धुरी राष्ट्रों को स्पेन के गणतंत्र की हत्या करने में सहायता पहुंचाई क्योंकि इस प्रतिबंध के कारण स्पेन की गणतांत्रिक सरकार को शस्त्रास्त्र नहीं मिल पाए जबकि फ्रांकों और उसके फासिस्टवादी अनुयायियों को जर्मनी और इटली से बराबर अस्त्र-शस्त्र प्राप्त होते रहे। इससे गणतांत्रिक सेनाओं की पराजय हुई। अंततः 27 फरवरी, 1939 को ब्रिटेन और फ्रांस ने फ्रांकों की सरकार को मान्यता दे दी। ब्रिटेन और फ्रांस की किसी भी मूल्य पर युद्ध से बचने की नीति के कारण राष्ट्रसंघ कोई प्रभावशाली कार्यवाही नहीं कर सका।

***आस्ट्रिया तथा चैकोस्लोवाकिया का अपहरण*** – सामूहिक सुरक्षा के विनाश की कथा के अंतिम अध्यायों का नायक नात्सी जर्मन था। मार्च, 1938 में जर्मनी ने आस्ट्रिया पर अधिकार कर लिया। परंतु ब्रिटेन ने आत्म-निर्णय के अधिकार का प्रयोग

मान कर इसकी उपेक्षा कर दी। इसके बाद हिटलर ने चैकोस्लोवाकिया पर युद्ध-दृष्टि डाली। ब्रिटेन और फ्रांस ने न केवल जर्मन आक्रमण के विरुद्ध चैकोस्लोवाकिया को सहायता देने के अपने वायदों को पूरा नहीं किया, अपितु उसे जर्मनी को स्यूडेटन प्रदेश दे देने को विवश भी किया। शूमां के शब्दों में – "म्यूनिख समझौता (29 सितम्बर, 1938) तुष्टीकरण की नीति का सर्वोच्च विकास तथा पश्चिमी लोकतंत्रों की मृत्यु का आज्ञा-पत्र था। यह सामूहिक सुरक्षा पद्धति के विनाश का प्रतीक था। यह हिटलर की आतंक की रणनीति की अब तक की सबसे बड़ी विजय थी।"

## तुष्टीकरण के कारण

**(क) *साम्यवाद का भय*** – ब्रिटेन द्वारा तुष्टीकरण की नीति को अपनाए जाने का प्रमुख कारण साम्यवाद और साम्यवादी रूस का भय था। ब्रिटेन के अनुदारवादी धनिक और व्यवसायी इटली, जर्मनी और स्पेन के फासिज्म को साम्यवादी रूस के विरुद्ध एक सुरक्षा मानते थे। वे नाजी आक्रमण को रोकने की अपेक्षा उसे पूर्व में रूस की ओर मोड़ने के लिए अधिक प्रयत्नशील थे।

**(ख) *शक्ति संतुलन की रक्षा*** – यद्यपि तुष्टीकरण की नीति ने अंततः यूरोप में शक्ति संतुलन को नष्ट कर दिया, परंतु तत्कालीन ब्रिटिश शासकों का विश्वास था कि यह नीति शक्ति-संतुलन की रक्षा में सहायक सिद्ध होगी। वे जर्मनी की शक्ति को बढ़ाना चाहते थे क्योंकि उनका विचार था कि जर्मनी रूस पर आक्रमण कर ब्रिटिश पूंजीवाद के सबसे बड़े खतरे (रूसी साम्यवाद) को नष्ट कर देगा। वे सोचते थे कि रूस और जर्मनी के संघर्ष में स्वयं जर्मनी भी अत्यधिक निर्बल होकर भयप्रद नहीं रहेगा। यदि इस संघर्ष में रूस की विजय की संभावना होती तो वे स्वयं जर्मनी की मदद करने को तैयार थे। जापान के प्रति तुष्टीकरण की नीति भी रूस की शक्ति को संतुलित करने के उद्देश्य से अपनाई गई थी। इटली के प्रति तुष्टीकरण की नीति अपनाने का एक उद्देश्य जर्मनी की शक्ति को संतुलित करने वाली शक्ति का निर्माण करना था। परंतु तुष्टीकरण की नीति इन सभी बातों की प्राप्ति में असफल रही। जर्मनी ने रूस पर आक्रमण करने की अपेक्षा अगस्त, 1939 में उससे अनाक्रमण समझौता कर लिया। जापान ने रूस के स्थान पर सुदूरपूर्व के अमेरिकन तथा ब्रिटिश प्रदेशों पर आक्रमण किया। इटली जर्मनी से संबद्ध हो गया।

**(ग) *ब्रिटेन और फ्रांस के मतभेद*** – ब्रिटेन और फ्रांस के गंभीर मतभेद भी तुष्टीकरण की ब्रिटिश नीति के कारण थे। जर्मनी के साथ व्यवहार, राष्ट्रसंघ, सामूहिक सुरक्षा, क्षतिपूर्ति आदि अनेकानेक प्रश्नों पर दोनों में विरोधी दृष्टिकोण अपनाए। राष्ट्रसंघ में फ्रांस का अत्यधिक प्रभाव होने के कारण ब्रिटेन उसके तथा उसकी सामूहिक व्यवस्था के प्रति उदासीन हो गया।

(घ) ***ब्रिटेन की आंतरिक दुर्बलताएं*** – तुष्टीकरण की नीति का एक कारण ब्रिटेन की आंतरिक दुर्बलताएं भी थीं। उसकी गिरती हुई आर्थिक दशा ने उसके पूंजीपति वर्ग में साम्यवाद का काल्पनिक भय उत्पन्न कर दिया और वे जर्मनी, इटली और जापान का साम्यवाद विरोधी शक्तियों के रूप में समर्थन करने लगे। वे ब्रिटिश अर्थव्यवस्था को सुदृढ़ करने के लिए जर्मनी के आर्थिक पुनरोदय को आवश्यक मानने लगे। अंत: ब्रिटिश सरकार फासिस्ट आक्रमण के विरुद्ध सैनिक कार्यवाही के लिए अत्यंत अनुत्सुक हो गई।

(च) ***हिटलर की आकांक्षाओं के संबंध में ब्रिटिश शासकों का भ्रम*** – ब्रिटिश प्रधानमंत्री चेम्बरलेन, जिसे तुष्टीकरण की नीति का प्रमुख निर्माता कहा जा सकता है, कभी भी हिटलर की आकांक्षाओं के वास्तविक रूप को नहीं पहचान सके। उनका विश्वास था कि हिटलर अपने वचनों का पालन करेगा। उनकी यह एक भयंकर भ्रांति थी। इसी भ्रांति के कारण वह हिटलर की मांगों को पूरा करते गए। पर ज्यों-ज्यों मांगें पूरी होती गई त्यों-त्यों उसकी तृष्णा बढ़ती गई।

## तुष्टीकरण का औचित्य

ब्रिटिश शासकों ने तुष्टीकरण की नीति को अनेक आधारों पर उचित ठहराने का प्रयत्न किया था। प्रारम्भ में यह नीति जर्मनी के प्रति एक प्रकार का सहानुभूति प्रदर्शन था, जो इस विश्वास पर आधारित था कि वर्साय की संधि जर्मनी के प्रति अन्यायपूर्ण थी। 1935 में तुष्टीकरण का व्यावहारिक उपयोगिता के आधार पर समर्थन किया गया। 18 जून, 1935 को ब्रिटेन ने जर्मनी के साथ एक नाविक समझौता कर उसे ब्रिटिश नौ-सेना के 35% तक अपनी नौ-सेना के विकास का अधिकार दिया। जब फ्रांस ने इसका विरोध किया तब ब्रिटेन ने उत्तर दिया कि, "संधियों के उल्लंघन के प्रति एक उच्च नैतिक दृष्टिकोण अपनाने और इस प्रकार व्यवहार में असीमित जर्मन पुनर्शस्त्रीकरण को होने से यह अधिक श्रेष्ठ था कि जर्मनी से स्वेच्छापूर्वक अपने आपको शस्त्रास्त्र के एक तर्कसंगत स्तर तक सीमित करा लिया जाए।" 1936 में तुष्टीकरण को आत्मनिर्णय के आधार पर उचित ठहराया गया। जब मार्च, 1936 में जर्मन ने लोकार्नो संधियों को अमान्य करते हुए राइन प्रदेश का पुन-सैन्यीकरण किया, तब यह कहा गया कि जर्मन सेनाएं अपने ही प्रदेश में तो जा रही हैं। जर्मनी और आस्ट्रिया के संयोग की भी आत्मनिर्णय के आधार पर समर्थन करके, उपेक्षा कर दी गई। अंत में सैनिक दुर्बलता और शस्त्रीकरण के लिए समय पाने के आधार पर तुष्टीकरण को उचित ठहराया गया।

## तुष्टीकरण की विफलता और परिणाम

म्यूनिख समझौता तुष्टीकरण की नीति का शीर्ष बिन्दु था। चेम्बरलेन को विश्वास था कि हिटलर इसके बाद यूरोप में और कोई आक्रामक कार्यवाही नहीं करेगा। परंतु मार्च,

1939 में जर्मनी ने पुनः चैकोस्लोवाकिया के विरुद्ध अपनी आक्रामक गतिविधियां प्रारम्भ कर दीं और 15 मार्च, 1939 को जर्मन सेनाओं ने चैकोस्लोवाकिया की राजधानी प्राग पर अधिकार कर लिया। इस घटना ने ब्रिटिश विदेश नीति में एक नया मोड़ उत्पन्न कर दिया। इसने चेम्बरलेन की आंखें खोल दीं। उसने तुष्टीकरण की नीति की असफलता को स्वीकार कर लिया। ब्रिटेन ने अंततः तुष्टीकरण की आत्मघाती नीति का परित्याग कर दिया। परंतु ब्रिटेन की आंखें बहुत देर से खुली थीं। प्राग पर जर्मनी के अधिकार से क्रुद्ध ब्रिटेन और फ्रांस ने बर्लिन स्थित अपने राजदूतों को वापस बुला लिया। 31 मार्च, 1939 को चेम्बरलेन ने पोलैण्ड को जर्मन आक्रमण के विरुद्ध गारण्टी देने की घोषणा की। 12 मई, 1939 को ब्रिटेन ने तुर्की को इसी प्रकार की गारंटी दी, परंतु ब्रिटेन द्वारा दैत्य हिटलर अब इतना अधिक शक्तिशाली हो चुका था कि वह अपने निर्माता के नियंत्रण को स्वीकार करने को राजी नहीं था। 1 सितम्बर, 1939 को जर्मन सेनाओं ने पोलैंड पर आक्रमण कर दिया और 3 सितम्बर, 1939 को जर्मनी के विरुद्ध युद्ध की घोषणा करते हुए चेम्बरलेन को तुष्टीकरण की नीति की असफलता को स्वीकार करना पड़ा।

इस प्रकार तुष्टीकरण की नीति सर्वथा असफल सिद्ध हुई। वह न केवल अपने किसी भी उद्देश्य को ही प्राप्त नहीं कर सकी, अपितु उसके अत्यंत अनिष्टकारी परिणाम हुए –

(क) इससे फासिस्टवादी राज्यों की शक्ति का तीव्रता से विकास हुआ; यदि ब्रिटेन इस नीति का आश्रय न लेता तो जर्मनी, जापान तथा इटली अपनी आक्रामक गतिविधियों में इतनी सफलता प्राप्त नहीं कर सकते थे। जवाहरलाल नेहरू ने ठीक ही लिखा है – "यदि फासिज्म का विकास हुआ है और उसने विश्व पर प्रभुत्व जमाना प्रारम्भ कर दिया है, तो इसका अधिकांश श्रेय ब्रिटेन को है।"

(ख) इसने यूरोप में शक्ति-संतुलन को नष्ट कर दिया। इससे जर्मनी को यूरोप की विजय का अवसर प्राप्त हो गया, जिससे स्वयं ब्रिटेन के लिए भी गंभीर संकट उत्पन्न हो गया।

(ग) इससे अंततः साम्यवाद के प्रसार में भी सहायता मिली, क्योंकि द्वितीय विश्व-युद्ध के फलस्वरूप पूर्वी यूरोप के अनेक देश रूस की कठपुतली बन गए।

(घ) इससे राष्ट्रसंघ का अंत हो गया और सामूहिक सुरक्षा की व्यवस्था नष्ट हो गई। केनथ इनग्राम के शब्दों में – "इस नीति का अर्थ था राष्ट्रसंघ के सिद्धांतों का पूर्ण परित्याग क्योंकि इसके अंतर्गत अधिनायकों के भूत और संभवतः भविष्य के आक्रामक कार्य क्षमा किए थे।"

(च) तुष्टीकरण की नीति द्वितीय विश्व-युद्ध का एक प्रधान कारण थी। इसने हिटलर की महत्वाकांक्षा और शक्ति को बहुत बढ़ा दिया; वह ब्रिटेन और फ्रांस को अत्यंत दुर्बल और कायर राष्ट्र मानने लगा। यदि ब्रिटेन तुष्टीकरण की नीति पर आचरण नहीं करता तो हिटलर की शक्ति और साहस इतने अधिक नहीं बढ़ सकते थे कि वह द्वितीय विश्व युद्ध को प्रारम्भ करने का साहस कर सकता। तुष्टीकरण की इस विनाशकारी नीति का काल ब्रिटिश इतिहास का एक अत्यंत लज्जाजनक अध्याय है – शूमां ने ठीक ही लिखा है – "यह नीति प्रारम्भ से ही एक आत्मघाती मूर्खता के अतिरिक्त और कुछ नहीं थी, जिसे इंग्लैण्ड, कॉमनवेल्थ तथा साम्राज्य के महान् दिवसों के किसी प्रकार से भी उपयुक्त नहीं ठहराया जा सकता था।"

# 31

# पाकिस्तान की विदेश नीति

### पाकिस्तान का जन्म

पाकिस्तान का निर्माण दक्षिणी एशिया में स्थित भारतीय भू-भाग को विभाजित करते हुए 14 अगस्त, 1947 को इस्लामिक राज्य के रूप में ब्रिटिश काल में रही औपनिवेशिक नीति के परिणामस्वरूप किया गया। इसी तिथि को इसे अलग राष्ट्र के रूप में स्वतंत्रता भी प्रदान की गई।

यद्यपि अंग्रेजी शासन की फूट डालो और शासन करो और विभाजित करो की नीति के कारण भारतीय संस्कृति, भूगोल, जनसमुदाय, राष्ट्र को विभाजित किए जाने से इसका भावी प्रभाव राजनीतिक रूप से अभी समाप्त नहीं हुआ है। वैसे अंग्रेजों ने 1906 में मुस्लिम लीग की स्थापना करने से लेकर 1947 तक पाक का निर्माण करने में मुस्लिम संप्रदाय को भरपूर लाभ पहुंचाने का प्रयास किया लेकिन पाकिस्तान निर्माण की मांग 1940 के बाद से भारतीय राष्ट्रीय आंदोलन में स्पष्ट रूप से उभर कर आई थी। भारतीय विभाजन एक्ट 1947 के द्वारा एक राष्ट्र के ही दो राष्ट्र अस्तित्व में आए।

1. पाकिस्तान 2. भारत

पाकिस्तान के संस्थापक के रूप में मोहम्मद अली जिन्ना की भूमिका सर्वाधिक रही थी। यही पाक के प्रथम गवर्नर जनरल बनाए गए थे।

### पाक का परिचय

14 अगस्त, 1947 को पाक का निर्माण किया गया तब इसकी स्थिति इस प्रकार थी।

1. पूर्वी पाकिस्तान 2. पश्चिमी पाकिस्तान

इस आधार पर दिसम्बर 1971 तक पाक की राजधानी ढाका रही। दिसम्बर 1971 में पाक-भारत युद्ध उपरांत पूर्वी पाकिस्तान बंगलादेश के रूप में उदय होकर आया इसके बाद इसकी राजधानी इस्लामाबाद में स्थापित की गई। इस घटना के कारण पाक की भौगोलिक स्थिति भी परिवर्तित हुई। अब पाक का परिचय इस प्रकार है –

1. कुल क्षेत्रफल 79095 वर्ग कि॰मी॰
2. पाक की सीमाएं
   (क) पाक के पूर्व और दक्षिण पूर्व में भारत
   (ख) पाक के पश्चिम में ईरान
   (ग) पाक के उत्तर में अफगान
   (घ) पाक के दक्षिण में अरब सागर

इस तरह पाक दक्षिण से उत्तर तक 1600 कि॰मी॰ और पश्चिम से पूर्व तक 880 कि॰मी॰ तक फैला हुआ है। इसी के साथ हम पाक के महत्वपूर्ण भू-भाग को इस प्रकार विभाजित कर सकते हैं :-

(क) बलूचिस्तान का पठार,
(ख) सिन्ध के मैदान और मरुक्षेत्र
(ग) सिन्ध
(घ) रेगिस्तान क्षेत्र

इन चारों भागों के अलावा पाक को छः भागों में भी विभाजित किया गया है जो इस प्रकार हैं:-

(क) उत्तरी पर्वतमाला
(ख) पर्वतीय पठार क्षेत्र
(ग) सिन्ध क्षेत्र
(घ) बलूचिस्तान का पठार
(च) पश्चिम की पर्वतमालाएं
(छ) रेगिस्तानी क्षेत्र

## पाक की स्वतंत्रता उपरांत समस्याएं

भारत-पाक की उत्पत्ति विभाजन के उपरांत हुई। इस कारण दोनों ही राष्ट्रों के सामने एक जैसी समस्याओं ने जन्म लिया। पाक की समस्याएं अधिक थीं। 14 अगस्त, 1947 को पाक की विदेश नीति के सामने निम्न समस्याएं रही थीं:-

1. पाक की विदेश नीति निर्धारण की समस्याएं।
2. पाक की आंतरिक समस्याओं को हल करने की समस्याएं।
3. कश्मीर की समस्या हल नहीं हुई थी।
4. अर्थव्यवस्था संबंधी समस्याएं उभर रही थीं।
5. शरणार्थियों की समस्याएं।
6. नहरी पानी की समस्या
7. भारत-पाक विभाजन के कारण जनता में असंतोष उभर कर आया था उसको पाक नेता रोक नहीं पाए थे।

8. पाक के मोहम्मद अली जिन्ना का देहांत हो गया था।
9. आर्थिक मदद प्राप्त करने की गहन समस्या बनी हुई थी।
10. पाक के पड़ोसी राष्ट्र अफगान, ईरान, भारत के प्रति स्वतंत्र विदेश नीति अपनाने की समस्या रही थी।
11. पाक की सीमा निर्धारित करने की समस्या हल नहीं हुई थी।

इन सभी समस्याओं का प्रभाव पाक की विदेश नीति पर पड़ा जिसके कारण पाक की विदेश नीति चुनौतियों का सामना अधिक करती रही थी। भारत के प्रति पाक की गलत धारणा बनती चली गई। इसी तरह से बड़ी महाशक्तियों के साथ भी पाक ने अपने आप को समायोजन कर विदेश नीति का संचालन किया जिससे पाक निर्माणकारी विदेश नीति का मूल आधार एक पक्षीय नहीं रख कर बहुपक्षीय ही रख सका। पाक की विदेश नीति का विकास नहीं किया गया बल्कि उसका निर्माण किया गया उसमें तत्कालीन परिस्थितियों का प्रभाव पाक की विदेश नीति में हमें देखने को अधिक मिलता है।

## पाक विदेश नीति के निर्धारक तत्व

14 अगस्त, 1947 से लेकर अपनी स्वतंत्रता की स्वर्ण जयंती समारोह मनाने एवं पाक द्वारा 28 मई, 1998 को परमाणु परीक्षण करने तक पाक की विदेश नीति के निर्धारित तत्व निम्न प्रकार रहे हैं:-

**(क) *राष्ट्रीय हित*** – पाक की विदेश नीति का राष्ट्रीय हित सर्वोपरि रहा। इस राष्ट्रीय हित के मुख्य कारक इस प्रकार रहे थे :–

**(अ) पाक का एकीकरण** – 1947 में जब पाक का निर्माण हुआ तब भौगोलिक दृष्टि से पूर्वी पाकिस्तान और पश्चिमी पाकिस्तान इसके भू-भाग में रहा। प्रथम स्तर पर पाक की विदेश नीति पाक का एकीकरण करने की रही। जिसमें एकता, अखण्डता, सुरक्षा और संप्रभुता स्थापित करना मुख्य उद्देश्य रहा था।

**(ब) पाक की संस्कृति** – पाकिस्तान की संस्कृति की स्थापना करना और इसकी रक्षा करना पाक की विदेश नीति का राष्ट्रीय हित रहा। इस्लामिक धर्म के आधार पर पाक की संस्कृति को बनाए रखना और इसकी निरंतर रक्षा करना विदेश नीति का राष्ट्रीय हित बना। एक अलग पहचान बनाना, एक अलग संस्कृति को कायम करना यद्यपि पाक के लिए कठिन कार्य था।

**(स) सुरक्षात्मक दृष्टिकोण** – पाक का निर्माण होने के बाद में पाक के सामने सुरक्षा की दृष्टि से निम्न मुख्य बिन्दु गहन समस्या के रूप में उभर कर आए थे:-

1. पाक भारत से सुरक्षा चाहता था।
2. पाक कश्मीर को सुरक्षित रखना चाहता था।

3. पाक अफगान से सुरक्षा करना चाहता था।
4. पाक एशिया में केंद्रीय भूमिका का निर्वाह करना चाहता था।
5. सुरक्षा की दृष्टि से वह एक शक्तिशाली राष्ट्र के रूप में उदय होना चाहता था।
6. आर्थिक दृष्टि से पाक विकसित होना चाहता था।

इस तरह पाक के सामने आंतरिक एवं बाहरी समस्याएं अधिक थीं फिर भी पाक सुरक्षा के मामले में सतर्क रहा। पाक की विदेश नीति में सुरक्षा का हित भौगोलिक, राजनीतिक दृष्टि से भी सर्वोपरि रहा था।

**(ख) *भू-राजनीतिक*** – पाकिस्तान नवस्वतंत्र राष्ट्र के रूप में उदय होने के साथ ही विश्व राजनीति में अपनी भूमिका रखने की लालसा रखता था। इसी कारण वह बड़ी शक्तियों विशेषकर अमेरिका के साथ समायोजन कर भू-राजनीतिक पहल करने में सक्षम रहा। पाक की विदेश नीति में यह भी पाया गया कि चीन, रूस व पश्चिम के राष्ट्रों के साथ भी महत्वपूर्ण भूमिका को निर्धारित करने वाला राष्ट्र रहा है। वह कश्मीर की समस्या के माध्यम से विश्व के राष्ट्रों को प्रभावित करने की नीति रखता रहा है। एशियाई राष्ट्रों में भी पाक की अपनी पृथक् पहचान है।

**(ग) *अंतर्राष्ट्रीय वातावरण*** – 1947 में विश्व राजनीति का वातावरण जिन समस्याओं को लेकर संघर्ष कर रहा था उनका प्रभाव पाक की विदेश नीति के निर्धारण पर पड़ा था। पाक अंतर्राष्ट्रीय वातावरण के अनुकूल ही विदेश नीति का निर्धारण करना चाहता था। द्वितीय विश्वयुद्ध उपरांत शीतयुद्ध, विचारधारात्मक संघर्ष, बड़ी शक्तियों का उदय होने से पाक भी प्रभावित था। फिर भी पाक बाहरी वातावरण से प्रभावित होकर विदेश नीति के निर्धारण में निम्न बिन्दुओं को अपनाए हुए था।

**(घ) *शक्ति संतुलन*** – पाक शक्ति संतुलन स्थापित करने की प्रक्रिया में शामिल होना चाहता था। यह दो तरफा शक्ति संतुलन स्थापित करना चाहता था।

(अ) भारत-पाक के बीच शक्ति संतुलन स्थापित करना पाक का उद्देश्य रहा था।

(ब) पाक बड़ी शक्तियों के साथ सैनिक संधियां करके शक्ति संतुलन स्थापित करना चाहता था।

**(च) *राजनीतिक दृष्टिकोण*** – पाकिस्तान राजनीतिक दृष्टि से विदेश नीति के माध्यम से स्थायित्व चाहता था। पाक घरेलू परिस्थितियों पर भी काबू पाना चाहता था और अंतर्राष्ट्रीय प्रभाव को भी बढ़ाना चाहता था। राजनीतिक दृष्टिकोण से पाक पड़ोसी राष्ट्रों को भी प्रभावित करना चाहता था। पाक ऐसा राष्ट्र था जो संक्रमणकालीन अवस्था को समाप्त कर स्थाई राजनीतिक प्रणाली को अपनाना चाहता था। यद्यपि पाक के मोहम्मद अली जिन्ना ने जिन उद्देश्यों के लिए पाक का निर्माण कराया था पाक उसी दृष्टिकोण को अपनाते हुए रहना चाहता था।

पाक की राजनीतिक व्यवस्था पर दो प्रकार के प्रभाव पड़े थे :-

1. पाक नेताओं के व्यक्तित्व, भूमिका, दर्शन का प्रभाव।

2. पाक नेताओं का संघर्ष में विश्वास।

इन दोनों प्रभावों से युक्त पाक की विदेश नीति का निर्धारण किया गया। पाक राजनीतिक रूप से संघर्षात्मक विदेश नीति को ही अपनाने के पक्ष में अधिक रहा। वह सहयोगात्मक दृष्टिकोण को निरंतर नकारता ही रहा है।

**(छ) *राष्ट्रीय परंपरा*** – पाक अपनी राष्ट्रीय परंपराओं को बरकरार रखना चाहता था। जैसे इतिहास, संस्कृति आदि को धरोहर मानता था। इनकी रक्षा करना और इनको बनाए रखना विदेश नीति का मुख्य हिस्सा रहा है। मुस्लिम संप्रदाय से जुड़ना और एकता स्थापित कर इस्लामिक धर्म को महत्वपूर्ण स्थान देना पाक की विदेश नीति की राष्ट्रीय परंपरा रही है।

पाक में इसके दो स्वरूप देखने को मिलते हैं:

1. राजनीतिक दृष्टि से धार्मिकरण करना।

2. धार्मिक दृष्टि से राजनीतिक गतिविधियां संचालित कर धर्म के दबाव को बढ़ाना।

इन आधारों पर पाक ने अपनी पहचान इस्लामिक राष्ट्र के रूप में बनाने का प्रयास किया जिसमें वह सफल भी हुआ है। यहां भूतपूर्व राष्ट्रपति अयूब खान ने लिखा था, "पाक जब भी अपनी पहचान बनाने की कोशिश करता है तब वह अपनी विचारधारा को ही खो देता है।"

**(ज) *भौगोलिक तत्व*** – विश्व राजनीति में जिस किसी राष्ट्र का स्वतंत्र रूप से उदय हुआ है उस राष्ट्र ने अपनी विदेश नीति का निर्धारण उस के आकार, स्थिति, प्राकृतिक संसाधन, जनसंख्या, जलवायु, नदियां, हिमालय से प्रभावित होकर ही किया जाता है। भूगोल को राष्ट्रीय शक्ति के रूप में भी माना जाता है।

दिसम्बर 1971 के बाद पाकिस्तान की विदेश नीति भौगोलिक दृष्टि से सबसे अधिक प्रभावित हुई है। अब वर्तमान में पाक की भौगोलिक स्थिति इस प्रकार है :-

***पाक की उत्तर-पश्चिमी सीमा*** – यह पाक के लिए सबसे महत्वपूर्ण माना जाता है। इस उत्तर पश्चिमी सीमा को तीन भागों में विभाजित कर सकते हैं:

(क) सिंध का हजारा जिला क्षेत्र।

(ख) पर्वतों के बीच तंग गलियारा।

(ग) अफगान सीमा पर बलुचिस्तान का पहाड़ी क्षेत्र।

यही भाग चीन से पाक को अलग करता है और पाक से अफगान को भी अलग करता है। इसी उत्तर-पश्चिमी सीमा क्षेत्र में घने जंगल, उपजाऊ भूमि, बंजर भूमि है। यह पाक के लिए भौगोलिक अवरोध का भी कार्य करता है। इसका कुल क्षेत्रफल 27,221 वर्ग किलोमीटर तक माना जा सकता है।

इसी सीमा में खेबर दर्रा भी स्थित है। जो कि काबुल नदी के दक्षिण भाग में स्थित है। यही भू-भाग पेशावर को काबुल से जोड़ता है। यह दर्रा सीधी चट्टानों व ऊंची पहाड़ियों से युक्त है। यही अफगान से लगा हुआ है।

इसी भौगोलिक स्थिति में बलुचिस्तान का पठार भू-भाग की पहाड़ियों से युक्त है। जो कि समुद्र से औसतन 3000 फुट ऊंचाई और कहीं-कहीं 6000 फुट तक ऊंचाई पर है। यहां की जलवायु अधिक गर्म है। आधुनिक समय में पाक यहां पर अफगान के साथ डूरण्ड रेखा का निर्धारण नए तरीके से करना चाहता है। इसी तरह से भारत-पाक के बीच रेड क्लिफ रेखा को भी पाक स्वीकार नहीं करता है। पाक भारत-अफगान के साथ लगने वाली सीमा रेखा को विवादास्पद ही मानता रहा है। भारत के साथ कश्मीर क्षेत्र इसका उदाहरण है।

***पाक की विदेश नीति के उद्देश्य*** – पाक की विदेश नीति के उद्देश्य इस प्रकार रहे हैं :–

1. पाक सीमाओं की सुरक्षा करना।
2. कश्मीर समस्या का अंतर्राष्ट्रीय करना।
3. पड़ोसी राष्ट्रों से संघर्ष, तनाव को बनाए रखना।
4. पड़ोसी राष्ट्रों के साथ युद्ध लड़ना।

## पाकिस्तान की विदेश नीति की विशेषताएं

1947 से लेकर 2000 तक जब हम पाक विदेश नीति का विश्लेषण करते हैं तो हम यह पाते हैं कि पाक की विदेश नीति में निरंतरता, गतिशीलता आदि अवलोकन करने के लिए हमें मिलती है। फिर भी पाक की विदेश नीति की निम्न विशेषताएं इस प्रकार रही हैं :–

1. सैनिक शासन का अत्यधिक प्रयोग।
2. लोकतांत्रिक विदेश नीति का अनुसरण नहीं।
3. कश्मीर मसला पाक विदेश नीति का केंद्रीय बिन्दु होगा।
4. अंतर्राष्ट्रीय संस्थाओं, संगठनों, शिखर सम्मेलनों में कश्मीर पर तीखी प्रतिक्रिया व्यक्त करना।
5. स्थायित्व, शांति का अभाव रखना।
6. पाक द्वारा परमाणु परीक्षण कर आणविक क्लब के लिए दावे पेश करना।
7. निःशस्त्रीकरण के स्थान पर शस्त्रों की दौड़ शुरू होना।
8. अमेरिकी हितों की रक्षा के लिए कार्य करना।
9. आतंकवादी गतिविधियां संचालित कर अस्थिरता उत्पन्न करना।
10. भारत के साथ शत्रुतापूर्ण रवैया अपनाना और समय-समय पर किए जाने वाले समझौतों को स्वीकार करने से मना करना।

11. अफगान से संघर्ष, तनाव बनाए रखना।
12. परमाणु कार्यक्रमों को चोरी छिपे संचालित करना।
13. क्षेत्रीय संगठन सार्क में भी तनावपूर्ण दृष्टिकोण अपनाना।
14. भू-राजनीतिक दृष्टि से भारत-अमेरिका की बराबरी करना।
15. शीतयुद्ध काल में गुट विशेष से सम्बद्ध होकर रक्षा करना।
16. चीन जैसे राष्ट्र से संबंध बढ़ाना, सैनिक सहायता, आर्थिक सहायता प्राप्त करना।
17. तटस्थता, असंलग्नता की नीति का विरोध करना।

**पाक विदेश नीति के युग**

1947 से लेकर 2000 तक पाक की विदेश नीति के युग इस प्रकार विभाजित किए जा सकते हैं :-

| | |
|---|---|
| 1. लियाकत अली खां युग | (14 अगस्त, 1947 से अक्तूबर 1951) |
| 2. ख्वाजा निजामुद्दीन युग | (अक्तूबर 1951 से 6 अप्रैल, 1953) |
| 3. मोहम्मद अली युग | (7 अप्रैल, 1953 से 6 अक्तूबर, 1958) |
| 4. जनरल अयूब खां युग | (7 अक्तूबर, 1958 से मार्च 1969) |
| 5. याहिया खां युग | (31 मार्च, 1961 से 20 दिसम्बर, 1971) |
| 6. जुल्फीकार अली युग | (20 दिसम्बर, 1971 से जुलाई 1977) |
| 7. जनरल जिया उल हक युग | (जुलाई 1977 से अगस्त 1988) |
| 8. बेनजीर भुट्टो युग | (दिसम्बर 1988 से 1990) |
| 9. नवाज शरीफ युग | (वर्ष 1990 से 1993 तक) |
| 10. बेनजीर भुट्टो युग | (वर्ष 1993 से 1996 तक) |
| 11. नवाज शरीफ युग | (फरवरी 1997 से 2000 तक) |

अब हम यहां पर इनका विस्तृत वर्णन कर यह स्पष्ट करने का प्रयास कर सकते हैं कि पाक की विदेश नीति क्या रही थी? पाक ने किन परिस्थितियों में अपनी विदेश नीति का विकास किया। पाक की अब तक रही विदेश नीति का वर्णन इस प्रकार है :-

**1. लियाकत अली खां काल की विदेश नीति** – पाक की स्वतंत्रता कायम होने पर मोहम्मद अली जिन्ना पहले गवर्नर जनरल बने। इसके साथ ही पहले पाक के प्रधानमंत्री लियाकत अली खां नियुक्त किए गए। इन्होंने 14 अगस्त, 1947 से लेकर अक्तूबर 1951 तक पाक प्रधानमंत्री पद पर कार्य किया। यह मुस्लिम लीग के नेता रहे थे।

इनके कार्यकाल में पाक की विदेश नीति के मुख्य बिन्दु इस प्रकार रहे :-

***यू॰एन॰ओ॰ की सदस्यता*** – प्रधानमंत्री लियाकत अली खां के कार्यकाल में पाक ने सितम्बर 1947 में यू॰एन॰ओ॰ की सदस्यता ग्रहण की। पाक ने 14 अगस्त, 1947 को

स्वतंत्रता ग्रहण की थी। इसके बाद स्वतंत्रता, सार्वभौम राष्ट्र के रूप में पाक ने यू॰एन॰ओ॰ की सदस्यता के लिए आवेदन किया। जिससे पाक को यू॰एन॰ओ॰ की सदस्यता प्राप्त हो गई। यद्यपि पाक की सदस्यता का विरोध नहीं किया गया। लियाकत अली खां मोहम्मद अली जिन्ना की तरह लोकप्रिय नहीं रहे थे। फिर भी इनके कार्यकाल की विदेश नीति तटस्थता की ही रही थी। पाक के सामने निम्न चुनौतियां भी रही थीं।

(क) पाक के सामने आन्तरिक समस्याएं, पाक जनता में असंतोष पाया गया था।

(ख) पाक अंतर्राष्ट्रीय राजनीति की स्थिति को सही तरीके से समझ ही नहीं पाया था।

(ग) 1948 में जिन्ना जैसे नेता का देहांत हो गया था। इस कारण भी प्रारम्भिक स्तर पर प्रभावशाली नेतृत्व की कमी महसूस की गई थी।

(घ) पाक ने विदेशी सहायता प्राप्त करने में कठिनाई महसूस की गई थी। पाक नवस्वतंत्र राष्ट्र के रूप में उदय तो हो सका लेकिन स्वतंत्र विदेश नीति की घोषणा करने में समर्थ नहीं था।

(च) पाक में शरणार्थियों की समस्या गहन रूप लिए हुए थी। भारत-पाक विभाजन का असंतोष पाक विदेश नीति को भी सहन करना पड़ रहा था।

(छ) पाक ने 22 अक्तूबर, 1947 को कश्मीर में आक्रमण किया। कश्मीर में कबायली लोगों ने आक्रमण किया था। भारत-पाक दोनों ही नवस्वतंत्र राष्ट्र थे। अपनी-अपनी आजादी प्राप्त करके सही विदेश नीति का निर्माण भी नहीं कर पाए थे कि पहला भारत-पाक युद्ध लड़ा गया। यह आक्रमण शायद भारत के भय के कारण किया गया था या फिर कश्मीर पर पाक द्वारा स्थाई नीति निर्धारण करने के लिए किया गया था। तब से अब तक पाक की विदेश नीति का मुख्य दृष्टिकोण यह रहा है कि अपनाई जाने वाली नीति कश्मीर दिलाने में कितनी सहायक होगी।

(ज) पाक प्रधानमंत्री लियाकत अली खां का यह प्रयास रहा कि भारत की बराबरी करने में पाक को हर प्रकार से समर्थ बनाया जाए। इसके लिए जिस तरह की नीति अपनाई गई उससे स्पष्ट होता है कि पश्चिम के राष्ट्रों से भारत के विरुद्ध आर्थिक सैनिक सहायता लेकर निरंतर तनाव, संघर्ष को बनाए रखना ही पाक विदेश नीति का मुख्य आधार माना जा सकता है।

(झ) पाक और अफगान सीमा के बीच में डूरण्ड रेखा को लेकर विवाद उत्पन्न हो गया था।

इस तरह हम देखते हैं कि प्रारम्भिक स्तर पर पाक के नेताओं ने पाक विदेश नीति का जो मॉडल निर्धारित किया वही मॉडल आज भी कार्य कर रहा है। यही संक्रमणकालीन रहा था। इस कारण जब राष्ट्र विश्व समुदाय में स्वतंत्रता प्राप्त कर

अपना अस्तित्व प्रकट करता है तो अनेक कारणों, तत्वों से प्रभावित होकर अपनी विदेश नीति का निर्धारण करता है। ठीक यही स्थिति पाक के साथ भी रही थी।

खालिद बी॰ सईद के अनुसार पाक ने प्रारम्भिक स्तर पर निम्न बिन्दुओं के ही आधार पर विदेश नीति का निर्धारण किया था।

1. पाक भू-राजनीतिक दृष्टि से आंतरिक एवं बाहरी तत्वों से प्रभावित रहा था।
2. पाक भू-मंडलीय शक्तियों के हितों और उद्देश्य से भी प्रभावित रहा था।
3. जिस स्थिति में जो राष्ट्र स्थित है और उन क्षेत्र के राष्ट्रों के बीच तनाव व्याप्त है तो इसके बीच शक्ति संतुलन की स्थापना करना भी पाक अनिवार्य मानता था।
4. बड़ी शक्तियों से द्विपक्षीय संबंध स्थापित करते हुए आर्थिक एवं सैनिक सहायता प्राप्त करना पाक की विदेश नीति का निर्धारक तत्व बन गया था।

इन तत्वों, कारणों के अलावा भी लियाकत अली खां की विदेश नीति के कार्यकाल में पाक ने प्रारम्भिक स्तर पर निम्न से भी प्रभावित होकर विदेश नीति संबंधी कड़े कदम उठाए थे :-

1. पाक सैनिक दृष्टि से क्षमता सम्पन्न बनना चाहता था।
2. आर्थिक संसाधनों को प्राप्त कर आर्थिक दृष्टि से विकसित होकर गतिशीलता को प्राप्त करना।
3. राजनीतिक एवं आर्थिक दृष्टि से आंतरिक रूप से पाक में उठने वाली मांगों का समाधान करना भी महत्वपूर्ण माना गया था।

उपरोक्त इन सभी तत्वों से पाक की विदेश नीति प्रभावित रही है। वैसे भी पाक की विदेश नीति समाजीकरण की प्रक्रिया की ही अधिक रही है। प्रत्येक राष्ट्र की विदेश नीति अतीत और भविष्य के बीच समन्वय करने की होती है। ऐसी ही विदेश नीति पाक की भी रही है। इस संबंध में कैनेथ बोल्डिंग ने लिखा था, "जो निर्णय राष्ट्रों की नीतियों व कार्यों को निर्धारित कर प्रभावित करते हैं वे वास्तव में स्थिति के वस्तुनिष्ठ तथ्यों पर आधारित न होकर स्थिति के विपरीत प्रति उत्तर देने की स्थिति में होते हैं।"

पाक की विदेश नीति के बारे में यह तथ्य भी हमारे सामने आया है कि पाक की विदेश नीति में व्यक्तित्व का भी महत्वपूर्ण स्थान रहा है। पाक में नेताओं के व्यक्तित्व के ही कारण सृजनात्मक और विध्वंसात्मक क्षमताओं का निर्माण संभव हो पाया है। अतः पाक के नेताओं की गहरी भावनाओं, विश्वास, व्यक्तिगत उद्देश्य की छाप भी विदेश नीति पर रही है। इसी कारण से पाक साधारण, सामान्य लक्ष्यों की पूर्ति करने के साथ-साथ असाधारण उद्देश्यों की पूर्ति करने में निरंतर सफल होता रहा है।

अतः इस कार्यकाल के लिए हम यही कह सकते हैं कि पाक ने अपनी विदेश नीति का विकास भी किया, क्रियान्वयन भी किया और उसका प्रसार भी किया है। यद्यपि पाक के अंतर्गत सरकारें और सैनिक शासन स्थापित होते रहे हैं। उनके दौरान दिए गए भाषण, वक्तव्य आदि से यह स्पष्ट हो जाता है कि पाक विदेश नीति, राष्ट्रीय सुरक्षा, आर्थिक विकास, सैन्य क्षमता के विकास के लिए निरंतर चिन्ता व्यक्त करती रही है। फिर भी हम पाक विदेश नीति के अंतर्गत यह पाते हैं कि इसके परिणाम नकारात्मक ही रहे हैं। इससे पाक की अंतर्राष्ट्रीय पहचान को भी क्षति पहुंची है। अलोकप्रियता के कारण वह घरेलू समस्याओं का निराकरण भी नहीं कर सका। इस दृष्टि से भी विदेश नीति के घरेलू परिणाम भी सकारात्मक नहीं रहे हैं।

पाक की विदेश नीति में भिन्न-भिन्न कार्यकाल में भिन्न-भिन्न व्यक्तित्व की छाप विदेश नीति पर हमें देखने को मिलती है। इस दृष्टि से भी वैकल्पिक उद्देश्यों की पूर्ति ही कर सकी है। राष्ट्र के लिए प्राथमिक स्तर पर क्या जरूरी है और क्या जरूरी नहीं है, इसके बीच में राष्ट्रीय सुरक्षा को तो सर्वोपरि माना गया। यह राष्ट्रीय सुरक्षा भी पाक ने स्वयं आत्मनिर्भर होकर प्राप्त नहीं की है। पाक ने भिन्न-भिन्न कार्यकाल की विदेश नीति में सैन्य संतुलन को बिगाड़ने का कार्य किया। जैसे कि पाक सेनाओं पर सबसे अधिक व्यय किया गया, जो कि आर्थिक स्थिति के कारण पाक को नहीं करना चाहिए था। पाक ने यह आर्थिक व्यय विदेशी सहायता प्राप्त होने के उपरांत किया। इससे पाक प्रारम्भिक स्तर पर ही अमेरिका जैसी शक्ति के हाथों की कठपुतली बन कर रह गया था। पाक ने ऐसा करके अपनी विदेश नीति का संचालन अमेरिकी हितों के ही अनुकूल किया था। इससे पाक को विदेश नीति की कीमत भी चुकानी पड़ी है। पाक को यह आगे चल कर महसूस हो गया था कि अमेरिका के साथ संलग्न रहने से वह अपने स्वयं के राष्ट्रीय उद्देश्यों की पूर्ति नहीं कर सकता है। इस कारण से भी लियाकत युग की विदेश नीति आगे चल कर परिवर्तित हुई थी। यद्यपि पाक ने विदेश नीति के निर्धारण में आने वाली कठिनाइयों का अधिक सामना किया था।

**2. ख्वाजा निजामुद्दीन काल की विदेश नीति** – जब पूर्व प्रधानमंत्री लियाकत अली खां के कार्यकाल में पाक में आंतरिक रूप से बढ़ते हुए असंतोष को नहीं रोका गया तो अक्तूबर 1951 में पाक के अंतर्गत एक अफगान युवक की गोली मार कर हत्या कर दी गई थी, तब पाक के गवर्नर जनरल गुलाम मुहम्मद रहे थे इन्होंने नए प्रधानमंत्री के रूप में ख्वाजा निजामुद्दीन को नियुक्त किया था। इनके कार्यकाल की विदेश नीति 6 अप्रैल, 1953 तक ही रही थी। जिसमें मुख्य बिन्दु इस प्रकार रहे हैं :–

1. पाक ने चीन को शंका की दृष्टि से देखा था। चीन का उदय अक्तूबर 1949 में हुआ इसका प्रभाव भी पाक विदेश नीति पर पड़ा। साम्यवादी राष्ट्र होने के कारण पाक के नेतागण चीन को भिन्न दृष्टि से समझने का प्रयास कर रहे थे।

2. भारत के प्रति भी शत्रुतापूर्ण रवैया ही अपनाया गया।

3. अफगान के प्रति भी तनावपूर्ण स्थिति का ही वातावरण अपनाया गया।

4. राजनीतिक स्थायित्व का अभाव भी इनके कार्यकाल में रहा था।

5. पाक की विदेश नीति अवसरवादिता के पद-चिन्हों पर चलने लगी थी।

अत: ख्वाजा निजामुद्दीन काल की विदेश नीति पाक में अस्थिरता बनाए रखने की ही प्रतीक रही। इस दृष्टि से पाक की विदेश नीति में इनके कार्यकाल के बाद में बहुत बड़ा परिवर्तन किया गया था।

**3. मोहम्मद अली काल की विदेश नीति** – 1953 का वर्ष पाक में पहली बार सैनिक शासन स्थापित करने का रहा। 7 अप्रैल, 1953 को निजामुद्दीन मंत्रिमंडल को बर्खास्त कर दिया गया। इनके स्थान पर अमेरिका में पाक के राजदूत मुहम्मद अली को पाक का नया प्रधानमंत्री बनाया गया। इन्होंने 6 अक्तूबर, 1958 तक पाक की विदेश नीति का संचालन किया था। इनके कार्यकाल की विदेश नीति के मुख्य बिन्दु इस प्रकार रहे थे :-

(1) 1954 में पाक ने अमेरिका के साथ पहली बार Mutual Defence Assistance Agreement पर हस्ताक्षर किए। इसके बाद में पाक आगे चल कर सेन्टो और बगदाद संधियों में शामिल हुआ। यद्यपि सामूहिक सुरक्षा के लिए पश्चिम के राष्ट्रों से पाक के जुड़ने के संबंध में नीति निर्धारक कर्त्ताओं ने अनेक तर्क दिए थे। उनमें मुख्य इस प्रकार रहे हैं :-

(क) भारत-पाक के बीच कश्मीर समस्या।

(ख) सोवियत रूस का खतरा पश्चिमी पाक का सामरिक महत्व बन गया था जो कि गर्म पानी के बंदरगाह, तेल संसाधनों आदि के लिए महत्वपूर्ण रहा था।

(ग) अपने ही स्वयं के संसाधनों से अपनी रक्षा करना पाक के लिए रक्षा आवश्यकताओं की पूर्ति करना कठिनाई युक्त रहा था।

(घ) ऐसी स्थिति में पाक को अमेरिका से गठबंधन करना पड़ा।

इसके साथ ही विदेश नीति के संबंध में यह निरंतर रूप से कहा जाता रहा कि कश्मीर व अन्य मुद्दों पर भारत से पाक को खतरे का सामना निरंतर रूप से करना पड़ा है। इसके साथ ही जुलाई 1951 में जब पाक सीमा में भारतीय सेनाओं की टुकड़ियां प्रवेश कर गई थीं तब से ही पाक ने अमेरिका से समायोजन करने की नीति निर्धारित कर ली थी। वैसे भी अयूब ने इस संबंध में अपना झुकाव अमेरिका की तरफ बना लिया था।

(2) पाक को ब्रिटेन, अमेरिका से आर्थिक-सैनिक सहायता उपलब्ध होने लग गई थी। पश्चिम के राष्ट्र पाक को शक्तिशाली बनाने का दृष्टिकोण अपनाए हुए थे।

(3) वैसे भी देखा जाए तो पाक भौगोलिक दृष्टि से दो भागों में विभाजित था:

(क) पूर्वी पाकिस्तान

(ख) पश्चिमी पाकिस्तान

इसी भौगोलिक स्थिति के कारण पाक ने सैन्य सामग्री व सैन्य सहायता प्राप्त करने के लिए प्रभावित किया था। वैसे भी पश्चिमी पाकिस्तान के पास अधिक भू-भाग था उनकी रक्षा करना अनिवार्य था। भारत पाक का पड़ोसी राष्ट्र था वह भौगोलिक दृष्टि से भी बड़ा था यदि भारत पाक पर आक्रमण करता है तो पाक बचाव करने की स्थिति में भी नहीं था। इस कारण भी सैनिक सहायता प्राप्त करना उचित माना गया था।

**4. जनरल अयूब खां काल की विदेश नीति** – पाक में यह देखा गया कि अब राजनीतिक व्यवस्था सुचारू रूप से कार्य करने में असमर्थ होती जा रही थी तब सेनाओं के सेनापति ने सैनिक विद्रोह करके सत्ता प्राप्त की और दीर्घकाल तक सत्ता में बने रहे। इससे पाक में लोकतांत्रिक प्रक्रिया पर अंकुश लगाए गए। पाक की विदेश नीति में भी व्यापक परिवर्तन किए गए।

इसी तरह दूसरी बार पाक में 7 अक्तूबर, 1958 को सेनापति जनरल अयूब ने सैनिक विद्रोह कर सत्ता प्राप्त की। इसके साथ ही पाक में मार्शल लॉ लागू किया गया। संविधान, संसद व राजनीतिक दलों पर व्यापक प्रतिबंध लगाए गए। सेनापति अयूब ने सभी प्रकार के अधिकार अपने पास रखे। इससे पाक के पड़ोसी राष्ट्र भी प्रभावित हुए। इनके कार्यकाल 30 मार्च, 1969 तक की विदेश नीति के मुख्य बिन्दु इस प्रकार रहे हैं।

(1) पाक सेनापति जनरल अयूब ने जब अमेरिका से भरपूर मात्रा में आर्थिक; सैनिक सहायता लेना आरम्भ किया तो भारत के प्रधानमंत्री पं॰ जवाहर लाल नेहरू का रुख पाक के प्रति परिवर्तित हुआ। कश्मीर समस्या पर जब द्विपक्षीय समझौते के माध्यम से अप्रैल, 1954 में जनमत प्रशासक की नियुक्ति की बात आई तब पाक अमेरिका के साथ सैन्य रूप से गठबंधन कर चुका था। इसी दौरान पं॰ जवाहर लाल नेहरू ने यह घोषणा कर दी थी कि यदि पाक को सैनिक सहायता मिली तो कश्मीर मुद्दे पर सभी आयाम परिवर्तित हो जाएंगे। इसके संबंध में यू॰एन॰ओ॰ को सुरक्षा परिषद् में भारत द्वारा विरोध किए जाने पर सोवियत रूस ने वीटो किया था इसके पाक की विदेश नीति सैन्य सहायता के संबंध में आलोचना की पात्र बनी थी।

पाक को $ 12 से $ 15 मिलियन डालर की अमेरिकी सैन्य सहायता प्राप्त हुई थी जो 1954 से लेकर 1965 तक प्राप्त हुई थी। इसी तरह 1947 से लेकर 1965 तक पाक को $ 3 मिलियन डालर की आर्थिक सहायता भी प्राप्त हुई थी। इस दृष्टि से अयूब के कार्यकाल की विदेश नीति में पाक की विदेश नीति के दो परिणाम सामने आए थे :–

1. पाक सुरक्षा और विकास करने की प्रक्रिया प्रारम्भ कर चुका था।
2. विदेश नीति = सुरक्षा + विकास
परिणाम = सु. + वि. (अनुकूल)

यह समीकरण अयूब ने निर्धारित किया था इससे वह संतुष्ट भी रहा था। अमेरिका ने भारत के कश्मीर मुद्दे के विपरीत पाक की मदद की। इसका मुख्य कारण यह भी कहा जा सकता है कि अमेरिका भी कश्मीर मुद्दे में शामिल होना चाहता था। पाक के लिए अकेले यह समस्या हल करना संभव नहीं था। वैसे भी अयूब कार्यकाल में राष्ट्रीय सुरक्षा का बिन्दु सर्वोपरि रहा था। जिसे स्थापित करने में एवं पूर्ण करने में इन्होंने पूरा योगदान दिया था।

श्री अयूब स्वयं एक सैनिक शासक था इस कारण भी पाक की विदेश नीति सैनिक तत्वों से अधिक प्रभावित रही थी। अयूब ने सत्ता में आते ही महत्वपूर्ण भूमिका निर्वाह करने का प्रयास किया था।

**( 2 ) *भू-राजनीतिक दृष्टिकोण*** – जनरल अयूब ने सत्ता में आते ही भू-राजनीतिक दृष्टिकोण को अपनाना प्रारम्भ कर दिया था। जिसका उदाहरण अयूब द्वारा जुलाई, 1958 में लंदन में दिए गए भाषाण से स्पष्ट इसका पता चलता है। अयूब ने स्वयं यह स्वीकार किया था कि रूस-चीन जैसी शक्तियों से निपटने के लिए अमेरिका जैसी शक्ति पर ही निर्भर होना ज्यादा लाभदायक होगा। अमेरिका पाक के लिए मजबूत, स्थाई, स्थानीय शक्ति के रूप में उपस्थिति दे चुका था। अमेरिका ही पाक की स्थिति संवारने में सक्षम था। इस कारण से पाक भी भविष्य में शक्ति के रूप में उभरने का प्रयास करने लगा था।

भू-राजनीतिक दृष्टि से 1959-62 तक का समय पाक के लिए महत्वपूर्ण रहा। इस समय में पाक ने अपनी स्थिति को सुदृढ़ भी किया और भारत-चीन सीमा विवाद को पाक ने अंतर्राष्ट्रीय स्तर भी प्रदान करने का प्रयास किया। जब कि यही समय समस्याओं को हल करने के लिए अधिक उपयुक्त भी रहा था लेकिन अयूब ने इस तरफ ध्यान नहीं दिया। करियप्पा, फजल मुकीम खान जैसे सैनिक नेताओं ने भारत से बचाव का एकमात्र उपाय समन्वय स्थापित करना ही बताया था। भारत फिर भी प्रभावित नहीं हुआ था। इस कारण सैनिक गठबंधनों से भारत को मोह भी नहीं रहा था। भू-राजनीतिक दृष्टि से चीन-भारत एशिया में बड़ी शक्ति रहे हैं। इस कारण भी पाक बड़ी शक्तियों को सैनिक अड्डे स्थापित करने की आवश्यकता भी महसूस कर रहा था। रूस-चीन में सीमा विवाद उभर कर आए थे इस कारण भी अमेरिका ने पाक को ही मदद देने में रुचि ली थी। भारत को कोई मदद अमेरिका नहीं देना चाहता था। अतः अयूब का दृष्टिकोण भू-राजनीतिक संदर्भों से ही अधिक जुड़ा हुआ रहा था।

पाकिस्तान चीन, भारत की बराबरी करना चाहता था। वैसे भी भारत–पाक के बीच विवाद होने के कारण चीन का झुकाव पाक की ओर बढ़ने लगा था। 1962 में भारत पर चीन के आक्रमण होने के उपरांत मियां मुमताज दौलताना ने लिखा था, "एशियाई प्रभुत्व" के लिए संघर्ष, जो कि भारत और चीन दोनों का ही भविष्य स्वप्न है, चीन के साथ विवादित क्षेत्रों के जातीय, ऐतिहासिक बंधन, सह–अस्तित्व के स्थान पर चीन की संघर्ष को बल देती विचारधारा, चीन की आंतरिक स्थिति की गंभीरताएं, पश्चिम द्वारा भारत को आकर्षित करने के प्रयास, एक अलग ही तरह की स्थिति को प्रकट करते हैं। भारत और चीन के मध्य शीतयुद्ध अभी और चलेगा। गर्मयुद्ध तो एक अस्थाई चरण है, जो लगभग समाप्त होने की ओर है।

**( 3 ) *चीन के प्रति पाक की नीति*** – अयूब कार्यकाल की विदेश नीति में पाक की आकांक्षाएं बढ़ती जा रही थीं। जिनकी पूर्ति अमेरिका से नहीं हो पा रही थी इसलिए पाक ने चीन के प्रति अपनी नीति में परिवर्तन किया था। अयूब यह चाहते थे कि जो कमी अमेरिका से रह गई है वह चीन से पूर्ण की जाए। मार्च, 1963 में दोनों के बीच नागरिक उड्डन समझौता सम्पन्न किया गया। फरवरी, 1964 में चीन ने पाक को कश्मीर मुद्दे पर समर्थन दिया। जनरल अयूब ने चीन की यात्रा आयोजित की।

इसके बाद में मार्च, 1965 में चीन–पाक द्वारा संयुक्त वक्तव्य जारी किया गया जिसमें एशियाई अफ्रीका एकता को सुदृढ़ता प्रदान करने पर बल दिया गया। 1965 में अल्जीरिया में आयोजित अफ्रीकी एशियाई सम्मेलन में चीन ने पाक प्रयासों को खुला समर्थन दिया। जनरल अयूब ने दोहरी विदेश नीति अपनाते हुए अमेरिका के विरुद्ध वक्तव्य जारी किए। पाक ने अमेरिका की आलोचना करनी प्रारम्भ कर दी और यह आरोप लगाया कि अमेरिका पाक के आंतरिक मामलों में दखल दे रहा है। इससे अयूब कार्यकाल में पाक ने अपनी अमेरिका निर्भरता को कम कर चीन पर बढ़ाने की नीति का अनुसरण किया।

यद्यपि अमेरिका ने पाक को सैनिक सहायता उपलब्ध कराना बंद नहीं किया। अयूब कार्यकाल में पूर्वी काल की सुरक्षा करना चीन के कारण चिन्ता का विषय नहीं रहा था। अतः पाक की विदेश नीति की स्थिति अयूब युग में इस प्रकार बन गई थी।

विदेश नीति = अमेरिका, चीन = 3/4 सुरक्षा (अमेरिका) + 1/4 सुरक्षा (चीन) + 3/4 विकास (अमेरिका व पश्चिमी स्रोत)

इस कार्यकाल में अमेरिका भारत को भी सहायता उपलब्ध करा रहा था। इससे पाक को अमेरिका से ज्यादा फायदा नहीं हुआ था। पाक आशा से अधिक सहायता अमेरिका से प्राप्त करना चाहता था जो कि उसे प्राप्त नहीं हुई थी इसी कारण चीन की तरफ पाक का झुकाव बढ़ा था।

**(4) *भारत-पाक युद्ध 1965*** – सितम्बर 1965 में भारत-पाक के बीच युद्ध लड़ा गया। इस युद्ध में रावलपिंडी पेकिंग-जकार्ता धुरी बनी। चीन ने पाक को इस युद्ध के दौरान बड़ी मात्रा में सहायता उपलब्ध कराई। चीन ने भारतीय सीमाओं पर सैनिक गतिविधियां आरम्भ की। इस युद्ध में इंडोनेशिया ने भारत की आलोचना की और पाक को समर्थन दिया। इस भारत-पाक युद्ध में पाक की सहायता पश्चिमी के राष्ट्रों द्वारा नहीं की गई। मलेशिया ने भी पाक के साथ संबंध तोड़ लिए। यद्यपि चीन से भी पाक को अधिक आशाएं मदद करने के संबंध में रही थीं। फिर भी पाक को निराशा ही मिली थी। यद्यपि 1965 के युद्ध में पाक की भारी सैनिक पराजय हुई थी। इस युद्ध के विरोध स्वरूप विदेश मंत्री रहे जुल्फीकार अली भुट्टो ने अपना त्याग पत्र भी दे दिया था।

इस युद्ध से पाक विदेश नीति पर निम्न प्रभाव पड़ थे :–

1. पाक-अमेरिका संबंधों में गिरावट आई थी।
2. चीन-पाक संबंधों में भी गिरावट आई थी।
3. भारत-पाक संबंधों में भी तनावपूर्ण स्थिति बनी थी।
4. भारत द्वारा पाक को दी जाने वाली मदद का विरोध किया जा रहा था।
5. पाक-अरब देशों के बीच संबंध बढ़ने लगे थे।
6. पाक-रूस संबंधों में वृद्धि होने लगी थी।

भारत-पाक युद्ध 1965 आयोजित होने के बाद में रूस की मध्यस्थता के कारण 10 जनवरी, 1966 को ताशकन्द समझौता भारत-पाक के बीच सम्पन्न हुआ। इस युद्ध का पाक पर यह प्रभाव पड़ा कि भारत के साथ कटुता रखने के बजाए संबंधों को सुधारने की पहल कर ही लेनी चाहिए थी। इस स्थिति के संबंध में अयूब ने लिखा था, "अमेरिका, रूस, चीन के साथ द्विपक्षीय समीकरणों की स्थापना और मुस्लिम देशों के साथ सौहार्दपूर्ण संबंधों के विकास के लिए पाक को भारत के साथ संघर्ष की स्थिति को स्वीकार करने के साथ भारत के साथ जीना सीख लेना चाहिए।"

इसी क्रम में जुल्फीकार भुट्टो ने लिखा था, "यदि वो प्रत्येक मामले में सहयोग के लिए सहमत नहीं है तो कम से कम मानव मात्र के भले और प्रसन्नता से जुड़े मसलों पर तो सहयोग के लिए सहमत होना चाहिए। यदि वो अपने राजनीतिक विवादों का समाधान नहीं कर सकते हैं, तो उन्हें छोड़ कर ऐसे मामलों में तो हाथ मिला सकते हैं जिससे गरीबी दूर की जा सके, बीमारी से लड़ा जा सके और भुखमरी जैसी समस्या से निपटा जा सके।"

पाक ने 1965 के इस भारत-पाक युद्ध के बाद ही मुस्लिम देशों के साथ अपने राष्ट्रीय हित को जोड़ने का प्रयास किया है। यही ऐतिहासिक दृष्टिकोण भी लिए हुए है। यही निरन्तरता हमें देखने को मिलती रही है। पाक ने यह भी स्पष्ट किया था कि

वह पश्चिम के राष्ट्रों के साथ सैन्य गठबंधन में केवल सुरक्षा के लिए ही शामिल हुआ है। अब पाक ने भी अमेरिका को नीचा दिखाने का प्रयास शुरू किया। 1966-67 के मध्य चीन और रूस से पाक को सहायता प्राप्त होने लगी थी। ऐसा करके पाक द्विपक्षीय संबंधों को ही बढ़ाने पर अधिक बल देता रहा था।

दिसम्बर, 1965 में अयूब ने अमेरिका की यात्रा की। इस यात्रा से भी पाक-अमेरिका संबंधों में वृद्धि नहीं हुई। अमेरिका के राष्ट्रपति जॉनसन ने अयूब से कहा कि वो चीन के दक्षिणी एशिया भूमिका को समझे और वियतनाम मामले पर अमेरिका का समर्थन करे। लेकिन अयूब ने इसे अस्वीकार कर दिया। वैसे भी पाक की भौगोलिक स्थिति बहुत ही नाजुक अवस्था में मानी गई। इस कारण से पाक स्वतंत्र विदेश नीति का अनुसरण करने पर अधिक बल दे रहा था। इस कारण भी अमेरिका-पाक में मतभेद उभर कर आए थे।

अमेरिकी राष्ट्रपति जॉनसन ने पाक के संबंध में एक समान नीति अपनाई। वैसे भी अमेरिका सामाजिक, आर्थिक स्थिति को सुधारने के पक्ष में अधिक रहा था। जॉनसन ने अयूब की यात्रा के संबंध में कहा, "अयूब समझ के अतिरिक्त अमेरिका कुछ मांगने नहीं आए हैं और वो इसे यहां से ले जा रहे हैं।"

अयूब के कार्यकाल की विदेश नीति में द्विपक्षीय समीकरण ज्यादा बने हैं, जो कि एक दूसरे को ज्यादा प्रभावित भी करते रहे हैं। इस तरह प्रत्येक समीकरण का निर्धारण तीसरे पक्षों की सहनशीलता की सीमाओं को ध्यान में रख कर निर्धारित किया जाता रहा है। इस तरह पाक ने द्विपक्षीय समझौते भी किए और द्विपक्षीय समीकरण भी बनाए थे।

उदाहरण के लिए अमेरिका पाक को अपार सहायता देने के लिए उत्सुक था। साम्यवादी शक्तियों से भी पाक ने द्विपक्षीय संबंध स्थापित किए। यदि अमेरिका हितों के साथ अपने आपको जोड़ नहीं सकते तो हमें उसके सहयोग को भी नकारना नहीं चाहिए।

अतः पाक की विदेश नीति के अयूब काल तक तीन स्तरीय विकास को हम इस प्रकार समझा सकते हैं।

1. 1954 - 62 तक का विकास जिसमें अमेरिका = सुरक्षा + विकास (विकास की अपेक्षा सुरक्षा से अधिक) को अधिक स्थान दिया गया।
2. 1962 - 65 में अमेरिका व चीन = 3/4 सुरक्षा (संयुक्त राज्य) + 1/4 सुरक्षा (चीन) + 3/4 विकास (संयुक्त राज्य व पश्चिमी स्रोत) संबंधी विदेश नीति रही।
3. 1966 - 68 में अमेरिका, चीन, सोवियत रूस = 1/2 सुरक्षा (क्रय पश्चिमी स्रोत) + 1/4 सु॰ (चीन) + 2/3 विकास (पश्चिम) + 1/3 विकास (सोवियत गुट)।

उपरोक्त इन सभी समीकरणों के आधार पर हम यह स्पष्ट कर सकते हैं कि पाक विदेश नीति मात्रात्मक अधिक रही है। इन समीकरणों से यह भी स्पष्ट हो जाता है कि पाक नीति निर्धारण में बौद्धिक दृष्टिकोण को ही अपनाया गया। अयूब ने अपने कार्यकाल में सुरक्षा, विकास से ही जुड़े रहने का प्रयास किया।

इसके साथ-साथ पाक की विदेश नीति को लेकर अयूब को यह अहसास भी हो गया था कि अमेरिका के साथ जुड़ कर पाक को कीमत चुकानी पड़ेगी। भारत से पाक को निरंतर खतरा रहा। इस कारण भी अयूब ने चीन की तरफ जुड़ने का प्रयास किया था। इस दृष्टि से 1965 से लेकर 1968 तक पाकिस्तान की सुरक्षा व्यवस्था में चीन का योगदान 1/4 ही रहा था। इसका एक कारण तो यह रहा था कि भारत-चीन के बीच तनाव था इसलिए पाक को चीन से आसानी से मदद प्राप्त हो गई थी। इसके साथ-साथ चीन ने पाक के आर्थिक विकास में भी योगदान दिया था। 2/3 सहायता पश्चिमी खेमे से पाक को मिली थी। इस तरह से हम देखते हैं कि पाक की विदेश नीति में लचीलापन भी पाया गया। क्योंकि पाक भी अपने राष्ट्रीय हितों को ताक में रखने की स्थिति में नहीं रहा था। पाक की जनता की भावना के बजाए राष्ट्रीय हितों पर अधिक ध्यान दिया गया। इस संबंध में अयूब ने कहा था, "जनता को शांत रहना चाहिए, सरकार पर छोड़ देना चाहिए। सरकार जनता की और राष्ट्र की भलाई के लिए ही है। उसके पास समस्त जानकारी व सूचना है। सब कुछ सरकार पर छोड़ दिया जाए। हम इस उद्देश्य के लिए एक उपकरण हैं। जिसे काम में लगा रहने दिया जाए।"

23 मार्च, 1960 को अयूब ने पाकिस्तान दिवस के अवसर पर प्रसारण में कहा था, "मैं इस बात से प्रसन्न हूं कि क्षेत्रीय और पश्चिमी दोनों तरफ से हमारे संबंध और सौहार्द्रपूर्ण व नजदीकी बने हैं। उनमें हमारा विश्वास बढ़ा है। उनकी हमारे प्रति आशाओं में वृद्धि हुई है। हमारी कोशिश होगी कि इन संबंधों को और अधिक सुदृढ़ किया जाए।"

श्री अयूब ने विदेश नीति के स्पष्ट संकेत देते हुए 1960 के Foreign Affairs के अंक में लेख के दौरान कहा था, "आज की अंतर्राष्ट्रीय राजनीति के संदर्भ में पाकिस्तान ने खुले रूप से अपने आपको पश्चिम से संबद्ध करा लिया है। हम भटकने के स्थान पर एक स्पष्ट राह के अनुसरण में विश्वास रखते हैं और यही हमने किया है।"

यह बात भी पाक विदेश नीति में सच साबित हो जाती है कि अयूब ने ही पश्चिमी रुझान वाली नीति को पुन: स्थापित कर नकारात्मक परिणामों की ओर बढ़ाया था। चीन के साथ पाक के संबंध निरन्तर बढ़ते चले गए थे। अयूब ने सत्ता संभालने के बाद ही कहा था, "लोग रूस के साथ सह-अस्तित्व की बात करते हैं, मैं मानता हूं कि सह-अस्तित्व संभव नहीं है, क्योंकि इसके लिए आवश्यक परिस्थितियां मौजूद नहीं हैं। यदि साम्यवाद रहता है तो हमारी हैसियत एक पिछलग्गू की रहेगी। रूस का

विभिन्न देशों के साथ भिन्न व्यवहार है। चीन जैसे राष्ट्र को रूस बराबरी का दर्जा देता है। यदि भारत साम्यवादी हो जाता है तो उसे भी समानता की हैसियत मिल सकती है। लेकिन हम तो बिल्कुल जमीन पर रहेंगे।"

**(5) *अफगान, ईरान पर पाक की विदेश नीति*** – अयूब ने 23 मार्च, 1960 को अपने राष्ट्र के नाम जारी संदेश में कहा, "हमारे सामने उद्देश्य स्पष्ट हैं। सबसे पहले विश्व के इस भाग में समस्याओं में वृद्धि करना और भारत-पाक उपमहाद्वीप व इससे लगे हुए हिस्से में अपना प्रभुत्व स्थापित करना है।" यह वक्तव्य अयूब ने अफगान के पख्तूनिस्तान मुद्दे के संबंध में एवं सोवियत संघ को समर्थन देने के संबंध में जारी किया था।

1959 में अयूब ने तुर्की व ईरान की यात्रा की थी। इससे संबंधों को सुधारने के प्रयास करने के साथ मुस्लिम राष्ट्रों से संबंध सामान्य करने के प्रयास भी किए गए थे। तुर्की, ईरान सेन्टो संधि के सदस्य रहे थे। इस कारण भी 1962 - 65 तक के समय में पाक के संबंध मुस्लिम देशों से बढ़े थे। इसके साथ ही क्षेत्रीय सहयोग बढ़ाने के लिए 1966 में संधि की गई। जिसके तहत स्वतंत्र व्यापार, चेम्बर्स ऑफ कॉमर्स में सहयोग, संयुक्त परियोजनाओं के क्रियान्वयन संबंधी, यातायात, डाक सेवा, वीसा तकनीकी, सांस्कृतिक सहयोग के लिए प्रयास किया गया। यद्यपि यह एक आर्थिक समझौता ही रहा था। इस समझौते से मुस्लिम देश एक दूसरे के नजदीक आए थे।

23 जुलाई, 1964 को अयूब ने कराची में घोषणा की थी कि, "यह व्यवस्था अन्य मुस्लिम देशों के लिए भी खुली हुई है। जबकि समझौते में कहा गया था कि यह व्यवस्था उस क्षेत्र के सभी राष्ट्रों के लिए खुली हुई है।" पाक ने तुर्की और ईरान से घनिष्ठ संबंध बढ़ाए।

पाक ने जब तुर्की और ईरान से संबंध बढ़ाए तो सेन्टो संधि के संबंध में नीतियों की समीक्षा करने के लिए दबाव डाला था। इस हेतु अक्तूबर, 1966 में अयूब ने ईरान की चार दिन की यात्रा सम्पन्न की। यह निजी यात्रा थी। इस यात्रा के दौरान अयूब खां ने ईरान के शाह को सलाह दी कि तीनों देशों की सेन्टो के बाहर भी सैनिक संधि की संभावनाओं को तलाश करें।

जो कि क्षेत्रीय सहयोग (R.C.D.) के अनुकूल हो। नवम्बर, 1966 में अमेरिका ने 80 मिलियन डालर की सहायता पाक को रोक दी थी। यह वियतनाम मुद्दे के कारण रोकी गई थी। जब भारत-पाक युद्ध 1965 लड़ा गया तो मुस्लिम देश ईरान, तुर्की, सउदी अरब, जोर्डन, इराक, सीरिया, अल्जीरिया आदि राष्ट्र पाक के नजदीक आए थे। 1966-67 में तुर्की के राष्ट्रपति ने पाक की यात्रा की। ईरान के शाह की मार्च, 1967 में, तुर्की के प्रधानमंत्री की पाक यात्रा मार्च, 1967 में आयोजित हुई।

यद्यपि अयूब ने क्षेत्रीय सहयोग के लिए संधि प्रस्ताव रखा था जिसे अस्वीकार किया। फिर भी राजनीतिक रूप से एकता देखी गई। कश्मीर मुद्दे, साइप्रस, फारस की खाड़ी में संयुक्त समर्थन की बात दोहराई गई।

इसके अलावा सउदी अरब, जोर्डन, अफगान, इण्डोनेशिया के साथ अयूब ने संबंधों में वृद्धि की। सउदी अरब के शाह ने अप्रैल, 1966 में पाक की यात्रा की। इस यात्रा के दौरान अरब राष्ट्रों के प्रयासों का समर्थन किया गया। अक्तूबर, 1967 में दोनों देशों के बीच समझौता भी किया गया।

इस समझौते के तहत सउदी अरब ने पाक सेना के लिए आवश्यक तकनीकी, सलाह, प्रशिक्षण देने की घोषणा की। इसके पश्चात् नवम्बर, 1966 में अयूब ने जोर्डन की यात्रा की। जिसमें चीनी मिल, रूई व जूट मिल की स्थापना की बात स्वीकार की गई।

इसी तरह अफगान से 1966 में पाक ने संबंध सामान्य किए। जिसमें रेल सेवा समझौता किया गया। इसी क्रम में पाक इण्डोनेशिया में क्षेत्रीय सहयोग करने के लिए आर्थिक व सांस्कृतिक सहयोग करने हेतु संगठन का निर्माण किया गया। इसके साथ ही पाक को इण्डोनेशिया ने जूट उत्पादन, सूती मिलों के उत्पादन आदि के लिए 51 मिलियन डालर का ऋण भी उपलब्ध कराया था।

इस तरह हम देखते हैं कि पाक के सबसे अधिक संबंध ईरान के साथ स्थापित हुए। ईरान में एक अधिकारी ने पश्चिमी जर्मनी से 90 रोब्ट जेट विमान दिलाने की भूमिका निर्वाह की थी। इसी क्रम में 8 अप्रैल, 1967 को वाशिंगटन में रहस्य प्रकट करते हुए बताया कि F-5 16 विमान सुपरसोनिक जो कि ईरान सेना के ही थे 15 मार्च, 1967 को पाक की राष्ट्रीय दिवस परेड के लिए 23 मार्च को भेजे गए, जो पाक सैनिक ठिकानों से उड़ान भरते हुए भी देखे गए थे, पाक को ईरान द्वारा उपलब्ध कराए गए।

**( 6 )** ***सोवियत रूस के प्रति पाक की विदेश नीति*** – 1965 में भारत पाक युद्ध होने के बाद सोवियत रूस की मध्यस्थता से ताशकन्द समझौता 10 जनवरी, 1966 में सम्पन्न हुआ। इसके बाद अयूब की विदेश नीति में परिवर्तन आया था। 4 अक्तूबर, 1967 को अयूब ने सोवियत रूस की यात्रा सम्पन्न की थी। इस यात्रा में पाक को तृतीय पंचवर्षीय योजना के लिए तकनीकी व वित्तीय सहायता उपलब्ध कराने का आश्वासन दिया गया था।

अयूब की इस रूस यात्रा के उपरांत भी सोवियत रूस ने भारत को निरंतर मदद देना जारी रखा था। क्योंकि पाक को 1965 के युद्ध में चीन से आशाजनक सहायता मिलने की उम्मीद थी वह पूरी नहीं हुई थी इस कमी को अयूब रूस से पूरी करना चाहते थे। चीन ने पाक को ताशकन्द समझौते के समय चुनौती दी थी। इस ताशकन्द

समझौते के सम्पन्न होने के दो माह बाद ही चीनी राष्ट्र के प्रमुख ने पाक की यात्रा सम्पन्न की थी। इस यात्रा के दौरान $120 मिलियन डालर का शस्त्र समझौता चीन-पाक के बीच में किया गया था।

मई, 1967 में पाक के रक्षा मंत्री (वाइस एडमिरल ए॰आर॰ खान) ने चीन की यात्रा की जिसमें यह वादा किया गया कि चीन पाक को भारतीय आक्रमण या धमकियों के विरुद्ध अधिक शक्तिशाली सहायता प्रदान करेगा। जब 1962 - 65 के बीच पाक अमेरिका के प्रभाव में रहा तो इसका फायदा चीन को हुआ। तथा सितम्बर, 1965 के बाद यही लाभ सोवियत रूस को हुआ था। क्योंकि 1965 के भारत-पाक युद्ध में चीन ने पाक की कोई मदद नहीं की थी।

1962 - 65 के बीच पाक ने सोवियत रूस के साथ संबंधों को सुधारा था। विश्व राजनीति में U-2 विमान काण्ड के कुछ ही समय बाद जॉन कैनेडी अमेरिका के राष्ट्रपति बने तो इस समय पाक-अमेरिकी संबंधों में दरार सी आई हुई थी। इस दौरान रूस ने पाक को तेल खोजने के लिए पेशकश की थी। इसी दौरान पाक को 30 मिलियन डालर का ऋण उपलब्ध कराया गया था। अक्तूबर, 1963 में नागरिक उड्डयन समझौता संधि पर हस्ताक्षर भी किए गए थे।

अप्रैल, 1965 में पाक के जनरल अयूब ने सोवियत रूस की यात्रा भी की थी। इसे अयूब ने अपनी आत्मकथा में भी स्वीकार किया है। उसमें बताया कि इनका ठंडा स्वागत भी हुआ। वैसे भी भारत-पाक पर रूसी दृष्टिकोण पहले से परिवर्तित भी हुआ। रूस ने कच्छ की खाड़ी का विरोध भी नहीं किया और न ही लाल बहादुर शास्त्री की रूस यात्रा के बाद विरोध किया गया।

रूस ने भी पाक के साथ संबंधों को बढ़ाने में सतर्कता बरती थी। इसके निम्न मुख्य कारण थे :–

1. रूस भारत के साथ संबंध होते हुए पाक के साथ राजनीतिक रूप से स्थापित मर्यादाओं का पालन कर रहा था।
2. पाक-अमेरिका के बीच की वास्तविकता का रूस को पता नहीं था। पश्चिम के विरुद्ध रूस भी पाक को मदद देना चाहता था।
3. रूस एक बड़ी शक्ति के रूप में शीतयुद्ध के दौरान उभर चुका था। विश्व शांति के लिए अधिक बल देना चाहता था।
4. भारत-पाक के बीच समस्याओं का समाधान शांतिपूर्ण तरीके से निकालने पर बल देना चाहता था।
5. सोवियत रूस को यह शंका थी कि अमेरिका पाक को रूस के विरुद्ध सैनिक अड्डे के रूप में इस्तेमाल कर सकता है।
6. पाक के पेशावर हवाई अड्डे से U-2 विमान ने उड़ान भरी थी। इससे भी अमेरिका के प्रति रूस नाराज था।

7. चीन पाक संबंध बढ़ रहे थे। इस हेतु अक्तूबर, 1956 में पाक प्रधानमंत्री ने 12 दिवसीय चीन यात्रा की थी। दिसम्बर, 1956 में चाऊ एन लाई ने भी पाक की यात्रा की थी।
8. 1958 के बाद अयूब के सत्ता में आने से चीन पाक से नाराज हो गया था। उसका लाभ रूस उठाना चाहता था।
9. पाक का अमेरिका से मोह भंग हो गया था।

उपरोक्त इन सभी कारणों से प्रभावित होकर सोवियत रूस ने पाक के साथ संबंध कायम किए थे। अप्रैल, 1968 में सोवियत रूस के प्रधानमंत्री कोसिजिन ने पाक की यात्रा की। इससे दोनों देशों के बीच नया अध्याय शुरू हुआ। सोवियत रूस ने जुलाई, 1968 से पाक को सैनिक सहायता उपलब्ध कराने का निश्चय किया।

(7) ***भारत के प्रति पाक की विदेश नीति*** – भारत-पाक विभाजन के बाद से ही दोनों में तनाव संघर्ष की शुरुआत हुई। जनरल अयूब खां के कार्यकाल में भारत-पाक युद्ध 1965 लड़ा गया। इससे पाक को सबक सीखने को मिला था। पाक ने कश्मीर, कच्छ की खाड़ी के माध्यम से दो तरफा ध्यान खीचते हुए युद्ध करने का साहस किया था।

इस कार्यकाल की विदेश नीति भारत के प्रति इस प्रकार रही :–

1. भारत-पाक के बीच संतुलन बिगड़ गया था। इससे कश्मीर समस्या को पाक की ओर से उलझाने का प्रयास किया गया।
2. पाक कश्मीर मुद्दे पर भारत से वार्ता करने को कभी तैयार नहीं हुआ।
3. पाक ने भारत के विरुद्ध चीन, अमेरिका, मुस्लिम देशों से संबंध कायम कर सैन्य क्षमता को बढ़ाने का कार्य किया।
4. भारत ने अमेरिकी सहायता का निरंतर विरोध किया इसके उपरांत भी अमेरिका द्वारा पाक को मदद उपलब्ध कराई जाती रही। इससे पाक भारत की बराबरी करने लगा था।
5. पाक द्वारा भारत के साथ निरंतर युद्ध करने की नीति को ही दोहराया जाता रहा।
6. अमेरिका ने पाक को, रूस ने भारत को स्पष्ट समर्थन देना शुरू कर दिया था इससे कश्मीर जैसी समस्या पर यू॰एन॰ओ॰ की सुरक्षा परिषद् में वीटो करने की स्थिति उत्पन्न हुई।
7. पाक शीतयुद्ध काल की परिस्थितियों का भारत के विरुद्ध पूर्ण लाभ उठाना चाहता था इस कारण वह सैनिक संगठनों, क्षेत्रीय संगठनों में शामिल हुआ।

इस अयूब कार्यकाल में पाक को कश्मीर मसला हल करने की पहल करनी चाहिए थी। पाक ने भी अमेरिका के कारण इस अवसर को पूर्ण रूप से गंवा दिया था।

यही नहीं पाक ने भारतीय भूमि जो पाक के कब्जे में रही थी वह 2050 वर्गमील क्षेत्रफल की भूमि चीन को हस्तांतरित कर दी। ऐसा करने के पीछे यह बताया था कि "इसका एकमात्र उद्देश्य भविष्य में किसी विवाद के कारण को समाप्त करना ही रहा था।" जुल्फीकार अली भुट्टो ने भी इस संबंध में कहा था, "हमारा दायित्व है कि हम यह देखें कि हमारी जनता के लिए ऐसी घटना की पुनरावृत्ति न हो, जिसमें हम एक शक्तिशाली पड़ोसी के साथ व्यर्थ की गलतफहमी में उलझ जाएं। चीन और भारत के बीच सीमा विवाद के परिणामस्वरूप होने वाली गलतफहमी हम नहीं देखना चाहते।"

भुट्टो ने भारत को चेतावनी देते हुए कहा था कि, "युद्ध की स्थिति में चीन पाक का साथ दे, पाकिस्तान पर भारत का आक्रमण एशिया के सबसे विशाल राज्य की क्षेत्रीय अखण्डता और सुरक्षा से जुड़ा हुआ है।" अयूब और चाऊ एन लाई ने कश्मीर समस्या के बारे में स्पष्ट किया कि इस समस्या का समाधान जनता की आकांक्षाओं के ही अनुरूप होगा। किसी बड़े राष्ट्र की दादागिरी से नहीं होगा। इस तरह हम देखते हैं कि पाक की कश्मीर नीति अलग एवं सुरक्षित रही है।

अंत में हम यही कहेंगे कि अयूब कार्यकाल की विदेश नीति का योगदान पाक विदेश नीति में सराहनीय रहा। जिसके मुख्य बिन्दु इस प्रकार रहे हैं :–

1. पाक की क्षेत्रीय अखण्डता की सुरक्षा की गई।
2. कश्मीर मुद्दे पर सुरक्षात्मक नीति अपनाई गई।
3. आर्थिक विकास के लिए विदेशी सहायता प्राप्त करने में सफलता प्राप्त की गई।
4. मुस्लिम राष्ट्रों के साथ संबंध सुदृढ़ किए गए।

**5. याहिया खां युग की पाक विदेश नीति** – अयूब के शासन के कारण काफी जन असंतोष उभर कर आया था। 31 मार्च, 1969 को जनरल अयूब ने पद त्याग किया। इनके बाद में याहिया खां पाक राष्ट्रपति बने। यद्यपि अयूब के सैनिक शासन के दौरान लोकतांत्रिक भावनाओं को कुचला गया। पूर्वी पाकिस्तान में अयूब के सैनिक शासन के विरोध में जन आंदोलन बड़े पैमाने पर उभर कर आया था। इसलिए जब याहिया खां ने पद ग्रहण किया तो इन्होंने यह वायदा किया था कि वे चुनाव करा कर सत्ता जन प्रतिनिधियों के हाथों में सौंप देंगे। ऐसा करके पाक में लोकतांत्रिक शासन की स्थापना की जाएगी।

याहिया खां कार्यकाल के अंतर्गत 7 दिसम्बर, 1970 को पाकिस्तान में चुनाव सम्पन्न कराए गए। इस चुनाव में पाक की राष्ट्रीय असेम्बली 300 सदस्यीय में से इस प्रकार प्राप्त हुए थे:

1. शेख मुजीबुर्रहमान की अवामी लीग - 160
2. जुल्फीकार अली भुट्टो पीपुल्स पार्टी - 84

इस प्रकार 17 दिसम्बर को प्रादेशिक विधानसभाओं के चुनाव भी सम्पन्न हुए। जिसमें पूर्वी पाकिस्तान के अंतर्गत शेख मुजीबुर्रहमान की अवामी लीग पार्टी को बहुमत मिला।

यहां पूर्वी पाकिस्तान में जनता ने सैनिक शासन के विरुद्ध लोकतंत्र, प्रगति, स्थायित्व, शांति के लिए मतदान किया। यद्यपि अयूब ने अपने शासन के दौरान संविधान को भंग कर दिया था। जनता पर अत्याचार किए गए थे। पाक की राष्ट्रीय असेम्बली में अवामी लीग पार्टी को स्पष्ट बहुमत प्राप्त हुआ था। इसके बाद भी याहिया खां ने सत्ता हस्तांतरित नहीं की। इसके स्थान पर सैनिक शासन को बनाए रखा।

इस तरह नव निर्वाचित राष्ट्रीय असेम्बली को 120 दिनों में नया संविधान निर्मित करना था। इस पर भी याहिया खां ने कोई ध्यान नहीं दिया। इधर पीपुल्स पार्टी के अध्यक्ष भुट्टो ने यह घोषणा कर दी कि 3 मार्च, 1971 को ढाका में होने वाले राष्ट्रीय असेम्बली के अधिवेशन का बहिष्कार किया जाएगा। भुट्टो अवामी लीग के छः सूत्री कार्यक्रम का विरोध कर रहे थे।

अवामी लीग की पार्टी ने चुनाव में निम्न दृष्टिकोण अपनाए थे :–

1. पड़ोसी राष्ट्रों से अच्छे संबंध स्थापित करना।
2. सीटो, सेन्टो संधियों से पाक को बाहर निकालना।
3. लोकतंत्र की स्थापना करना।
4. समाजवाद की स्थापना करना।
5. धर्म निरपेक्षता के सिद्धातों का पालन करना।
6. पूर्वी पाकिस्तान को स्वायत्तता दिलाना।

3 मार्च, 1971 को राष्ट्रीय असेम्बली का अधिवेशन शुरू होने वाला था। भुट्टो के नेतृत्व में पश्चिमी पाकिस्तान में आंदोलन प्रारम्भ किया गया। भुट्टो और याहिया खां के बीच गठबंधन बनता जा रहा था। राष्ट्रीय असेम्बली के अधिवेशन को स्थगित कर दिया गया। इसके विरोध में शेख मुजीबुर्रहमान ने पूर्वी पाकिस्तान में हड़ताल करने का आह्वान किया। इस हड़ताल ने विकट रूप धारण कर लिया। पाक सेना ने जनता पर खुलेआम अत्याचार किए। जनता पर गोली चलाई गई। अतः पूर्वी पाकिस्तान में व्यापक जन आंदोलन शुरू हुआ। याहिया खां ने 6 मार्च, 1971 को एक रेडियो प्रसारण में कहा कि "25 मार्च, 1971 को राष्ट्रीय असेम्बली का अधिवेशन बुलाया जाएगा।" जबकि यह कहां होगा इसका जिक्र नहीं किया गया।

7 मार्च, 1971 को ढाका के अंतर्गत शेख मुजीबुर्रहमान ने कहा, "राष्ट्रपति याहिया खां ने 25 मार्च को अधिवेशन बुलाया है। कहां? पता नहीं। लेकिन हम तभी शामिल होंगे जब हमारी चार मांगें स्वीकार की जाएंगी।" यह मांगें इस प्रकार थीं :–

1. सैनिक शासन की समाप्ति की जाए।
2. सेना की वापसी की जाए।
3. पूर्वी पाकिस्तान में बेमौत मारे जाने वालों की न्यायिक जांच कराई जाए।
4. शासन जनता द्वारा चुने हुए प्रतिनिधियों को सौंपा जाए।

इन मांगों के अलावा कहा गया, "8 मार्च से सरकार को करों की अदायगी नहीं होगी, सरकारी कार्यालय, न्यायालय, स्कूल बंद रहेंगे। दो घंटे के लिए बैंक खुलेंगे। यदि हम पर गोली बरसाई जाएगी तो हम घर को किला बना देंगे।"

इस तरह 8 मार्च, 1971 से पूर्वी पाकिस्तान में अवामी लीग के अनुसार समस्त गतिविधियां संचालित होने लगी। अतः बंगालियों के द्वारा स्वतंत्रता आंदोलन प्रारम्भ कर दिया गया। यद्यपि याहिया खां ने पूर्वी पाकिस्तान को सैनिक छावनी में बदलने का पूरा प्रयास किया। 40 हजार सैनिक तक तैनात किए गए थे। ऐसा इसलिए किया गया कि उन पर पूर्ण नियंत्रण रखा जा सके।

***शेख मुजीबुर्रहमान द्वारा बंगलादेश की घोषणा*** – 15 मार्च, 1971 को शेख मुजीबुर्रहमान ने स्वतंत्र बंगलादेश की घोषणा कर दी। 23 मार्च, 1971 को पाकिस्तान दिवस पर भी विरोध प्रकट किया गया। 25 मार्च को शेख-याहिया वार्ता हुई जो असफल हो गई। इसी रात को शेख को गिरफ्तार कर लिया गया। 26 मार्च को अवामी लीग पार्टी और पाक फौजों के बीच युद्ध हुआ। जिसमें पाक फौज को चटगांव, रेगपुट, कोमिल्ला से बाहर किया गया तथा शेख की सेना ने ढाका पर कब्जा स्थापित कर लिया। इस तरह इस युद्ध में ढाका शहर को काफी क्षति पहुंचाई गई। 26 मार्च, 1971 को याहिया खां ने शेख मुजीबुर्रहमान को देशद्रोही घोषित किया। पूर्वी बंगाल में नरसंहार किया गया। हजारों लोग मारे गए।

इसके पश्चात् 12 अप्रैल, 1971 को स्वतंत्र बंगलादेश की सरकार का गठन किया गया। यद्यपि पाक ने पूर्वी पाकिस्तान को पूर्ण रूप से कुचलने का प्रयास किया था। फिर भी याहिया खां जन आकांक्षाओं के आगे पराजित हुए। 18 अप्रैल, 1971 को कलकत्ता उप-उच्चायुक्त ने पाक से संबंध-विच्छेद किए एवं इसे बंगलादेश का दूतावास घोषित किया गया। भारत ने इसे 17 अप्रैल, 1971 से मान्यता देने के लिए विचार किया। लेकिन भारत ने यथास्थिति ही बनाए रखी।

2 अगस्त, 1971 को जब भारत के राजदूत डी०पी० धर जो कि मास्को में थे, ने बंगलादेश की मान्यता पर विचार करने के लिए संदेश भेजा तो पाक के याहिया खां ने भारत पर आक्रमण करने की धमकी दी और कहा, "पूर्वी पाकिस्तान के विद्रोहियों का हौसला बढ़ाने का यत्न किया तो भारत के साथ पाक की पूर्ण लड़ाई छिड़ सकती है। इस युद्ध में हम अकेले नहीं होंगे।" इसी दौरान अगस्त 1971 में भारत-सोवियत रूस के बीच में 20 वर्षीय संधि का आयोजन हुआ।

12 अक्तूबर, 1971 को याहिया खां ने 27 दिसम्बर, 1971 को राष्ट्रीय असेम्बली का अधिवेशन बुलाने की घोषणा पुनः की। लेकिन यह सब छलावा ही रहा था। अक्तूबर 1971 के अंत तक बंगलादेश मुक्ति वाहिनी की गतिविधियां सक्रिय रूप लेने लगी थीं। यद्यपि याहिया खां भारत के साथ युद्ध करने की पूर्ण योजना बना चुके थे।

***भारत पाक युद्ध 1971*** – पूर्वी पाकिस्तान (बंगलादेश) के उदय होने के आसार लगभग पूर्ण हो चुके थे। उधर भारत-पाक में भी तनाव निरंतर बढ़ता ही जा रहा था। भारत-पाक सीमा पर विस्फोटक स्थिति बनती जा रही थी। 21 नवम्बर, 1971 को सेनाओं की स्थिति युद्ध जैसी बनी हुई थी। इसके बाद विमान द्वारा भारत पर आक्रमण करने का पाक द्वारा प्रयास किया गया। 25 नवम्बर को पाक द्वारा भारत के साथ युद्ध लड़ने की घोषणा की गई।

पाक ने भारत के श्रीनगर, आगरा हवाई अड्डों पर बमबारी की। युद्ध विराम रेखा पार करके पाक सेना भारतीय क्षेत्र में घुसी। इसके पश्चात् भारतीय प्रधानमंत्री स्वर्गीय इंदिरा गांधी ने कहा, "भारत पर पाकिस्तान ने आक्रमण किया है। हम इस युद्ध को निर्णायक रूप में लड़ेंगे।"

इसके पश्चात् 4 दिसम्बर, 1971 को याहिया खां ने स्पष्ट घोषणा की, "हम भारत के साथ युद्ध में रत हैं।" भारत-पाक युद्ध 3 दिसम्बर, 1971 को शुरू हुआ था। भारत ने पाक के साथ युद्ध लड़ते हुए 6 दिसम्बर, 1971 को बंगलादेश को मान्यता देने की घोषणा की। भारत ने पाक के साथ सभी प्रकार के संबंध-विच्छेद कर लिए। इस युद्ध में पाक की करारी हार हुई। यद्यपि इस युद्ध को रोकने के लिए कूटनीतिक रूप से व्यापक प्रयास किए गए।

सुरक्षा परिषद् की 6 दिसम्बर, 1971 को युद्ध विराम कराने के लिए पुनः बैठक आयोजित हुई। जिस पर रूस ने वीटो कर प्रस्ताव को रद्द किया। इसके बाद 8 दिसम्बर, 1971 को साधारण सभा में प्रस्ताव रखा। 14 दिसम्बर को तृतीय बैठक सुरक्षा परिषद् की हुई। 16 दिसम्बर, 1971 को पाक सेना के जनरल नियाजी ने भारतीय सेनाओं के सामने आत्मसमर्पण किया। इस आत्मसमर्पण में पाक सेना के 93 हजार सैनिकों ने आत्मसमर्पण किया था। इसी तिथि को बंगलादेश की स्वतंत्रता बहाल की गई।

यद्यपि पाक को यह युद्ध विराम एकतरफा करना पड़ा था। इस युद्ध में अमेरिका का रुख भारत विरोधी ही रहा था। इस संबंध में 6 दिसम्बर, 1971 को भारत को दी जाने वाली 876 करोड़ डालर की अमेरिकी सहायता का समझौता रद्द किया गया। इसके स्थान पर अमेरिका ने पाक को मदद पहुंचाई।

अमेरिका ने वियतनाम के पास टोंकिंग की खाड़ी में से 7वां अमेरिकी बेड़ा बंगाल की खाड़ी में कूच करने के लिए रवाना किया। यह युद्धपोत राजनयन का ही प्रतीक

रहा था। इसका उद्देश्य पूर्वी बंगाल में फंसे सैनिकों, प्रशासकों को पश्चिमी पाकिस्तान पहुंचाना बताया गया था। भारत ने इसका कड़ा विरोध किया। इसके लिए अमेरिका ने भारत से आज्ञा नहीं ली थी। इसके साथ इसका यह उद्देश्य भी रहा था कि आत्मसमर्पण करने से पहले पाक सेना को कराची पहुंचा दिया जाए। इस युद्धपोत इंटरप्राइज को बंगाल की खाड़ी में भेज कर अमेरिका पाक सेना के लिए अमेरिकी सैनिकों को भी भेजना चाहता था। जिससे कि पाक सेना के साथ-साथ अमेरिकी सेना भी युद्ध लड़ सके। अमेरिका के इस कृत्य की अंतर्राष्ट्रीय स्तर पर काफी आलोचना की गई। इस भारत पाक युद्ध में रूस ने भारत का समर्थन करते हुए अमेरिका को चेतावनी देते हुए रूसी युद्ध बेड़े को रवाना करने की घोषणा की थी। इस भारत पाक युद्ध में एक करोड़ बंगलादेश के शरणार्थी भारत आ गए थे। इससे भी भारत को कड़ा संघर्ष करना पड़ रहा था।

इस युद्ध के बाद 27 दिसम्बर, 1971 को श्रीमती इंदिरा गांधी मास्को यात्रा पर गई। इस यात्रा के दौरान बंगलादेश की समस्या पर व्यापक सहमति प्राप्त की गई। इसके साथ ही श्रीमती गांधी ने जुलाई, 1971 में चीन के प्रधानमंत्री चाऊ एन लाई को पत्र लिख कर बंगलादेश की घटनाओं से अवगत कराया था फिर भी चीन ने भारत के दृष्टिकोण की परवाह नहीं की। चीन ने पाक का ही पक्ष लिया। चीन भारत को आक्रमणकारी मानता रहा। 10 दिसम्बर, 1971 को चीन ने भारत को युद्ध विराम करने की चेतावनी भी दी थी। इसके साथ ही 16 दिसम्बर, 1971 को चीन ने भारत पर यह आरोप लगाया कि भारतीय सैनिक तिब्बत में घुस आए हैं। चीन द्वारा ऐसा करने से भारत-चीन संबंध और बिगड़ गए थे।

भारत ने पाक के साथ युद्ध लड़ने व बंगलादेश की समस्या पर संयम से काम लिया। पाक के साथ अमेरिका, चीन दोनों ही थे। हमारे साथ सोवियत रूस ही था। भारत पाक युद्ध 14 दिन तक लड़ा गया था।

***दक्षिणी एशिया में बंगलादेश का उदय*** – 16 दिसम्बर, 1971 को युद्ध विराम होने के पश्चात् विश्व मानचित्र में स्वतंत्र राष्ट्र के रूप में बंगलादेश का उदय हुआ। इस भारत-पाक युद्ध से पाक को पूर्वी पाकिस्तान का भू-भाग खोना पड़ा और यह बंगलादेश के नाम से नए राष्ट्र के रूप में जाना गया। भारत ने सर्वप्रथम 6 दिसम्बर, 1971 को बंगलादेश को मान्यता देकर कूटनीतिक संबंध कायम किए। बंगलादेश को भारत ने सभी प्रकार की सहायता पहुंचाई। भारतीय सेनाओं के सामने पाक सेनाएं नगण्य सी रही थीं। यह सब याहिया खां की नीतियों के कारण ही हो पाया था। जब पाकिस्तान में चुनाव हुए तब अवामी लीग पार्टी के अध्यक्ष शेख मुजीबुर्रहमान को सत्ता हस्तांतरित कर प्रधानमंत्री बना दिया जाता तो बंगलादेश का निर्माण अवश्य होता। इन्हें गिरफ्तार कर जेल में डाले जाने से पूर्वी पाकिस्तान की जनता की भावनाएं भड़क उठीं उसे सेना द्वारा भी नहीं कुचला जा सका।

बंगलादेश के उदय के कारण पाकिस्तान विश्व राजनीति में अपमानित हुआ और भारत का स्थान सर्वोच्च रहा। बंगलादेश में भयंकर नरसंहार हो रहा था। भारत में शरणार्थियों की संख्या लाखों तक पहुंच गई थी। भारत पर एक तरफ नागरिक युद्ध हो रहा था दूसरी तरफ मानवाधिकार के उल्लंघन के कारण भारत को हस्तक्षेप करने का अधिकार नैतिक रूप से मिल जाता है। इस युद्ध को पाक ने अपने इतिहास में भूल के रूप में स्वीकार किया।

ऐसा हो जाना एक दृष्टि से भारत के लिए लाभदायक इस रूप में रहा कि भारत की दोनों सीमाओं पर पूर्वी पाकिस्तान और पश्चिमी पाकिस्तान बसे हुए थे। इस कारण भी भारतीय सीमाओं को पाक से अधिक खतरा रहता था। बंगलादेश के उदय हो जाने से एक ही पाकिस्तान से भारत को सुरक्षा करनी रह जाती है। एक मामले में देखा जाए तो इस युद्ध में अमेरिका, चीन की भी नैतिक पराजय ही कही जा सकती है।

**6. जुल्फीकार अली भुट्टो युग की विदेश नीति** – याहिया खां ने जुल्फीकार भुट्टो को 20 दिसम्बर, 1971 को सत्ता हस्तांतरित कर दी। याहिया खां अपमानजनक स्थिति में सत्ता से अलग हुए। श्री भुट्टो पाक के राष्ट्रपति बने तब पाक की स्थिति पहले से ज्यादा बदल चुकी थी। इन्हें खंडित पाकिस्तान मिला। पाक की जनता पर पाक प्रशासकों के विरुद्ध असंतोष उभर कर आया था। आंतरिक रूप से पाक के अंतर्गत हालात ठीक नहीं थे। बलुचिस्तान और सिन्ध ने जनता में व्यापक आंदोलन चलाया था। पाक की लोकप्रियता पहले से कम हो गई थी। इस दृष्टि से आंतरिक रूप से भुट्टो के सामने निम्न समस्याएं थीं :–

1. पूर्वी पाकिस्तान का बंगलादेश के रूप में उदय हो जाने से पाक की जनता ने आंदोलनात्मक रूप ग्रहण कर लिया था। पाक की बढ़ती हुई स्थिति को रोक पाना कठिन कार्य था।
2. पाकिस्तान का क्षेत्रफल पहले से कम हो गया था।
3. भारत-पाक युद्ध में पाक की करारी हार हुई थी इससे पाक अपमानजनक स्थिति में था।
4. पाक जनता सैनिक शासन को हटाने की मांग कर रही थी।
5. पाक के दोषी सेनापतियों के विरुद्ध जांच आयोग नियुक्त किया जाए।
6. पाक अर्थव्यवस्था दिवालियेपन की प्रतीक थी।
7. पाक में भ्रष्टाचार व्याप्त हो गया था।
8. पख्तूनो और बलूचिस्तान में लोकतंत्र बहाली की जाए।

इन समस्याओं को पाक राष्ट्रपति भुट्टो एक ही दिन में समाधान नहीं करने वाले थे। भारत-पाक के बीच 93 हजार युद्ध बंदियों का मामला तनाव का मुद्दा बना हुआ था। इसके उपरांत भी भुट्टो ने भारत के साथ निरंतर युद्ध लड़ने की घोषणाएं कीं।

इन्होंने दोहरी नीति भारत के प्रति अपनाई। भुट्टो पुनः भारत के विरुद्ध युद्ध की तैयारी में जुट जाना चाहते थे। ताकि भारत के साथ हुई पराजय को धोया जा सके। 15 मार्च, 1972 को भुट्टो आपसी समस्याओं को हल करने के लिए भारतीय प्रधानमंत्री से मिलने के उत्सुक पाए गए।

श्री भुट्टो भी कश्मीर समस्या को हल करने के लिए कोई सिद्धांत विकसित नहीं कर पाए। भुट्टो ने भारत के विरुद्ध कहा कि "हम घास खाएंगे मगर भारत के साथ युद्ध अवश्य लड़ेंगे और परमाणु बम बनाएंगे।" ऐसा वक्तव्य देते रहे थे।

**( 1 ) *शिमला समझौता 2 जुलाई, 1972*** – दिसम्बर, 1971 में भारत पाक युद्ध लड़ने के बाद भारत पाक के बीच में 2 जुलाई, 1972 को शिमला समझौता सम्पन्न किया गया। जिसमें कश्मीर समस्या का समाधान शांतिपूर्ण तरीके से निकालने, बल प्रयोग नहीं करने संबंधी शर्तों पर हस्ताक्षर किए गए। पाठक इस शिमला समझौते का अध्ययन भारत की विदेश नीति नामक अध्याय में करें। इसका वहां पर विस्तृत वर्णन किया गया है।

**( 2 ) *भुट्टो की चीन के प्रति नीति*** – फरवरी, 1972 में जुल्फीकार अली भुट्टो ने चीन की दो दिवसीय यात्रा की। इस यात्रा के माध्यम से सैनिक सहायता, आर्थिक सहायता प्राप्त करने का प्रयास किया गया। चीनी नेताओं ने भुट्टो को इसका आश्वासन दिया। चीन ने मिग-19 लड़ाकू विमान पाक को देने की पेशकश की। चीन-पाक संबंध बढ़ने के कारण चीन ने अफगान-पाक संबंधों में हस्तक्षेप करना शुरू कर दिया था।

**( 3 ) *अफगान पर भुट्टो की नीति*** – जब बंगलादेश का उदय हुआ तब वर्ष 1971 के बाद से ही अफगान में भी जातिय संघर्ष की आवाज भुट्टो के सामने आई थी। बलूचियों और पठानों के बीच यह जातिय संघर्ष बंगालियों के संघर्ष की ही तरह उभर कर आया था। दाउद जो कि अफगान के राजतंत्र समाप्त होने के बाद 1973 से पख्तुनिस्तान के कट्टर समर्थक थे, ने जब सत्ता संभाली तो भुट्टो ने यह आरोप लगाया था कि वह बालूचियों और पठानों को सैनिक सहायता उपलब्ध करा रहे हैं। वैसे भी भुट्टो ऐसा करके राजनीतिक रूप से लाभ उठाना चाहते थे। अवामी लीग पार्टी की भी आलोचना करना चाहते थे।

श्री भुट्टो के ही कारण पाकिस्तान और अफगान के बीच तनावपूर्ण वातावरण की उत्पत्ति हुई। 1973 में पख्तुनिस्तान की स्वायत्तता का मसला उठाया गया था। जिसमें पाक द्वारा कट्टरपंथियों को सहायता देने के विरुद्ध भी आवाज उठाई गई थी। वैसे भी दिसम्बर, 1974 में अमेरिका के विदेश मंत्री हेनरी ए० किंसिजर ने काबुल की यात्रा आयोजित की थी। इस यात्रा के बाद में भुट्टो पर पाक-अफगान संबंध सामान्य करने हेतु इन्होंने दबाव भी डाला था। इस भुट्टो काल में पाकिस्तान यह महसूस कर रहा था कि पाक को खतरा भारत की बजाए अफगानिस्तान से बढ़ रहा था।

अफगान के दाउद का दबाव भुट्टो के सामने व्यापक पैमाने पर उभर कर आया था। जिसे भुट्टो ने स्वीकार कर अफगान के प्रति नरम रुख भी अपनाया था। इस संबंध में 1976 में भुट्टो ने अफगानिस्तान की यात्रा भी की थी। इस यात्रा के माध्यम से अफगान-पाक के बीच एक दूसरे अखंडता, संप्रभुता को बरकरार रखने का वचन भी दिया गया। इसके साथ ही आपसी समस्याओं के समाधान हेतु शांतिपूर्ण साधनों के प्रति वचनबद्धता दोहराई गई थी।

**(4) *अमेरिका के प्रति पाक की नीति*** – अमेरिका ने बंगलादेश उदय के समय पाक के प्रति पूर्ण सहानुभूति रखी थी। इस घटना को लेकर अमेरिका ने पाक की काफी सहायता की। जब 16 दिसम्बर, 1971 को भुट्टो ने राष्ट्रपति पद पाकिस्तान में ग्रहण किया तब अमेरिका वियतनाम युद्ध में बहुत बुरी तरह फंसा हुआ था। राष्ट्रपति निक्सन काल में पाक को आर्थिक एवं सैनिक सहायता प्राप्त नहीं हो रही थी। इन्होंने 10 वर्षों के लिए पाक को मिलने वाली मदद पर प्रतिबंध लगा दिया था। राष्ट्रपति फोर्ड ने फरवरी, 1975 में पाक के प्रति लगी हथियारों की आपूर्ति संबंधी रोक को हटाने का निर्णय किया। जिस पर भारत ने अमेरिका की आलोचना की थी। ऐसा अमेरिका ने इसलिए किया कि भारत ने 18 मई, 1974 को पहला परमाणु परीक्षण कर लिया था। इससे अमेरिका ने उन्नत श्रेणी के हथियार देने की मानसिकता पाक के प्रति बना ली थी। यद्यपि यह शिमला समझौते के प्रति उचित नहीं था।

पाकिस्तान में 1976 में आम चुनाव कराए गए। इसके बाद भी पाक में स्थिति सुदृढ़ नहीं हो सकी थी। भारत के प्रति भुट्टो की गलत नीतियां रहीं। इस कारण भारत-पाक संबंध इनके युग में सामान्य नहीं हुए। सीमाओं पर तनाव की स्थिति, युद्ध के बदले की मांग में पाक जलता रहा। जुलाई, 1977 में जनरल जिया उल हक ने सत्ता प्राप्त कर ली थी। इससे पाक में पुनः मार्शल ला लगाया गया।

**7. जनरल जिया उल हक युग की विदेश नीति** – जुलाई, 1977 में पाक सेना के जनरल जिया उल हक ने सत्ता प्राप्त की। जुल्फीकार अली भुट्टो को अपदस्थ कर दिया गया। जनरल जिया ने जब सत्ता प्राप्त की तब उनके सामने निम्न परिस्थितियां इस प्रकार थीं :–

1. मार्च, 1977 में भी भारत ने सत्ता परिवर्तन हुआ था। जिसमें मोरार जी देसाई की जनता पार्टी का शासन स्थापित हुआ था।
2. पाक में भी जुलाई, 1977 में भुट्टो को अपदस्थ कर जिया उल हक ने पुनः सैनिक शासन थोपने का प्रयास किया था।
3. 28 दिसम्बर, 1979 को अफगान में रूसी सेनाओं की उपस्थिति हो गई थी।
4. सितम्बर, 1980 से ईरान-इराक युद्ध प्रारम्भ हुआ।
5. अमेरिका में राष्ट्रपति रोनाल्ड रीगन चुनाव में विजयी हुए।
6. विश्व राजनीति में द्वितीय शीतयुद्ध का वातावरण उत्पन्न हुआ।

इनके कार्यकाल की विदेश नीति के मुख्य बिन्दु इस प्रकार रहे :–

( 1 ) ***भारत के प्रति पाक नीति*** – जिया उल हक ने भारत के प्रति दोहरी नीति अपनाई। इन्होंने अपने कार्यकाल में भारत के साथ धोखा, अविश्वास, तनाव बढ़ाने के साथ-साथ भारत में अस्थिरता उत्पन्न करने की नीति का अनुसरण किया।

फरवरी, 1978 में भारतीय विदेश मंत्री अटल बिहारी वाजपेयी जी ने पाक की यात्रा की। इस यात्रा के बाद भारत-पाक के बीच में 10 अप्रैल, 1978 को सलाल समझौता किया गया। यह समझौता जल विद्युत परियोजना जम्मू क्षेत्र से संबंधित रहा था। भारत में जनता पार्टी शासन काल मात्र 2 वर्ष 6 माह के बाद ही समाप्त हो गया था। जनवरी, 1980 में पुनः श्रीमती गांधी भारत की प्रधानमंत्री बनीं। तब भारत-पाक के बीच में सुरक्षा के लिए व्यापक खतरा महसूस किया गया था। जिया उल हक ने अमेरिका से एफ-16 विमान व आर्थिक सहायता प्राप्त करने में बढ़ोतरी करा ली थी। इससे भी भारतीय सुरक्षा को खतरा बढ़ा। जिया उल हक ने अमेरिका से तीन कारणों से प्रभावित होकर सहायता प्राप्त की थी वे इस प्रकार थे :–

1. पाक को अफगान से खतरा है।
2. पाक को भारत से खतरा है।
3. पाक को इराक से खतरा है।

इसके अलावा पाक ने भारत को धोखे में रखने का प्रयास किया। जिया उल हक ने वर्ष 1981 में भारत के साथ युद्ध दर्जन समझौता करने का प्रस्ताव रखा। 29 जनवरी, 1982 को पाक विदेश मंत्री आगाशाही ने भारत की यात्रा की दूसरी तरफ कश्मीर का मामला भी शिमला समझौते के विरुद्ध उठाया गया।

भारतीय विदेश मंत्री पी०वी० नरसिम्हाराव को श्रीमती गांधी ने जून, 1983 में पाक की यात्रा पर भेजा। इस यात्रा के दौरान हथियारों की आपूर्ति पर भारत ने दबाव डाला। सितम्बर, 1983 से भारत-पाक के बीच स्पष्ट रूप से निम्न कारणों से संबंध सामान्य नहीं रहे :–

1. भारत के पंजाब के खालिस्तान आंदोलन में पाक की दखल बढ़ने लगी थी।
2. पाक भारत के आंतरिक मामलों में दखल देने लगा था।
3. भारतीय-पाक सीमाओं पर निरंतर युद्ध जैसी स्थिति बनी रही।
4. पाक ने भारत में आंतकवादी गतिविधियों में रुचि लेना प्रारम्भ किया! उन्हें प्रशिक्षण देकर भारत में भेज कर अस्थिरता उत्पन्न की।

31 अक्तूबर, 1984 को श्रीमती गांधी की हत्या कर दी गई। इसी दिन राजीव गांधी को प्रधानमंत्री की शपथ दिलाई गई। इनके कार्यकाल में भी भारत-पाक के बीच तनाव व्याप्त रहा। 17 दिसम्बर, 1985 को भारत-पाक ने संयुक्त ब्यान जारी करते हुए एक दूसरे के परमाणु प्रतिष्ठानों पर हमला नहीं करने का संकल्प दोहराया। इसके पश्चात्

10 जनवरी, 1986 को भारत-पाक के बीच में व्यापारिक समझौता सम्पन्न हुआ। जिसमें 42 वस्तुओं को आयात करने की सूची में रखा गया। जिया उल हक ने इसी दौरान पाक परमाणु कार्यक्रम चलाया। इससे भारत की बराबरी करने की भावना को पाक में विकसित किया गया।

**(2) *अफगान के प्रति पाक की नीति*** – पाकिस्तान के पड़ोसी राष्ट्र अफगानिस्तान में अप्रैल, 1978 में राष्ट्रपति मोहम्मद खान दाउद की हत्या कर दी गई। इसके बाद में नूर मोहम्मद तराकी अफगान के राष्ट्रपति बने। यह मूल रूप से साम्यवादी समर्थक रहे थे। इनकी सरकार में बबरक करमाल प्रधानमंत्री और हफीजुल्लाह अमीन अफगान के विदेश मंत्री रहे थे। अफगान में 14 सितम्बर, 1979 को तराकी की हत्या कर दी गई इनके स्थान पर हफीजुल्लाह अमीन ने सत्ता प्राप्त की। लेकिन इसके तुरंत बाद में 27 सितम्बर, 1979 को अमीन की भी हत्या अफगान में कर दी गई। इनके बाद में बबरक करमाल अफगान में सत्ता प्राप्त करने में सफल हो गए। यह क्रांतिकारी दौर अफगान में इसलिए आया कि 1975 से लेकर 1977 तक मोहम्मद खान दाउद को जनता की आकांक्षाओं की पूर्ति करने में असफलता मिली थी। इसके पश्चात् अचानक 18 अप्रैल, 1978 को परचमाई मीर अकबर खबर की हत्या हुई। यह हत्या मात्र दुर्घटना बताई गई। जबकि यह दाउद सरकार का एक षड्यंत्र का हिस्सा ही माना गया था। यह क्रांतिकारी दौर अफगान में कोई अचानक स्थिति से उत्पन्न नहीं हुआ था। पाक के जनरल जिया उल हक की विदेश नीति पर अफगान की इन घटनाओं का प्रभाव व्यापक रूप से पड़ा था।

अफगान में साम्यवादी गतिविधियां तेजी से बढ़ रही थीं। वैसे भी नूर मोहम्मद तराकी ने 5 दिसम्बर, 1978 को सोवियत रूस के साथ 20 वर्षीय संधि (मित्रता एवं सहयोग) की आयोजित की थी। अफगान में बबरक करमाल के सत्ता में आने से ज़िया उल हक चिन्ताग्रस्त हुए थे। जिसका मुख्य कारण यह था कि पाक-अफगान के बीच पख्तुनिस्तान की समस्या चल रही थी इसी तरह अफगान और ईरान के बीच में बलुचिस्तान की समस्या बनी हुई थी। इस कारण भी पाक की विदेश नीति पर बबरक करमाल का व्यापक प्रभाव पड़ा था। यद्यपि अफगान में सत्ता परिवर्तन में सोवियत रूस का स्पष्ट हाथ था। सोवियत रूस ने अफगान में हस्तक्षेप करते हुए सैनिक व आर्थिक सहायता उपलब्ध कराते हुए 28 दिसम्बर, 1979 को रूसी सेनाओं की उपस्थिति अफगान में दी। जिसकी संख्या करीबन एक लाख सैनिकों तक थी। सोवियत रूस ने जब अफगान में ऐसा किया तो अमेरिका के लिए भी पाक में मजबूत एवं सैनिक शासन स्थापित करना अनिवार्य बन गया था। रूस द्वारा ऐसा किए जाने के पीछे यह कारण बताया गया कि ईरान और फारस की खाड़ी पर वह अपना नियंत्रण स्थापित करना चाहता था। जबकि इसी दौरान ईरान में अमेरिका समर्थक शाह का पतन हो गया था और ईरान में क्रांति हो गई थी। जिसका प्रभाव इस्लामिक देशों पर व्यापक रूप से पड़ा था।

रूसी सेनाओं की उपस्थिति का यह प्रभाव पाया गया कि अफगान शरणार्थी बड़ी मात्रा में पाक में प्रवेश करने लगे थे। जिसकी संख्या दिनोंदिन बढ़ती ही गई थी। पाक-अफगान के बीच 1980 से यह नई समस्या उभर कर आई है।

जनरल जिया उल हक अफगान विद्रोहियों को सहायता पहुंचाते रहे। ऐसा आरोप पाकिस्तान पर सोवियत रूस ने निरंतर रूप से लगाया था। इससे काबुल की सरकार के विरुद्ध अफगान विद्रोहियों ने अपनी गतिविधियां संचालित कर दी थीं। इसी दौरान 27 से 29 जनवरी, 1980 में इस्लामिक देशों की इस्लामाबाद में विदेश मंत्रियों की बैठक आयोजित हुई थी। जिसमें पाक के जनरल जिया उल हक ने रूसी हस्तक्षेप की काफी आलोचना भी की थी।

जिया उल हक के सामने यह समस्या उभर कर आई कि पेशावर अफगान विद्रोहियों की गतिविधियों का केन्द्र बनेगा। इन अफगान विद्रोहियों ने अफगान की पूर्ण स्वतंत्रता, इस्लामिक गणराज्य, राजनीतिक व्यवस्था आदि बहाली करने के सिद्धांत निर्धारित किए थे।

इसके बाद में पाक ने अफगान की सत्तारूढ़ सरकार और अधिकारियों के बीच 16 – 25 जून, 1982 को जेनेवा में यू॰एन॰ओ॰ में इस समस्या पर वार्ता की। जिसमें अफगान विद्रोहियों, रूस ने हिस्सा नहीं लिया था। जिया उल हक इस बात पर जोर देते रहे कि अफगान को सही मायने में गुटनिरपेक्ष, स्वतंत्र, इस्लामिक होना चाहिए। इसके पश्चात् दिसम्बर, 1983 में पाक और सोवियत रूस के बीच में अफगान सरकार के संबंध में एक समझौता करने का प्रयास किया गया। जिसमें पाक की यह मांग रही थी कि एक समय अवधि के अंतर्गत रूसी सेनाएं अफगान से वापिस हों, अफगान शरणार्थी अफगान में लौटे, इसके विपरीत में अफगान सरकार ने भी मांग रखी कि चीन और अमेरिका अफगान विद्रोहियों की मदद करना बंद करे। लेकिन जिया साहब अपने आप को अफगान गृहयुद्ध से अलग ही रखे हुए रहे। यद्यपि इसी वर्ष 1984 के अंतर्गत अफगान ने पाक सीमा को बंद करने का प्रयास किया ताकि पाक, चीन, अमेरिका, अफगान विद्रोहियों को सैन्य सहायता नहीं पहुंचा सकें।

1985 में पाक के अंतर्गत अफगान संकट के समाधान की मांग उठने लगी थी। इसने राजनीतिक रूप से जोर भी पकड़ा था। सिर्फ पाक के कट्टरपंथी जमात-ए-इस्लामी ने आवाज नहीं उठाई थी। मई, 1985 में जनरल जिया ने स्पष्ट किया कि अफगान के कारण पाक में दो प्रकार की स्थिति उत्पन्न होकर आई है जो इस प्रकार थी :-

1. पाक को अफगान मामले में भूमिका निर्वाह करनी चाहिए। अफगान शरणार्थियों की मदद की जाए।
2. अफगान समस्या के कारण पाक की सरकार अमेरिका के हाथों की कठपुतली बन कर रह गई है।

इसके पश्चात् 1987 में जिया उल हक ने अफगान के नजीबुल्लाह के साथ नरम रुख रखा लेकिन बाद में जिया ने अपना रुख परिवर्तित करते हुए कुछ शर्तें मनवाने का प्रयास किया। जिया ने कहा, "पाक सरकार ऐसा कोई समझौता नहीं करेगी जो सैकड़ों लोगों की मौत के लिए जिम्मेदार है।" नजीबुल्लाह को जिया उल हक ने कोई समर्थन इसलिए नहीं दिया कि वह निर्वासित सरकार का गठन करना चाहते थे जोकि अफगान के लिए, पाक के लिए उचित नहीं हो सकती थी।

जिया उल हक ने पाक का दृष्टिकोण मार्च, 1988 में जेनेवा समझौते होने से पूर्व स्पष्ट करते हुए कहा कि पाक-अफगान के बीच डूरण्ड रेखा को पाक कभी स्वीकार नहीं करेगा। इससे पूर्व में अमेरिका के कारण शांति समझौते की प्रक्रिया संभव नहीं हो पाई थी। अमेरिका के राष्ट्रपति रोनाल्ड रीगन ने अफगान विद्रोहियों को निरंतर मदद देने की स्थिति को दोहराया था इस कारण भी गतिरोध बना हुआ था।

पाक और अफगान के बीच 1982 से समझौते का दौर शुरू हुआ था। इस संबंध में अंतिम वार्ता का दौर 8 अप्रैल, 1988 को सम्पन्न हुआ। इसके बाद पाक-अफगान के बीच सोवियत रूस, अमेरिका ने गारंटी प्रणाली को लागू करते हुए जेनेवा समझौते अप्रैल, 1988 पर हस्ताक्षर किए।

इस समझौते में निम्न मुख्य बातें रही थीं :–

1. पाक-अफगान के बीच में जेनेवा समझौता द्विपक्षीय होगा। जिसमें हस्तक्षेप नहीं किए जाने की बात स्वीकार की गई।
2. पाक-अफगान के शरणार्थियों को स्वदेश लौटने की इजाजत होगी।
3. इस समझौते पर रूस-अमेरिका को गारन्टीकर्ता के रूप में हस्ताक्षर करने पड़े थे। अतः दोनों ही शक्तियों ने एक दूसरे में हस्तक्षेप नहीं करने का संकल्प दोहराया।
4. अफगान से रूसी सेनाओं की वापसी एक निश्चित सीमा के दौरान होगी।

यह जेनेवा समझौता 15 मई, 1988 से लागू किया गया। इस समझौते के लागू होने के बाद भी पाक ने अफगान विद्रोहियों को सैनिक मदद देना जारी रखा। पाक ने इस कार्यकाल में अमेरिका से बड़ी मात्रा में सहायता प्राप्त की। अफगान विद्रोहियों की मदद करने के कारण पाक की अंतर्राष्ट्रीय स्थिति अमेरिका के बराबर जैसी उभर सकी थी। इसका मुख्य कारण यह था कि पाक को इसके विरुद्ध इस्लामिक देशों से भी मदद प्राप्त हुई थी। जिया उल हक ने पाक सेनाओं को आधुनिकतम हथियारों से लैस भी किया। अफगान के कारण बड़ी संख्या में पाक सेना पर कड़ा नियंत्रण भी रखा।

***अफगान शरणार्थियों का पाक पर प्रभाव*** – रूसी सेनाओं की उपस्थिति से लेकर जेनेवा समझौता होने तक पाक में शरणार्थियों की संख्या इस प्रकार रही थी :–

| क्रम संख्या | वर्ष | संख्या (लाखों में) |
|---|---|---|
| 1. | 1980 | 8.40 |
| 2. | 1981 | 11.20 |
| 3. | 1982 | 17.20 |
| 4. | 1983 | 20.10 |
| 5. | 1984 | 22.80 |
| 6. | 1985 | 24.90 |
| 7. | 1986 | 26.00 |
| 8. | 1987 | 32.00 |

इन शरणार्थियों का पाक पर व्यापक प्रभाव पड़ा। जिसके निम्न परिणाम रहे :–

1. राजनीतिक प्रभाव के कारण आंतकवादी गतिविधियां प्रारम्भ हो गईं।
2. पाक में आंतरिक रूप से हिंसात्मक, बम विस्फोट की घटनाएं बढ़ने लगीं।
3. बलूचिस्तान में जातीय संघर्ष की स्थिति उभर कर आई। यहां पख्तुन की संख्या बढ़ी जिसके कारण बलूची अल्पसंख्यक बनते चले गए।
4. पाक में रह रहे अफगान शरणार्थियों पर 10 लाख डालर प्रतिदिन व्यय हो रहा था। इसकी आधी राशि पाक सरकार द्वारा वहन की जा रही थी। इससे पाक की अर्थव्यवस्था पर विपरीत प्रभाव पड़ा।
5. पाक में आर्थिक रूप से भयंकर बेरोजागरी की समस्या उभर कर आई।
6. पाक में हथियारों की तश्करी, काला बाजारी का व्यापार बढ़ने लगा था। यही हथियार भारत में पंजाब के व अन्य क्षेत्रों के आतंकवादियों तक इन्हीं बाजारों से पहुंचे।
7. पाक की कृषि उत्पादन क्षमता में गिरावट आई।

पाक के जिया उल हक को सत्ता में बने रहने का एक अच्छा खासा अवसर अफगान संकट के कारण प्राप्त हो गया। इससे मुस्लिम राष्ट्रों में जिया अधिक लोकप्रिय भी हुए। इसके साथ-साथ आर्थिक, सैनिक एवं राजनीतिक सहायता प्राप्त करने में सफल हुए। जिया ने कभी अफगान समस्या को हल करने में सहयोग नहीं किया। यहां तक की जेनेवा समझौता अप्रैल, 1988 में होने के बाद भी इन्होंने अड़चनें पैदा कीं। इसी वर्ष अगस्त, 1988 में वायुयान दुर्घटना में जिया की आकस्मिक मृत्यु हो जाने से यह युग ही समाप्त हो गया।

**(3) *ईरान के प्रति पाक नीति*** – जैसे ही अफगान में रूसी सेनाओं की उपस्थिति हुई थी इसके पश्चात् ईरान में राजनीतिक क्रांति आई। सितम्बर, 1980 से ईरान-इराक युद्ध प्रारम्भ हो गया था। इस कारण अफगान पर विशेष प्रतिक्रिया प्रकट नहीं की गई थी। फिर भी ईरान के धार्मिक नेताओं ने साम्यवादी सरकार से लड़ने के

लिए ईरान द्वारा सहायता पहुंचाई थी। जिसका उद्देश्य यह रहा था कि भविष्य में अफगान में जो सरकार कायम हो उसमें ईरान की भागीदार हो सके। ईरान का यह दृष्टिकोण स्पष्ट रूप से नजर आया था कि इस्लाम विरोधी साम्यवाद से लड़ने के लिए ईरान पूरी मदद लड़ने वालों को देगा।

ईरान में भी लगभग 3 लाख शरणार्थी पहुंचे थे। इससे वह भी अछूता नहीं रहा था। जब अफगान में विद्रोहियों और साम्यवादी सरकार में युद्ध शुरू हुआ तो ईरान ने अपना रुख बदल कर पाक की मदद करना ज्यादा उचित समझा था। ईरान भी बंगलादेश के उदय से प्रभावित रहा था और वह नहीं चाहता था कि ईरान में रहने वाले बलूच जाति के लोग भी स्वायत्तता की मांग को दोहराएं।

इस तरह हम देखते हैं कि ईरान के अंतर्गत जो शरणार्थी गए थे वे तीन कारणों से प्रभावित थे जिससे वे पुनः अफगान लौटना नहीं चाहते थे :–

1. अफगान में राजनीतिक अस्थिरता थी।
2. अफगान की आर्थिक स्थिति बिगड़ गई थी।
3. यह शरणार्थी शिया संप्रदाय के थे।

इसके उपरांत भी अक्तूबर, 1992 में ईरान से 2500 शरणार्थी अफगान गए। इसी तरह 12,000 शरणार्थी पाक से अफगान लौटे। ईरान का पड़ोसी राष्ट्र पाकिस्तान है। पाक की सीमा का 1/6 भाग ईरान से लगा हुआ है। यद्यपि दोनों ही सैनिक गठबंधनों में एक साथ रहे हैं। फिर भी अफगान के कारण दोनों के संबंध सामान्य नहीं रहे। इसका मुख्य कारण यह भी रहा कि ईरान-इराक युद्ध में अमेरिकी और अय्यातुल्ला खुमैनी के बीच ईरान में तनावपूर्ण स्थिति रही थी जिसमें पाक सरकार के जिया उल हक परेशानी में पड़ गए थे। यहां शिया और सुन्नी के बीच मतभेद पाए गए। इसलिए जिया उल हक ने ठीक उसी प्रकार की नीति का अनुसरण किया जो नीति अमेरिका ने पाक के प्रति अपनाई थी वही जिया ने ईरान के मामलों में अपनाई थी। इस तरह हम कह सकते हैं कि दोनों ही राष्ट्रों के सामने विकट समस्या रही थी। इस कारण भी संबंध सामान्य नहीं रह पाए थे।

**(4)** ***पाक की अमेरिका के प्रति नीति*** – पाकिस्तान में जुलाई, 1977 में जब जिया उल हक ने सत्ता संभाली तब अमेरिका से मिलने वाली मदद कारगर साबित नहीं हुई थी। अमेरिकी राष्ट्रपति जिम्मी कार्टर नवम्बर, 1980 में चुनाव हार गए। तब जनवरी, 1981 से रोनाल्ड रीगन अमेरिका के राष्ट्रपति पद पर आसीन हुए तब रूस की सेनाएं अफगान में थीं। दूसरी तरफ ईरान-इराक युद्ध प्रारम्भ हो चुका था इस कारण अमेरिका का झुकाव पाक पर विशेष रूप से रहा। इसके निम्न मुख्य कारण थे :–

1. अमेरिका ने रूस के विरुद्ध अफगान विद्रोहियों को मदद पहुंचाने में विशेष रुचि रखी थी।

2. रोनाल्ड रीगन अपने साथ स्टारवार्स कार्यक्रम साथ लेकर आए थे।
3. अफगान रूस पर निर्भर होता जा रहा था। यह अमेरिका को पसंद नहीं था।
4. अमेरिका पाक-अफगान संबंधों का समर्थन करना चाहता था।
5. अमेरिका का उद्देश्य रूस-अफगान संबंधों को तोड़ कर सोवियत सैनिकों को क्षति पहुंचाना था।

इन उपरोक्त सभी कारणों से प्रभावित होकर अमेरिका ने दक्षिणी एशिया में पाक के प्रति अपने दृष्टिकोण को निरंतर दोहराते हुए एक जैसी नीति को ही बनाए रखा था। अमेरिका के द्वारा पाक को विशेष स्थान दिए जाने के दो मुख्य कारण थे :-

1. अमेरिका हिन्द महासागर के माध्यम से शक्ति संतुलन स्थापित करना चाहता था।
2. दक्षिणी एशिया में पाक भू-राजनीतिक दृष्टि से अमेरिकी हितों की पूर्ति का माध्यम बन गया था।

अमेरिका पाक के माध्यम से पूर्वी एशिया और खाड़ी के राष्ट्रों पर नियंत्रण रखना चाहता था। इसका एक कारण हमारी राय के अनुसार यह भी रहा है कि अमेरिका पाक की सुरक्षा व्यवस्था को अपने हाथों में नियंत्रित करना चाहता था। इसके साथ खाड़ी राष्ट्रों का तेल पाने की भी अमेरिका की तीव्र लालसा रही थी। पाकिस्तान अमेरिका के लिए सामरिक दृष्टि से महत्वपूर्ण माना गया था। इस दृष्टि से दक्षिणी एशिया में पाक पहला राष्ट्र रहा जहां अमेरिका ने अपने पैर पूर्ण रूप से दीर्घकाल तक रखे। यद्यपि चीन से संबंध बढ़ने, सीटो, सेन्टो संधि, गुटनिरपेक्ष सदस्य बनने के कारण अमेरिका की आशाओं को ठेस पहुंची थी।

जिम्मी कार्टर प्रशासन के अंतर्गत पाक को 40 करोड़ डालर की सहायता देने के बाद ही स्थगित कर दी थी। इसके पश्चात् रूसी सेनाओं के प्रभाव से प्रभावित होकर रीगन ने पाकिस्तान के लिए 1981 - 86 तक 320 करोड़ अमेरिकी सहायता, सैनिक सामग्री के रूप में देने की घोषणा की। जिसे अगले वर्षों के लिए बढ़ाते हुए 420 करोड़ तक कर दिया गया था। इसके अलावा पाक को 500 करोड़ के अमेरिकी ऋण को मुक्त किया गया। विश्व बैंक ने अपनी वसूली स्थगित कर दी। अंतर्राष्ट्रीय मुद्रा कोष से भी पाक को 170 करोड़ का ऋण उपलब्ध कराया गया। इस तरह हम देखते हैं कि जिया उल हक ने पाक को अमेरिका के साथ संलग्न कर अपनी विदेश नीति की स्वायत्तता को ही खो दिया था। और दोनों का एक जैसा रवैया ही हमें देखने को मिला था। अमेरिकी राष्ट्रपति रीगन ने अपने कार्यकाल में सैन्य और आर्थिक मदद के अलावा पाकिस्तान को 40 एफ-16 विमान उपलब्ध कराने का सौदा करके पाक सेना को शक्तिशाली बनाने का कार्य भी किया था।

**(5) *चीन के प्रति पाक की नीति*** – पाक-चीन संबंध 1970 के बाद में सामान्य स्थिति में रहे थे इसका एक कारण यह था कि अमेरिका-चीन संबंध इसके बाद बढ़ने लगे थे। दिसम्बर, 1979 में जब रूसी सेनाएं अफगान में उपस्थित हुईं तब से चीन की नीति पाक के प्रति परिवर्तित हुई थी। चीन ने पाक-अफगान संबंधों में हस्तक्षेप करना आरम्भ किया था। वैसे भी अफगान के मामले पर चीन-पाक की नीति एक समान ही रही थी। चीन अफगान को हमेशा शंका की दृष्टि से देखता रहा था। चीन भी रुचि इस कारण से ले रहा था कि चीन की सीमा भी अफगान से लगती है। जब अफगान सोवियत संबंध बढ़े तो चीन-पाक संबंधों में वृद्धि हुई। चीन पाक के ही कारण हिन्द महासागर में भी अपने हितों की पूर्ति का इच्छुक बनता जा रहा था।

इसके अलावा जिया उल हक काल में चीन ने परमाणु तकनीकी उपलब्ध कराई थी। जिसके कारण पाक ने परमाणु कार्यक्रम चोरी छिपे चलाया था। इसके साथ ही चीन ने प्रक्षेपास्त्र निर्माण में भी सहयोग किया था। इससे पाक आणविक क्षमता से युक्त हो सका। जिया उल हक चीन से सैनिक मदद प्राप्त करने में पूर्ण रूप से सफल रहे थे। पाकिस्तान भी चीन के लिए सामरिक महत्व रखने वाला राष्ट्र साबित हुआ। यद्यपि रूस ने चीन पर आरोप लगाया था कि करोकोरम के लिए कर रहा है। चीन ने जेनेवा समझौता अप्रैल, 1988 पर सकारात्मक रुख अपनाया था। अतः हम इस तरह कह सकते हैं कि चीन ने पाक को हर तरह से मदद पहुंचाने का प्रयास किया और रूस के विरुद्ध अफगान विद्रोहियों को भी मदद दी गई।

**(6) *जुल्फीकार अली भुट्टो को फांसी*** – जनरल जिया उल हक ने पाक के पूर्व राष्ट्रपति जुल्फीकार अली भुट्टो को गिरफ्तार कर जेल में बंद किया। उन पर देशद्रोह का मुकदमा चलाया गया। इन्हें दोषी करार देते हुए अप्रैल, 1979 को फांसी की सजा दी गई। यद्यपि अनेक राष्ट्रों ने पाक के जिया उल हक से भुट्टो को फांसी नहीं देने एवं सजा माफ करने का निवेदन किया था लेकिन जिया ने किसी की नहीं सुनी। इसे पूर्वी पाकिस्तान (बंगलादेश) निर्माण का दोषी माना। पाक की अखण्डता के लिए इन्हें फांसी दी गई। जिया के इस कृत्य की संसार के राष्ट्रों ने आलोचना की थी। लेकिन जिया के सैनिक शासन ने अपना दमन चक्र पाक जनता पर भी चलाए रखा।

**(7) *पाक की रूस के प्रति नीति*** – प्रथम बार 1921 में रूस-अफगान में शांति एवं मित्रता की संधि हुई थी। इसके बाद अफगान-रूस के बीच में पारगमन शुरू हुआ। 1950 के बाद में शीतयुद्ध के दौरान अफगान को पूंजीगत सामान दिया गया। इसके अलावा सीमागत व्यापार मजबूत हुए थे। इसी दौरान ईरान, पाक, अमेरिका के बीच में बगदाद संधि सम्पन्न हुई तो रूस ने इसके विरुद्ध अफगान को सैनिक सहायता दी। 1955 तक रूस द्वारा अफगान को 45.5 करोड़ अमेरिकी डालर के बराबर सहायता उपलब्ध कराई गई थी, जो कि 1977 के अंत तक 60 करोड़ हो चुकी थी। इस तरह इस कार्यकाल में अफगान-रूस के बीच प्रभावशाली संबंध स्थापित हो गए थे।

यद्यपि रूस की अफगान नीति के संबंध में इस अध्याय में काफी लिखा जा चुका है। यद्यपि रूस के हस्तक्षेप के कारण अफगान में कट्टरता का उदय भी हुआ था। यह राजनीतिक क्रांति के बाद में हुआ।

इस जिया उल हक कार्यकाल में पाक की रूस के प्रति नीति पहले जैसे नहीं रही थी। रूसी हस्तक्षेप के कारण काफी समीकरण पाक ने बनाने का प्रयास किया।

**8. बेनजीर भुट्टो काल की विदेश नीति** – जनरल जिया उल हक के सैनिक शासन के पश्चात् पाक में 16 नवम्बर, 1988 को लोकतंत्र की स्थापना के लिए आम चुनाव सम्पन्न हुए। जिसमें बेनजीर भुट्टो दिसम्बर, 1988 में पाक की प्रधानमंत्री बनीं। इनके कार्यकाल की विदेश नीति अगस्त, 1990 तक ही रही। यह इनका प्रथम कार्यकाल था। इस कार्यकाल की विदेश नीति के मुख्य बिन्दु इस प्रकार रहे :–

***भारत के प्रति नीति*** – दिसम्बर, 1988 में बेनजीर के प्रधानमंत्री बनने के समय भारत में प्रधानमंत्री राजीव गांधी थे। इस दृष्टि से सार्क के चतुर्थ शिखर सम्मेलन दिसम्बर, 1988 में राजीव गांधी इस्लामाबाद गए थे इसमें बेनजीर ने भारत के प्रति उत्साह दिखाते हुए संबंधों को सामान्य करने की दिशा में पहल करते हुए दिसम्बर, 1988 में भारत-पाक के बीच में तीन समझौते सम्पन्न किए थे –

1. दोहरे कर समाप्त करने संबंधी समझौता।
2. परमाणु ठिकानों (संयंत्रों) पर आक्रमण नहीं करने संबंधी समझौता।
3. सांस्कृतिक आदान-प्रदान संबंधी समझौता।

इन समझौतों के अलावा बेनजीर भुट्टो ने शिमला समझौते के प्रति अपनी वचनबद्धता को दोहराया था। इसके पूर्व पाक की भारत के प्रति गलत नीति थी। कश्मीर में आतंकवाद उत्पन्न करना, आतंककारियों को प्रशिक्षण देकर भारत विरोधी गतिविधियां पाक द्वारा संचालित की जा रही थीं। अत: बेनजीर के इस कार्यकाल में भारत-पाक संबंधों को सैद्धांतिक रूप से ही सुधारने का प्रयास किया गया। पाक का व्यावहारिक रूप से भारत के प्रति रूढ़िवादी दृष्टिकोण ही रहा।

बेनजीर भुट्टो ने चुनावों के दौरान कहा था, "जिया उल हक की संकीर्णता की भावना के आधार पर रही विदेश नीति के कारण पाक को सुरक्षा खतरों और चुनौतियों में हुई वृद्धि के कारण पाक राष्ट्र एवं देशवासियों को भी हानि उठानी होगी।"

इस प्रथम कार्यकाल में बेनजीर भुट्टो को आंतरिक रूप से उभरी अनेक समस्याओं का सामना भी करना पड़ा था। जिया के सैनिक शासन के दौरान जो असंतोष उभर कर आया था उसका सामना भुट्टो को ही करना पड़ा था। केवल 20 माह के शासन काल के बाद में अगस्त, 1990 में बेनजीर भुट्टो को बर्खास्त कर दिया गया था।

**9. नवाज शरीफ युग की विदेश नीति** – प्रधानमंत्री नवाज शरीफ के कार्यकाल की विदेश नीति के मुख्य बिन्दु इस प्रकार रहे थे :–

**( 1 ) *पाक-अमेरिका*** – अमेरिका ने अक्तूबर, 1990 में पाकिस्तान को सैनिक और आर्थिक सहायता उपलब्ध कराने के लिए प्रेसलर संशोधन कानून के तहत यह सहायता उपलब्ध कराने पर प्रतिबंध लगा दिया था। अमेरिका के लिए शीतयुद्ध कालीन राजनीति के दौरान पाक सुरक्षा और सामरिक दृष्टि से महत्व रखती थी जो कि अब शीतयुद्धोत्तर काल में नगण्य हो गई थी। अब पाक के स्थान पर भारत अमेरिका के लिए महत्वपूर्ण बन गया था। इससे भारत के प्रति रही अमेरिका की नीति में भी बदलाव आया था। पाक-अमेरिका के बीच में जो मतभेद उभर कर आए थे उसके मुख्य बिन्दु इस प्रकार थे :–

1. पाक परमाणु बम के कारण अमेरिका पाक को मदद देना नहीं चाहता था।
2. अमेरिका ने पाक पर प्रतिबंध लगाए थे जिसे पाक नहीं चाहता था।
3. चीन ने पाक के परमाणु कार्यक्रम में मदद की थी इससे भी अमेरिका पाक से नाराज था।
4. पाक-अमेरिका के बीच पहले जैसी परिस्थितियां नहीं रही थीं। अंतर्राष्ट्रीय स्तर पर काफी बदलाव आ गया था।
5. पाक के प्रति अमेरिका के दृष्टिकोण में खाड़ी युद्ध के बाद में परिवर्तन हो गया था।

**( 2 ) *भारत के प्रति पाक की नीति*** – प्रधानमंत्री नवाज शरीफ के प्रथम कार्यकाल के दौरान 1992 में भारत-पाक के बीच कटुता, संघर्ष, वैमनस्य, अविश्वास अधिक रहा। पाक ने वास्तविक नियंत्रण रेखा का उल्लंघन किया। पाक द्वारा भारत को अनेक धमकियां दी गईं।

अक्तूबर, 1992 में भारत में राम जन्म भूमि अयोध्या विवाद तेज गति से उभर कर आया। यह विवाद भी पाक असेम्बली में उठाया गया। दिसम्बर, 1992 में जब भारत में मस्जिद की तोड़-फोड़ की गई तो इसी माह में पाक में भी हिन्दुओं के मंदिरों की तोड़फोड़ की गई। कई स्थानों पर आग लगा दी गई। इस घटना के कारण भी भारत-पाक के बीच तनाव व्याप्त रहा।

जब पाक में नवाज शरीफ प्रथम बार प्रधानमंत्री बने तब भारत में पी॰वी॰ नरसिम्हाराव प्रधानमंत्री थे। इस समय के दौरान ही 6 फरवरी, 1992 को नवाज शरीफ ने पाक में कश्मीर मुद्दे पर राष्ट्रव्यापी हड़ताल का आह्वान भी किया था। इन्होंने इस कार्यकाल के अंतर्गत बाबरी मस्जिद जो कि भारत की आंतरिक समस्या थी, उसका अंतर्राष्ट्रीयकरण करने का प्रयास किया था। जिसका भारत ने कड़ा विरोध किया था।

नवाज शरीफ भी बेनजीर भुट्टो की तरह अपना कार्यकाल पूर्ण नहीं कर पाए। इन्हें अल्पकाल में ही सत्ता खोनी पड़ी थी।

इनके कार्यकाल में अप्रैल, 1991 में भारतीय विदेश सचिव मुकुन्द दुबे एवं पाक विदेश सचिव शहरयान खान के बीच में निम्न मुद्दों पर वार्ता हुई थी :–

1. शियाचीन ग्लेशियर।
2. सीमा पर तनाव कम करने संबंधी।
3. आतंकवाद।

इन मुद्दों पर वार्ता करने के अलावा एक दूसरे के बीच विश्वास कायम करने की दिशा में निम्न समझौते भी नवाज शरीफ के कार्यकाल में किए गए थे :–

1. हवाई सीमाओं का पालन करने संबंधी समझौता।
2. सीमाओं पर तनाव कम करने की दिशा में सैनिक अधिकारियों के बीच विचार-विमर्श शुरू करने संबंधी समझौता।

इसके पश्चात् भारत-पाक के बीच वार्ताओं के क्रम को बढ़ाने की दिशा में 17 - 19 अगस्त, 1992 को नई दिल्ली में वार्ता का छठा दौर आयोजित हुआ। इस वार्ता में भारत की ओर से जे॰एन॰ दीक्षित और पाक की ओर से शहरयार खान ने हिस्सा लिया। इस वार्ता में भारत-पाक के बीच आणविक हथियारों का प्रयोग नहीं करने संबंधी समझौता भी सम्पन्न किया गया। इन्हें अप्रैल, 1993 में बर्खास्त कर दिया गया।

**10. बेनजीर भुट्टो काल की विदेश नीति** – पाक के अंतर्गत राजनीतिक अस्थिरता के चलते पुनः जुलाई, 1993 में बेनजीर भुट्टो पाक प्रधानमंत्री बनीं। इस दूसरे कार्यकाल में भी बेनजीर भुट्टो को विदेश नीति के प्रति कठोर कदम उठाना पड़ा था। पहले कार्यकाल में भी कठोर रवैया अपनाने का ही प्रयास किया गया था। इस दूसरे कार्यकाल की विदेश नीति के मुख्य बिन्दु इस प्रकार रहे :–

**(1) *भारत के प्रति कठोर नीति*** – श्रीमती बेनजीर भुट्टो ने पाक विदेश नीति में और अधिक कठोर रुख अपनाया था। शायद यह इनके लिए उचित भी रहा था। इस दूसरे कार्यकाल में कठोरता का रुख अपनाए जाने के निम्न कारण रहे थे :–

1. बेनजीर अपनी राजनीतिक स्थिति को मजबूत करने के लिए पाक जनता का समर्थन प्राप्त करना चाहती थीं।
2. आणविक, कश्मीर जैसे मुद्दे को अंतर्राष्ट्रीय स्तर पर उभार कर राजनीतिक क्षमता को बढ़ाना चाहती थीं।
3. अमेरिका के रुख को पाक के प्रति पुनः प्राप्त करना था क्योंकि अमेरिका का दृष्टिकोण पाक के बजाय भारत के प्रति बदलता जा रहा था।
4. पाक सेना भारत विरोधी गतिविधियां आयोजित कर रही थी। इससे भुट्टो को राजनीतिक खतरा बढ़ रहा था।

इस कार्यकाल की विदेश नीति का मुख्य बिन्दु यह रहा कि पाक ने कश्मीर मुद्दे पर वार्ता करने से इंकार कर दिया। भारत के प्रति नकारात्मक रुख ही अपनाया। इसके अलावा कश्मीर में आतंकवादियों की घुसपैठ निरंतर जारी रखी गई। बेनजीर भुट्टो ने कश्मीर का अंतर्राष्ट्रीयकरण कर समर्थन प्राप्त करने का पूर्ण प्रयास किया। इसका

उदाहरण यह रहा कि बेनजीर ने जितनी भी विदेश यात्राएं आयोजित कीं, उन सभी यात्राओं में कश्मीर मुद्दे को उठाया। जिस पर भारत निरंतर विरोध प्रकट करता रहा। इससे पाक की अंतर्राष्ट्रीय भूमिका भी कमजोर होती चली गई।

बेनजीर ने भारत के प्रति कड़ी विदेश नीति के संदर्भ में कहा, "भारत ने कश्मीरियों के आत्म निर्णय के अधिकार की यदि अनदेखी करना जारी रखा तो भारत-पाक के बीच तीसरा युद्ध छिड़ सकता है।"

1994 में भारतीय प्रधानमंत्री पी॰वी॰ नरसिम्हाराव ने अमेरिका की यात्रा की। इस यात्रा के दौरान इन्होंने क्लिंटन को अवगत कराया कि यदि पाक को एफ-16 विमान दिए जाते हैं तो इसका प्रभाव भारत-पाक संबंधों पर भी पड़ेगा। जिस पर क्लिंटन ने पाक को एफ-16 विमान उपलब्ध नहीं कराने का आश्वासन भी दिया था।

इसी वर्ष 1994 में 23 अगस्त को नीला बट्ट (पाक अधिकृत क्षेत्र) में नवाज शरीफ ने कहा था, "यदि भारत-पाक के बीच में युद्ध हुआ तो इसका परिणाम भयंकर होगा . . . मैं यह स्पष्ट कर देना चाहता हूं कि पाकिस्तान के पास वर्तमान में परमाणु बम है।"

इसी तरह बेनजीर भुट्टो ने भी वर्ष 1994 में एफ-7 के 100 से अधिक विमान चीन से खरीदे थे। इसी प्रकार मिराज-2000 विमान भी फ्रांस से खरीदे गए। इससे यह तो साबित हो जाता है कि उन्होंने भारत के प्रति कठोर नीति अपनाई। इसके अलावा 11 मई, 1995 को आंतकवादियों के माध्यम के कश्मीर में चरार-ए-शरीफ दरगाह को आग लगवा कर नष्ट करा दिया।

**( 2 ) *पाक की अमेरिका नीति*** – नवम्बर, 1993 में रॉबिन राफेल ने इस्लामाबाद की यात्रा की। इस यात्रा के माध्यम से अमेरिका-पाक के बीच पुन: विश्वास को स्थापित करने का प्रयास किया गया। इसके विपरीत पाक ने अमेरिका पर आरोप लगाया कि पाक के प्रति प्रक्षेपास्त्र तकनीक नियंत्रण व्यवस्था के तहत जो प्रतिबंध लगाए हैं वे उचित नहीं हैं।

अमेरिका पाक को आतंकवादी राष्ट्र घोषित करना चाहता था लेकिन ऐसा बेनजीर भुट्टो के कारण नहीं किया गया। इसके बदले में प्रेसलर संशोधन कानून के तहत अमेरिका द्वारा पाक को छूट दी गई थी।

स्ट्रोब टॉलबोट ने अप्रैल, 1994 में पाक की यात्रा की। इस यात्रा के दौरान बेनजीर भुट्टो ने कहा, "उनका देश आणविक मुद्दे पर एकतरफा रियायतें देने एवं भेदभावपूर्ण नीति के पक्ष में नहीं है। जब तक भारत अपने आणविक कार्यक्रम पर रोक नहीं लगाता तब तक पाक भी एकतरफा रोक संबंधी कदम नहीं उठाएगा।"

बेनजीर भुट्टो ने इनकी यात्रा के दौरान यह भी स्पष्ट कर दिया कि पाक एफ-16 विमानों को प्राप्त करने के बदले में किसी भी प्रकार की जांच-पड़ताल करने का

अधिकार अमेरिका को नहीं देगा। इससे यह तो सिद्ध हो जाता है कि आणविक मुद्दे पर पाक-अमेरिका के बीच मतभेद उभर कर आ गए थे। जिसका मुख्य कारण यह रहा कि पाक ने परमाणु बम विकसित कर लिया था और पाक आणविक नीति के मामले में अमेरिका की दखल नहीं चाहता था।

श्रीमती बेनजीर भुट्टो को भ्रष्टाचार के आरोप में वर्ष 1996 में बर्खास्त कर दिया गया। इस कार्यकाल में भी पाक की जनता का असंतोष उभर कर आया। इसके अलावा बेनजरी भुट्टो भी भ्रष्टाचार में लिप्त पाई गईं थीं।

**11. नवाज शरीफ काल की विदेश नीति** – श्री नवाज शरीफ फरवरी, 1997 में पुनः सत्ता में आए। इनके कार्यकाल की विदेश नीति के मुख्य बिन्दु इस प्रकार रहे हैं :–

**(1) *गौरी प्रक्षेपास्त्र परीक्षण*** – पाक ने 6 अप्रैल, 1998 को गौरी नामक प्रक्षेपास्त्र का परीक्षण किया। इसके विपक्ष में भारत ने भी त्रिशूल नामक प्रक्षेपास्त्र का परीक्षण किया। पाक द्वारा प्रक्षेपास्त्र परीक्षण से भारत को खतरा माना गया। पाक के इस कदम की काफी आलोचना की गई। पाक ऐसा करके भारत की बराबरी करना चाहता था।

**(2) *पाक परमाणु परीक्षण*** – भारत ने 11, 13 मई, 1998 को पुनः 5 परमाणु बमों का परीक्षण किया। इसके पश्चात् पाक ने भी 28 मई, 1998 को चंगाई पहाड़ियों में इतने ही परमाणु बम परीक्षण कर डाले। इससे अंतर्राष्ट्रीय जगत में पाक की काफी आलोचना हुई। अमेरिका के राष्ट्रपति बिल क्लिंटन ने यद्यपि पाक को परमाणु परीक्षण नहीं करने के संदेश भेजे थे। जिसमें कहा गया था कि इससे दक्षिण एशिया में संतुलन बिगड़ जाएगा और हथियार की दौड़ शुरू होगी। इसका भी पाक पर कोई प्रभाव नहीं पड़ा था। इसके विपक्ष में अमेरिका ने पाक पर भारत की तरह कड़े आर्थिक प्रतिबंध लगा दिए। पाक-अमेरिका के बीच 1990 से मतभेद उभर कर आए थे।

**(3) *पाक की भारत के प्रति नीति*** – प्रधानमंत्री नवाज शरीफ ने भारत के साथ संबंधों को सामान्य करने के बजाए कश्मीर समस्या को तीसरे पक्ष के माध्यम से हल करने की मांग उठाई जिसको भारत ने अस्वीकार कर दिया। इनके (नवाज शरीफ) के प्रधानमंत्री बनने से पूर्व 9 जून, 1996 को भारत-पाक के बीच विदेश सचिव स्तर की वार्ता आयोजित हुई। जो कि अनिर्णित ही रही।

12 मई, 1997 को भारत-पाक के बीच संबंधों को सामान्य करने की दिशा में कार्यकारी दल गठित करने का निर्णय लिया। इसके साथ ही दोनों प्रधानमंत्रियों के बीच होट लाईन भी स्थापित की गई। इसके बाद में जून, 1997 में वार्ता आयोजित हुई। इसी वर्ष में दोनों ने अपनी-अपनी स्वतंत्रता की 50वीं वर्षगांठ मनाई। इसके पश्चात् नवम

सार्क सम्मेलन मार्ले में मई, 1997 में दोनों प्रधानमंत्रियों की वार्ता हुई। जिसमें कोई विशेष प्रगति नहीं हुई। भारतीय प्रधानमंत्री इन्द्र कुमार गुजराल ने पाक के प्रति गुजराल सिद्धांत के तहत पाक से संबंध स्थापित करने का प्रयास किया।

श्री इन्द्र कुमार गुजराल के बाद में श्री अटल बिहारी वाजपेयी भारत के प्रधानमंत्री बने। तब इनके कार्यकाल में 6 अप्रैल, 1998 को गौरी प्रक्षेपास्त्र का परीक्षण किया तब नवाज शरीफ ने कहा था, "पाक ने गौरी नामक प्रक्षेपास्त्र का परीक्षण कर लिया है। जो हर तरह से उड़ान में कामयाब हुआ है। यह 1500 किलोमीटर तक मार कर सकता है, यह 200 किलोग्राम तक बम या परमाणु बम ले जा सकता है।"

भारत के प्रधानमंत्री अटल बिहारी वाजपेयी जी ने भी इस पर कहा, "भारत अपनी सुरक्षा करने में सक्षम है। भारत परमाणु नीति में परिवर्तन नहीं करेगा।" 28 मई, 1998 को पाक द्वारा परमाणु परीक्षण किए जाने से भारत-पाक के बीच में तनाव और भी अधिक बढ़ गया। इस परमाणु परीक्षण के बाद दोनों देशों के प्रधानमंत्रियों की मुलाकात जुलाई, 1998 को सार्क के 10वें शिखर सम्मेलन कोलम्बो में हुई। इसके बाद में विदेश सचिव स्तर की वार्ता आयोजित होने का मार्ग खोला गया।

15 से 18 अक्तूबर, 1998 को विदेश सचिव स्तर की वार्ता हुई जिसमें अनेक महत्वपूर्ण मुद्दों पर चर्चा हुई। इसके बाद कुछ एक पर सहमति हुई। यह वार्ता भी पूर्ण रूप से असफल हो गई। इसके पश्चात् 4 से 13 नवम्बर, 1998 को नई दिल्ली में वार्ता का दौर शुरू हुआ। इसमें भी अनेक मुद्दों पर मतभेद ही बना रहा। पाक प्रत्येक वार्ता में कोई न कोई नई समस्या उत्पन्न करता रहा है। इस वार्ता में लाहौर बस सेवा प्रारम्भ करने पर सहमति हुई।

इसके पश्चात् फरवरी, 1999 में भारत के प्रधानमंत्री अटल बिहारी वाजपेयी जी ने लाहौर की बस यात्रा सम्पन्न की जिसमें शिमला समझौते की तर्ज पर लाहौर समझौता किया गया। फिर भी भारत के प्रति पाक नीति में बदलाव नहीं आया। इसका उदाहरण यह देखने को मिलता है कि जम्मू-कश्मीर के कारगिल क्षेत्र में बड़ी संख्या में घुसपैठियों ने प्रवेश किया। जिसके कारण भारत-पाक की सेना में मई, 1999 में सैनिक युद्ध भी हुआ। भारत ने इस कारगिल क्षेत्र को मुक्त कराया। इसके साथ-साथ रक्षा मंत्री, प्रधानमंत्री, भारतीय सेना ने पाक के प्रति कड़े कदम उठाए जिसमें पाक को अप्रत्यक्ष रूप से पराजय ही मिली है। कारगिल क्षेत्र को लेकर भारत-पाक के बीच युद्ध की सी स्थिति उत्पन्न हुई। वास्तविक नियंत्रण रेखा का पाक पालन नहीं कर रहा है। उसे भारत के साथ शत्रुता और वैमनस्य का वातावरण उत्पन्न नहीं करना चाहिए।

**(4) *पाक की अमेरिका नीति*** – अमेरिकी राष्ट्रपति बिल क्लिंटन के विशेष दूत बिल रिचर्ड्सन ने अप्रैल, 1998 में पाक की यात्रा की थीं। पाक ने इसी माह अप्रैल, 1998 में गौरी प्रक्षेपास्त्र का परीक्षण करके संतुलन बिगाड़ दिया था। इसके

पश्चात् सहायक विदेश मंत्री कार्ल इन्दरपुर्त ने इस्लाभाबाद की यात्रा की थी। इस यात्रा के दौरान पाक को गौरी प्रक्षेपास्त्र परीक्षण नहीं करने की सलाह दी थी। इसी के साथ अमेरिका ने 65 करोड़ डालर की आर्थिक मदद देने की भी घोषणा की थी। पाक एफ-16 विमान खरीदने का प्रयास वर्ष 1990 से ही कर रहा था जबकि अमेरिका ने अक्तूबर, 1990 से ही उक्त विमान पाक को नहीं देने का निर्णय किया था।

15 मई, 1998 को अमेरिका का एक प्रतिनिधि मंडल इस्लामाबाद पहुंचा। जिसका उद्देश्य भारत द्वारा किए गए परमाणु परीक्षणों के बाद पाक को परमाणु परीक्षण करने से रोकना था। अमेरिका ने पाक के सामने सुरक्षा गारंटी प्रस्ताव भी रखा। इसके बदले में एफ-16 विमान भी पाक को देने का प्रस्ताव रखा। पाक ने अमेरिका के इस प्रस्ताव को ठुकरा कर 28 मई, 1998 को परमाणु परीक्षण कर ही लिया। ऐसा करके पाक भी अमेरिका के दबाव के आगे शक्तिशाली साबित हुआ था। पाक पर 80 करोड़ डालर का ऋण था। जिसे वह परीक्षण करने के पश्चात् अदा करने की स्थिति में नहीं रहा था। अमेरिका ने खान अनुसंधान प्रयोगशाला पर दो वर्ष की अवधि के लिए प्रतिबंध लगा दिए, जो कि अप्रैल, 1998 से प्रभावी रखे गए।

अमेरिका द्वारा जून, 1998 में 14 प्रकार के आर्थिक प्रतिबंध भारत-पाक दोनों पर समान रूप से लगाए गए थे। जिनका पाक अर्थव्यवस्था पर व्यापक प्रभाव भी पड़ा है। पाक और अमेरिका के बीच में कूटनीतिक शिखर वार्ताएं आयोजित हुईं जिनमें अमेरिका के उप विदेश मंत्री स्ट्रोब टॉलबोट और पाक की ओर से साहिबजादा याकुब खान उपस्थित थे। इन वार्ताओं का उद्देश्य प्रतिबंधों को हटवाना रहा। अमेरिका का उद्देश्य पाक से सी॰टी॰बी॰टी॰ व एन॰पी॰टी॰ संधि पर हस्ताक्षर कराना रहा। इसके साथ ही यह उद्देश्य भी रहा कि भारत-पाक के बीच तनाव कम किया जाए। इन वार्ताओं का उद्देश्य भारत-पाक की समस्याओं का समाधान निकालना भी रहा था। अमेरिका दक्षिणी एशिया में हथियारों की होड़ को रोकना चाहता है। अमेरिका के सामने अब यह समस्या आ गई कि पाक भी सी॰टी॰वी॰टी॰ व एन॰पी॰टी॰ संधि पर हस्ताक्षर करने से मना कर रहा है। इससे अमेरिका की कठिनाई संधि को लेकर बढ़ गई है।

**(5) *पाक की सी॰टी॰बी॰टी॰ संधि पर नीति*** – शीतयुद्धोत्तर विश्व व्यवस्था स्थापित करने की दिशा में बिल क्लिंटन ने नि:शस्त्रीकरण की प्रक्रिया को पूर्ण रूप से स्थापित करने का प्रयास 1996 से किया। पाक भी इस संधि को भेदभावपूर्ण मानता है। इस कारण संधि पर हस्ताक्षर करने की मनाही कर रहा है। पाक की नीति के इस संधि पर निम्न बिन्दु रहे हैं :-

1. पाक चाहता है कि पाक पर परमाणु परीक्षण करने के बाद जो आर्थिक प्रतिबंध अमेरिका ने लगाए हैं उन्हें हटा ले तब पाक संधि पर हस्ताक्षर करेगा।
2. पाक की अर्थव्यवस्था पर प्रतिबंधों का बुरा असर पड़ा जिसकी परवाह पाक ने कभी नहीं की है।

3. पाक अमेरिका के दबाव में आकर इस संधि पर हस्ताक्षर नहीं करेगा। यह पाक हितों के विपरीत माना जाता है।
4. पाक को अमेरिका शंका की दृष्टि से देखता है। पाक गारंटी देना नहीं चाहता है। वह हस्ताक्षर करने के बाद भी उल्लंघन कर सकता है।
5. पाक इस संधि को भेदभावपूर्ण मानता है।
6. पाक पहले भारत से इस संधि पर हस्ताक्षर करवाना चाहता है।
7. पाक चाहता है कि भारत पहले विस्फोटक पदार्थों का निर्माण करना बंद करे।
8. पाक चाहता है कि प्रक्षेपास्त्रों के निर्माण और तैनाती पर भारत प्रतिबंध लगाए।

इन उपरोक्त कारणों के आधार पर पाक भारत की बराबरी करने लग गया है। इस कारण भी अमेरिका के सामने दोहरी समस्या बन गई है। अब अमेरिका भारत की तरह पाक से भी निरंतर संपर्क किए हुए है ताकि हस्ताक्षर करने के मार्ग में जो बाधाएं आ रही हैं उन्हें दूर किया जा सके। लेकिन हमें नहीं लगता कि पाक बिना शर्त आसानी से इस संधि पर हस्ताक्षर कर सकेगा। अमेरिका और पाक के बीच में इस संधि को लेकर स्पष्ट मतभेद उभर कर आए हैं। अब पाक भी पहले जैसा नहीं रहा है। इस कारण भी अमेरिका पाक से नाराज है।

पाक एन॰पी॰टी॰ संधि को भी स्वीकार करने से मना कर रहा है। इस कारण भी पाक-अमेरिका में तनाव व्याप्त है।

**(6) *पाक की चीन नीति*** – पाक ने जिया उल हक काल के अंतर्गत चीन से विशेष संबंध स्थापित कर भरपूर मात्रा में सहायता प्राप्त की थी तब से ही चीन की तरफ झुकाव ज्यादा ही रहा है। पाक की चीन नीति के निम्न मुख्य बिन्दु रहे हैं।

1. पाक ने चीन से प्रक्षेपास्त्र, सैनिक सहायता, आणविक सहायता भरपूर मात्रा में प्राप्त की।
2. अफगान में जब रूसी सेनाएं उपस्थित हुईं तब पाक ने चीन के साथ संबंध स्थापित कर भरपूर लाभ उठाया था।
3. पाक ने चीन को अधिकृत भूमि का हिस्सा उपलब्ध कराकर हथियारों की आपूर्ति करने का प्रयास किया जिसमें पाक को सफलता भी मिली थी।

चीन ने पाक सेना की क्षमता में वृद्धि करने का पूरा प्रयास किया। जिसमें एम-1, एम-11 प्रक्षेपास्त्र चीन से खरीदे गए। एफ-7 एम श्रेणी का विमान भी चीन से प्राप्त किया गया।

इसकी गति 2175 किमी प्रति घंटा है। यह विमान 50 से 500 ग्राम तक के बम ले जा सकता है। इसके बाद में 1990-92 में पाक ने हथियारों को ढोने की क्षमता रखने वाला एम-11 प्रक्षेपास्त्र भी चीन से प्राप्त किया गया। इसकी 360 किलोमीटर तक की मारक क्षमता है।

चीन से पाक ने परमाणु तकनीकी प्राप्त की एवं प्रक्षेपास्त्र के क्षेत्र में भी सुविधा प्राप्त की। पाक के जब अमेरिका से संबंध बिगड़ गए तब पाक ने चीन से अपने हितों की पूर्ति की। चीन ने पाक को जमीन से जमीन पर मार करने वाले प्रक्षेपास्त्र भी उपलब्ध कराए। वर्ष 1998 में 1500 किलोमीटर तक मारक क्षमता वाले प्रक्षेपास्त्र उपलब्ध कराए। इसके अलावा एम-9 भी पाक को दिए गए। जिसकी मारक क्षमता 650 कि०मी० तक है। इस प्रकार पाक के द्वारा चीन से भरपूर सहायता प्राप्त करने से भारत-पाक के बीच संतुलन बिगड़ गया। भारत को चीन-पाक दोनों से खतरा एवं तनाव उत्पन्न हुआ। इस कारण से भारतीय सुरक्षा के प्रति कदम उठाना भी अनिवार्य माना गया।

वर्तमान में चीन चश्मा नामक स्थान पर गैर-सैनिक उपयोग के लिए पाक को एक परमाणु रिएक्टर बनाने में सहयोग कर रहा है। इसके साथ ही खुशब क्षेत्र में भी गुरु जल संस्थान का सहयोग कर रहा है। यह दोनों ही क्षेत्र पंजाब प्रांत में स्थित हैं। यही नहीं चीन से 5 हजार विशेष प्रकार के रिंग मैगनेट भी 1995 में आपूर्ति किए हैं। जो कि अणु बम बनाने में काम आते हैं। अमेरिका चीन को पाक की मदद करने से नहीं रोक सका है। पाक ने चीन से प्राप्त किए प्रक्षेपास्त्रों एम-11 को तैनात किया। चीनी विशेषज्ञों ने पाक जाकर इनके कलपुर्जे फिट किए थे। चीन 1980 से ही प्रक्षेपास्त्रों में पाक को मदद दे रहा है। यद्यपि अमेरिका ने 1993 में पाक को चीन द्वारा प्रक्षेपास्त्र नहीं देने के विरुद्ध प्रतिबंध लगाया था लेकिन क्लिंटन भी चीन के विरुद्ध कड़े कदम नहीं उठा सके हैं।

**(7) *तालिबान पर पाक नीति*** – तालिबान पर पाक की नीति स्पष्ट रही है। इस कारण पाक ने इस समस्या में भरपूर सहायता भी दी है और गुप्त रूप से अपनी भूमिका को भी बनाए रखा है। बेनजीर भुट्टो की सरकार के समय गृह मंत्री मेजर जनरल नसीर उल्ला बाबर ने कहा था, "मैंने तालिबान को युद्ध का प्रशिक्षण दिया था और मौलाना फजल-उर-रहमान ने जो कि उन दिनों संसद की कश्मीर संबंधी कमेटी के अध्यक्ष थे, ने कई बार कहा कि तालिबान को गुरिल्ला युद्ध के लिए प्रशिक्षण दिया है।" ईरान समर्थक रब्बानी सरकार ने दावा किया है कि उसकी सेना ने कई पाकिस्तानियों को गिरफ्तार किया है जो तालिबान की सेना में शामिल होकर हमले कर रहे हैं।

वैसे भी पाक ने अमेरिका के साथ मिल कर अफगान में आंतक को बढ़ावा दिया है। अमेरिका के लिए तालिबान में मदद पहुंचाने के लिए पाक विशेष स्थान रखता है।

अफगानिस्तान में मजार-ए-शरीफ तथा इसके आसपास के इलाकों में तालिबान का कब्जा करना जम्मू कश्मीर के लिए उचित नहीं है। यहां पर भी कट्टरपंथी इस्लामिक संगठन मौजूद हैं। पाक ने अब अपना सारा ध्यान अफगान के बजाए कश्मीर पर लगा रखा है।

पाक ने तालिबान की मदद के लिए सेना व लड़ाकू विमान उपलब्ध कराए हैं। अफगान के उत्तरी भाग में तालिबान को सैनिक सफलता पाक की थल, वायुसेना की मदद के कारण प्राप्त हुई है। पाक का दृष्टिकोण तालिबान के प्रति सहानुभूतिपूर्ण ही रहा है। इसके साथ ही तालिबान को हथियारों की आपूर्ति भी निरंतर रूप से की गई है।

पाक और अफगान के बीच जो सीमा रेखा है पाक उसे नहीं मानता है। पाक वैसे भी अफगान में स्थाई सरकार नहीं चाहता है वह अफगान में कठपुतली सरकार ही चाहता है। इससे पाक अपने हितों की पूर्ति करने में सफल भी होना चाहता है।

तालिबान ने अफगान के अधिकांश भागों पर कब्जा कर लिया है। तालिबान की इस जीत को पाक खुफिया एजेन्सी ने अपनी जीत माना है। वैसे भी पाक सेनाओं ने तालिबान की भरपूर सहायता की है। पाक की कमजोर अर्थव्यवस्था होने के उपरांत भी 58 मिलियन डालर अफगान को उपलब्ध कराए गए। इसी तरह अरब के ओसामा-बिन-लादेन ने भी 19 मिलियन डालर तालिबान को लड़ाकू विमान खरीदने के लिए दिए हैं।

पाक सेनाओं के लड़ाकू विमानों ने अल्पसंख्यक शिया आबादी वाले शहरों पर बमबारी भी की थी। यद्यपि तालिबान की जीत पाक फौजों के बिना संभव नहीं थी। अतः तालिबान की सरकार को पाक, सउदी अरब, अरब अमीरात ने ही अभी तक मान्यता दी है।

**(8) *नवाज शरीफ की अमेरिका यात्रा*** – दिसम्बर, 1998 में पाक प्रधानमंत्री नवाज शरीफ ने अमेरिका की यात्रा की। इस यात्रा के दौरान पाक के प्रधानमंत्री नवाज शरीफ व बिल क्लिंटन के बीच निम्न मुद्दों पर वार्ता हुई।

1. एफ-16 विमानों की खरीद का मुद्दा।
2. पाक परमाणु परीक्षण मुद्दा।
3. पाक परमाणु कार्यक्रम का मुद्दा।

इन मुद्दों पर वार्ता के दौरान नवाज शरीफ ने कहा, "अनेक मसलों पर हमारे हित एक समान हैं खासकर आंतकवाद के मामले पर सहयोग और मदद करके हमें खुशी होगी।"

इस वार्ता के दौरान बिल क्लिंटन ने अफगान से आतंकवादी ओसामा-बिन-लादेन को निष्कासित करने में पाक को अमेरिका की मदद करने को कहा। अमेरिका इस पर मुकदमा चलाना चाहता है।

नवाज शरीफ की अमेरिका यात्रा का उद्देश्य 28 एफ-16 विमान जिसकी राशि का भुगतान पाक 1989 में 65 करोड़ डालर का पहले ही कर चुका है, उन्हें प्राप्त करना ही रहा था। अमेरिका ने यह विमान पाक परमाणु कार्यक्रम के कारण उपलब्ध नहीं कराए थे। इस वार्ता के दौरान अमेरिका के अधिकारियों ने अवगत कराया कि अब तक

15 करोड़ 70 लाख डालर के हथियार पाक को दिए जा चुके हैं। राष्ट्रपति बिल क्लिंटन ने कहा, "मैं मानता हूं कि पूरी दुनिया में किसी जगह भी इतनी क्षमता नहीं है जितनी की दक्षिणी एशिया में है।"

एफ–16 विमानों की खरीद का मामला पाक-अमेरिका के बीच 10 वर्षों से लंबित है। इसे इस यात्रा के दौरान हल किया गया। जिसके अनुसार इन विमानों के बदले अमेरिका पाक को 466.9 मिलियन डालर की सहायता उपलब्ध कराएगा। इस राशि में से 32 करोड़ 60 लाख 97 हजार डालर की राशि दिसम्बर, 1998 तक पाक को लौटा दी जाएगी। बाकी दो करोड़ डालर की राशि अगले दो वर्षों में चावल, गेहूं आदि खाद्य सामग्री की खरीद में शामिल की जाएगी। शेष राशि रक्षा विभाग एवं कृषि क्षेत्र में समायोजित की जाएगी। इससे यह विवाद हल हो सका है।

**( 9 )** ***पाक द्वारा गौरी-2 का परीक्षण*** – भारत ने 11 अप्रैल, 1999 को अग्नि दो का परीक्षण किया तो पाक ने भी गौरी–2 का परीक्षण 14 अप्रैल, 1999 को किया। जिसकी सूचना पाक ने भारत को दी। भारत ने भी अग्नि–2 के परीक्षण की सूचना पाक को दी। इस गौरी प्रक्षेपास्त्र का कुल वजन 13 टन है। इसकी मारक क्षमता 2000 किलोमीटर तक है। यह प्रक्षेपास्त्र 500 से 600 किलोग्राम तक की सैन्य विस्फोटक सामग्री को ले जा सकता है।

अत: इससे यह तो सिद्ध हो जाता है कि पाक प्रक्षेपास्त्रों की तैनाती के मामले में भारत की बराबरी कर रहा है। इसी तरह प्रक्षेपास्त्रों के परीक्षणों में भारत की बराबरी किए हुए है।

**( 10 )** ***नवाज शरीफ की रूस यात्रा*** – अप्रैल, 1999 में नवाज शरीफ ने तीन दिवसीय रूस की यात्रा की। इससे पूर्व किसी भी प्रधानमंत्री ने 25 वर्षों से रूस की यात्रा नहीं की थी। इस रूस यात्रा के दौरान आर्थिक, व्यापारिक सहयोग बढ़ाने की सहमति हुई थी। सर्वप्रथम पाक–रूस के बीच 1956 में व्यापारिक समझौता हुआ था। इसके बाद संबंधों में ठहराव रहा।

नवाज शरीफ की इस रूस यात्रा से नए युग की शुरुआत होने की संभावनाएं व्यक्त की गईं। अफगान समस्या का स्थाई समाधान निकालने पर सहमति जताई। यहां पर इस्लामिक आतंकवादी संगठन कट्टरवाद को बढ़ावा देते रहे हैं। जिसके कारण अनेक समस्याएं उत्पन्न होती रही हैं। इसमें पाक भी शामिल है। नवाज शरीफ़ ने हथियारों की आपूर्ति की रूस से मांग की। जिसे रूस ने अस्वीकार कर दिया। रूस ने पाक–भारत के बीच की समस्या को हल करने में दिलचस्पी जताई। सोवियत परिसंघ का विघटन होने के बाद में पाक के प्रधानमंत्री की यह पहली रूस यात्रा रही थी। रूस-भारत के संबंध गहरे रहे हैं। इस कारण भी रूस पाक से कोई समझौता नहीं कर सका है।

(11) ***डी-8 पर पाक नीति*** – डी-8 (विकासशील-8) का **संक्षिप्त नाम** O.I.C. है। इसकी स्थापना जून, 1997 में टर्की की राजधानी इस्तामबुल में की गई **थी।** जिसमें इसके 8 सदस्य राष्ट्र इस प्रकार रहे थे :–

| | | | |
|---|---|---|---|
| 1. टर्की | 2. ईरान | 3. इण्डोनेशिया | 4. मलेशिया |
| 5. नाईजीरिया | 6. मिश्र | 7. पाकिस्तान | 8. बंगलादेश |

इन आठों राष्ट्रों की कुल जनसंख्या 80 करोड़ है। इस डी-8 समूह का दूसरा दो दिवसीय शिखर सम्मेलन 1-2 मार्च, 1999 को बंगलादेश की राजधानी ढाका में सम्पन्न हुआ। जिसमें निम्न ने हिस्सा लिया था :–

1. बंगलादेश की प्रधानमंत्री = शेख हसीना
2. टर्की के राष्ट्रपति = सुलेमान डेमारे
3. पाकिस्तान के प्रधानमंत्री = नवाज शरीफ
4. मलेशिया के प्रधानमंत्री = डॉ० महावीर मोहम्मद
5. ईरान के उपराष्ट्रपति = हसन हबीब

शेष राष्ट्रों के अधिकारियों ने ही हिस्सा लिया। यह समूह जी-8 की तर्ज पर ही **बनाया** गया। इसका आयोजन फरवरी, 1999 में लाहौर बस यात्रा के बाद में हुआ। जिस **में** नवाज शरीफ ने कहा, "लाहौर में दोनों प्रधानमंत्रियों की वार्ता भविष्य में होने वाली **वार्ताओं** का आधार होगी।"

श्री नवाज शरीफ ने डी-8 के बारे में कहा, "यह एक प्रभावी संगठन के रूप में **उभर** कर सामने आएगा क्योंकि समूह ने व्यावहारिक रवैया अख्तियार किया है। इसके **सभी** सदस्य देश इसे प्रभावी बनाने पर जोर दे रहे हैं।"

नवाज शरीफ ने डी-8 शिखर सम्मेलन को संबोधित करते हुए कहा, "दक्षिण **एशिया** में कश्मीर विवाद का निपटारा नहीं होने से शांति एवं स्थिरता नहीं हो पा रही **है।** इसलिए कश्मीर विवाद के निपटारे पर ध्यान केंद्रित करने की आवश्यकता है।"

बंगलादेश की प्रधानमंत्री शेख हसीना ने निम्न तीन बातों पर बल दिया।

1. वैश्विक व्यापार प्रणाली स्थापित करने पर बल दिया जाए। अमीर-गरीब राष्ट्रों के बीच समानता स्थापित की जा सके।
2. पारस्परिक सहयोग, अंतर्राष्ट्रीय वित्त प्रणाली में सुधार किया जाए।
3. पारस्परिक सहयोग की समस्याओं को कम किया जाए।

***डी-8 का घोषणा-पत्र*** – इस ढाका घोषणा पत्र में निम्नलिखित मुख्य बिन्दु रहे थे :–

1. विश्वव्यापी वित्तीय संकट से उभरना।
2. एशियाई आर्थिक संकट से उभरना।
3. सुरक्षा संबंधी समस्याओं को हल किया जाए।

4. अंतर्राष्ट्रीय समुदाय में एकजुटता पर जोर दिया जाए।
5. पारस्परिक सहयोग की समस्याओं को कम किया जाए।

डी-8 समूह आर्थिक दृष्टि से एक-दूसरे राष्ट्र के हितों की पूर्ति करने का प्रतीक होगा। ये सभी इस्लामिक राष्ट्र तेजी से विकास करना चाहते हैं। पाक इनमें परमाणु क्षमता से युक्त हो गया है। यह संगठन बाल्यावस्था से शीघ्र ही गुजर कर मजबूत होगा। टर्की नाटो संगठन का भी सदस्य है तथा इस समूह का भी सदस्य है। इस कारण सुरक्षा संबंधी पहलुओं पर भी यह समूह समान नीतियां रखता है।

पाक ने डी-8 के इस ढाका शिखर सम्मेलन में कश्मीर समस्या को उठा कर कहा कि यह शांति की राह में बाधक है। इससे यह तो सिद्ध हो जाता है कि पाक स्वयं इसमें बाधक है। पाक कश्मीर पर 5 दशक से एक ही प्रकार की नीति अपनाए हुए है। जो कि अब पाक के लिए भी उचित प्रतीत नहीं होता है। पाक प्रधानमंत्री नवाज शरीफ ने कहा, "शांति से प्रगति होती है। शांति और स्थिरता के बिना प्रगति एवं विकास की उम्मीद करना व्यर्थ है।" इस कथन से हम यह सिद्ध कर सकते हैं कि पाक कश्मीर के बारे में दोहरी नीतियां रखता है। पाक ही कश्मीर में अशांति उत्पन्न करता रहा है। इस कारण भारत को भी निरंतर आतंकवादी समस्या का सामना करना पड़ रहा है।

***नवाज शरीफ की आलोचना*** – यहां हम निम्नलिखित बिन्दुओं के आधार पर आलोचना कर सकते हैं :–

1. पाक में कट्टरतावाद का बढ़ता हुआ स्वरूप।
2. पाक सेना के अधिकारियों द्वारा नवाज शरीफ का विरोध।
3. पाक की खुफिया एजेन्सियों द्वारा भारत विरोधी अभियान जारी करना।
4. पाक की जनता द्वारा भारत विरोधी अभियान शुरू करना।
5. जातीय प्रभावों में बदलती पाक नीतियां।

इन बिन्दुओं के आधार पर हम कह सकते हैं कि पाक के प्रधानमंत्री नवाज शरीफ की विदेश नीति पड़ोसी राष्ट्रों के संदर्भ में उचित नहीं कही जा सकती है। वह संघर्ष व तनाव को बनाए रखना चाहते हैं।